# 2
## 오닉스 스톰

Cover design by Bree Archer and Elizabeth Turner Stokes
Endpaper map art by Melanie Korte
Interior art by Elizabeth Turner Stokes

Cover Stock
Peratek/shutterstock 2104350071
Peratek/Shutterstock 1222288777
Romolo Tavani/Shutterstock 2044496135
VRVIRUS//Shutterstock 1877723197
Peratek/Shutterstock 1404633521
Dmitr1ch/GettyImages 938345942
stopkin/shutterstock_1824628628

# ONYX STORM

Copyright © 2025 by Yarros Ink, Inc.
All rights reserved.

Korean translation copyright © 2025 by Mirae N Co., Ltd.
Korean translation rights arranged with Alliance Rights Agency through EYA Co., Ltd.

이 책의 한국어판 저작권은 EYA Co.,Ltd.를 통한 Alliance Rights Agency와의
독점 계약으로 ㈜미래엔에 있습니다.
저작권법에 의해 한국 내에서 보호를 받는 저작물이므로 무단전재 및 복제를 금합니다.

2

오닉스 스톰

# ONYX STORM

**레베카 야로스** 지음
**이수현** 옮김

B 북폴리오

대세에 휩쓸리지 않는 사람들아,
금지된 글을 읽다가 걸리는 사람들아,
한 번도 초대받거나, 무리에 속하거나,
대변인을 얻은 적이 없다고 느끼는 사람들아,
가죽옷을 입어라. 드래곤에 오르자.

다음에 실린 문서는 바스지아스 군사학교 서기 분과의 큐레이터 제시니아 닐워트가 나바르어에서 현대어로 충실히 옮긴 내용이다. 모든 사건은 실제로 일어난 일이며, 전사자들의 용기를 기리기 위해 이름도 그대로 옮겼다. 그들의 영혼이 말렉에게 맡겨졌기를.

| 이름 | 계약자 | 고유 능력 (공개된 경우) |
|---|---|---|
| 바이올렛 소른게일 | 테른&앤다나  | 번개 지배 |
| 제이든 라이오슨 | 스게일 | 그림자 지배, 의도 읽기 |

## 제4비행단 불꽃전대 2대대

| | | |
|---|---|---|
| 이모젠 카둘로 | 글레인  | 기억 삭제 |
| 퀸 홀리스 | 크루스  | 영체 투사 |
| 리애넌 마티아스 | 페이그  | 회수 |
| 소여 헨릭 | 슬리시그 | 금속 지배 |
| 리독 갬린 | 에오트롬  | 얼음 지배 |
| 슬론 메이리 | 소트  | 흡수 |
| 아릭 그레이캐슬 (캠 타우리) | 몰빅 | |

애벌린, 베일러, 링크스—미발현 1학년 라이더

| | | |
|---|---|---|
| 캐트리오나 코델라 | 키라레 | 감정 조종 |
| 메런 지나 | 다쟈레 | |

브레이건, 네브, 트레이거, 카이—그리폰 플라이어

## 세상의 지도자들

현명왕 타우리—나바르의 왕
홀든 타우리—나바르 제1왕위계승자
마라야 여왕—포로미엘의 왕
테카루스 자작—포로미엘 제1왕위계승자

# PART TWO

# 34

> 나만큼이나 지식을 경건하게 받드는 사람들과 보낸 지난 몇 달은 인생에 남을 경험이었다. 하지만 그들의 지적 능력과 지혜가 영감을 준다 해도, 그들의 책략은 두렵다.
>
> ㅡ 애셔 소른게일 대위, 《헤도티스: 헤데온의 섬》

제이든의 어머니를 만나는 순간을 많이 상상해봤지만, 제이든이 한사코 어머니를 피하는 바람에 내가 침실 문 앞에서 그분을 붙잡고 있게 될 줄은 생각도 못 했다. 그것도 그분 집에서 말이다.

"정말 친절하시네요." 나는 탈리아가 방금 가져다준 간식 쟁반을 한 손에 들고 반대쪽 손은 금색 문고리를 잡고 있었다. "제이든에게 꼭 전할게요. 그리고 저희 편지를 드베렐리로 보내주셔서 감사합니다."

펜 라이오슨의 초상화를 본 적이 있어서 제이든이 아버지를 닮았다는 건 확실히 알 수 있었지만, 지금 자세히 보니 어머니도 닮았다. 광대뼈가 위쪽에 있는 것도, 속눈썹이 긴 것도, 귀 모양까지도 비슷했는데, 무엇보다도 생물학적인 관계를 부정할 수 없는 건 눈동자에 점점이 박힌 금빛 반점이었다.

부디 앤다나의 친족들이 제이든 눈동자의 금빛을 온전히 되돌려놓을 방법을 알면 좋겠는데.

"너희들의 서신을 가져갈 드베렐리행 선박이 들어와 있었던 게 행운이지." 탈리아가 큰 키를 이용해서 내 머리 너머로 침실 안을 엿보았다. 그 눈에 가득한 그리움을 보니 내가 다 애가 탔다. "혹시나 제이든이 나랑 이야기하고 싶지 않을까 했는데."

전혀 아니었다.

"제이든은 쉬고 있어요." 나는 얼핏 연민의 미소를 지어 보이고는 문을 조금 더 닫아서 그녀가 볼 수 있는 범위를 좁혔다.

"저녁식사는 어떨까? 제이든도 다른 가족을 만나봐야지."

이게 무슨 끔찍한 생각이람. 제이든은 오늘 아침부터 긴장증이 온 것 같은 상태인데, 본 적도 없는 사람들과 파티를 하라고? "물어볼게요. 하지만 그건 좀 부담이 되지 않을지…."

"그러면 작게 하자." 탈리아는 시선과 고개를 함께 내리고는 입술을 오므리며 입가에 작은 금갈색 주름을 잡았다. "그 애가 태어났을 때 난 너무 어렸어." 그녀는 문틈만 보면서 속삭였다. "계약이 끝났을 때도 아직 젊었지. 다시 그 애를 보게 될 줄은 생각도 못 했는데, 여기에 와 있다니…." 그녀는 눈물이 가득 고인 눈을 들어 천천히 나에게 돌렸다. "넌 이해하겠지, 응?"

아니, 대체 나보고 어떻게 대답하라는 거야? 나야 당연히 어떻게 제이든을 버리고 떠날 수 있었는지 이해가 안 가는데….

"사실대로 말하거라. 그놈은 그 여자를 싫어한다고." 테른이 말했다. "스케일도 마찬가지다. 그 생명 부여자가 오늘 아침에 불타지 않은 것만도 운 좋은 거지. 스케일은 여전히 어떻게 할까 생각 중이고."

탈리아가 누구와 결혼했는지 생각하면 참 국제 관계에 좋겠네요.

"제이든의 어머니잖아." 앤다나가 반대했다. "너라면 어떻게 하겠어,

바이올렛?"

"나한테 어머니와의 관계에 대해 물어보기는 좀 그렇지." 심장을 저미는 슬픔이 작게 피어오르는 연민에 힘을 더했다. "그 사람을 알고 싶어 하시는 마음은 이해해요." 나는 탈리아에게 말했다. "모든 면에서 굉장한 사람이고…."

"그렇다면 날…." 탈리아가 내 쪽으로 다가섰다.

"저녁식사요." 나는 물러서지 않았다. "저녁식사를 할 마음이 있는지 알아볼게요. 하지만 그러고 싶지 않다고 하면 그 마음도 존중하셔야 해요. 몰아붙이면 두 배로 세게 되미는 성격이거든요."

탈리아는 문틀에 손을 짚더니 생각에 잠겨 시선을 옮겼다. "내가 삼두 집정관 전원과의 만남을 주선해줄 수 있다면? 그게 필요한 거지? 집정관들이 너희의 총명함을 시험할 때 필요한 답을 몇 가지 알려줄 수도 있어."

나는 눈을 깜박였고, 연민의 마음이 조금 줄어들었다. "제게 필요한 건 제이든이 괜찮은 건데요. 그걸 위해서 이 집을 불태우고, 이 섬에서 아무것도 얻지 못한 채로 떠나야 한다면 기꺼이 제이든에게 횃불을 쥐여줄 거예요." 젠장, 쟁반이 점점 무거워지네.

탈리아는 자세를 누그러뜨리더니 손을 떨구며 내 앞에서 물러났. "네 임무보다도 그 애의 감정을 우선시하다니, 그 애를 사랑하나보구나." 그녀는 대단한 발견이라는 듯이 조용히 말했다.

"네." 나는 고개를 끄덕였다. "제이든이 저 때문에 아레티아를 위험에 빠뜨렸다는 사실에 비하면 아무것도 아니죠."

"그 애가 아레티아를 걸었다고." 그녀는 희미한 미소를 지으며 속삭였다. "그렇다면 그 애도 널 사랑하는구나. 그 애 아버지라면 절대로…." 탈리아가 고개를 내젓자 머리카락이 드레스 등판에 스쳤다. "상관없지. 그 애와의 저녁식사만 해도 나에겐 꿈같은 일이야. 혹시 모르니 몇 시간 후에 사람을 보내마."

"고맙습니다." 나는 그녀가 긴 크림색 복도를 걸어갈 때까지 기다렸다가 문을 닫고, 만약에 대비해서 잠금쇠도 돌렸다.

그런 다음에 두 손으로 쟁반을 들고 제이든을 찾으러 갔다.

그들이 우리에게 내어준 방은 귀빈용이 확실했다. 높고 둥근 천장에 정교하게 조각한 가구, 세련된 미술품, 그리고 네 명은 족히 잘 만한 침대까지. 모든 것이 크림색인데 연한 녹색과 금색이 살짝 섞여 있고, 너무 예뻐서 만지기 힘든 수준으로 완벽했다. 우아한 책상 의자에 걸쳐놓은 우리의 검은색 비행 재킷이 영 어울리지 않았고, 우리의 배낭과 부츠는 내가 방에 딸린 욕실에 두자고 주장할 정도로 지저분했다.

나는 맨발로 푹신한 카펫을 밟으며 널찍한 방을 가로질러서 지붕 베란다로 이어지는 유리 여닫이문 한쪽을 열었다. 높은 발코니는 저택 오른편으로 이어지는 네 개의 다른 침실과 연결되어 있어서 개릭과 리독이 바다를 등진 채 난간 가장자리에 앉아 있는 모습을 보아도 놀랍지 않았다.

하지만 푹신한 2인용 소파가 비어 있는 건 놀라웠다.

리독이 나를 보고 눈썹을 올리더니 내 왼쪽으로 고개를 기울였고, 그 신호를 알아들은 나는 2인용 소파 앞에 있는 화려한 테이블과 난간에서 뛰어내리려는 두 사람 사이로 비집고 들어갔다.

"행운을 빈다." 개릭이 내 어깨를 두드리더니, 둘 다 베란다 저편으로 물러났다.

제이든은 2인용 소파와 바닷바람에 말리려고 내 갑옷을 묶어놓은 난간 모서리 사이의 그늘진 바닥에 앉아 있었다. 대련용 바지와 속셔츠 차림으로 벽에 등을 기댄 채, 무릎을 세워 팔뚝을 얹은 자세로 멍하니 먼

곳을 보고 있었다.

"거기 한 명 더 앉을 자리 있어?"

그는 눈을 껌벅이더니 반쯤 웃는 얼굴을 지어냈다. "앉게? 내가 소파로 옮길게."

"어림도 없는 소리 하지 마." 나는 상체를 비틀다가 옆구리를 자극하지 않도록 조심하면서 난간 옆으로 비집고 들어가 바닥에 앉은 다음, 쟁반을 내려놓았다.

"네 가방에서 떨어졌더라." 제이든이 주먹을 펴자 보디가 준 두 개의 약병이 보였다.

젠장. "고마워." 나는 약병을 받아 바지 주머니에 넣었다.

"그 두 가지 약이면 집에서도 너에게 손댈 수 있었을 텐데 말이야. 하지만 내가 자발적으로 연결을 끊었다간, 아무리 임시라 해도 스게일이 날 구워버렸겠지."

나는 침을 삼켰다. "내가 먼저 이걸 가지고 있다는 말을 해야 했는데…."

"넌 나에게 설명할 의무가 없어." 그는 내 눈을 똑바로 들여다보며 말했다. "네가 그걸 가지고 있어서 기뻐. 스게일과의 연결을 잃고 싶지는 않아. 아직 내 고유 능력으로 베닌과 싸울 수 있는 동안에는, 특히나 널 집착적으로 쫓는 베닌도 있으니 그렇지. 하지만 내가… 나 자신이 아니게 되면 얼마든지 내 목구멍에 그 혈청을 밀어 넣어. 널 해치느니 힘을 잃는 게 나아." 그러고는 쟁반을 내려다보았다. "어머니야?"

멋진 화제 전환이다.

"그분이 먹을 걸 가져오긴 했는데, 사실은 그냥 당신과 이야기하고 싶어 했어." 나는 난간 틈으로 바다와 잇닿은 긴 모래사장을 내다보면서 입술을 일자로 꾹 다물었다. 테른과 앤다나는 해변에서 햇볕을 쬐는데, 스

13

게일은 고개를 숙이고 눈매를 좁힌 채로 물가를 서성이고 있었다.

"서성이는 이유가 있긴 할 텐데." 스게일이 지나가자 제이든이 말했다. "물어볼 수가 없군." 그는 자기 비하가 담긴 웃음소리를 냈다. "스게일이 대답해줄 리도 없고."

"스게일은 걱정하는 거야." 나는 막 연고를 바른 제이든의 상처를 살폈다. 좋아, 벌써 부기가 약간 빠졌다.

"걱정은 스게일의 본성에 맞지 않아. 스게일은 당면한 문제를 해결하고 후과는 나중에 처리하길 좋아하지." 그는 몸을 기울이더니 은쟁반에서 시나몬을 뿌린 말린 무화과를 하나 집어 들고 살폈다. "당연히 설탕도 뿌렸겠지. 내가 열 살 때 좋아하던 사소한 것 하나를 기억한다고 보여주면 지난 13년을 벌충할 수 있을까 봐."

그는 다시 몸을 기울여 빈 접시에 무화과를 떨궜고, 나는 이야기가 계속되면 좋겠다는 마음으로 입을 다물고 있었다. 제이든은 엄마에 대해 자세히 이야기한 적이 없었다.

"그런데 난 그동안 어머니가 포로미엘에 산다고 생각했다니. 헤도티스 출신이라고 말해준 적도 없었어. 두 사람 다 안 했지." 그는 벽에 다시 머리를 기댔다. "이제야 이해가 가는군. 어머니의 가족이 찾아온 적이 없었던 이유도, 어머니가 온갖 알록달록한 물건에 그렇게 미쳐 있었던 이유도, 잠들기 전에 아린민트 차를 마시면서 나에게 소곤소곤 말해주던 전쟁 없이 사는 자줏빛 눈동자의 사람들 이야기도."

해변에서 파도가 철썩였고, 스게일은 몸을 돌려 우리 쪽으로 다시 걸어왔다.

"스게일이 다른 드래곤들과 사냥하러 갈 생각이 있는지 확인해봐요." 테른에게 제안했다.

"얼마든지 물어보거라. 혹시나 스게일이 너에게 불을 붙이거든 바로 뛰어들 수 있게 물 근처에 있는 거 잊지 말고." 테른이 대꾸했다.

"빌라드라이트라는 광물 때문이래." 나는 손가락에 묻은 설탕을 털어내는 제이든에게 말했다. "우리 아빠가 책에 쓰기로는 그게 이 섬에 널려 있다 보니 먹고 마시는 모든 것에 들어가서, 색이 엷은 눈동자는 다 자주색으로 바꿔놓는다는 거야."

"네가 그걸 알아서 참 좋다." 그는 내 무릎에 손을 얹었다. "너희 아빠의 눈동자 색도 변했나?"

"내가 알기로는 아니야. 언제나 나와 같은 헤이즐색이었어." 추억에 미소가 지어졌다. "여기 오래 계시진 않았나 봐." 여전히 아빠에게 언제 섬 왕국들을 연구할 시간이 있었는지는 모르겠지만, 할머니는 알지도 모르겠다. 미라 언니처럼 나도 할머니와 대화할 용기를 짜낼 수 있다면 말이다.

"우린 이 섬에 앤다나의 종족이 있는지 수색하고, 삼두 집정관과 대화할 시간만큼만 머물 텐데…." 제이든이 이를 악물자 턱에 멍든 자국이 잔물결을 일으켰다. "그런데 내 어머니가 집정관과 결혼했단 말이지. 시적인 아이러니야."

나는 제이든을 향해 몸을 비틀다가 갈비뼈의 항의에 얼굴을 찡그렸다. "당신 어머니가 오늘 저녁식사를 함께하고 싶어 해."

"꺼지라고 해." 그의 얼굴이 작년에 나와 함께 있을 때면 뒤집어쓰던, 그 꿰뚫을 수 없는 가면으로 변했다.

"제이든." 나는 그의 옆얼굴을 감싸 쥐고 엄지손가락으로 흉터를 어루만졌다. "날 밀어내지 마."

그의 눈빛이 퍼뜩 나를 향했다. "그럴 일 없어." 그는 팔을 뻗어 두 손으로 내 엉덩이를 잡고 조심스럽게 들어 올려 무릎에 앉혔다. "그런 식사보다 저녁 시간을 보내기 훨씬 좋은 방법이 생각났는데." 그가 이로 내

귓바퀴를 긁자 전율이 등골을 타고 흘렀다. "넌 아니야?"

제이든이 내 목선에 키스하면서 나를 녹이는 지점에 정확하게 혀를 놀렸다.

"여긴 마법이 없어." 그는 내 아랫배로 손을 내리면서 상기시켰다. "통제를 잃을 위험이 없지."

그의 손가락이 내 허리띠 아래를 파고들자 작은 신음이 새어 나왔다. 그의 제안이 욕 나오게 환상적이기도 했지만, 그의 전부를 원하는 마음 때문이기도 했다. 나는 우리의 고유 능력이 고조되는 느낌, 그의 그림자가 치솟고 나의 번개가 작렬하는 순간, 모든 차단벽을 내리고 내 머릿속을 채우는 그의 목소리를 듣는 친밀감이 그리웠다. 내 손길 아래 제이든이 풀어지는 느낌이 필요했다. 통제를 잃는 것은 우리를… 우리로 만드는 일부였다.

"울퉁불퉁한 침낭 말고." 그는 내 바지 안에 손을 넣으며 말을 이었다. "3미터 옆에 동료가 있는 상황도 말고. 어색한 저녁식사 말고. 너와 나와 저 침대만이야."

그의 말이 끝나자마자 우리가 의논해야 할 문제가 기억나서 신음할 수밖에 없었다. "너무나 달콤한 제안이지만…" 제이든이 입안에서 내 귓불을 굴렸고, 나는 그의 허벅지에 손가락을 파묻었다. "섹스가 진짜 문제를 해결하진 못해."

그는 한숨을 내쉬더니 고개를 들었다. "알아."

나는 마음이 바뀌어 침대로 끌고 가고 싶어지기 전에 그의 무릎에서 내려왔다. 빠르게 움직이느라 찌르는 듯한 통증이 찾아왔다. 급히 숨을 들이켠 나는 일어서서 두 손으로 난간을 잡고 바다를 보았다.

"망할." 제이든이 펄쩍 뛰어 일어나더니 부드럽게 나를 끌어안았다. "정말 미안해. 네 갈비뼈를 잊고 있었어. 나하고 뒹굴기는 고사하고 비행도 삼가야 할 판인데."

"비행을 안 할 순 없어." 나는 최악의 통증이 지나갈 때까지 코로 숨을 들이쉬고 입으로 내쉬었다. "그리고 날 건드렸다고 사과하는 건 금지야."

그는 내 정수리에 턱을 얹었다. "널 복원시킬 수 없는 게 싫어."

"마법이 없는 삶에서 최고의 약은 시간이야." 나는 말하다가 손을 잡고 해변을 걷고 있는 캣과 트레이거를 보고 미소 지었다. "저것 봐."

"잘됐네. 저 녀석은 캣에게 몇 년이나 애를 태웠지." 제이든이 난간 위로 내게 손을 겹치자, 그의 체열이 바닷바람의 찬 기운을 밀어냈다. "얼마나 아픈 거야? 아픈데 저녁식사 내내 앉아 있으라고 하긴 싫다."

제이든이 어머니와 이야기할 마음이 있다면, 내가 걸림돌이 되고 싶진 않았다. 내가 같은 기회를 얻을 수 있다면 뭐든 할 테니. "몸을 비틀지만 않으면 그렇게 나쁘지 않아. 숨을 너무 깊이 쉬지도 말고. 앤다나를 들어 올리지도 말고." 마지막 농담은 재미없었다.

"그렇다면 저녁식사는 버틸 수 있다는 거군." 목소리에서 갈등을 느낀 나는 그의 품 안에서 몸을 돌렸다.

"당신이 원할 경우에만." 나는 그를 올려다보았다.

"내가 그랬으면 좋겠어?" 그는 침을 삼켰다.

"내가 당신 선택을 대신할 순 없어." 나는 그의 가슴팍에 손을 올렸다. 제이든이 망설였던 게 언제였나 생각해보는데, 별로 떠오르지 않았다.

그는 눈을 가늘게 뜨고 뒤로 물러섰다. "넌 내가 그래야 한다고 생각하지?"

"내 생각은 중요하지 않아." 나는 고개를 저었다. "그리고 나는 이 문제로 당신에게 조언하기에 최적의 인물은 아닐 거야…."

"그 여자가 문 안으로 쟁반을 밀어 넣고 3분 만에 널 매료시켜서?" 그는 더 뒷걸음질 쳐서 우리 사이를 벌렸다.

"난 어머니가 돌아가신 지 얼마 안 됐으니까."

제이든이 멈칫하더니, 순식간에 얼굴이 후회로 뒤덮였다. "미안해, 바이올렛."

"괜찮아. 그저 밤새 어머니와 대화해야 할지 물어보기에 나는 적당한 사람이 아니라고 말하는 것뿐이야. 난 내 어머니와 10분만 이야기할 수 있다면 뭐든 할 테니까." 나는 부디 슬픔을 잘 가둬두길 기도하듯이 가슴에 손을 얹었다. "묻고 싶은 게 너무 많고, 딱 하나라도 대답을 들을 수 있었으면 좋겠어. 개릭과 의논해보는 게 어떨까. 내 조언은 전부 슬픔에 물들어 있을 거야. 당신은 뭐든 당신에게 가장 좋은 걸 선택해. 여길 떠나서도 평생 감당하면서 살 수 있는 방향으로. 나에게는 당신이 어떤 선택을 하든 옳아. 난 무조건 당신을 지지해."

"옳은 결정이 있기는 한지도 잘 모르겠다. 내 어머니는 네 어머니와 달라." 제이든이 두 손을 목 뒤로 깍지 꼈다. 스게일이 자기가 남긴 발자국을 되짚으며 다시 지나갔다. "네가 10분만이라도 어머니를 보고 싶다는 마음은 절절히 이해해. 나도 그 시간을 주고 싶어. 옳든 그르든 간에 네 어머니가 한 모든 일은 너와 네 형제들을 지키기 위한 것이었어. 널 지키다가 돌아가셨고."

"알아." 나는 올라오는 응어리를 삼켰다.

"내 어머니는 나를 버렸어." 그는 두 손을 떨궜다.

"알아." 나는 제이든 때문에 심장이 다시 한 번 부서지는 기분으로 속삭였다. "정말 안타까워."

"그 여자에게는 나와 10분이라도 함께할 자격이 없어." 그러면서 문을 가리켰다. "내 열 살 생일에 초콜릿케이크를 먹이고 그날 밤에 사라져 놓고서? 난 그 여자에게 계약 이행 조건에 불과했어. 그 여자가 날 어떻게 보든, 너에게 어떤 헛소리를 늘어놓았든 상관없어. 우리가 그 여자의 집에 머무는 건 오직 그 여자가 집정관과 결혼했기 때문이고, 난 그 점을 이용해서 우리에게 필요한 걸 얻어낼 거야."

들을수록 가슴에 금이 가다가 아예 쩍 벌어지는 느낌이었다. 그녀가 제이든을 두고 떠났다는 건 알았지만, 어떻게 떠났는지는 몰랐다.

"그게 이것과 무슨 상관이 있다는 생각은 하지 마." 그는 자기 눈을 가리켰다. "나에게 감정이 결여된 순간은 나도 알아. 너와 개릭이 큰일이라는 눈짓을 주고받을 필요도 없어. 나도 이미 느껴. 마치 얼어붙은 호수 위를 미끄러지는데, 쪼그라든 내 일부만이 내가 팔아넘긴 그 감정 조각들 속에서 헤엄쳐야 한다고 소리소리 지르는 느낌이지. 그 모든 감정이 수면 아래에 있긴 한데, 망할, 얼음 위를 달리는 게 더 빠르고 덜 골치 아프잖아. 이거?"

그는 손가락을 돌려 집을 가리켰다. "이건 불쾌하고 고통스럽고 화가 나. 내 마음에서 이 부분을 덜어낼 수 있다면, 말렉이여 도와주소서, 난 그렇게 하고 말 거야. 이젠 알겠어. 힘에만 중독되는 게 아니야. 이런 기분을 느끼지 않을 자유에 중독되는 거야."

"제이든." 그가 말을 마칠 때쯤에 나는 거의 피를 쏟는 기분으로 속삭였다.

베란다 위로 수증기가 피어오르자 우리는 바닷가 쪽으로 고개를 돌렸다. 스게일이 테른과 함께 서서 윗입술을 말아 올리고 제이든을 노려보고 있었다.

"그만 좀 서성이고 뭐라도 먹어요." 제이든은 스게일에게 애원했다. "배고픈 거 알고, 마법에서 멀리 떨어져서 고통받는 모습도 더는 못 보겠어요. 그러니까 고통을 조금이라도 줄일 수 있게 사냥하러 가요. 난 괜찮아요."

스게일이 턱을 떨구더니 내 귀가 웅웅거리도록 크게 포효했다. 그러더니 유리문이 휘고 작은 테이블이 덜컥거리고 나서야 입을 닫았다. 내 왼쪽에 있던 나무에서 에리스버드 세 마리가 날아올랐고, 갑작스러운 소란에 집 안에서 검은 머리 남자애 둘이 뛰쳐나왔다.

"스게일." 제이든은 베란다 가장자리로 걸어가면서 나지막이 말했다.

스게일은 무겁게 세 걸음을 물러서더니, 가슴 철렁하게도 뒷발로 남자애 하나를 짓밟을 뻔하고 나서 저택 위 하늘로 날아올랐다. 꼬리가 어찌나 가까운 곳을 후려쳤는지 나뭇잎이 우수수 떨어졌다.

에리스버드가 먼저 떠났길 다행이지.

"*그나마 너희에게 불을 뿜진 않았구나.*" 테른이 재빨리 뒤따랐고, 앤다나도 날개를 완전히 펴려고 애쓰며 따라갔다.

셋 다 마력 없이 분투하고 있었다.

"망할." 제이든이 눈을 감았다.

"시미언! 가이우스!" 3층 아래에서 하인 하나가 저택에서 뛰쳐나오더니 치맛자락을 높이 모아쥐고 모래밭을 달렸다. "괜찮으세요?" 여자가 헤도티스어로 물었다.

"굉장했어!" 두 아이 중에 형으로 보이는 남자애가 두 주먹을 하늘로 들어 올리며 함성을 질렀다.

"떠나도 돼." 나는 거리를 좁혀 제이든의 허리를 감싸 안으며 말했다. "지금 당장이라도."

"어머니가 우리 제복을 세탁 맡겼어." 그는 흘러내린 내 머리카락을 귀 뒤로 넘겨줬다.

"그러면 춥게 비행해야지 뭐. 말만 하면 갈 수 있어." 나는 고개를 돌려 그의 심장에 귀를 갖다 댔다. "나에게 중요한 건 당신뿐이야."

"마찬가지야." 그는 또다시 내 정수리에 턱을 얹었다. "하지만 섬 하나를 건너뛸 순 없어." 그는 내 등에 손바닥을 붙이며 투덜거렸다. "직접 명령에도 불복하고 왔는데."

"건너뛸 수 있어." 나는 그의 안정적인 심장 소리에 귀를 기울이면서 하인이 두 남자애를 두고 법석을 떨며 저택으로 돌아오는 모습을 보았다. "드래곤들이 사냥을 끝낸 다음, 앤다나의 종족이 세상에서 제일 재미없는 섬을 집으로 삼지 않았다는 걸 확인하고 나서 가면 돼. 헤도티스는 역사상 한 번도 참전하거나 전쟁 중인 왕국과 동맹한 적이 없어. 우릴 돕지도 않을 거야." 나는 그의 등을 위아래로 쓸었다. "그리고 이젠 당신 어머니가 어디 있는지 알잖아. 혹시나 만나야겠다 싶으면 다시 오면 되지. 그것도 당신의 10분이야."

"그리고 넌…." 아래 저택에서 탈리아가 드레스 자락을 모아쥐고 뛰쳐나오는 바람에 제이든의 말이 뚝 끊겼다.

"얘들아!" 그녀는 헤도티스어로 소리치며 석조 파티오 끝까지 달려가더니 두 아이를 품에 끌어당겼다. "너희 괜찮니?" 그녀는 아이들을 놓고 물러나더니 머리끝부터 발끝까지 훑어보았다. 전투가 끝날 때마다 미라 언니가 나를 보던 그 눈이었다.

"끝내줘요!" 형 쪽이 활짝 웃었다. "그렇지, 가이우스?"

"마마도 드래곤이 포효하는 걸 봤어야 해요!" 동생 쪽이 고개를 마구 끄덕이며 거들었다.

마마라니. 잘못 들은 거면 좋겠다는 마음에 속이 내려앉았다.

제이든의 몸이 굳었고, 심장 소리가 빨라졌다.

"포효 소리만으로도 충분히 재미있었단다." 탈리아는 아이들의 머리와 얼굴을 쓰다듬으면서 말했다. "하지만 너희는 괜찮구나. 괜찮아." 그녀는 고개를 끄덕이며 그 말을 반복했다. "엘다, 아이들을 씻겨주겠니? 삼두 집정관들이 저녁식사에 모일 텐데, 파리스의 부모님이 아이들을 하룻밤 데리고 계시겠다는구나."

"물론입니다." 엘다라고 불린 하인이 대답하더니 아이들을 집 안으로 데리고 들어갔다.

탈리아는 뒤에 남아 어깨를 떨면서 숨을 골랐다.

"저 여자가 뭐라고 했어?" 제이든이 물었다.

"삼두 집정관 모두가 저녁식사에 온대." 나는 제일 쉬운 부분부터 우리말로 옮겼다. "그리고 저 남자애들은…."

"저 여자의 자식이지?" 싸늘한 경멸조였다.

"맞아." 나는 속삭이고는, 탈리아가 위를 올려다보지 않고 집 안으로 들어가는 동안 제이든을 더 세게 끌어안았다.

"큰 녀석이 몇 살쯤일까? 열한 살?" 그는 팔을 내렸다. "돌아오지 않은 것도 당연하네. 막 결혼한 게 아니야. 완전히 새로 가족을 꾸린 거였어." 제이든의 웃음소리에 즐거운 기색이라곤 없었다.

"정말 미안해." 물러서서 제이든을 쳐다보았지만, 그의 표정은 덤덤했다.

"넌 잘못한 게 없어." 그는 내 품에서 벗어났다. 그가 멀어지는 게 무섭도록 가슴 아팠다. "이런 감정은 나도 기꺼이 버리겠어."

'힘에만 중독되는 게 아니야. 이런 기분을 느끼지 않을 자유에 중독되는 거야.' 제이든이 했던 말이 머릿속에 울리고, 새로운 두려움이 뱃속을 파고들며 뿌리를 내렸다. 제이든이 내가 새로운 도관을 가져왔다는 걸 알까? 배낭 안에 완전히 충전된 합금 조각이 있다는 걸?

"버리지 마." 나는 바다를 응시하는 제이든에게 호소했다. 제이든의 눈에 힘이 들어가고, 내가 1년을 들여서 겨우 뚫은 방어막을 다시 올리는 모습을 보자 말이 점점 빠르게 흘러나왔다. "그 고통. 그 엉망인 기분. 나한테 줘. 내가 갖고 있을게. 바보같이 들리는 건 알지만, 내가 방법을 찾을 거야." 나는 그의 손을 깍지 껴서 잡았다. "당신이 느끼고 싶지 않은 감정은 전부 다 내가 품을게. 난 당신의 모든 부분을 사랑하니까."

"이미 내 영혼을 지키고 있으면서 내 고통까지 품겠다고? 탐욕스러운데, 바이올런스." 그는 내 손을 들어 올려 손마디 위로 살짝 키스하고는 내려놓았다. "됐어. 어머니와의 저녁식사도 좋겠지. 먼저 씻기부터 해야겠군."

그는 나를 베란다에 세워놓고 안으로 들어갔고, 내 머릿속은 테른보다도 더 빠르게 질주했다. 삼두 집정관이 저녁식사에 온다. 그들은 오늘 밤에 우리를 시험할 것이다. 아이들은 다른 곳으로 보냈다.

우리가 위험하다고 생각하는 건가? 아니면 자기들이 위험하다고?

우위를 점할 방법이 필요해. 리나 브레넌이라면 어떻게 했을까?

젠장. 내가 뭘 가지고 왔지? 브레넌이 응급 상자를 보냈고….

브레넌이 응급 상자를 보냈지.

미라 언니를 찾아야겠다.

"앤다나, 그 남자애들이 저택을 떠나면 최대한 보이지 않게 미행해줘야겠어."

"우리 계략을 꾸미는 거야? 계략 좋아."

"계획을 해둘 뿐이야."

두 시간 후, 나는 두 손에 귀중한 유리병을 쥐고 미라와 함께 아래층으로 향했다. 어설프게 굴 때가 아니다. 우리는 빠르게 식당에 있는 탈리아를 찾아냈다. 그녀는 연두색 앞치마를 두르고 가장자리가 푸른색인 수건에 손톱을 문지르고 있는 호리호리한 남자와 저녁식사를 의논하는 중이었다.

"바이올렛?" 그녀는 희망에 눈을 반짝이더니 그 남자를 보내고 우리 쪽으로 걸어왔다. "그 애에게 물어봤니?" 그녀의 시선이 미라에게 날아갔다.

언니는 팔짱을 끼고 식탁을 살폈다.

"저녁식사 좋대요." 나는 탈리아에게 대답했다. 딱히 거짓말은 아니다. 나는 두 손으로 유리병을 움켜쥐면서 내용물이 보이지 않게 가렸다. "나머지는 비행 중이겠지만, 여섯 명 정도는 참석할 수 있을 거예요. 그리고 이게 우리 사이의 화해 선물로 어울릴 수도 있겠다고 생각했는데…." 나는 입술을 꾹 물고 약병을 내려다보았다.

"그만 고민하고 줘버려." 미라가 과장된 한숨을 내쉬며 명령조로 말했다. "내 동생이 너무 예의 발라서 말을 못하는데, 이게 오늘 밤 분위기를 덜 어색하게 해줄지 모른다네요. 제이든이 집을 떠올리게 해줄 거라고."

탈리아가 눈썹을 치켜올렸고, 나는 약병 속에 든 바싹 마른 연두색 잎사귀들을 건넸다. 그녀는 어리둥절한 미소를 보이며 그 선물을 받았다. "이건…."

"말린 아린민트예요." 내가 대답했다.

브레넌에게 축복이 있기를.

# 35

지혜의 신은 회유하기 제일 까다로운 신이다. 헤데온은 그분에게 기도하지 않는 이들에게만 응답하시는 것 같다.

— 로릴리 소령, 《신들을 달래는 방법》(제2판)

식당은 저택처럼 단색 톤으로 이뤄져 있었고, 원형 테이블 맞은편에 앉은 세 사람은 머리색만 빼면 연한 녹색 벽과 구별할 수 없었다. 나이리, 로슬린, 파리스는 아버지가 성스러운 의식용 로브라고 일컬었던 옷차림이었다. 연한 녹색에 후드를 쓰지 않았다는 점만 빼면 거북할 정도로 서기의 로브와 비슷했다.

테이블에 앉은 10명 중에서는 파리스 옆에 앉은 탈리아가 가장 긴장한 모습이었고, 내 옆에 앉은 제이든은 어떻게든 완전히 평정을 되찾은 모습이었다. 짧게 스치던 미소도, 부드러운 손길도 사라졌다.

세탁을 마친 제복을 입고 옆에 앉은 남자는 내가 사랑에 빠진 남자가 아니라, 징병일에 난간다리 앞에서 만났던 남자를 더 닮았다. 제이든이 어찌나 차가운지 주변 온도마저 낮아진 것 같았다.

흩어져 서 있던 하인 다섯 명이 우리 접시를 덮은 은빛 뚜껑에 한 손을 대고 있었다. 파리스가 손을 터는 모습에 속이 뒤틀렸다. 하인들이 말 없는 명령에 응하여 저녁식사의 뚜껑을 열었다.

"머리통은 아니어라. 머리통은 아니어라. 머리통은 아니어라." 들리지 않게 중얼거렸다고 생각했지만, 오른쪽에 앉은 아릭이 곁눈질하는 모습을 보니 생각만큼 조용하지 않았나 보다. 다행히도 모락모락 김이 오르는 접시에는 구운 닭고기, 감자, 그리고 콜리플라워 같은 채소를 섞은 곁요리가 담겨 있었다. 머리통은 없었다.

"이제 식사가 나왔군요." 파리스가 공용어로 선언했다.

"음식을 내려주신 헤데온께 감사드립니다." 나이리 역시 공용어로 말했다. "이 땅의 평화, 헤데온께서 선사하신 지혜, 그리고 번창하는 관계에서 오는 만족감에도 감사드립니다. 헤데온께 바치는 제물로 하루의 잘못을 고백하겠습니다. 굶주림을 아는 것은 오직 우리의 정신만이기를."

"굶주림을 아는 것은 오직 우리의 정신만이기를." 헤도티스인들이 되풀이했고, 나는 아릭이 한 박자도 틀리지 않고 같이 기도문을 읊는 데 놀라지 않았다.

"드시지요." 파리스가 차가운 아린민트 차를 부은 크리스털 잔을 들어올리며 내 쪽을 가리켰다. "선물에 감사드립니다. 탈리아가 이 차를 내놓으며 아주 기뻐하더군요."

"즐거움을 드릴 수 있어 기쁘네요." 내가 대답하고 나서도 파리스가 뭔가를 기다리는 사람처럼 잔을 높이 들고 있으니 어색한 침묵이 흘렀다.

"별말씀을요." 제이든이 차를 벌컥벌컥 마시고 필요 이상으로 잔을 세게 내려놓았다.

파리스의 얼굴에서 미소가 사라졌지만, 그 역시 차를 마셨다. 우리 모두 아린민트 차를 마셨다. 그러나 식사를 시작할 때까지도 어색함이 누그러들지는 않았다.

"우리 도시가 어떻던가요?" 로슬린이 미소 지으며 묻자 갈색 눈동자 가장자리에 주름이 잡혔다.

"아직 보질 못해서, 말씀드리기 어렵네요." 미라가 접시 가장자리에 놓인 레몬 조각을 집어서 유리잔에 던져넣었다.

"내일이면 상황이 바뀔 겁니다." 로슬린이 싸워볼 만한 체스 상대를 찾아낸 사람처럼 미라를 뜯어보며 대답했다.

"저희가 여러분의 시험에 통과하고 나서요?" 내가 물었다. "이 자리는 시험이 맞죠? 관습대로 공식적인 무대도 아니고, 증인들도 없지만, 여러분은 저희를 시험하고 있어요."

캣은 포크와 칼을 접시에 내려놓았지만, 아릭은 동요 없이 닭고기를 먹었다.

"탈리아가 증인 역할을 할 겁니다." 나이리가 감자를 썰었다. "그리고 비공식적인 무대가 낫다고 생각한 건… 까다로운 관계 때문이에요."

탈리아가 어깨를 움츠렸다.

"내 지혜가 부족해서 공공연히 어머니를 망신시킬 경우에 대비했다는 뜻이겠죠." 제이든이 의자에 등을 기대더니 내 의자 등받이에 팔을 걸쳤다. "그게 두렵습니까, 어머니?"

"아니야." 탈리아가 황급히 제이든을 보더니 등을 세웠다. "오늘 밤에 대해 내가 말을 아낀 건 부끄러움 때문이야. 네가 좀 더 편하게 대화할 수 있게 해달라고 파리스에게 부탁했거든. 네 지적 능력에 대해서는 걱정하지 않는단다, 제이든. 넌 언제나 뛰어난 아이였어." 잔에 뻗는 손이 떨리고 있었다.

"말해봐요. 여러분이 죽으면, 여러분의 드래곤도 죽나요?" 파리스가 화제를 바꿨다.

"드래곤에 따라 다릅니다." 내가 대답했다. "하지만 보통은 안 죽죠."

"그리폰은 죽습니다." 캣이 덧붙여 말했다. "그리폰은 목숨을 걸고 계약하거든요."

파리스가 눈을 껌벅였다. "다른 생명에게 생명을 묶는다는 것은, 특히나 인간처럼 연약하고 쉽게 부서지는 존재에게 그런다는 것은 무모한 짓 같은데요." 그는 이마를 찌푸렸다. "당신 그리폰의 이런 선택을 존중합니까?"

"키라레를 있는 그대로 존중하고, 키라레가 내리는 결정을 전적으로 신뢰합니다." 캣이 대답했다. "인간과 계약을 맺은 그리폰들과 그들의 희생 덕분에 우리가 대전에서 이기고 그 후에 있었던 수백 년의 전쟁에서 살아남을 수 있었어요."

"왕족답게 말하는군요." 나이리가 캣을 보고 눈을 가늘게 떴다. "탈리아에게 들으니 당신은 포로미엘 왕위계승권자라지요."

"마라야 폐하께서 자식을 갖지 않기로 하신다면 제 숙부님이 통치하실 테고, 그 후에는 제 언니가 훌륭한 왕이 되겠죠." 캣은 어디 감히 반박해보라는 태도로 포크와 나이프를 집었다.

나이리의 시선이 캣에게서 제이든을 거쳐 아릭에게 향했다. "여기엔 젊은 왕족이 참 많군요. 잠재적인 동맹도 많고. 그런데 왜 서로 계약하지 않죠? 미래를 구축하고 여러분의 왕국들을 하나로 묶을 후계자를 마련하지 않는다니, 어리석어 보이는데요."

입에 넣은 닭고기가 마르는 느낌이었지만, 이게 말이 되냐는 눈빛을 쏘는 미라 덕분에 마음이 진정됐다.

"왕이 될 사람은 제 형입니다." 아릭이 평범한 저녁식사처럼 닭고기를 썰면서 말했다. "끔찍한 왕이 되긴 하겠지만요. 후계자니 동맹이니 하는 건 제 관심사가 아닙니다. 전 이 전쟁에서 싸울 것이고, 죽을 가능성이 높으며, 다른 사람들을 지켰다는 사실을 알면서 죽을 겁니다."

"고결함이 지혜와 비할 바는 아니지요." 나이리는 한숨을 쉬더니 제이든을 보았다. "당신 변명은 뭡니까? 몇 달 전에 당신이 작위를 돌려받았다는 소식을 받았습니다만."

저들이 최신 정보를 알고 있다는 뜻이다. 반란에 대해서도, 펜의 처형에 대해서도 알았겠지. 나는 그 즉시 내 목을 태우는 뜨거운 분노를 식히려 심호흡하면서 탈리아에게 적대감이 담긴 시선을 던졌다. 그녀는 알면서도 제이든을 거기 내버려뒀다. 돌아가지도 않았다.

제이든은 포크로 감자 조각을 찍었지만 팔은 계속 내 의자에 걸치고 있었다. "그렇다면 아시겠지만, 저는 공작입니다. 왕자가 아니라."

"티렌더는 나바르에서 가장 큰 지방입니다." 탈리아가 서둘러 집정관들에게 아들을 변호했다. "많은 영토가 보호막 바깥에 있다 보니 왕국에 대한 충성심이 언제나… 다른 지방보다 약했습니다. 이번 전쟁을 치르면서 티렌더가 주권을 되찾는 것도 놀랍지 않아요. 평생의 동맹을 확보한 것도 그래서였죠. 하지만…" 탈리아는 미소가 사라진 얼굴로 제이든과 나를 보았다.

제이든은 모두가 쳐다보는 가운데 천천히 감자를 씹어 삼켰다. "당신에게 제 연애사를 설명할 의무는 없습니다."

탈리아는 움찔해서 두 손을 무릎 위에 올리면서도 캣에게 시선을 돌렸다.

"세상에." 캣이 다시 포크를 내려놓으며 중얼거렸다. "난 좋다고 했는데 제이든이 싫다고 했죠. 제이든은 바이올렛을 만났고, 이젠 저 둘이… 함께고요. 저 둘은 대륙에서 가장 강력한 라이더니까, 저 동맹이 더 현명할지도 몰라요. 마음만 먹으면 대륙을 부숴서 다시 빚을 수도 있을걸요. 게다가 난 지금 다른 사람과 사귀는데요."

어안이 벙벙하지만 고맙기도 해서 가슴이 조였는데, 정작 내가 쳐다보자 캣은 시큰둥한 표정을 지었다.

"그렇게 이로운 동맹을 깨다니…." 나이리가 제이든을 보고 고개를 저었다. "현명하지 못하군요."

이런 젠장.

뱃속에 들어간 음식이 다시 나오려고 했다. 저들은 우리의 지적 능력을 판정하는 게 아니라, 우리 인생의 선택들을 분석하고 있었다.

"하지만 쉽게 바로잡을 수 있지요." 파리스가 나이리와 로슬린을 보면서 말했다. "3년이나… 4년만 계약한다면 대단한 지혜와 각자의 작위에 대한 헌신을 보여준다고 봐야겠지요."

로슬린이 고개를 끄덕였다. "그 정도면 티렌더의 후계를 확보하고 그 계보에 포로미엘의 혈통을 섞기에 충분한 시간이지요."

토할 것 같다.

개릭이 냉소적인 웃음소리를 냈다. "혈통이 동맹과 동등하다면야, 우리가 여기 앉아서 심문을 받고 있지도 않겠죠." 그는 오른쪽에 있는 탈리아를 보았다. "제이든은 당신 아들 아닙니까?"

탈리아는 유리잔 바닥에 남은 차를 단숨에 들이켰다.

"계약 결혼이 가장 현명하겠지요." 나이리는 개릭의 말을 무시하고 고개를 끄덕여 동의했다. "아침이면 신전에서 법률적인 내용을 작성한 다음, 내일 오후면 저들의 전쟁에 도움을 달라는 청원을 들을 수 있겠군요."

발밑에서 나무가 삐걱거렸다. "서류를 작성하시죠." 제이든이 내 의자를 움켜쥐며 말했다.

목에서 쓴물이 치솟았다. 제이든이 뭐라는 거지?

캣이 우리 쪽으로 고개를 홱 돌렸고, 미라와 개릭은 얼빠진 표정을 지었으며, 아릭은 계속 먹기만 했다.

지금 당장 그 망할 놈의 정신 연결을 되찾고 싶다.

"아, 그래야지요!" 파리스가 두 번 손뼉을 쳤다. "훌륭한 결정입니다. 3년이나 4년으로 할까요?"

"평생입니다. 그 이하는 받아들일 수 없어요." 제이든이 내 목덜미로 손을 옮겼다. "그리고 서류에 들어갈 이름은 바이올렛 소른게일입니다."

제이든의 가슴에 단검을 날리고 싶은 마음과 죽도록 키스하고 싶은 마음이 엇갈렸다.

미라가 웃음을 눌렀다.

"내 성은 작위에 묶여 있지만, 네 성을 같이 쓸 수도 있어." 제이든이 제안하더니, 나와 눈을 마주치면서 아주 살짝 눈빛이 부드러워졌다.

"두 성을 같이 쓸 수도 있어." 개릭이 제안했다. "아니면 섞는 건 어때? 라이오게일? 소른슨?"

"저 사람들 말뜻은 그게 아니야." 나는 제이든에게 속삭였다.

"저놈들 말이 무슨 뜻이든 신경 안 써." 그는 다 들리게 대꾸하더니 내 목덜미를 지분거리면서 집정관들을 마주 보았다. "우리의 지식을 물을 수도 있고, 라이더와 플라이어로서의 명예나 헌신을 시험할 수도 있어. 수수께끼를 내든, 가짜 시나리오를 내놓든, 체스를 두라고 하든 상관없어. 하지만 내가 평생 유일하게 사랑한 여자를 떠나서 잘 맞지도 않는 여자와 계약 결혼을 할 거라고 생각한다면, 지혜가 없는 건 내가 아니라 댁들이야."

"겨우 3년이야." 탈리아가 공포에 질린 눈으로 애원했다. "그리고 나면 다시 만날 수 있어. 우리와 동맹을 맺고, 우리의 지식을 공유한다면 그런 희생을 치를 가치가 있을 거야. 티렌더를 생각해."

제이든은 내 목에서 손을 떼고는 몸을 앞으로 내밀었다. "당신은 내가 티렌더를 위해 뭘 희생했는지 알지도 못해. 난 아버지를 잃었고, 자유를 잃었고, 내…." 그는 말을 끊었고, 나는 그의 발치에서 휘몰아치는 그림자를 본 것 같은 기분으로 바닥을 보았다. "바이올렛은 내가 나 자신을 위해 선택한 유일한 존재야. 3년이라도 희생할 수 없어. 하루도 안 돼. 날 버리지 않았다면, 나를 조금이라도 안다면 당신도 알았을걸."

"나도 널 떠나고 싶지 않았어!" 탈리아가 고개를 내젓자 파리스가 못마땅한 듯 이마를 찌푸렸다. "내가 널 데려오는 건 네 아버지가 허락하지 않았…."

"아버지를 입에 올리지 마. 아버지가 죽는 모습을 지켜본 건 나야." 제이든은 목 위로 올라오는 낙인을 가리켰다. "당신은 다가오는 전쟁을 알면서도 베닌이 들끓는 대륙에 자식을 두고 갔어."

"널 데려올 순 없었어." 탈리아가 되풀이해서 말했다. "넌 티렌더의 후계자야."

"당신이 남을 수도 있었어." 제이든의 대꾸에 가슴이 아팠다. 그 차가운 말투야말로 정말로 상처받았다는 사실을 가리려는 노력이었다. "내 어머니로 살 수도 있었다고."

나는 그의 고통을 일부라도 짊어질 수 있다면 좋겠다는 마음으로 그의 무릎에 손을 올렸다.

"그래봤자 네 아버지 바로 옆에서 처형당했겠지. 아니면 메이리의 남편처럼 비밀리에 처형당했거나. 난 최선이라고 생각하는 일을 했어!" 탈리아가 반박했다.

"당신에게 최선 말이지." 제이든이 조롱하듯 입꼬리를 올렸다. "스스로를 위해 잘 선택한 건 인정해. 삼두 집정관의 아내로, 두 아이의 엄마로 살 수 있는데, 뭐 하러 티렌더 공작 미망인으로 살겠어? 평화로운 해변, 평화로운 도시, 자기네 이득 말고 더 큰 대의를 위해서는 아무것도 하지 않는 섬에서 잘살 수 있는데 말이야."

"회견 중에 이렇게 열띤 감정을 드러내다니 적절치 않군요." 나이리가 중얼거리더니 마지막 닭고기 조각을 포크로 찍었다.

"그 회견은 시작도 하기 전에 끝났는데." 미라가 술잔을 손가락 사이에 끼우고 돌리면서 말했다. "당신들은 바이올렛이 이 방에서 제일 똑똑한 사람이라는 걸 알면서 신경도 안 쓰잖아. 제이든이 바이올렛을 구하기 위해서 바스지아스를 찢어놓고서는, 옳은 일이라는 이유만으로 다시 나바르를 위해 싸우러 돌아갔다는 사실도. 캣이 자기 왕국을 돕기 위해서 아주 적대적인 환경에서 지낸다는 사실도. 아릭이 우리에게 왕실 대표가 있어야 한다는 이유로 숨겨왔던 정체를 밝혀야 했다는 사실도, 개릭이 어떤 대가를 치르든 제이든을 지지했다는 사실도. 애초에 우리가 여기에 온 것 자체가 지혜가 부족해서지. 댁들은 어차피 지식을 공유하거나 우리와 동맹을 맺지도 않을 텐데 말이야."

"사실입니다." 나이리는 로브에서 옥돌을 하나 꺼내어 접시 앞에 놓았다. "그리고 여기에서 처음으로 나온 정말로 지혜로운 말이라, 내 호기심을 자극하네요. 이제 말해봐요. 우리 도시를 어떻게 생각하나요?"

미라가 나를 흘긋 보았고, 나는 그 의미를 이해했다. 내 차례다.

"하늘에서 보면 완벽하게 배치된 것 같습니다." 나는 허리를 세워 앉았다. "절묘하게 균형이 잡힌 동네들의 집합으로, 모든 동네가 중앙에 시장과 광장을 겸하는 만남의 장소를 두고 있더군요."

"완벽하지요." 로슬린이 자기 옥돌을 손마디 위로 굴리면서 동의했다.

"그리고 잔인해요." 나는 제이든이 자랑스러워할 법한 덤덤한 말투로 평가했다. 제이든은 내게 손을 겹치더니 손가락을 얽어 잡았다.

로슬린이 옥돌을 잡더니 무릎에 손을 얹었다. "부디 계속 말해봐요."

그건 요청이라기보다는 위협이었다.

"여러분은 지금의 도시를 짓기 위해 존재하는 도시를 밀어버리지 않았나요?"

"그래요, 우리가 수도를 개선했지." 로슬린이 눈을 가늘게 떴다. "10년 안에 더 작은 도시들도 갱신을 완료할 겁니다."

"그러면서 여러분은 도시의 역사적인 기반을, 여러분의 시민들이 몇 세대 동안 살아온 집을 부쉈죠. 그래요, 이 도시는 아름답고 효율적입니다. 하지만 또한 이 도시는 여러분이 아름답지 않고 비효율적인 것은 용납하지 않는다는 사실을 보여줘요." 나는 침을 꿀꺽 삼켰다. "그리고 저는 이 도시에 항구가 없다는 게 당혹스럽습니다."

"심해에 뭐가 도사리고 있는지 모르면서 바다에 나가는 건 현명하지 못하고…." 파리스가 허둥지둥 말했다.

이 사람들… 물공포증인가?

로슬린이 손을 들었다. "우리가 자기네 대륙 이름도 모르는 자들의 비판을 받아들여야 합니까?"

숨을 깊이 들이마시자 갈비뼈가 아팠고, 제이든이 내 손을 꽉 쥐었다.

'아마랄리.' 다른 두 섬에서 우리를 그렇게 불렀지. 당연하다. 다른 모든 섬은 하나의 신을 섬기고, 우리는 만신을 전부 섬기기는 하지만 그중 하나의 신을 모두의 위에 둔다. 아마리.

"고대 왕실 기록에 따르면 아마랄리스입니다만, 포로미엘의 기록에서는 아멜레키스라고 했을 겁니다. 두 왕국이 대전 이후에 합의한 게 딱 하나 있다면 그냥 대륙이라고 부르는 것이었고요."

아릭이 접시를 싹 비우고 포크와 칼을 내려놓으면서 말했다. "바다 너머에 다른 땅이 없다는 듯이 대륙이라고만 부르는 게 오만하기는 합니다만, 전쟁으로 갈라진 지 너무 오래라 우리가 같은… 뭔가라고 생각하기가 힘들어서 말이죠."

이런, 아릭이 또 뭘 숨기고 있을까?

"그렇게 많은 것을 아는 사람치고는 꽤나 조용하군요." 나이리가 말했다.

"저는 제 목을 노리는 게임의 규칙을 이해하기 전까지는 입 다물고 있기를 좋아하는 편입니다. 적수의 성격과 수완을 판단하는 데 도움이 되거든요." 아릭은 세 집정관을 차례로 보았다. "솔직히 제 눈에는 여러분이 부족해 보이고, 동맹을 맺고 싶다는 생각도 별로 안 듭니다. 여러분에겐 군대가 없고, 모두에게 공평해야 할 지식에도 인색하지 않습니까."

"그런데도 우리의 환심을 사려 한다고?" 나이리는 눈썹을 치켜올리고 빠르게 눈을 깜박였다.

"제가요?" 아릭은 고개를 저었다. "아니요. 제가 여기 온 건 어디까지나 홀든 형은 화를 참을 줄 모르고, 바이올렛은 우리 왕국에서 가장 위험한 전투 드래곤 하나와 계약했을 뿐만 아니라 이리드와도 계약했기 때문입니다. 일곱 번째 드래곤 말입니다. 베닌이 퍼지고 있어요. 우리가 여기 앉아 있는 동안에도 사람들이 죽고 있죠. 우리가 떠나 있는 동안에 전투 지도가 어떻게 변할지 예측도 안 됩니다. 게다가 우리 왕국에는 왕령으로 피난민을 받아들이지도 않으려고 하는 머저리가 가득하기 때문에, 그나마 우리 병력을 늘릴 뿐만 아니라 600년 전에 베닌을 물리친 방법을 알아낼 희망은 이리드 추적에 있다고나 할까요."

아릭이 숨을 고르며 다시 말을 이었다. "대단하신 지혜를 가진 여러분이 딱 맞는 해결책을 제시한다면 좋은 일이죠. 그러나 우리가 지금 하고 있는 짓은 가족의 원망과 비판만 끌어내는 일일 뿐인데, 그런 거라면 집에서도 이미 많이 하고 있습니다. 결정이 저에게 달렸다면 식사 대접이 고마웠다는 인사나 하고, 여러분이 시험에 통과하지 못하는 시민들에게 무슨 짓을 하는지 알기 전에 나가겠습니다."

"왕자가 그 무리에서 가장 높은 귀족일 텐데요." 로슬린이 얼굴을 찌푸리고 앉은 자세를 바꾸면서 말했다. "왕자에게 달린 일이 아닙니까?"

"신분의 높고 낮음은 군대의 계급과 다릅니다. 적어도 제게는 그렇습니다." 아릭이 내 쪽을 보았다. "앤다나가 바이올렛을 선택했으니, 그보다 더 높은 계급의 장교가 네 명이나 동행한다 해도 이건 바이올렛의 임무입니다. 지휘관은 바이올렛이에요. 그리고 남자 취향은 좀 미심쩍기는 합니다만, 그 외에는 어려서부터 쭉 바이올렛의 지혜를 신뢰했습니다."

우리의 눈이 마주쳤고, 나는 아릭에게 슬쩍 웃어 보였다.

문이 열리고 하인들이 쏟아져 들어왔다. 하인들이 음식 접시를 치우고 주방 쪽으로 사라지는 동안에는 모두가 침묵했다.

"정말로 일곱 번째 드래곤과 계약했습니까?" 로슬린이 나에게 물었다.

"그렇습니다." 나는 턱을 치켜올렸다. "제 드래곤은 자기 종족이 대륙… 아니 아마랄리스를 떠났을 때 뒤에 남겨졌고, 저희는 그 종족을 찾고 있습니다. 자, 동맹에 관해 대화할 의향이 있습니까?"

"궁금하군요." 로슬린이 접시 앞에 옥돌을 놓았다.

"두 명이 찬성했군요. 잘하고 있네요." 파리스가 씩 웃었다. "안타깝게도 결정은 만장일치여야 하는데 저는 조금 더… 심술궂게 굴고 싶군요. 말해봐요. 정말로 지식을 구하려 한다면, 왜 헤데온을 섬기지 않죠? 동맹을 맺는 대신, 지혜를 구하는 다른 이들처럼 여기에 거주하는 게 낫지 않나요? 우리의 도서관들은 견줄 곳이 없고, 우리의 대학들은 죽음이 아니라 배움과 문화를 위해 존재합니다."

"지혜는 달라고 기도하는 것이 아니라 직접 얻어야 한다고 배웠고, 여러분의 도서관을 제가 무척 즐기기는 할 테지만, 베닌에 대한 정보가 없다면 관심 없습니다." 나는 어깨를 으쓱였다. "제가 사랑하는 사람들이 마력을 빼앗기고 죽을 상황에서 저 혼자 섬에 숨을 수는 없어요."

파리스 뒤에 있던 문이 다시 열리고, 하인 한 명이 안으로 몸을 기울였다. "후식을 내가도 될까요?"

"그럽시다." 파리스가 대답하자 하인은 다시 주방으로 돌아갔다.

"부디 탈리아가 몇 주 동안 쌓아놓은 초콜렛으로 뭔가를 만들었다고 말해줘요. 들어오는 족족 사들이던데, 초콜릿이 얼마나 귀한지 알잖아요." 나이리가 파리스를 놀리더니, 다음 순간에는 입술을 오므리고 앉은 자세를 바로잡았다. "오늘 밤에 내가 단것을 먹고 싶은지는 잘 모르겠지만 말이죠."

"저도 그렇군요." 로슬린이 배를 잡으며 동의했다.

"어떤 정보 말이죠?" 파리스는 날카로운 미소를 지으며 내 대답을 유도했다. "베닌을 파괴할 무기일까요?"

"본인이 이미 그런 무기입니다." 제이든이 대답하자, 파리스가 나를 보고 살짝 눈을 가늘게 떴다.

문이 열리고 하인들이 들어오더니 식탁에 후식을 내려놓았다.

이런… 완벽하게 잘라낸 초콜릿케이크 조각 옆에 은제 포크가 놓였고, 내 손을 잡고 있던 제이든의 손이 느슨해졌다.

"여전히 이걸 제일 좋아하니?" 탈리아는 신이 나서 목소리를 높였다. "네 생일은 이달 말인 줄 알지만, 지금 여기 있으니까…."

제이든이 케이크를 보는 눈빛이 홀든이 애나의 머리통을 보던 때와 비슷했다.

"필리스." 파리스가 주방으로 나가는 고용인 중 한 명을 불렀다. "우리 넷은 포크가 없는 것 같군요."

"즉시 가져오겠습니다." 필리스라고 불린 여자가 대답하고 나서 문을 닫았다.

"우리 때문에 기다리지는 말아요." 파리스가 우리를 보고 손을 내저었다. "드베렐리에서 워낙 멀다 보니 초콜릿이 귀합니다."

그런데 탈리아가 몇 주 동안이나 초콜릿을 비축했단 말이지. 머리가 빠르게 돌았다.

몇 주라니. 그녀는 우리가 올 줄 알고 있었어.

'지금으로서는 드베렐리의 동맹 방식이 더 좋아 보이는구나.' 말리스 왕이 그렇게 말했지.

코틀린이 다른 섬에 알린 게 분명하다.

탈리아는 제이든이 올 줄 알고 있었어.

"이제는 좋아하지 않는다면, 그것도 괜찮아." 탈리아의 미소가 흔들렸다. "난 너와 함께한 시간보다 떠나 있던 시간이 더 길고, 취향은 변할 수 있지. 이제 넌 어른이잖니. 하지만 혹시 네 취향이 그대로일 때에 대비해서 네 가지 레시피를 시험해봤는데, 이게 아레티아에서 먹었던 케이크와 제일 비슷해. 예전에 넌 요리사들이 케이크를 구우면 주방에 몰래 들어오곤 했는데…."

"기억합니다." 제이든이 시선을 올려 어머니와 눈을 마주쳤다. "그리고 여전히 제일 좋아합니다."

해변에서 처음 마주했을 때 그렇게나 놀라던 장면은 다… 가짜였어. 뱃속이 뒤틀렸다. 이건 잘못됐다. 뭔가 잘못됐어. 내가 눈치챘어야 할 뭔가를 놓쳤다.

탈리아가 환하게 미소 지었고, 파리스가 그녀의 어깨에 팔을 둘렀다.

"잘해줬어요, 여보." 파리스가 그녀의 뺨에 키스했다.

시선을 돌려 미라를 보는데, 언니가 이마를 찌푸렸다. 언니가 테이블에서 손을 뺐고, 나는 심장이 쿵쾅대기 시작했다. 우린 놀아나고 있다. 탈리아는 제이든이 오는 줄 알고 있었고, 그렇다면 파리스도… 그리고 그는 우리를 더 심술궂게 시험한다고 했지.

편리하게도 그쪽 네 명에겐 포크가 없다.

케이크에 뭔가가 있어.

제이든이 포크에 손을 뻗었고, 나는 그의 무릎을 꽉 잡았다. 그는 나에게 시선을 돌리더니 미간에 주름을 잡았다.

나는 고개를 내젓고 나서 오른쪽으로 몸을 뻗어 아릭이 쥔 포크를 빼앗았다.

캣이 떨어뜨린 포크가 접시 위에 달그락거렸다.

"딱 집에서 먹던 맛이네." 개릭이 다시 한 입을 들어 올리며 말했다.

오, 아마리여. 개릭은 이미 케이크를 3분의 1이나 먹었다.

"멈춰!" 심장이 빠르게 뛰었다.

개릭이 멈칫하더니 포크째로 접시를 내려놓았다. "먼저 먹어도 된다고…." 그는 눈을 한 번 깜박이더니 비틀거렸다. "느낌이… 어쩐지…." 시간이 느리게 흐르는 것 같았다. 개릭이 파르르 눈을 감더니 그대로 테이블 위로 쓰러졌다.

"개릭!" 제이든이 벌떡 일어나면서 외치고, 아릭이 달려들어 식탁에 부딪히기 전에 개릭의 머리를 잡았다.

아릭이 황망한 눈으로 제이든을 보았다. "숨을 안 쉬어!"

# 36

> 헤도티스에 거주하기 위해 받아야 하는 시민권 시험은 서기 분과 입학 시험과 비슷한 구석이 있지만, 우리의 시험은 예비 생도가 얼마나 배웠는지 가늠하는 반면, 그들의 시험은 예비 시민이 얼마나 못 배웠는지 증명하려는 것 같다.
>
> ― 애셔 소른게일 대위, 《헤도티스: 헤데온의 섬》

미라와 캣과 내가 동시에 일어서면서 돌바닥 위에 의자 끌리는 소리가 울렸다. "이리로 돌아와요!" 머릿속으로 외치는데, 날카로운 손톱이 달린 공포가 심장을 움켜쥐는 기분이었다.

"이미 가는 중이다." 테른이 대꾸했다.

"크라드는…."

"격분했지만, 내가 보기엔 라이더를 상실한 고통을 겪는 것 같진 않구나."

"숲 한쪽에 불을 질렀을 뿐이야." 앤다나가 덧붙였다.

"라이오슨, 태비스가…." 아릭이 다시 말하려고 했다.

"이미 들었어." 제이든이 개릭의 겨드랑이에 손을 넣어 의자에서 일으키더니, 바닥에 눕히고 그 옆에 무릎을 꿇었다.

"뭘 넣었죠?" 나는 테이블 옆을 돌면서 파리스에게 물었다.

파리스의 장난스러운 미소가 잔인한 웃음으로 바뀌었지만, 대답은 하지 않았다.

"트레이거를 데려와!" 미라가 명령했고, 나는 등 뒤에서 문이 열렸다가 닫히는 소리를 들었다.

제이든이 개릭의 가슴에 귀를 댔다. "아주 느리지만 뛰고는 있어."

"숨을 쉬게 해야 해…." 아릭이 말했다. "새파랗게 질렸잖아."

"내 눈에도 잘 보여." 제이든은 개릭의 코를 잡더니, 입을 맞대고 숨을 불어넣었다.

개릭의 가슴이 부풀었다.

뒤꿈치에 힘을 주고 일어서보니 탈리아가 공포에 질린 눈으로 개릭을 보고 있었다. "케이크에 뭐가 들었죠?" 내가 물었다.

탈리아는 화들짝 놀랐다. "아무것도." 그러다가 개릭의 케이크를 보고 이마를 찌푸리며 자기 케이크에 손을 뻗었다. "그냥…."

"당신이 먹을 건 아니에요." 파리스가 그녀의 접시를 치우더니, 고개를 살짝 기울이고 배를 문지르면서 얼굴을 찌푸렸다.

"무슨 짓을 한 거죠?" 탈리아가 어찌나 급하게 일어섰는지, 의자가 쓰러지면서 뒷벽을 때리고 깨끗한 벽에 자국을 남겼다.

"당신이 부탁한 대로 시험했지요." 파리스는 애정이 담긴 미소를 보이며 말했다. "여기, 이 사람들이 편안하게 지내는 우리 집에서요."

나이리와 로슬린이 접시를 밀어내고 서로 짜증 난 시선을 주고받는 사이, 미라는 공격할 태세로 서성이고 있었다.

"내 아들을 독살하려고 했어요?" 탈리아가 소리를 질렀다.

"당신 아들은 그걸 먹지 않을 만큼 현명했죠." 파리스가 대꾸했다. "우리 섬은 무자비한 곳이 될 수 있어요. 당신은 화를 낼 게 아니라 자랑스러워해야 해요."

나는 개릭이 남긴 케이크 조각을 집어서 코에 댔다. 초콜릿과 설탕, 그리고 약간의 바닐라 향기와… 그렇지. 숨을 깊이 들이마시자 메스꺼운 단내가 살짝 났다. 햇볕 아래 오래 둔 과일 같은 냄새였다.

"점점 느려지고 있어." 아릭의 목소리에 돌아보니, 제이든이 절친한 친구에게 숨을 불어넣는 동안 아릭이 개릭의 가슴에 귀를 대고 있었다.

머리가 미친 듯이 돌아갔다. 어떤 독이든 가능하다. 가루로 만들어서 밀가루에 섞었을 수도 있고, 액체 형태로 달걀과 섞거나 글레이즈에 더했을 수도 있다. 토착 식품일 수도 있고 수입일 수도 있다. 나에게는 아빠가 남긴 도감뿐이다. 워낙 멀리 왔으니, 브레넌 오빠라고 해도 도울 수 있었을지 알 수가 없다.

"바이올렛." 나와 눈이 마주친 제이든이 애원했다. 그 오닉스 눈동자에 어린 공포를 보자 이루 말할 수 없이 괴로웠다.

나는 숨을 깊이 들이마시고, 심박수를 진정시켜서 생각의 속도를 늦췄다. "내가 찾아낼게." 나는 약속했다. "개릭이 죽게 놔두지 않아."

제이든은 고개를 끄덕이고 개릭에게 다시 숨을 불어넣었다.

마지막으로 한 번 더 케이크 냄새를 맡고 내려놓았더니, 파리스가 호기심을 한껏 드러내며 우리를 지켜보고 있었다. 탈리아는 그에게서 천천히 물러나서 곡선 벽에 몸을 기대고 자기 몸을 끌어안은 채로 제이든을 지켜보았다.

"이제 무기를 뽑을 대목인가요?" 파리스가 의자에서 들썩이며 물었다. "그 성급한 친구가 먹은 독이 뭔지 말하지 않으면 날 죽이겠다고 협박하고?"

"아뇨." 나는 탈리아가 앉아 있었어야 할 쪽의 테이블에 엉덩이를 걸쳤다. "내가 이미 당신을 죽였다고 말할 대목이죠."

파리스의 얼굴에서 웃음이 사라졌다. "그렇지만 난 숨을 쉬고 있고, 당신 친구는 그렇지 않군요." 그러나 그는 트림하려는 것처럼 몸을 말다가 자기 입을 막았다.

"아, 숨이야 멀쩡하게 쉬겠죠." 나는 다른 세 명을 쳐다보았다. "모두가 그럴 거예요. 담즙이 피로 변할 때까지 토하다가 죽을 뿐이죠. 10분쯤 있으면 시작하겠네요. 걱정 말아요. 한 시간 정도밖에 안 갈 거예요. 죽기 좀 비참한 방법이긴 하지만, 가진 걸로 해볼 수밖에 없어서요."

나이리가 의자에서 떨어져서 무릎을 꿇더니 바닥에 대고 구역질을 했다.

"이런, 내가 시간을 잘못 쟀나 봐." 나는 미라 언니에게 말했다.

"저 사람은 두 잔을 마셨어." 나이리가 위에 든 음식을 토해내자 미라가 코를 찡그리며 한 걸음 물러섰다.

"너희는 우리와 똑같이 먹고 마셨어." 파리스가 핏기가 사라진 얼굴로 말했다. "내가 지켜봤다고."

"저녁식사 이전은 보지 않았죠." 나는 테이블에 대고 손가락을 두드렸다. "저녁식사 이전에는 우리 여섯만 있었어요. 계단을 내려올 때 내가 모두에게 전채 삼아 먹인 게 뭔지 궁금해요?"

파리스가 눈을 크게 떴다. "거짓말."

"그러길 바라시겠죠." 곁눈질로 보니 탈리아가 주먹을 입에 대고 비명을 참으며 벽을 따라 미끄러져 내리고 있었다. "당신들을 시험할 시간이네요. 아린민트가 왜 수출 금지인지 알아요? 왜 아린민트를 아레티아 바깥으로 가지고 나오는 게 규칙 위반인지?"

"그 망할 놈의 차가." 파리스가 탈리아를 노려보며 식식거렸다.

나는 그의 빈 잔을 들어서 거꾸로 엎었다. "그리고 당신은 그걸 다 마셨죠." 나는 쯧쯧거리며 잔을 다시 내려놓았다. "거래하죠. 이건 우리가 혹시나 당신네 시험에 실패했을 때를 대비한 수단이었지만, 당신이 해독제를 내놓으면 나도 해독제를 줄게요."

"넌 날 이길 수 없어." 파리스가 고개를 저었다.

분노가 솟구쳐 올랐다.

"당신도 내 친구를 중독시켜놓고 무사할 순 없어." 나는 위장이 뒤집어질 것 같은 공포를 얼굴에 드러내지 않으려고 애쓰며 고개를 기울였다.

"네 친구는 20분 후면 죽을 테고, 그 후에도 나에겐 호위병들을 시켜서 너희를 죽일 시간이 40분 남겠지. 네 방에서 해독제를 못 찾을 것 같나?" 파리스의 목소리가 커졌다.

집이 흔들리더니, 귀를 찢는 포효에 접시에 놓인 포크가 전부 달그락거렸다.

"엄청난 행운이 따르길 빌어주지." 나는 간신히 목소리를 담담하게 낼 수 있었다. "당신에겐 평범한 수준의 위병들밖에 없어. 나에겐 잘 훈련된 라이더와 플라이어 열 명에 그리폰 넷, 그리고 열받은 드래곤 일곱이 있지. 내가 유리해 보이는데."

파리스가 창백해졌다. "네가 허세를 부리는 게 아닌지 어떻게 알지? 네가 우리에게 먹인 게 정말 독이라고?"

"그야 모르지." 나는 어깨를 으쓱였다. "하지만 당신이나 당신 부인이 피를 토하기 시작하면 해독제도 쓸모없을지 몰라. 시간이 가고 있어."

등 뒤에서 문이 쾅 열리며 벽을 때렸다.

"이런 망할." 드레이크는 바로 문가에서 비켜섰고, 트레이거가 다른 사람들을 달고 뛰어들었다.

"저놈들이 뭘 먹였어?" 트레이거는 제이든 반대편에 무릎을 꿇으며 물었다.

"알아내는 중이야." 내가 대답했다.

그러나 잘 되고 있진 않지.

파리스는 자기 목숨이 위험해도, 심지어 아내의 목숨이 위험해도 반응하지 않았다. 이건 내가 가진 모든 본능에 위배되는 행동이었다. 나라면 제이든이 위험하다는 사실을 깨닫자마자 해독제를 넘겨줬을 텐데.

"너처럼 생각하기를 그만두고, 그놈처럼 생각해라." 테른이 명령했다.

"저놈은 지는 것보다 죽는 게 나은가 봐요." 내가 하는 말에서 두려움이 배어났다. "나한테 말하지 않을 거예요."

"그렇다면 그만 물어라."

"바이올렛!" 제이든이 외쳤다.

"심장을 더 세게 뛰게 만들어야 해." 트레이거가 개릭의 흉골에 손을 포개어 올리더니 몸무게를 실어 눌렀다. "계속 숨을 불어넣어."

파리스 등 뒤의 문이 열렸다가 하인 하나가 숨을 들이켜고 문을 쾅 닫으며 비명을 질렀다.

나는 미라를 쳐다보았다. "이 집에서 우리를 죽일 수 있는 다른 모든 요소는 언니가 처리해야겠어." 그런 다음에 문 쪽을 보니 캣과 리독 뒤에 데인이 서 있었다. "아빠가 헤도티스에 대해서 쓴 책을 갖다줘. 침대 오른쪽 가방에 있어."

데인이 고개를 끄덕이고 뛰어나갔다.

"우린 이제 이 집을 봉쇄한다." 미라가 지시했다. "현재 층에 문이 세 개 있다. 코델라, 앞문을 맡아. 캣과 메런, 파티오 옆 뒷문을 맡아. 나는 옆문을 맡는다. 리독과 아릭은 바이올렛 옆에 있어." 미라가 단검을 양손에 뽑더니, 앓고 있는 두 여자를 지나쳐서 주방으로 통하는 하인용 문으로 돌진했다.

요리사.

"리독, 따라와!" 나는 어깨 너머로 외친 다음에 미라가 열어둔 주방 문으로 달려 들어갔다.

어수선한 대형 테이블 주위로 하인 다섯 명이 손바닥을 바깥으로 해서 어깨 높이로 들어 올리고 있었다. 난로 앞에 두 명, 세면대 앞에 한 명, 화덕 옆에 두 명이었다.

"요리사는 어디 있지?"

다들 나를 빤히 보기만 했다.

"요리사는 어디 있냐고." 나는 헤도티스어로 바꿔서 물었다.

방금 우리를 봤던 여자 하인이 떨면서 오른쪽 문을 가리켰다. 나는 단검 두 개를 뽑아 들고 리독에게 등을 맡긴 채 하인들을 지나쳐서 달려갔다. 그 안은 식료품 창고였다.

각종 단지와 과일 바구니들이 놓인 선반이 벽을 두르고 있었다. 호리호리한 남자가 화들짝 놀라다가 절인 달걀 단지 같은 것을 떨어뜨릴 뻔했다.

"케이크에 뭘 넣었지?" 나는 헤도티스어로 물었다.

"지시받은 대로 했습니다." 그는 단지를 선반에 다시 올리더니, 아래로 손을 뻗어서 식칼을 뽑았다.

"그러지 마." 나도 단검을 들어 올렸다. "내 친구를 죽이려는 독이 뭔지만 말하면 살려줄게."

그러나 요리사가 달려들었고, 나는 빠르게 단검 두 자루를 던져서 그자의 양쪽 팔뚝 깊이 꽂았다. 팔꿈치로 피가 흐르면서 식칼을 떨군 그는 떨리는 두 손을 내려다보며 크게 소리 질렀다.

"내가 그러지 말라고 했잖아!" 나는 세 걸음을 다가가서 칼자루를 잡고 단검을 뽑은 다음, 요리사의 배를 걷어찼다.

그는 비틀거리며 뒤쪽 선반에 부딪혔다.

순간 옆구리에 통증이 폭발하면서 힘이 빠졌고, 숨을 들이켜며 모든 근육에 힘을 줬다. 그렇다고 지난 30초의 움직임을 돌이켜서 부러진 갈비뼈를 보호할 순 없었지만 말이다.

젠장. 제대로 생각해야 했는데.

요리사가 덜덜 떨리는 손을 맞잡고 애원하자 손톱 아래에 반달 모양의 파란색 얼룩이 보였다. "제발 부탁입니다. 안 돼요. 나에겐 아내가 있어요. 아이도 둘이 있고."

파란색.

요리사는 가장자리가 파란 수건을 쓴 게 아니었다. 손에 묻은 파란색 액체를 닦아낸 거였다.

식료품 창고에서 천천히 물러서자 리독이 문을 지키고 있었다. 비행 재킷 단추를 풀고 장검을 뽑아 든 채였다. "뭔가 파란 걸 찾아야 해."

"이 섬에 진짜로 색깔이 있는 게 있긴 해?" 우리 둘 다 사람들이 없어진 작업대에 뒤덮인 냄비, 프라이팬, 접시들을 보며 그쪽으로 향했다. 리독은 장검을 칼집에 넣고 냄비 하나를 들어서 크림색 내용물을 확인하고 다시 내려놓았다. "여긴 망할 놈의 새들도 다 하얀데…."

에리스버드.

파란색 손톱. 지나치게 익은 과일 냄새.

그거다.

"뭔지 알겠…."

요리사가 고함을 지르며 식료품 창고에서 튀어나오는 바람에 리독과 나는 급하게 몸을 돌렸다.

요리사의 식칼이 허공에 뜬 모습을 보자 심장이 멎는 기분이었다. 나는 통증을 다른 사람의 일처럼 차단해놓고 오른쪽으로 피했다가 요리사에게 달려들며 코틀린이 보여줬던 움직임을 흉내 냈다. 손목을 털어 던진 단검으로 요리사의 피 묻은 손을 문틀에 꽂아버렸다는 뜻이다.

요리사는 같잖게도 억울하다는 듯이 울부짖었다.
"거기 있어." 나는 헤도티스어로 명령하고 리독을 돌아보았다.
그러나 리독이 시선을 내리는 모습에 숨을 쉴 수가 없었다.
요리사의 식칼이 리독의 옆구리에 박혀 있었다.

# 37

> 너와 소여도 우리와 같이 있다면 좋겠지만, 리독이라도 있어서 다행이야. 그 녀석이 하도 빈정거려서 미라 언니의 신경을 긁고 있긴 해도.
>
> ― 바이올렛 소른게일 생도가 리애넌 마티아스 생도에게 보낸 편지

"리독!" 1월의 눈보라보다 더 차가운 두려움이 쏟아져 들어오며 비틀거렸다.

안 돼. 안 돼. 안 된다고. 머릿속에는 순전히 상황을 부정하려는 말만 반복됐다.

"이건… 불운인걸." 리독이 옆구리에 박힌 식칼을 내려다보며 조용히 말했다.

리독은 안 돼. 아무도 안 되지만, 특히 리독은 안 돼.

이게 현실은 아닐 거야. 또 이럴 순 없어. 집에서 수천 킬로미터나 떨어진 데다가 리독은 졸업도 못 했고, 사랑에 빠진 적도 없고, 제대로 살아보지도 못했는데. "괜찮아." 나는 리독을 안심시키려 속삭였다. "그대로 버티기만 하면 내가 가서 트레이거를…."

리독이 식칼 자루에 손을 뻗었다.

"안 돼!" 그 손을 붙잡으려고 펄쩍 뛰었지만, 리독은 이미 칼날을 빼고 있었다. 흐르는 피를 막으려고 그의 옆구리에 손바닥을 댔지만… 피가 나지 않았다. 셔츠에도 구멍이 없었다. 그저 비행 재킷을 꿰뚫은 칼자국 두 개뿐이었다.

칼날이 리독을 찌른 게 아니라… 비행 재킷 끄트머리를 꿰뚫은 거였다. 리독이 요리사에게 달려드는 바람에 그의 옆구리에 대고 있던 내 손은 갈 곳을 잃었다.

"개자식아!" 목소리를 듣고 돌아보니 리독이 요리사의 얼굴에 주먹을 휘두르고 있었다. "제복은 네 벌 있지만, 비행 재킷은 하나뿐이란 말이다. 그리고 난…." 퍽! "바느질이" 퍽! "싫어!" 리독이 요리사의 손에 박힌 내 단검을 뽑자 그 남자는 눈을 질끈 감으며 문틀 아래로 미끄러져 내렸다. "이런 망할! 여기는 문명인의 섬이라며!" 그는 내 단검을 요리사의 튜닉에 닦더니 돌아서서 내 쪽으로 걸어왔다. "훈련받은 라이더 둘을 공격하는 주방 요리사에게 무슨 지혜가 있어?" 리독의 얼굴에서 힘이 빠졌다. "바이, 너 괜찮아?"

나는 숨을 훅 들이켜고 고개를 끄덕였다. "응. 그저 순간… 하지만 난 괜찮아. 너도 괜찮아. 그리고 다… 괜찮지. 개릭만 빼고. 그러니까…."

내 말을 이해한 리독은 눈빛이 부드러워지더니, 내 어깨에 한 팔을 두르고 끌어당겨서 짧지만 부드럽게 포옹했다. "그래, 나도 사랑한다, 야."

나는 고개를 끄덕였고, 우리는 얼른 떨어졌다. "저놈들이 케이크에 뭘 넣었는지 알았어."

"좋아." 리독이 문을 가리켰고, 우리 둘 다 식당으로 되돌아갔다. "난 이걸로 패치를 받고 싶어, 바이올렛. 탐험대 패치 말이야. 알았지?"

"똑똑히 알아들었어." 내가 먼저 식당에 들어가 보니 집정관 두 명이 구역질을 하고 있고, 제이든과 트레이거는 개릭을 살피고, 탈리아는 울고 있었다. 아릭은 단검을 손에 들고 테이블에 걸터앉은 채 대기했고, 파리스는 두 팔로 배를 감싸 몸을 구부린 채로 앉아 있었다.

"자력으로 숨은 쉬지만, 호흡이 얕아." 제이든이 말했다. "좋은 소식이 있다고 해줘."

"거의 됐어." 나는 웃어 보이려 했다.

"책." 데인이 테이블 위로 아빠의 도감을 길게 밀었다. 아릭이 그 책을 받아서 나에게 넘겼다.

"저놈은 10분이면 죽을 거다." 파리스가 중얼거렸다.

"아니, 안 그럴걸." 나는 책장을 넘겨서 원하는 챕터를 찾아낸 다음, 아빠가 그려놓은 식물 표를 손가락으로 쭉 따라가며 자키아 열매를 찾았다.

> 발효시키면 독성을 띰. 한 시간 안에 목 안쪽에 무화과나 라임을 넣어 치료해야 함.

고마워요, 아빠.

"찾았어." 나는 제이든에게 말하고 책을 닫으며 데인을 보았다. "우리 방 옆 베란다에 은쟁반이 하나 있어. 가서 무화과를 챙겨와."

데인은 고개를 끄덕이고 빠르게 뛰어나갔다.

손짓하자 아릭이 테이블에서 내려왔다. "작은 컵 다섯 잔에 물을 채워와. 소금 넣은 물 말고 맹물. 한 잔은 데인에게 줄 거야."

아릭이 주방으로 향하고, 리독이 따라갔다.

"개럭이 무화과를 삼키게 할 방법을 생각해봐." 나는 제이든에게 말하고는, 갈비뼈의 통증에 얼굴을 찡그리며 테이블 가장자리에 기대서 파리스를 내려다보았다. "우린 미래를 건 전쟁을 하는 중입니다. 이게 시합

이 되어선 안 되죠. 논리와 지혜에 따른다면 우리처럼 되지 않기 위해 우리를 도와야 할 텐데요."

"너희 전쟁이다." 파리스가 씩씩거리는데, 데인이 달려 돌아왔다.

"으깨든 다지든, 무슨 수를 쓰든 물과 섞어서 개릭의 목구멍으로 넘겨야 해." 나는 데인에게 말했다.

"알았어." 데인은 의자에 올라서서 테이블 위를 걷다가 개릭의 머리를 훌쩍 뛰어넘은 다음, 주방으로 사라졌다.

"우리 모두의 전쟁이 될 겁니다." 나는 몸서리치는 파리스에게 몸을 숙였다. "놈들이 우리 고향의 마력을 모조리 흡수한 다음에 여기로는 안 올 것 같아요?"

"우린 안전해." 그는 나를 노려보았다. "여기엔 마법이 없어."

"어리석고도 어리석네요." 나는 고개를 저었다. "놈들은 당신들의 생명력을 흡수할 거예요."

파리스가 잠시 눈을 크게 뜨더니 고통스럽게 신음했다.

제이든과 트레이거가 개릭을 옆으로 눕히고, 데인이 걸쭉하게 짓이긴 무화과와 스푼을 가지고 돌아왔다. 아릭과 리독도 작은 물컵을 두 개씩 들고 뒤따랐다.

나는 물잔을 하나씩 받아서 내 뒤에, 파리스의 손이 닿지 않는 곳에 놓고는 친구들이 해독약을 개릭의 목에 넣으려고 애쓰는 동안 허둥거리지 않으려고 손바닥에 지그시 손톱을 눌렀다.

아빠의 기록에 따르면 한 시간이 있지만, 그건….

개릭이 끅끅거리면서 무화과를 조금 뱉어냈지만, 눈을 떴다.

안도감에 몸에서 힘이 빠지는데, 제이든은 개릭을 보고 당장 정신 차리고 해독약을 마시라고 소리쳤다. 개릭이 네 입을 크게 삼키고 나서야 잔이 비었고, 그는 쓰러져서 트레이거의 다리에 머리를 얹었다.

제이든이 걱정스러운 눈으로 나를 보았다.

"시간을 줘." 나는 부드럽게 말했다. "한 시간 안에 먹였으니까, 괜찮을 거야."

제이든은 멍 자국이 흔들릴 정도로 턱에 힘을 주면서도 고개를 끄덕였다.

"이제 개릭이 몇 분 안에 깨어나길 기도해야겠네." 나는 파리스에게 속삭였다. 로슬린은 바닥에서 조용히 울고 있었다. "헤데온에게든, 다른 어느 신에게든 간에 당신이 생각만큼 영리하지 않았기를 빌어야 할 거야. 저 사람이 당신을 살려줄 길은 그것뿐이니까."

파리스는 자주색 눈을 가늘게 뜨고 나를 보았다. "왜 저자가 깨어나서 날 죽이길 기도하라는 거지?"

"개릭이 아니야." 나는 고개를 저었다. "제이든이지. 스게일은 나바르에서 가장 무자비한 드래곤으로 유명한데, 그 스게일이 저 사람을 선택한 데엔 이유가 있어."

파리스의 눈에 공포가 스쳤다.

나는 몸을 바로 하고 앉아서 기다렸다.

3분쯤 지나자 개릭이 신음하며 눈을 떴다. "이 섬이 제일 싫군."

내 입에서는 안도의 웃음소리가 터져 나왔고, 제이든은 지날에게 감사하는 것처럼 고개를 뒤로 젖혔다. 아니면 제일 친한 친구를 데려가지 않은 말렉에게 인사하는 건지도.

"네가 이긴 게 아니야." 파리스가 날카롭게 말했다.

"당신은 죽어가고 있어. 그 정도면 패배자라고 할 만하지." 나는 테이블에서 내려섰다.

벌떡 일어난 제이든이 쏜살같이 내 옆을 지나치더니 파리스를 의자에서 일으켜서 벽에 밀어붙였다.

아, 젠장. 나도 내가 허세를 부리는 줄 알았는데. 심장이 조마조마한 가운데 제이든은 뼈도 박살 낼 오른손 훅으로 파리스를 때렸다.

"네놈이 개릭에게 독을 먹여?" 그는 다시 한 번 파리스를 벽에 처박았다. "바이에게도 독을 먹이려고 했고?" 그는 허벅지에서 칼을 뽑아서 파리스의 목에 갖다 댔다.

"워, 워." 리독이 그쪽으로 걸어갔다. "아무리 형편없다고 해도 동맹 후보자를 죽일 순 없잖아요."

제이든이 리독을 노려보는 눈빛을 보자 피가 얼어붙는 기분이었다. 저건 제이든이 아니야.

"안 돼." 나는 생각도 하지 않고 둘 사이에 끼어들어서 한 손을 리독의 가슴팍에 대고 밀었다. "안 돼."

리독은 눈썹을 치켜들면서도 물러섰고, 데인이 눈매를 좁히는 가운데 나는 제이든에게 몸을 돌렸다.

"날 봐." 내가 그의 팔뚝을 잡는데도 그는 파리스의 목에서 칼을 떼지 않았다. 칼날에 희미하게 피가 비쳤다. "나를, 보라고."

제이든의 시선을 마주하자 속이 뒤집혔다. 마치 내가 사랑하는 남자의 몸속에 든 낯선 사람을 보는 기분이었다.

"그 얼음판에서 내려와." 나는 속삭였다. "정신 차리고 나에게 돌아와. 당신이 필요해. 이거 말고, 당신."

제이든은 그제야 나를 알아본 것처럼 눈을 깜박였다. 그리고 1초 후 파리스에게서 물러나 칼을 내리고 내 옆을 지나치더니, 리독과 아릭, 데인도 지나치고, 자기 어머니와 개릭, 트레이거도 그대로 지나쳐서 문 옆에 몸을 기댔다. 그는 단검을 칼집에 넣고 팔짱을 끼고서 내 의자 앞에 놓인 접시만 바라보았다.

"지금 뭔가 계획이 있어?" 데인이 제이든에게서 나에게로 시선을 돌리고 물었다. "아니면 즉흥적으로 하는 거야?"

"계획이 있어." 계획 비슷한 게 있기는 했다. 파리스를 무너뜨리는 데 시간이 걸릴수록 빠르게 악화되어서 그렇지. 집정관을 죽여서는 우리에게 필요한 동맹을 얻어낼 수가 없고, 당연히 파리스도 그걸 안다. "모두에게 비행을 준비시킬 수 있겠어?"

데인은 고개를 끄덕였다. "아릭, 트레이거를 도와서 개릭을 크라드 쪽으로 옮겨. 리독, 모두의 짐을 싸."

다들 움직이자 식당에는 제이든과 나, 삼두 집정관과 제이든의 어머니만 남았다.

"앉아요." 의자를 가리키며 파리스에게 명령했더니, 놀랍게도 그는 의자에 앉았다. "해독제 값으로 얼마를 받아야 할까요?"

"말렉과의 만남." 파리스가 으르렁거렸다.

"부인이 10년이나 티렌더에 살았는데, 당신은 티렌더에 대해 이렇게나 모른다니 안타깝네요." 나는 테이블 가장자리로 이동했다. "하필이면 아린민트라니. 오늘 밤에 우리가 알게 된 것이 나의 무지가 아니라 당신의 무지라는 게 아이러니하죠."

"너희는 결코 여길 살아서 떠나지 못할 거다." 파리스가 맹세했다.

"우린 멀쩡히 떠날 겁니다." 나는 앞에 물잔 네 개를 놓고, 왼쪽 앞주머니에서 네 개의 약병을 꺼냈다. "우리가 동맹과 이해를 얻고 떠날지, 아니면 새로 뽑은 집정관들을 두고 떠날지가 문제죠."

파리스는 그르렁거리면서도 약병을 물에 붓는 내 동작에 시선을 두었다. 물 한 잔에 약병 하나씩이었다. 투명한 액체가 곧바로 까맣게 변하면서 질척해졌다.

"어느 쪽일까요?" 파리스에게 물었다.

"내 하인들이 여기에서 무슨 일이 일어났는지 안다. 도시 경비병들이 너희 드래곤들을 하늘에서 격추시킬 거야." 그가 경고했다.

"그럴 것 같지 않네요." 나는 아릭이 쓰지 않은 포크를 집어서 액체를 휘저었다. "잠시 후면 내 언니가 당신네 경비병 한 명을 데리고 들어올 것이고, 당신은 그 사람들에게 우리를 보내주라고, 새로운 동맹을 찾았다고 말할 거라서요." 나는 무릎을 가슴팍에 끌어안은 채 고통스럽게 몸을 뒤트는 탈리아를 흘긋 보았다. "핏줄에 뿌리내린 동맹 정신이죠. 당신 부인의 아들이 티렌더 공작이니, 누군가의 계약 결혼이 계획대로 성공했나 봐요. 당연히 당신은 그 관계를 육성하고 싶겠죠."

"너희는 절대로 날 믿을 수 없을 거다. 너희가 떠나자마자 등을 돌릴 테니까."

"안 그럴걸요." 나는 고개를 저었다. "당신 말마따나, 이 저택 하인들은 무슨 일이 일어났는지 알잖아요. 그 사람들이야 당신이 조용히 시킬 수 있겠지만, 우리를 조용히 시킬 순 없죠. 당신이 자기 집에서 자기 꾀에 넘어갔다는 사실을 알면, 이 섬 사람들이 다음 선거에서 당신을 지지할 것 같아요?"

그는 배가 부풀어 오르자 주먹을 움켜쥐면서도, 토하지는 않았다. "그걸 어떻게 알았지?"

진전이 있군. "아린민트는 보통의 민트와 똑같이 생겼고, 바로 그래서 수출이 금지됐어요. 아린민트 자체는 우유에 재거나, 레몬이나 약간의 카모마일을 넣어서 차로 끓이면 수면과 치유에 놀라운 효과를 발휘하죠. 하지만 그걸 다른 아주 평범한 허브와 섞으면, 예를 들어서 타르실라 덤불 껍질을 빻아서 섞는다거나 하면 치명적인 독이 되지요. 그리고 당신네 해안에는 타르실라 천지거든요."

나는 갈비뼈를 자극하지 않게 조심해서 몸을 숙이고 파리스와 눈높이를 맞췄다. "왜 당신이 공격 명령을 하는 일 없이 우리가 무사히 떠날 수 있는지 물어봐요."

"왜지?" 그는 이를 갈면서 물었다.

"당신은 아들들을 사랑하니까요." 나는 미소 지었다. "그래서 오늘 밤에 아이들을 집 밖으로 보냈죠?"

그는 공포에 질려 눈을 크게 떴다.

"왜 바깥에 드래곤이 여섯밖에 없는지도 물어봐요." 나는 눈썹을 올리고 기다렸지만, 파리스의 숨소리는 불안하게 빨라졌다. "극적인 게 좋다면야 답을 알려주죠. 일곱 번째 드래곤은 지금 당신 부모님 집의 창문 옆에, 당신 아들들이 자고 있는 방 바깥에 앉아 있기 때문이에요. 그 드래곤은 당신들이 어떤 무기를 숨기고 있든 간에, 우리 모두가 그 무기의 사정거리에서 벗어날 때까지 거기 있을 겁니다."

머릿속으로 긍정의 파도가 밀려왔고, 나는 테른이 뿌듯하게 가슴을 부풀릴 것이라고 생각했다.

"그건 불가능해." 파리스가 고개를 저었다. "누군가가 봤을 거다."

"그 드래곤이 이리드면 못 보죠."

파리스의 이마에서 흘러내린 땀이 눈썹에 맺혔다. "넌 그러지 않을 거야. 아이들이잖나."

"정말로 그런 도박을 걸어보고 싶어요?" 나는 일어나서 첫 번째 물잔을 파리스 앞으로 밀었다. "아니면 이걸 마시고 살고 싶어요?"

"파리스!" 탈리아가 울부짖었다. "제발!"

"넌 날 이기지 못했다. 일어난 적 없는 일이야." 그는 물잔에 손을 뻗었다.

"나 혼자서 당신을 이긴 건 아니죠." 나는 인정했다. "내 아버지가 도왔어요."

그는 해독제가 든 잔을 움켜쥐며 말했다. "그 눈동자. 그 눈을 알아봤어야 하는 건데. 넌 애서 댁스턴의 딸이구나."

"두 딸 중 하나죠." 내 얼굴에 천천히 미소가 번졌다. "다른 딸은 현재 당신 저택을 장악하고 있고요. 선택해봐요."

그는 해독제를 마셨다.

그곳을 걸어 나올 때, 제이든은 어머니 쪽을 거의 보지도 않았다.

우리는 크로스볼트 사정거리 바깥에서 맴돌다가 앤다나와 합류한 후에 밤하늘을 뚫고 날아서 무역로 북서쪽으로 향했다. 이제 이리드를 수색할 만한 큰 섬은 둘밖에 남지 않았고, 티오파니에게 쫓기지 않으니 좋기는 해도 작은 섬들을 샅샅이 뒤질 만큼 오래 머물 수는 없었다. 우리가 날면 날수록 집으로 돌아가는 데 걸리는 시간이 길어지는데, 명령 불복종을 무릅쓰고까지 찾으려 한 도움을 구하지 못하고 돌아간다면 군사재판 정도는 걱정거리도 못될 터였다.

아침이 와도 아직 육지는 보이지 않았다.

내내 강철 바이스가 가슴을 죄는 느낌이었다. 신들이시여. 내가 틀렸다면 개릭만 살해당할 뻔한 게 아니라, 우리 모두가 끝장날 것이다.

나는 안장에 앉은 채로 자다 깨기를 반복했다. 극도의 피로가 갈비뼈의 통증마저 압도했다. 다행히도 내가 지닌 햇빛 차단 룬은 효력을 유지했고, 온도가 올라가도 피부는 타지 않았다.

우리는 태양이 바로 위에서 빛날 때쯤, 제힐나로 이어지는 군도 남동쪽 끝에 도착했다.

"본섬까지 아직 한 시간은 더 가야 할 거다." 테른이 첫 번째 섬 위를 날면서 말했다. 폭풍 비슷한 것만 와도 집어삼킬 수 있을 것 같은 작은 섬이었다.

"다들 그렇게 오래 버틸 수 있을까?" 앤다나는 이미 테른의 가슴팍에 몸을 고정시켰다. "제대로 물어볼 수가 있어야 말이지. 하지만 아무도 내 날개에 달려들지 않았으니 좋은 신호라고 해석할게."

아니면 너무 피곤해서 그러지 못하는지도 모르지.

갈비뼈가 허용하는 한도까지 몸을 틀어보니, 그리폰들은 주로 대형 중앙을 사수하고 있었다. "키라레가 조금 처지고 있어."

"키라레가?" 테른은 돌아보지 않았다. "실라레인이 아니고?"

나는 손차양으로 해를 가리면서 그리폰 무리의 두 번째 열을 유심히 지켜보았다.

"테른 말이 맞네요. 키라레는 실라레인과 보조를 맞추려고 일부러 뒤처진 것 같아요." 하지만 캐스와 몰빅이 한 줄 뒤에서 후방을 단단히 엄호하고 있었다.

"안다." 우리는 다음에 나온 섬과 그 섬의 사면을 에워싼 청록색 바닷물 위를 가로질렀다. "캐트리오나가 같이 뒤처질 가치가 있는 사람을 찾아낸 모양이군."

그렇게 생각하자 마무리 비행시간을 버티려고 자세를 잡으면서 슬그머니 웃을 수 있었다.

테른이 추정한 대로 한 시간쯤 지나서야 하얀 모래사장과 흔들리는 야자수들… 그리고 손을 흔드는 사람들이 나왔다.

"저건… 특이하네요." 우리가 해안 도시 위를 날아가는 동안 아무도 비명을 지르거나 도망치거나 또는 크로스볼트 벽에 인원을 배치하지 않았다. 그저… 손을 흔들 뿐.

"꺼림칙하구나." 테른이 맞장구쳤다.

"호의가 나쁠 거야 없잖아." 앤다나가 고정장치를 풀더니 테른 오른쪽으로 날면서 날개를 기울였다. 한 무리의 아이들이 두 팔을 하늘로 뻗고 들판을 달리고 있었다.

나는 초록 잎이 달린 나무들 위를 날면서 안도의 한숨을 내쉬었다. 색깔이 대륙만큼 진하지는 않을지 몰라도, 헤도티스의 흑백 배열을 보고 나서 초록색을 보니 반가웠다.

반짝이는 강물을 따라가자 산맥이 나왔고, 햇빛을 흠뻑 받은 폭포를 지나쳐 날아간 우리는 어느 고원에 도달한 후에 구불구불한 강을 따라 계속 서쪽으로 날았다.

폭포를 세 개 더 지나고 고도가 높아지자, 이 섬의 수도인 조트리스가 시야에 들어오며 숨이 턱 막혔다.

조트리스는 곡선으로 휘어진 거대한 폭포 아래에 자리 잡았는데, 도시 주위로 강물이 갈라지는 모습 때문에 섬처럼 보이기도 했다. 도시 벽은 물에서 솟아오른 것처럼 보였고, 그 너머의 건물들은 모든 건축 논리에 반하는 모습이었다. 마치 먼저 존재하는 건물 위에 수직으로 증축을 거듭하며 도시가 하늘로 자라난 것 같았다.

"*남쪽 다리가 정문이에요.*" 내가 일깨우자 테른은 강 남쪽 지류를 따라 비스듬히 날면서 강물에 걸친 거대한 구조물을 향해 날아갔다.

"*저게 문이냐? 아니면 원형극장이냐?*" 테른은 다리 끝에 있는 거대한 공터가 보이자 물었다.

"*으음… 둘 다일까요?*" 서쪽 숲 앞에 벤치가 줄줄이 놓였는데 수백, 아니 수천 명도 앉힐 만했다.

그리고 그 자리들이 절반은 차 있었다.

"*이게 정상일까, 아니면…*" 아닐 경우를 생각하니 조금 불안해졌다.

"*우리를 기다리는 거야.*" 앤다나가 신이 나서 대꾸하더니 테른에 앞서서 들판으로 내려갔다. 앤다나는 날개를 활짝 펼치면서 왼쪽 날개를 떨더니 우리보다 1초 앞서서 들판 한가운데에 착지했다.

테른이 날개를 접고 앤다나 옆으로 어슬렁어슬렁 걸어가자 모여 있던 사람들이 벌떡 일어나서 요란하게 환호했다. 몇 사람은 관람석에서 튀어나와서 다리를 향해 달렸는데, 목숨을 구하려고 도망친다고 보기에는 너무 환하게 웃고 있었다.

"*소식을 퍼뜨리고 있군.*" 테른이 천천히 고개를 돌렸고, 나도 똑같이 고개를 돌리면서 비행 고글을 올렸다. 그러자 지금까지 우리가 직면한 것 중에서 가장 괴상하고, 어쩌면 가장 위험할 수도 있는 도착 풍경이 보였다. 상대방은 숫자가 압도적으로 많았지만, 아무도 우리에게 무기를 들거나 하지는 않았고 접근해 오지도 않았다. 다들 그저 바라보기만 했다.

관람석은 테른의 머리보다도 6미터는 더 높은 곳까지 솟아올랐고, 모여 있던 사람들은 우리 부대가 길게 한 줄로 착륙하자 점점 더 크게 환호했다. 드래곤이 내려앉을 때마다 땅이 흔들렸지만, 그리폰들은 우아하게 대열 맞춰 착륙했다. 사람들의 흥분이 만져질 것처럼 살아 움직였고, 멀리 있는 폭포 소리보다 더 크게 귀를 울렸다.

그 기묘한 환영 인사는 숨 막히는 열기와 습기보다 더 집요하게 피부에 달라붙어 내 혈관까지 울렸다. 마치 그들의 열광에 전염성이라도 있는 것 같았다.

"*이건 이상해.*" 오른쪽을 보니 앤다나가 발톱 하나로 깔끔하게 손질된 풀밭을 긁고 있었다. "*우리에게 딱 붙어 있어.*"

"*더 붙었다간 테른 밑에 들어가게 될걸.*" 앤다나는 발 전체를 땅에 박아넣으며 대꾸했다.

"*풀밭 좀 그만 헤집어라. 그러다가⋯*" 테른이 땅으로 고개를 내리더니, 폐가 팽창하면서 옆구리가 다 부풀 정도로 깊이 숨을 들이마셨다. "*느껴지느냐?*"

"*뭐가 느껴져요?*" 군중들의 웅성거림이 극도의 열광 수준까지 커졌는데, 에너지의 파동이 내 몸을 덮치면서 목덜미가 쭈뼛 서는 느낌이 마치… 숨을 들이킬 수밖에 없었다.

  마법이었다.

# 38

지날의 신도들 사이에서 살려면, 운의 인도를 받아들이고 혼돈을 표준으로 삼을 준비를 해야만 한다.

— 애셔 소른게일 소령, 《제힐나: 지날의 섬》

---

이곳의 잎사귀가 거의 온전한 초록빛인 것도 당연했다. 제힐나엔 마력이 있다. 채널링을 하거나 제대로 차단벽을 올릴 정도는 못 되고, 능력을 쓰기엔 어림도 없지만, 그래도 테른과 앤다나로부터 졸졸 흘러드는 두 가닥의 마력이 확실히 느껴졌다.

죽도록 땀 흘리는 사태를 막기 위해 비행 재킷을 가방에 밀어 넣고 재빨리 땅으로 내려갔다. 테른은 내 아픈 갈비뼈를 생각해서 평소보다 더 깊이 어깨를 수그렸고, 나는 고맙다는 뜻으로 그의 발등 비늘을 토닥이고 나서 들판을 걸었다.

오른쪽에서는 앤다나가 한곳에 집중하기엔 관심을 끄는 게 너무 많다는 듯이 이리저리 고개를 돌려댔고, 왼쪽에서는 리독이 에오트롬을 올려다보며 뭐라고 말을 하는데, 군중의 소란 때문에 들리지 않았다.

그 바로 뒤에서는 트레이거가 고개를 젖히고 웃다가 손을 뻗어 은빛 깃털에 덮인 실라레인의 턱을 긁었다. 실라레인은 트레이거의 손이 더 잘 닿게 고개를 숙이고 눈을 감았다.

실라가 직접 긁을 수 없는 위치였기에, 얼마나 오랫동안 간지러워했던 걸까 궁금해졌다.

"*다들 대화가 가능한 건가요?*" 줄지어 선 우리 부대가 보이는 위치까지 이동해보니 라이더와 플라이어들 모두가 비슷한 모습이었다. 제이든마저도 스케일 앞에 멈춰 서 있었다. 무슨 대화를 나누는지는 몰라도 제이든의 뜻대로 흘러가는 것 같지는 않았다.

"*우리 모두 가능하다.*" 테른이 대답하는데 만족스러운 한숨이 따라왔다.

나는 잠시 웃음을 지으며, 지난 몇 주 동안 친밀함을 누리지 못하고 지낸 친구들의 행복에 같이 기뻐했다. 그런 다음에 차츰 입을 다물고 자리에 앉는 군중을 올려다보았는데, 맨 아랫줄까지 쭉 훑어보아도 칼집에서 빠져나온 칼은 하나도 없었다. 온갖 색깔이 다 보였지만, 맨 앞줄에 앉은 사람들은 모두가 똑같은 살구색의 민소매 튜닉을 입고 있었다.

아무리 흥분했다 해도 우리를 맞이하러 달려 나오는 사람은 없었다. 오히려 지금 합류하는 사람들은 군중의 시야를 잠시라도 가리지 않으려는 듯, 들판에 들어서자마자 제일 멀리 있는 오른쪽 좌석들로 올라갔다.

그림자 한 줄기가 마음을 건드리자 웃음이 깊어졌다.

"안녕." 제이든이 입꼬리를 올리고 성큼성큼 내 쪽으로 걸어오며 말했다. 제이든도 비행 재킷을 벗고 제복 소매를 팔꿈치까지 걷어 올렸다.

"안녕." 나는 어쩐지 대륙에서 수천 킬로미터 떨어진 곳에서 내 집을 찾은 기분에 씩 웃었다. "스게일과는 잘 되어가?"

"*버럭버럭하긴 하는데, 침묵보다는 훨씬 나아.*" 그는 내 곁에 도착해서 턱에 힘을 주더니 몸을 돌려 군중을 보았다. "*지난주 내내 내가 저지*

른 실수를 전부 기록하고 있었나 봐. 어찌나 빨리 읊는지."

"그거 안됐네." 나는 손등으로 제이든의 손등을 스쳤다.

"스케일에겐 얼마든지 화낼 권리가 있어." 그는 내 손을 깍지 껴 잡고 힘을 주면서 주위를 살폈다. "나에게 한 가지 더 약속해줘, 바이올렛."

"심각한 이야기 같네." 나는 리독이 깡충거리며 우리에게 다가오는 모습에 미소 지었다. 다른 사람들도 크게 뒤처지지 않았다.

"날 봐." 제이든은 나와 엄지손가락을 스치면서 날카로운 명령의 느낌을 누그러뜨렸다.

퍼뜩 돌아보자 그의 강렬한 시선에 웃음이 사라졌다. "나에게 뭘 약속시키고 싶은 거야?"

"다시는 안 그러겠다고 약속해."

나는 눈을 깜박였다. "좀 더 구체적으로 말해줘야겠는데."

"넌 리독과 나 사이에 끼어들었고…."

"당신이 내 친구를 때릴 것 같아서." 나는 눈썹을 치켜올렸다. "그리고 그때 당신은 온전한 상태가 아니었어."

"바로 그게 문제야." 제이든은 얼굴에 스친 두려움을 재빨리 감췄다. "내가 그때 너에게 무슨 짓을 할 수 있었을지 몰라. 내내 그 생각밖에 할 수 없었어."

"나만 이런 생각을 하는 거야? 아니면 정말로 우리가 순회 서커스 극단에 맞먹는 거야?" 리독이 물었다.

"당신은 날 해치지 않을 거야." 백 번째로 하는 반박이었다. "당신은 작년에 날 죽이고 싶어 했을 때조차도 날 해치지 않았어. 감정이 결여됐을 때라 해도 당신은 여전히… 당신이야."

"아, 확실히 우리가 구경거리야." 캣이 리독에게 대꾸했다.

"난 여기가 제일 마음에 드는 것 같아." 트레이거가 캣과 손을 잡았다.

"어떻게 생각해, 바이올렛?"

"어떤 자제력도 이성도 없는 나지." 제이든이 눈썹을 늘어뜨렸다.

"당신에게 접근해서는 안 될 정도로 위험한 순간이 언제인지는 내가 결정하는 게 어떨까?"

"난 내가 접근해서는 안 될 정도로 위험한 때가 언제인지 알 것 같은데." 제이든이 몸을 기울였다.

"저 둘은 신경 쓰지 마." 리독이 노래하듯이 말했다. "다시 그… 온 세상에 자기들 둘만 있는 상태로 돌아갔거든."

"그게 내가 자기를 죽일 방법을 알아야 한다고 생각하는 사람이 하는 말이야?" 나는 턱을 치켜들었다. "어느 쪽이야, 제이든? 내가 가까이 두기엔 너무 소중한 사람이야? 아니면 어느 그림자가 당신 것인지 알아야 하는 사람이야?"

제이든은 스게일이 자랑스러워할 법한 눈빛으로 나를 보았고, 나는 그 시선을 버텨냈다. "혹시라도 널 해친다면 나 자신을 용납할 수 없을 거야." 햇빛을 받아 그의 눈동자에 박힌 호박색 반점이 반짝였고, 나는 그 호소하는 투에 넘어갈 뻔했다.

"그리고 난 물러서서 당신이 리독을 해치는 모습을 지켜만 보는 나를 용납할 수 없을 거야." 나는 잡은 손에 힘을 줬다. "내 안전은 전적으로 내가 책임져. 당신은 지금 바람에 펄럭이는 거대한 전투 깃발이지만, 내 전투 깃발이야. 입장이 바뀌었다면 당신도 똑같이 했을 거야."

"어이, 지금 뭔지 모를 둘만의 시간을 방해하긴 싫지만 말이야." 리독이 말했다. "다들 모였고 저쪽 사절단이 이리로 오고 있어."

"이 논의는 아직 안 끝났어." 제이든의 경고를 끝으로 우리는 들판 쪽에 관심을 돌렸다.

"기꺼이 또 싸워서 이겨줄게." 나는 마지막으로 그의 손을 힘주어 잡왔다가 놓았다. 오렌지색 튜닉을 입고 같은 색깔의 칼집을 찬 여자 하나가 우리 쪽으로 걸어오는데, 내 키의 절반만 한 원뿔 모양의 물건을 들고 있었다. "사랑해."

"기가 막히게 고집스럽군." 그는 한숨을 내쉬었다. "사랑해."

줄지어 선 드래곤들 모두가 경고의 뜻으로 고개를 낮췄다.

그 여자는 움찔하지도 않았지만, 군중은 조용해졌다.

나는 마음을 진정시키려고 호흡하면서 이번 만남은 지난번보다 낫기를 지날에게 빌었다.

"제힐나에 오신 것을 환영합니다!" 여자가 공용어로 말하더니 웃으면서 다가왔다. 새하얀 치아가 짙은 갈색 뺨과 두드러진 대조를 이뤘다. 기쁨에 찬 갈색 눈동자와 풍성한 검은색 곱슬머리, 꽉 찬 몸매의 미인이었다. "저는 캘릭스타라고 합니다. 오늘 축제의 주재자죠."

축제라고? 그 말을 듣자 이마가 찌푸려졌고, 리독은 발꿈치에 중심을 싣고 몸을 뒤로 젖혔다. 제이든은 옆으로 고개를 기울였다.

캘릭스타는 내 부츠에서 1.5미터쯤 떨어진 곳에 멈춰서더니 우리 부대를 훑어보고 제힐나어로 말하기 시작했다.

나는 눈만 껌벅였다. 내가 했던 공부는 완전히 무용지물이었다. 책으로 본 것과 직접 듣는 것은 전혀 달랐다. 단어가 연이어 이어지는 듯 경쾌하게 흐르는 언어였다.

내 오른쪽에 선 데인이 천천히 대답했는데, 말이 고통스러운 것처럼 뚝뚝 끊어졌다.

제이든 옆에 있던 아릭이 한숨을 쉬더니, 마치 여기에서 태어난 사람처럼 능숙하게 말하기 시작했다.

데인은 아릭을 죽이고 싶은 표정이었다.

"훌륭하군요!" 캘릭스타가 다시 공용어로 대답했다. "여러분이 그쪽을 즐기신다면 기꺼이 여러분의 언어로 말하지요." 그녀는 나를 돌아보았다. "통역사에게 들으니 이 빛나는 모임의 지휘자시라고요."

지휘자라는 말이 정말 싫어지려고 한다. "바이올렛 소른게일입니다. 저희가 온 건…."

"동맹을 맺고 싶으셔서죠!" 캘릭스타가 활짝 웃었다. "그래요! 여러분의 여행 소식이 몇 주 전에 전해졌고, 저희는 내내 기다렸답니다."

"여기에요?" 리독이 물었다. "다들 여기 나와서 기다렸다고요?"

"물론 그건 아니죠." 캘릭스타가 조소했다. "다들 시간이 날 때만 축제장에 왔답니다. 처음으로 드래곤을 보는 사람이 될 수도 있다는 희망을 품고서요. 그리고 지날께선 분명 오늘을 선택한 우리에게 임하셨죠!" 그녀는 그렇게 말하면서 드래곤들을 훑어보았다. "어느 드래곤이 이리드인가요?"

나는 주춤했다. "*코틀린이?*"

"*코틀린이겠지.*" 제이든이 맞장구쳤다.

앤다나가 고개를 들었고, 테른이 머릿속에서 으르렁거렸다.

"*정체를 드러내다니.*" 나는 눈매를 좁히고 앤다나를 노려보았다.

"저건 검은… 색 같은데요." 캘릭스타가 말했다.

앤다나가 깜박이더니 비늘색이 바뀌어 배경에 녹아들었다.

"저게 아니라 앤다나입니다. 대륙…." 나는 캘릭스타의 말을 바로잡고 말하다가 얼굴을 찡그렸다. "아니, 아마랄리스에 남은 유일한 이리드죠. 저희는 나머지 이리드 종족을 찾고, 어둠의 마법을 행사하는 자들과의 전쟁에서 저희와 함께 싸워줄 동맹을 구하고 있습니다."

"경이롭군요." 캘릭스타는 앤다나를 향해 깊이 절했다.

앤다나가 다시 일렁거리더니 비늘을 검은색으로 돌렸고, 테른이 콧김을 내뿜자 고개를 낮췄다.

"저희 폐하께선 여러분이 우리를 찾아왔다는 사실에 기뻐하시며, 여러분을 돕고 싶어 하십니다. 저희는 언제나 드래곤을 존경해왔지요." 캘릭스타는 실라레인을 향해 고개를 기울였다. "물론 그리폰도 존경합니다."

이게 이렇게 쉬울 리가 없는데. 아빠는 입장하기 위해 무작위로 고른 게임을 해야 한다고 썼다. "폐하와 이야기를 나눌 수 있을까요?" 나는 물었다. "저희 왕국을 대변하기 위해 나바르의 왕자를 데려왔습니다."

"물론이죠!" 캘릭스타가 대답했다. "하지만 우선…."

"이제 나오는군." 리독이 작게 중얼거렸다.

내 생각도 같았다.

"…지날께서 여러분을 위해 고르신 선물을 보아야지요." 캘릭스타가 말을 이었다. "여러분이 행운의 신께서 하사하시는 선물을 불평 없이 받아들일 마음만 있다면…." 그녀는 손가락을 하나 들어올렸다. "그러면 폐하께서 기다리시는 도시로 들어가실 수 있습니다."

"난 선물이 아니라 주사위 놀이나 보드게임을 예상했는데." 나는 제이든에게 말했다.

"여기엔 속임수가 있어." 제이든이 경고했다. "하지만 저 여자의 의도를 읽기엔 마력이 부족해."

"혹시 우리가… 불평한다면요?" 내가 물었다.

캘릭스타의 얼굴에서 즐거운 기색이 싹 빠져나갔다. "운명이란 운에 달려 있고, 지날께선 큰 행운을 줄 수도 있고 빼앗을 수도 있다는 사실을 받아들이지 않는다면 여러분과 동맹을 맺을 수가 없죠. 우린 폭풍 속에서 돛을 조정하지 않는 이들을 받아들이지 않아요."

그러니까 무작위 게임 선택이 아니군. 우리가 실망감을 어떻게 처리하는지 보고 싶은 거다.

"징징거리기 금지라." 제이든이 말했다. "그건 존중할 만한데."

나는 이리저리 고개를 돌리며 트레이거부터 시작해서 우리 부대 전원과 눈을 맞췄다. 다들 하나씩 고개를 끄덕였고, 오른쪽 끝에 선 미라가 마지막으로 고개를 끄덕이더니 바로 비죽거리는 표정을 지었다.

"하겠어요." 나는 캘릭스타에게 말했다.

"멋지군요!" 그녀는 군중을 향해 몸을 돌리더니 빈 원통의 뾰족한 끝을 입에 대고 소리를 쳤다.

군중이 함성을 질렀다.

"우리가 할 거라고 했어." 아릭이 제이든 너머로 나를 보려고 몸을 앞으로 기울이며 말했다.

"작년에 우리가 일기장을 번역할 때는 그 언어 능력이 어디 있었던 거야?" 내가 물었다.

아릭은 못 들을 말이라도 들은 사람처럼 나를 보았다. "난 외교관으로 키워졌어. 외교관은 죽은 사람에게 말할 일이 없거든."

"혹시 네가 모든 언어에 유창하다는 사실을 우리에게 알려야 한다는 생각은 안 들었어?" 내가 한쪽 눈썹을 올렸다.

"그래서 에이토스가 여기에 합류할 이유를 없애라고? 리독이 뭐라고 불렀더라? 탐험대였나?" 아릭은 고개를 저었다.

"지날께서 여러분에게 어떤 선물을 주실지 봅시다!" 캘릭스타가 어깨 너머로 말하더니 다시 군중 쪽으로 걸어갔다.

계단 오른편에서 다섯 명이 나타났는데, 네 명은 테이블을 들고 한 명은 의자와 캔버스백을 들고 있었다.

"따라가야 하나 봐." 다른 사람들에게 말했다.

다 같이 한 줄로 들판을 가로지르면서 하품을 참아야 했다. 이 일을 빨리 끝낼수록 침대를 빨리 찾을 수 있겠지. 돌아가면서 망을 보지 않고 하룻밤을 푹 잔 게 언제였는지 기억도 안 난다. 드베렐리가 마지막이었나?

"난 저 여자가 김이 오르는 염소똥 무더기를 준다고 해도 상관없어." 미라가 저쪽에서 잔소리했다. "아무도 불평 안 하는 거다. 알았지? 웃으면서 고마워해. 우리가 군대를 얻어낼 기회는 이번이 마지막이야."

"소똥이면요?" 리독이 물었다. "그게 훨씬 더 무거운데요."

"불평하지 마." 드레이크가 왼쪽에서 쏘아붙였다.

"젠장, 부모님과 여행하는 것 같네." 리독이 중얼거렸다.

"*어떻게 생각해?*" 나는 군중에게서 6미터쯤 앞에 있는 들판에 테이블이 놓이는 모습을 보며 제이든에게 물었다.

"*소똥을 받을 가치가 있는 군대가 있어야 할 텐데.*" 그의 시선은 계속 주위를 배회했다. "*그리고 2천 명 대 11명으로 싸우는 건 내키지 않아. 아무리 드래곤의 화염이 받쳐준다고 해도.*"

"*같은 생각이야. 후딱 해치우자.*"

"*좋은 생각이다. 난 점심거리를 찾고 싶구나.*" 테른이 말했다.

가구를 나른 사람들 중 세 명이 흩어지고, 캘릭스타가 오른쪽에 두 남자를 두고 테이블 뒤의 의자에 앉아서 우리를 마주했다. 가까이 선 남자가 원뿔을 들었다.

"멈춰요." 캘릭스타는 우리가 테이블에서 2미터쯤까지 다가가자 손을 들어 올렸다.

우리는 그 말에 따랐다.

멈춰 서서 얼굴에 달려드는 벌레를 내쫓으며 하늘을 올려다보았다. 구름이라도 와서 열기에 그늘을 드리워주지 않으려나 했지만, 구름 한 점 없었다. 우리가 기다리는 동안 가죽옷 속에서 구워지라는 지날의 뜻일까.

캘릭스타가 캔버스백에 손을 넣더니 내 팔뚝만큼 두꺼운 카드 더미를 꺼냈다. 크기는 내 얼굴만 했고 뒷면에 밝은 오렌지색 패턴이 들어간 카드였다. "카드마다 한 가지 선물을 나타내지요." 그녀는 연습량이 느껴지는 솜씨로 카드를 섞으며 말했다.

가까이 선 남자가 군중에게 통역하는데, 원뿔을 통해 목소리가 쩌렁쩌렁하게 울려 퍼졌다. 그리고 그 오른쪽에 선 키 큰 남자는 수어로 통역했다.

캘릭스타는 테이블 위에 카드를 길게 반원형으로 펼쳤다. "지날께서 영감을 주시는 카드를 뽑고 선물을 받아요."

두 남자가 통역했고, 군중은 기대감에 웅성거렸다.

*"우리가 선물을 개봉하는 모습을 보려고 2천 명이 모였을 리가 없어."* 군중들이 넋을 놓은 모습을 보자 속이 울렁거렸다.

*"똥 패나 뽑지 마."* 제이든이 대꾸했다.

"나와서 골라요." 캘릭스타가 미라를 지목했다.

온몸의 근육이 긴장했고, 현기증이 밀려오는 바람에 다리를 벌리고 버텨서야 했다. 지금은 안 돼. 나는 그저 내 몸에게 빌었다.

미라가 테이블 오른쪽으로 걸어가더니 망설임 없이 카드를 뽑았다.

캘릭스타가 카드를 받더니 미소 지었다. "지날께서 와인을 선물하시는군요!" 그녀는 우리에게 와인병 그림을 보여주더니, 반대로 돌려서 군중에게도 보였다. 옆에 선 남자들이 통역했다.

곧바로 박수가 터졌고, 왼쪽 앞줄에서 갈색 곱슬머리의 중년 여성이 와인병을 들고 뛰어왔다.

"고마워요." 미라가 와인병을 받으면서 말하자 캘릭스타가 통역했다.

여자는 고개를 숙여 인사했고, 미라도 똑같이 인사한 후에 내 쪽을 돌아보았다.

"이게 절박하게 필요하긴 했어." 미라는 가짜 웃음을 지으며 말하더니 우리 줄로 돌아왔고, 와인을 건네준 여자는 서둘러 자리로 돌아갔다.

캘릭스타는 하나씩 우리를 불러냈다.

메런은 웃는 얼굴의 키 작은 대머리 남자에게서 오렌지색 튜닉 두 벌을 받았다.

데인의 카드에는 손이 그려져 있었는데, 다가오는 여자에게 그 카드를 내밀자 그대로 데인의 뺨을 갈겼다. 고개가 우리 쪽으로 돌아올 정도로 센 따귀였다.

숨을 들이켜던 나는 캘릭스타가 내 쪽을 보는 모습에 애써 무표정을 지었다. 알아들었다. 다른 사람의 선물에 대해서도 불평할 수 없다 이거지.

데인은 눈을 두 번 껌벅이더니 그 여자에게 고맙다고 하고 고개를 숙였다. 리독이 코로 컹컹 웃다가 내가 곁눈질하자 재빨리 표정을 바로잡았다.

"*웃지 마.*" 나는 다시 밀려오는 현기증과 싸우면서 제이든에게 경고했다.

"*난 그보다 저 따귀가 암시하는 바가 더 걱정이야.*" 제이든은 지루한 표정을 능숙하게 유지하면서 대답했다. "*따귀를 때린 여자에게 살짝 질투가 나기도 하고.*"

개릭은 녹슨 양동이를 받았다.

아릭은 금이 간 손거울을 받았는데, 거울 면을 위로 해서 건네받자마자 엄지손가락을 베였다.

제이든이 카드를 고를 때는 내가 매트에 올라선 것처럼 심장이 쿵쾅거렸다.

제이든은 발 크기만 한 빈 유리 상자를 받았는데, 경첩과 가장자리가 백랍이었다. "*따귀를 맞는 것보단 낫지.*"

슬그머니 웃음이 새어 나왔지만, 그래도 앞으로 나서면서 쿵쿵거리는 심장이 가라앉지는 않았다. 나는 맨 왼쪽 끝에 놓인 카드를 골랐고, 숨을 멈춘 채로 캘릭스타에게 건넸다.

"나침반이군요!" 캘릭스타가 선언하자 두 남자가 통역했다.

구릿빛 피부에 검은 머리를 짧게 자른 키 큰 남자가 오른쪽에서 나섰고, 나는 몸을 돌려 그를 마주했다. 그는 검은 눈동자로 잠시 나를 살피더니 곧 어색해했다.

내가 턱을 치켜들자 그는 비뚜름한 미소를 짓더니, 내 반응이 나쁘지 않다는 듯 살짝 고개를 끄덕였다. 그는 말없이 손을 내밀어 검은 사슬이 달린 검은색 나침반을 건넸다. 받으면서 내려다보니 바늘이 가리키는 방향이 북쪽과 가깝지 않았다. 망가진 것이다.

이제 왜 비딱하게 웃었는지 알겠군.

"고마워요." 나는 그에게 말하고 목례했다.

"현명하게 쓰십시오." 그는 대놓고 나를 비웃는 눈으로 목례하며 대꾸했다.

"망가진 나침반이라." 나는 물러서면서 제이든에게 말했다.

"내가 받은 빈 상자에 넣으면 되겠네. 그 상태로 협탁에 보관하자."

"이걸 집까지 가져가진 않을 거야." 하지만 우선은 사슬을 머리 위로 들어 올려 걸었다.

"지날에게 받은 선물을 버리면 불운이 따라." 제이든이 잔소리를 하는 사이에 리독이 테이블로 향했다.

리독이 입술이 그려진 카드를 뽑자 군중이 환호했다.

지금까지 돌아간 상황을 볼 때면 리독에게 다가온 껑충한 금발의 남자가 입술연지통을 주거나, 아니면 죽은 소에게서 잘라낸 입술을 내밀지 않을까 싶었다. 하지만 그 남자는 리독의 얼굴을 붙잡더니 양쪽 뺨에 큰 소리가 나게 입을 맞췄다.

"고마워요." 리독이 말하고, 두 사람이 서로 목례하고 헤어졌다. 리독은 나를 보고 눈썹을 올린 다음에 자리로 돌아갔다.

캣은 내 엄지손가락만 한 루비가 달린 금목걸이를 받았다.

드레이크가 다음이었다.

"발톱이군요!" 캘릭스타가 발톱이 그려진 카드를 높이 들어 올리며 선언하고, 남자들이 통역하는 가운데 군중이 환호했다.

오른쪽에서 곰 같은 남자가 거대한 두 주먹을 휘두르며 성큼성큼 걸어오는 모습에 심장이 목까지 뛰어오를 것 같았다.

드레이크는 움찔하지도 않았다.

나는 분명히 찾아올 주먹질에 대비하면서 그 남자가 손톱을 날카롭게 갈았다는 뜻일까 추측했다.

그 남자는 드레이크 앞에 멈춰서더니, 튜닉 앞주머니에 손을 넣었다. 그리고 야옹거리는 새끼고양이 한 마리를 꺼냈다.

드레이크는 오렌지 태비 고양이를 두 손으로 받고 상대방에게 고맙다고 인사했다.

"남은 여정 동안 저걸 뭐 어떻게 해야 해?" 제이든이 물었다.

"앤다나가 잡아먹지 못하게 해야지." 얼굴 옆면으로 땀방울이 흘러내렸고, 머리가 어지러워서 잠시 비틀거렸지만 자세는 유지했다.

"어지러워?" 제이든이 내 어깨가 자기 팔에 닿도록 옆으로 이동했다.

"다들 그렇겠지만 나도 자고 싶어." 대답하면서도 나는 그에게 살짝 기댔다.

트레이거가 중앙의 카드를 뽑아서 캘릭스타에게 건넸다.

"화살이군요!" 캘릭스타가 화살 그림을 높이 들어 올리고 군중에게도 보여줬다. 두 남자가 통역하자 순간 군중이 조용해졌다.

트레이거가 비틀거리더니 뒷걸음질을 쳤다. 더듬더듬 세 걸음 만에 우리 쪽으로 몸을 돌리는 모습이 느리게 보였다. 그는 캣을 쳐다보더니 무릎을 꿇고 휘청였다.
 그의 심장에 화살이 박혀 있었다.
 트레이거는 리독과 내가 붙잡기도 전에 죽었다.

# 39

때로는 지날이 없는 게 지날이 줄 수 있는 최고의 선물이다.

— 애셔 소른게일 소령, 《제힐나: 지날의 섬》

안 돼. 안 돼. 안 돼.

리독과 함께 트레이거를 눕히면서 그 텅 빈 눈을 내려다보는데, 왼쪽에서 억눌린 소리가 터져 나왔다.

리독이 가슴을 들썩이더니 떨리는 손가락을 트레이거의 목 옆에 갖다 댔다. 그리고 나를 보면서 고개를 저었다. 나도 이미 아는 결과였다.

"*안 돼!*" 날카로운 비명이 터졌지만, 목구멍으로는 아무 소리도 나오지 않았다.

"*반응하지 마!*" 제이든이 비행단장 때 쓰던 목소리가 내 머릿속의 아우성을 뚫고 들어왔고, 그의 두 손이 내 어깨를 잡았다.

리독이 눈꺼풀을 떨다가 눈을 감고 고개를 숙였고, 나는 일어섰다.

트레이거는 죽었다. 이건 내 임무다. 내 책임이다. 내 잘못이다.

"*나에게 집중해.*" 제이든이 나를 잡아 돌리며 명령했다. "*네가 반응하*

면 헛된 죽음이 된다."

머리가 어지럽고 세상이 다시 느려졌다. 미친 듯이 뛰는 심장 소리 때문에 생각을 할 수가 없었다. 갈비뼈 안에서만 쿵쾅거리는 게 아니라 귓속에서도 심장이 뛰는 느낌이었다. 나는 힘겹게 오른쪽을 돌아보았다.

드레이크가 손으로 캣의 입을 가리고 근육이 불거진 팔로 캣을 붙들고 있었다.

그 억눌린 소리.

캣의 비명이었구나.

드레이크가 잠시 얼굴을 구기며 캣의 귓가에 대고 속삭였다.

캣이 발길질을 멈추고 그의 가슴팍에 축 늘어졌다.

개릭은 멍하니 땅바닥만 보는 리독을 대열 사이로 돌려보냈다. 아니, 땅바닥이 아니지. 트레이거의 시체다. 개릭은 몇 초 동안 리독의 어깨를 잡아주다가 그 옆을 떠나서 조용히 기다리는 군중 앞에 섰다.

"바이올런스." 제이든이 불렀다.

그에게 옮기려던 시선은 리독을 지나 들판 너머를 보는 순간 멈춰버렸다. 드래곤은 모두가 우리 쪽을 겨누고 고개를 낮췄으나, 그리폰들은 모두 안쪽을 보고 있었다. 실라레인을.

실라레인은 은빛 깃털을 햇빛에 반짝이며 목을 구부리고 비틀비틀 걸어왔다. 세 걸음. 네 걸음. 다섯 걸음.

뒤따른 키라레가 실라 옆으로 가더니 부축하듯이 그 몸을 지탱했다. 실라는 필사적으로 또 한 걸음을 디디려 했다. 마치 열심히 노력하기만 하면 트레이거에게 갈 수 있다는 듯이. 하지만 발목이 꺾이고, 어깨가 무너지고, 결국 실라레인은 쓰러졌다. 부리가 키라레의 옆구리를 따라 미끄러져 내리더니 땅바닥에 머리가 처박혔다.

눈이 따끔거리고, 손톱이 축축한 손바닥을 파고드는 가운데 그리폰들은 서서히 몸을 돌려 군중을 마주하고는 우리 드래곤들과 함께 눈매를 좁혔다.

머릿속에서 앤다나의 포효와 함께 밀려오는 슬픔과 분노의 파도에 영혼이 뒤흔들리는 기분이었다.

"실라레인은 갔다." 테른이 말하고, 키라레가 실라의 시체 위로 한쪽 날개를 펼쳤다.

얼굴 왼쪽으로 무언가 축축한 것이 흘러내렸다.

"바이올렛!" 제이든이 외치는 소리가 흐릿한 안개를 가르고 전해졌다. "이건 내가 대신해줄 수가 없어. 내가 할 수 있다면 좋겠지만, 저들은 네가 지휘한다는 걸 알아."

지휘한다는 말이 이렇게 싫을 수가.

숨을 깊이 들이마시고, 한 번 더 들이마시자 세상이 다시 정상 속도로 돌았다. 격노하여 등뼈가 뻣뻣해진 나는 트레이거와 실라의 이름을 울부짖는 마음 일부를 잘라내고, 바스지아스에서 벼린 무기가 되었다. 하지만 지금 상황이 요구하는 것은 내 칼날이 아니었다.

싸우는 건 너무나 쉽다. 저들이 저지른 짓의 처벌이라면 모두 죽여야 마땅하다.

가죽옷을 뚫고 들어오는 무자비한 햇살 속에서 제이든의 품에서 벗어나 천천히 군중을 향해 몸을 돌렸다. 나는 움켜쥔 주먹에서 피를 흘리는 아릭을 보고, 대열로 돌아와서 양동이 근처에 서는 개릭을 보고, 그 너머에서 나를 응시하는 미라를 보았다. 그 눈동자가 입으로 할 수 없는 말을 전했다.

이 일을 처리해.

메런을 팔로 감싸 부축하고 있는데도, 지금처럼 언니가 엄마와 닮아 보일 때가 없었다.

그리고 어머니는 우리에게 이 전쟁을 치를 기회를 주려고 죽었다.

여기에서 실패하면 이들의 군대를 잃게 된다.

여기에서 내가 실패하면 대대원 또 한 명을, 동료 또 한 명을 헛되이 잃은 셈이 된다.

나는 고개를 끄덕이고 어깨를 펴 캘릭스타를 마주했다. 그 옆에 궁수가 보였다.

나는 두 걸음을 내디뎌 트레이거의 시신 옆에 서서, 트레이거와 실라의 목숨을 앗아간 나이 든 남자와 눈을 마주쳤다. 군중의 고요한 시선에서 느껴지는 무게는 내 결심을 굳힐 뿐이었다. 나는 턱을 치켜들었다가 고개를 숙였다.

그리고 내 인간성을 또 한 조각 버렸다.

"고맙습니다."

죽일 놈들.

8시간 후, 미라와 제이든, 아릭과 나는 나머지 부대원들이 트레이거와 실라의 시신과 함께 기다리는 달빛 비치는 들판으로 돌아갔다. 아직도 구경꾼들 한 무리가 관람석에 남아서 술을 마시며 축하하고 있었다.

내가 다가가자 테른이 금빛 눈 한쪽을 떴다가 감더니, 스게일의 머리통을 등에 얹은 채 다시 잠들었다. 앤다나는 안전하다고 느껴질 만큼 둘과 가까운 곳에서 잤는데, 그래도 어릴 때보다는 날개 하나 길이만큼 떨어져 있었다.

캐스만 빼고 모든 그리폰과 드래곤이 자고 있었다. 캐스는 관람석을 돌아다니는 구경꾼들에게 자신이 망을 보고 있다는 사실을 일깨우려는 듯 장검형 꼬리를 흔들거렸다. 다들 기진맥진한 것도 당연했다. 쉬지도 않고 언브리얼에서 날아온 데다가, 오늘은 우리가 협상하는 동안 앤다나의 종족을 찾아 이 섬을 뒤졌으니 말이다.

그리고 이리드는 없었다. 아무 데도 없었다. 속이 타들어갔고, 이제야 우리가 이리드를 찾지 못하면 어떻게 될지 생각할 마음이 들었다. 앤다나는 마음이 꺾이겠지. 멜그렌은 격분할 테고. 에이토스는 우리 모두를 직무 유기로 감옥에 처넣을 것이다.

우리는 베닌과의 전쟁에서 질 수도 있다.

아니, 그런 일은 거부하겠어.

"그래도 군대는 얻지 않았느냐." 테른이 그르렁거렸다.

"다시 자요."

제이든은 적이 아니다. 적에게 감염됐을 뿐.

캣은 키라레 옆에 앉아서 메런의 어깨에 머리를 기대고 있었고, 다른 사람들은 근처를 맴돌고 있었다. 우리가 도착하자 모두의 시선이 우리에게 향했다.

"다 됐나?" 드레이크가 물었다.

"됐어." 미라 언니가 대답했다. "아릭이 조건에 동의했지. 이상하게 우리에게 유리한 조건이긴 해. 다음 몇 달 동안 선봉대를 보내고, 나머지는 우리가 총 4만 명을 받아들일 준비가 끝나면 보내기로 했어."

드레이크는 고개를 끄덕인 뒤 캣이 있는 쪽을 보았다. "그렇다면 수천 대의 크로스볼트에 인원을 배치해서 와이번을 보병대가 기다리는 땅으로 내몰 수 있겠군. 순찰대도 확충하고…."

"알아들었어." 캣이 시선을 들지도 않고 말을 끊었다.

나보다 낫네. 난 못 받아들이겠는데.

"다들 식사는 했어?" 리독에게 물었다.

리독은 고개를 끄덕였다. "사람들이 먹을 것도 갖다주고 시내에 침대도 내주겠다고 했지만…." 그의 시선이 실라와 트레이거가 누운 왼쪽으로 향했다.

"잘했어." 제이든이 내 허리에 손을 올리고 말했다.

"묻어야지." 메런이 말하고는 잠시 턱을 떨었다. "그리고 실라도 태워야 해. 그리폰들은… 화장을 더 좋아해."

"트레이거도 화장해야 해." 캣은 텅 빈 눈으로 무미건조하게 말했다. "둘이 같이 있고 싶을 거야." 캣은 눈을 깜박이더니 우리를 올려다보았다. "여기는 안 돼. 여기엔 아무것도 남기지 마."

"알았어." 고개를 끄덕이는데, 갈비뼈가 죄어들어 폐에 든 공기를 찌부러뜨릴 것 같았다. 뭐든 캣이 바라는 대로 해줘야 했다. 메런에게도 빚을 졌다. 네브와 브레이건과 카이에게도. 그리고… 목이 턱 막히는 기분이었다. 리에게도 트레이거를 잃었다고 말해야겠지. 리가 우리 모두를 살려두려고 그렇게 애썼는데.

"그러면 아침에 남쪽으로, 로이섬까지 데려갈까?" 데인이 팔짱을 끼고 개릭 옆에 서서 물었다. "다들 오늘 밤에 휴식을 취하지 않으면 해안을 건너지 못할 거야."

"거기도 아니야. 누구든 소름 끼치는 호기심으로 실라의 유해를 파내지 않을 거라고 장담할 수 없어." 캣이 고개를 저었다. "북쪽으로 하루 비행거리에 무인도가 수십 개 있어. 하나 골라."

"캣, 그러려면 계획한 경로에서 벗어나야 하는데…" 드레이크가 입을 열었다.

"하나 고르라고." 캣이 말을 끊고 주위를 가리켰다. "둘을 화장한 다음에 돌아오면 되잖아. 이 둘에게 일정을 며칠 늦출 정도 가치는 있다고 생각하는데."

오른쪽에서 드레이크의 그리폰인 소바던이 고개를 들더니 부리를 딱딱 부딪쳤다. 드레이크가 마주 보고는 고개를 끄덕였다. "난 좋아."

"그러면 너무 난처해질까?" 메런이 바로 옆에 있는 캣을 두고 나에게 조용히 물었다.

"아니야." 나는 고개를 저었다. "둘을 말렉에게 보내고 난 후에 갈라져서 세 배 빠르게 작은 섬들을 수색하면 될 거야. 대부분 섬은 상공에서 보는 정도면 충분해." 나는 캣의 눈을 마주 보았다. "그다음에, 네가 준비가 되면 로이섬으로 떠나자."

캣은 고개를 끄덕였다. "로이섬이 우리의 마지막 기회인 셈이지? 남은 곳이 별로 없어."

나는 캣의 말이 면전에 들이댄 진실을 무시하고 허리를 폈다. "그렇다면 우리가 가까이 온 거겠지. 작은 섬들과 로이섬은 우리가 가진 모든 지도에서 가장자리에 있어." 그렇게 비싼 대가를 치르고서 완전히 실패한다니, 도저히 받아들일 수 없다.

관람석에 남은 무리들이 술집에 온 사람들처럼 노래하기 시작했다. 오늘의 '축제'가 축하할 거리나 된다는 듯이 말이다.

"좋아. 그러고 나면 집으로 갈 수 있겠지…. 아직 집이 남아 있다면." 캣은 가슴팍에 무릎을 끌어안고 관람석 쪽을 노려보았다. "오늘 밤은 여기 밖에서 자는 거야."

모두가 동의했다.

"캣, 정말 미안해…." 내가 입을 열었다.

"하지 마." 캣은 메런의 어깨에 다시 머리를 기댔다. "트레이거에게 같이 오자고 한 사람은 나야."

30분 후, 드래곤들이 만든 원 안에 30센티미터씩 사이를 두고 침상이 깔렸고, 불침번 배정이 이뤄졌다. 이렇게 피곤했던 때가 언제인지 기억도 나지 않았다. 뼛속까지 스미는 피곤은 일반적인 피로를 넘어섰고, 몸이 보통 힘든 게 아니었다. 현기증이 심해지고, 모든 관절이 비명을 지르고, 갈비뼈는 아프고, 꿰맨 자리를 긁고 싶은 데다가, 어떻게든 버티려고 뭉친 근육까지 갈수록 상태가 심해졌다.

하지만 누워서 별을 올려다보는 나를 가장 괴롭히는 건 내 마음이었다. 우리 손에 달린 막중한 책임과 실패할 수 있는 온갖 방법이 떠올랐다. 처음부터 헛고생이라고 했던 미라 언니 말이 맞을지도 모른다.

제이든이 내 옆에 누워 얇은 담요를 같이 덮더니 내 배에 팔을 올렸다. "세 번째 불침번까지 여섯 시간이 있어. 쉬려고 해봐."

갈비뼈를 보호하면서 오른쪽 어깨로 돌아누워 그의 팔에 머리를 대고 제이든을 올려다보았다. "오늘 난 얼어붙었어." 마음으로 속삭이며 인정했다.

그는 이마를 찌푸리더니 내 허리 아래에 손바닥을 댔다. "그 녀석은 네 동기였지. 넌 얼어붙지 않았어. 충격받은 거지. 당연한 일이고, 그래서 우리가 부대를 이뤄 다니는 거야."

"날 사랑한다는 이유로 친절하게 굴지 마." 나는 그의 얇은 속셔츠 위, 정확히 심장이 있는 곳에 손을 얹었다. 우리는 부츠만 벗었을 뿐, 필요하면 순식간에 날아오를 수 있게 옷을 갖춰 입은 상태였다. "이건 내 임무야. 트레이거와 실라가 죽고 캣이 비탄에 빠졌는데, 난 얼어붙었어."

"지휘관이라면 누구나 지휘 중에 누군가를 잃어." 그는 멍하니 내 허리로 손을 쓸어올렸다. "넌 정신 차리고 이번 임무를 완수했어."

"저 둘의 목숨을 대가로 말이지." 가슴이 죄어들며, 제이든에게만 털어놓을 수 있는 온전한 고백조차 막으려 들었다. "난 지휘자 감이 아니야. 미라가 책임자가 되어야 해. 아니면 드레이크라도. 둘 다 안 된다면 당신이 해야 해."

"지금은 내 판단이 신뢰할 만해서?" 그는 냉소적으로 한숨을 내쉬었다. "가장 좋은 지도자는 그 자리를 원한 적 없는 사람이야. 이게 네 임무인 건 앤다나가 널 선택했기 때문이야. 테른이 널 선택했고."

그는 내 얼굴로 손을 올렸다. "분과에서는 절대로 알려주지 않는 게 있는데, 계급도 좋지만, 너나 나나 알다시피 전장에 날아 들어가는 순간부터 명령하는 건 인간이 아니야. 이렇게 알려주긴 싫지만 넌 드래곤의 장군에게 선택받았어. 너 스스로 지휘관이 되기를 선택할 수도 있고, 테른이 널 끌고 갈 수도 있어. 어느 쪽이든 넌 앞에 서게 될 거야."

나도 모르게 진실을 부정하며 세우고 있던 방패가 제이든의 말에 꿰뚫렸다. 심장이 미친 듯이 뛰었다. 그가 까발린 진실이 어찌나 명백한지, 지금까지 알지 못했다는 게 멍청하게 느껴졌다. 테른은 언제나 이끄는 입장일 것이고, 나는 언제나 테른의 라이더일 것이다.

코다흐가 멜그렌을 통해 말한다. 그 반대가 아니다.

"그렇다면 테른이 형편없는 선택을 한 거네." 목이 더 꽉 메었다. 나는 자기연민에 젖어 들고 싶은 한심한 본능과, 테른보다도 더 큰 힘인 분노를 채널링하고 싶은 점점 더 커져가는 충동 사이에서 괴로웠다.

"테른이 깨어 있을 때 그렇게 말하면 어떤 꼴이 되나 볼까." 제이든은 손마디로 내 뺨을 쓸었다. "난 네가 일어난 일에 그저 대처하는 게 아니라 상황을 장악하는 순간들을 지켜봤어. 드베렐리에서도, 언브리얼에서도, 젠장, 넌 헤도티스의 세 집정관을 중독시켰지. 네가 마침내 확신을 받아들이고 그런 배짱으로 산다면 어떤 사람이 될지 상상해봐."

"당신처럼 될까?" 나는 억지 미소를 지었다.

"나보다 낫겠지." 그는 엄지손가락으로 내 아랫입술을 훑었다. "그래야 해. 티렌더를 지키도록 도와주겠다고 약속한 건 기억해?"

"기억해." 나는 고개를 끄덕였다. "진심이었어. 난 당신 옆에 설 거야." 피곤이 스며들면서 호흡이 느려지고 눈꺼풀이 무거워졌다. "그리고 앤다나의 종족을 찾고, 베닌에 대한 연구를 쌓아서 당신을 치료할 거야."

눈이 가물가물 감겼다.

"치료법은 없어." 그는 내 이마에 입 맞췄다. "그래서 네가 나보다 나아져야 하는 거야. 너밖에 없으니까."

# 40

이에 따라, 차후 공지가 있을 때까지 각 지방의 징집 인원을 두 배로 늘린다.

— 퍼시벌 피츠기븐스, 〈공고문 634.23〉

우리는 동틀녘에 북서쪽으로 날았다.

트레이거의 시신은 에오트롬이 앞발톱으로 잡고, 실라는 테른이 날랐다.

지도가 정확하게 그려졌기만을 빌며 안전한 무역로와 큰 섬들을 떠나서 깊은 바다 위를 날다 보니 물 색깔이 지금까지 본 적 없이 검푸른 빛으로 변했다.

밤이 찾아오고 바다에 달그림자만 보이자 두려움으로 뱃속이 뒤틀렸다. 우리가 잘못 날아왔다면 드래곤들은 방향을 돌려 제힐나로 갈 수 있지만, 그리폰들은 거기까지 가지 못한다.

트레이거와 실라를 작은 섬에 묻기로 한 결정 때문에 다른 이들까지 묻게 될 가능성도 충분히 있었다. 혹시 그리폰들이 들려가도 좋다고 동의한다면 또 모르지만.

한밤중이 되었을 때쯤, 포기하고 돌아가자고 지시하려는데 테른이 땅을 발견했다.

고맙습니다, 아마리시여.

지날에게는 두 번 다시 기도하지 못할 것 같다.

10분을 들여 그 작은 섬과 끝이 움푹 꺼진 봉우리 하나를 살피고 무인도라는 것을 확인한 후에, 폭이 테른의 날개 너비만 한 북쪽 해변에 착륙했다.

달빛의 눈속임일지도 모르지만, 분명히 검은 모래밭이었다.

마력이 내 안을 물결치고 피부에 지직거리며 에너지가 흘렀다. 나바르의 절반 정도는 되는 강도였다.

우리가 마법을 발견한 것이다. 제힐나보다도 강했다.

우리는 해변을 통과해 흐르는 근처 개울을 찾아서 드래곤과 그리폰들에게 물을 먹이고, 재빨리 정글 가장자리에서 장작을 모았다.

넓은 해변에서 높은 지점을 찾아 밀물이 밀려드는 선과 배후 숲의 중간쯤에 장작을 나르느라 목덜미에서 땀이 뚝뚝 떨어졌다.

장작더미를 쌓은 후에 우리는 정글을 등지고 나란히 섰고, 에오트롬이 고개를 숙여 나무에 불을 뿜었다. 타오르는 불이 밤하늘을 밝히고 얼굴에 열기가 훅 끼쳤다.

메런이 어깨를 떨었고, 캣은 가장 친한 친구와 팔짱을 낀 채로 불길 속을 응시했다.

두 사람의 얼굴에 드러난 괴로움만 보아도 목이 메는데, 제이든이 손깍지를 꼈다.

"실라레인과 트레이거 캐리스." 왼쪽에서 드레이크가 말하는 소리가 눈부시게 불이 타오르는 소리와 철썩이는 파도 소리 위로 울려 퍼졌다. "존경과 사랑과 고마움을 담아, 둘의 영혼을 말렉에게 맡긴다."

그렇게 끝이었다.

우리는 개울 근처에 야영지를 만들었고, 플라이어들은 밤새도록 번갈아 가며 불을 지켰다. 아침이 되자 불길은 몇 센티미터 높이로 줄어 있었다.

리독과 함께 개울에서 물주머니를 채우고 야영지로 돌아가 보니 다른 사람들이 심각하게 토론하고 있었다.

"난 우리가 항로에서 벗어난 것 같아." 드레이크가 한 손에 지도를 잡고 반대쪽 손으로는 꼬물거리는 새끼고양이를 잡으려고 애쓰면서 말했다. 지도를 어찌나 여러 번 접었는지 구석구석에 구멍이 나 있었다.

"그거 줘봐." 놀랍게도 미라는 지도가 아니라 고양이를 받아들더니 한 손으로 가슴께에 안았다.

"걔 이름은 그거가 아니라 브로콜리야." 드레이크가 중얼거렸다.

미라는 무슨 헛소리를 하냐는 눈으로 드레이크를 보았다. "고양이 이름이 브로콜리라고?"

"브로콜리는 아무도 좋아하지 않지만 몸에는 좋으니까, 어울리는 이름 같았어." 드레이크는 어깨를 으쓱였다. "자, 저게 분명히 옛 화산의 잔재야." 그는 솟아오른 봉우리를 가리켰다. "그리고 그런 지형이 처음 표시된 곳은 여기야." 그러고는 북동쪽에 있는 작은 군도의 상세지도 위를 손가락으로 짚었다.

나는 지형지물을 비교하기 시작했다.

"우린 그렇게 멀리 날아오지 않았어." 제이든이 팔짱을 끼고 지도를 보면서 말했다.

"왜 캐럿이 아니고?" 미라가 새끼고양이의 턱밑을 긁으면서 말했다. "오렌지색이잖아."

"소른게일 널 짜증 나게 하려고." 드레이크가 지도에서 고개를 들고 대꾸했다.

미라 언니는 코웃음을 치더니, 더 남쪽으로 내려간 난바다 지역을 두드렸다. "난 우리가 여기 어디쯤인 것 같은데. 그리고 지도에는 안 나오는 거지. 우리가 이렇게 멀리까지 지도 제작자를 보낸 적은 없잖아."

"저기 곶 끝에서 다른 섬이 보여." 아릭이 해변 쪽을 고갯짓했다. "몰빅은 그 섬 너머로 두 개를 더 볼 수 있고."

"*테른?*" 나는 앤다나가 자게 내버려두고 테른과 연결된 정신 통로만으로 물었다. 앤다나는 녹초가 됐고, 여기까지 오는 비행에서는 평소보다 더 날개를 떨었다.

"*우린 화산 지형으로 이뤄진 열도 남쪽 끝에 있다.*" 한참 위에서 테른이 대답했다. "*지도엔 맞는 그림이 없는데, 서쪽으로 한 시간쯤 날아가면 꽤 큰 벼랑이 있는 땅덩이가 또 하나 있군.*"

나는 미라 언니 옆으로 비집고 들어가서 지도를 살핀 다음, 테른의 묘사에 들어맞는 섬을 찾아냈다. 지도 제작자가 벼랑을 표시해두었다. 그다음에 손가락을 동쪽으로 움직여봤지만 빈 바다만 나왔다. "테른이 본 풍경대로면 우리가 여기 있는 게 확실해." 나는 고개를 들고 메런의 어깨 너머로 열린 바다를 보았다. "아무래도 이쪽엔 지도 제작자가 기록해놓은 몇십 개가 아니라 수백 개의 섬이 있나 본데."

"그 섬을 다 수색해야 할까?" 드레이크가 못 믿겠다는 듯 이맛살을 찌푸리며 물었다.

미라 언니를 보았지만, 언니는 어깨만 으쓱였다. "내가 결정할 일은 아니지."

제이든은 어제와 비슷한 눈으로 나를 보았다. 답을 알긴 하지만 내가 직접 찾아냈으면 하는 표정이었다.

"오늘 안에 가능한 만큼은 최대한 확인해야지." 내가 어깨를 펴자 제이든의 입꼬리가 올라갔다. "다섯 무리로 나누자. 메런과 캣은 지도에 없는 북쪽 섬들을 맡아. 드레이크와 데인은 이쪽 사분면을 맡고." 나는 그리폰들의 피로를 고려해 서쪽으로 제일 가까운 섬들을 가리켰다. "아릭과 미라는 여기로 가. 제이든과 개릭은 여기를 맡고. 리독과 나는 이 구역을 맡을게." 나는 두 시간쯤 떨어진 동쪽 열도로 손가락을 움직였다.

시선을 들자 모두가 나를 빤히 보고 있었다. "왜? 그리폰들은 가까이 두고, 비행 내구력이 비슷한 드래곤끼리 짝지었는데." 눈이 마주친 제이든은 내가 짠 조 구성을 달가워하지 않는 것 같았다. "우리는 예외야. 여기 나머지 섬들도 마력을 비슷하게 갖고 있다면, 계속 연락이 될 가능성이 제일 높은 게 테른과 스게일이잖아. 종일 흩어져 있으려면 이러는 편이 좋아."

제이든은 흉터 진 눈썹을 들어 올렸다.

"너랑 나뿐이네, 자기야." 개릭이 제이든의 어깨에 팔을 걸치더니, 몸을 기울이고 속삭였다. "걱정하지 마. 내가 잘 돌봐줄게." 개릭의 볼에 보조개가 팼다.

"여섯 시 조금 넘으면 해가 질 테니까, 우리에겐 아홉 시간이 있어." 나는 이 구성에 만족해하며 고개를 끄덕였다. "밤이 되기 전에 여기에서 다시 만나자. 아무것도 찾지 못한다면 내일은 함께 남동쪽 섬들에 가본 다음, 로이섬으로 날아가는 거야." 로이섬에서는 재보급을 해야 한다.

"견실한 계획이군." 미라가 말했다.

"불이 꺼지기 전까지는 갈 수 없어." 메런이 말했다. "말렉에게 바치는 제물은 지켜보는 사람이 꼭 있어야 해."

캣이 가만히 있지 못하고 자세를 바꾸는 모습을 보니 어서 여기를 벗어나고 싶은 모양이었다.

"다 탈 때까지 리독과 내가 지킬게." 앤다나를 슬쩍 돌아보았다. 정글 가장자리에서 모래보다 조금 더 검은빛깔을 취하고 자고 있었는데 호흡이 고르고 깊었다. "그러면 앤다나도 한 시간쯤 더 쉴 수 있겠지. 또 질문 있어? 덧붙일 말은? 우려되는 점은?"

"난 좋다." 드레이크가 지도를 접었고, 다들 가방을 싸기 위해 흩어졌다. 제이든만 남아서 나를 쳐다보았다.

리독이 우리를 번갈아 보았다. "난 저기… 어디든 다른 데 가 있을게." 리독은 사그라드는 불가로 향했다.

"나보고 지휘하라고 해놓고 내 방식에 화내면 안 되지." 나는 어깨를 으쓱였다.

제이든은 다가와서 허리를 굽히고 나에게 짧지만 강하게 키스했다. "밤이 되기 전에 돌아올게, 내 사랑."

나는 그의 손목을 붙잡고, 그 눈을 들여다보면서 잠시 더 붙잡아두었다. 눈동자의 반점은 여전히 호박색이었다. "괜찮아?" 나는 속삭였다. "마법은 있고 보호막은 없는데."

"그건…." 제이든이 얼굴을 찡그렸다. "유혹적이긴 해. 필요하지도 않은데, 그래도 발아래에 마력을 느낄 수 있고, 지금도 이 정도 마법은 쓸 수 있지만…." 새까만 그림자 한 줄기가 내 다리를 휘감아 올라와서 상체를 감싸더니 옆얼굴을 어루만졌다. "마음만 먹으면 온전한 힘을 발휘할 수 있다는 걸 아는 게 힘들어." 그는 침을 삼켰고, 나는 그의 손목을 잡은 손에 힘을 주었다. "하지만 그러지 않을 거야."

"뭔가 도화선만 없으면 말이지." 물러나는 그림자의 뒤를 따라 불안감이 내 몸을 타고 흘러내리며 소름이 돋았다. "당신을 개릭과 보내는 건 그래서이기도 해."

제이든이 몸을 굳혔다. "내가 채널링할까 봐?"

나는 고개를 저었다. "당신이 그러지 않게 하려고. 지난번에는 나 때문이었지. 내가 당신을 자극하는 도화선이야."

그는 움찔했다. "아니야. 넌 내가 절대로 잃을 수 없는 유일한 존재지. 너를 지키기 위해 능력을 쓰는 건 언제나 본능적인 반응이었는데, 이젠… 통제가 안 돼."

"알아." 나는 아물어가는 팔의 상처를 찬찬히 살펴보고는 그의 손을 들어 올려 손바닥 한가운데에 입을 맞췄다. "그래서 개릭과 같이 가라는 거야. 개릭에겐 혈청도 있어."

"알았어." 그는 내 허리를 잡았다. "내 영혼이 네 소유라는 말은 진심이야. 내가 온전히 나처럼 느껴지는 장소는 너밖에 없어. 넌 도화선 같은 게 아니야." 그는 그 말을 반복하더니 다시 도둑 키스를 남기고 걸어갔다. "밤에 보자."

"밤에 봐." 나는 그 뒤에 대고 외쳤다. "*사랑해.*"

대답 대신 정신 연결로 온기가 밀려왔다.

다른 조들이 출발했고, 테른은 못마땅한 눈으로 쿵쿵거리며 해변을 걸어왔다.

"*말도 꺼내지 말아요.*" 내가 고개를 젓는 사이에 에오트롬은 날개를 접더니 테른을 지나쳐 발목까지 잠기는 바닷물로 뛰어갔다. "*오늘 밤이면 돌아올 거예요.*"

"*너도 네 짝과 몇 주 동안 소통을 못 하다가 자진해서 헤어지게 되면 똑같은 말을 해주마.*" 테른은 숲속으로 어슬렁어슬렁 걸어가면서 투덜거렸다. 흔들리는 나무들이 테른의 위치를 알렸다.

"인간은 짝짓기를 하지 않거든요!" 나는 그 뒤에 대고 외쳤다.

"*그것도 인간이 열등하다는 증거로군.*" 멀리서 나무가 부러졌다.

"심술궂긴." 나는 파도가 닿지 않는 물가에 선 리독을 향해 걸어가면서 중얼거렸다.

"들었다."

에오트롬이 미끄러지다가 리독에게서 3미터 떨어진 곳에 멈추더니 주둥이를 얕은 물에 처박고 파도를 일으켰다. 해변으로 밀려온 파도가 리독의 정강이까지 차올랐다.

"왜 그렇게 재수 없게 굴어요?" 리독이 양옆으로 팔을 휘저었다. "부츠라곤 딱 한 켤레 가져왔는데…."

나는 앤다나가 자고 있는 곳 근처에 멈춰 섰다. 내가 물가에 가나 봐라. 제이든이 오늘 내 갈비뼈에 새로 붕대를 감아줬단 말이다.

에오트롬이 고개를 들더니 잇새로 물을 뿌려서 리독을 머리끝부터 발끝까지 적셨다.

우웩. 나는 앉아서 앤다나의 어깨에 등을 기댔다.

"불공평해!" 리독이 눈에 들어간 물방울을 닦는 사이에 에오트롬은 해변으로 올라오더니 숲속으로 사라졌다. "아직 내가 이기고 있거든요. 그건 셈에 안 들어가요!" 리독은 자기 드래곤의 뒤에 대고 외쳤다. 그리고 잠시 후에 다시. "우린 임무 중이니까!"

리독은 고개를 내젓고는 내 쪽으로 터벅터벅 걸어왔다. 걸음을 옮길 때마다 부츠가 철벅거렸다.

"내가 무슨 일인지 알아야 할까?"

"지난번에 내가 이겼다고 복수한 거야." 리독이 씩 웃었다. "내가 간지럼 가루를 한 통이 샀는데, 몇 주 전의 비행 기동훈련 직후에 에오트롬의 목덜미 비늘 사이에 뿌렸거든. 나한테 졌다는 걸 베일의 모두에게 숨기려고 강에 몸을 푹 담그고 있어야 했지."

"둘이 정말 이상해." 갑자기 성격 나쁜 늙은이와 계약한 게 무척 만족스러워졌다. 앤다나가 20년 후에 어떨지는 알 수 없지만 말이다.

"우리가 이상한가?" 리독이 부츠 끈을 잡아당겼다. "아니면 우리 빼고

다 이상한 걸까?" 그는 어깨를 으쓱이고 부츠를 벗어서 앤다나 앞 모래밭에 놓았다. "출발하기 전에 조금이라도 말랐으면 좋겠다. 옷 갈아입을게." 그는 야영지 쪽으로 가더니 가방을 집어 들고 숲으로 들어갔다.

"저런 거 배우지 마." 나는 자고 있는 앤다나에게 속삭인 다음, 햇볕에 달궈진 드래곤의 비늘에 다시 머리를 대고 눈을 감았다.

땅이 흔들렸다.

"아마리에게 맹세코, 테른이 혹시 나에게 물을 뿌린다면…." 땅이 다시, 또다시 흔들리는 통에 눈이 번쩍 뜨였다.

모래가 튀어 오르고 물보라가 흩뿌렸다. 그리고 우리 앞에 새로운 드래곤 발자취가 생겼다.

하지만 테른도 에오트롬도 여기 없었다.

불안감이 등골을 타고 올랐고, 나는 갈비뼈를 조심하며 천천히 일어섰다. 왼손으로는 단검을 뽑고, 오른손바닥을 하늘로 향하고 테른의 마력 문을 열었다. 마력이 혈관으로 스며들고 피부를 따라 진동하는 상태로 옆걸음을 걸어 앤다나의 어깨를 돌아서 목 앞에 섰다. 가장 취약한 부위였다.

열기가 내 얼굴에 불어오더니, 바람보다 유황 냄새가 먼저 도착했다.

"테른?" 해변을 쭉 둘러보았지만 아무것도 없었다. 바닷물 위에 아침 햇살이 어른거릴 뿐이었다.

*"난 심술궂게 구느라 바쁘다."*

3미터 앞에서 모래가 움직이며 고랑이 여러 개 생겼다. 해변이 갈라지는 듯한 모습이었다.

발톱을 쥐었다 펴는 모습 같기도 했다.

"테른!" 심장이 뛰었다. 내 앞의 공기가 일렁이더니, 거대한 두 개의 콧구멍 사이에서 반짝이는 하늘색 비늘이 나타났다.

*"버텨라!"* 테른이 명령했다. *"내가 간다!"*

내 앞에 나타난 드래곤은 숨을 들이마시더니 뒤로 물러서서 뾰족한 이빨을 전부 보여주며 고개를 옆으로 기울이고는 금빛 눈동자를 가늘게 떴다. 자고 있던 앤다나가 꿈틀거렸고, 시야 가장자리에 형체를 알 수 없는 움직임이 보여서 양쪽을 두리번거릴 수밖에 없었다. 그리고 나는 눈을 크게 떴다.

다양한 비늘색의 드래곤 여섯이 해변을 채웠는데, 모두가 스게일과 맞먹는 크기였다. 그들은 거대한 앞발을 모래에 파묻고 하나씩 고개를 숙였다.

호흡이 흔들렸다.

우리가 이리드를 찾은 게 아니라, 그들이 우리를 찾았다.

찾은 거다. 그들이 여기에 있다.

얼굴로 수증기가 뿜어오자 가슴이 철렁했다. 그들이 여기에 있는데, 아주 커다란 이빨을 아주 가까이 들이대고 있었다.

바로 앞에 있는 드래곤이 콧구멍을 넓히자 호각 소리 같은 것이 머릿속을 채웠다. 낮게 시작한 소리가 순식간에 고통스러울 만큼 높아졌다.

*"안녕, 인간."*

# 41

**사실 우리는 드래곤에 대해 모르는 게 훨씬 많다.**

_ 케이오리 대령, 《드래곤 도감》

이게 뭐람. 나는 물러서서 그 이리드 드래곤을 응시했다. 단검을 쥔 손에서 힘이 빠졌다.

드래곤들은 계약하지 않은 인간에게 말을 걸지 않건만, 저 깊고 걸걸한 목소리는 확실히 테른이 아니다.

"무슨 일이… 이런 젠장." 내 뒤에 나타난 리독이 말했다.

리독이 내 쪽으로 달려오자 드래곤들 절반이 그쪽으로 머리를 돌렸고, 나머지 절반은 여전히 눈동자도 거대한 입도 내 쪽을 향해 있었다.

"이거 기쁜 일이야?" 리독은 맨발로 내 옆까지 달려와서 물었다. "아니면 무서운 일이야?"

나는 고개를 끄덕였다.

"왜 내 말에 대답을 안 하지?" 드래곤이 물었다.

"저 인간 여성은 지성이 없는지도 몰라." 높은 목소리가 울리더니, 오른쪽에 있던 드래곤이 고개를 들었나.

나는 입을 쩍 벌렸다. 오만한 건 어떤 드래곤이나 마찬가지인가 보다.

"얜 놀랐을 뿐이야." 앤다나가 일어섰지만, 머리는 다른 드래곤들과 같은 높이로 두었다. "그리고 당신이 얘 얼굴 바로 앞에 있잖아."

너무나도 놀랍게도, 드래곤 여섯이 한 걸음 물러섰다.

"고마워." 앤다나가 말했다.

"우리 말을 하시나요?" 나는 이리드들에게 물었다.

"우리는 마법이다." 처음 말을 건 남성체 이리드가 그게 세상에서 가장 뻔한 이유라는 듯이 대답했다.

"저… 분들이 방금 네 개인 공간을 존중해준 거야?" 리독이 속삭이더니, 두 손을 귀에 확 갖다 대고 움찔했다. "뭐였지?"

"우리가 네 목소리를 못 듣는다는 듯이 말하는 건 무례한 짓이다." 오른쪽의 여성체 이리드가 말했다.

리독이 눈을 크게 떴다.

"우리에게 칼을 드는 건 더 불쾌하군." 왼쪽에서 학교 선생님처럼 무뚝뚝한 목소리가 말했다.

"전 여러분을 모르고, 여러분이 제 친구를 해치게 두지 않을 거라서요." 나는 비늘을 녹색으로 바꾸는 드래곤을 노려보았다.

"그런데 단검이면 충분하다고 생각해?" 여성체 이리드가 콧구멍을 넓혔다. "네 생각이 맞네, 데이신. 저 인간 여자는 지성이 없어."

무례하네. 하지만 앞에 한 말은 맞다. 나는 단검을 칼집에 넣었다.

"넌 이리드로구나." 우리 앞에 선 남성체 이리드가 화제를 바꾸더니, 앤다나를 관찰하면서 거대한 머리통을 기울였다.

앤다나의 비늘이 검은색에서 정글 같은 녹색으로 변했다가 푸른빛으로 물결쳤다. 말을 건 드래곤과 똑같은 하늘색이었다. "난 이리드야."

"세상에." 리독이 말했다. "방금 앤다나였어?"

"저 휘파람 같은 소리를 내면 이리드들과 연결되는 건가 봐." 나는 중얼거렸다.

"그런데 휴식할 때 색깔로 검은색을 고른다고?" 오른쪽에 있던 여성체 이리드가 앤다나에게 물었다.

"집… 아니, 나바르에서는 괜찮은 선택인데." 앤다나가 발끈하며 말했다.

내게서 대각선으로 왼쪽에 있던 드래곤이 고개를 들었다. "저 아이는 기준이다."

다른 다섯이 움찔하며 물러섰다.

"그거 좋은 건가?" 리독이 수어로 말했다.

"나도 몰라." 나도 마주 손짓했다. 드래곤들이 우리에게 좀 더 거리를 두자 날뛰던 심장이 조금 진정되었다.

날갯짓 소리가 울려 퍼지고, 이리드들이 하늘로 고개를 든다 싶더니 암흑이 우리 위로 떨어져 내렸다. 테른이 천둥처럼 땅을 뒤흔들며 거칠게 착륙했다. 뒷발이 리독 왼쪽, 앤다나 오른쪽 모래밭 깊이 파고들었다.

심장이 덜컹거렸다. 테른이 도착했다는 사실에 마음이 놓이는지, 아니면 이제 이리드가 공격하면 둘 다 잃을 수 있다는 생각에 더 무서워지는지는 알 수가 없었다.

드래곤들은 예측 불허의 존재고, 특히 나는 우리 앞에 있는 이 종족에 대해 아는 게 없었다.

"*내 인간이다.*" 테른이 꼬리를 흔들며 경고했다. 그가 이리드들을 향해 이를 딱 부딪치자 우리 뒤에서 나무들이 꺾이고 부러졌다. 어쨌든 나는 그렇다고 생각했지만, 실제 내 눈에 보이는 것이라곤 테른의 아랫배와 이리드들의 다리뿐이었다.

"아니야!" 앤다나가 테른 밑에서 기어나가더니 노려보듯 몸을 빙글 돌렸다. "저들은 바이올렛을 해치지 않을 거야. 내 가족이란 말이야." 그리고 앤다나는 몸을 다시 돌렸다. "앤 내 인간이기도 해."

속이 뒤틀렸다. 가족일지는 몰라도 앤다나는 저들을 모르고, 저들이 우리 모두를 죽일 가능성도 얼마든지 있었다. 우리는 이리드를 찾는 데만 분주해서, 찾고 나면 어떻게 될지를 크게 생각해보지 않았다.

"둘이 하나를 공유해야 할 정도로 나바르에 인간이 희귀해?" 왼쪽에 있던 여성체 이리드가 매섭게 말했다.

"거기 아래에 인간이 하나 더 있지 않아?" 또 다른 목소리가 물었다.

왼쪽에서 물방울 떨어지는 소리가 났고, 나는 웃고 있는 리독 너머로 시선을 돌렸다.

숲에서 나타난 에오트롬이 테른 옆으로 스르륵 미끄러져 오는데, 드러낸 송곳니에서 침이 뚝뚝 떨어졌다. 에오트롬이 목구멍 안쪽으로 내는 으르렁 소리는 통역할 필요도 없었다.

내 것이라는 경고였다.

"우린 인간에게 관심이 없다." 남성체 이리드가 선언했다. "너희들과 싸울 생각도 없고. 우린 그저 그 이리드와 대화하려고 왔을 뿐이다."

"앤다나다." 테른이 표현을 바로잡았다.

"앤다나." 오른쪽에 선 여성체 이리드가 부드럽게 말했다.

조심스럽게 한 발짝씩 물러난 테른은 꼬리가 있던 자리에 뒷발을 디디고, 리독과 나를 앞발 사이에 세웠다.

"그래도 이젠 죽기 전에 앞은 볼 수 있겠네." 리독이 수어로 말하고는 어깨를 으쓱였다.

"우린 안 죽어." 나도 수어로 화답했다. 리애넌과 소여가 여기에서 이 상황을 봤으면 좋겠다는 마음과 그 둘이 위험하지 않아서 다행이라는 마음이 엇비슷했다.

테른은 우리 바로 위에 머리를 두었다. 에오트롬과도 같은 높이였다. 이 일에서는 에오트롬도 분명 리독 편이었다.

앤다나가 몸을 돌려 우리를 보는데, 눈동자에 신난 기색이 가득했다. "*봤지? 너희를 해치지 않을 거야.*"

"알았어." 나는 앤다나의 기분을 망치고 싶지 않아서 고개를 끄덕였다.

"*세상에.*" 오른쪽 여성체 이리드가 숨을 들이켰다.

"*꼬리에 무슨 짓을 한 거냐?*" 왼쪽에 있던 이리드가 휘청거렸다.

앤다나는 목을 길게 빼고 자신의 전갈 꼬리를 확인했다. "아무 짓도. 멀쩡한데."

이리드 드래곤 여섯을 쭉 둘러보자 점점 마음이 무거워졌다.

모두가 페더테일이었다.

"*놈들이 네게 무슨 짓을 했는지 말해라.*" 우리 앞에 선 드래곤이 요구했다.

"*무슨 짓이라니? 내 꼬리는 내가 골랐어.*" 앤다나의 말투가 변명 투로 변했다. "*어린애에서 청소년으로의 이행이 내 선택인 것처럼, 그것도 내 권리잖아.*"

이리드들이 조용해졌는데, 좋은 느낌은 아니었다.

중앙의 이리드가 엎드리더니 몸통에 꼬리를 감았다. "*어쩌다가 그걸 선택하게 되었는지 말해다오.*"

이리드들이 하나씩 엎드리고, 앤다나는 고개를 높이 치켜들었다.

"정말로 이야기 시간인 거야?" 리독이 수어로 말했다.

"누가 봐도 그렇지." 나는 수어로 답했다.

리독은 입꼬리를 떨면서 날아가듯 손을 움직였다. "뭐든 처음이 있지."

나무 부러지는 소리가 나더니, 테른과 에오트롬도 같은 자세를 취했다. 우리만 테튼이 내뻗은 두 앞발 사이에 서 있었다.

앤다나는 우리 바로 앞, 오른쪽에 앉아서 모래밭에 꼬리를 획획 휘둘렀다.

"나는 껍데기 속에서 몇 년 동안 정신이 들었다 말았다 했고…."

"시간 좀 걸리겠다." 리독이 손짓하더니, 모래밭에 털썩 주저앉았다.

내가 천천히 따라 앉는 동안에도 앤다나는 넋을 놓은 청중들에게 이야기하고 있었다.

이리드들은 앤다나가 '시연'에 대해 설명할 때쯤에야 질문을 던지기 시작했다.

"왜 인간에게 너희 모습을 전시하지?"

"아니, 인간이 우리에게 모습을 보이는 거야." 앤다나의 꼬리가 흔들렸다. "그래야 우리가 보고 탈곡까지 오게 놓아둘지, 아니면 까맣게 태워 버릴지 결정할 수 있지."

이리드 모두가 숨을 들이켰고, 리독과 나는 어리둥절해서 서로를 보았다. 이리드는 인간과 계약하지 않는 모양이다.

"나바르에서는 우리 혈통 중에 내가 최연장자니까, 내가 은혜를 선사할 권리에 반대하는 다른 드래곤은 없었어." 앤다나가 신이 난 데다가 뿌듯해하면서 말하는 모습에 미소가 나왔다. "그래서 탈곡이 시작됐지."

앤다나의 관점으로 들으니 흥미진진했다.

"네가 추수에 왜 참여해?" 왼쪽의 여성체가 물었다.

"우리가 계약할 인간을 고르는 일을 탈곡이라고 불러." 앤다나가 설명했다. "그래서 난 숲속으로 들어갔고…."

"유아기에 계약을 맺었다고?" 오른쪽의 남성체가 고함을 쳤다.

테튼이 목을 앞으로 쭉 뻗고 으르렁거렸다. "앤다나에게 목소리 높이지 말아라."

앤다나가 고개를 돌리더니 테른을 노려보았다. *"이 시간을 망치지 말아줘."*

정신 연결을 통해 찌르는 듯한 아픔이 전해졌고, 테른은 움찔해서 리독과 내 위로 고개를 뺐다.

이런. 가슴이 답답해졌지만, 테른에게 할 말도 마땅치 않았고 나머지 드래곤들이 듣지 못하게 전할 방법도 없었다.

앤다나는 우리의 이야기를 계속했다. 잭과 오렌에 대해 말하고, 내가 어떻게 자기를 지키려 했는지 말한 다음 제이든과 반란에 대해 말을 이어나갔다.

*"그래서 당연히 내가 시간을 늦췄지."* 앤다나는 내 침실에서 벌어진 습격을 이야기하며 말했다.

*"한 인간을 위해 유아기의 선물을 썼다고?"* 왼쪽 여성체 이리드가 물었다.

"나 저 드래곤 싫어." 리독이 손짓했다.

"나도야." 나도 수어로 대답했다.

*"내 인간을 위해서였어."* 앤다나가 고개를 기울였다. *"바이올렛은 나의 일부이고, 나도 바이올렛의 일부야. 당신들은 우리의 결속을 낮잡아보고 있어."* 마지막 부분에서 청소년기의 예민함이 배어 나왔다.

*"미안하구나."* 여성체 이리드가 말했다.

"세상에나, 이 드래곤들은 사과도 다 하네." 리독이 눈썹을 치켜들며 수어로 말했다. "우리도 저항할걸 그랬나 봐."

나는 눈알을 굴렸다.

"당신들은 인간과 계약을 안 해?" 앤다나가 물었고, 나는 무릎에 팔뚝을 얹고 몸을 내밀었다.

*"우린 인간과 살지 않아."* 여성체 드래곤이 대답했다.

"이렇게 여섯뿐이야?" 앤다나는 머리를 한 바퀴 돌리며 그들을 보았다.

"수백은 있지." 왼쪽에 있던 남성체 이리드가 대답했는데, 처음 입을 연 것이었다. "이야기 계속하거라."

그 이리드의 뿔에 있는 소용돌이 무늬를 보니 앤다나가 떠올랐다. 같은 드래곤 굴 출신일지도 모르겠다.

앤다나가 하나라도 빠뜨리면 앞으로 일어날 일이 달라질지 모른다는 듯 자세히 이야기하다 보니 어느 새 한 시간이 넘게 흘렀다.

모의 전투와 레손에 대한 이야기가 나오자 나는 긴장했다. 자꾸 끼어드는 내 기억과 싸우고, 리암과 데이에 대해 들으면서 어쩔 수 없이 솟구치는 슬픔과도 싸워야 했다.

"그래서 내가 전장에 날아들었지!" 앤다나가 네 발로 벌떡 일어났다.

금빛 눈을 가늘게 뜨는 드래곤이 한둘이 아니었다.

"그리고 바이올렛이 내 마력을 채널링해서…."

드래곤 둘이 날카롭게 숨을 들이켰고, 나는 속이 있는 대로 꼬였다.

"이거 앤다나 생각처럼 잘 되어가는 것 같지 않아." 나는 리독에게 수어로 말했다.

"왜? 앤다나는 굉장해." 리독이 마주 손짓했다. "용감하고, 적극적이고, 사납고, 엠피리언이 존중하는 모든 걸 갖췄어."

하지만 이리드들의 눈빛은 그 반대였다.

"그리고 우린 바이올렛이 공격할 수 있게 시간을 늦췄어!" 앤다나는 무대에 어울리는 열정을 담아서 이야기했다. "하지만 마력을 너무 많이 채널링해야 했고, 난 아직 작았거든. 내 몸은 꿈 없는 잠을 요구했고…."

몇 시간 후, 앤다나가 제이든을 치료하려고 한다는 부분만 빼고 지금에 이르기까지 이리드에게 전부 전달했을 무렵에는 모두가 질문을 멈춘 후였다. 사실 그들은 앤다나가 이야기를 마치자 으스스한 침묵에 잠졌다.

"그래서 우리가 여기 온 거야." 앤다나가 말했다. "당신들이 집으로 와서 같이 싸울지 물어보려고. 혹시 대전 때 베닌을 물리친 방법이 전해 내려오는지, 아니면 혹시 그들을 치료하는 방법을 아는지 알아보려고." 앤다나는 기대감에 꼬리를 흔들었다. "그리고 내 가족에 대해서도 알고 싶어."

중앙에 선 남성체 이리드가 나를 보고 눈매를 좁혔다. "그리고 넌 저 아이가 유아기에 채널링하도록 허용한 거냐? 전쟁에 데려가고?"

대답하려다가 죄책감이 내려앉아 입을 다물고 말았다. 전부 나도 스스로에게 물었던 질문들이었다.

"내 선택이었어!" 앤다나가 소리쳤다.

오른쪽 여성체 이리드가 한숨을 내쉬자 해변에 모래바람이 불었다. "네 날개 좀 보여다오."

앤다나는 잠시 긴장하더니 결정을 내린 듯 날개를 펼쳤다. 왼쪽 날개가 휘어졌고, 억지로 펴긴 했어도 섬세한 근막이 부르르 떨렸다. "보통은 안 떨려. 지금은 비행으로 지쳐서 그래."

여성체 이리드가 시선을 돌리자 구부러진 뿔에 햇빛이 반사했다. "충분히 봤다."

"난 날 수 있어!" 앤다나가 날개를 탁 접었다. "그냥 두 번째 근육 한 벌이 없고 바이올렛을 태울 수 없을 뿐이야. 원로들이 그러는데 바람의 저항력과 내 날개의 탄력성, 그리고 내 등의 척추 디스크에 얹히는 사람 무게 사이의 섬세한 균형 문제래. 그래도 괜찮아. 우리에겐 테른이 있고, 테른이 매일 나랑 같이 운동하거든. 원로들도 같이 하고. 그리고 내가 지치면 테른이 날 실어 날라. 긴 여행에서만." 앤다나는 고정장비를 내려다보고 초조하게 자세를 바꿨다.

"염치없지만 잠시 사적인 시간을 가져야겠다. 양해하기 바란다." 중앙의 남성체 이리드가 말했다.

그들은 너무나 무례하게 정중했다.

앤다나가 바닥에 앉고, 이리드들의 목소리가 내 머릿속에서 사라졌다.

여섯 드래곤이 바닷물로 걸어 들어가자 비늘이 바닷물보다 살짝 더 어두운 빛깔로 변했다.

"우린 차단됐나 봐." 리독이 손짓했다.

"그런 것 같아." 나는 대꾸했다.

앤다나가 우리 쪽으로 고개를 돌렸다. 내 웃음에서 부디 격려의 뜻이 전해졌어야 할 텐데.

잠시 후, 이리드 셋이 바다에서 곧바로 날아올라 하늘 저편으로 사라졌다.

"저건 좋지 않은데." 내가 수어로 말했다.

"그냥 다른 드래곤들을 데리러 가는 걸지도 몰라." 리독이 천천히 손짓했다.

남은 셋은 앤다나와 비슷한 뿔이 있는 조용한 남성체, 중앙에 서 있던 남성체, 그리고 오른쪽에 서 있던 여성체였다. 셋이 우리 쪽으로 걸어오는데, 바닷물에서 나오자 비늘이 다시 연푸른색으로 돌아갔다.

가슴이 답답했다. 그들은 모든 것의 해답을 알 수도 있고… 우리의 역사에 대해 우리만큼이나 아는 게 없을 수도 있었다.

*"난 시험에 통과한 거야?"* 앤다나가 물었다.

다시 호각 소리가 들렸는데, 귀에서 피가 날 정도로 높이 째지는 소리가 나서 얼굴이 찡그려졌다.

*"시험이라니?"* 중앙의 남성체가 앤다나를 내려다보며 물었.

*"방금 날 시험한 거 맞지? 내가 우리 굴을 방문할 자격이 있는지 확인*

하려고? 아무튼, 결과는 뭐야?" 내가 서 있었다면 앤다나의 목소리에 깃든 희망에 무릎이 풀렸을 것이다.

"너는 전혀 시험 대상이 아니었어." 여성체 이리드가 한숨을 내쉬더니 내 쪽을 보았다. 목덜미 털이 쭈뼛했다. "너였지."

고개가 뒤로 젖혀졌고, 내장이 몸 밖으로 떨어져 나가는 기분이었다. "죄송한데요…."

"죄송해야지." 여성체 드래곤은 모래밭에서 발톱을 쥐었다 폈다. "넌 불합격이다."

테른이 으르렁거렸고, 이번에는 앤다나도 막지 않았다.

"바이올렛은 날 저버린 적이 없어." 앤다나가 꼬리로 땅바닥을 두드리며 항의했다.

나는 천천히 일어섰다. "이해가 안 갑니다."

세 드래곤은 대놓고 나를 노려보았다. "네가 저 인간의 행동을 변호한다는 사실 자체가 저들이 사회로서 실패했다는 사실을 증언한다." 남성체 드래곤이 앤다나에게 말했다.

리독이 일어나서 내 옆에서 팔짱을 꼈다.

"바이올렛은 날 사랑해!" 앤다나가 세 드래곤을 차례로 보면서 외쳤다.

"저 인간은 널 이용한다." 여성체 드래곤은 눈동자에 슬픔이 가득한 채로 이마 비늘을 구겼다. "저 인간은 취약한 어린아이를 이용해먹었어. 네 힘을 전쟁의 도구로 쓰고, 네가 때 이르게 성장하도록 강요했어. 그래서 지금 네 모습을 봐라."

갑자기 돌멩이가 목을 틀어막은 것 같아서 침을 삼켜보려고 했다.

"내가 망가졌다고 생각하는구나." 앤다나가 쉭 소리를 냈다.

"우린 네가 무기라고 생각한다." 남성체 드래곤이 대답했다.

나는 입을 벌렸고, 테른의 가슴에 우르릉거리는 소리가 울렸다.

"고마워." 앤다나의 비늘이 일렁이더니 그들과 같은 색으로 변했다.

"칭찬이 아니었다." 그의 말이 날카로워졌다. "우리 종족은 평화로운 기질을 타고난다. 다른 드래곤처럼 폭력적이지 않아." 그는 테른을 흘긋 보고 다시 앤다나를 보았다. "너는 기준으로서 뒤에 남겨졌어. 그들의 성장을 알려주는 척도였지. 그들이 모든 생명과의 조화와 평온을 선택할 수 있는지 그 능력을 알아보는 척도. 우리는 네가 돌아와서 인간이 진화했다고, 보호석 아래에서 번창했고 더는 마법을 무기로 쓰지 않는다고 말해주길 희망했다만, 네가 우리에게 보여준 건 그 반대였다."

그가 앤다나를, 아니 우리를 속살까지 베어내는 동안 나는 몸을 감싸 안고 말았다.

"그리고 종으로서의 드래곤들 또한 교훈을 배우지 못했군." 중앙에 선 남성체 드래곤이 에오트롬에게 시선을 돌리더니, 대담하게 테른에게도 시선을 올렸다. "너는 네 인간에게 얼음을 선사했고, 당신은 인간을 번개로 무장시켰고."

"고유 능력은 그렇게 돌아가는 게 아닌데." 리독이 반박했다.

"그리고 너는…." 그는 앤다나를 내려다보았다. "우리의 희망이었던 너는 이 인간에게 훨씬 더 위험한 힘을 쥐여줬어. 그렇지 않으냐?"

# 42

적이 크로블라 도처에 진군한 터라 수니바에 드래곤 부대 한 대대를 온전히 주둔시키기는 불가능합니다만, 드래곤 넷과 그 라이더들을 제공하겠습니다. 동맹 정신에 따라, 저희의 가장 귀중한 자원인 무기를 폐하의 재량에 따라 사용하실 수 있도록 수송할 예정입니다.

— 오거스틴 멜그렌 장군이 마라야 왕에게 보낸 공식 서한

뭘 쥐여줬다고? 나는 어리둥절해서 눈만 깜박였다.

리독이 내 쪽을 보기에 어깨를 으쓱이며 고개를 저었다. 나는 아직 앤다나에게서 두 번째 고유 능력을 발현하지 않았다.

"넌 네 마법을 무기화했어. 심지어 꼬리까지 무기로 바꿨지." 제일 키가 큰 이리드가 계속해서 말했다. "너는 우리가 혐오하는 괴물이 되어버렸다. 우리가 바로 그런 괴물로부터 도망쳤건만."

이건 아니지. 격분하는 바람에 마력이 윙윙대며 솟구쳤다.

"앤다나는 괴물이 아니에요!" 앤다나의 비늘이 검은색으로 변하는 가운데 내가 앞으로 나섰다. 이런 헛소리는 조금도 더 들어줄 수가 없다.

"아니, 네가 괴물이라는 말이다." 이리드 드래곤이 내 쪽으로 머리를

뻗었다. "앤다나는 다만 네가 만든 모습대로일 뿐이야."

손바닥에 손톱이 파고들었고 가슴이 죄어들었다.

"무슨 말인지 모르겠어…." 앤다나의 꼬리가 내 앞의 모래밭 위에 흔들렸고, 나는 영역을 존중하는 뜻에서 물러났다. "우리와 같이 돌아가지 않을 거야?" 앤다나가 물었다. "그렇게 숭배하는 평화를 성취하게 돕지 않겠다고?"

"가지 않는다." 이리드가 고개를 들어 올리기에 그 시선을 따라가 보니 크라드와 스게일이 돌아오고 있었다. 우리의 철저하고 완벽한 실패를 목격하기 딱 좋은 귀환이었다. "너희의 여정을 일부 지켜보았는데, 너희가 추구하는 것은 평화가 아니라 승리라고 느꼈다."

소용돌이 뿔이 달린 남성체 드래곤은 앤다나를 빤히 보면서도 침묵을 지켰다.

심장이 마구 뛰었다. 신들이시여, 정말로 이렇게 되는구나. 우리의 마지막 희망이 눈앞에서 사라지고 있어. 모든 것을 걸고 왔는데, 우릴 돕지 않겠다니.

"평화를 이루려면 아레티아에 보호석이 필요한데, 당신들 없이는 불을 뿜을 수가 없어!" 앤다나가 으르렁거렸다.

"그게 어떻게 우리 문제가 되는지 모르겠구나." 여성체 드래곤이 대답했다.

"사람들이 죽을 텐데 신경이 안 쓰여?" 앤다나는 꼬리를 등 위로 높이 감아올렸다.

"인간은 죽어야 하는지도 모르지." 제일 키가 큰 남성체가 눈을 깜박였다. "타락한 자들이 대지를 모조리 집어삼켜야 마땅한지도 몰라. 그놈들은 굶어 죽을 위기에 놓여야만 자기들이 어떤 사악한 존재가 되었는지 깨달을 것이다. 놈들이 죽어 사라지고 대지가 재생되거나, 놈들 스스로가 어떤 혐오스러운 존재가 되었는지 직시해 변화하거나."

"변화라고. 심장이 목구멍까지 튀어 오르는 기분이었다.

"어떻게 그러는데?" 앤다나가 물었고, 테른으로부터 우려의 감정이 흘러들더니 날갯짓 소리가 허공에 울려 퍼졌다. 제이든과 개릭이 거의 도착했다.

"놈들의 자손이 진화할 수도 있겠지." 여성체 드래곤이 20미터쯤 떨어진 개울가에 착륙하는 스게일과 크라드를 보면서 말했다. "다른 자들이 도착하는군. 우린 가야겠다."

안 돼. 안 돼. 어떻게 해야 할지 알 수가 없었다. 우린 실패할 수 없어. 이럴 순 없어.

제이든과 개릭이 파도가 닿지 않는 검은 모래사장에 내려섰고, 테른은 스게일을 향해 고개를 꺾었다. 테른이 뭐라고 했는지 몰라도 두 드래곤은 우리 쪽으로 오지 않았지만, 라이더들은 별개였다.

"베닌의 치료법은 있어?" 앤다나가 뱀처럼 고개를 움직이면서 물었다. "진화하기 위한?"

폐 속에서 숨이 얼어붙는 기분이었다.

여성체 드래곤이 금빛 눈동자를 아주 가늘게 떴다. "치료법은 없다."

치료법이 없다고? 그 말이 실제 타격처럼 나를 후려쳤고, 무릎이 풀리려고 했다.

"영혼을 거래한다면 돌려받을 수도 있을 거 아냐." 앤다나가 반박했다.

"그건 거래가 아니야." 여성체 드래곤이 설교했다. "베닌이 대지의 마법을 훔칠 때는, 대지가 그 영혼을 간직하는 게 아니야. 그런 마력 교환은 영혼을 조금씩 죽이는데, 죽음에는 치료법이 없지."

제이든과 개릭이 이리드들을 보면서 우리 쪽으로 걸어오는데, 비행 재킷은 벗고 등에는 장검을 맨 모습이 완벽한 전쟁의 예시였다.

그의 영혼은 죽지 않았어.

"하다못해 대전에서 베닌을 어떻게 물리쳤는지만이라도 가르쳐주지 않을래?" 시간이 얼마 없다는 것을 아는지, 앤다나의 말이 점점 빨라졌다.

"너희가 여기에 그걸 물으러 왔다면, 그때 베닌을 물리치지 못한 거겠지." 여성체 드래곤의 답변이었다.

소용돌이 뿔을 지닌 드래곤은 나와 리독 뒤를 조심스럽게 돌아서 내 오른쪽으로 오는 제이든과 개릭을 지켜보았다.

"우리 종족이 분명히 도왔을 거야." 앤다나가 다시 시도했다. "난 베닌을 불태울 수 있어. 혹시 우리가 놈들을 물리칠 열쇠야?"

"가망이 없군." 제일 큰 남성체 이리드가 바다 쪽으로 뒷걸음질 쳤다. "레오단, 난 충분히 들었어."

레오단이라 불린 이리드가 콧구멍을 넓혔다. "난 아직이다."

"저들은 머릿속으로 우리가 하는 말을 들을 수 있어." 나는 얼른 제이든에게 수어로 말했다. "잘 돌아가고 있진 않아."

그는 고개를 끄덕였다.

"요약 좀 해줄래?" 개릭이 우리 쪽으로 낮춰진 거대한 머리통들을 관찰하며 손을 움직였다.

"저들은 앤다나가 무기라고 생각하고, 그게 아무래도 나쁜 건가 봐." 리독이 수어로 말했다. "저들은 우리를 도우러 돌아가지 않을 거고, 우리 모두 죽어 마땅하다고 생각해. 우리가 인류의 제일 오래된 문제를 해결하지 못했기 때문이지. 서로 죽이는 걸 멈추지 못해서."

"이해했다." 제이든이 수어로 대답했다.

"그리고 베닌의 치료법은 없대." 리독이 재빨리 말을 이었고, 리독의 두 손을 붙잡고 더 말하지 못하게 막고 싶어도 온 힘을 다해 참아야 했다. "영혼이 죽는다니, 베닌을 구해서 물리치자는 생각도 날아간 셈이네."

젠장.

제이든이 앞쪽으로 고개를 홱 돌렸다. 앤다나는 모래밭 속에 발톱을 움츠렸다 폈다.

"너는 마법이야." 여성체 드래곤이 조금 슬픈 목소리로 말했다. "그런데 그 힘을 오직 폭력에만 쓰려고 하는구나."

"당신들은 평화의 특권만 알면서 평화를 설교하네." 앤다나가 쏘아붙였다. "나에게도 다들 실망이야."

"그런 면에서는 우리에게 공통점이 있구나." 키 큰 남성체 이리드가 말했다.

재수 없어라.

테른이 으르렁거리는 바람에 모래밭이 울리고 나무들이 흔들렸다. 앤다나는 비늘이 물결쳐 새까만 색으로 변하는 가운데 테른의 오른쪽 앞다리까지 물러났다.

"우린 긴 비행을 앞두었고, 여기에선 얻을 게 없어." 그 드래곤은 한 걸음 더 바다로 물러나면서 말을 이었다. "세상은 너를 받아들일 준비가 되지 않았고, 그게 네 잘못은 아니다만, 우린 널 받아들일 수 없다."

나는 숨을 들이켜며 제이든의 손을 꽉 쥐었다.

"어떻게 된 거야?" 개릭이 수어로 물었다.

두 사람이 이 말을 듣지 않는 게 좋을지도.

"레오단은 생각이 다를지도 모르지만…" 키 큰 남성체 드래곤은 레오단이라는 드래곤을 흘긋 보았다. "우리는 다수결로 네가 비늘과 이름만 이리드라는 결론을 내렸다, 앤다나. 너는 우리 섬에 들어올 수도, 우리의 방식을 배울 수도 없다. 이만 헤어지자. 평화를 빈다."

평화? 제이든을 잡은 손에 힘이 들어갔다.

"당신들을 만나지 않았다면 좋았을걸." 앤다나가 으르렁거렸다.

113

제일 큰 남성체 드래곤은 물속에서 몸을 웅크리더니 허공으로 박차 올랐고, 순식간에 비늘이 일렁거리더니 하늘 그 자체로 변했다.

"방금 어떻게 된 거야?" 제이든이 물었다.

"우리가 실패한 것 같아." 리독이 속삭였다.

앤다나는 주둥이를 아래로 내렸고, 뼈가 부서질 듯한 고통이 전해졌다. 하지만 내 눈이 따끔거린 건 다음에 밀려온 수치심의 물결 탓이었다.

"앤다나, 아니야." 나는 속삭였다. "넌 적극적이고, 영리하고, 용감하고, 의리 있어. 이번 일에 네 잘못은 아무것도 없어. 넌 완벽해."

"난… 그렇지 않아." 앤다나는 내 쪽으로 고개를 홱 돌리며 으르렁거렸다.

"계약했을 때 앤다나가 어린애라는 걸 몰랐나?" 레오단이 금빛 눈으로 우리 네 명의 인간을 살피며 물었다.

"몰랐어요." 나는 큰 소리로 대답했다. "알았어야 했지만, 갓난아이와 유아들은 베일 안에 안전하게 숨어 있다가 꿈 없는 잠이 끝난 후에야 나오거든요. 어린 드래곤을 못 본 지 수백 년이라, 청소년기 이전의 모든 드래곤이 금빛 페더테일이라는 사실을 몰랐죠."

"대체 뭐가…." 개릭이 움찔했다. "젠장, 아프잖아!"

제이든이 얼굴을 찡그리며 고개를 숙이고 눈을 감았다.

둘 다 방금 가느다란 호각 소리를 들은 모양이었다.

"일관성의 원칙은 모든 아이들이 종족이나 출신 굴에 무관하게 동등한 보살핌을 받도록 보장…." 레오단은 제이든이 고개를 들자 화들짝 놀랐다.

여성체 드래곤이 주춤하면서 이를 드러냈다. "어떻게 이것과 제휴할 수가 있지?"

계약을 가리키기엔 묘한 표현이었다. 하지만 아무려면 어때.

"다시 말씀드리지만, 전 앤다나가 어린 줄 몰랐어요. 앤다나가 아니라 저를 탓하세요!"

"부정한 물건이다." 여성체 드래곤이 욕을 하면서 눈을 가늘게 떴다. 제이든을 보면서.

제이든 쪽을 홱 돌아본 나는 숨을 들이켰다. 그의 홍채 주위가 새빨갛게 빛났다.

"너희 종족은 구제할 가망이 없구나." 여성체 드래곤은 스케일을 노려보더니 사라졌다.

레오단은 잠시 더 제이든을 관찰하다가 사라졌고, 그들이 서 있던 자리에 파도가 들이쳤다. 보이지 않는 날갯짓이 일으킨 바람이 내 얼굴을 때렸고, 모래가 사방으로 날리는 가운데 나는 눈을 꽉 감았다. 그들의 존재감은 이전처럼 내 마음속에서 스르르 사라졌다. 다시 눈을 떴을 때, 제이든의 눈동자는 정상으로 돌아와 있었다.

아니면 새로운 정상 상태라고 해야 할까. 아직 그 오닉스 눈동자 속의 반점은 호박색이었다.

"젠장." 제이든은 비늘도 자를 듯 날카롭게 말하며 내 손을 놓았다.

"당신은 부정한 물건이 아니…."

그는 차단벽을 쾅 내리고 나를 쫓아냈다.

오른쪽에서 가슴 아프도록 훌쩍임과 비슷한 소리가 울렸고, 개릭 너머를 보니 앤다나가 비늘을 금빛으로 바꾸고 정글로 들어가고 있었다.

"앤다나." 쫓아가려고 했지만, 앤다나도 나를 차단했다.

"내가 챙기마." 테른이 몸을 일으키더니 왼쪽에 있던 나무 한 그루를 꼬리로 부러뜨리고 앤다나를 따라 정글 속으로 들어갔다. "테인과 몰빅이 온다."

"제가…."

"우리 중에 화염을 맞아도 괜찮은 건 나뿐이다." 테른이 나를 일깨우며 식물 사이로 사라졌다.

손톱이 손바닥을 파고들었다. 이렇게 무력하게 느껴진 적이 없었다.

"네가 치료법을 찾으려고 그렇게 전전긍긍했던 이유가 저 사람이었구나." 리독의 비난에 얼음물을 맞은 기분으로 급히 시선을 돌렸다.

아, 망할.

"그래." 리독이 나를 보고 고개를 끄덕였다. "나도 눈이 붉게 변하는 걸 봤어."

"리독…." 제이든이 입을 열었다.

"한마디도 더 하지 마, 베닌." 리독은 나만 보면서 이를 갈았다. "바이, 딱 한 번만 기회를 줄게. 대체 무슨 일이 벌어지는 건지 털어놔."

# 43

가능하다면 낮 동안에 적을 사냥하라. 그들의 표식은 밤의 어둠 속에 너무나 쉽게 숨겨져서, 놈들이 우리 사이를 걸어도 알아채지 못할 것이다.

— 나이트윙 부대의 드레이크 코델라 대위, 《베닌 개론서》

나는 다른 대원들이 착륙하기 전에 최대한 짧게 줄인 사연을 리독에게 들려줬다. 그리고 미라가 테인의 등에서 내리는 모습을 보면서 따로 이야기할 수 있을 때까지 기다려만 준다면 전부 말하겠다고 리독에게 약속했다.

"우선 대원들에게 이리드에 대해 말해야 해." 나는 다급하게 탄원했다.

리독은 입매를 굳히고 제이든을 보며 갈색 눈을 가늘게 떴다.

"다른 넷은 아직이야?" 미라가 한쪽 어깨에 배낭을 걸치고 아릭과 함께 야영지로 걸어 들어오며 물었다.

"아직입니다." 개릭이 내 뒤에서 대답했다. "하지만 완전히 어두워질 때까지 몇 시간이 있어요."

"제발 부탁이야." 나는 미라 언니가 침상 옆에 배낭을 내려놓는 사이 리독에게 소곤거렸다.

"별문제는 없고?" 미라는 아무도 대답하지 않자 이마를 찌푸렸고, 우리 넷을 번갈아 보다가 나를 집중적으로 살피더니 내 눈을 들여다보았다. "바이올렛?"

목이 메었다. 진실을 안다면 언니가 어떻게 할지 모른다.

"이리드들은 앤다나를 거부한 재수 없는 떼거리예요." 리독이 말했다. "그러니까 좀 개똥 같은 하루긴 했죠." 리독이 이야기를 시작하자 내 심장도 서서히 제 속도를 찾았다.

"앤다나는 어때?" 미라가 물었다.

"보통 충격받은 게 아니야." 해변 저편을 보았지만, 앤다나와 테른은 아직 돌아오지 않았다. "우리야 이리드가 도와주길 바라고, 하다못해 보호석에 불이라도 뿜어주길 바라고 왔지만, 앤다나는 정말로 가족에 대해 알고 싶어 했어."

개릭의 턱에 힘이 들어갔고, 제이든은 팔짱을 꼈다.

"다들 곧 돌아올 거야." 리독이 말했다. "이젠 어쩌지? 로이섬으로 날아가?"

"무의미해." 제이든을 보았지만, 그는 계속 침묵했다. "로이섬에는 위병은 있지만 군대는 없어. 외교 관계를 수립할 수도 있겠지만, 로이섬이 전쟁에서 이기도록 우릴 돕진 못할 거야."

"그러면 어떻게 하고 싶어?" 제이든이 묻는데, 그가 나를 볼 때 마침 바닷바람에 머리가 헝클어졌다.

신들이시여. 제이든은 정말 아름답고, 그건 겉가죽만이 아니다. 그의 모든 점이… 의리도, 지성도, 나 말고는 아무도 보지 못하는 부드러운 면도… 심지어는 무심한 듯한 냉혹함조차도 나를 사로잡는다. 일부분이 사라졌다고? 이리드의 말대로라면, 죽었다고? 그런 영혼 조각 없이도 살 수 있어.

나에겐 여전히 온전한 사람이야. 제이든이 대지에서 채널링하지 못하게 막을 수만 있다면, 그 갈망을 통제할 방법만 찾는다면 괜찮을 거야. 그래야 해.

"집에 가야지." 그 말을 입 밖에 내자 돌이킬 수 없다는 감각이 찾아왔다. 실패했다는 사실이 강하고 깊게 마음을 찔렀다. "우리가 없는 사이에 무슨 일이 생겼을지 누가 알겠어."

전선이 무너졌고 티오파니가 내 방에서 기다리고 있을 수도 있다.

"군사재판이 있겠군." 미라가 빈정거렸다.

개릭이 고개를 끄덕이더니 바다를 바라보았다. "지도에 따르면, 이틀 동안 북동쪽으로 바로 날면 드랄로 절벽이 나와."

"그리폰들이 엄청 좋아하겠네." 리독이 코웃음을 쳤다. "키라레가 몰빅에게 들려가는 모습이 눈에 선한데?"

"이틀을 꼬박 날 수 있는 건 덩치 큰 드래곤들뿐이야." 제이든이 말했다. "테른, 스게일, 어쩌면 몰빅까지."

"섬들 사이를 통과해서 가자." 내가 결정했다. "모두가 집에 가려면 그 길이 제일 안전해…. 헤도티스에서는 빈 해변에서 야영하기로 하고. 거기선 나에게 접근금지령을 내렸을걸."

다른 대원들이 차례차례 도착한 뒤 상황을 설명하고 나자, 리독이 이제 충분히 기다렸다는 눈빛을 쏘았다.

제이든과 개릭은 내가 저녁거리를 사냥한다는 명목으로 리독을 데리고 숲속으로 들어가자 별로 즐거워하지 않았다. 우리는 리독이 가져온 방음 룬 마노를 챙겨서 정글 속으로 5분쯤 올라갔다. 돌아갈 길을 찾기 쉽게 가까우면서, 확실히 둘만 이야기할 수는 있는 거리였다. 그걸 보장하는 건 에오트롬의 호위였고.

리독의 브라운 소드테일은 그냥 참견하는 게 아니라, 열받아 있었다.

연초에 내가 비밀을 두었을 때도 리독이 가장 늦게 용서했었다는 사실을 돌이키며 제이든에 관해 털어놓으려니 속이 뒤집힐 것 같았다. 내가 이야기를 끝냈을 무렵에는 햇빛이 사그라들어 얼룩덜룩한 빛깔만 보였고, 리독은 내 앞을 서성이면서 나만 빼고 사방을 보고 있었다.

"서로에게 진실을 말하기로 했던 것 같은데." 리독이 두 손을 말아쥐었다.

"내 비밀이 아닌 걸 털어놓을 순 없었어." 나는 나무에 기대어 리독이 앞에서 서성이는 모습을 지켜보았다. "형편없는 사과인 줄은 알지만, 제이든을 지킨 건 미안하지 않아."

"그건 아예 사과가 아니야, 바이." 리독이 내 앞에 멈춰 서는데, 그 얼굴에 이름 붙일 수도 없을 만큼 수많은 감정이 빠르게 스쳐 지나갔다.

그 말이 옳았다.

"너에게 말하지 못해서 미안해. 하지만 누구든 알게 되면 제이든을 발로우처럼 가두거나, 더 나쁘면⋯ 죽여버릴 거야." 나는 팔짱을 꼈다.

리독은 눈썹을 치켜올리고 목을 앞으로 뺐다. "혹시 그래야 할지도 모른다는 생각은 전혀, 조금도 안 들어?"

"아니야. 그 사람은 악하지 않아." 나는 턱을 들어 올렸다.

"원래의 그 사람도 아니지." 리독이 맞받아쳤다. "네가 헤도티스에서 우리 사이에 끼어들었던 게 그래서잖아. 그 사람이 스스로를 완전히 제어하지 못한다는 걸 너도 알아서."

"누구라도 스스로를 완전히 제어하지는⋯."

"하지 마." 리독은 나를 손가락질했다. "나한테는 그러지 마."

"그 사람은 발로우가 아니야. 조금도 비슷하지 않아. 날 해칠 일도 없어. 그 사람이 채널링했던 건 오직 다른 사람들을 구하기 위해서였어. 처음엔 바스지아스에서, 그 다음엔 국경 너머 전투에서, 그 다음은 드베렐리에서 코틀린이 우릴 죽이려고 했을 때였지." 내 침대 머리판에 남은 희미한 변색 자국은 뺐다. 리독에게 거기까지 알릴 수는 없다.

"이런 망할, 세 번이나 채널링했다고?" 리독의 눈썹이 하늘까지 치솟았다. "그것도 마법이 없는 섬에서 했어?"

"내 도관 안에 합금 조각이 있었어."

"오, 그래. 필요하면 라이오슨도 발로우처럼 마력을 공급할 수 있다는 걸 알아서 참 반갑다." 리독이 코웃음을 쳤다. "그래서 발로우를 살려뒀던 거구나. 빌어먹을, 바이올렛. 네 목숨을 조금이라도 아끼기는 하는 거야? 아니면 우리가 지금 걱정할 게 라이오슨뿐이야?"

"그 사람은 절대로 날 해치지 않아." 나는 되풀이해서 말했다. "그리고 아직 입문자야. 마력을 공급할 필요도 없어." 입에 올리는 말에서 잿가루 맛이 났다. "다시 그러지만 않는다면 지금 상태 그대로를 유지할 거야."

"너를 따라다니는 은발의 베닌과 같은 존재로 말이지." 리독이 다시 서성거렸다.

나는 고개를 뒤로 젖혔다. "그 여자와는 전혀 달라."

"심지어 대륙에서 가장 사나운 드래곤과 계약한 상태로." 리독은 내 변명을 무시하고 말을 이었다. "그것 참… 끝내주네."

"제이든은 스게일을 조종하지 않아." 나는 리독이 몸을 빙글 돌려서 다시 걷는 모습을 지켜보았다. "사실 요새 스게일은 제이든과 말도 별로 안 해."

"탓할 수 없지." 리독은 잠시 멈칫하더니, 에오트룸의 말에 동의하는 듯 말했다. "그리고 이걸 엠피리언에게 감추다니…." 그는 내 오른쪽에 멈춰 서더니 천천히 몸을 돌려 나를 마주했다. "또 누가 알아?"

"제이든과 나 빼고? 개릭, 보디, 이모젠."

리독이 눈을 껌벅였다. "그게 다야? 겨우 다섯 명?"

"그리고 이젠 너까지."

"허, 그래도 특별 클럽이긴 하네." 리독이 빈정거리더니 머리를 쥐어뜯었다. "그리고 그 셋은 라이오슨에게 충성하지."

"어… 그렇지." 나는 괜히 자세를 바꿨다. "우리가 구하려는 게 제이든이니까."

리독은 나무 차양을 올려다보고 눈알을 굴렸다. "망할. 어쩌다가 또 비밀에 얽혀서 여기까지 왔지?" 그는 손가락을 들어 올렸다. "대답할 것 없어, 이미 알아. 라이오슨이지. 이번에도. 반복되는 주제네."

"제이든이 베닌 세이지를 죽이지 않았다면 바스지아스가 함락됐을 거야." 나는 리독의 기억을 일깨웠다. "제이든이 그렇게 해준 덕분에 우리가, 아니 우리 엄마가 보호석을 충전할 시간을 벌었어. 제이든이 마력을 더 채널링하지 않았다면 우리 모두가 죽었을 거야. 제이든이 아니었다면 대륙이 다 베닌 손에 떨어졌을 거라고."

"그 결과로 우리가 맞서 싸우는 바로 그 존재가 된 거고." 리독은 고개를 저었다. "아이러니가 너무 여러 겹이다. 특히나 이젠 라이오슨이 망할 티렌더의 공작이라는 점까지 생각하면." 그는 두 팔을 늘어뜨렸다. "라이오슨은 안에서부터 우리 왕국과 우리 지방을 찢어놓을 수 있어. 은접시에 우리를 담아서 베닌에게 갖다 바칠 수도 있어. 발로우는 아무것도 아니야. 우린 세나리움에 베닌을 앉혀놓은 거야."

이젠 제이든을 또 한 명의 베닌으로만 보는 거야?

"제이든은 우리 편이야. 우리와 같이 싸우고." 나는 나무에서 몸을 떼어냈다. "그 사람이 전투 이후에 누구보다 많은 베닌을 죽였다는 건 기억해?"

"널 가지고 노는 게 아닌지 어떻게 확신해?" 리독이 이마를 찌푸렸다.

"그 사람을 아니까!" 목소리가 커졌다.

"알았어." 리독이 과하게 고개를 끄덕였다. "장단은 맞춰줄게. 아직 80퍼센트 제이든이라고 해보자."

"90퍼센트." 내 반박이었다.

"에이." 리독은 어깨를 으쓱였다. "베닌에겐 네 가지 계급이 있는데, 네 남자는 이미 세 번을 채널링했어. 80퍼센트만 해도 관대한 산수라고 봐. 하지만 뭐, 이 가설의 목적상 네 착각대로 생각해보자. 지금부터 아심이 될 때까지 얼마나 남았지? 세이지의 부름을 물리적으로 거부할 수 없어질 때까지?"

"채널링만 하지 않으면…."

"그놈들은 언제나 채널링을 해!" 리독의 손끝에 얼음이 맺혔다. "내가 농담 따먹기를 좋아한다고 해서, 너와 같은 책을 안 읽는 건 아니야. 힘을 버리고 떠난 입문자들에 대한 기록은 존재하지 않아."

"그래서 내가 치료법을 찾아야 하는 거야." 목소리가 갈라졌다.

"조금 전에 그런 건 없다고 들었잖아." 리독이 해변 쪽으로 팔을 휘둘렀다.

"그리고 나에겐 그 정보를 소화할 시간이 5분쯤 있었지." 마음속에서 분노와 공포가 엎치락뒤치락했고, 둘 다 내 마력을 끌어올려 피부를 달궜다. "지난 몇 달 동안 내가 했던 모든 일, 테카루스에게 책을 얻기 위해 거래한 일부터 앤다나의 종족을 찾아 나선 일까지 전부 다 대륙을 위해서 한 일이지만, 제이든의 치료법을 찾기 위해서이기도 했어. 그런데 가장 가능성 있는 정보원에게 그런 건 없다고 들은 기분이 어떨 것 같아?"

나는 머리가 텅 비면서 마구 치솟는 열기 속에서 고개를 저었다. "아직은 어떻게 해야 할지 모르겠어. 나라고 뭐든 해답을 갖고 있지 않아, 리독. 난 그저 어느 잊힌 책에서든, 어느 베닌의 머리통에서든 치료법을 찾아야 한다는 것만 알 뿐이야. 이 전쟁에 리암을 잃고 트레이거를 잃고 어머니도 잃었는데, 사랑하는 남자를 그냥 포기할 수는 없어!"

마력이 지끈하면서 바깥으로 터졌다. 번개가 리독 뒤에 선 나무를 때리고, 곧바로 천둥이 울리면서 내 뼈를 뒤흔들었다.

"망할!" 리독이 귀를 막고 외치더니 몸을 돌려 나무를 보았다.

심장이 덜컹거리는 가운데 나무줄기가 가운데에서부터 쩍 갈라지더니, 양쪽으로 휘청거리다가… 쓰러졌다. 내가 손을 들어 단순 마법으로 충돌을 완화시키긴 했지만, 이렇게 마법이 약한 땅에서 내 기술로는 무거운 나무를 감당할 수 없었다. 쪼개진 나무줄기들이 우리 앞의 땅바닥에 한 줄로 처박히더니, 불길이 치솟았다.

"젠장." 리독이 두 팔을 펼치자 양쪽으로 쓰러진 나무줄기를 따라 얇은 얼음판이 질주했고, 불길이 지글거리다가 꺼졌다. "이젠 라이오슨이 정말로 날 죽이려 들겠네." 리독이 던진 농담은 싸한 분위기만 남겼다. 그러고는 내 쪽을 돌아보았다.

"고마워." 나는 꺼진 불을 가리키며 말하고는 한숨을 쉬었다. "그리고 미안해."

"어느 부분에?"

"전부 다." 인정하는 말이 속삭임보다 조금 크게 나왔다.

리독은 고개를 끄덕였다.

"난 제이든을 구할 거야." 목이 멨다. "그 사람 없이 사는 게 상상이 가지 않아서만은 아니야. 내가 그 사람을 사랑하는 문제에서는 이기적이기도 하고, 최근에는 조금 자기 파괴적이었을지도 모르지만…"

"모르지만?" 그는 쓰러진 나무를 가리켰다.

"…그렇지만 그 사람을 구하지 못한다면…." 목소리가 낮아졌다. "치료하지 못한다면, 그래서…." 도저히 말할 수 없었다. "비상시에 대비해서 혈청을 갖고 있긴 하지만, 리독. 그 사람을 우리 편에 붙들어둬야 해.

안 그러면 이 전쟁은 이미 진 거야. 지금도 제이든이 전력을 다하면 살아 있는 라이더 중에 막을 수 있는 사람은 없어. 제이든이 정말로 변해버릴 경우에 어떻게 될지 생각해봐. 내가 막을 수 있다는 말은 하지 마. 난 정말 못해. 설령 나에게 그 사람처럼 고유 능력을 갈고닦을 몇 년이란 시간이 있다 해도, 그 사람이 날 해칠 수 없는 만큼이나 나도 그 사람을 해칠 수가 없어. 제이든은… 내 전부야."

리독의 어깨가 축 처졌다. "그러면 선은 어디야? 네가 옹호할 수 없을 정도로 멀리 갔다 싶은 지점이 어디야?"

나는 입을 열었다가 닫았다. "그런 선은 없어. 제이든이 실제로 선을 넘을 리가 없으니까."

"진심이야?" 리독이 눈썹을 치켜올렸다. "혹시 네가 사랑하는 누군가를 해친다면? 그러면 마음이 바뀔까?"

"그러지 않을 거야." 나는 고개를 저었다. "지난 몇 달 동안 안 그랬잖아. 안 그럴 거야."

리독이 내 어깨를 잡았다. "그 정도로는 부족해. 실제적이고 논리적인 한계선을 그어줘. 라이오슨이 그 선을 넘으면 너도 떠나겠다고 말해줘. 그러면 나도 비밀을 지킬게. 네가 찾을 수 있는 모든 책을 샅샅이 뒤지게 도와줄게. 내가 여기에 있는 건 '어떤 대가를 치르고라도 내 동료를 구할 거야' 주문 때문이고, 네가 한계선을 인정할 수 있다면 이 지독히 위험한 상황에서도 내내 네 편에 설 거야. 그 사람에게 얼마든지 믿음을 퍼부어도 좋아. 너 자신을 위해서 조금만 논리를 남겨둔다면."

"난… 제이든을 사랑하지 않는 걸 상상할 수가 없어." 나는 리독의 팔에 손을 얹었다.

"사랑하면 안 된다고는 안 했어." 그는 내 어깨를 잡은 손에 부드럽게 힘을 줬다. "누군가를 떠나보내고도 계속 사랑할 수 있어. 하지만 그 사람을 떠나보낼 선이 존재한다는 말은 해줘야 해. 그런 한계선조차 없다면, 우리가 잃을 건 그 한 사람만이 아니야, 바이."

가슴이 죄어들었다. "난 절대로…."

"그 사람을 구하려고 채널링까지 할 거야? 아니면 그게 한계선이야?"

나는 침을 꿀꺽 삼키면서 보호석실에서 내 마력으로는 보호석을 충전하기 부족했던 순간을 떠올렸다.

"혹시 이러면 더 쉬울까? 어떤 선을 넘으면 내가 그 사람을 고발할 수 있다면?" 리독이 속삭였다. "네 생각에 절대로 일어날 리 없는 일을 지금 말해봐. 실제로 그런 일이 벌어지면, 결정은 네가 아니라 내가 할게."

온몸의 근육이 긴장했다.

"테튼이나 앤다나를 해친다면 어떨까?" 리독이 제안했다. "네가 날 도와줘야 해, 바이. 안 그러면 난 곧장 저 해변에서 다른 모두의 목숨보다 네 목숨을 우선할 게 확실한 사람을 찾아갈 거야."

미라 언니다.

리독의 관점에서 상황을 보려고 했더니, 전혀 아름답지 않았다. "알았어. 어디까지나 가정이지만, 그 사람이 이유 없이 다른 라이더를 죽이거나 민간인을 해칠 경우야. 내 친구들을, 내 드래곤들을 해칠 경우. 나를… 해칠 경우." 나는 작게 속삭였다. "나를 해친다면 더는 제이든이 아닌 거겠지."

리독은 고개를 끄덕이더니, 나와 이마를 살짝 맞댔다. "알았어. 그러면 그렇게 하자."

"그렇게 하자." 나도 그 말을 되풀이했다.

리독이 손을 뗐고, 우리는 야영지로 돌아가기 시작했다. "거지 같은 일을 혼자 끌어안는 것 좀 그만해." 리독이 강하게 요구했다. "이런 싸움을 또 하긴 싫어. 우리 넷은 흩어져 있을 때보다 뭉쳐 있을 때 강해. 아무리

라이오슨을 위해서라고 해도 그걸 망치진 마. 리나 소여나 내가 성질낼 게 뻔해서 무슨 일을 하는지 말하기가 두렵다면, 그 일을 하지 말아야지. 아니면 똥벼락을 맞아도 싼 거고."

"알아들었어." 나는 한숨을 내쉬었다. "리와 소여가 보고 싶다."

"나도." 리독은 나에게 어깨동무를 했다. "리라면 잔소리도 더 잘할 텐데."

"너도 꽤 잘했어." 나는 입꼬리를 슬그머니 올리면서 테른의 다리만큼 굵은 나무를 왼쪽으로 돌았다.

그리고 반대편에 제이든이 있었다. 나무줄기에 어깨를 기대고 팔짱을 낀 채 발목을 꼬고 서 있었다.

리독이 내 어깨에 올린 손을 쥐었다 폈지만, 걸음을 멈추면서도 손을 내리지는 않았다.

제이든은 그 점을 알아차리고 흉터 진 눈썹 쪽을 올렸다.

"이것 참 난제인걸." 리독이 말했다. "내가 여기서 손을 내리면 우리가 하지 말아야 할 짓이라도 하다가 걸린 것 같잖아. 그런 일 없는데. 그렇다고 이대로 손을 올리고 있으면 선배가 분노 발작을 일으켜서 무표정한 얼굴로 달려들지 않는단 보장이 없고…." 그러면서 리독은 왼손으로 목을 긋는 시늉을 했다.

"도움 안 되거든." 내가 말했다.

"그리고 선배가 무서운 사람이라는 이유만으로 나도 선배를 무서워한다고는 생각하지 않았으면 좋겠어." 리독이 덧붙여 말했다. "안 무섭거든."

"무서워하잖아. 어떻게 결정했지?" 제이든이 권태로운 얼굴을 완벽하게 유지하며 물었다.

"날 죽이겠다고 협박하진 않을 거죠?" 리독이 맞받아쳤다.

"난 공허한 협박을 하지 않아."

마음을 뻗어보았지만, 제이든의 차단벽은 여전히 굳건했다.

리독이 고개를 기울였다. "협박 없이 그냥 죽일 거란 소리? 아니면 정말로 날 죽이진 않을 거라는 뜻?"

제이든은 어깨를 반쯤 으쓱였다. "네가 골라."

"그만해." 내가 제이든을 똑바로 바라보자 그의 시선이 내 쪽으로 이동하며 살짝 따뜻해졌다.

"바이가 리애넌과 소여에게 말할 겁니다." 리독이 요구하더니, 잠시 멈칫했다. "제시니아에게도."

심장이 멈추는 것 같았다. "너 정신 나갔어?"

"그게 다인가?" 제이든이 묻는데, 지금 비꼬는 개자식 상태인지 진지한 상태인지 알 수가 없었다.

"미라와 브레넌도 추가하고 싶긴 하지만, 우선 처음 세 명으로 시작할 수 있겠죠." 리독은 제이든을 보면서 말했다. "지금까지 알고 있던 사람들은 하나같이 선배 목숨을 바이보다 중요하게 여기고…."

"그건 사실이 아니야." 나는 반박했다.

"알고 있는 사람은 모두 다 바이올렛에게 최대한 빨리, 최대한 멀리 달아나라고 했다." 제이든이 말했다. "나도 포함해서야."

"그걸 아니 좋네요." 리독이 어깨를 으쓱였다. "리, 소여, 제시니아. 선배의 비밀을 지키는 조건은 그것뿐이에요."

"우리가 의논한 내용은 그게 아니잖아." 나는 리독을 비난했다.

"우리가 의논한 건 우리 사이의 조건이고." 리독은 말하고 나서 다시 제이든을 보았다. "이건 우리 사이 조건인 거지. 어떻게든 선배의 진행을 늦출 방법이 있다면, 제시니아도 뭘 찾는지 알아야 연구를 할 거 아냐. 모든 수업에서 바이올렛과 함께 있을 수 있는 건 소여와 리와 나뿐이고,

우리 기숙사 방도 바로 옆이야. 바이올렛에게 스스로를 지킬 능력이야 충분하지만, 추가 인력이 지켜봐서 나쁠 건 없어. 특히나 무엇이 찾아올지 생각하면."

제이든이 긴장했다.

"그래요, 내가 무슨 말을 하는지 정확히 아시네요." 리독이 고개를 끄덕였다.

난 이마를 찡그렸다. "음, 난 모르겠는데."

"선배가 계속 진행해서 완전히 바뀐다면…." 리독이 운을 뗐다.

"가정이 아니야." 제이든이 말을 끊었다. "나는 사실을 부정하고 살지 않아."

리독이 눈썹을 올렸다. "그렇다면 좋아. 선배가 완전히 바뀔 때, 또는 알아선 안 될 계급의 누군가가 선배의 변화를 알아차릴 때는, 그 사람들이 바이 네가 이미 언급했던 바로 그 이유로 선배를 죽여야 할 거야."

"그게 대체…." 리독의 생각이 이끄는 논리적인 결론까지 따라가려니 속이 철렁했다가, 곧바로 델 정도로 뜨거운 분노가 들어찼다. 나는 제이든에게 시선을 돌렸다. "날 죽이는 게 당신을 죽이는 제일 쉬운 방법이구나." 1학년 때와 똑같았다.

"그런 일은 내가 없게 할 거야." 제이든의 턱에 힘이 들어갔다.

"우리가 막을 거야." 리독이 말을 바로잡았다. "선배는 어디든 악당 짓 하는 데 가서 악당 짓을 하고 있겠지."

입이 딱 벌어졌다.

"리, 소여, 제시니아." 리독이 다시 말했다.

"에이토스는 빼고?" 제이든이 물었다. "물론 데인 에이토스 말이다."

"절대 안 돼." 내가 끼어들었다. "걘 당신을 죽일 거야."

"시도할 순 있겠지." 제이든이 대꾸했다. "그런 시도를 하면 확실히 상황이 어색해지긴 하겠군."

"이 건에서는 바이올렛과 생각이 같아." 리독이 끼어들었다. "에이토스가 규칙 어기기 분야에서 얼마나 발전했는지 생각하면 자랑스럽긴 한데, 이 단계를 졸업할 준비는 안 됐어. 리, 소여, 제시니아까지야."

"동의한다." 제이든이 대답했다. "하지만 분명하게 해두자. 바이올렛의 안전에 관해서라면, 바이올렛이 누구에게 말하든 난 신경 쓰지 않아."

"좋네요." 리독은 고개를 끄덕이더니 다시 발꿈치에 몸무게를 실으면서 심호흡했다. "아, 그리고 혹시나 하고 말해두는데, 저기 떨어진 번개는 그…." 리독은 나와 자신을 가리켰다. "우리 아니에요." 자기가 말하고는 움찔하고. "그러니까, 내가 바이의 화를 돋워서 그런 거지, 우리가… 뭐 다른 걸 하진 않았다고요. 무슨 말인지 알죠?"

나는 눈을 희번덕거리지 않으려고 애썼다.

"잘 안다." 제이든이 대답했다. "첫째로는 바이올렛을 믿기 때문이고, 둘째로…." 그는 무시하는 눈으로 리독을 보았다. "그다지 큰 번개도 아니었어."

이러기야? 나는 코웃음을 쳤다.

"허." 리독은 뭔가 결정하려는 것처럼 고개를 기울이더니, 절레절레 흔들었다. "아니지. 선배하고 내가 아직 거시기 농담할 사이로 돌아가진 않았거든. 애초에 그런 적도 없었지만. 나 아직 화났다고."

"그래야지." 제이든은 나무에서 몸을 떼어내어 우리 쪽으로 걸어왔다. "그리고 난 때가 오면 바이올렛이 날 죽일 수 있게 가르치고 있다. 바이올렛과 나 중에서라면, 바이올렛을 고르겠어. 변해버린 날 죽여."

나는 어리석게 내 심장을 줘버린 아름다운 개자식을 노려보았다. "그런 일은 없을 거야."

"맙소사. 고결한 건지, 뒤틀린 건지 모르겠네." 리독은 내 어깨를 토닥이더니 야영지 쪽으로 돌아가려고 했다. "혼자라서 이렇게 행복했던 적이 없어. 두 사람은 심각한 문제가 있어."

"너희가 하기로 했던 사냥 문제는 개릭이 처리했다." 제이든이 숲을 벗어나면서 외쳤다.

리독은 언덕을 내려가며 엄지손가락을 들어 보였다.

제이든은 내 얼굴을 찬찬히 보았다. 마치 이 순간의 내 얼굴을 샅샅이 기억하려는 듯한 눈빛이었다.

내가 다가서자 그는 고개를 한 번 내젓고 물러났다.

심장이 내려앉았다. "그 '부정한' 어쩌고 소리 때문에 우리 사이에 거리를 두려는 거지?"

그는 움찔했다. 그것만으로도 확인받은 셈이었다.

"당신은 그런…." 내가 입을 열었다.

"다른 두 이리드는 아직 마음을 정하지 못한 것처럼 뒤에 남아 있었어." 제이든이 내 말을 잘랐다. "그리고 난 네가 그 둘의 마음을 얻었다고 생각해. 넌 탈곡 때 앤다나가 얼마나 어린지 몰랐으니까." 그는 턱을 악물더니 심드렁하고 따분해하는 가면을 다시 썼다. "그러다가 날 본 거야. 우리가 모든 것을 걸고 감행한 이 임무 전체가 나 때문에 실패한 게 확실해. 내가 너와 함께 있기 때문에."

"그건 불공평해." 나는 속삭였다.

"하지만 사실이지." 그의 부츠 가장자리로 그림자가 흩어지고, 그는 해변 쪽을 내려다보았다. "스케일을 넘어서게 채널링하지 않고 한 달도 겨우 버텼어." 그는 고개를 내저었다. "저 해변에 너와 리독만 있었다면, 아니면 너와 데인이었다면, 아니 나만 빼고 누구와 있었다 해도 넌 이리드의 섬으로 가고 앤다나는 자기 종족을 알았을 가능성이 커. 이리드들이 아레티아 보호석에 불을 뿜어서 내 도시를 구하고, 내 땅 전체를 지켰을 가능성도 크지." 그는 천천히 내게 시선을 돌렸다. "그러니까 맞아, 부정한 존재라는 말이나 거기 담긴 의미를 생각하면 우리가 거리를 두고, 내가 이 임무에나 티렌더에나 너에게나 최악의 인선이라는 부정할 수 없는 사실을 고려해야지."

제이든 때문에 가슴이 아팠다. 자기가 통제할 수도 없는 것을 두고 저렇게 죄책감을 느끼다니.

"알았어." 나는 가슴 앞에 팔짱을 끼고서 싸울지, 위로할지 고민하다가 다른 길로 가기로 결정했다. "다 고려했고, 시간이 더 필요하진 않아. 당신은 지금 상태와 상관없이 테른과 스게일 때문에라도 이 임무에 함께했을 거야. 그 이리드들이 당신의 말조차 들어보지 않고 판단해버린 건 어이없는 일이지만, 그건 당신이 아니라 그들의 성격을 알려주지. 그리고 당신이 생각을 정리하기 위해 거리를 둬야겠다면, 그건 좋아." 나는 그를 보고 고개를 기울였다. "하지만 당신을 향한 내 사랑에는 아무 변화도 없을 거야."

그는 손을 쥐었다 폈다.

나는 몸을 돌리고 야영지로 돌아가는 길에 접어들었다. "고민을 끝내고 나면 알려줘. 다음번엔 내 번개가 얼마나 클지 어디 한번 보자. 우선 내일은 집으로 날아가고."

그리폰들은 기진맥진이었고, 드베렐리까지 열흘이 걸렸다. 그곳에서 금속 조각 하나가 부러져 나간 앤다나의 고정장비를 수리하느라 또 하루가 걸렸다.

제이든은 내내 나에게 거리를 두었다.

앤다나는 거의 말을 하지 않았다.

캣은 가슴이 아플 정도로 조용해서, 나를 쪼아대기라도 했으면 좋겠다 싶을 지경이었다.

그리고 나는 실패의 무게에 짜부라지기 직전이었다.

우리는 그 하루를 이용해서 포로미엘까지 가는 경로를 계획했다. 베닌과 마주칠 가능성을 최소로 줄이기 위해 코딘과 드레이터스 사이 바닷가에 도착하는 길을 골랐다.

대륙으로 출발할 무렵, 미라는 나를 보고 괜찮은지 열 번도 더 물어본 후였고, 데인은 계속 제이든과 내가 얼마나 떨어져 앉았는지 눈으로 재보다가 나와 눈을 마주치는 짜증 나는 습관이 생겼지만 영리하게도 입은 다물고 있었다.

비행 내내 끊임없이 베닌이 있나 주위를 살폈고, 무서워서 안장에서 잠들지도 못했다. 호수에 햇빛만 반짝여도 속이 덜컹했고, 멀리서 천둥소리가 울릴 때마다 폼멜을 움켜쥐었다.

논리적으로는 티오파니가 우리가 보호막 바깥에 있다는 사실을 인지할 리 없고, 찾아낼 리도 없다는 사실을 알지만, 그렇게 치면 내가 앵카에 갔다는 사실도 몰랐어야 했다. 우리의 비행 계획이 성공한 것인지, 티오파니가 공격하지 않기로 한 것인지는 몰라도 우리는 고갈된 땅 위를 드문드문 날면서도 와이번 순찰대에 한 번도 가로막히지 않고 보호막 안에 무사히 도착했다.

수월하게 도착하는 바람에 더 불안해졌다.

우리는 다들 각오한 군사 법정에 끌려가는 사태를 하루라도 피하기 위해 보호막 바로 안에서 별들을 보며 밤을 보낸 후, 떠난 날로부터 3주 반이 지나서 바스지아스로 날아 들어갔다.

테른의 안장주머니를 비행장에 내려놓는데, 우리를 도우러 올 군대를 확보했다 해도 승리감이라곤 없었다. 이리드를 놓쳤다는 압도적인 실패는 혀에 곰팡이가 자라는 느낌과 비슷해서, 먹고 마시는 모든 것의 맛을 망치며 내가 하는 말과 호흡을 다 감염시켰다. 나는 실망감이 심하게 번져서 완전히 썩어버린 기분으로 진흙밭에 내려섰다.

앤다나는 곧장 베일로 날아갔다. 능선을 넘어 사라지면서 말도 하지 않았다. 무엇보다도 앤다나의 슬픔이 제일 마음 아팠다.

"바이올렛!"

돌아서자마자 리애넌의 포옹이 나를 집어삼켰다. 리가 나를 꽉 끌어안았고, 나도 가방을 떨구고 마주 포옹했다. 비행장 저편에서 생도들에게 소리치는 케이오리의 목소리 탓일 수도, 리의 머리카락 향기 탓일 수도, 아직 집은 아니라도 돌아오긴 했다는 단순한 사실 때문일 수도 있지만, 우리가 얼마나 엄청난 것을 잃었는지가 떠올라서 눈이 아프고 목이 메었다. "정말 보고 싶었어. 우리가 도착한 건 어떻게 알았어?"

"페이그가 다들 온다기에 저녁 먹다 말고 뛰쳐나왔지. 다시 보니 정말 기쁘다." 리가 물기 어린 미소를 지으며 물러섰다. "괜찮아?"

나는 어떻게 대답해야 할지 몰라 입을 뻐끔거렸다.

"리!" 옆에서 리독이 부딪쳐오며 우리 둘을 감싸 안았다. 2주 동안 자란 수염이 내 옆얼굴을 긁었다. "망할, 진짜 네가 필요한 여행이었어. 바이올렛이 통제 불능으로 날뛰면서 여왕의 엉덩이를 걷어차고 제이든의 엄마와 헤도티스의 지도자 셋을 중독시켰지만, 그래도 우리에게 군대 하나는 확보했지."

리는 리독에게 앞뒤로 흔들리면서 웃음을 터뜨렸다. "넌 뭘 했는데?"

"별거 없어. 불 몇 번 꺼뜨리고, 요리사 하나를 때려줬지." 리독은 나를 놓아주더니, 지팡이에 살짝 몸을 기대고 걸어오는 소여를 잡아당겨 포옹에 끌어넣었다. "이게 좋아. 이게 맞아."

"너희가 돌아와서 기쁘다." 리독 덕분에 내 옆에 얼굴이 짓눌린 소여가 말했다.

"나도 그래." 나는 우리의 포옹에 몸을 맡겼다.

"저기 있다! 이리 와!" 리독이 우리를 끌어안은 채로 외쳤다.

메런은 웃으면서 내 반대쪽으로 비집고 들어왔지만, 캣은 그냥 한숨을 쉬며 걸어가버렸다.

"예외는 없어." 리독이 선언하더니 캣을 우리 원에 끌어다가 자기와 소여 사이에 세웠다. "다정한 2학년들아, 다시 함께가 됐구나." 우리는 리독이 손을 놓은 후에도 계속 둥글게 모여 있었다.

리의 시선이 숫자를 세는 것처럼 움직이더니, 미소가 흔들렸다.

"트레이거를 잃었어." 내가 조용히 말했다.

"뭐?" 리는 충격받은 얼굴로 움찔했다.

"어쩌다가?" 소여의 어깨가 축 처졌다.

"제힐나." 캣이 대답하고는 목청을 가다듬었다. "심장에 화살이 박혔지. 하지만 그 덕분에 군대를 얻었으니까…." 캣은 목소리가 갈라져서 다시 헛기침했다.

"정말 안타까워." 리가 메런과 캣을 보면서 말했다.

"우리도 그래." 메런이 속삭였다.

"그리고 우린 실패했어." 나는 처음으로 그 말을 커다랗게 내뱉었다. 소여, 그 다음에는 리의 눈을 보면서. "이리드를 찾긴 했는데, 여기로 오진 않아. 우린 실패했어."

"젠장." 리가 완전히 실망한 얼굴을 했다.

"현재의 정치 동향을 생각하면 실망스러운 이야기군."

우리는 서로에게서 떨어져서 에이토스 장군에게 몸을 돌렸다. 그는 테른에게 거리를 두고 서서 우리를 노려보고 있었다. 다른 이들이 다가오는 동안에도 데인에게는 눈길도 주지 않았다.

제이든은 개릭과 드레이크 사이에 멈춰 섰고, 아주 잠시 눈을 마주친 후에는 우리 둘 다 에이토스 장군에게 집중했다. 군사재판이 떨어지기 3초… 2초….

"직접 명령 불복종에 대한 처벌은 나중에 논의하겠다." 에이토스 장군은 드레이크를 흘긋 보았다. "자네는 집안에서 엉뚱한 쪽에 태어나 참 안됐군." 그의 시선이 캣을 향했다. "좋은 소식은, 자네가 왕좌에 한 발짝 더 가까워졌다는 것이다."

캣의 얼굴이 새하얘졌다. "시레나가?"

속이 철렁했고, 가방끈을 쥔 미라 언니의 손에 힘이 들어가는 것이 보였다.

"그게 자네 언니였나?" 에이토스는 제복 주머니에 손을 넣고 우리 쪽으로 걸어오면서 물었다.

"네." 캣이 대답하지 않아도 되게, 메런이 대답했다.

"아. 그래. 악명높은 플라이어지." 에이토스는 캣이나 메런에게는 제대로 대답하지 않고 편지 하나를 꺼내서 나에게 건넸다. "한 시간 전쯤에 자네에게 이런 당혹스러운 편지가 왔다. 임무 보고를 받으면서 이 문제를 논의할 게 기대되는군."

나는 깨진 인장을 눈여겨보며 양피지를 움켜쥐었다. "시레나 코델라는 살아 있습니까?" 이렇게 질질 끌다니, 잔인한 놈.

"내가 듣기로는 멀쩡하다." 에이토스 장군은 의미심장한 눈으로 편지를 보았다.

고맙습니다, 아마리시여.

캣이 숨을 깊이 들이마시며 휘청거렸고, 나는 이미 봉인이 뜯긴 편지를 펼쳤다. "무슨 일이야?" 캣이 물었다.

그 여자의 필적을 보자 얼굴에서 핏기가 싹 빠지며 소름이 돋았다.

바이올렛

멋진 여행이었기를 바란다. 너희 부대가 페이비스 상공을 날아갈 때는 초췌해 보이긴 했지만 말이야. 그나저나 네가 그렇게나 간절히 찾는 건 내가 갖고 있는데 뭐하러 그렇게 많은 노력을 기울이는지 모르겠네. 다음에 만날 때까지 친구들과 같이 있는 시간을 즐기렴. 걱정하지 마, 그 만남은 내가 다 준비하고 있어.

—T

반사적으로 양피지를 구기는데 제이든에게 시선이 저절로 날아갔다.
"뭐야?" 그는 고개를 기울였다.
"티오파니야." 숨을 제대로 쉬기가 힘들었다. "우리가 떠난 걸 알고 있었어. 우리가 페이비스 상공을 나는 걸 보고, 우리가 도착하기 전에 편지를 여기로 배달시켰어."
제이든의 입매가 굳었다. "그 여자가 여기에 손을 뻗을 수는 없어."
"그런데도 손을 뻗었지." 그 편지를 주머니에 밀어 넣고 보니 에이토스 장군이 매의 눈으로 나를 주시하고 있었다.
"우리 삼촌은 괜찮나요?" 캣의 목소리가 커졌다. "그냥 말해줘요."
테카루스. 이런 젠장.
"너희가 3주 동안 섬 왕국들에게 뭔지 모를 짓을 하는 동안…." 에이토스가 표정을 굳히며 말했다. "수니바가 베닌 손에 떨어졌다."
메런이 숨을 들이켰고, 잠시 두려움이 실린 정적이 깔렸다.
"마라야 여왕이 죽었다."

# 44

폐하, 안타깝게도 통합령을 대체할 만한 법률을 찾을 수가 없습니다. 담대한 여왕 알론드라 통치하의 지방 서약(207.1)은 포로미엘과의 전투에 대비하여 왕실의 기치 아래 각 지방 군대를 통합하는 내용이지만, 그 효력은 2차 아레티아 협약과 함께 만료되었으며 모든 병력은 차출했던 각 지방으로 돌아가야 합니다. 현재의 전쟁을 감당하려면 새로운 지방 서약을 요구하심이 좋겠습니다.

~~징병률이 올라간 이후에는 각 지방들도 결코 동의하지 않을 것입니다. 티렌더 공작을 화나게 하지 마시라고 조언합니다. 이제는 제일 큰 군세를 지휘하니까요.~~

~~집어치우죠. 제 직업이 싫군요.~~

— 왕실 기록 보관인 애거서 메이페어 대령이 보내지 못한 서한 초고

사령부는 우리가 방에 짐을 내려놓자마자 뿔뿔이 갈라놓고, 각각 서기를 대동하여 12시간씩 심문했다. 타우리 왕은 아릭을 되찾은 것만으로 고마워하며 우리에게 어떤 처벌도 내리지 말라고 명했다. 에이토스가 짜증을 내다가 실수로 그 사실을 내비쳤을 때는 마음이 확 놓이면서 바로 어마어마한 피로가 밀려왔지만, 그래도 나는 끝없는 임무 보고를

미뤄달라고 요청하지 않았다.

내가 내린 결정들이었고, 그 결과로 바스지아스에서 내리는 징계가 이 기나긴 심문뿐이라면야 불평 없이 받겠다. 다른 부대원들도 안전하다는 사실을 아니까 더욱 괜찮았다.

사령부에서는 여행의 상세한 부분까지 많은 시간에 걸쳐 여러 번 검토했다. 그들은 우리 이야기에서 구멍을 찾으려고 하거나 희귀본 말고 다른 정보가 있었는지 의심하는 것 같았다. 지루하고 지치는 심문이었지만, 몇 번인가 맞은편에 앉은 마컴의 얼굴이 질투심에 일그러지는 모습을 볼 수 있었다.

내가 마컴이 영원히 보지 못할 것들을 보고, 그는 존재하는지도 몰랐던 역사를 접했기 때문이었다.

우리 아버지와 똑같이.

심문 마지막 날인 3월 28일, 미라와 개릭은 풀려나자마자 전선으로 돌아갔다. 드레이크는 코딘으로 출발했고, 브레넌이 내 갈비뼈를 복원하려고 아레티아에서 날아왔다. 제이든은 교수 직책으로 돌아가는 동시에 세나리움 회의에 끌려갔다.

그리고 나머지 우리들은 교실로 돌아갔다.

3주 넘게 수업을 빼먹었더니 물리학에서는 도무지 갈피를 잡을 수가 없었고, 역사학은 조금 어리둥절했다. 여행을 떠나기 전에 배웠던 내용은 포룸1세 치하에서 벌어진 브레이빅의 시그니슨 합병과 아무 관계도 없었다. 리의 필기가 아니었으면 우리 셋은 수업의 갈피도 잡지 못했을 테고, 아마 아릭도 슬론에게 똑같이 고마워할 터였다.

하지만 3주 만에 얼마나 많은 피해가 발생할 수 있는지 단적으로 보여준 건 복귀 첫날에 받은 전투 브리핑 수업이었다. 함락된 도시는 수니바만이 아니었다. 지리적으로는 오히려 수니바가 동떨어진 경우였다.

"불가능해." 나는 자리에 앉아서 지도를 노려보며 속삭였다. 저렇게 많은 영토를 이렇게 빠르게 장악하려면 베닌이 얼마나 필요하지? 리와 나는 이른 아침 시간에 서로의 최신 정보를 교환했지만, 이런 이야기는 나오지 않았다.

"일이 빠르게 진행되고 있어." 리애년이 종이와 펜을 꺼냈다.

"우리가 없는 사이에 크로블라 절반이 빨간색이 됐다는 뜻이라면, 그래, 빠르다는 말이 맞겠다." 리독이 리의 오른쪽에서 논평했다.

"돌아오는 비행에서 베닌을 하나도 못 봤어?" 소여가 물었다.

"못 봤어." 펜을 쥔 손에 힘이 들어갔다. "우린 페이비스의 폐허 위를 날았어." 빨간색으로 표시된 땅이 너무 많아서 하나로 뒤섞일 정도였다. 오직 크로블라 최남단과 서쪽 지역만 남았다. 코딘은 아직 버티고 있었지만, 얼마나 오래 갈까. "민간인 사상자 수는?"

리의 입매에 힘이 들어갔다. "몰라. 그리고 국경 지역은 엉망이야. 사방에서 사람들이 달아나고 있어. 드레이터스는 심각한 물자 부족에 직면했어. 단시간에 너무 많은 사람이 몰려들어서."

위장이 꼬이는 기분이다. 미라와 개릭이 드레이터스에 배치되었다.

"너희 왕이 아무도 들여보내지 않기 때문이지." 캣이 속을 끓이며 말했다.

몇 사람이 캣을 향해 고개를 돌렸다가 얼른 외면했다. 종일 그런 식이었다. 생도들은 우리를 보고 수군거리며 빤히 쳐다봤다.

"뭐?" 나는 뒤처진 생도들이 앉는 동안 몸을 앞으로 내밀어 메런 너머로 캣을 보았다. "우리가 아직도 피난민을 안 받는다고?"

"네 보고 시간에 그 부분은 건너뛰었나 보네." 캣이 대답했다.

아니면 내가 나바르인들만 면담했겠지.

"돌아온 우리 여행자들을 환영한다." 드베라 교수가 강의실 앞에 키안드라 교수와 나란히 서면서 말했다. "듣자 하니 이 친구들이 제힐나와의 동맹으로 병사 4만 명을 확보해 왔다는군." 드베라는 나를 향해 살짝 고개를 끄덕였고, 나는 애써 웃었다. "이 전쟁의 향방을 바꾸는 데 도움이 될지도 모른다."

하지만 우리는 최우선 목표에 실패했다. 그리고 대대원 한 명을 잃었다. 이 모든 욕 나오는 죄책감을 짊어지려면 이모젠과 함께하는 근력운동으로 돌아가야겠다.

"난 교착상태만 되어도 좋겠어." 왼쪽에서 메런이 말했다.

"또한, 우리의 새로운 손님들을 환영한다." 드베라의 시선이 아릭이 앉은 줄 끝에 서서 감시하고 있는 검은 옷의 라이더 대위 두 명에게 날아갔다. "최대한 불편하게 있기 바란다."

아릭이 슬론과 베일러 너머로 그쪽을 노려보았다가 앞쪽으로 얼굴을 돌렸다.

"전략 문제로 들어가서, 4만 명의 군대를 어디에 투입해야 할까?" 드베라는 교실 전체에 대고 묻더니, 제2비행단의 1학년에게 답을 촉구했다.

"여기에 주둔시켜서 보호석을 지켜야 합니다." 곱슬머리 남자가 대답했다.

"그래. 베닌이 여기로 향하고 있는 것처럼 보이니 그렇겠지." 이모젠이 윗줄에서 빈정거렸다.

"다음." 드베라가 지시했다.

"코딘이 함락되지 않도록 남쪽으로 보내서 전선을 지켜야 합니다." 캣이 호명도 없이 대답했다.

"그것도 훌륭한 활용 방법이 되겠지." 드베라는 동의했다. "하지만 그런 결정에는 자네의 편견이 작동하지 않았을까 하는 의문도 드는군. 이젠 그곳이 자네 삼촌의 권좌니까 말이야."

테카루스 왕.

"다른 여행자들은 어떻게 생각하지?" 드베라가 우리를 훑어보며 물었다.

스멀스멀 티렌더에 접근하고 있는 서쪽 전선을 응시하던 나는 비슷한 편견을 지적받을까 봐 입을 다물었다.

"병력을 쪼개야 합니다." 윗줄에서 데인이 대답했다. "반은 남쪽으로 보내 새로운 왕과 남은 영토를 지키고, 반은 서쪽 전선으로 보내야죠."

"모든 군을 포로미엘 안에 배치하자?" 드베라가 테이블 위, 애용하는 위치에 걸터앉으며 물었다.

"거기에 필요하니까요." 데인의 확신에 질투가 날 정도였다. "그리고 여기 라이더들은 방어부터 생각하기 전에, 크로블라 서쪽 전선을 지키면 베닌이 티렌더와 엘숨으로 못 가게 막을 수 있으며, 우리는 동맹 협약에 따라 테카루스 왕을 지켜야 한다는 사실을 기억했으면 합니다."

"그리고 그 군대를 얻기 위해 대가를 치른 건 플라이어였습니다." 캣이 덧붙였다.

"일리 있는 지적이다." 드베라가 인정했다. "나라면 군대를 셋으로 나누어, 대부분은 에이토스가 제안한 두 전선에 배치하고 나머지를 우리 전초기지들에 배치하고 싶기는 하다." 내 이마에 골이 파였다. 보호막 안에 있는 전초기지들에 왜 군대가 더 필요하지? "우리가 보호막을 잃는다면, 대륙 내에 안전한 피난처는 존재하지 않을 거다."

"정확히 누구에게 안전한 피난처?" 메런이 중얼거렸다.

"이미 보호받고 있는 전초기지들이 함락되거나 보호막을 잃기는 어려울 텐데." 소여도 동의하며 말했다.

혹시나 무기고가 위험하다고 생각하는 게 아니라면 그랬다. 마력 공급을 방해한다면 보호막이 작동하지 않겠지.

"사령부가 어떻게 결정할지 두고 보자." 드베라가 말을 멈추더니, 두 손으로 책상 가장자리를 잡았다. "오늘의 주제가 민감한 문제라는 사실을 모르는 바는 아니다. 여기 있는 많은 생도의 가족이 그곳에 있었지. 하지만 이제 정보가 들어오고 있으니, 수니바 함락에 대한 논의는 아주 중요하다."

말이 떨어지자마자 방 안에 팽팽한 긴장감이 감돌았다. 마치 참석자 절반 정도가 채널링하고 있는 듯한 진동이 느껴졌다.

"이 사태가 어떻게 벌어졌는지 아는 사람은 얼마나 되지?" 드베라의 시선이 우리를 훑었다.

제3비행단 소속의 1학년 플라이어가 손을 들었고, 드베라는 그녀에게 고개를 끄덕였다. "아무도 자세한 내용까지는 모릅니다만, 기습으로 떨어졌다는 사실은 압니다. 제가 듣기로는 베닌 스무 놈이…."

"난 서른쯤이라고 들었어." 오른쪽에서 누군가가 반박했다.

"바로 이래서 이 브리핑 시간을 갖는 거다." 드베라가 눈썹을 치켜올렸다. "잘못된 정보와 소문만 들으며 훈련해서는 좋을 게 없지." 드베라는 다시 처음의 플라이어를 보았다.

"놈들은 하늘에서 떨어졌어요. 그래서 수니바의 15미터짜리 성벽이 쓸모가 없어졌죠." 플라이어가 말을 이었다. "그런 다음에… 불을 질렀고요. 거의 모두가 불타 죽었다는 게 사실인가요?"

뱃속이 요동을 쳤다. 그보다 더 끔찍한 죽음이 있을까.

"안타깝게도, 사실이다." 드베라가 고개를 끄덕였다. "화재는 유명한 직물 구역에서 시작되었는데, 우리의 추정으로는 바람 능력을 쓰는 베닌의 도움을 받은 것 같다. 상주한 4개 부대가 노력했으나 불이 빠르게 도시 대부분을 집어삼켰고, 모두 사망했다. 우리가 여왕을 지키기 위해 주둔시킨 드래곤 넷 중에서는 라이더 하나와 드래곤 둘이 살아 돌아왔고, 그 덕분에 우리도 소문이 아니라 사실을 알게 되었다. 사상자는 약 2만 5천 명이다."

"세상에.

두 줄 아래에 앉은 플라이어가 고개를 숙이고 어깨를 떨었다.

"화재가 놈들의 일을 거의 다 해줬다." 드베라는 설명을 이었다. "화재 덕분에 열두 마리의 와이번이 세 개의 소부대로 갈라질 수 있었지."

"와이번 열두 마리가 수니바를 점령하는 건 불가능해요!" 오른쪽에서 플라이어 한 명이 외쳤다.

"와이번 열두 마리. 베닌 열둘이었다." 드베라는 눈썹도 까딱하지 않고 대답했다. "넷이 경계를 유지하고, 넷은 곧장 궁전으로 날아갔으며, 넷은 병영과 무기고에 집중했다. 열둘이 2만 5천 명을 죽였다. 감정은 제쳐둬라." 드베라는 턱을 치켜들며 지시했다. "이 패배의 결과를 바꿀 만한 가설에 도움이 되는 질문을 해라."

교실 안이 조용해졌고, 아무도 손을 들지 않았다.

2만 5천 명. 지금까지 그렇게 많은 사망자가 나온 전투는 공부한 적이 없었다. 아마리의 이름으로, 대체 어떻게 우리가 동료들의 가족을 죽였을 뿐 아니라 그들의 왕을 앗아간 전투를 해부할 수 있겠는가? 심지어 일주일도 지나지 않았다.

드베라가 오른쪽을 보자 구석에 있던 키안드라 교수가 무대 중앙에 놓인 책상으로 이동했다.

키안드라는 설교했다. "우리가 이 전술을 샅샅이 파헤치지 않는다면 놈들은 또 같은 전술을 쓸 테고, 다음에 놈들이 밀어닥칠 도시는 너희의 도시가 될 거다. 수니바는 우리 왕국의 수도였지만 크기로만 보면 네 번째로 컸을 뿐이야. 다른 도시가 같은 방식으로 나락에 떨어지지 않게 하는 것이야말로 망자들을 기리는 방법이다. 우리는 이 사건에서 배워야만 한다. 힘든 줄은 알지만, 너희 3학년들은 몇 달 후 최전선에 있게 될 거다. 자네가 다이아슨을 지키게 될 거라는 뜻이지." 그녀는 우리 윗줄의 누군가를 가리키며 왼쪽으로 손가락을 옮겼다. "아니면 자네가 코딘을 지키게 되거나."

"질문을 시작해라." 드베라가 명령했다. "생각하기 시작해. 안 그러면 우리 모두 죽는다."

"무기고엔 무엇이 있었습니까?" 제이든의 목소리가 교실 전체에 울렸다.

돌아보자 제이든이 보디와 함께 문 앞에 서서 팔짱을 끼고 이를 악물고 있었다. 심장이 펄쩍 뛰어올랐다. 사흘이나 못 본 참이었다. 수염을 깔끔하게 깎았고, 제복에는 다시 이름표를 달았다. 본능적으로 마음을 뻗었지만 그는 차단벽을 세우고 있었다.

제이든의 시선이 내 쪽으로 움직이더니, 나와 눈이 마주치자 아주 잠깐 온기를 머금었다. 이어서 우리 둘 다 교실 앞쪽으로 관심을 돌렸다.

"생도들이 직접 생각해야 해, 라이오슨 교수." 드베라가 한쪽 눈썹을 구부렸다.

"무기고엔 무엇이 있었습니까?" 제이든이 다시 물었다.

키안드라가 고개를 끄덕였다. "막 전달한 합금 손잡이 단검 여섯 상자가 있었지. 그래, 베닌이 전부 가져갔다."

모두의 관심이 앞쪽으로 쏠렸고, 나는 의식적으로 턱을 들어야 했다. 전초기지마다 보관된 단검은 두 상자쯤일 것이다.

"포로미엘군은 왜 그 망할 놈의 단검을 쓰지 않은 거죠?" 리독이 물었다.

"그 망할 놈의 단검이 겨우 몇 시간 전에 도착했기 때문이지." 드베라가 대답했다. "그리고 무기고가 첫 번째 표적이었다. 우리는 단순히 단검을 나눠줄 시간이 없었다고 추측한다."

"왜 여섯 상자를 보낸 겁니까?" 캐롤라인 애쉬튼이 물었다.

"수니바는 배급처였을 뿐이다. 그리폰 부대들이 아침이면 다른 도시로 상자들을 실어 나를 예정이었다." 키안드라가 대답했다.

젠장. 베닌이 수송계획을 알았다는 뜻이다. 논리적인 설명은 그것뿐이다.

"배급 일정을 아는 사람이 몇이나 됐나요?" 내가 물었다.

"바로 그거다." 드베라가 나를 가리켰다. "대답은, 너무 많다. 우리 군 안에 배신자들이 있다."

맥박이 빨라졌다. 우리 사이에 발로우 같은 베닌이 얼마나 많이 숨어서 기회를 엿보고 있는 걸까? 고유 능력 대련장에서 갑자기 변한 생도를 생각해보면 상황에 따라 우리 중에도 변할 이들이 있다는 건 확실하다. 어쩌면 이 방에도 있을지 모른다.

"놈들이 어떻게 들키지 않고 수니바까지 간 거죠?" 리애넌이 물었다. "그 도시 주변은 수백 킬로미터에 걸쳐 비어 있었어요. 플라이어들과 라이더들이 순찰을 돌았을 테고요."

"3월의 수니바에 뭐가 흔하지?" 키안드라가 대답 대신 물었다.

내가 어떻게 알아. 지금까지 그런 건 우리가 배우는 내용이 아니었다고.

"폭풍이죠." 아릭의 오른쪽에 앉은 카이가 대답했다. "3월부터 6월경까지, 다섯 시쯤 시작해서 자정쯤 끝납니다."

키안드라가 고개를 끄덕였다. "놈들은 폭풍을 타고 날아들었다."

"폭풍 위로요?" 1학년이 물었다.

"아니지, 멍청아." 제1비행단의 다른 1학년이 맞받아쳤다. "놈들은 그 고도에서 살아남을 수 없어."

"그 위로 날 만큼 낮은 폭풍도 있긴 하다." 드베라가 정보를 정정했다.

"그래서 수업 시간에 더 집중해야 하는 거다, 페이슨. 이번 경우에 놈들은 폭풍운 속을 날았다."

구름 속을? 그러려면… 말도 안 돼. 불가능해.

몇 년씩 훈련하지 않는다면.

"말이 안 됩니다." 윗줄에서 3학년 한 명이 외쳤다. "절대적으로 필요하지 않는 한, 그런 조건 속에서 비행하는 위험은 도저히 받아들일 수 없어요. 비행 기동 수업 첫 달에 배우는 내용입니다."

생도 대부분이 웅성거리며 동의했다.

"바로 그래서 순찰대가 뜨지 않았지." 드베라는 무슨 생각을 하는지 안다는 눈으로 나를 보았다.

"놈들은 와이번이 죽든 말든 신경 쓰지 않는지도 몰라." 이모젠이 반박했다.

심장이 쿵쿵 뛰었고, 나는 자세를 바꿔 앉았다.

"왜 그래?" 리가 속삭였다.

"어떻게 한 건지 알겠어." 나는 펜을 꽉 쥐면서 조용히 대답했다.

"그렇다면 무슨 말이든 해." 리는 1학년으로 돌아간 것처럼 나를 찔렀다.

"내가 옳을까 봐 싫어." 이번에도 조용히 대답했다.

"한두 번도 아닌데 뭘." 캣이 중얼거렸다.

드베라가 고개를 옆으로 기울이며 말 한마디 없이 나를 소환했다.

속이 철렁했다. 젠장, 정말로 말해야겠네.

"아무리 그래도 자기들이 탄 와이번에는 신경 쓰겠지." 다른 3학년이 이모젠에게 쏘아붙였다. "영혼이 없을지는 몰라도 자기 목숨은 소중하게 여기잖아. 합리적인 라이더라면 폭풍 속을 날지 않아."

"나는 날아."

젠장. 정말로 말해버렸다.

모두가 내 쪽을 돌아보았고, 드베라는 고개를 끄덕였다.

"난 구름 속에서 번개를 겨냥할 수 있어. 12월에 여기에서 벌어진 전투에서도 그렇게 했지." 나는 말을 이었다. "그렇게 생각하면 나도 자연적인 번개를 통제하고, 상대적으로 안전하게 폭풍우 안에서 드래곤 부대를 움직일 수 있을 거야…. 20년쯤 연습하면." 나는 공책 위에 펜을 떨궜다. 티오파니다. "베닌 중에 그 여자 번개 능력자가 있었던 거야. 그래서 직물 구역에서 화재가 시작됐을 거고, 다른 드래곤도 그런 방식으로 잡았을지 몰라."

"보고서에서 제시하는 내용도 그렇다." 드베라가 대답했다.

젠장. 젠장. 젠장! "폭풍을 뚫고 한 부대를 움직인 다음에 그 모든 일을 하려면…." 나는 고개를 내저었다. "메이븐급이어야 할 거예요." 그리고 나는 훈련을 했어야 할 시간에 3주 동안이나 신기루 같은 희망을 쫓아 마법도 없는 섬 왕국들을 돌아다닌 2학년생이다.

"필시 그렇겠지." 드베라는 동의하면서 제힐나에서의 미라와 같은 표정으로 나를 보았다. 기대감이었다. 그녀는 곧 시선을 돌렸다. "그러니 이제 이런 습격을 어떻게 물리칠지 의논해볼까? 어떤 고유 능력이면 차이를 만들 수 있을까? 기탄없이 말해봐라. 이런 위협이 존재할 경우 가장 귀중한 표적을 지키려면 누굴 보내겠나?"

"물 능력자들이라면 화재에 도움이 됐을 겁니다." 누군가가 제안했다.

"라이오슨을 보내야죠." 캐롤라인 애쉬튼이 말했다. "우리 편에서 가장 강력한 라이더인 데다가, 열두 마리 이상의 와이번이라도 막을 겁니다. 라이오슨이 있다면 이런 일은 안 일어나요."

사실이지만, 어떤 대가가 따를까? 함락을 막기 위해 제이든이 대지로부터 채널링한다면? 어깨 너머를 돌아보았지만, 제이든은 이미 없었다.

"불길을 조종할 정도로 강력한 화염 능력자가 있지 않나요?" 베일러가 물었다. "남부 비행단에 주둔한 소령님이요."

"에도르타 소령은 애더빈에 주둔해 있다." 드베라가 확인해줬다.

리애넌이 나를 곁눈질했다가 시선을 돌렸다.

"네가 말할 차례야. 망설이지 마." 나는 속삭였다.

"어림없어. 가정이라도 안 돼." 사방에서 각기 다른 고유 능력을 말하는 사이, 소여가 리를 보고 고개를 저으며 말했다. "메이븐을 상대로…."

"소른게일을 보냅니다." 리애넌이 선언했다.

"…생도를 보낼 수는 없어." 소여가 하려던 말을 작은 소리로 맺었다. "그런데도 말해버렸구나. 젠장."

캣과 메런이 얼빠진 눈으로 리를 쳐다보았고, 소여는 좌석에 몸을 푹 묻었다.

"제한 없다고 하셨죠." 리는 앞만 보며 덧붙여 말했다. "소른게일이라면 같은 구름 속에 번개를 쳐서 접근하는 와이번 무리를 제거할 수 있을 겁니다. 놈들의 번개 능력자까지 포함해서요. 다만 놈들이 바이올렛이 거기 있다는 걸 몰라야겠죠."

"그런데 혹시 놈들이 안다면?" 드베라가 물었다. "단검 수송에 대해서도 누군가가 알렸다는 사실을 명심해라."

리는 침을 꿀꺽 삼켰고, 호흡을 빨리했다.

"해야 할 일을 해." 나는 일깨우는 말을 속삭였다. "어디까지나 가정이잖아."

리가 등을 곧게 펴며 말했다. "그렇다면 소른게일이 상대보다 실력이 좋아야겠죠."

그리고 나는 그렇지 못했다. 남은 수업 시간 내내 티오파니와 나 사이의 기울어진 경기장을 바로잡을 온갖 책략을 생각하는 데 정신이 팔렸지만, 딱 하나 빼고는 쓸 만한 게 없었다. 그 여자가 날 살려두고 싶어 한다는 것.

전투 브리핑이 끝나고, 우리는 다음 수업이 시작되기 전까지 귀중한 두 시간을 얻었다. 리독은 그 시간에 아카이브에 가자고 소여와 리와 나를 꼬드겼다.

소여의 경우는 별로 설득할 필요도 없었다.

"정말로 며칠만 더 기다리면 안 되겠어?" 나는 심문실로 향하는 계단을 지나쳐 터널을 통과하면서 리독에게 속삭였다.

리와 소여는 나를 전선으로 보내겠다는 제안을 두고 다투는 데 몰입한 나머지 우리에게 주의를 기울이지 않았다.

"안 돼." 리독이 말했다. "그럴 순 없어. 언젠가는 전투 브리핑이 어떻게 그림자 능력자가 코딘을 제거했는지에 대해 다룰 텐데, 그때 넌 자리에 앉아 있지 못할 거야. 놈들이 이미 그런 일을 막지 못하게 널 죽인 후일 테니까."

"이미 답이 있다면 전투 브리핑이라고 할 것도 없어." 나는 가짜 웃음을 지었다.

"바스지아스 전투는 특별한 경우였어." 왼쪽에서 소여가 리에게 반박했다. "우린 학교를 지키고 있었고, 그 싸움에서도 1학년 생도들은 뺐지. 네가 바이올렛을 전투에 내보낼 수 없는 이유도 똑같아. 아직 준비가 덜 됐기 때문이야."

"그만." 내가 말했다. "비행대대장으로서, 나를 친구가 아니라 자원으로 보는 게 리가 맡은 책무야."

"난 아직도 개소리라고 생각해." 소여는 아카이브 문 앞을 지키는 당직 서기를 지나치면서 중얼거렸다.

"이건 전쟁이야." 리애넌이 앞쪽에 놓인 테이블에 다가서면서 소여를 일깨웠다. "그리고 네가 아직까지 비행에 대해 생각하지 않은 거야말로 개소리라고 생각해."

리독과 나는 '아이고, 이런' 하는 눈빛을 교환했다.

"난 못 날아." 소여가 의족으로 지팡이를 건드리면서 작은 소리로 되받아쳤다. "이걸 가지고는 안 되지. 아직 준비가 안 됐어."

제시니아를 불러달라고 할 필요도 없었다. 완벽하게 줄을 맞춘 책상에 앉아서 수업을 받던 서기들이 우리를 보자마자 서둘러 안쪽으로 사람을 보냈다.

"슬리시그에게 부탁해서…." 리애넌이 입을 열었다.

"슬리시그는 테른이 아니야." 소여가 잇새로 말했다. "나에게만 예외를 두라고 부탁할 순 없어. 애초에 되풀이 생도와 계약하는 위험까지 부담했는데!"

서기 몇 명이 고개를 들었다가 얼른 시선을 돌렸다.

"그럼 퇴역병들과 상담하면서 시간을 보내겠다는 거야?" 리가 되쏘았다. "넌 라이더야, 소여."

"이쯤에서 숨돌리는 게 어떨까." 리독이 제안했다.

소여의 얼굴이 붉어졌다. "미안하지만 너는 이게 어떤 일인지 짐작도 못 해, 리."

나는 리의 주의를 끌 만큼만 몸을 기울이고 살짝 고개를 저으며 속삭였다. "화제 바꾸자."

리는 입술을 오므렸다가 한숨을 쉬었다. "너랑 라이오슨은 어떻게 되어가는 거야?" 리는 나만큼이나 작은 목소리로 물었다. "전투 브리핑 때도 라이오슨을 보고 웃지 않던데."

"그 사람이 땅 파고 있잖아." 나는 어깨를 으쓱였다.

"그렇게 표현할 수도 있겠네." 리독이 떨어지려는 얼음 능력자 패치

귀퉁이를 누르면서 말했다.

제시니아가 아카이브 안쪽에서 나타났는데, 노끈으로 묶은 작은 종이 묶음을 들고 있었다. 그녀는 잽싸게 우리에게 다가오더니 소여에게 미소부터 선사하고 나서 책 크기의 꾸러미를 테이블에 내려놓고 내 쪽으로 밀었다.

"안녕." 소여가 손짓으로 인사했는데, 그 활짝 웃는 얼굴을 보니 나도 입꼬리가 올라갔다.

"안녕." 제시니아가 인사하고 나서 우리를 돌아보았다. "너희 보고서가 재미있긴 했지만, 여행에 대해 직접 말해주는 게 더 좋아." 그녀는 나와 눈을 마주쳤다. "이건 오늘 아침에 네 앞으로 배달된 거야. 네게 온 다른 우편물처럼 에이토스 장군이 뜯어보기 전에 내가 가로챘어."

"고마워." 나는 수어로 말하고 나서 꾸러미를 집어 들었다. 책이라기에는 물렁물렁하니 형태가 잡히지 않았고, 내 이름과 분과가 적힌 꼬리표에 따르면 샨타라의 재봉사가 보냈다.

희한하네.

"우리끼리 이야기할 곳이 필요해." 리독이 수어로 말했다.

리는 이마에 주름을 잡고 수어로 물었다. "무슨 일인데?"

"부탁해." 리독은 제시니아에게 말했다.

제시니아는 고개를 끄덕이고는 우리를 아카이브 앞쪽 벽을 따라 줄지어 선 창문 없는 개별 독서실로 안내하더니, 들어가라고 손짓했다.

나와 소여가 먼저 들어가고, 나머지가 뒤따랐다. "슬리시그가 테른이 아닌 건 나도 알아." 나는 테이블 주위를 돌아 안쪽으로 들어가면서 소여에게 속삭였다. "그리고 다른 방식으로 행동하는 게 힘들 수 있다는 것도 알아. 특히나 완벽과 획일을 요구하는 환경에선 더 그렇지."

"완벽과 획일을 생산하는 환경이지." 소여는 뻣뻣하게 굳더니 테이블 너머로 리와 리독을 보았다. 리는 왜 여기에 온 거냐고 다시 리독을 취조하고 있었다.

"아, 이제 알겠다. "나에게는 비행을… 다르게 하는 게 그럴 가치가 있었어." 나는 앉으면서 소여에게 작게 말했다. "하지만 네가 슬리시그에게 도와달라고 부탁하는 문제에 나처럼 느끼는지의 여부는 오직 너만 알 수 있겠지."

"나도 좌석에 앉아 있을 수는 있을 거야." 그는 조용히 인정했다. "대체로는 허벅지 힘이거든. 겁이 나는 건 올라타는 부분이야."

"내가 도울 수 있는 게 있을까?"

제시니아가 따라온 사람이 없는지 확인하는 것처럼 문틈으로 밖을 보더니 문을 닫았다.

소여는 고개를 저었다. "그동안 달리기를 해보려고 준비도 하고, 등반을 위해 의족도 조정하고 있었어. 희망이라도 품으려면 제대로 준비하고 확실히 해내야 해." 그의 시선이 리에게 향했다.

"네가 리를 실망시키는 일은 절대 없어." 제시니아가 우리 쪽으로 오는 것을 보고 서둘러 말했다.

"친구로서는? 그야 물론이지. 하지만 대대장으로서는?" 그는 얼굴을 찌푸렸다.

"너희는 여기 들어오면 안 돼." 제시니아가 수어로 말했다. "그러니까 누가 와서 쫓아내기 전에 빨리 얘기해."

리독이 의자에서 한껏 몸을 젖히고 나를 빤히 보았다.

"무슨 일인데?" 리가 우리를 번갈아 보면서 수어로 물었다.

"네가 말해." 리독이 손짓했다. "아니면 내가 할 거야."

나는 한숨을 쉬었다. 불안해할 때가 아니었다. 친구들을 믿거나, 못 믿거나, 둘 중 하나다.

"제이든이 서서히 베닌으로 변하고 있어." 나는 입과 손으로 동시에 말했다.

리가 눈을 크게 뜨더니 몸을 앞으로 기울였다. "털어놔."

# 45

> 내가 당신에게 빠져들기 시작한 건 아마 나무 위에서 낙인자들과 함께 있는 당신을 보았던 그 밤일 거야. 하지만 완전히 무너진 건 당신이 나에게 테른의 안장을 줬던 그날이야. 당신이야 자기합리화를 하며 변명하겠지만, 사실 당신은 사람들에게 보여주는 모습보다 친절해. 어쩌면 스스로 생각하는 것보다 친절할지 몰라.
>
> ㅡ 바이올렛 소른게일 생도가 티렌더 16대 공작
> 제이든 라이오슨 소위에게 보낸 편지

나는 보이지 않는 손아귀에 목을 잡혀 허공에 매달려 있다. 멀리서 번개가 친다. 공포가 혈관으로 쏟아져 들어오지만, 맞서 싸우면 싸울수록 숨통이 좁아지고 숨쉬기가 힘들어진다.

"싸움을 그만두거라." 세이지가 명령한다. "나에게 맞서지 마."

넌 죽었어. 이건 현실이 아니야. 머릿속으로 되풀이해서 말하는 동안에도 입술은 말을 내뱉으려 하지 않는다. 이건 악몽에 불과해.

본능까지 헤집는 끔찍한 악몽.

싸울 힘이 전부 빠져나가고, 결국 세이지 앞에 떨어져서 무릎 꿇은 채 검게 탄 공기를 들이마시려 헐떡인다.

앤다나의 격노와 고통이 담긴 소리에 능선 쪽으로 고개를 홱 돌린다… 폭풍을 향해서. 푸른 화염이 산 사면을 훑고 드레이터스의 성벽에 이르러, 달아나는 민간인들을 집어삼킨다.

"감정이 넘치는군." 세이지는 내 앞에 쪼그려 앉아서 혀를 찬다. "걱정 말거라. 시간이 지나면 다 희미해질 것이다."

"꺼져." 달려들어 보지만, 보이지 않는 힘에 떠밀려 다시 무릎 꿇을 뿐이다.

"이번에는 그 여자를 돕도록 허락해주마." 세이지가 로브를 걷어 올려 갈색으로 탄 팔을 드러내며 약속한다. "항복해라. 나에게 와. 네가 어디에 속했는지를 받아들이면, 누구와도 비교할 수 없는 자유를 얻게 될 거다."

"그러지 않으면?" 이 개같은 꿈에 어울려주자.

"그러면 나에게 너를 무릎 꿇릴 방법이 여럿 있다는 사실을 알게 되겠지." 세이지가 로브에서 장검을 뽑아 들자, 내리친 번개에 칼자루 끝을 장식한 에메랄드가 반짝인다.

시야 가장자리로 은빛 머리카락이 불어 들더니, 티렌더의 검이 내 가슴으로 돌진한다.

깨어나! 비명을 지르지만, 입술은 말을 듣지 않고….

눈이 번쩍 뜨이고, 두 손이 위로 올라갔다. 땀에 젖은 팔다리가 담요에 엉켜 있고, 창밖에서는 번개가 번쩍였다.

심장이 미친 듯이 뛰는 가운데 이불을 밀어내고 흉골을 쓸어보았다. "당연히 상처가 없지, 바보야." 나도 모르게 중얼거렸다. 저주받은 꿈일 뿐이었다. 아주 강렬한 꿈이긴 하지만, 그래봤자 꿈이다.

바닥으로 두 발을 내리고, 몸을 감싸안은 채 일어나서 천천히 창가로 다가갔다. 유리창을 두드리는 심한 빗발 때문에 본관 쪽 협곡이 보이지 않았다.

테른과 앤다나는 잠들어 있는데, 제이든과의 연결 통로엔 꿈틀거림이 느껴졌다. 차단벽을 세우지 않았는데도 우리 사이엔 여전히 안개 같은 잠의 장막이 드리워져 있었다.

나는 숫자를 20까지 세면서 코로 숨을 들이마시고 입으로 내쉬며 심장박동을 가라앉혔다. 그 세이지는 죽었다. 하지만 그 여자는 안 죽었지.

티오파니는 생생한 현실이고, 바스지아스에서도 나에게 손을 뻗을 수 있다면 언제든 내 친구들에게도 손을 뻗을 수 있을 것이다…. 내가 또다시 비밀을 두었다는 사실에 실망할 자격이 충분한 친구들에게 말이다. 제이든이 적이 아니며 우리 편에서 싸우고 있다는 사실을 친구들이 이해해줘서 어찌나 고마운지.

티오파니가 제이든을 뒤쫓을 때까지 얼마나 남았을까.

목이 죄어들었다. 이번에 숨통을 죄는 것은 나 자신의 공포였다.

나는 아직도 도관이 있어야 통제할 수 있는 고유 능력을 그 여자는 수십 년이나 갈고 닦았는데, 그런 베닌과 대체 어떻게 싸우면 좋지?

3월 말이면 내가 고유 능력을 깨달은 지 1년이 채 되지 않는다.

3월 말.

제시니아가 그저께 건네준 꾸러미를 쳐다보았다. 내가 내버려둔 대로 한쪽이 뜯긴 채 창틀에 놓여 있었다. 뜯어놓은 종이 포장지 사이, 섬세한 드베렐리 실크 잠옷과 로브 끄트머리에 놓인 편지가 보였다.

내가 네 옆에서 잘 수 없는 밤들을 위해서.

-X

선물을 뜯었을 때와 마찬가지로 지금도 그 쪽지를 보자 가슴이 답답했다. 그는 드베렐리에서 내가 그 천을 보던 걸 눈치채고 몰래 구입했다. 우리가 다른 섬 왕국들을 수색하러 떠나기 전에.

"*사랑해.*" 나는 정신 연결을 통해 속삭인 다음, 몸을 기울여 차가운 유리에 이마를 댔다. 그 차가운 촉감으로 악몽이 끝났다는 확신을 굳히고 싶었다. "*당신이 필요해. 땅은 그만 파고 나에게 돌아와.*"

어쩌면 제이든이 썼던 수법을 시도해볼 때가 됐는지도.

나는 펜과 종이에 손을 뻗었다.

"기억하겠지만, 이 기동의 목적은 땅에서 최대한 짧은 시간을 보내는 것이다." 아침, 케이오리 교수가 제이든 옆에 서서 비행장 전체에 울리도록 증폭한 목소리로 강의했다. 우리 전대 라이더 전원은 드래곤과 그리폰에 올라 대형을 갖춘 상태였다. …대부분은.

소여는 두 줄 뒤에서 슬리시그의 앞발 사이에 서 있고, 테른은 페이그 옆에서 기다렸다. 원래 위치대로면 테른이 페이그 뒤에 서야 했는데, 나란히 서 있으려니 테른이나 페이그나 날개를 접어야 했다.

"*난 정확히 내 자리에 서 있다.*" 테른이 반박했다.

"*차라리 테른이 그리폰이었으면 우리가 여기에서 빠질 수 있었을 텐데요.*"

"*차라리 2년 전에 내가 탈곡에서 빠졌으면 좋았겠지.*"

입꼬리가 올라갔다. "*정말 합류할 생각 없어?*" 이번엔 앤다나에게 물었다.

"*널 태울 수도 없는데 쓸모없는 짓이야.*" 앤다나가 연결을 닫았다.

끝내주는군. 심장이 또다시 내려앉았다. 내가 또 너무 밀어붙였나 보다. 아니면 너무 조금 밀어붙였거나.

테른이 노인처럼 한숨을 쉬었다.

케이오리가 계속해서 말을 이었다. "지금의 새로운 전투에서는, 땅바닥에서 최대한 짧게 머무는 것이 그 어느 때보다 중요하다. 그럼에도 땅에 내리지 않고는 임무를 완수할 수 없는 순간들이 있을 것이다. 자네들이 성공하지 못한다면… 또는 수적으로 밀린다면, 뛰어서 착륙한 다음에 고유 능력으로 적을 물리치고 바로 '전투 기승'으로 하늘에 날아오를 준비가 되어 있어야 한다. 자네들이 땅에 오래 머물수록 스스로의 목숨만이 아니라, 전장에 남아 있어야 할 드래곤의 목숨까지 위험해지게 된다."

케이오리는 한 손을 들어 올려 멀리 비행장 오른쪽 끝에 로브를 입은 사람 형체를 투사했다.

"라이오슨 교수?"

젠장. 난 아직 동기들처럼 비행 중 착지에 숙달하지 못했는데, 전투 기승에는 또 어떤 후유증이 따를까.

"첫 번째 연습 설정은…." 제이든의 목소리가 비행장에 울려 퍼졌다. "적의 고유 능력은 알 수 없고, 너희는 혼자다. 일단 너희가 기동을 완수할 수 있다는 사실을 보여주고 나면 팀으로 연습하겠다. 1학년들, 너희들은 나중에 아레티아에 갔을 때 연습할 수 있도록 전술을 이해하기만 하면 된다."

제이든이 우리 줄을 둘러보자 눈 아래 그늘을 알아차릴 수밖에 없었다. 밤에 잠을 잘 자지는 못하는 게 확실했고, 내가 어떻게도 도와줄 수 없다는 사실이 싫었다.

"오늘은 여기가 너희의 대련장이다." 그의 시선이 나를 찾았다. "다 태워버리지 말도록."

*"하. 웃기기도 해라."*

*"넌 장담할 수가 없지."* 그의 답이 돌아와서 놀랐다.

처음으로 나선 보디가 매일 하는 운동처럼 뛰어서 착륙하기를 완벽하게 해내더니, 그 가속도를 이용해서 투사체를 향해 달려가며 왼손을 비틀고, 오른손으로는 장검을 휘둘러서 가짜 베닌의 목을 베었다.

퀴르가 보디에게 돌아가려고 몸을 심하게 기울이며 빙그르르 도는데 각도가 너무 가팔랐다. 장검처럼 생긴 초록색 꼬리가 산비탈 중간쯤을 쳐서 돌을 우르르 떨어뜨리고 말았다.

보디가 가짜 베닌 앞에서부터 달리기 시작했고, 돌아간 퀴르가 속도를 늦추며 왼쪽 앞다리를 내뻗었다. 잠시 둘이 평행으로 움직이다가 보디가 퀴르의 앞발 위로 뛰어올랐고, 드래곤은 이미 속도를 올리고 있다가 보디가 앉을 자리로 올라가는 동안에 고도를 높였다.

으아…. 우린 망했네.

"난 저렇게 못 해요." 스스로를 의심하는 게 아니라, 사실이었다.

"하게 될 거다." 테른이 선언했다. "다만 저렇게 보이지는 않겠지."

그렇지. 난 충돌로 죽어서 진흙탕 비행장에 처박혀 있을 테니까.

"가끔은 보디가 얼마나 모든 걸 완벽에 가깝게 해내는지 잊어버린다니까." 제이든에게 말했다. 어제 전투 브리핑 시간에는 아무도 보디를 기억하지 못했지만, 생각해보면 보디부터 떠올렸어야 했다. 상대방의 고유 능력을 무력화시키는 능력이 공격에는 좋은 무기가 아닐지 몰라도 방어에는 끝내주지 않겠는가.

"내 사촌이잖아." 제이든이 나와 눈을 마주치며 대꾸했다. "뛰어난 게 당연하지."

"흠. 딱 당신 같네. 거기서 오만함만 빼고." 나는 슬며시 고개를 옆으로 기울였다. "내가 둘 중에서 사람을 잘못 골랐…."

"나에게 남은 마지막 혈연을 죽이고 싶진 않아." 제이든이 내 거울상처럼 똑같이 고개를 기울였다가 바로잡았다. 나는 대꾸하려다가 다른 날도 아니고 오늘은 그에게 이부동생이 둘이나 있다는 사실을 일깨워주지 않기로 했다.

제이든이 모두에게 외쳤다. "바로 이렇게 하는 거다. 이 시나리오에서는 드래곤의 몸집이 작을수록 유리하다. 기동성이 핵심이니, 시도하기 전에 어떻게 접근할지 충분히 논의하도록 해라. 학교 안에 복원자는 한 명뿐이다."

놀론이 내 몸에 손을 대게 하느니 아레티아로 날아가고 말지.

"한 달을 기다렸다가 아레티아에서 수업할 때 시도하는 게 좋을지도 모르겠어요." 나는 테른에게 제안했다.

"아니면 네가 아무 데도 부러뜨리지 않으면 되겠지." 참으로 도움이 되는 제안이었다.

1대대가 연습을 시작했다. 처음 두 번의 기동은 성공했다. 그러나 다음 생도는 착지하면서 다리가 부러졌다.

"어휴." 리가 잇새로 숨을 빨아들이더니 내 쪽을 보고 물었다. "너 이거 괜찮겠어?" 문제의 1학년은 다리를 부여잡고 비틀거리며 자리를 떴다.

"내가 이런 걸 할 때 괜찮은 경우는 없었어. 그래도 할 뿐이지."

"맞는 말이네." 리는 고개를 끄덕이더니, 비행장 너머로 뭔가를 보고 눈매를 좁혔다.

시선을 따라가 보니 제이든이 보이길래 고개를 저었다. "그러지 마." 공개된 장소라 그 이상은 말할 수 없었지만, 내가 뭘 말하는지 리가 모를 리 없었다.

"안 그러기가 힘들어." 리는 사과하지 않고 인정했다. "노력은 하고 있어."

"나도 알아. 고마워." 나는 새로운 안장 끈을 조절하면서 오늘 아침에 마무리한 바늘땀이 버텨주기를 기도했다. 새로운 끈은 지금도 앞쪽에 묶여 있는 원래의 안장 끈처럼 허벅지를 좌석에 고정시키는 방식이 아니라, 벨트처럼 허리를 감싼 다음에 앞에서 잠그고, 또 세 개의 홈이 있어서 필요에 따라 더 조이거나 풀 수 있었다.

2학년 한 명이 뛰어서 착륙하기까지는 완벽하게 해냈으나 레드 모닝 스타테일의 앞발을 향해 뛰어오르다 실수해서 진흙탕에 처박혔다.

얼굴이 찌그러졌다. 그러다가 언뜻 움직임이 보여서 제이든 뒤쪽의 산비탈로 시선을 올렸더니, 15미터쯤 위에 있는 암반에 앤다나가 앉아 있었다. 비늘은 테른과 같은 색깔이었다. *"마음 바꿨어?"* 나는 이것이 부디 올바른 격려 방식이기를 기도하며 물었다.

*"아니."* 앤다나는 꼬리로 허공을 때리더니 정확한 날갯짓으로 노두에서 뛰어올라 계곡 능선으로 날아갔다.

망할. 나는 좌절의 한숨을 내뿜었다. 무슨 말을 해도, 어떻게 해도 제대로 앤다나를 도울 수가 없었다.

*"앤다나는 적응 중이다."* 테른이 말했다.

비행장 너머를 보았더니 제이든이 나를 주시하고 있었다. *"그게 유행이군요."*

1비행대대는 다섯 명 성공, 네 명은 착지하면서 실패, 두 명은 이륙에 실패했다. 다 합해서 골절이 세 명, 코피가 한 명이었다.

"이건 전투에서 우리에게 좋은 조짐이 아닌걸." 리가 말했다.

"제대로 해낼 시간이 있길 빌어보자." 그 이상의 지지 발언을 생각해 낼 수가 없었다. "넌 비행대대장이니까 모범을 보이는 게 좋겠지. 행운을 빌어. 죽지 마." 나는 씩 웃었다.

"고맙다." 리는 애써 마주 미소 짓고는 가슴을 부풀리는 척했다. "내가 이 패치를 빛내줄게."

"꼭 그렇게 해." 나는 페이그가 앞으로 걸어가다가 테른과 멀어져서야 이륙하는 모습을 지켜보았다.

제이든이 내 쪽을 보았는데, 잠시 가면이 벗겨지더니 그리운 눈빛을 쏘는 바람에 가슴이 조여들었다.

"잠은 자고 있어?" 내가 물었다.

"네 옆에 있을 때 더 잘 자긴 하지." 그는 인정했다.

"내 침대가 어디인지 알잖아. 교수든 아니든 간에 당신이라면 숨어들 방법을 알 텐데." 나는 비행 재킷 주머니를 눌러보며 작은 꾸러미가 잘 있는지 확인했다. "아직도 땅을 파고 있다면 또 모르지만."

"지금은 종일 삽질만 하고 있지."

"땅은 계속 파더라도 수업 후에 잠깐 시간 내줄 수 있을까?"

그는 고개를 끄덕였다.

페이그가 다가오고, 리애넌이 그 앞발로 내려가더니 완벽한 착륙 기동을 선보였다. 리가 손을 들자 순식간에 단검이 나타났다. 단검을 긋자 투사체가 흔들렸고, 이어서 리는 페이그가 돌아오는 방향으로 질주했다. 나는 웃을 수밖에 없었다. 리는 실수 없이 페이그 앞발로 뛰어올랐다. 정말이지 훌륭했다.

이모젠과 퀸의 차례가 지나갈 때까지 기다린 테른은 리독이 특히나 과시적인 재주넘기를 선보이며 착지하는 동안 나에게 줄줄이 지시사항을 쏟아냈다. 리독의 손에서 투사체를 향해 얼음이 날아갔고, 리독은 무대 공연자로도 손색없게 인사하더니 에오트롬에게 달려갔다. 아주 잠깐 해내지 못할 것 같은 순간이 있었지만, 리독은 무사히 에오트롬의 앞발 위로 몸을 올렸고 둘은 날아올랐다.

"이게 정말 통할 것 같아요?" 나는 테른이 몸을 웅크리는 동안 비행 고글을 내려쓰면서 물었다.

"네 목을 부러뜨리지 않고 임무를 완수할 방법은 이것뿐이다." 테른이 거세게 날갯짓하며 날아오르고, 땅이 멀어졌다. "우리를 망신시키지 않게 마지막 순간을 기다려라."

"참 격려가 되네요." 나는 장난스럽게 대답했다. 테른이 고도를 높였고, 나는 그가 계곡 꼭대기에서 거세게 왼쪽으로 몸을 기울일 때 무게중심을 옮겼다. 목표를 향해 급하강하자 심장이 쿵쾅거리기 시작했지만, 한 손에 도관을 쥐고 반대쪽 손은 안장 버클에 뻗었다.

"아직 아니야!" 테른이 날카롭게 말했다.

"그냥 준비하는 거예요." 양옆으로 계곡이 빠르게 솟아오르는 가운데, 나는 마음속의 아카이브 문을 열고 테른의 마력을 쏟아부으면서 그 에너지를 가슴 한가운데에 집중시키려고 했다.

"버클 풀어라." 양옆 색깔이 흐릿하게 보일 때쯤 테른이 지시했지만, 나는 시선을 목표에만 고정한 채로 나를 좌석에 고정시키는 가죽끈을 풀었다. "움직여."

오른손으로 안장 끈을 붙잡은 채, 바람의 저항에 비틀거리면서 일어섰다. 테른은 다른 드래곤들처럼 수평비행으로 전환하지 않고 곧장 목표를 향해 내려갔다.

"뭐 하는 거야?" 제이든이 으르렁거렸다.

"지금은 좀 바빠, 내 사랑." 차단벽을 내렸다. 땅바닥이 무서운 속도로 다가오니 심장이 목구멍으로 튀어나올 지경이었다.

"지금!" 테른이 외쳤다.

나는 끈을 놓고 테른의 어깨로 달려가서 펄쩍 뛰었다.

현기증 나는 1초 동안 나는 허공에 떠 있었다. 세상의 모든 소리가 사라지고 바람 소리와 심장이 고동치는 소리, 그리고 날갯짓 소리만 남았다.

나는 내장이 입천장까지 뛰어오르는 기분으로 비행장을 향해 곤두박질쳤다. 내 안에 쌓인 마력은 사실 추락 속도를 늦추는 데엔 무용지물이었지만, 나는 마치 그럴 수 있다는 듯이 두 팔을 옆으로 뻗고 온몸의 근육에 힘을 줬다.

그 순간, 발톱이 내 어깨를 힘주어 잡으며 붙들었다.

돌풍이 얼굴을 때리며 반동이 걸렸고, 테른은 나를 땅바닥에서 1미터쯤 위에 멈춰 세웠다가 놓았다. 테른이 날개를 한 번 치는 동안, 나는 간신히 무릎을 굽히며 땅바닥에 착지했다. 발가락에서부터 시작된 고통이 척추를 따라 올라오다가 타종처럼 머리에서 폭발했고, 나는 목표에서 1.2미터 앞에 내려섰다.

세상에, 안 죽었네.

"더 빨리!" 테른이 다시 날개를 치며 외쳤다.

나는 투사체에 집중해서 오른손을 들고 날카롭게 마력을 풀어놓은 후, 손가락을 아래로 향하며 하늘에서 에너지를 끌고 왔다. 앞이 보이지 않을 만큼 밝은 번개가 치고, 뒤이어 울린 천둥소리가 계곡 안쪽에 메아리쳤다.

빛이 사그라지고 보니 투사체가 서 있는 바닥에 방사형으로 새까맣게 불탄 자국이 보였다.

그렇지!

내가 두 팔을 들어 올리자 발톱이 다가와 내 허리를 잡았다. 테른은 오른쪽 뒷발로 나를 잡고 고도를 올렸다.

산비탈을 코앞에서 보게 되니 속이 울렁거렸지만, 몇 초 지나자 허공뿐이었다. 테른은 다시 30미터를 올라가며 공간을 확보했고, 나는 쏟아져 들어오는 아드레날린을 환영했다. 아직 끝나지 않았기 때문이다.

"지금이다."

테른이 몸을 수직으로 세우고 나를 던졌다.

1학년 때와 똑같았다. 다만 의도했다는 차이가 있을 뿐. 나는 테른이 떨어지는 동안 위로 솟구쳤고, 아래를 내려다보지 않으려 최선을 다했다. 그 길에는 죽음이 놓여 있었다. 이건 철저히 신뢰 문제였다.

내가 테른의 어깨 위까지 무사히 올라가자 테른이 날갯짓했다.

발바닥이 비늘과 접촉했고, 나는 테른이 앞으로 몸을 밀어내는 동안 제일 가까운 스파이크 밑동을 잡았다. 날카로운 끄트머리는 확실히 피하도록 주의했다.

"이제 좌석을 찾아 앉을 수 있겠지." 테른은 비행장 위에서 수평비행으로 전환하면서 뿌듯하게 말했다.

"알겠어요." 안장까지 돌아간 뒤, 양쪽으로 펄럭이는 벨트 끝을 붙잡고 버클을 채워 앉았다. 우리가 해냈다.

착륙해서 다시 열 맞춰 서는 동안에도 심장은 미친 듯이 뛰고 있었다.

"그건… 정통적인 방법은 아니구나." 케이오리가 말했다.

테른이 가슴 깊이 우르릉거렸다.

"그리고 성공했죠." 나는 비행장 저편에 대고 소리쳤다.

"그랬지." 제이든이 한쪽 입꼬리를 올리며 대답했다. "정말로 널 미친 듯이 사랑해."

"어떻게 안 그럴 수 있겠어?" 나는 미소를 누르려 하지도 않았다.

제이든이 코웃음을 쳤다.

케이오리는 잠시 반대하고 싶은 얼굴이었다가 남은 생도들에게 앞으로 나오라고 손짓했다.

베일러는 착지하다가 무릎이 까졌다.

애벌린은 쇄골에 금이 갔다.

슬론은 리암이 생각날 정도로 우아하게 모든 기동을 완료했지만, 고유 능력은 쓰는 척도 하지 않았다.

링크스는 얼굴 가득 진흙을 묻히고 코가 깨졌다.

아릭은 땀 한 방울 흘리지 않고 투사체에게서 6미터 떨어진 곳에 착지했지만, 목표물에게 달려가는 대신 제이든과 케이오리 쪽으로 몸을 돌리더니 손바닥만 한 도끼를 던졌다.

도끼가 빙글빙글 날아가는 모습에 심장이 멈출 뻔했지만, 제이든은 도끼가 케이오리에게서 30센티미터 앞에 떨어지며 진흙탕에 박힐 때까지 꿈쩍도 하지 않았다. 투사체는 사라졌다.

"아릭이 이긴 것 같네." 리가 말했다.

제이든이 고개를 한 번 끄덕이자, 아릭은 뒷걸음치다가 몰빅에게 올라타기 위해 뛰었다.

"확실히 그렇네." 내가 동의했다.

그날의 기동훈련이 끝난 후 드래곤들은 날아올랐고, 나는 몇몇 동기의 비난하는 눈빛을 받고도 아랑곳하지 않은 채 제이든과 대화할 기회를 기다렸다.

케이오리가 뭔가 말하고 싶은 얼굴로 걸어오다가 멀리 떨어진 비행장에 내려앉은 레드 소드테일에게 주위를 돌렸다. 그는 턱만 살짝 들어 올리더니, 비행장 한쪽 끝에 제이든과 나만 남겨두고 그 드래곤 쪽으로 걸어갔다.

"지켜보기 정말 무서웠어." 제이든이 내 눈을 꿰뚫어 보면서 말했다. "아주 아름답기도 했지."

"난 당신에 대해 매일 그렇게 느끼는걸." 나는 미소 짓고는 비행 재킷 주머니에 손을 넣어 종이로 싼 꾸러미와 편지를 꺼냈다. "선물은 지금 풀어보고, 편지는 나중에 봐."

"그럴 필요 없는데." 제이든은 이마에 주름을 잡으면서도 둘 다 받아서 편지를 주머니에 넣었다.

"열어봐." 심장이 두근거렸다. 내가 잘 선택한 것이었으면 좋겠다. 아직 케이크를 닮은 물건을 꺼내기에는 너무 이른 게 확실하니 말이다.

포장지를 편 그는 안에 든 검은색 금속 팔찌를 응시했다.

"오닉스야." 나는 제이든이 잠금쇠를 뜯어보고, 고리에 박힌 평평하고 네모난 돌을 살펴보는 동안 설명했다. "그리고 그건 라이오슨 저택 꼭대기의 망루 조각이야."

제이든이 퍼뜩 나에게 시선을 올리더니, 팔찌를 꽉 움켜쥐었다.

"당신이 전에 망루 지붕을 수리해야 한다고 말했잖아. 그걸 만들려고 브레넌 오빠에게 부탁했지. 일이… 혹시라도 지저분하게 돌아간다면, 그 팔찌를 보고 이 모든 일이 끝났을 때 그곳에 함께 앉아 있는 우리의 모습을 그려보면 좋겠어. 난 그런 상상에 매달릴 거야. 당신과 내가 손을 잡고 도시를 바라보는 모습에." 다가서서 그의 손에 잡힌 팔찌를 가져다가 그의 손목에 걸고 금속 잠금쇠를 채웠다. "다행히 딱 맞네. 추측할 수밖에 없었는데…."

제이든이 두 손으로 내 얼굴을 감싸며 키스했다. 부드럽고, 다정하고, 완벽했다. "고마워."

"생일 축하해." 나는 그의 입술에 대고 속삭였다.

"사랑해." 제이든이 고개를 들더니, 내 뺨을 스르르 쓸며 두 손을 내렸다. "하지만 난 더 나빠지기만 할 거야. 넌 정말로 달아나야 해."

땅 파기를 끝낸 게 아니었구나. 무슨 말인지는 알아들었다.

"내가 달아나지 않을 거라는 사실을 받아들일 준비가 되면 찾아와." 나는 천천히 뒷걸음질 쳤다. "난 절대로 떠나지 않아."

"47일." 그는 내 눈을 들여다보고 숨을 내뱉었다. "내가 드베렐리에서 합금을 채널링한 후 47일이 지났어."

"우리가 집에 오기 전에 당신이 한탄했던 한 달보다는 기네."

"충분히 길진 않아." 제이든의 눈에 결의가 빛났고, 내 가슴에는 희망이 활짝 피어났다.

"당신이… 통제하고 있다고 느낄 만한 숫자가 마음속에 있어?"

제이든의 턱에 힘이 들어갔다. "통제해봤자 피할 수 없는 결과를 미룰 뿐이겠지만… 안정적이라고 생각할 만한 숫자는 있어."

"나에게도 알려줄 생각은?"

그는 고개를 내저었다.

"지금 분위기를 망치고 싶진 않네만…." 쩌렁쩌렁한 목소리에 고개를 돌려보니, 빵빵한 배낭을 걸머진 펠릭스가 우리 쪽으로 걸어오는 모습이 보였다. 케이오리는 멀리서 비행장을 떠나고 있었다.

나는 헛것이 보이나 싶어 세 번이나 눈을 깜박였다. "아레티아를 절대로 떠나지 않는다고 하셨잖아요?"

"내가 바스지아스를 싫어하긴 하지." 펠릭스는 은빛 구름 같은 턱수염을 긁었다. "하지만 죽긴 더 싫다네." 그는 비행 재킷 주머니에서 편지 묶음을 꺼내 제이든에게 건넸다. "이건 공작 전하 편지."

"아레티아 소식인가요?" 제이든이 받아들었다.

"지방 업무지." 펠릭스가 고개를 끄덕였다. "그리고 어제 와이번 두 마리가 보호막을 뚫고 들어왔네."

속이 철렁했다.

"이젠 얼마나 버팁니까?" 제이든이 묻는 말에 고개를 홱 돌렸다.

이번이 처음이 아니구나.

"한 시간쯤 있다가 산비탈에 떨어졌지." 펠릭스는 은빛 눈썹을 치켜올렸다. "10분쯤 길어졌어."

"지난주보다 말이죠." 제이든의 말을 듣자 그의 눈 그늘이 이해됐다.

"보호막이 약해지고 있군요." 나는 명백한 사실을 말했다.

"무너지고 있지." 펠릭스가 정정하며 나를 돌아보는데, 그 표정만 봐도 벌써 팔이 아프려고 했다. "그리고 자네가 카에게 배우려고 하지 않는다는 소식을 들으니, 우리 수업을 다시 시작하는 게 좋겠어."

"한 달 뒤면 제가 아레티아로 돌아갈 차례인데요. 여기까지 오실 필요는 없었어요." 죄책감이 나를 좀먹었다.

"한 달이 있다는 확신만 있었다면 나도 기다렸겠지." 펠릭스가 눈을 가늘게 떴다.

아.

# 46

> 이 전쟁이 끝나면 우리가 받을 수 있는 휴가는 다 받아서 전부 아레티아에서 써야겠어. 매일 죽음의 위협을 받지 않는 삶이 어떤지 알게 될 거야. 당신은 낮 동안 사랑하는 영지를 다스리고, 밤이면 나와 함께 침대에 들어갈 수 있겠지. 아니면 내가 언제든 회의실에 있는 당신에게 합류할 수도 있어. 당신은 그 옥좌에서 빛나니까.
>
> — 바이올렛 소른게일 생도가 티렌더 16대 공작
> 제이든 라이오슨 소위에게 보낸 편지

3주 후, 우리 대대가 고유 능력 대련 수업을 끝내고 돌아가는 길. 나는 두 팔을 제대로 들어 올릴 수가 없었다. 정말이지, 카 교수가 가르칠 순번이 오면 정말 싫었다. 헤아릴 수 없이 많은 근육이 쑤셨고, 펠릭스가 시키는 연습 덕분에 날개뼈 사이는 계속 뭉쳐 있었다.

펠릭스는 내가 수업을 듣거나, 먹거나, 이모젠과 근력운동을 하지 않는 모든 시간에 산꼭대기에서 고유 능력을 연습하게 했다. 그러나 겨냥하는 실력이 나아지고 내리치는 번개의 수가 늘어나는 와중에도 세상은 엉망이 되는 것 같았다.

제이든과 나는 거의 매일 밤 머릿속으로 대화했지만, 그는 여전히 암

울한 상태로 나와 실제로 시간을 보내는 것을 거부했다.

서부 전선은 후퇴했고, 베닌이 드레이터스를 향해 밀려드는 기세는 매일매일 사망자 명단을 읊을 때마다 숨을 쉬기가 힘들 정도였다. 이런 속도면 몇 주 안에 드레이터스 성벽에 도착할 터였다. 아니면 전술을 바꿔서 곧장 도시로 날아들 수도 있고.

제이든이 티렌더로 호출되자 우리가 곤란해졌다는 사실을 분과 전체가 알았고, 제이든이 없는 동안 걱정은 점점 커지기만 했다. 열흘이 더 지난 지금, 나는 그가 읽을 편지를 쌓아두었고 테른은 도저히 같이 있을 수가 없을 만큼 신경이 곤두서 있었다.

그리고 앤다나는 그냥… 주위에 없었다.

정확히 얼마나 더 두고 보다가 베일로 쳐들어가서 앤다나에게 털어놓으라고 요구해야 할까?

"오늘은 잘했어." 이모젠이 점점 꼬여가는 내 생각의 흐름을 끊으며 말했다. 우리 바로 앞에서는 아릭과 링크스가 보병 분과에서 본관으로 넘어가는 참이었다. 아릭의 밉살스러운 경호원들은 평소처럼 우리 뒤를 따라왔다. "마지막 시합 때는 리독이 널 쓰러뜨리는 게 아닐까 싶었지만 말이야."

"드디어 내가 이모젠 선배의 기준에 들었네!" 리독이 우리가 문을 통과할 수 있도록 뒤처지면서 말했다.

퀸이 웃음을 터뜨렸다.

"그걸로 우쭐해하진 마." 이모젠이 어깨 너머로 잔소리했다.

"아, 자만하지 않을 리가 없지." 오른쪽에 있던 리가 입만 웃는 얼굴로 대꾸했다. 제시니아를 포함해서 아무도 제이든을 도울 방법을 찾아내지 못한 후부터 늘 그런 표정이었다. 친구들까지 진실의 무게에 짓눌리는 상황이 싫었다.

제이든의 상태도 문제지만 서부 전선은 점점 드레이터스로 후퇴하고 있었고, 국경을 열어야 하느냐 마느냐를 두고 논쟁하느라 아레티아 라이더와 나바르 라이더 사이의 적개심은 더 심해져서, 학교 전체가 팽팽하게 시위를 당긴 채 쏘라는 명령만 기다리는 활 같았다. 그리고 화살은 우리였다.

"오늘은 카가 가르친다니 정말 안타깝다." 소여가 리독과 함께 우리 뒤에서 걸으며 말했다. 이제는 지팡이를 쓰지 않은 지 몇 주가 지났지만, 아무도 소여에게 능력을 써보라고 압박하진 않았다.

"그러고 보니 태비스 선배는 계속 선배 침실이나 뭐 그런 데 가두고 있는 거야?" 리독이 이모젠에게 장난을 걸었다.

이모젠은 몸을 굳히더니, 지금 저걸 죽이면 어떤 문제가 생길지 재보는 눈빛을 했다.

"그럴 가치는 없어." 내가 이모젠에게 고개를 내젓고는 어깨 너머로 리독을 보았다. "개릭은 아직 드레이터스에 있어."

"아." 리독의 말투가 확 달라졌다. "선배하고 퀸 선배는 언제 돌아가지?" 3학년들이 내륙 기지를 채우는 상황이 워낙 흔하다 보니 거의 수업이나 다름없어졌다.

대연회장이 가까워지자 들려오는 목소리들이 커졌다.

"우린 너희가 아레티아로 갈 때 동행할 거야." 퀸이 대답했다. "몇 주는 우리와 한데 묶인 셈이지." 놀리는 투였다.

이모젠의 시선이 내 쪽으로 흘러왔다. "네 훈련이 해이해지면 안 되니까. 오늘 밤은 체육관이야."

"잘됐네. 언제 또 온몸이 쑤시려나 했는데." 나는 받아치고 나서 리에게 물었다. "여전히 아레티아로 떠나는 건 모레지?"

"오전 5시 이동이야." 리는 고개를 끄덕인 뒤 소여 쪽을 보았다. "아직 결정 못 했어?"

"노력하는 중이야." 그는 대답하고 턱에 힘을 줬다.

"알았어." 리가 내 쪽을 보고 부드럽게 덧붙였다. "그리고 아마 케이오리, 펠릭스, 팬첵이 우리 지휘관으로 같이 갈 것 같아."

"그렇게 셋이?" 제이든이 아니고? 나는 눈썹을 치켜들었다. 펠릭스는 이해할 수 있고, 케이오리는 좋아하는 교수지만, 아무래도 앤다나를 보고 싶어서 우리를 호위하겠다고 나선 것 같았다. 그리고 앤다나는 누구 눈에 띌 기분이 아니었다. 제이든은 이미 아레티아에 가 있는 걸까? 스게일과 테른을 위해서라도 그랬으면 좋겠는데.

"미안해. 네가 누굴 원하는지 알지만…." 리가 입을 열었다.

"자넨 내려진 결정에 따라야 해!" 대연회장에서 어떤 남자가 소리쳤다.

앞서 걷던 아릭이 고개를 살짝 기울였다가 문 바로 앞에서 멈추는 바람에 대대 전체가 어색하게 멈춰 섰다.

"왜 그러는…." 링크스가 말하려다가, 아릭이 가로막으며 뒤로 확 잡아끄는 바람에 소여와 부딪쳤다.

그 순간 문이 요란하게 열리더니 칼디르 공작이 날아와서 보석 박힌 외투에 휘감긴 채로 카펫 한가운데에 엉덩방아를 찧었다.

이런. 나는 눈을 크게 떴다.

"다시 말해보시오." 르웰른이 문밖으로 걸어나오며 말했다.

르웰른이 여기에서 뭘 하는 거지?

보병대에서 나온 경비병 모두가 벽 앞에서 걸음을 뗐지만, 칼디르가 손짓으로 물리고 일어서더니 한 손으로 얼굴과 금빛 턱수염을 쓸었다. "일개 지방의 요구가 결코 왕국 전체의 안녕보다 중할 수 없소!"

아, 르웰른이 제이든의 세나리움 자리를 대리하고 있나 보다…. 하지만 그들은 보통 칼디르에서 만나는데. 세나리움이 여기까지 온 건 군사

회의 탓일까?

"민간인들을 죽게 내버려두는 왕국 따윈 섬기고 싶지 않소!" 르웰른이 으르렁거렸다.

"그 사람들을 들여놓으면 섬길 왕국도 없을 거요." 칼디르가 고개를 치켜들었다. "우린 이미 꼭 필요한 합금만 빼고 다 걷어내서 전초기지들을 약화시켰는데, 덕분에 수니바가 어떻게 됐나 보시오. 괜히 보낸 라이더들만 잃었지. 우리더러 뭘 더 하라는 거요? 현재 인구의 두 배를 먹일 수도 없는데, 다 굶어 죽자고?"

"네놈은 단 하루의 고통도 겪어본 적 없으면서 젠체하기나 하는 버릇 나쁜 애새끼…."

"그만." 제이든이 문밖으로 걸어 나오는 모습을 보자 심장이 멎을 것 같았다. 그의 시선은 북쪽으로 향하는 나침반처럼 내게로 향했다.

그가 여기 있어. 나는 그의 모습을 들이마시고 삼켰다. 열심히. 그의 눈동자에 들어간 호박색 반점이 선명해진 것 같았지만, 색이 밝아지진 않았다. 가슴에 새로이 날카로운 아픔이 번졌다. 혹시 또 대지에서 채널링했을까? 아니면 66일째 참고 있을까?

"의논은 끝입니다." 제이든이 내게서 시선을 떼어내더니 르웰른을 지나쳐서 칼디르에게 걸어갔다. "공작에겐 예의상 알려드린 겁니다. 세나리움에 말하든 말든 난 별로 신경 쓰지 않습니다."

"그럴 순 없어." 칼디르는 벽에 걸린 방패에 등이 닿아 덜컥거릴 때까지 물러났다.

"그래도 난 그렇게 할 겁니다." 제이든은 칼디르 공작에게서 두 걸음 앞에 멈춰 섰지만, 그의 발치에서 일어난 그림자는 복도 전체에 퍼졌다.

칼디르 공작도 그 사실을 알아차렸고, 도움이 될지도 모른다는 눈으로 벽에 걸린 방패를 힐끔거렸다.

"우리가 걱정해야 해?" 리가 작게 물었다.

나는 제이든의 눈동자에 깃든 분노를 가늠해보고 고개를 저었다. 그는 열받았지만 제정신이었다. 그래도 나는 만약에 대비해서 그림자를 주시하며 제일 어두운 부분을 찾았다.

"내가 금지한다." 홀든이 위병 둘을 거느리고 복도로 걸어 나왔다.

홀든까지 있어? 아, 이건 안 좋은데.

"그러든지 말든지." 제이든은 두 사람을 다 볼 수 있게 몸을 돌렸다.

"빠밤, 쇼가 시작되네요." 리독이 속삭였다.

"난 라이오슨에게 건다." 소여가 끼어들었다.

홀든이 우리 쪽을 보고 나에게서 아릭에게로 시선을 옮기더니, 나머지 대대원들을 보고 몸을 굳혔다. "이 논의는 따로 하는 게 좋겠군."

"이 논의는 끝이다." 제이든이 맞받아쳤다.

"오우, 비행단장 목소리를 썼어." 리독이 작게 말했다.

"국경을 여는 건 금지다!" 홀든의 얼굴이 붉으락푸르락했다.

티렌더가 민간인들을 받아들인다고? 가슴이 조여드는 동시에 따뜻해지기도 했다. "*사랑해.*"

"내 영지는 내 마음대로 하겠어." 제이든이 홀든을 향해 위협적으로 눈매를 좁혔다. "*내가 또 다른 혁명을 시작하기 직전인데도?*"

"*그래서 더 사랑해.*"

"네 영지라고?" 홀든이 어깨를 폈다. "내 왕국이다!"

"그래, 맥이 커다란 땅덩어리의 첫 번째 계승자이긴 하지." 제이든이 동의했다. "하지만 내 영지는 지금 내가 다스려. 드레이터스는 몇 주 안에 공격당할 테고, 티렌더는 국경을 열 거야. 우린 메다로 패스를 오를 의지가 있는 포로미엘 민간인은 전부 받아들일 거다. 정말로 3만 명을 죽음으로 처넣을 건가?"

드레이터스가 몇 주밖에 안 남았다고? 어떤 새로운 정보가 들어온 거지?

미라 언니. 내가 비틀거리자, 리가 내 팔꿈치를 잡고 부축했다.

"우리 백성보다 그쪽 사람들을 택하겠다고?" 홀든이 주먹을 말아쥐었다.

"우리 국민을 위험에 빠뜨리는 건 그 사람들이 아닙니다." 르웰른이 반박했다. "이건 그들이냐, 우리냐를 선택하는 상황이 아닙니다. 그 사람들은 우리 보호막을 위협하지도 않고, 습격하는 것도 아니며…."

"내 결정을 변호할 필요 없어요." 제이든이 르웰른의 말을 끊고 홀든에게 완전히 초점을 돌렸다. "우린 국경을 연다."

"내가 티렌더에 군대를 거느리고 가도 그렇게 자신만만할까?" 홀든이 위협했다.

감히 어디서.

내 주위의 모든 생도가 허리를 폈다. 아릭까지도.

그림자가 어두워지더니, 감정이 빠져나간 사람처럼 제이든이 차갑고 잔인한 계산만 남은 상태로 홀든을 향해 한 걸음을 내디뎠다. "넌 하나뿐인 왕자가 아니야. 티렌더에 군대를 데려와 봐라. 그랬다간 바로 아릭이 제1왕위계승자가 될 테니까."

망했다.

그의 말에 위병들이 검을 뽑았다.

"*그 얼음 상태에서 벗어나.*" 머릿속으로 외치면서도 내 안에는 델 듯이 뜨거운 마력이 솟구쳤다.

"왕자를 위협하는 건 영리한 짓이 아니지. 그리고 캠 말이냐?" 홀든의 시선이 우리 쪽으로 향했다. "내 동생은 이 문제에 대해 뭐라고 할까?"

"아릭이야." 아릭이 자기 이름을 바로잡았다. "그리고 난 저쪽 편이야."

그러면서 제이든을 가리켰다. "아레티아 라이더였거든. 기억해? 그리고 여기 라이오슨이 또 다른 지방 서약에 서명하지 않았다면 나는 여전히 라이오슨의 지휘하에 있을 테고, 아마 형의 군대 3분의 1도 그럴걸."

홀든이 이를 갈았다. 한 번, 두 번. 그리고 그는 제이든을 노려보았다. "넌 경고를 받았다."

"그리고 댁은 통지를 받았지." 제이든은 홀든의 안위가 걱정되는 말투로 대꾸했다.

홀든은 몸을 홱 돌리더니 경호병들과 칼디르 공작을 거느리고 폭풍처럼 우리를 지나쳐 갔다.

"자네가 자랑스럽군." 르웰른이 주먹으로 제이든의 어깨를 가볍게 두드리고 대연회장 쪽으로 향했다. "다른 이들에게는 내가 말하겠네."

"우리가 민간인을 받는다고?" 나는 링크스 옆으로 빠져나가서 곧바로 제이든에게 다가갔다. "나에게 돌아와."

제이든의 차가운 시선이 내 쪽으로 향하자 피가 얼어붙는 기분이었지만, 그는 나를 알아보고 시선을 고쳤다.

"맞아." 그는 누그러진 목소리로 고개를 끄덕였다. 그가 자기 자신과 전쟁을 벌이는 것처럼 세게 눈을 두 번 깜박이자 그림자들이 흩어지며 그의 눈빛에 낀 얼음도 녹았다. 제이든이 돌아왔다.

"그렇다고 큰 도움은 안 될 테지만 말이야. 어제는 와이번 한 마리가 아레티아까지 반쯤 날아오고 나서야 떨어졌어. 열두 마리가 더 시도했고…." 제이든이 말을 끊었다. "너희 교대 수업까지는 괜찮겠지만, 시간이 많이 없어. 기껏해야 한 달일 거야."

미라의 예측보다 무섭도록 빨랐다.

"드래곤들이 아레티아에 머물 수도…." 내가 운을 뗐다.

"우리 모두 머물자." 리가 맞장구를 쳤다.

"안 돼." 제이든이 고개를 저었다. "아레티아가 전투에서 상대적으로 안전한 거리에 있을 때는 생도들을 받아들일 수 있지만, 최전선이 된다면 이야기가 달라지지."

"하지만…." 나는 등 뒤에서 그림자 몇 줄기가 낯선 패턴으로 번져나가는 바람에 말을 멈췄다.

메런이 숨을 들이켰다.

"이게 뭐야?" 리독이 속삭였다.

제이든이 내 뒤를 보더니 눈동자가 확 커졌다.

"불가능해." 이모젠이 말했다.

단검에 손을 뻗으면서 몸을 돌린 나는 그대로 얼어붙었다.

링크스가 복도 한가운데 서서 온몸을 덜덜 떨며 두 손을 감싼 어둠을 응시하고 있었다.

"괜찮아." 리애넌이 링크스 곁으로 달려갔다. "숨 쉬어. 이건 그저…."

"발현이군." 제이든이 링크스 앞에 서며 말했다. "겁먹지 말아라. 그것들은 널 지키고 있는 거다. 두려움, 분노, 뭐가 됐든 네 감정을 가라앉히면 사라질 거야."

발현이라고? 그림자 능력을?

"전 못…." 링크스가 고개를 내젓자 그림자들이 팔을 타고 올라갔다.

"할 수 있어." 제이든이 단언했다. "눈을 감고, 네가 가장 안전하다고 느끼는 장소를 생각해라. 어서."

링크스가 눈을 꽉 감았다.

"잘했다. 이제 심호흡을 하고, 그 장소에 있는 네 모습을 그려봐. 차분하고, 행복하고, 안전한 너를." 제이든은 그림자가 사라질 때까지 지켜보았다.

링크스의 호흡이 고르게 변하고, 두 손이 다시 나타났다.

"당장 카에게 데려가." 제이든이 지시하자 리애넌이 고개를 끄덕였다.

대대원들이 링크스를 데리고 복도 저편으로 멀어졌지만, 충격에 발이 카펫에 붙은 나는 뒤에 남았다. "이해가 안 가. 우리 세대의 그림자 능력자는 당신이잖아."

"이젠 아니야. 마법이 아는 거지." 제이든은 어깨를 늘어뜨리면서 천천히 몸을 돌려 나를 마주하더니, 사과하는 듯이 이마 주름을 모았다가 표정을 바로잡았다. "링크스는 균형추야."

한기가 등골을 타고 내려갔다.

"난… 가봐야 해." 제이든이 마치 뜨거운 석탄을 삼킨 사람 같은 목소리로 말했다. "에이토스 놈이 내가 지방 문제로 너무 오래 자리를 비운다며 교수직을 사임하라고 권했는데, 이번만은 나도 동의해. 저 모습을 보고 나니 더 그렇군. 난 여기 있으면 안 돼."

단순히 자기 방에서 떠난다는 말이 아니었다. 정말로 떠나겠다는 뜻이다.

머리가 텅 비고 심장박동이 멈췄다. "남아줘." 손을 뻗었지만, 그는 고개를 내젓고 한 걸음 물러섰다. "제발." 나는 복도에 선 위병들을 의식하며 속삭였다. "부디 내 곁에 남아줘. 이 모든 일 이후의 미래를 위해 싸우자. 66일을 버텼잖아, 맞지?"

제이든이 떠날 순 없어. 지금은 안 돼. 이렇게는 안 돼. 모든 희망이 빠져나간 눈으로는.

"난 르웰른에 가봐야 해. 멜그렌이 우리더러 합금에 쓸 텔라듐을 두 배로 늘리라고 요구했는데, 그 때문에 광부들이 혹사당하고, 징병 공고 이후에는 한층 동요가 크게 일고 있어. 티렌더엔 아레티아만 있는 게 아니야." 그는 왼쪽으로, 제일 가까운 창문으로 시선을 돌렸다. "내가 말했지. 통제해봤자 피할 수 없는 결과를 늦출 뿐이야. 안정을 유지한다는 건 어

*리석은 희망인지도 몰라.*"

르웰른은 보호막 너머에 있다. 내가 모르는 사이에 합금 단검 두 상자를 그리로 옮겼다면 또 모르지만. 제이든이 이런 마음 상태로 보호막에서 벗어나면···.

"당신에겐 그 문제를 도울 의회가 있어." 나는 그의 시선을 차단하는 위치로 몸을 옮겼다. "포기하면 안 돼. 난 링크스가 그림자 능력을 발현했다 해도 신경 안 써. 당신은 싸워야 해. 스스로를 위해서가 아니면 나를 위해서라도 싸워."

제이든의 시선이 퍼뜩 나에게 날아왔다.

"당신이 변해버리면 나는 어떻게 돼?" 나는 양옆에 늘어뜨린 손을 움켜쥐었다. "당신이 포기하면 테른과 스게일은 어떻게 되고?"

제이든의 턱에 힘이 들어갔다.

"베닌에게도 일주일에 하루 방문권을 받나?" 나는 한 걸음 다가서서 턱을 들어 올렸다. "둘의 결속이 당신의 변화도 버텨낼까? 우리의 연결은? 당신과 나는 평생 묶여 있어, 제이든 라이오슨. 나도 당신과 같이 변해야 할까? 당신이 포기한다면, 우리 드래곤들을 살려둘 방법은 그것뿐일까?"

수많은 감정이 그의 얼굴을 스쳤다가··· 사라졌다.

그는 얼음판 위에 서 있다.

속이 뒤집힐 것 같았다.

"남아줘." 나는 요구했다. "아니면 아레티아에서 만나자. 내가 사랑하는 남자라면 남아서 싸울 거야."

"라이오슨?" 르웰른이 대연회장 문 앞에서 외쳤다. "루세라스가 광산 생산에 대해 하고 싶은 말이 있다는군."

"넌 내가 이미 변했다는 사실을 받아들여야 해." 제이든이 나에게 말했다. "네가 사랑하는 남자는 이제 온전히 자기 자신만의 것이 아니야." 그는 르웰른을 지나쳐서 대연회장으로 들어갔다. 내 심장도 가지고….

방금 내 무기고에 존재하는 모든 무기를 꺼내어 싸웠건만, 그걸로는 충분치 않았다.

나는 패배감에 어깨를 늘어뜨리고 벽에 기대섰다.

"무슨 문제인지는 잘 모르겠지만, 힘 있는 사람을 사랑하는 게 얼마나 힘들 수 있는지는 보아온 경험이 있지." 르웰른이 공감을 표하며 얼굴을 찌푸렸다. "저런 작위를 가지면 때로 너덜너덜한 밧줄이 된 느낌일 수 있다네. 개인적으로 원하는 바와, 책임져야 할 사람들에게 필요한 일 사이에서 계속 갈등해야 하지."

"그 사람에게 필요한 일은요?" 내가 물었다.

르웰른은 말을 주의 깊게 고르는 것처럼 멈칫했다. "제이든이 끊어지지 않으려면 자네가 막아줘야지. 그러려면 때로는 티렌더를 위해 자네가 원하거나 자네에게 필요한 일을 제쳐둬야 할 수도 있어. 한 세기 만에 처음 나온 번개 능력자가 아니라 누구에게든 그런 부탁을 한다는 건 끔찍하게 불공평한 일이지."

르웰른은 한층 부드러워진 목소리로 말을 이었다. "소른게일 생도, 나는 자네에게 엄청난 존경심을 품고 있네만, 지금은 우리 지방의 다음 천 년을 결정하는 아주 중요한 때야. 자네의 목적은 전혀 다른 영역에서 제이든의 목적만큼 위대하네. 다만 그 목적 때문에 자네가 티렌더가 필요로 하는 사람이 될 수 없다면…."

"제이든이 아니라 티렌더인가요?" 나는 그 둘 모두를 위해 싸우고 있지만, 르웰른은 그 사실을 모른다. 르웰른이 들은 말만으로는 내가 그저 제이든에게 티렌더 업무를 돌보지 말고 내 곁에 있으라고 애원하는 걸로 들렸겠지.

위병 하나가 움직이며 우리 둘만 있는 자리가 아니라는 사실을 일깨웠다.

"이제는 제이든과 티렌더가 하나이자 동일한 존재야." 그는 화내기도 힘든 친절한 태도로 말했다. "자네 둘 다 너무 어린 나이에 너무나 막강한 고유 능력을 가졌지. 그리고 혹시 자네가 제이든의 작위가 가져오는 변화에 적응하지 않기를 택한다면…." 그는 말을 멈췄다가 한숨을 내쉬었다. "난 그저 자네들이 이 모든 일 사이의 균형을 찾아내길 바랄 뿐이네."

난 절대 제이든을 포기하지 않아. 아무리 방금 늘어놓은 이야기가 동등하거나 균형 잡힌 관계처럼 들리지 않는다 해도.

"균형이라면서 속뜻은 티렌더가 첫째, 제이든이 둘째고, 우리 관계는 세 번째 자리를 다퉈야 하며, 제 개인적인 욕구는 편의 문제라는 거군요." 큰 소리로 말하니 혹독한 관점이었다.

"비슷하긴 하군." 르웰른이 서글프게 입꼬리를 내렸다.

"제게는 제이든이 우선이에요." 그 말이 어찌나 자기희생적으로 들리는지, 어머니가 나타나서 내 뒤통수를 후려칠 것만 같았다.

"오해 없도록 말해두죠. 하지만 백작님이 제이든에게 필요하다고 생각하시는 발깔개로 변신하기 위해서라도, 전 그 사람이 사랑에 빠진 여자이길 그만두지 않을 거예요. 우리는 이미 균형을 이루고 있어요. 둘 다 서로를 중시하면서 스스로도 중시하니까요. 제이든에겐 제가 제일 필요가 있고, 저는 티렌더를 지키도록 돕겠다고 약속했어요. 다만 그 사람을 희생시키면서까지는 아니에요."

"제이든도 자네에 대해 같은 말을 할 거야. 그래서 자네들의 관계가 위험한 거지." 그는 한숨을 쉬었다. "말했듯이, 힘 있는 사람을 사랑하는 건 힘든 일이고 그건 쌍방향이라네." 그는 다시 연회장 안으로 돌아가서 문을 닫았다.

하지만 제이든은 힘 있는 사람이 아니야. 힘 그 자체지.

그리고 악화되고 있어.

"제이든이 떠나면 알려줘요." 나는 테른에게 말하고 나서 수업으로 향했다.

제이든은 두 시간 후에 날아갔다.

# 47

드래곤과 그 라이더의 마지막 비행은 드래곤이 정한다.

_《드래곤 라이더 코덱스》 1조 2항

"정말로 처음 시도하는데 나만 있어도 괜찮겠어?" 이틀 후 새벽 4시 30분, 테튼과 앤다나, 슬리시그와 함께 비행장 한가운데에 서서 소여에게 말했다. "일이 잘못됐을 때 널 잡아주기에 내가 최고의 인선은 아니잖아."

소여는 가방끈을 조였다. "그건 그렇지만, 내가 엉덩방아를 찧는다면 그 꼴을 보는 건 너뿐이었으면 좋겠어."

"네가 다리를 부러뜨릴 때 도움을 청하러 가는 것도?"

소여의 입가에 작게 웃음이 어렸다. "그런 일은 없기를 빌자."

"이 문제에 대해 진지하게 이야기하고 싶어?" 나는 눈짓으로 슬리시그 쪽을 가리켰다.

"고맙지만, 그동안 제시니아와 대화하긴 했어. 난 준비됐어. 너는 좀 더… 실용적인 면 때문에 부른 거야." 그는 슬리시그 쪽으로 고개를 끄덕이고는 웅크리고 앉아서 의족 안에 든 레버를 당겼다. 그러자 부츠 발끝에서 끝이 구부러진 6센티미터 폭의 납작한 금속 조각이 튀어나왔다. "그리고 처음 해보는 건 아니야. 어제 잘되지 않았기 때문에, 다른 의견이 필요해서 그래."

"네가 만들었어?" 끝내주는걸.

"그래." 소여는 일어서더니 슬리시그의 왼쪽 앞다리를 응시했다. 레드 소드테일인 슬리시그는 스케일보다 작았지만, 소여가 지금 시도하려는 일을 생각하면 여전히 발톱이 거대했다. "이 줄에서 슬리시그의 비늘 패턴은 겹치지 않아." 그는 위쪽을 가리켰다. "이론상으로는 이 금속 조각을 비늘 위에 걸고 올라갈 수 있을 텐데, 거기까지 가는 동안 자꾸 넘어져."

슬리시그가 우리 위로 머리를 들어 올리더니 수증기를 뿜어내는 바람에 고글을 닦아야 했다.

으윽. 끈적해지기엔 이른 시간인데.

"나쁜 말을 한 게 아니거든요." 소여가 항의했다. "비늘 패턴에 대해서 의논하지 않았던 것도 아닌데, 그럴 필요가…."

슬리시그가 다시 수증기를 뿜었고, 얼굴에 닿는 열기가 따끔했다. 더 뜨겁게 내뿜었다간 피부에 물집이 잡힐 정도였다.

테른이 어슬렁어슬렁 걸어오더니 슬리시그를 보고 고개를 기울이는데, 나라면 절대로 그런 시선을 받고 싶지 않았다. 앤다나도 얼른 테른을 따라했다.

"그야·당신이 그럴 필요가 없었으면 좋겠으니까요!" 소여가 위를 보고 고함을 지르자 슬리시그가 눈을 가늘게 떴다.

이렇게 죽는다면 아주 어이없는 방식일 텐데.

"*감히 그러진 않을 거다.*" 테른이 경고했다.

"그냥 시도해보게 해줘요." 소여가 맞섰다.

슬리시그가 이를 드러냈다.

소여는 오른쪽 등을 드러냈다.

"다른 라이더들이 드래곤과 맺고 있는 관계는 도무지 이해를 못하겠어요." 나와 내 드래곤들과의 관계도 거의 이해할 수 없긴 하지만, 앤다 나에게 거리를 두는 작전은 통하는 것 같았다. 여기 왔으니 말이다. 우리가 아레티아에 가 있는 동안 앤다나 혼자 여기에 남을 수야 없었겠지만, 그래도 난 이걸 승리라고 선언하겠다.

"원래 이해 못하는 게 맞다." 테른이 말했다.

"이제 간다." 소여가 어깨를 풀더니 슬리시그의 앞발을 향해 기세 있게 달려갔다. 그러나 두 걸음을 내딛다가 부츠 끝이 진흙에 걸리면서 엎어지고 말았다.

젠장. 나는 달려들어서 두 손으로 가방을 붙잡고, 비행복을 다 적시기 전에 소여를 당겨 일으켰다. 양쪽 어깨에서 뚝 소리가 났지만, 다행히도 관절이 탈구되지는 않고 버텨줬다.

"고마워." 소여가 부츠를 응시하며 중얼거렸다. "봤지?"

"봤어." 나는 쪼그려 앉아서 그 장치를 살폈다. "걷어차서 레버를 열 수 있어?"

"이론상으로는." 소여가 대답했다. "하지만 그러기에는 좀 작을지도 몰라. 그리고 오늘 이동 전에 고칠 시간이 없어."

"흠, 그러면 이대로 시도해보자. 조정은 아레티아에서 할 수 있겠지. 널 뒤에 남기고 가고 싶은 사람은 없어." 일어서자 신발 밑에 진흙이 철벅거렸다. "달릴 수는 있는 거지?"

소여가 고개를 끄덕였다. "뛸 수 없다면 시도하지도 못하겠지. 유연하게 움직이지 못해서 걸음걸이가 이상하고, 예전처럼 앞다리를 뛰어 올라갈 만큼 빠르지 못할 뿐이야."

"그대로도 될 거야." 나는 고개를 끄덕였다. "예전에 기승할 때처럼 달리다가, 딱 반동이 걸려서 뒤로 넘어지기 직전처럼 느껴질 때 발을 걷어차서 레버를 열면 어떨까. 그러면 네가 설계한 대로 발을 고정시켜줄 거고, 나머지는 등반으로 올라가는 거지."

소여가 나를 내려다보았다. "네가 건틀릿에서 그렇게 했었지?"

"비슷해. 나는 몸무게가 뒤쪽으로 쏠리는 게 느껴질 때까지 기다렸다가 나무에 단검을 박아넣고 몸을 끌어올렸지. 하지만 슬리시그가 그런 접근법을 인정할 것 같진 않네." 한쪽 입꼬리가 올라갔다.

슬리시그가 다시 한 번 콧김을 뿜었지만, 이번에는 동의하는지 수증기는 없었다.

"시도해볼게." 소여가 레버를 닫더니 혼자 고개를 끄덕였다. "가보자." 소여가 뛰기 시작했고, 슬리시그는 발톱에 힘을 주며 앞발을 납작하게 만들었다. 소여의 긴 다리가 성큼성큼 앞다리를 반쯤 올라갔고, 나는 그의 진행이 멎자 숨을 멈췄다.

소여는 발을 차서 레버를 뺄고 반쯤 올라간 슬리시그의 다리에 달라붙더니, 발로 비늘을 긁으며 디딜 곳을 찾았다. 심장이 멎는 듯한 순간이 지나고 소여가 발판을 찾았다.

"해냈어!" 내가 외쳤다. "올라가!"

소여의 왼발은 설계한 대로 안정적으로 버텼지만, 오른발은 미끄러지면서 슬리시그의 붉은 비늘에 진흙 자국을 남겼다.

소여가 다시 시도하고, 또 시도해도 같은 결과가 나오는 모습에 가슴이 답답해졌다.

"망할!" 그는 소리를 지르더니 슬리시그의 다리에 이마를 댔다.

"내가 꼬리 끝을 평평하게 만들어서 받쳐줄 수 있는데." 가까이 다가

와 있던 앤다나가 제안했다.

이제는 완전히 다른 이유 때문에 가슴이 죄어들었다. 귀환한 이후 앤다나가 처음으로 한 긍정적인 말이었다.

"*고결한 제안이야.*" 나는 앤다나에게 말하고, 소여에게 그 제안을 전달했다.

"안 돼!" 그는 외쳤다. "고맙지만 안 됩니다."

슬리시그가 가슴 안쪽 깊은 곳에서 그르렁거렸고, 나는 할 수 있는 일이 없다는 사실을 알고 무력하게 서 있었다.

"그건 같지가 않으니까요." 소여가 좌절감이 가득한 말투로 반박하는데, 나에게 하는 말은 확실히 아니었다. "나 때문에 위험도 부담했는데, 불명예까지 감수하라고 할 수는…." 그는 말하다가 침묵했다.

"테른도 날 위해서 어깨를 낮출 때 그렇게 느껴요? 불명예라고?" 나는 테른에게 물었다.

"*난 대륙에서 두 번째로 큰 드래곤이고 존경받는 전사다. 내 전투 이야기들은 전설이지. 내 반려는 비길 존재가 없고. 내 재주는 따를 자가 없으며….*"

"내 질문은 그대로예요." 나는 테른의 자화자찬이 더 길어지기 전에 말을 끊었다.

"*나에게 불명예가 되려면 자세를 바꾸는 것보다는 훨씬 큰 게 필요하다.*" 테른이 대꾸했다.

"하지만 나를 만나기 전에는 몸을 낮출 필요가 한 번도 없었잖아요. 나 올린을 위해서나…."

"*예전 라이더에 대해서는 말하지 않는다.*" 연결을 통해서 심한 괴로움이 밀려들었기에 나는 곧바로 내 단어 선택을 후회했다.

앤다나가 고개를 들더니 비난하는 듯 금빛 눈동자를 가늘게 뜨고 나를 보았다.

"*나도 알아.*" 나는 두 손을 들어 올렸다. 보편적인 항복 신호였다.

"내가 그렇게 생각하지 않는 건 알죠." 말하면서도 소여의 팔이 떨리기 시작했다. "그 얘기는 이미 정리했잖아요! 내 입장이라면 어떤 라이더라도 똑같이 했을 거예요." 그는 고개를 내젓고 다음 비늘에 손을 뻗어 몸을 끌어올렸다. 힘겹게 싸워 얻어낸 30센티미터였다. "물론 당신을 탓하지 않아요! 그건…." 소여의 고개가 슬리시그 쪽으로 홱 돌아갔다. "아뇨, 벌주는 게 아니에요…. 아마리의 이름에 걸고, 그냥 말 좀 하게 해줄래요?"

뒤따른 침묵으로 미루어보아 슬리시그가 그 말대로 해주진 않는 모양이었다.

갈수록 배낭이 무거워져서 자세를 바꿨다. 허리가 징징거리기를 멈추고 더 큰 통증이 시작되는 느낌이었다.

"예전이나 지금이나 당신을 살리기 위해서라면 다리를 내줄 가치가 있으니까요!" 소여는 다음 비늘 접합부에 손이 닿지 않자 소리쳤다. "물론 당신도 똑같이 느껴도 되지만…." 소여의 손이 다시 이전 자리로 돌아갔다. "오."

슬리시그가 씩씩거리더니 왼쪽 다리를 뻗어서 앞발을 진흙 속에 미끄러뜨렸다. 그리고 천천히 걸을 만한 각도로 낮췄다.

소여가 손을 놓고 천천히 일어서는 모습을 보자 목이 메었다. 그는 난간다리에 선 생도처럼 두 팔을 뻗고 한 걸음씩 위로 걸어 올라갔다. 시야 가장자리에 움직임이 잡혔다.

"*네 동기들이 도착하는구나.*" 테른이 말했다.

나는 슬리시그의 어깨 위까지 올라가서 팔을 내리는 소여에게서 눈을 떼지 않았다. 그 후의 움직임은 수천 번은 해본 일과 같았고, 그는 빠르게 몇 걸음을 움직여서 좌석을 찾았다.

소여가 자리를 잡자 슬리시그가 일어섰고, 나는 그 모습을 잘 보려고 물러섰다.

"처음 올라가본 사람 같진 않은걸." 나는 좌석에서 긴장을 푸는 소여에게 외쳤다.

"떠난 적도 없었던 것 같아." 그는 씩 웃으면서 아래에 대고 외쳤다. "난 드래곤을 타고 날 수 있어."

"넌 날 수 있어." 나도 맞장구를 쳤다. 곧바로 환한 웃음이 나왔다. "자, 어떻게 거기 올라가는지가 중요해, 아니면 슬리시그가 널 선택했다는 게 중요해?"

"그 답은 이미 알잖아." 소여의 미소가 부드러워졌다.

"알지." 고개를 끄덕인 나는 앤다나를 돌아보고, 우리 둘만의 연결로 좁혀서 말했다. *나 좀 봐.*

앤다나가 나를 흘긋 보았다.

"*슬퍼해도 돼.*" 내 말이 통하지 않는다면, 앤다나가 했던 말은 통할지 모른다.

금빛 눈동자가 나를 마주보았다.

"*슬퍼해도 돼.*" 나는 되풀이해서 말했다. "*하지만 네가 그 일에 대해 말할 준비가 된다면, 그때는 내가 여기 있을 거야.*"

"*너는 네 슬픔에 대해 말하지 않잖아.*" 앤다나가 맞받아쳤다. "*테른도 말 안 하고.*" 그녀의 꼬리가 테른 쪽으로 움직였다.

일리 있는 지적이다. "*나도 점점 나아지고 있어.*" 나는 천천히 말했다. "*그리고 테른도 완벽하진 않아.*"

앤다나의 콧구멍이 커지더니, 비늘색이 일렁이며 평소에 선호하는 자줏빛을 띤 검은색으로 변했다.

나는 고개를 끄덕이고 그 화제를 접었지만, 그래도 전보다 진전은 있는 듯했다.

"아마리여, 감사합니다." 왼쪽으로 다가온 리가 소여를 올려다보고 웃으며 속삭였다.

"소여! 네 모습 좀 봐!" 리독이 승리한 사람처럼 두 팔을 들고 앞으로 달려갔다.

슬리시그가 고개를 빙 돌리더니 리독 바로 앞에서 이빨을 딱 소리 나게 부딪쳤다.

"멀리서 보자!" 리독이 여전히 팔을 높이 든 채로 다시 말했다. 그리고 메런과 부딪치자 몸을 돌려 그녀를 번쩍 들어 올렸다. 메런이 웃음을 터뜨렸다.

"나도 어쩔 수 없었어." 리는 소여가 좌석에 다시 익숙해지는 데 열중하는 모습을 보며 조용히 말했다. "내가 소여를 실망시켰을까?"

"아니. 넌 정확히 소여를 위해 필요한 역할을 맡아줬어." 나는 리에게 팔짱을 꼈다. 젠장, 배낭이 진짜 무겁네. "넌 우리의 친구지만, 우리를 통솔하는 비행대대장이기도 해. 소여는 네 앞에서 넘어지고 싶지 않은 거야. 우리 모두가 그래. 우린 네가 자랑스러워하는 존재가 되고 싶어. 그리고 네가 우리를 책임지는 데 익숙해진 것도 알고, 네 일에 정말 뛰어난 것도 알아…."

리독이 메런을 내려놓고 캣에게 손을 뻗었다. 캣은 팔을 뻣뻣하게 펴고 짜증스럽게 눈을 굴리면서 그의 포옹을 받아들였다.

"알지만?" 리가 곁눈질로 나를 보았다.

"알지만 너도 이 일을 더 빨리 이룰 수는 없었어." 우리는 다른 친구들에게 걸어갔다. "너도, 나도, 리독도, 제시니아도 안 되지. 이건 언제나 저 둘에게 달린 일이었어. 애초부터 저 둘의 시간표에 맞춰 벌어질 일이었지."

리독이 3학년 플라이어인 네브에게 빙글 돌아서자, 그는 마치 눈이 한 쌍 더 달린 괴물이라도 보는 듯한 눈으로 포옹을 피하다가 브레이건과 부딪쳤다.

리독이 이번엔 이모젠에게 몸을 돌렸다. 퀸과 함께 걸어가던 이모젠은 손을 들어 올리며 경고했다. "꿈도 꾸지 마라, 갬린."

"넌 참 따뜻하고 포근한데 말이야!" 퀸이 이모젠의 어깨에 팔을 두르며 말했다.

"너한테만 그래." 그녀는 소여를 올려다보았다. "네가 있어야 할 자리에 있는 모습을 보니 반갑구나, 헨릭!"

리독이 다시 몸을 돌리더니 데인을 발견하고는 와락 끌어안았고, 데인은 눈썹을 치켜들었지만 천천히 손을 올려서 어색하게 리독의 등을 두 번 토닥였다.

"좋아 보인다, 소여!" 데인은 그렇게 외치더니 계속해서 캐스 쪽으로 걸어갔다.

"잘했어, 마티아스." 보디가 지나가면서 리에게 말했다. "대대원을 자리에 돌려놨군."

"내가 한 게…." 리가 말하길래 내가 팔짱을 꽉 꼈다. "소여가 직접 한 일이지만, 우리도 자랑스럽습니다. 고맙습니다, 전대장."

보디가 웃으면서 고개를 끄덕이는 모습이 제이든과 너무 비슷해서 갈비뼈가 꽉 조이는 느낌이었다. 보디나 데인이나 임무 수행 일정이 바쁜 데다가 우리의 실패한 임무까지 겹쳐서 룬 수업을 받을 기회가 없었기에, 둘 다 이번 교대 수업 일정에 들어갔다.

"소여 좀 봐!" 리독이 달려오더니 우리를 뭉갤 듯이 끌어안았다. "온 세상이 잘 돌아가는 느낌이야!" 팔에 힘을 빼고 물러서는 리독의 눈에 사과하는 빛이 가득했다. "그러니까, 라이오슨 일만 빼고 말이야."

"무슨 말인지 알아." 나는 가방을 고쳐 메고 애써 미소 지었다. "부디 제이든을 아레티아에서 봤으면 좋겠어."

희망은 바람에 끄떡도 하지 않는 작은 풀처럼 아레티아로 출발하는 우리와 함께했고, 티렌더 국경 바로 안쪽에서 야영을 할 때까지도 살아남았다. 와이번 순찰대의 눈에 띄거나 티오파니에게 발견될지 모른다는 걱정 없이 비행하니 자유로워진 기분이었다. 우리는 그리폰들이 몇 달이나 떠났다가 돌아와서도 그 고도에 적응할 수 있는지 확인하고 나서야 마지막 여정을 시작했고, 마침내 아레티아 보호막 안으로 들어섰다.

그날 저녁에 아레티아 위쪽 계곡에 착륙하니 집에 돌아온 기분마저 들었으나, 제이든은 없었다. 스게일이 없다고 해야 더 정확하겠지만, 의미는 같다.

"짜증나네요." 한숨을 푹 내쉬며 테른에게 말했다.

테른도 으르릉거리며 맞장구쳤다.

케이오리가 팬첵의 시끄러운 반대를 무릅쓰고 너무 가까이 다가가는 바람에 앤다나가 공격적인 반응을 보이고는 양 떼를 따라 날아가버렸다.

"미안하네." 케이오리 교수는 검고 날카로운 눈썹을 구기면서 말했다. "침범할 생각은···."

"하지만 그러셨죠." 내가 말을 끊었다. "그리고 교수님이 오신 이유는 공감하지만, 앤다나는 교수님이 연구하게 해주지 않을 거예요. 여기에 서라 해도 안 돼요."

"이해했네." 케이오리는 고개를 끄덕이더니 초록빛으로 우거진 높은 고도의 계곡과 눈 덮인 봉우리들을 둘러보았다. "이기적이지만, 난 이곳에서 엠피리언이 어떻게 기능하는지 보고 싶었다네. 팬첵도 그래서 따라왔을 거란 의심이 드는군."

웃음을 누를 수 없었다. "직접 물어보시겠다면 행운을 빌어드리죠."

"준비됐어?" 리애넌이 통통 튀는 걸음걸이로 다가오며 물었다.

"응." 나는 친구의 행복에 활짝 웃었다. "네가 가족을 만날 수 있게 어서 내려가자."

"점호를 했으면 좋겠…." 데인이 내 오른쪽으로 오면서 말을 꺼내다가, 리애넌과 내가 같이 노려보자 얼른 노선을 바꿨다. "…내일 아침에 하자. 가족이 우선이지."

"가족이 우선이야." 리애넌이 바로 웃으면서 맞장구를 쳤고, 데인은 우리 옆을 지나쳐서 저택으로 내려가는 바위투성이 길로 향했다. "데인도 룬 수업을 받으러 온 건 이해하겠는데, 왜 우리 대대에 낀 거야?" 리가 속삭였다.

"내가 여기 있는 이유와 같지." 보디가 왼쪽에서 튀어나오더니 오랜 친구라도 맞이하는 것처럼 태양을 향해 얼굴을 들어 올렸다. "이 대대가 최고니까."

"여기가 얼마나 더운지 잊고 있었어." 리독이 비행 재킷 단추를 풀며 말했다.

"여긴 부화지잖아." 리애넌이 환하게 웃으며 일깨웠다. "이젠 여기에 드래곤이 이렇게 많으니, 베일과 거의 같은 온도일 거야."

"우리가 폭풍에 앞서 오긴 했지만, 내일이면 폭풍 덕분에 온도가 내려갈 거야." 나는 재킷 단추를 풀면서도 부화지 영역을 표시하는 마법의 경계선을 넘자마자 얼어죽도록 추워질 것을 잘 알고 있었다.

과연 라이오슨 저택에 내려갔을 무렵에는 몹시도 추웠다.

세상에, 저택만 봐도 제이든이 그리워지네.

대대원들은 줄줄이 위병 사이를 지나서 정문을 통과하고, 거인의 계단처럼 산에 새겨진 5층 높이의 거대한 현관에 들어섰다. 이 시간에는 조용했다. 아니, 어쩌면 이제는 복도마다 생도들이 우글거리지 않아서 텅 빈 느낌이 드는지도 모르겠다.

케이오리가 믿을 수 없다는 표정으로 넋 놓고 주위를 둘러보았다.

펠릭스가 그의 등을 툭툭 치더니 리애넌에게 뭔가 말하고 나서 케이오리를 데려갔다.

"모두 주목!" 울려 퍼지는 리애넌의 목소리에 모두가 주목했다. "예전에 배정받은 침대를 찾아서 써라. 밤에는 뭐든 하고 싶은 일을 해도 좋지만, 점호는 내일 7시이니 술집을 찾을 때는 한 번 더 생각하도록."

우리는 흩어져서 1층 계단을 올라갔다.

"최대한 빨리 여기에서 나가자." 내 바로 앞을 걸으며 리가 메런에게 말했다.

"동생들을 얼른 보고 싶어." 메런이 신이 나서 손뼉을 치자, 손등에 길게 남은 은빛 흉터에 햇빛이 비쳤다. 우리 중에 지난 몇 년 동안 흉터 하나 없이 살아남은 사람은 하나도 없겠지. "캣, 너도 갈 거야?"

"나도 말썽쟁이 꼬마들을 보면 좋지." 캣이 고개를 한 번 끄덕이고, 우리는 층계참에 도달했다.

"바이는?" 리가 어깨 너머로 물었다.

"물론이지." 나도 짧게 고개를 끄덕이며 대답했다. "나도 너희 가족을 사랑해."

"소여와 나도 갈 거야." 리독은 3층으로 올라가며 말했다.

"알았어." 리가 계단 위쪽에 대고 외쳤다. "씻고 옷 갈아입을 기회는 줘야겠지. 우리 집에 가고 싶은 사람은 다들 40분 후에 현관에서 만나. 너희가 유황 냄새를 풍기면서 집에 들어갔다간 우리 엄마가 걷어차서 내쫓을 거야. 농담 아니라고."

나는 층계참에 멈춰서서, 앞에 보이는 계단 왼쪽의 복도로 시선을 옮겼다.

"설마 길을 잃었다는 건 아니겠지." 보디가 마지막으로 계단을 올라오며 말했다.

"당연히 아니지." 나는 천천히 고개를 저었다. "단지 여기에 내 방이 없으니 어디에서 자야 할지 모르겠어서 그래."

보디는 코웃음을 치고 복도 저편을 가리켰다. "네 방이 어디로 가진 않았는데."

"그건 제이든 방이지." 나는 조용히 그 말을 바로잡았다. "그리고 제이든은 내내 땅을 파고 있고."

"우린 집에 왔어, 바이. 집에서처럼 굴어." 그는 씩 웃더니 내 옆을 돌아서 뒷걸음질로 오른쪽 복도를 걸어갔다. "네 침대에서 자. 그러지 않으면 형이 더 심하게 땅굴을 팔 거야."

나는 보디가 방으로 들어가자 한숨을 내쉬고는 왼쪽으로 방향을 틀어 내 방… 아니 우리 방으로 향했다.

손잡이는 돌아가지 않을 테니 단순 마법으로 손목을 털면서 잠금장치가 열리는 모습을 그렸다.

안으로 들어가려니 비현실적인 기분이 들었다. 보호막을 통과하면서 마법 때문에 피부가 찌릿찌릿했다. 12월에 떠났을 때와 똑같았다. 이젠 우리 물건들 대부분이 바스지아스에 있을 뿐이다. 문을 닫고는 지고 있던 배낭을 내려서, 내가 레손에서 찔린 후에 깨어날 때까지 제이든이 앉아 있었던 의자에 놓았다.

침구는 똑같은 짙푸른 색이었고, 커튼은 커다란 창문 옆으로 밀어놓아 저녁 햇살이 들어왔다. 오른쪽에 보이는 붙박이 책장에도 제이든의 책이 그대로 꽂혀 있었다.

책상 위에는 내가 마지막 수업에 했던 룬 담금질 연습의 잔해 몇 개가 그대로 놓였고, 맨 위 서랍 안에는 잊고 간 공책이 있었다. 옷장을 확인해보니 내 스웨터 하나, 우리 둘의 제복 한 벌씩이 보였고, 제이든의 어머니가 만든 담요가 오른쪽 구석에 처박혀 있었다.

신들이시여, 그 담요에선 제이든의 향기가 났다. 갑작스럽고 날카롭게 찾아온 간절한 그리움에 가슴이 그대로 쪼개질 것 같았다. 내가 남겨둔 흔적도 있었다. 욕실에는 여전히 내가 머리를 감을 때 쓰는 비누와 같은 냄새가 났고, 실제로 비누도 내가 두고 간 자리에 있었다. 잠시 시간을 들여 씻고 나서 새 제복을 입는 내내, 언제라도 제이든이 걸어 들어와서 오늘 하루는 어땠는지 물어볼 것만 같았다.

이 방만 시간에서 벗어나 있는 것 같았다. 우리가 같이 살고 있으면서 동시에 그렇지 않은, 세상의 아주 작은 구석 같았다. 몇 달이나 지났다는 사실을 알려주는 것이라고는 제이든의 서랍장에 놓인 제힐나의 유리 상자뿐이었고, 그 안에는 손잡이에 에메랄드가 박힌 아레티아의 검이 담겨 있었다. 손잡이 윗부분의 보석 하나 빠졌지만, 600년이나 나바르 손에 있었으니 그만하면 나쁘지 않았다.

누군가가 문을 두드렸기에 나는 시계를 흘긋 보았다. 벌써 40분이 지났나?

문을 열자 브레넌이 보였다. 지친 눈이었지만, 우리 형제의 표준 절차대로 내 몸을 살펴보며 짓는 미소는 환했다.

나도 반사적으로 오빠를 살펴보았고, 새로운 흉터가 없다는 사실에 만족했다.

"들여보내줘." 브레넌이 손을 내밀었다. "그놈이 지난번에 여기 왔을 때 보호막에 손을 대놨지 뭐냐."

"물론 그랬겠지." 나는 오빠의 손을 잡고 방 안으로 잡아당겼다. 오빠는 곧바로 나를 끌어안았다.

흔치 않은 평화로운 순간을 만끽하는데, 브레넌이 10초 만에 웃음을 잃은 얼굴로 물러섰다. "복원할 데는 없고?"

"없어." 나는 고개를 저었다.

"확실해? 넌 여기에 나타날 때마다 죽기 직전이었거든." 오빠는 내가 거짓말할 수도 있다는 눈으로 살폈다.

"확실해."

"다행이다." 브레넌이 문을 걷어차서 닫았다. "방음막은 문이 닫혔을 때만 작동했지?"

"맞아." 나는 불안해서 몇 걸음 물러섰다. "무슨 문제 있어?"

브레넌은 낙심한 얼굴로 바닥을 보았다. "그 녀석을 복원할 수가 없어."

"누굴 말하는지 짐작도 못 하겠는데." 나는 혼란에 빠져서 눈썹을 치켜올렸다. "우린 모두 건강해. 여기까지 오는 길에 다친 사람은 없어."

브레넌이 고개를 드는데, 그 눈에 깃든 슬픔을 보자 비틀거리며 물러설 수밖에 없었다. "제이든 말이야. 복원할 수가 없어, 바이. 지난주 내내 시도해봤거든."

나는 숨을 충분히 들이마시려고 애썼다. "아는구나."

"알아." 브레넌은 고개를 한 번 끄덕였다. "제이든은 놀론이 처음 손댔을 때의 잭보다 더 진행됐을 거야. 정말 미안하다."

가늠하기 힘든 측정 단위다. "그래."

"우린 모든 지역 신전에 조용히 공물을 바쳐보고, 마법을 대지로 다시 밀어 넣어보기도 하고, 부화지에서 알들과 같이 앉아 있어보기도 했어. 둘 중 누구라도 생각할 수 있는 방법은 다 시도해봤는데, 어제 제이든이 르웰른에서 보낸 편지에 이상한…." 브레넌은 눈을 의심하는 얼굴로 나를 보았다. "너 지금… 웃는 거야?"

"어제라고?" 나는 희망에 찬 작은 미소를 누르려고 하지도 않았다.

브레넌이 고개를 끄덕였다. "그 녀석은 바스지아스의 현장에서 복원을 시도해보고 싶어 해."

"좋은 생각이야." 이제는 웃음이 커지기까지 했다.

제이든이 삽질을 하고 있을지는 몰라도, 포기는 하지 않았으니까.

# 48

> 통합 472년, 브레이빅의 윌헤이븐은 세이지로 추정되는 단 한 명의 베닌 손에 하룻밤 사이 말라붙었고, 단 한 집만이 예외였다. 살아남은 세 명의 생존자 중 유일한 어른은 그 여자를 이렇게 묘사했다. "놀랍도록 나이를 먹지 않았어요. 머리카락은 우리가 결혼한 날처럼 새까맸는데, 붉은 테두리를 두른 눈가에는 주름 대신 새빨간 혈관만 거미집처럼 불거져 있었지요."
>
> — 피어슨 할리웰, 《악의 부활 연대기》

다음 날 밤, 나는 천둥이 침대 창문을 뒤흔드는 가운데 머리카락을 말리면서 테카루스가 보내준 최신 서적을 자세히 들여다보고 있었다.

그는 왕이 된 지금도 우리의 거래를 잊지 않았고, 나는 아직 제이든을 포기하지 않았다. 그가 스스로를 포기하지 않았음이 확실한 지금은 더욱 그랬다.

답은 저 바깥 어딘가에 있고, 우린 그 답을 찾을 거다. 브레넌도 안다는 사실에 희망이 부풀었다. 제이든을 복원할 수는 없을지 몰라도, 지금까지 오빠가 풀지 못한 문제는 없었다.

나는 책상에 너저분하게 널린 룬 연습 과제들을 보고, 잠시 트리사가 오후 시간 대부분을 소모하며 우리에게 때려 박은 '지연 작동' 룬을 연습할까 고민했다. 그 목적은 이미 존재하는 휴면 상태의 룬을 가져다가 마력을 담금질해서 '켜는' 것이다. 실제 쓸모는 뭐냐고? 모른다. 저 망할 룬을 작동시킬 수가 없으니까.

캣은 첫 시도에 바로 해냈다.

이모젠이 바로 다음이었다.

카이는 삐죽삐죽한 검은 머리끝을 그을렸다.

데인, 보디, 리, 리독… 모두가 결국에는 숙달했는데 나만 예외였다.

아직 고유 능력을 발현하지 않은 아릭마저도 이 복잡한 단순 마법은 해냈다.

아무렴 어때. 우리가 여기에 와 있는 기간은 2주다. 결국에는 나도 해낼 테고, 못한다 해도 그래서 대대 단위라는 게 있다. 내가 모든 것을 다 잘할 필요는 없다.

나는 자꾸만 흘러내리는 드베렐리 실크 잠옷 끈을 어깨 위로 끌어올리며 테카루스의 책을 넘겼다. 다음 문단을 읽자 눈썹이 저절로 올라갔고, 나는 어떤 패턴을 알아챈 게 맞는지 확인하려고 한 번 더 읽었다.

이제 세 번째야.

천둥소리가 다시 한 번 울리고, 마치 친구가 놀자고 불러내는 소리라도 들은 것처럼 내 안의 마력이 솟구쳤다. 나는 동쪽에서 옆으로 들이치는 것 같은 빗발을 보다가, 서랍장 위에 놓인 도관을 손에 쥐고 마력을 흘려보냈다.

펠릭스는 도관 중앙의 합금을 단검에 마력을 공급하는 합금과 같은 크기로 키웠고, 나는 책을 읽으면서 동시에 펠릭스가 낸 과제를 해치울 수 있었다. 펠릭스는 내일 산으로 데려가서 연습을 시키기 전에 내가 합금 세 개는 충전시키기를 기대할 것이다.

펠릭스는 베닌과 아레티아 사이를 막아설 수 있는 건 나밖에 없다는 듯이 맹렬하게 훈련시켰고, 보호막이 하루하루 줄어들다 보니 그 생각을 나무랄 수도 없었다. 제이든이 르웰른에서 지역 업무를 처리하는 동안, 티오파니에 대항할 우리의 가장 좋은 무기는 나였다…. 적어도 공격 면에서는 그랬다.

누군가가 침실 문을 두드렸다.

책을 덮어서 도관과 함께 서랍장에 챙겨둔 다음, 문을 열러 갔다. 10시가 넘었으니 어젯밤처럼 수다 떨러 온 리애넌이거나 주방을 같이 털 사람을 찾는 브레넌일 터였다. 어느 쪽이든 간에 지금 입은 잠옷은 속이 훤히 비쳐 보였기에 나가는 길에 옷장에서 로브를 챙겼다.

문 앞에 이르기 직전에 반짝이는 오닉스 빛이 머릿속의 차단벽을 두드렸고, 나는 로브 끈을 묶다 말고 얼른 문을 열었다. 심장이 덜컹거리다가, 날아갈 듯이 뛰었다.

문 앞에는 비행복을 입고 뼛속까지 젖은 듯한 제이든이 머리카락에서 물을 뚝뚝 떨어뜨리면서 서 있었다. 그의 눈동자 속에서 여기 있으면 안 된다는 마음과 오직 여기에만 있고 싶다는 마음이 맹렬히 싸우고 있는 것 같았다.

"안녕." 나는 문고리를 잡은 손에 힘을 넣었다 뺐다. *"왜 제이든이 왔다고 말해주지 않았어요?"* 머릿속으로는 테른에게 물었다.

*"그놈이 떠나는 걸 알려달라고만 했지, 도착하면 알려달라고는 안 했잖느냐."*

꼬투리 잡긴.

"가라고 하면 갈게." 제이든이 심하게 잠긴 목소리로 말했다. "아직 73일밖에 안 됐어."

"이리 와." 나는 문고리를 놓고 뒷걸음질 쳐서 공간을 만들었다. "그러다 얼어죽겠다…."

 제이든은 분명히 복도에 서 있었는데, 눈 한 번 깜박하자 두 손을 내 머리카락에 파묻고 나에게 입을 맞추고 있었다.

 신들이시여. 그의 입술은 차가웠지만, 입안으로 밀려드는 그의 혀는 맛있게 따뜻했다. 그 키스는 내 몸의 모든 신경을 깨우고, 드베렐리 이후 얼마나 오래 참았는지를 일깨웠다. 계속 여행하고, 다른 라이더들과 가까이 지내고, 제이든이 통제를 잃을까 두려워하는 통에 그와 피부조차 맞대지 못한 지 너무 오래였다.

 제이든의 키스 한 번만으로 마력이 피부에 찌르르 퍼지면서, 머릿속이 '좀 더'와 '더 가까이' 말고는 다른 모든 생각을 짓밟으려고 했다. 제이든에 관한 일이라면 언제나 '좀 더'와 '더 가까이'뿐이다.

 문이 쾅 닫히고, 문이 철컥 잠기는 소리, 제이든의 배낭이 바닥에 떨어지는 소리, 등에 맨 칼집을 푸느라 나는 젖은 가죽의 마찰음이 들린다. 그는 계속 키스하면서 칼집을 어깨 위로 벗겨냈다. 마치 처음 그랬을 때처럼, 온전히, 완벽하게, 스스로에게 무모해도 좋다는 허락을 내렸고, 그 권한을 남김없이 쓸 작정이라는 듯이 내 입안을 점령했다.

 그가 내 혀를 빨아들이자 나는 미칠 듯한 전율에 흐느꼈다. 우리 사이의 육체적인 접촉이 얼마나 그리웠던지. 두 손을 그의 가슴팍에 올리는데, 재킷의 차가운 감촉에 등골이 서늘해졌다. 저런 폭풍 속에서 얼마나 오래 날아온 거지? 나는 부드럽게 그를 밀어냈다. "잠깐만."

 그는 즉시 멈추더니, 딱 내 눈을 들여다볼 만큼만 고개를 들었다. "내가 여기 있으면 안 된다는 건 나도 알아. 적어도 아직은 안 되지."

 "그런 말이 아니야." 나는 그의 비행 재킷 단추 사이로 손가락을 밀어 넣고 매달렸다. 그가 이 방에 나와 함께 있기만 하면 세상의 모든 문제를 해결할 수 있을 것만 같았다. "당연히 당신은 여기 있어야 해. 단지 당신이 르웰른에 있을 줄 알았어."

"거기 있었어." 내 입술에 닿은 시선이 순식간에 달아오르는 모습을 보니 멈춰 세운 게 후회될 지경이었다. "그랬다가 터베인을 향해 출발했고, 우리 집으로 와버렸지." 마치 억지로 뜯어내듯 천천히 흘러나온 말이었다. "네가 졸업하고 우리 둘 다 여기로 배정을 받으면 온전히 우리 집이 되겠지?"

"여긴 이미 우리의 집이야." 맥박이 빨라졌다. 제이든이 두려움 없이 미래에 대해 말한 게 언제였는지 기억도 나지 않았다. "엉뚱한 방향으로 아홉 시간을 날아온 거네." 나는 그의 비행 재킷 단추를 하나씩 풀면서 놀렸다.

"아주 잘 알고 있어." 그는 웃을 듯 말 듯한 얼굴로 속삭였다. "르웰른에서는 열받았고 얼음판 위를 미끄러지는 기분이었지만, 정신 꽉 붙들고 아버지가 죽은 후에 나를 키운 두 사람을 때리지 않고 참아냈지."

그는 내가 나무랄지 모른다는 듯이 내 눈빛을 살폈지만, 나는 단추만 계속 풀면서 귀를 기울였다. "우린 보호막 너머에 있었지만, 그 상태로도 난 어떤 마력에도 손을 뻗지 않았어. 그랬다간 0일 차로 돌아가버릴 테고, 0일 차로는 너를 얻을 수 없다는 걸 아니까. 난 기어이 내 모습을 되찾고 그 자리를 떠났지."

"통제력을 유지한 거네." 자랑스러워서 입꼬리가 올라가는 가운데, 마지막 단추를 풀었다.

그는 고개를 끄덕였다. "난 내 운명을 무시하지 않아. 결국에는 내가 내 자신보다 그것이 되어버리는 시점이 올 거란 걸 알아." 그는 침을 삼켰다. "하지만 희망이 아무리 위험하다 해도, 네 생각이 옳아. 난 싸워야 해. 지금은 안정적이라고 생각하고, 겨우 73일이긴 하지만…."

"당신이 생각하는 마법의 숫자는 며칠이야?" 100일을 넘겨야 한다면 신들의 도움이 필요하겠다.

제이든이 흘러내린 내 머리카락을 귀 뒤로 넘겼다. "76일. 76일이면 발로우가 처음으로 의미 있는 채널링을 한 이후, 그러니까 그 절벽 사건 이후에 마력을 흡수하지 않고 지낸 최장 시간의 두 배야. 네 희망을 더 키우고 싶진 않았지만, 76일까지 참으면 내가 진행을 늦출 수 있다는 의미라고 생각해."

나는 눈을 깜박였다. "3일 후?" 내 희망은 커진 정도가 아니라, 고공을 질주했다.

"76일까지 참아내면 네 문 앞에 나타나자고 생각했는데, 내가 보호막 너머에서도 통제를 유지할 수 있다는 사실을 깨닫자마자 스케일이 항로를 변경했어…." 그는 고개를 기울여 입술을 스칠 듯 갖다 댔다.

"그러면 나에 대해서도 통제력을 유지할 수 있어?" 나는 뻔뻔하게도 내가 원하는 방식대로 문장을 끝맺었다. 제이든의 머리끝에서 떨어진 얼음처럼 차가운 물방울이 쇄골에 떨어지자 숨이 멎을 것 같았다. 이렇게 제이든과 가까이 붙어 있으려니 물방울 하나쯤으로는 달아오르던 체온이 전혀 가라앉지 않았다.

"조건만 맞는다면." 그는 고개를 끄덕이더니 흠뻑 젖은 비행 재킷을 벗으면서 한 걸음 물러섰고, 나는 따라가면서 로브를 벗었다. 옷 두 벌이 동시에 바닥에 떨어졌다. "이게 최선일지도 모르니, 난 모든 순간을…." 그는 말을 뚝 끊더니 손에 잡힐 듯 노골적인 갈망의 눈빛으로 내 몸을 훑어보았다. 그 시선이 닿을 때마다 피부가 달아오르는 느낌이었다. "망할." 그가 신음했다.

"그게 어떤 조건인데?" 심장이 마구 뛰었다. 제이든이 원하고 필요로 한다면 무엇이든 줄 것이다. 나는 그의 것이니까.

"너 지금 입은 게…." 그는 한 손으로 나를 가리켰다가 손을 거두며 주먹을 쥐었다.

"당신이 보낸 잠옷이냐고? 맞아. 다른 데 정신 팔지 마. 어떤 상황이어야 하는데?" 나는 다시 물으면서 부어오른 아랫입술을 핥았다. 방금의 키스만으로는 부족했다. 나는 그에게 굶주려 있었고, 제이든만 준비됐다면 행복하게 포식할 작정이었다.

"다른 데 정신을 판 게 아니야. 오히려 집착하고 있지. 네 모습이…." 마치 내 몸을 처음 보는 사람처럼 그의 눈동자가 어두워졌다. "76일까지 기다려야 할지도." 그는 물러나서 문고리에 손을 뻗었다.

절대 안 되지.

"그 문을 열면 내가 당신 바지를 문짝에 꽂고 3일 동안 그 자리에 붙들어놓을 거야." 나는 서랍장 위에 놓인 단검들을 의미심장하게 보았다. "당신이 원한다면 같이 침대에 몸을 말고 누워서 잠만 잘 수도 있지만, 나에게서 도망치는 것만은 그만해."

"나야 당연히 그냥 자고 싶지 않지." 그는 문에서 멀어졌다. 제이든이 성큼 다가오자 다시 심장이 쿵쿵 뛰었다. "그리고 나는 네게서 도망칠 능력이 없어." 그의 서늘한 손가락이 내 머리카락을 가르고 들어와서 목덜미를 잡더니, 내 얼굴을 비스듬히 기울였다. "내가 온전히… 내가 아닐 때조차도, 내 남은 부분은 너를 갈망하고 욕망하고 오직 너를 원할 뿐이야."

그런 마음이라면 내가 잘 알지.

"나도 사랑해." 나는 그의 가슴팍에 두 손을 얹고, 손끝으로 옷깃 근처에 붙은 흠뻑 젖은 패치들을 스치면서 발꿈치를 들고 그에게 키스했다.

지글지글 끓는 욕망이 두 배나 강하게 돌아왔고, 부드럽고 달콤하게 시작한 키스는 순식간에 머릿속이 하얗게 빌 만큼 뜨거운 키스로 변했다. 혀가 얽히고, 손이 날아다니며 이 방 바깥의 모든 것이 멀어지고, 정말로 중요한 것에 압도당했다. 중요한 건 우리뿐이다.

그는 한 손으로 내 허벅지 뒤쪽을 감싸안아 들어 올렸다. 세상이 빙그르르 돌더니, 그는 내 등을 벽에 붙이고 고개를 들었다. "네가 받아 마땅한 방식대로 너를 사랑했다면, 네가 내 평생 유일한 평화라는 사실을 무시하고 네게서 아주 멀리 떨어졌을 거야. 안정적이라는 건 온전하다는 뜻이 아니거든." 그의 시선이 내 입술에 떨어졌다. "그 대신에 난 여기에서 내가 제기하는 위협을 누그러뜨릴 온갖 방법을 짜내고 있지. 그래야 이 투명한 실크를 네 황홀한 몸에서 찢어내고 네 안에 내 몸을 묻을 수 있을 테니까."

"*제발 그래줘.*" 나는 머릿속으로 생각을 보내면서 그의 허리에 다리를 감고, 허벅지에 와닿는 차가운 기운에 숨을 들이켰다.

"*바이올렛.*" 나를 응시하며 턱에 힘을 주는 제이든의 신음이 머릿속을 채웠다.

"내가 어떻게 사랑받는지는 내가 결정해." 지금 이 순간, 내 몸은 확실히 그를 누릴 자격이 있었다. 나는 발목을 교차시키고 차가움에 살짝 몸을 떨었다. 곧 내 몸이 그를 데우겠지. "어떤 위험을 감수할지도 내가 결정해. 자, 그에 맞는 조건이 뭐야, 제이든?"

"나 때문에 차갑지." 그는 이마를 살짝 찌푸렸다가 등으로 손을 뻗어서 셔츠를 당겨 벗었다.

*내 거야. 전부 내 거.*

"그런데도 왠지 당신은 자기가 날 해칠 수 있다고 생각하네." 셔츠가 바닥에 떨어지자 나는 두 팔을 그의 목에 두르고, 그의 맨가슴과 심장 위 흉터에 온몸을 바싹 붙였다. 그의 상체를 구석구석 핥고 싶었다. "내가 당신을 가지려면 뭐가 필요한지 말해봐."

그는 내 허리에 손바닥을 대더니 고개를 숙여 내 목에 입을 댔다. "망할, 네게서 좋은 냄새가 나."

"그냥 비누 냄새야." 뒤이어 머릿속이 곤죽이 되고 돌벽에 고개가 젖혀졌다. 그의 입술이 닿을 때마다 전기충격 같은 것이 혈관에 흘러넘치며 마력과 뒤섞였다.

"그냥 네 냄새지." 그는 내 목 옆에 키스하더니, 턱선을 따라 내려가서 내 입술에 닿을락 말락 한 곳에 입술을 띄웠다. "네가 깨뜨리기 좋아하는 한 가지를 나에게 줘야 해."

나는 애써 뇌를 작동시켰다. "통제력이구나."

"통제력이지." 그가 고개를 끄덕였다.

"그럴게." 나는 그의 아랫입술을 빨았다가 잘근잘근 깨물고 나서 놓아줬다. "어차피 이미 당신 거야." 나는 제이든이 손을 대는 순간 바로 반죽처럼 물렁해진다.

"넌 이해 못해…." 그는 고개를 내젓더니 내 갈비뼈 위로 손가락을 미끄러뜨려 가슴을 감싸 쥐었다. 그가 내 민감한 가슴 위로 실크 잠옷을 끌자 호흡이 가빠졌다. "너에 관한 한 내 통제력은 환상이나 다름없어. 넌 내가 숭배하는 신전이야. 난 네 허벅지의 조임, 네 숨 가쁜 작은 비명소리, 네 몸에 감싸인 느낌, 그리고 무엇보다도 이 입에서 나오는 최고의 세 글자를 위해 살아." 그의 엄지손가락이 내 입술을 훑고는, 내 뒤통수를 받쳐 들고 눈을 마주 보았다. "너에게 손대지 않고 버틴 건 내 인생의 위업이었는데, 네겐 손길 한 번으로 내 절제력을 산산이 부숴버릴 힘이 있어."

나는 그의 손길에 녹아내려 몸을 휘었다. 제이든이 나를 벽에 밀어붙여서 다행이었다. 제이든의 손놀림만으로도 죽겠는데, 그의 고백을 반쯤 듣고부터는 무릎이 풀렸다. "당신을 만지지 말라는 거지. 알아들었어."

"정말로?" 그림자 띠가 그의 어깨 위로 흘러오더니 내 손목을 휘감았고, 잠시 후에는 두 손이 머리 위 벽에 고정됐다. "내가 필요하다고 하면 이런 상태도 받아들일 수 있어?"

그림자가 내 손바닥 위를 흐르다가 손가락 사이로 움직이며 끊임없이 애무하는 통에 숨을 쉬기가 힘들었다.

"응." 나는 침을 삼켰다. "사실은 불안할 정도로 흥분돼."

그는 천천히 입꼬리를 올리며 미소 지었고, 그림자 띠는 사람 손처럼 내 다리를 어루만지며 잠옷 자락을 허벅지 위로 밀어 올렸다. "그 점은 명심할게."

허벅지 안쪽에 닿는 그림자가 단단해지자 등이 휘었다. 그는 손가락 하나 까딱하지 않고, 이 모든 것을 생각만으로 해내고 있었다. 아무렇지도 않은 능력 과시가 더 짜릿했다. "그리고 또? 당신이 얼른 시작하지 않으면, 내가 직접 하는 모습을 구경하게 할 거야."

"몇 달 전에 그래야 했는데." 그는 동공이 확장된 채로 손가락 사이에 내 가슴 끝을 끼웠다.

"너무 좋아." 나는 반사적으로 엉덩이를 들썩였다. 단단해져 있었다. 바로 거기, 내가 간절히 원하는 곳까지 몇 겹의 천밖에 없었다.

그는 실크로 덮인 내 가슴을 물어 흐느끼게 만들었다.

"제이든." 나는 허벅지로 그의 허리를 조이며 대놓고 애원했다.

그는 장난기가 싹 걷힌 눈으로 고개를 들었다. "혈청 가지고 있어?"

"내 가방에. 그걸 원해?" 이젠 진전이 있네.

그는 고개를 저었다. "그랬다간 스케일이 내 배를 가를 거야. 하지만 만약의 경우엔 그걸 내 목에 쏟아부었으면 해…." 그는 얼굴을 찌푸렸다. "아니, 됐다. 여기 단검은 몇 자루나 있어?"

"둘." 어떤 단검을 말하는지 물어볼 필요도 없었다.

"네 자루로 해." 그는 허벅지에 찬 단검을 하나 뽑아서 내 오른쪽 책상

위에 놓더니, 단순 마법을 써서 또 한 자루를 내 서랍장 위로 옮겼다. "이젠 무서워?"

몇 달 전에 들었던 말이 떠올라서 입술이 휘었다.

"아니." 나는 무기를 쓸 필요가 없다는 사실을 알고 그의 입술에 스치듯 키스했다. "내가 당신에게 칼을 든 게 처음은 아니겠지만."

그는 흠칫 놀라서 나를 보다가 웃고 말았다. "그 사실이 우리에 대해 뭘 말해주는지 모르겠군."

이게 유독한 관계일까? 아마도. 그게 우리일까? 확실하지.

"우리가 몇 번이나 서로를 죽일까 고민했다가 매번 참았다는 사실이?" 나는 그에게 키스하고, 입술 사이를 가볍게 핥았다. 그는 내 것이고, 난 그럴 수 있으니까. "우리 미래에는 좋은 징조 같은데. 우리가 실제로 피를 흘리려고 했다면 걱정되겠지만."

"내 머리에 단검을 던졌잖아." 그는 내 엉덩이를 움켜쥐고 내 목을 따라 입술을 내리다가 목과 어깨가 이어지는 부위를 공들여 빨았다.

세상에, 너무 좋아.

분명 체온이 1도는 올라간 가운데 숨을 들이켰다. 그는 시작도 하기 전부터 나를 녹여놓을 작정이었다. "당신 머리 옆에 던졌어. 큰 차이가 있지." 엉덩이를 들썩이자 제이든이 낮게 신음했다. "이렇게 말해야 기분이 나아진다면, 당신이 정말로 날 죽일 것 같다는 생각이 들면 꼭 찌를게. 이제 됐어? 내 손에 도관도 쥐어주고 이제 제발 좀 만져줘." 젠장. 내가 방금 정말로 그렇게 말했어.

심지어 당황하지도 않고서.

"도관은 안 돼." 그는 두 손에 힘을 주면서 자기 몸 위로 나를 끌어올리더니, 입을 댈 수 있는 드러난 피부란 피부에 모조리 키스했다.

그대로 타버릴 지경이었다. 위험할 정도로 책에 가까운 자리에서 말이다. 그나마 바깥에서는 아직도 비가 유리창을 두드리고 있었다. "이건 당신 집이잖아. 불을 지르고 싶다면…." 심장이 지끈거렸다. "내가 전력을 다 갖추고 있길 바라는 거구나."

"너에 관해서는 위험을 감수하지 않겠어." 손목을 묶은 그림자가 풀리자 나는 그의 어깨에 두 손을 올렸고, 그가 입술을 내 쇄골에 대고 속삭이자 찌르르한 쾌감이 등골을 타고 내려갔다. "단검도 쥐고 있을래? 아니면 손 닿는 거리에 두는 걸로 괜찮을까?"

"필요 없어. 단검이 없어도 내가 무기야." 나는 대련장에서 제이든이 했던 말을 흉내 내고서 그의 머리카락에 손가락을 밀어 넣었다. 그가 차근차근 나를 흐트러뜨리는 동안 내 인생에서 가장 중요한 대화 중 하나를 계속하려고 안간힘을 썼다.

"알아." 그는 입술을 붙일 듯 말 듯 하더니, 내가 몸을 내밀자 뒤로 물러났다. "그렇지 않았다면 방문을 두드리지 않았을 거야. 혹시 마음을 바꾸고 싶어?" 그는 혹시라도 내가 서로에게 간절히 원하는 것을 부정할 기색이 있는지 눈을 찬찬히 보았다.

"우리 방문이야." 나는 그 말을 바로잡았다. "난 당신을 선택했어. 이 관계에 어떤 위험이 따른다 해도, 그것 또한 내 선택이야. 난 당신의 모든 면을 봐, 제이든. 좋은 면도, 나쁜 면도, 용서할 수 없는 면도. 그게 당신의 약속이었고, 내가 원하는 거야. 당신 전부. 내 일은 내가 알아서 할 수 있어. 필요하다면 당신에 맞서는 일까지도."

그의 시선이 어두워졌다. "널 해치고 싶지 않아."

"그러면 해치지 마." 나는 그의 낙인 위로 스치듯 손끝을 움직이며 그의 감촉을 즐겼다.

"내가 실수하면…." 그는 고개를 내저었다. "망할, 바이올렛."

나는 반쯤은 신음이고, 반쯤은 기도처럼 내 이름을 말하는 그 목소리에 무너졌다. "당신은 실수하지 않을 거야. 73일째잖아, 기억해?" 나는 엄지손가락으로 그의 턱선을 쓸었다. "혹시 당신 기분이 나아진다면 76일까지 기다릴 수도 있어."

그는 내 손가락에 닿은 채로 턱에 힘을 넣었다. "기다림은 이제 됐어."

# 49

> 대부분의 신들은 사제들이 헌신하는 기간을 스스로 정해도 좋다고 허용하지만, 오직 두 신만은 평생의 헌신을 요구한다. 던과 로이알이다. 전쟁의 신과 사랑의 신은 영혼을 돌이킬 수 없게 바꿔 버린다.
>
> ― 로릴리 소령, 《신들을 달래는 방법》(제2판)

입술이 맞부딪치고 불이 붙는다. 이제 장난은 없다. 의혹도 없다. 그의 혀가 기세등등하게 소유권을 주장하며 입술 사이로 들어오고, 나는 그의 머리카락에 손을 밀어 넣고 꽉 끌어안으며 신음한다. 그는 깊은 키스로 몇 번이고 내 입을 점령하고, 나는 몸을 휘면서 그의 속도가 마음에 차지 않으면 안달하며 그의 아랫입술을 깨문다. "*다시.*" 요구하면 그가 내 요구에 따른다.

제이든의 열기가 나를 집어삼킬 것만 같은데, 아직도 우리 사이를 가로막은 옷이 너무 많았다.

그의 손이 잠옷 아래로 미끄러져 들어오더니 두 손가락을 내 허벅지 사이에 밀어 넣으며 속옷 위를 문질렀다. "*내가 이렇게 만들었지.*" 그가 낮게 신음하는 듯한 목소리로 말했다.

"아주 잘 알고 있어." 나는 그의 손가락에 몸을 치대며 능글맞게 웃고는, 그의 혀를 놓으면 영영 그를 잃을 수도 있다는 듯이 키스했다. "그러는 당신은?"

제이든이 입술을 맞댄 채로 웃음을 터뜨리고는, 어느새 움직이고 있었다. 금방이라도 등에 침대가 닿을 줄 알았는데, 놀랍게도 그는 내 발목을 풀고 바닥에 내려놓았다. 침대와 등받이 높은 안락의자 사이.

그의 입이 다시 내 입에 겹쳐지고, 이미 오래 버티기 힘들 만큼 뜨겁게 달아오른 불길을 부추겼다. 그러고는 옷가지가 날아갔다.

그의 허리춤에 손을 뻗었다.

그는 키스를 멈추고 허겁지겁 내 잠옷을 머리 위로 벗겨냈다.

나는 물에 젖어 무거워진 그의 가죽 바지를 밀어냈다.

내 속옷이 벗겨졌다.

옷 벗기는 경주라면 확실히 내 승리지만, 제이든도 부츠를 놀랍도록 빠르게 벗어던졌다.

"내 거야." 나는 손가락으로 조각 같은 복근의 윤곽을 어루만지며 속삭였다. "난 이 감정이 약해지기를 계속 기다리고 있어." 중얼거리는데, 그가 내 허리를 잡아 가까이 끌어당겼다.

"뭐라고?" 안락의자에 앉은 그가 나를 무릎에 앉히면서 물었다.

그의 엉덩이 양쪽으로 무릎을 놓는데, 심장이 말도 안 되게 두근거렸다. "당신이 내 거라는 사실을 떠올릴 때마다 느끼는 경이로움 말이야." 나는 두 손을 그의 어깨에 올렸다가 가슴팍을 쓸어내렸다. "어떤 기적이 내렸는지 내가 당신을 만질 수 있다는 게 놀라워."

"그 마음은 나도 전혀 약해지지 않았어. 앞으로도 그럴 거야." 욕망으로 가득 찬 그의 시선이 내 헝클어진 머리와 몸 위를 표류했다. 마치 드래곤의 비늘이라도 베어낼 듯이 날카로웠다. "지난번에 너 없이 이 방에 있었을 때도 이 생각밖에 할 수 없었지."

아, 그래. 나는 내 안에서 그를 느끼려고 서서히 몸을 낮췄다.

허벅지 사이로 그의 것이 살짝 미끄러져 들어오자 제이든은 잇새로 숨을 들이마셨다가 이를 악물고 말했다. "아직 안 돼."

그의 어깨를 잡은 손가락에 힘이 들어갔다. "더 기다리게 했다간 진짜 죽어버릴지도…."

"네가 기다려야 한다고는 안 했어." 그는 내 무릎 한쪽을 팔걸이 위로 들어 올리더니, 반대쪽도 똑같이 하고 나서 두 손을 내 엉덩이로 옮기며 짓궂은 웃음을 지었다.

"꽉 잡아, 내 사랑."

어딜 잡으라는 거냐고 묻기도 전에 그림자가 내 두 손을 의자 등받이 위로 당겨 고정시켰다. "뭐하는 거…."

"숭배하는 거야." 그는 내 엉덩이를 들어 올려 곧바로 입에 갖다 댔다.

그의 완벽한 혀가 움직이자마자 비명을 지를 수밖에 없었다. 내가 무너지지 않은 건 오직 그의 손과 그림자 덕분이었다. 그의 혀가 다시 움직이자 하얗게 달아오른 갈망이 번개처럼 내 안을 꿰뚫고, 피부의 진동에 발맞춰서 마력이 솟구쳤다.

*"널 아무리 가져도 부족할 거야."* 제이든은 밤새도록 할 수 있다는 듯이 물고 핥고 빨면서 나를 무아지경으로 몰아넣었다.

"제이든." 쾌감과 마력이 뜨겁고 다급하게 소용돌이치며 내 안에 단단히 똬리를 트는 바람에 근육이 경직하고 허벅지가 덜덜 떨릴 지경이었다. "멈추지 마."

마침내 그가 나를 한계까지 몰아붙였다.

작열하는 번개가 방을 밝히고, 곧바로 천둥소리가 울리면서 나는 산산조각으로 터졌다. 밀려오고, 밀려오고, 또 밀려오는 행복한 쾌락의 파도에 부서져 내렸다. 제이든이 그대로 내버려두지 않고 손가락과 혀를 같이 움직이자, 약해져야 할 쾌감이 다시 밀려들었다.

"한 번에 네 안으로 들어가겠어." 그의 말을 들으며 절정에서 내려온 나는 팔을 후들후들 떨며 축 늘어졌다. "그대로 있어."

그림자 끈을 잡아 당겨보지만 꿈쩍도 하지 않았다. 젠장, 나도 제이든을 만지고 싶어. 키스하고 싶어. 방금 제이든이 해준 것처럼 열렬히 사랑해주고 싶어. 하지만 제이든이 이래야 한다면….

"내 평생 품을 환상은 네가 전부야." 그의 입술이 귓바퀴를 스치자 몸이 떨렸다. 그는 내 오른쪽 무릎을 좌석으로 끌어 내리고 내 뒤로 자리를 옮겼다. 그가 왼쪽 무릎을 내 뒤에 놓자 의자가 삐걱거렸다. "입 맞추게 해줘."

어깨 너머를 돌아보자 그가 몸을 굽혀 깊고 열렬하게 키스했다. "마음을 바꿀 마지막 기회야."

"그런 일은 없어." 나는 그의 눈을 들여다보았다. "날 가져. 사랑해줘. 지금 당장 내 안으로 들어오기만 한다면 뭐라고 하든 상관없어."

얼마나 절박하게 그의 전부를 품고 싶은지.

"필요하다면 서랍장 위의 단검에 손이 닿을 거…." 나는 키스로 제이든의 말을 막았다. 그는 신음하더니 두 손으로 내 엉덩이를 잡고 아래로 끌어내려, 조금씩 조금씩 내 안으로 밀고 들어왔다. "젠장, 집에 온 기분이야."

제이든이 끝까지 들어온 순간에는 우리 둘 다 소리를 질렀다. 이 압력과 존재감, 각도와 깊이까지 전부 완벽했다. 나는 그의 동작에 리듬을 맞출 수 있게 등받이를 잡았다.

그는 격렬하면서도 공격적으로 깊이 밀어 올리기 시작했고, 빠져나갔다가 돌아올 때마다 쾌감이 더 강해졌다. 이 방에 방음막을 해두길 다행이지, 아니었다면 회의실까지 우리의 소리가 들렸을 것이다.

아무리 깊이 키스해도 부족하고, 아무리 가까이 몸을 부딪쳐도 부족했다. 제이든이 몰아붙이는 가운데 나는 애타는 울음을 터뜨렸다. 제이든은 내 입술에 닿은 채로 헐떡이는데, 한 손으로 내 머리카락을 얽고, 반대쪽 손으로는 엉덩이가 들썩일 때마다 나를 끌어당겼다.

쌓여가던 긴장감이 더 팽팽해지면서 내 마력을 잡아당겼고, 공기가 찌릿찌릿해질 때까지 쾌감과 전율이 몸 전체를 감았다. "제이든." 나는 속삭였다. "나… 나…."

맙소사, 나도 내게 뭐가 필요한지 모르겠다.

"내가 있어." 그는 살짝 쉰 목소리로 다짐했다. *"내 마력, 내 몸, 내 영혼, 전부 다 네 거야."* 그는 한 손으로 내 배를 쓸어내리고는 극도로 민감해진 부분을 가볍게 건드렸다. *"필요한 건 뭐든 가져가."*

제이든뿐이다. 나에게 필요한 건 제이든이 전부인데, 지금 가능한 그의 모든 부분을 갖고 있다.

나는 또다시 산산이 부서졌다. 해방감이 나를 사로잡더니, 영혼을 몸에서 빼내 그 너머에 존재하는 알 수 없는 영역으로 던져넣고 쏟아지는 쾌감 속에 빠뜨렸다. 번개가 치고 또 쳤고, 연기 냄새를 맡자마자 제이든이 욕을 하며 그림자를 날렸다.

이런 젠장.

"책상만이야. 괜찮아." 제이든이 단언했고, 나는 그가 나를 의자에서 빼내 다시 무릎에 앉히는 동안 뼈가 없는 사람처럼 축 늘어져 있었다.

나는 그의 몸에 엎드려서 그의 눈이 감기는 모습을 보고 목을 감싸 안았다. "내 손은…."

"내가 지금 걱정하는 건 네 손이 아니야." 그는 이를 악물고 서랍장 가장자리를 잡으려 손을 뻗었다. 자세를 바꾼 이유가 설명이 됐다. 그는 이마에 땀이 가득한 채 목까지 쿵쿵 뛰고 있었고, 내 배에 닿은 복근은 돌이 되었나 싶을 만큼 경직되어 있었다.

"풀어놔." 나는 무릎을 짚은 채로 몸을 올렸다가 내리며, 그의 이성을 끊을 수 있는 빠른 속도로 움직였다.

"망할." 고개를 젖힌 그의 목 근육이 팽팽해졌다. "바이올렛. 내 사랑. 난 못 해…."

"할 수 있어." 나는 그의 목 옆으로 두 손을 옮기고 이마를 맞댔다. "내 몸, 내 영혼, 내 마력은 모두 여기 멀쩡하게 있어. 당신은 날 사랑해. 결코 날 해치지 않을 거야. 그러니 풀어놔, 제이든." 나는 지금 무력하지 않다는 사실을 알려줄 만큼만 마력을 불러 피부에 진동시켰고, 뻔뻔하게도 지금의 내 기분을 전부 그러모아서 우리 사이의 연결 통로에 밀어 넣었다.

"젠장." 제이든이 엉덩이를 한 번, 두 번, 세 번 날카롭게 튕기자, 그림자가 방 안을 가득 채우며 우리를 어둠 속에 넣고 금속성을 일으켰다. 마침내 그가 내 어깨에 머리를 떨구면서 절정에 이르렀다. "*사랑해.*"

기분 좋은 노곤함에 그의 가슴팍에 기대자 어둠이 흩어지며 방 안이… 그리고 바깥에서 날뛰는 폭풍의 모습이 다시 드러났다.

"나무에…." 제이든이 손을 떼며 입을 열었다.

나는 그가 걱정에 사로잡힌 나머지 우리를 일찍 무덤에 처넣지 않도록, 마지못해 고개를 들고 의자 뒤쪽을 보았다. "보이는 자국은 없어." 가슴이 부풀었다.

"손가락 자국도?" 내 아래에서 제이든이 긴장했다.

"하나도 없어." 그의 눈을 들여다보며 미소 지었다. "당신은 안정적이야."

"지금은 그렇지." 속삭이면서도 눈빛은 밝아졌다. "그리고 난 이 상태를 받아들이겠어." 그는 나를 끌어안아 침대 옆으로 움직였다.

"어디 가는 거야?"

"욕조." 그가 음흉한 웃음을 지으며 대답했다. "다음엔 서랍장. 다음엔 침대."

나는 아직 끝내지 못한 숙제를 완전히 무시하기로 했다. "멋진 계획이야."

# 50

폐하, 이에 티렌더는 현재의 무력 충돌에 병력을 제공하라는 지방 서약 요구를 공식적으로 거절합니다. 바스지아스 군사학교의 교수직을 사임했으니, 지금 저는 복무 중인 모든 티렌더인들에 대한 정당한 지휘권을 갖고 있습니다.

― 티렌더 16대 공작 제이든 라이오슨 소위가
현명왕 타우리에게 보낸 공식 서한

빗방울이 떨어지기 시작하고, 봄다운 초록빛 잎들이 부츠에 밟혀 뭉개진다. 나는 여기에 있으면 안 된다. 여기에서 무슨 일이 벌어질지 안다. 그럼에도 불구하고 몇 번이고 몇 번이고 여기로 불려온다.

이것이 그녀의 목숨을 구한 대가다.

번개가 하늘을 찢으며 멀리 드레이터스의 높은 성벽과 나선으로 솟아오른 탑, 그리고 하늘에 뜬 수십 쌍의 날개 윤곽을 밝힌다. 빠르게 움직인다면 이번에는 나도 갈 수 있을 것이다.

하지만 다리가 말을 듣지 않고, 늘 그렇듯 비틀거린다.

놈이 허공에서 내 앞으로 곧장 걸어 나오자 심장이 쿵쾅거린다. 뛰는 속도를 높인다고 심장이 내 가슴에서 떨어져 내리지 않게 막을 수 있는 것도 아니건만.

"기다리기가 점점 싫증 나는구나." 세이지가 후드를 뒤로 젖히며 붉은 테를 두른 눈동자와 관자놀이에 잔뿌리처럼 뻗어나간 진홍색 핏줄을 드러낸다.

"난 네 것이 아니야." 손바닥을 뒤집어 나를 정의하는 마력을 불러내려 하지만, 공포감 외에는 아무 일도 일어나지 않는다. 검에 손을 뻗기도 전에 몸이 허공으로 딸려 올라간다. 차가운 손가락이 내 목을 잡는데, 보이진 않지만 숨통을 틀어막을 만큼은 실체가 있다. 목구멍이 타는 듯이 아프다.

재수 없는 새끼.

내 마법은 여기에서 작동하지 않으나, 그자의 마법은 언제나 통한다.

"넌 우리의 것이다." 세이지가 악의를 담은 눈을 가늘게 뜬다. "넌 내가 원하는 것을 가져올 것이다." 손아귀의 힘이 점점 강해져서, 내 폐에는 공기가 간신히 들어올 뿐이다. "안 그러면 그 여자가 죽어. 난 기다릴 만큼 기다렸고, 그년이 그런 상을 얻어내게 놓아둘 마음이 없다."

그녀의 비명을 듣고 익숙한 날개를 찾아 하늘을 훑어보지만 아무것도 보이지 않는다. 비가 본격적으로 내린다.

놈은 허풍을 떨고 있다.

"너는." 나는 힘겹게 말한다. "그 사람을, 갖지, 못해."

놈이 팔을 내리자 나는 풀밭에 무릎을 꿇고 주저앉아서 놈이 틀어막았던 숨을 몰아쉰다.

"아니, 내가 가질 거다." 놈이 맹세한다. "네가 나에게 데려올 테니까."

죽어도 안 해. 분노가 두려움을 가르고, 나는 왼손으로 땅바닥을 내리친다. 비행 재킷 위로 떨어진 빗물이 낙인을 지나서 흘러내리고, 젖은 풀밭에 손을 쫙 편다.

내 손… 내 손 같지가 않아….

그렇지. 저 아래 대지에 마력이 흐르고 있다. 내가 불가능한 꿈에 매달리기를 포기하고 지날이 준 운명을 받아들일 용기만 있다면 놈들의 군세를 전멸시킬 수 있는 힘이….

손을 뻗기만 하면, 다들 안전해질 것이다. 그녀가 안전해질 것이다.

아니야. 이건 잘못됐어.

이건 꿈이야. 꿈일 뿐이야. 그런데도 놈은 밤이면 밤마다 나를 여기에 가두지. 나는 무거운 악몽에서 깨어나려 애쓰며 바닥에 짚은 손을 떼어낸다.

*"깨어나!"* 비명을 지르지만, 아무 소리도 나오지 않는다.

"이 도시는 함락될 것이다. 너희 도시가 다음이겠지." 세이지가 장담한다.

*"깨어나!"*

고개를 번쩍 들자 티렌더의 검이 내 목을 겨누고 있다. 세이지가 팔을 뒤로 젖혔다가….

몸이 덜컹 움직이며 눈을 떴다. 들판은 없다. 세이지도 없다. 장검도 없다. 그저 조용한 빗방울이 창문을 두드리고, 따뜻한 담요가 내 다리에 얽혀 있으며, 제이든의 팔이 내 허리에 걸쳐져 있을 뿐이다. 최악의 폭풍은 지나간 후였다.

폐에 공기를 불어 넣으려면 쿵쾅거리는 심장부터 진정시켜야 했지만, 귓가에 울리는 숨소리는 점점 빨라지기만 했고, 갈수록 거칠어졌다.

"제이든?" 나는 제이든 쪽으로 몸을 비틀고 그의 얼굴에 손을 올렸다. 땀에 젖어 피부가 축축했고, 이마에는 주름이 잡혔으며, 이 가는 소리가 들릴 정도로 이를 악물고 있었다. 오늘 밤에 악몽을 꾼 사람은 나 혼자가 아니었다.
 "제이든." 일어나 앉은 나는 그의 맨어깨에 손을 뻗어 부드럽게 두드렸다. "일어나."
 그는 몸을 뒤로 내던지듯이 눕더니 머리를 마구 흔들었다.
 "제이든." 고통이 드러난 얼굴을 보니 가슴이 답답해졌고, 나는 정신 연결로 마음을 던졌다. "제이든!"
 퍼뜩 눈을 뜬 제이든이 온몸으로 숨을 들이켜면서 튕겨 일어나더니 매트리스에 손을 짚었다.
 "괜찮아." 부드럽게 말하자 겁에 질려 황망한 시선이 내게 날아왔다. "당신은 악몽을 꾼 거야."
 그는 눈을 깜박여 잠을 몰아내더니 고개를 돌려 재빨리 주위를 살폈다. "우리 방이구나."
 "그래. 우리 방이야." 내가 그의 어깨를 쓰다듬자 굳어 있던 근육이 풀렸다.
 "너도 여기에 있고." 그는 어깨 힘을 빼면서 내 쪽을 보았다.
 "나 여기 있어." 나는 그의 왼손을 잡아서 뺨에 댔다.
 "땀투성이네." 그는 이마를 찌푸렸다. "별일 없는 거야?"
 곧바로 내 안부부터 묻다니.
 "나도 악몽을 꿨어." 나는 어깨를 으쓱였다. "폭풍 때문일 거야."
 "그렇겠지." 그의 시선이 나를 지나쳐서 창문으로 향했다. "이리 와."
 그는 나를 끌어당겨서 나란히 누웠다. 잠시 후에는 담요가 아니라 시트를 당겨 우리의 몸을 덮고 내 허리를 안았다. "네 악몽에 대해 말해줘."
 나는 시트를 팔 아래로 끌어올리고 반대쪽 손은 베개 아래로 집어넣었다. "레손 이후에 쭉 같은 꿈이야."
 "같은 꿈?" 그는 내 머리카락을 어깨 너머로 넘겼다. "악몽을 꿨다고만 했지, 반복된다고는 안 했잖아."

"되풀이되는 악몽일 뿐이지, 별것 아니야." 멀리서 천둥이 울렸고, 그는 조용히 내가 말을 잇기만 기다렸다. "보통은 어떤 들판이고, 멀리서 전투가 벌어지고 있어. 앤다나의 비명이 들리는데 갈 수는 없어." 목이 메어 그의 가슴팍에 손을 올렸다. "그 세이지가 거기 있는데, 언제나 회중시계처럼 가뿐하게 날 허공에 들어 올려. 난 발길질을 할 수도, 비명을 지를 수도, 움직일 수도 없어. 그저 그놈이 위협하는 동안 꼼짝도 못 하고 있지."

제이든이 긴장했다. "세이지인 건 확실해?"

나는 고개를 끄덕였다. "그놈은 티렌더의 검을 내 목에 겨누고 뭔가를 가져오라고 요구해. 아무래도 내 무의식이 놈들이 당신을 이용해서 날 공격할 거라고 경고하는 것 같아."

"또 다른 건?" 그의 심장이 거세게 뛰었다.

나는 기억하려고 애쓰며 눈을 깜박였다. "언제나 멀리서만 봤으니 어떻게 아는 건지는 설명할 수가 없는데, 지난 몇 번은 드레이터스 근처였어."

"확실해?" 제이든이 눈을 크게 떴다. "어떻게 보였는데?"

"보통은 상당히 어둡지만, 높은 고원에 성벽과 중앙에 나선형으로 솟아오른 탑을 볼 수 있어."

"드레이터스 맞아." 그의 호흡이 다시 거칠어졌다.

"왜 그래?" 나는 그의 목 옆을 어루만졌다.

"또 다른 건?" 그는 내 엉덩이를 감싸 쥐었다.

제이든이 이상하게 진지했지만, 그를 괴롭히는 악몽을 털어놓는 데 도움이 된다면 나도 어울릴 마음이 있었다. "오늘 밤 꿈은… 이상했어. 달랐어."

"어떻게?"

"그놈이 날 떨어뜨렸을 때, 순간 내가 대지에서 채널링을 할까 생각했거든. 그러다가 내려다봤더니…." 내 시선이 그의 낙인으로 향했다. "내 왼쪽 손목에 낙인이 있었어. 당신 낙인이 시작되는 바로 그 위치에. 그리고 내 손이 내 손 같지 않았어. 이제 와서 생각해보니… 당신 손 같았어. 모르겠다. 당신 악몽은 어떤 건데?"

그는 말없이 나를 응시했다. 그 모습을 보자 스멀스멀 걱정스러워졌다. "왜 그렇게 봐?"

"그건 내 손이니까."

그의 목에서 손을 떼어냈다. "내가 방금 그렇게 말했잖아."

그는 일어나 앉았고, 나도 시트 자락을 가슴에 모아쥐고 일어났다. "그건 내 손이야." 제이든이 다시 말했다. "넌 내 꿈속에 있었던 거야."


그건 불가능하지 않나?

두 시간 후, 세이지가 나온 내 꿈을 기억하는 대로 모조리 말한 결과, 모두 제이든과 같은 꿈이었다.

합리적인 설명이 있어야 하는데.

"우리가 같은 꿈을 공유한다고 생각해?" 나는 담요를 어깨에 두르고 침대 한가운데에 앉아서 천천히 물었다. 눈으로는 잠옷 바지 차림으로 우리의 아담한 침실을 서성대는 제이든을 좇고 있었다.

그 모습을 보니 헤도티스에서의 스게일이 떠올랐다.

꿈을 공유한다는 게 가능하기는 한가? 우리의 결속이 일으킨 효과일까?

"아니야. 그건 다 내 꿈이야." 그는 입술 밑을 문질렀다. "레슨 이후부터 일주일에 한 번 이상은 그 꿈을 꿨고, 바스지아스 전투 이후에는 더 자주 꿨지만, 꿈속에 있을 때는 악몽이라는 사실도 거의 깨닫지 못했어. 깨달았을 때는 누군가가 같이 있다는 느낌, 지켜보고 있다는 느낌을 받으면서 깨어났지." 그는 나를 돌아보고 멈춰 섰다. "오늘 밤처럼."

"말이 되질 않아." 나는 담요를 더 끌어당겼다. "난 당신과 함께하지 않는 밤에도 그 꿈을 꿨어. 당신이 몇 시간 거리에 있던 밤에도."

"아마 결속 때문이겠지." 그는 서랍장에 등을 기댔다. "하지만 그건 확실히 다 내 꿈이야. 넌 드레이터스에 가본 적이 없고, 그 시나리오는… 그건 내가 그놈과 바스지아스에서 싸웠을 때 강가에서 일어난 일 그대로야."

나는 눈을 깜박였다. 그는 그 일에 대해 자세히 말한 적이 없었다.

"앤다나가 바스지아스 뒤에서 태워버린 그 베닌도 같은 수법을 썼어." 나는 고개를 갸우뚱했다. "하지만 그 베닌은 그놈이 아니었지. 당신은 그 꿈이 뭘 말하는지 알겠어? 그놈이 당신에게 뭘 가져오라고 하는 건지? 나에게는 다 모호하거든. 마치 남들의 대화 중간에 끼어든 것처럼…." 아무리 불가능해 보여도 제이든의 말이 맞을 가능성을 생각하느라 머리가 팽팽 돌아갔다.

"실제로 중간에 끼어들었으니까." 제이든이 눈썹을 들어 올렸다. "그놈은 내가 널 갖다 바치기를 원해."

"그놈들에게도 번개 능력자가 있잖아." 제이든의 잠재의식을 설득할 순 없지만, 반박할 수밖에 없었다.

"하지만 그건 내 악몽이고, 나에게 너는 하나뿐이지." 그가 말했다. "다 내 머릿속에서 벌어지는 일일 뿐이라는 걸 증명하려고 드레이터스로 날아가고 싶은 충동을 참기가 점점 힘들어져." 그는 눈을 크게 떴다가 눈매를 좁혔다. "하지만 그게 네 꿈에 나오면 안 되지. 혹시 다른 사람하고도 그런 적 있어?"

"내가 그걸 어떻게 알겠어?" 나는 고개를 저었다. "없었던 것 같지만, 내가 꿈을 다 기억하는 건 아니잖아." 그렇다 해도… 사마라에서 꾼 악몽이 있었지. 아직도 찜찜하게 남아 있는 꿈. 진짜 기억처럼 생생했다. 이 악몽들과 비슷하게 강렬했고. "클리프스베인 함락에 대해 얼마나 알아?"

그는 서랍장 가장자리를 잡았다. "클리프스베인에 대한 꿈을 꿨어?"

"사마라에 있을 때." 나는 고개를 끄덕였다. "꿈속에서 내 방에 있었는데… 적어도 나는 내 방이라고 생각했거든. 불길이 다가오고 있었지만, 가족 초상화 없이는 떠날 수가 없었고…."

가족 초상화. 꿀 같은 갈색 눈동자. 내 손에 남아 있던 화상.

"그런데?" 그는 내 몸 구석구석을 친밀하게 아는 사람답지 않게 나를 자세히 관찰하면서 천천히 다가왔다.

"내가…." 심장이 빨리 뛰고 속이 뒤틀렸다. "내가 캣에게 넌 티렌더의 미래 안주인이니까 살아야 한다고 말했고, 캣이 나를 보던 눈빛이…." 나는 두려움과 함께 목으로 차오르는 쓴물을 삼켰다. "마치 나를 소중한 사람처럼 봤어. 혹시 내가…." 나는 토할 것 같은 기분을 참았다. "혹시 내가 메런이었을까?"

제이든이 침대 발치에 앉았다. 그가 긴장하자 등 근육이 물결쳤다. "넌 메런의 꿈속에 있었던 거야." 그는 고개를 돌려 나를 보더니, 소름 끼칠 정도로 공포 같은 감정을 담고 눈을 크게 떴다가 얼른 감정을 감췄다.

"그건 불가능해." 나는 배를 감싸 안았다. "당신의 꿈이라면 결속 때문일지 모르지만, 다른 사람의 꿈속에 들어가는 방법은 없어."

"네가 '꿈 여행자'라면 가능해." 그가 생각에 잠겨서 고개를 끄덕였고, 이어질 말을 추측하려니 심장이 미친 듯이 뛰었다. "분명히 그게 네 두 번째 고유 능력일 거야. 앤다나와의 계약으로 얻은 힘 말이야. 그렇다면 말이 돼. 앤다나의 좋은 속성이 평화롭고, 그 능력 자체는 수동적이지. 평화로운 문화에서라면 선물일 수도 있어."

뭐라고? 등이 뻣뻣해졌다. "꿈 여행 같은 건 없고, 이리드들은 앤다나 보고 나에게 번개보다 더 위험한 걸 줬다고 했어. 앤다나에게 화를 낸 것도 그래서였고."

"그런 능력은 존재해." 제이든이 목소리를 낮췄다. "그리고 확실히 번개보다 더 위험하지. 일종의 인턴식이니까." 마지막 말은 속삭임이었다.

"난 마음을 읽지 않아. 그럴 리가 없어." 나는 고개를 저었다.

"마음을 읽지야 않지. 무의식 상태일 때 그 안으로 걸어 들어갈 뿐."

턱에서 힘이 빠졌고, 나는 앤다나에게 마음을 뻗었다. "사실이야?"

테른은 기척만 느껴질 뿐 조용했다.

"테른이 번개를 고른 게 아니듯이, 내가 그걸 고른 게 아니야." 앤다나가 변명하듯 말했다. "하지만 네가 꿈꾸면서 돌아다니긴 했어. 무해한 능력이야. 넌 주로 제이든에게 이끌렸지."

잡고 있던 담요를 놓쳤다.

"그런데 아무 말도 안 한 거냐?" 테른이 그르렁거렸다.

"테른도 바이가 처음 번개를 휘둘렀을 때 알려주지 않았잖아!" 앤다나가 반박했다. "직접 알아내야 하는 거였어."

"신들이시여, 맙소사." 나는 덜덜 떨기 시작했다.

"젠장." 제이든이 나에게 담요를 두르더니 끌어안아 무릎에 앉혔다. "괜찮을 거야."

"말이 안 돼. 고유 능력은 우리의 특별한 계약과 드래곤의 마력에 근거하는 거야." 생각이 뒤엉키는 가운데 말이 쏟아져 나왔다. "그리고 우리가 가장 필요로 하는 능력이지. 그러니까 당신이 발현했을 때 모든 사람의 의도를 알아야 했던 건 논리적이야. 당신은 낙인자들을 지켜야 했으니까. 하지만 나는 다른 사람의 꿈을 알고 싶어 하거나 알아야 할 필요는….” 생각이 맞아들어가면서 떨림이 멎었다. 이해가 갔다. "그랬구나. 앤다나가 자고 있던 시간 내내 앤다나와 차단되어 있었지."

"앤다나." 그는 고개를 끄덕였다. "말이 되네. 내 고유 능력은 드래곤에게는 통하지 않고, 아마 네 능력도 그럴 거야. 그러니 모르는 사이에 사람을 상대로 발전시킨 거지."

"당신을 상대로 말이지." 혹시 화난 기색이 있나 그의 얼굴을 살폈지만, 전혀 없었다. "정말 미안해."

"전혀 사과할 필요 없어." 그는 내 머리를 쓰다듬으며 눈을 맞췄다. "넌 몰랐어. 일부러 그런 게 아니었고…."

"물론이지." 일부러 그런 식으로 제이든이나 메런의 사생활을 침해할 리가 없었다.

"바로 그래서 네가 특별히 위험한 거야." 제이든은 턱에 힘을 줬다 풀기를 두 번 반복했다. "나는 깨어 있는 사람의 의도만 읽을 수 있고, 차단벽에는 가로막혀. 하지만 자고 있을 때 마음을 차단할 수 있는 사람은 없지. 네가 멜그렌의 꿈속으로 곧장 걸어 들어간다 해도 멜그렌은 널 막을 수 없다는 뜻이야. 아마 알지도 못할걸." 그는 잠시 얼굴을 일그러뜨렸다가 재빨리 그 표정을 감췄다. "바이올렛. 그자들이 알아내면 널 죽일 거야. 네가 베닌을 상대로나, 나를 상대로 하는 최고의 무기라 해도 상관없을걸. 놈들은 네 목을 꺾고 나서 정당방위라고 할 거야."

음, 그거… 무서운 얘기네.

"그게 사실일 경우에만 그렇지." 나는 그의 무릎에서 내려와서 대련복을 챙겨 입었다. 갑옷은 의자 등받이에 걸어놓은 채였다. "그냥 꿈이잖아? 만약 그게 꿈이라면? 그건 누군가의 실제 생각이 아니라, 누군가의 두려움을 확인하는 것과 비슷해."

"다만 내 생각엔 네가 간섭하는 것 같거든. 내가 들판에서 채널링을 하고 싶어 했다가 나도 모르게 손을 들어 올렸을 때처럼 말이야. 근데 뭐 하는 거야?"

간섭한다고?

"확인할 방법이 하나밖에 생각이 안 나서 그래. 걱정하지 마, 조심할게." 바지 단추를 채우다 돌아보니 제이든이 가방에서 마른 옷가지를 꺼냈다. "당신은 뭐 하는 건데?"

"당연히 너와 같이 가야지."

말다툼해봤자 소용없으니 둘 다 옷을 입었다.

얼마 지나지 않아 몇 층 아래에 있는 메런의 방문을 두드렸다.

메런이 잠에 취한 얼굴로 겨우 문을 열었다. "바이올렛? 라이오슨?" 그녀는 입을 쩍 벌리고 하품하면서 물었다. "무슨 일이야?"

"깨워서 미안한데, 물어볼 게 있어. 아주… 이상한 질문이지만." 나는 콧잔등을 문질렀다. "다르게 말할 방법이 없는데, 이유는 묻지 말아줬으면 해."

"*말을 잘 골라.*" 제이든이 경고했다.

"알았어." 메런이 로브 위로 팔짱을 꼈다.

"혹시 가족 초상화 갖고 있어?" 내가 물었다.

"갖고 있지." 메런은 이마를 찌푸리면서 대답했다. "내 동생들에게 무슨 일이라도 있어? 몇 시간 전에 봤는데."

"아니야." 나는 격하게 고개를 저었다. "그런 건 아니야." 우리 생각이 틀렸고, 이건 그저 결속의 기묘한 효과일 수도 있다. 메런에게 그 초상화가 있다면, 불에 타지 않았다는 뜻이니까. 그렇다면 제이든의 생각대로일 리가 없다. 내가 메런의 꿈에 들어간 게 아니야.

"여기, 보여줄게." 메런이 말하더니 방 안으로 사라졌다가, 몇 초 후에 돌아와서 초상화를 내밀었다.

그림을 알아보자 단검에 찔리는 기분이었다. "*꿈에서 본 적 있어.*" 그 부드러운 미소, 짙은 갈색 눈동자. 신들이시여. 메런의 동생들이 친숙해 보였던 것도 당연하다. 처음에는 너무 아파서 그 이유를 생각할 수가 없었을 뿐. "아름답네." 나는 애써 침을 삼켰다.

"고마워." 메런은 손을 거둬들였다. "난 이 초상화를 어디에나 가지고 다녀."

"잃어버릴까 봐 걱정하는 건 아니지?"

"실은 그게 내 최악의 악몽이었어." 메런은 그림을 내려다보면서 말했다. "가족을 직접 잃기 전까진 그랬지."

최악의 악몽이었다고. 표정을 유지하기 위해 모든 통제력을 남김없이 끌어다 써야 했다. "그 심정은 나도 잘 알아. 이런 추억을 공유해줘서 고마…."

"*은빛 아이야!*" 테른이 외쳤다.

제이든이 고개를 기울였고, 메런이 뻣뻣하게 굳었다.

"바로 여기 있는데요…."

"*동쪽에서 한 떼거리가 접근한다!*" 테른이 외쳤다.

종이 마구 울렸다. 제일 큰 종소리는 바로 머리 위에서 들렸다.

우린 공격받고 있었다.

# 51

라이더의 잠재력을 최대로 끌어내려면 가능한 한 고향 가까이에 배치해야 한다. 고향이 불타는 모습을 보는 것보다 더 효과적인 동기부여는 없다.

― 라이론 팬첵 중위, 《전술학, 개인적인 회고록》(2부)

"수는 얼마나 돼요?" 나는 계단을 뛰어 내려가면서 테른에게 물었다.

지나치는 층마다 방문이 열리며 사람들이 쏟아져 나왔다. 대부분은 아직 제복을 입는 중이었다. 검은 옷은 얼마 없었다.

"수십 마리다. 날씨 때문에 정확히 말하긴 어렵구나. 20분, 어쩌면 그 이하. 나는 너에게 가는 중이다."

"앤다나…" 제이든이 먼저 우리 침실로 들어갔다.

"나보고 물러나 있으라고 하지 마!" 앤다나가 외쳤다. "난 베닌을 태워버릴 수 있어."

그래, 침묵보다야 나에게 소리 지르는 게 낫지.

"보호석을 지켜." 나는 비행 재킷에 팔을 밀어 넣는 제이든 옆을 빙 돌아서 옷장에 든 내 비행 재킷을 집었다. 젠장, 지금은 대련복 차림인데다 갑옷도 안 입었지만, 어쩔 수 없다. 그래도 부츠는 신고 있었다.

몇 분 후, 우리는 무장 상태로 복도를 달렸다. 사람이 점점 늘어났다.

"몇이나 순찰 나가 있지?" 현관에서 제이든이 브레넌에게 외쳤다.

"여섯." 브레넌이 비행 재킷 단추를 채우면서 대답했다. "놈들이 드랄로 노선에서 둘을 따돌렸고, 다른 넷은 서쪽으로 20분 거리에 있어."

젠장, 있어야 하는 방향의 딱 반대쪽이네.

"놈들이 드래곤 둘을 따돌렸다면, 분명히 녹색 화염을 뿜는 와이번일 거야." 내가 위쪽을 보며 말하는 중에도 라이더, 보병, 그리고 우리 대대원들이 뒤섞여서 요란한 부츠 소리와 함께 우리 쪽으로 달려왔다.

"알았다. 상주 중인 라이더들은?" 제이든이 계단 위를 훑어보며 물었다. 나는 방해되지 않도록 머리카락을 단순하게 하나로 땋았다.

"퇴역 라이더 열다섯 명, 현역 라이더 열 명. 너까지 하면 열하나." 브레넌이 대답했다. "티렌더의 모든 전초기지를 나바르에서 넘겨받는 통에 병력이 부족해졌어."

"수리는?" 제이든이 현관을 살폈다.

"터베인에 있어." 브레넌이 움찔했다. "그리고 율리시스는⋯."

"르웰른에 있지." 제이든이 대신 답했다. "그러니까 내 군대의 장군 둘이 다 없는 거군."

"정확해." 브레넌이 사실을 확인했다.

그의 군대. 그 말뜻을 생각하니 머리를 땋던 손이 멈췄다. 제이든은 최고위 장교가 아니지만, 지휘관이기는 했다. 그런 책임을 짊어지다니 나라면 무릎이 풀릴 텐데⋯ 그는 그저 브레넌이 전달한 재앙 같은 소식에 고개만 끄덕였다.

"짜증 나는군." 제이든이 계단을 올려다보았다. "좋아. 가진 자원으로 해봐야지. 펠릭스, 1학년들을 안전하게 지키고, 특히 저 녀석을 지켜봐요." 그의 손가락이 아릭을 가리켰다. "보병대, 각자 위치로 가서 우리가 땅으로 몰아내는 와이번을 잡아라. 라이더들, 더 빨리 뛰어라." 그는 브레넌 쪽으로 몸을 휙 돌렸고, 다른 사람들은 서둘러 명령에 따랐다. "좋은 생각 있어?"

"여기 보호막은 아직 작동하고 있어. 내려갔다면 우리가 느끼겠지." 브레넌이 고개를 기울였다.

나는 땋은 머리끝을 묶었다.

"보호석이 뒷마당에 있다는 점을 고려하면 그게 대단한 일은 아니지." 제이든이 대꾸했다.

"지금까지 순찰 비행 사이에 베넌이 보인 적은 없어." 브레넌이 덧붙이는 사이 리애넌이 내 옆에 도착했고, 이모젠이 바싹 뒤따랐다. "하지만 규모가 이렇게 큰 걸 보면 도시 성벽을 뚫으려는 게 분명해. 놈들의 경로는 서쪽으로 기록됐어."

아릭이 위층 계단참에 멈춰 섰다가 이마를 구긴 채로 펠릭스의 손에 떠밀려 복도 저편으로 가는 모습이 보였다.

"나라면 보호막을 시험해보기 위해 작은 무리를 연이어 날려 보내겠지." 브레넌이 말을 이었다. "내가 추천하는 바는 장교들을 3킬로미터에서 8킬로미터쯤 동쪽에 배치하고, 나이 많은… 라이더 부대는 도시 정문에 두고, 생도들은 마지막 방어선으로 보호석에 배치하는 거야."

욕 나오게 익숙한 전술이었고, 지난번에 비슷한 상황이 어떻게 돌아갔는지 생각하면 힘이 나지 않았다.

제이든이 이를 갈더니 생각하느라 잠시 시선을 이리저리 움직였다. "난 장교들에게 합류하겠어." 그가 브레넌에게 하는 말을 듣고 내 심장이 펄쩍 뛰었다. "나이 많은 라이더들이 노련할지는 몰라도 절반은 비행을 하지 않고…."

"내가 당신의 가장 뛰어난 무기야." 내가 끼어들었다. "날 최전선에 두

235

지 않을 거라면 정문에 배치해."

"절대 안 돼!" 브레넌이 공포에 질린 표정으로 외쳤다.

"바이 말이 맞아." 제이든은 얼굴을 찡그렸다가 표정을 가다듬었다. "은퇴 라이더들을 나누자. 반은 보호석으로, 반은 민간인들을 동굴로 대피시켜야 할 경우에 대비해서 도시 곳곳에 배치해. 넌 성벽 위를 맡아, 소른게일 생도."

"저희 모두를 보내세요." 리가 덧붙였다. "2학년과 3학년들은 전투 경험도 있습니다. 날다가 죽느냐 날지 않고 죽느냐의 선택이라면, 저희는 날겠습니다."

제이든이 고개를 끄덕였다. "자원하는 사람만이다."

"자원합니다." 데인이 보디와 함께 계단에 선 채로 대답했다.

그 근처에 몰려 있던 2학년과 3학년 전원이 고개를 끄덕였다.

"좋아. 에이토스, 네 비행단이고, 네가 지휘한다." 제이든이 말했고, 브레넌은 명령을 전달하러 달려갔다. 사람들이 맡은 위치로 달려나가자 정문으로 세찬 바람이 들어왔다.

"3학년들은 나와 함께 동쪽 문으로 간다. 2학년들은 마티아스와 함께 북쪽 문을 맡는다. 2인 1조로 움직여." 데인이 명령했다.

"*내가 왔다.*" 테른이 선언했다. "*적은 10분 거리다.*"

젠장. 어떤 와이번도 아레티아에 이렇게 가까이 다가온 적이 없었다.

"내가 같이 갈게." 보디가 마지막 계단을 뛰어서 제이든 옆에 착지했다.

"넌 1학년들과 같이 남는다." 제이든이 즉각 받아쳤다.

뭐라고? 나는 눈썹을 한껏 치켜들었다.

"어림도 없는 소리." 보디가 어찌나 격분한 얼굴인지, 내가 한 걸음 물러설 정도였다. "난 형 옆에…."

"넌 최대한 저택 깊은 곳에 있어." 제이든이 보디의 코앞에 대고 말했다.

"내가 형 같은 무기가 아니라서 그래?" 보디가 따지고 들었다. "퀴르와 나도 하늘에선 치명적이야."

"네가 1순위 계승자라서 그렇다!" 제이든이 사촌 동생의 목덜미를 움켜잡았다. "우리 둘 다 후계자가 없어. 우리가 전부야, 보디. 말다툼할 시간 없으니까 명령대로 해. 우리 집안이 이제 막 티렌더를 돌려받았는데, 네 자존심 때문에 잃을 순 없어. 알아들어?"

보디가 눈을 가늘게 떴다. "우리가 티렌더를 잃는다면 형의 자존심 때문일 거야. 알아들었어." 그는 몸을 홱 돌려 사람들 사이로 사라졌다.

"잘 되진 않았네." 내가 중얼거렸다.

"망할." 제이든이 작게 중얼거리더니 나를 돌아보고 몸을 가까이 기울였다. "난 이 도시보다 너를 더 사랑해. 지키다가 죽지는 마." 그러고는 짧지만 격렬한 키스가 뒤따랐다.

티렌더. 제이든. 우리 관계. 나.

'힘 있는 사람을 사랑하는 건 힘든 일이지.'

"동기부여 연설치고는 좀 별로인데." 나는 뒤로 물러나 그의 얼굴을 훑어보며 구석구석을 기억에 새겼다. "사랑해. 구름을 피하고, 얼음판에 서지 말고, 온전하게 돌아와."

그는 내 말뜻을 알아듣고 눈을 빛내더니 고개를 끄덕이고 가버렸다.

이게 우리의 마지막 키스일지 생각할 시간도 없었다.

"그놈 걱정은 하지 말아라." 테른이 명령했다. "그놈은 이 전투가 어떻게 흘러가든 이긴다."

"재수 없게 굴지 말아요." 나는 리와 캣을 따라 정문으로 향했다.

"소른게일!" 외치는 소리에 어깨 너머를 돌아보니 아릭이 계단을 뛰어 내려오고 있었다. "기다려!"

"지금 시간이 별로 없어." 나는 다른 2학년들을 앞서 보내면서 대꾸했다.

"던 신전을 지켜야 해." 아릭은 몹시 화난 경호병 둘을 이끌고 빠르게 현관을 가로질렀다.

"난 도시 전체를 지켜야 하는데."

"그 신전은 성벽 바깥에 있어." 아릭은 열린 문 쪽을 흘긋 보았다.

"우리가 받은 명령대로라면…."

"아니야." 그는 고개를 내젓더니 애써 말을 고르는 것 같았다. "넌 그 신전을 지켜야만 해."

지금 무슨 장난쳐?

"내가 모르는 동맹이라도 맺었어?" 나는 뒷걸음질 치면서 물었다. 동맹 정신으로 지날 신전만 골라낸다면 몰라도, 던 신전이라니? 말렉이여, 도와주세요. 나바르 귀족이 또 나 몰래 거래하고 있다면 난 정말 폭발하고 말 겁니다.

"그런 게 아니라…." 아릭이 말하는데 병사들 한 무리가 옆으로 뛰어갔다.

"바이올렛!" 리애넌이 외쳤다. "우리 날아가야 해!"

"지금 가!" 나는 어깨 너머로 외치고 나서 아릭을 보았다. "던 신전 사제들은 스스로를 지키는 데 숙련된 사람들이야."

"이게 티렌더를 구할 방법이야." 아릭이 목소리를 낮춰 속삭였다.

"던을 편애하는 게?" 나는 고개를 내저었다. "전술에 관여하려면 5분 전에 했어야지. 가서 동기들과 같이 있어." 아릭의 답을 기다리지 않고 자리를 뜬 나는 문을 빠져나가는 동기들에게 합류했다.

"명령은?" 소여가 손마디를 꺾으며 물었다.

"플라이어들은 밑에…." 리는 눈을 깜박이더니, 사그리드는 폭풍의 잔해 같은 거센 바람 속으로 걸어 들어가는 우리들을 재빨리 훑어보았다. 빗발은 약해졌지만, 기세가 꺾인 대신 얼음장같이 차가웠다. 앞마당에는 드래곤과 그리폰이 우글거렸다. 성벽 위에서, 땅바닥에서, 문 너머 길거리에서 우리를 기다렸다. "아니다. 플라이어들은 좀 더 기동성 있게 성벽 위로 올라가." 리애넌이 고개를 한 번 끄덕이고 지시했다. "병력을 나눠서, 소른게일과 나는 30미터 상공을 맴돈다. 그 위는 전부 우리 몫이야. 헨릭과 갬린은 땅에서 우리 구역까지 방어해." 리는 바람소리에 지지 않게 외쳤다. "우리는 대부분 여기에 가족을 두고 있어. 그러니까 가족을 지키는 것처럼 싸워."

우리 모두 고개를 끄덕여 동의하고, 기승을 위해 흩어졌다.

비행 고글을 내려쓰고 보니 테른이 맨 앞 중앙에 있었다. "다른 드래곤들처럼 옆에서 기다릴 순 없었어요?"

"그럴 수야 없지." 테른이 어깨를 낮췄고, 나는 비에 젖어 미끈거리는 비늘을 잘 디디며 잽싸게 올라갔다. "이런 습격에 더 빠르게 대응할 수 있어야 한다."

"제가 사령부에 더 빨리 결정하라고 말할 순 없어요." 젖은 안장에 앉은 나는 빠르게 쥐가 나려는 두 손으로 물 머금은 벨트를 채웠다.

"그렇다면 우리가 알아서 결정해야 할지도 모르겠군." 테른이 그르렁거리더니, 경고도 없이 날아올랐다.

테른이 수직으로 솟구치는 바람에 나는 좌석에 자빠지다시피 했다. 라이오슨 저택과도 너무 가까워서, 발톱이 석재와 부딪치는 소리가 날까 싶어 움츠러들 정도였다.

"난 아마추어가 아니다." 테른이 그렇게 일깨우며 저택 꼭대기에 이르더니, 오른쪽으로 세게 몸을 기울여서 하늘로 날아오르는 다른 드래곤들과 합류했다. 테른의 짧은 기동으로 내 심장이 튀어나올 뻔하긴 했지만, 덕분에 페이그와 에오트롬, 슬리시그에겐 앞마당에서 북쪽으로 이 륙할 시간과 공간이 생겼다.

나는 동쪽으로 눈을 돌려 제이든을 한 번만 더 보고 싶다는, 하다못해 스게일의 날개라도 보고 싶다는 충동을 힘겹게 무시했다. 나는 지금 여기에 집중해야 해. 제이든은 알아서 잘할 수 있어…. 자기 것이 아닌 마력을 채널링하지만 않는다면.

우리가 북문으로 날아가는 동안, 아래에서는 도시가 급하게 움직이고 있었다. 보병대가 마법 불빛이 밝힌 거리를 달려 각자 위치로 향했다. 민간인들은 종종거리며 집집마다 돌아다녔다.

신전 사제들은 피난처로 달려들어 갔는데, 지날을 섬기는 이들만 예외였다. 우리가 지나갈 때 그들은 사원 앞 계단에서 술을 마시고 있었다. 나는 리애넌의 가족이 불을 켜놓은 것을 확인하고 나서야 북쪽 벽 위의 구름 낀 하늘을 살폈다.

"이제 어둠 속에서 싸우는 걸 좋아해야겠네요." 나는 소매로 비행 고글을 닦으면서 중얼거렸다.

"너에게 괜찮은 해결책이 있다고 들었다만." 테른이 반박했다.

좋은 지적이었다. 나는 왼쪽 주머니에서 도관을 꺼내 손목에 걸고, 유리 구체를 쥐었다. 그런 다음에 아카이브 문을 살짝 열었다. 테른의 마력이 쏟아져 들어오며 피부를 달구고 빗물에 차가워진 손을 데웠다.

에너지가 혈관에 진동하고 가슴에 응축했다. 나는 그 에너지가 도관으로 흘러들자 오른손을 하늘로 올려 능력을 휘둘렀다. 손가락을 쫙 펴고 마력을 밀어 올리자 번개가 내 몸을 뚫고 터져나갔다.

머리 위의 구름에 작열한 번개가 수십 갈래로 번지며 2초 동안 전장을 밝혔다.

둘씩 짝을 지은 회색 날개의 와이번들이 수십 가지 경로에, 수십 가지

고도로 우리를 향해 날아오다가, 빛이 사그라들고 천둥이 칠 때쯤 다시 어둠 속으로 사라졌다. 와이번이 보호막을 시험하기 위해 작은 무리로 비행할 거라는 브레넌의 말이 맞았다. 다만 놈들이 이렇게 넓게 퍼져서 시험 비행을 할 줄은 예상하지 못했을 뿐이다. 그 대가는 우리가 치르겠지.

"바스지아스에서처럼 대형을 이루진 않았네요." 북문에 이르러 페이그와 함께 자리를 지키려고 상승하면서 테른에게 말했다. 피부에서 수증기가 피어올랐지만, 다음번에 마력을 끌어올 필요가 없도록 아카이브 문을 계속 열어두고 마력을 내 안에 모았다.

"소규모로 짝을 지으면 뚫고 들어올 수도 있다고 보고 안전한 대형을 버렸거나…." 테른이 말했다. "아니면 네가 있으니 대형을 짜면 더 큰 과녁이 될 뿐이라는 사실을 깨달았거나."

"그러려면 베닌 하나는 바스지아스에서 빠져나왔어야 해요." 아래를 내려다보니 슬리시그와 에오트롬이 북문 앞에 착륙해 있고, 그리폰들이 일렬로 그 위 성벽에 서 있었다.

"그랬겠지." 테른이 동의하더니 가슴 깊이 우르릉거렸다. "장교들이 적과 접촉했다."

제이든. 걱정이 가슴 속으로 비집고 들어오려고 했다. "무슨 일이 생긴다면 말해줄 거죠…."

"넌 알게 될 거다." 테른이 대답하더니, 오른쪽으로 페이그를 향해 고개를 틀었다. "네 대대장이 빛을 요청하는구나."

리가 구체 불빛을 말하는 게 아닌 줄 알기에, 손을 위로 비틀어 올리며 다시 능력을 행사했다. 열기가 내 안을 훑고 지나가고, 머리 위에 친 번개가 구름 속으로 퍼져 나갔다. 나는 손가락을 쫙 편 채로 에너지를 밀어내며 이전에는 하지 못했던 방식으로 번개의 수명을 연장했다.

뺨에 떨어진 빗물이 지글거렸고, 나는 우리 쪽으로 날아오는 와이번

네 쌍을 잽싸게 헤아렸다. 손끝이 타는 느낌이 들자 손을 내려 효과적으로 번개를 끊었다.

천둥이 지금까지 만난 어떤 드래곤보다 큰 소리로 포효했다.

"멋지구나." 테른이 말했다.

"멋지지만 멍청했죠." 나는 얼굴을 찡그리고는 도관을 오른손에 들었다. 둘째손가락 바깥쪽에 물집 두 개가 잡혔다. "명령은요?"

테른이 그르렁거렸다. "대대장이 성벽에 바싹 붙으라는 부정확한 지시를 내리는데, 잘못된 결정이다. 네 힘은 그렇게 민간인들 가까운 곳에서 휘둘러선 안 돼."

"제가 훨씬 더 잘 통제하기 전까진 말이죠." 나는 동의했다. "그대로 전달해줘요."

"대대장이 망설이는구나." 테른이 페이그를 향해 머리를 돌렸다. "우리에겐 그럴 여유가 없다."

망할. 정말이지 리의 명령에 맞서거나 우리 대대 옆을 떠나고 싶지 않았지만, 지금 내가 망설이는 건 테른의 판단이 옳기 때문이었다. "가요." 나는 숨을 깊이 들이마셨다. "대대원들에게는 명령받은 대로 나서지 말라고 하되, 테른과 나는 가야 해요."

"동의한다." 테른이 앞으로 날아갔다. "달빛을 끌어내리고 바람 능력자가 배치됐구나. 자, 마음의 준비를 해라. 놈들이 도착하기까지 2분 남았다."

심장이 쿵쿵 뛰었다. "장교들의 저지선이 무너졌나요?"

"놈들이 빙 돌아서 피했다." 테른이 다시 고개를 기울였다. "우린 왼쪽 높이 있는 한 쌍을 잡는다. 페이그가 합류했다."

"가요." 한 쌍으로 싸우는 게 합리적이긴 하지만, 리는 지금까지 대대 옆을 떠난 적이 없었다.

테른이 연이어 세 번 거세게 날개를 치자 우리는 앞으로 튀어 나가면서 바로 고도를 올렸고, 페이그가 바싹 따라왔다.

"앞이 너무 어두워요. 보이지가 않아요." 나는 테른에게 경고했다. 왼쪽에 있는 황량한 검은색 선은 산맥이라는 사실을 알지만, 도시 불빛에서 멀어질수록 하늘에서 형체를 알아보기가 힘들어졌다. 어둠 속에선 모든 것이 흐릿했다.

그리고 동쪽으로 몇 킬로미터 저편에서 불길이 솟구치는데, 오렌지색과… 녹색 불길이었다.

"우리가 어둠이다. 도관은 내려놔라." 테른이 명령했다.

"그러면 통제할 수가…." 마법이 물결치며 가슴이 답답해졌다. 보호막에서 벗어난 것이다.

"내려놔!"

손가락에 힘을 빼자 구체가 팔등을 때리면서 사슬 끝까지 떨어지고, 빛이 사그라들었다. 이제는 최대한 작은 짐이 되는 것 말고는 할 일이 없었기에 나는 테른의 마력을 억제하면서 폼멜을 잡고 바싹 붙었다. "보호석까지 갔다고 말해줘." 나는 앤다나를 향해 말했다.

"보호석은 잘 보호받고 있어." 앤다나가 장담하는 말에 목덜미 털이 곤두서는 기분이었다.

"너 설마….'

"준비해라!" 테른이 내 말을 끊었다.

우리는 빌어먹을 벽에 부딪쳤다.

적어도 테른이 하늘에서 정지했다는 사실에 아랑곳하지 않고 가속이 걸린 몸이 앞으로 쏠린 순간의 느낌은 그랬다. 발톱과 이빨이 비늘과 부딪치는 사이에 나는 뒤로 팽개쳐져서 좌석 깊숙이 묻혔다.

중력이 왼쪽에서 몸을 당기고, 공기가 땅바닥에서 솟구치는 가운데 위장이 떠오르는 기분이었다. 꽉 붙잡고 테른을 믿는 수밖에 없었다.

고막을 찢을 듯한 비명이 울리다가 딱 멈추더니, 질척하게 살이 찢어지는 소리가 나고 부러지는 소리가 연이어 들렸다. 테른이 수평비행으로 전환하고 날개를 두 번 치고 나자 아래에 쿵 떨어지는 소리가 났다.

*"이런 식으로 내 비늘 색을 예우하기도 오랜만이군."* 테른이 뿌듯하게 선언했다.

*"테른은 밤에 녹아들잖아. 대단한 업적도 아니야."* 앤다나가 비웃었다.

*"어쩐지 소리가 가깝게 들린다?"* 대체 왜 앤다나는 있어야 할 곳에 남는 법이 없지?

테른이 가슴 깊이 우르릉거리는데, 앞쪽에 불길이 흘렀다. 페이그가 내뿜은 화염에 다른 와이번이 잠깐 보인다 싶더니, 페이그가 달려들어서 그 목에 이빨을 박았다.

와이번이 비명을 지르며 달아나려고 미친 듯이 날개를 쳤다.

*"꽉 잡아라."* 테른이 속도를 높였고, 나는 시키는 대로 또 한 번의 충격에 대비했다. 오늘 밤에 살아남으면 내일은 내 몸이 나를 증오하게 생겼다. 테른이 몸부림치는 와이번을 향해 곧바로 날아가는데, 구름이 살짝 걷히면서 달빛이 비쳤다.

테른이 왼쪽 날개를 접으면서 페이그의 앞발 옆을 스쳤다. 어찌나 가까운지 리와 눈이 마주칠 정도였다. 테른은 입을 열고 이빨을 드러낸 채로 그 와이번의 가시 꼬리로 달려들었다.

그리고 몸을 홱 기울였다.

이런. 망할. 속이 뒤집히잖아. 나는 테른과 함께 앞으로 곤두박질쳤고 하늘이 땅으로 변했다. 몸이 뒤집히면서 안장 끈이 허벅지를 파고들었고, 흐릿하게 비치는 작은 불빛들이 내 아래인지 위인지도 알 수 없었다. 그 빛들은 내가 중력이 끌어당기는 힘을 처리하기도 전에 사라졌다.

뼈가 부러지는 소리와 함께 하늘이 다시 나타나고, 테른이 발톱을 풀었다.

떨어진 와이번이 몇 초 후, 바닥을 때렸다.

"우리가 놈의 목을 부러뜨렸다." 테른이 날개를 활짝 펴고 반동을 걸면서 선언했다.

나는 머리가 빙빙 돌았고, 위장이 내용물을 다시 토해내려고 했다. "다시는 그러지 말죠." 겨우 정신 차리고 시선을 돌려보니, 리가 알아본 듯이 손을 들었다.

"효과적인 기동이었다." 테른이 반박했다. "상반된 힘을 가해서 그놈의 척추를 비틀고…."

"어떻게 통했는지는 알아요. 다시는 하지 말아요." 달빛 덕분에 전장을 온전히 살필 수 있게 됐는데, 북문 근처에 몰린 날개들을 보자 심장이 떨어지는 기분이었다. 어두워서 날개들을 완벽히 구별할 순 없었지만, 성벽 꼭대기에 크게 벌어진 구멍은 알아볼 수 있었다.

"네 동기들이 두 쌍을 떨어뜨렸다만, 놈들의 시체가 벽을 부쉈다." 테른이 설명했다. "와이번은 보호막까지 가지 못했다. 놈들은 계속 와이번을 보내서 경계선을 시험할 거다." 테른은 동쪽 멀리 떨어진 와이번 떼와 그 앞에서 교전에 들어간 놈들을 번갈아 쳐다보았다.

제이든. 감정에 진 나는 마음을 뻗었다. 그리고 따뜻하게 일렁이는 그림자 대신, 건드리면 델 것같이 차가운 오닉스 얼음벽과 마주쳤다.

나는 날카로운 숨을 들이켜고 차단벽을 올렸다. "스게일은 괜…."

"스게일은 잘 대응하고 있다." 테른이 내 말을 끊고 고개를 왼쪽으로 틀었다. "아래를 봐라."

배가 팽팽하게 당겼다. 와이번 네 마리가 어질어질한 속도로 땅 위를 날고 있는데, 들키지 않으려 선택한 낮은 고도였다. 시선을 돌려 그들의 비행경로를 따라가보니 성벽 너머 들판에 놓인 외딴 건물 앞에서 앤다나가 꼬리를 흔들거리고 있었다. 공포에 숨이 턱 막혔다.

"가요!"

테른이 날개를 접고 급강하했다.

바람에 머리카락이 나부끼는 가운데 중력과 싸우면서 도관을 손에 쥐었다. 추락을 잊고 와이번에게만 집중하자 마력이 다시 솟구쳐 올랐다. 나는 마력을 모으고 응축해 타오르면서 더 많이, 더 많이, 소환했다. 내가 빛이자 열이자 에너지 그 자체가 될 때까지.

*"너무 많이는 안 된다!"* 내가 바람에 맞서 오른손을 들어 올리자 테른이 경고했다.

하지만 내가 번개 그 자체인데 어떻게 마력이 너무 많을 수가 있겠는가?

나는 피할 수 없는 교차 지점으로 다가가면서 와이번에게만 눈을 고정하고, 땅바닥이 우리를 맞이하러 달려드는 가운데 마력을 실처럼 감았다. 충분히 빨리 갈 수만 있다면 우리가 놈들보다 앞설 수 있다.

단 5초면 된다. 그들에게서 고도 15미터, 거리도 15미터 떨어져 있다.

5초. 테른이 추락 속도를 늦추려고 날개를 친다.

4초. 갑작스러운 반동에 등뼈가 삐걱거리지만, 테른은 놈들의 발톱 달린 날개 끝이 보일 만큼 근접했다. 그리고 놈들은 계속해서 가까워진다.

3초. 타들어가는 몸을 안장에서 틀어서 능력을 행사하고, 손을 펼쳐서 감아놓은 에너지를 푼 다음 뜨거워진 손가락 두 개를 이용해서 아래로 끌어내린다.

2초. 테른이 날개를 치면서 우리 몸을 띄울 때 번개가 하늘을… 어쩌면 시간까지도 찢는다. 손가락을 펴서 번개를 둘로 가르는데 모든 게 느리게 움직이는 느낌이다. 열기가 숨을 먹어 치우고 고통이 내 존재 자체로 변하는 가운데, 그 맹렬한 번개를 와이번의 비행경로로 끌어다 놓는다.

1초. 번개가 맨 앞의 와이번 둘을 때리자 확 타오르면서 아슬아슬하게 테른을 비껴서 떨어지고, 화염 덩어리 두 개가 대형에서 떨어진 뒤에 남은 두 마리가 보인다.

한 마리에는 은빛 머리의 라이더가 타고 있다.

0초. 천둥이 도관에 든 합금을 흔들고, 내가 손을 떨구는 사이 테른은 제일 가까운 와이번을 향해 강하한다.

와이번이 새된 비명을 지르고, 세상은 검은색과 회색 날개 덩어리가 되어 빙글빙글 돈다.

테른이 울부짖고, 그의 고통이 내 고통을 대체한다.

# 52

신전에 스스로를 바치는 것은 단순히 고결하기만 한 일이 아니다. 고위 사제가 되는 것은 우리 대부분에게 신의 힘에 가장 가까이 갈 수 있는 길이다. 나머지 길은 라이더가 되는 것이다.

― 로릴리 소령, 《신들을 달래는 방법》(제2판)

"테른!" 비명이 터지고 입안에 새로 찾아낸 공포의 쓴맛이 넘실댄다.

"안 돼!" 앤다나가 소리친다.

우리는 초원에 미끄러지듯 멈춰 섰다. 고개를 들어보니 페이그가 하늘로 날아오른 티오파니의 와이번을 추격하고 있었다. 던이시여, 안 돼. 리는 강하지만, 우리 둘이 힘을 합쳐도 메이븐의 적수는 결코 되지 못한다. 그런데 우리가 함께도 아니다.

"앤다나! 페이그에게 뒤쫓지 말라고 해!" 테른 밑에서 뼈가 부서지는 소리가 났고, 나는 불덩이를 들이마시는 기분이었다. "괜찮아요?" 테른이 얼마나 심하게 다쳤는지 보려고 허리띠 버클을 더듬으며 물었다. 열기에 폐가 타는 것 같았지만, 다시 티오파니와 싸울 준비를 하며 마력에 마음을 뻗었다.

티오파니가 여기에 온 목적을 달성하지도 못하고 전장을 떠날 리가 없다. 그 목적은 아마 나일 테니, 돌아올 것이다.

"끊어라!" 테른이 명령하는데, 밑에서 또 뭔가가 부러졌다. "네가 소진될 거다!"

"하지만 티오파니가…."

얼음이 내 차단벽을 아무렇지도 않게 뚫고 들어왔다. "바이올렛!"

얼음이 아니다. 제이든이다.

"난 괜찮아. 자제력 잃지 말고, 한눈팔지도 마. 티오파니가 여기 있어." 마음속 아카이브 문을 쾅 닫고, 차가운 밤공기를 들이마시며 폐 속을 훑고 있는 불길을 꺼뜨렸다. 너무 많은 마력이었고 너무 빨랐지만, 나는 소진되지 않았다. 그저 살짝 그을렸을 뿐이다.

"최대한 빨리 테른과 보호막으로 돌아가." 얼음이 멀어졌다.

"그럴게."

"그건 괜찮지 않았다." 테른이 으르렁거리더니 왼쪽 뒷다리를 절뚝이며 와이번의 사체에서 비켜섰다.

"부상을 입은 건 테른이잖아요!" 나는 페이그가 우리 쪽으로 다시 날아오는 모습을 보며 맞받아쳤다. "상처가 얼마나 심각해요?" 동쪽에서 천둥소리가 울리는데, 내 것이 아니었다.

아, 젠장. 폭풍. 그래서 놈들이 여기까지 탐지당하지 않고 온 거구나.

"와이번의 날개 돌기뼈가 부러지면서 내 다리에 꽂혔다. 죽진 않아. 심각하지 않다." 테른은 고개를 앤다나 쪽으로 빙글 돌리더니 발을 살짝 절면서 천천히 다가갔다. "네가 단순한 명령도 따르지 않는 바람에 바이가 죽고 말 거다. 이 녀석까지 이전 라이더처럼 잃을 순 없어!"

"난 멀쩡해요!" 숨을 쉴 때마다 체온이 내려가며 섬세하게 조각한 높은 대리석 기둥들이 눈에 들어왔다. "난 소진되지 않았어요. 그때에 비하면 별것도 아닌…." 테른이 고개를 낮추자 앞이 제대로 보이면서 하던 말이 뚝 끊어졌다.

앤다나가 던의 신전 계단 앞에 서 있었고, 그 옆에서는 장검을 든 사제 여섯 명이 누굴 더 경계해야 할지 모르겠다는 듯이 우리를 번갈아 보고 있었다. 자기들 옆에 선 무모한 드래곤인지, 앞에 보이는 거대한 드래곤인지, 아니면 내 왼쪽에 내려앉으며 으르렁거리는 그린 대거테일인지.

"대체 여기에서 뭘 하는 거야?" 나는 겨우 버클을 풀고 앤다나에게 외쳤다. 티오파니가 돌아오기 전에 테튼의 다리에서 날개 돌기뼈를 뽑아내야 했다.

"그 왕자가 던 신전을 지키라고 했어!" 앤다나가 꼬리를 흔들다가 타고 있던 석탄 통을 뒤엎는 바람에 젖은 대리석 바닥에 석탄이 떨어지며 치직 소리를 냈다. 불똥이 아슬아슬하게 6미터짜리 여신상을 비켜 튀었는데, 언브리얼에서 본 것과 거의 똑같은 모습이었다.

"아럭은 네가 아니라 나한테 말했어." 나는 테튼의 어깨로 이동하면서 반박했지만, 테튼은 어깨를 내리지 않았다. "그리고 난 아럭의 제안을 거절했고!"

"어떻게 네가 나한테 화를 내? 왕자가 하는 말은 중요한 법이고, 나는 너의 연장선이야." 앤다나가 위협적으로 고개를 낮추고 앞으로 성큼성큼 걸어왔다. "난 네가 바라는 모든 것 아니었어? 난 테튼만큼 사납고 용감하지 않아? 나도 이래야 마땅하지 않아? 적의 비늘에 발톱을 갈아야 하지 않아?"

바람이 심해졌고, 마음속 어딘가에 금이 갔다.

"떼쓸 때를 잘못 노렸다, 금빛 아이야." 테튼이 그르렁거렸다.

"아이라고 부르지 마." 앤다나의 비늘이 일렁였지만, 색은 검은색을 유지했다.

"아이처럼 굴지를 말아라!" 테튼이 으르렁댔다.

"왜 그랬던 거야?" 리애넌이 페이그의 등에서 외쳤다. "우리가 잡을 수 있었는데!"

그리고 죽었겠지. "그건 티오파니였어." 내가 마주 외쳤다.

"그런데?" 리가 두 팔을 들어올렸다.

"그런데 난 너와 같이 날 수 없었어. 테른이 부상당했거든." 내가 대답했다. 죽고 싶어 환장한 것도 아니고. *"다리에서 그거 뽑게 내려줘요. 안 그러면 그냥 뛰어내릴 거예요."* 테른이 그르렁거리면서 어깨를 낮췄고, 나는 앤다나에게서 1미터쯤 앞에 내려섰다.

"나에겐 있는 그대로의 너로 충분해." 나는 비행 고글을 머리 위로 올리고 앤다나의 금빛 눈을 들여다보았다. "전장 한복판에서 벗어나면 대화하자. 넌 언제나 네가 날 선택했다고 말하지만, 그때 그 탈곡 시간에 네 앞에 선 건 나야. 그리고 난 언제든 또 그렇게 할 거야."

앤다나가 식식거리며 숨을 뱉었고, 우리는 하늘을 살피면서 테른의 뒷다리로 향했다.

청소년의 머릿속이 어떻게 돌아가는지는 영영 이해 못할 것 같다.

테른의 상처를 보자 가슴이 철렁했다. 맙소사, 내 몸집의 절반은 되는 날개 돌기뼈가 그의 허벅지에 파묻혀 있었다. 그게 박힌 채로 날아오를 수는 없을 테고, 뽑아낸다 해도 상처가 너무 아플 수밖에 없었다. 달빛이 비늘을 타고 뚝뚝 떨어지는 핏방울을 비췄다. 내가 대체 어떻게 저걸 뽑아내지? *"정말 미안해요."*

*"보기보단 괜찮다. 끝부분만 박혔을 뿐이야."*

*"통증은 얼마나 심해요?"*

*"정신적으로, 아니면 육체적으로?"* 테른이 그르렁거렸다.

*"그렇게 빈정거릴 때가 아니거든요."* 한껏 손을 뻗어봤지만 날개 돌기 뼈에 닿지도 않았다.

"테른이 어딜 다친 거야?" 리애넌이 뛰어오며 묻는데, 다행히도 다친 곳은 없어 보였다.

"저기." 내가 테른의 허벅지를 가리키자 리도 숨을 들이켰다. "넌 친구들에게 돌아가야 해. 여기 있으면 공격당하기 쉬워."

"난 안 가. 언제나 모든 걸 너 혼자 알아서 하지 않아도 돼." 리는 몇 걸음 물러서서 두 팔을 들어 올렸다.

"가끔은 그래야 해." 내가 반박했다.

리는 고개를 저었다. "이 일은 우리가 처리할 수 있어."

"너 정말로…." 나는 리가 몸을 긴장시키는 모습을 보고 눈썹을 치켜올렸다.

테른의 포효에 놀란 순간, 날개 돌기뼈가 리애넌 앞에 나타났다.

입을 쩍 벌리고 보는데, 리가 돌기뼈를 밀어내자 갈고리처럼 구부러진 발톱 조각이 바닥에 뒹굴었다. "방금 어떻게 한 거야?"

"나도 연습하거든." 리애넌이 씩 웃더니 손등으로 이마의 땀을 훔쳤다. "지금까지 이렇게 큰 걸 회수해보긴 처음이지만 말이야."

"고마워." 나는 얼른 리를 끌어안았다가 바로 테른의 상처를 올려다보았다. "어두워서 잘 보이지가 않아요. 테른을 계곡으로 데리고 돌아가야겠는데요."

테른이 우리 쪽으로 고개를 돌렸고, 페이그도 마찬가지였다. *그러기엔 너무 늦었다. 몇 분밖에 시간이 없어.*

날갯짓 소리가 조금씩 들려오더니, 접근해오는 와이번 세 마리가 보였다. 멀리 흐릿하게 몇 마리가 더 있는 듯했다.

리와 나는 잠시 의미심장하게 눈을 마주치고는 같이 뛰었다. 리는 페이그를 향해 질주했고, 나는 테른의 몸 아래를 통과해 앞다리로 달렸다.

"*돌아가, 당장!*" 앤다나에게 지시했다.

"그러면 여기가 무방비가 돼." 앤다나가 항의했다. 테른의 몸 아래에서 뛰쳐나가고 보니 심장이 떨어지는 기분이었다.

머리가 하얀 신전 사제들과 대사제가 앤다나 뒤편 계단 꼭대기에서 밤하늘을 주시하며 기다리고 있었다.

"안으로 들어가요!" 내가 외쳤다. 지붕이라도 있는 게 그래도 낫잖아?

"그래서 안에서 타죽으라고?" 날갯짓 소리가 점점 커지는 가운데 대사제의 목소리는 으스스하게 차분했다.

젠장. 말다툼할 시간도 없고, 그 사람들을 버릴 수도 없었다. 앤다나가 옳았다. 우리가 날아오르면 이 사람들이 무방비 상태가 되고, 테른은 이미 부상을 입었다.

하지만 나는 드래곤에 오르지 않아도 능력을 쓸 수 있다.

"페이그에게 가라고 해요." 나는 머릿속으로 말하고, 도관을 움켜쥐면서 더 유리한 지점을 찾아 빗물에 미끄러운 계단을 뛰어올랐다. "테른도 같이 가라고 하고 싶지만, 소용없는 줄 알아요."

"그런데도 굳이 그 말을 하는구나." 테른은 앤다나와 함께 천천히 몸을 돌려 다가오는 와이번을 마주하고 꼬리를 높이 세웠다. "경고는 해두마. 티오파니가 나타나면, 난 저 사제들보다 네 목숨을 우선할 거다."

티오파니가 나타난다면 우리 모두 망한 거다. 베닌이 하나라도 돌아가서 보호막의 방해 없이 아레티아의 성문에 이렇게 가까이 올 수 있었다고 전달하면, 놈들은 아직 고갈되지 않은 크로블라의 땅을 건너뛰고 곧장 우리 부화지로 몰려올 것이다.

단 한 마리의 와이번도 도망치게 둘 수 없다.

"하다못해 숨는 정도는 고려해보시죠?" 나는 계단 끝까지 뛰어 올라가서 대사제에게 물었다.

"우리는 숨지 않네." 그녀의 시선이 2초 정도 나를 가늠하더니, 땋은 머리 아래쪽 절반을 차지하는 은발에 머물렀다. "자네도 우리처럼 머리카락에 잿물과 만와사 꽃즙을 쓰나?"

나는 눈썹을 한껏 치켜올렸다. 지금 우리가 얼마나 위험한 상황인지 모르는 건가? 지금은 이런 대화를 할 때가 아닌데. "그냥 이렇게 자라는데요."

"그런가?" 대사제의 문신한 이마에 주름이 잡혔다. "우리를 도우려고 먼 길을 여행했군." 그녀는 허리춤에 차고 있던 숏소드를 뽑으며 말했다. "던께서 우리를 지켜주시거나, 아니면 우리는 던에게 어울리는 종복으로서 말렉을 만나게 될 거야."

"던께서 나타나 무기를 들진 않을 텐데요." 무의미한 반박인 줄 알면서도 그렇게 말하고 나서 몸을 돌려 그 옆에 섰다. 테른이 어슬렁어슬렁 왼쪽으로 움직이자 접근해오는 세 마리 와이번이 잘 보였다. 페이그는 계단 오른쪽에서 날아오를 준비를 하고 서 있었다.

"그야 물론 그렇지." 대사제가 코웃음을 치는데, 바람이 심해졌다. "대신 자네를 보내셨잖나."

"뭐, 판단력 때문에 존경받는 신은 아니시죠." 절대로 무슨 생각을 하는지 모르겠는 집단에 사제들을 추가하고, 마음속 아카이브 문을 시험해볼 만큼만 열었다. 마력이 혈관에 흘러드는데 마치 화상에 뜨거운 물을 붓는 느낌이었다. 나는 천천히 호흡하면서 그 통증을 받아들이고 새로운 기준점을 설정했다. "페이그는 왜 이륙하지 않죠?"

"대대장은 네 곁을 떠나지 않을 거야." 앤다나가 대꾸했다.

젠장. 나는 오른손을 들어….

"그러진 말자." 익숙한 목소리가 왼쪽에서 날아왔다.

고개를 홱 돌려 보고는 두려움에 발이 신전 바닥에 붙는 느낌이었다. 나는 단검 두 자루를 뽑아 들었다.

티오파니였다.

테른이 머리를 돌리고 으르렁거리는 통에 쏟아진 석탄이 덜그럭거렸고, 사방에서 신전 사제들이 숨을 들이켰다.

"저 여자가 마력을 흡수하기 전에 날아올라요." 테른과 앤다나에게 호소했지만, 예상대로 둘 다 그 자리를 지켰다.

"칼 하나라도 들거나 능력을 쓰려고 하면 다 죽여버릴 거야. 나와 같이 가면 나머지는 살려주지." 티오파니가 계단 밑에서 말했다. 짙은 자주색 튜닉이 새하얀 피부와 뚜렷한 대조를 이뤘다. 그녀가 지친 미소를 짓자 심장박동에 맞춰 눈 옆의 붉은 핏줄이 두근거리는데, 기진맥진해서도 흡족해하는 기색이어서 더 심란했다.

그녀는 고개를 옆으로 기울였다. "싸우지 말자, 바이올렛. 이 모든 폭력이 지겹지 않니? 나와 가자. 네가 가장 원하는 걸 줄게."

"넌 내가 뭘 원하는지 몰라." 속이 뒤틀리는데, 갑자기 대사제가 내 옆으로 움직였다.

"이단자야! 너는 여기에서 환영받지 못한다." 그녀가 갈라지는 목소리로 외쳤다.

이단자? 두 여자를 번갈아 보는데 심장이 빨리 뛰는 만큼 머리도 빠르게 돌아갔다. 희미해진 이마의 문신. 티오파니는 던의 사제였구나. 그 은발은 언브리얼의 사제들과도 같고… 나와도 비슷했다. 하얀 머리의 사제가 떨리는 팔로 티오파니를 향해 장검을 들어 올리는 모습에 생각이 멈췄다.

맙소사. 뜨거운 불이 쏟아지듯 마력이 밀려들었다. 빗맞히기엔 주위에 사람이 너무 많은 데다가, 이렇게 가까이에서 티오파니가 마력을 흡수하면….

"나는 환영받지 못할지 모르지만…." 티오파니가 풀밭에 발을 딛고 말했다. "저들은 아닐걸."

붉은 로브를 입은 남자 베닌 두 명이 풀밭을 헤치며 걸어 나왔고, 앤다나는 테른의 꼬리를 뛰어넘어서 티오파니 쪽으로 화염을 내뿜었다. 재와 유황 냄새가 가득해졌지만, 앤다나가 내 오른쪽 계단 밑에 착지했을 때 티오파니는 멀쩡하게 서 있었다.

"*왜지?*" 앤다나가 빽 소리를 질렀다.

"멋져라." 티오파니가 웃으며 말했다. "그래서 기분이 좀 나아졌…." 티오파니는 내 뒤쪽 하늘로 시선을 돌리더니 눈을 크게 뜨고 뒷걸음질 쳤다. "내버려두고 가라!" 그녀는 다가오는 베닌들에게 외치더니 그쪽으로 뛰어갔다. "당장!"

티오파니와 베닌 둘이 손을 잡더니, 중앙에 있던 하나가 한 걸음을 내딛자 눈앞에서 사라졌.

개릭과 같은 능력이었다.

"*온다!*" 테른의 포효에 나는 동쪽으로 주의를 돌렸다.

말렉의 이름으로, 대체 티오파니가 방금 무엇 때문에 그토록 겁에 질려서 도망쳤는지 생각할 시간이 없었다. 여전히 와이번 네 마리가 쐐기 대형으로 접근해왔다. 곧장 우리를 향해 오고 있었다.

나는 다시 오른손을 들어 올렸다. 에너지를 더 끌어모으려니 앤다나가 흩어놓은 불붙은 석탄 조각들을 맨손으로 집어 드는 느낌이었지만, 그래도 놈들이 30초도 걸리지 않아 도착할 터였다.

"*언제든 쳐라, 은빛 아이야.*"

테른 옆으로 돌아간 앤다나가 걸음을 재촉했고, 페이그는 하늘로 날아오를 태세로 몸을 웅크렸다.

혹시 어둠 때문에 내 원근감이 왜곡되었다면, 혹시 놈들이 내 판단보다 빠르게 날고 있다면 우리가 구워질 판이었다. 나는 맨 앞의 와이번을 겨냥하고 던에게 기도했다. 그런 다음에 에너지를 풀고 손가락을 아래로 내렸다. 이번에는 붙들고 있을 생각이 없었다. 나도 교훈을 얻은 셈이다.

친숙한 마법의 파도가 밀려오면서 피부가 따끔거리고, 번개가 첫 번째 와이번을 때렸다. 놈은 불덩이가 되어 하늘에서 떨어졌지만, 아직 세 마리나 있으니 축하할 수는….

잠깐, 뭐야?

놈들은 우리 쪽으로 날아오는 게 아니었다. 떨어지고 있었다. 와이번들이 곤두박질치는 모습을 보자 심장이 미친 듯이 뛰었다. 오른쪽에 있던 와이번이 60미터쯤 앞에 떨어지면서 가속도를 실어 흙에 처박히자 땅이 흔들렸다.

*"대비해라!"* 테른이 왼쪽에 떨어지는 놈에게 뛰어오르며 외쳤다. 정신 연결을 통해 통증이 내달리면서 테른이 그놈을 쳐내 방향을 틀었다. 와이번이 떨어지자 신전 왼쪽에서 흙먼지가 일었다.

페이그만 한 한 마리는 아직 떨어지고 있었다.

놈은 앤다나에게서 6미터 앞의 땅을 때리더니, 공성용 망치처럼 우리를 향해 미끄러져 왔다. 그리고 멈추지 않았다.

*"가라!"* 테른이 명령하는데도 앤다나가 자리를 지키는 모습을 보자 두려움에 가슴이 죄어들었다.

*"너에겐 너무 커!"* 내가 외쳤다.

페이그가 한 걸음 내딛더니 머리를 곤봉처럼 휘둘러 앤다나의 옆구리를 때리며 그 와이번 앞에서 밀어냈다. 와이번은 그 직후에 앤다나가 서 있던 바로 그 자리를 통과했다.

놈은 앞도 보지 못한 채로 이빨을 드러낸 채 우리를 덮쳐왔다.

*"비키세요!"* 나는 대사제의 팔꿈치를 잡아당기며 대리석 계단을 들이받는 와이번의 시체 앞을 피했다. 사제들이 비명을 지르며 흩어졌고, 와

이번의 어깨가 계단 아래쪽을 파괴함과 동시에 머리통이 정교하게 조각한 중앙 기둥과 충돌했다.

아, 이런.

충격에 기둥이 터지고, 대리석 조각들이 날았다. 두 손을 들어 올려 단순 마법으로 돌조각들을 밀어냈지만, 그 정도 힘으로는 드래곤 앞발만 한 바윗덩이들이 사방으로 날아가는 것을 막을 수 없었다. 우리에게도 날아왔고.

그런데 날아오던 돌들이 갑자기 그냥… 멈췄다.

내 얼굴에서 1미터쯤 떨어져 있던 돌덩이가 허공에 멈췄는데, 불꽃 모양이 새겨진 가장자리를 검은 그림자 띠 하나가 지탱하고 있었다.

제이든이다.

안도감에 무릎이 풀렸고, 부서진 기둥 조각은 천천히 땅으로 내려와서 쿵 소리와 함께 내려앉았다. 사방에서 사제들이 허둥거리는 가운데 다른 조각들도 부드럽게 내려앉았다.

고개를 오른쪽으로 돌려, 남은 기둥들과 대사제를 지나쳐서 자기들의 주인에게로 물러나는 그림자들을 따라 시선을 보냈다.

제이든이 겨우 남아 있는 층계를 한 걸음에 두 계단씩 오르는데, 왼손에 쥔 장검에서는 피가 떨어졌고 오른손은 늘어뜨리고 있었다. 눈동자엔 결의와 두려움뿐, 붉은 기운이라곤 없었다. 그 두려움도 내 몸을 훑어보며 상처를 확인하는 사이에 빠르게 스러졌다.

나도 똑같이 그를 살폈고, 얼굴의 핏자국을 보자 심장이 덜컹했다.

"내 피가 아니야." 그는 빠르게 말하고 나서 나를 당겨 안았다. 나는 이마를 그의 가슴에 대고 심호흡하면서 심장을 진정시켰고, 그는 내 정수리에 힘주어 키스했다. "그리고 언제나 네가 말썽 맞다니까."

이런 상황에서 반박해봐야 소용없었다. "어떻게 이렇게 빨리 왔어?"

"이런 부상을 입게 놔뒀어?" 스게일이 날카롭게 말했다.

제이든의 품에서 빠져나와 보니 스게일이 눈을 가늘게 뜨고 날카로운 이빨을 불안하도록 가까이 들이대고 있었다. "죄송합니다…."

"그 아이 책임이 아니야." 테른이 반박했다. 스게일이 그쪽으로 고개를 홱 돌리더니, 바로 두꺼운 차단벽이 우리의 연결을 막았다. 싸움 시작이군.

"테른의 부상을 느낀 스게일이 자리를 지키지 않으려 했어." 제이든이 신전을 살펴보며 말했다. "그래서 다행이지. 안 그랬으면 우리 둘 다 죽었을 것 같은데. 우리가 거의 다 왔을 때 보호막이 올라갔거든."

보호막? 나는 눈썹을 치켜올렸다. 친숙했던 마법의 물결, 하늘에서 떨어진 와이번, 티오파니의 두려움이 전부 설명이 되긴 했다. "하지만 어떻게?"

날카로운 호각 소리 같은 것이 머릿속에 울렸고, 제이든도 나도 신전을 등진 채 몸을 빙글 돌렸다.

와이번의 시체 왼쪽, 테른과 스게일 뒤에 있던 어둠이 변했다. 밤의 빛깔을 띠고 있던 비늘이 물결치더니 검은색이라고도 자주색이라고도 보기 힘든 빛깔로 변하는데, 앤다나와 똑같은 소용돌이 뿔이 있는 드래곤이 나타났다.

"너희 보호석은 불을 뿜어줘야겠더구나." 레오단이 말했다.

속이 내려앉았다.

이리드가 오다니.

# 53

애셔가 오늘 돌아왔다. 누군가 알아낸다면 신들의 가호를 빌 수밖에. 그이가 아이에게 한 짓을 평생 용서할 수 있을지 모르겠다.

― 릴리스 소른게일 대위의 일기장

이리드 드래곤이 일곱 번째 종으로서 보호석에 화염을 뿜었다면 아레티아는 안전하다. 티렌더 대부분도 안전하다.

너무 비현실적이고, 너무 쉽다. 뭐라고 불러야 할지 모를 감정들이 와르르 쏟아졌지만, 페이그가 몸을 돌려 이리드 드래곤을 마주하고 고개를 낮추며 이를 드러내자 두려움이 다른 모든 감정을 압도했다.

"안 돼!" 앤다나가 테른 옆에서 튀어 오르더니 와이번을 넘어가서 페이그 앞에 섰다. "*내 혈통이란 말이야!*"

페이그는 한 걸음 물러섰지만 머리는 아래로 내린 채였다. 리애넌이 그 등에서 신전으로 바로 뛰어내렸다.

제이든은 이리드를 보고 긴장했다. 눈동자에 붉은 기운이라곤 없어도 그랬다. "저쪽은 네가 해결해. 나는 여기에서… 해야 할 일을 처리할게."

지난번에 제이든이 이리드와 마주쳤을 때를 생각해서 나도 고개를 끄덕였다.

"감사 인사는 전해줘." 제이든은 리가 서둘러 뛰어오는 모습을 보며 조용히 말했다.

"그럴게." 나는 리와 눈을 마주치며 약속했다.

리는 알아들었다는 뜻으로 고개를 끄덕였고, 우리는 같이 계단을 내려갔다.

"무기는 안 돼." 나는 테른과 스게일 사이를 걸으면서 리에게 말했다. "이리드는 평화주의야."

"알았어." 리는 내 옆에서 보조를 맞추며 말했다. "그러니까 우리를 태워 죽이진 않겠지? 페이그가 옳았다고 인정하긴 싫어. 페이그는 내가 죽은 후라도 그냥 넘어가지 않고 잔소리할 거란 말이야. 그리고 조금 전에 그 베닌들은 어떻게 된 건지 알고 싶은데."

"나중에 설명해줄게." 나는 레오단과 앤다나에게 다가가며 대꾸했다. "그냥 대비만 해…."

리가 숨을 들이켜며 귀를 막았다.

"그거." 내 얼굴도 같이 찌그러졌다.

레오단이 리를 흘긋 보더니, 업신여긴다고밖에 할 수 없는 표정으로 와이번의 시체를 등졌다.

우리가 도착하자 앤다나가 내 왼쪽으로 오는데, 불안과 흥분이 뒤섞인 감정이 흘러들었다.

"그린 드래곤이라면 좀 더 따뜻하게 맞아줄 줄 알았다만." 레오단이 리를 나무라더니, 금빛 눈을 내 쪽으로 돌렸다.

"감사드립니다." 나는 목을 길게 빼고 그를 보며 어색하게 말했다. "모두의 목숨을 구하셨어요."

"널 위해서 한 일이 아니다." 그는 앤다나를 내려다보며 말했다.

"엄하시네." 리가 속삭였다.

"나도 고마워." 앤다나가 고개를 높이 들고 대답했다.

"네 인간은 우리가 걱정한 대로 위험하구나." 그는 고개를 기울여 앤다나를 살폈고, 나는 속이 내려앉는 기분이었다. 레오단이 뭘 보았든, 애초에 그들이 앤다나를 부정한 이유만 더 확고해졌을 것이다.

"바이올렛은 자기 사람들을 지키는 거야." 앤다나가 빗물에 젖은 풀에 앞발을 박아넣으며 쏘아붙였다. 그나마 빗발은 약해져 있었다. "우리도 지키고."

"너도 그렇지." 레오단의 목소리가 누그러졌다. "도착한 후 계속 너를 지켜보았다."

그런데 아무도 몰랐다니. 테른이 곤두섰고, 나는 목이 콱 막혔다.

"그래서 뭘 봤는데?" 앤다나가 머리 위로 꼬리를 흔들었다. "어떤 판단을 내렸어?"

앤다나의 신랄한 말투가 도움이 되진 않을 테고, 스게일이 목 안쪽으로 그르렁거리는 소리도 마찬가지였다.

이리드 드래곤은 눈을 가늘게 떴다. "네 품행은 혐오스럽고, 행동거지는 잘못 배웠으며…"

"그 애는 우리 무리의 자랑이야." 스게일이 쉭 소리를 냈다.

"그건 우리가 희망한 대로군." 레오단이 스게일을 향해 고개를 돌리자 테른이 공격 자세를 잡았다. "다만 우리가 높이 평가하는 방식으로는 아니야."

리가 내 옆에 더 붙어섰다.

"앤다나 잘못은 하나도 없어요." 내가 끼어들자 레오단이 내 쪽을 보았다. "당신들이 여기에 남겨두고 엠피리언의 방식대로 키우도록 결정했을 때, 이미 당신들이 실패라고 생각하는 결과로 몰아넣은 거죠."

"너 정말로 알지도 못하는 거대한 드래곤에게 소리를 지르고 싶어?" 리가 속삭였다.

"응." 나는 레오단을 똑바로 보며 대답했다. "앤다나는 잘못된 데가 없어요. 우리 보호석에 화염을 뿜어준 오늘 밤의 일은 아무리 감사해도 충분하지 않겠지만, 앤다나에게 부족하다고 생각하는 면을 지적하려고 이 먼 길을 오신 거라면, 페이그의 인사가 저보다 따뜻할 겁니다."

레오단은 고개를 슬쩍 기울이더니 나를 무시하고 앤다나에게 시선을 돌렸다. "네 동기는 고결하다. 저 블루가 끼어들기 전에 내가 하려던 말은 그거였어."

"블루가 아니라 스게일이야." 앤다나가 지적하는데, 전혀 누그러들지 않은 말투였다.

"그래, 스게일." 그는 이름을 되풀이하고 나서 앤다나에게 집중했다. "우린 여러 세대 떨어져 있었지만 같은 혈통을 공유한다. 전에 네가 만났던 먼 계통의 이리드들과 달리, 우리는 같은 굴에 속해 있지. 네가 우리 사이에서 성장했다면 그랬을 거야."

그는 앤다나의 가족이었다. 가슴이 죄어들었다.

"네 인간은 남아도 좋아." 레오단이 앤다나에게 말했다. "나머지는 우리 대화에 참여할 수 없어."

눈썹이 저절로 올라갔다.

"난 그 둘을 보호받지 못하는 상태로 둘 수 없다." 테른이 리 옆에 앞발을 짚었다.

"네가 이들에게 보호가 필요하다고 생각하는 사실 때문에라도, 이 둘에게만 말하겠다." 레오단은 앤다나에게서 눈을 돌리지 않았다. "난 딱 한 번만 제안할 거다."

앤다나가 몸을 굳히더니, 테른과 스게일 쪽으로 고개를 휙 돌렸다. "난

이 얘기를 꼭 들어야겠어."

 스게일이 움찔했고, 리가 다시 귀를 막았다.

 테른이 으르렁거리기에 마음을 뻗어봤지만, 테른이 막을 때보다 더 강한 차단벽이 느껴졌다. 레오단이었다.

 이상하게 RSC 때 마셨던 혈청의 효과와 비슷했다. 결속이 끊겼다는 사실에 온몸이 저항했지만, 나에겐 앤다나와 함께할 의무가 있었다.

 "저들이 떠나면 시작하겠다." 레오단이 약속했다.

 "저 드래곤이 너와 우리의 연결을 잘라냈어." 리에게 말하고 나서 테른을 올려다보았다. "전 괜찮을 거예요."

 스게일이 이를 드러내더니 신전 쪽으로 몸을 돌렸다. 제이든 쪽이었다.

 "확실해?" 리가 걱정스럽게 이마를 찌푸리고 물었다.

 "확실해." 나는 점점 커져가는 목 안의 응어리를 삼켰다. "나 때문에 앤다나가 가족의 이야기를 듣지 못해선 안 돼."

 리는 잠시 반대하고 싶다는 표정을 짓다가 고개를 끄덕였다. "멀리 가진 않을게." 리는 스게일을 따라갔고, 테른은 레오단에게 으르렁거리며 경고하고 나서야 몸을 돌렸다.

 앤다나의 꼬리가 내 머리 위로 구부러졌다.

 "난 다른 이들의 부족함으로 네가 평가되는 게 마음에 걸렸다." 레오단이 앤다나의 눈높이까지 고개를 낮추고 말했다. "네가… 좋아하는 것 같은 그 베넌까지 더해서 말이다."

 가슴에 깜박거리는 희망의 불꽃이 예상에서 벗어나지 않은 모욕마저 태워버렸고, 앤다나의 비늘은 검은색으로 물결쳤다.

 "너는 우리의 방식을 배울 기회를 얻어야 해. 우리의 방식을 선택할 기회를."

 "남아서 날 가르쳐줄 거야?" 앤다나가 물었다.

"나와 같이 집에 가자." 레오단은 앤다나를 지그시 보면서 대답했다. "몇 년이 걸릴 수도 있지만, 다른 이들도 내 결정을 받아들일 거야. 그때쯤이면 너도 진실한 네 모습을 알 만큼 배우게 될 것이고."

몇 년? 위장이 목으로 튀어나올 것만 같았다.

"우린 몇 년씩 떠날 수 없어." 앤다나의 대답에 슬픔이 가득했다.

"너는 할 수 있다." 레오단이 반박했다.

"나 혼자 가라고?" 앤다나가 얼어붙었다.

신들이시여. 등뼈가 뻣뻣해지면서 한 번도 느껴보지 못한 공포에 근육이 경직했다. 우리를 갈라놓으려는 거다.

"난 보호석에 불을 뿜어서 네가 아끼는 인간을 구했다." 레오단은 앤다나가 떠나지 못하게 방해하는 요소들을 하나씩 확인하듯 말했다. "그 인간은 널 돌봐준 드래곤의 날개 아래 있으면 자기 동족 말고는 무엇으로부터도 안전할 거다."

"난 바이를 떠날 수 없어!" 앤다나가 고개를 젖혔다.

심장이 위험할 정도로 빠르게 뛰었다.

"떠나야 한다. 이건 네게도, 우리 혈통의 누구에게도 지워질 운명이 아니었다. 오늘 밤에 일어난 일을 생각해봐라. 내가 끼어들지 않았다면 너는 여기 존재하지 않을 거야."

레오단의 비늘이 일렁이더니 이번엔 진주빛을 띠었다. "여기에서 네가 겪을 것은 전쟁과 고통밖에 없어."

그리고 내가 있지. 테른이 있고. 스게일이 있어. 그렇게 소리 질러서 앤다나에게 주어진 기회를 망치지 않으려고 온 힘을 다해야 했다.

"난 계약을 맺었어." 앤다나가 꼬리를 낮추며 나를 둥글게 감쌌다. "우리의 목숨, 우리의 정신, 우리를 형성하는 에너지 자체까지도 얽혀 있어."

맞아. 그거야. 바로 그거. 나는 저도 모르게 고개를 끄덕였다.

"그렇다면 그걸 끝내라." 레오단이 고개를 기울이자 눈 위의 비늘이 한 줄로 파였다. "계약은 마법적인 결속에 지나지 않아. 너는 이리드야. 네가 곧 마법이지. 네가 적절하다고 여기는 대로 구부리고 빚고 깨뜨려."

잠깐만. 뭐라고?

"난 못 해." 앤다나의 꼬리가 나를 더 바싹 감았다.

공기가 희박해지고, 머리가 빙빙 돌기 시작했다.

"그렇지만 넌 이미 그렇게 했어." 레오단이 나를 내려다보았다. "누가 너와 먼저 계약했지?"

이게 현실일 리 없어. 꿈을 꾸는 거야. 아니면 제이든의 꿈속이거나. 그래도 악몽의 영역에 발을 헛디딘 건 확실했다. "둘이 같은 날에 절 선택했어요."

그는 짜증 난다는 듯이 한숨을 내쉬었다. 수증기가 불어왔다. "누가 네게 먼저 말을 걸었지?"

나는 눈을 움직여 탈곡의 날을 돌이켰다.

'물러나거라, 은빛 아이야.' 기억 속에서 테른의 목소리가 울렸다.

"테른이요." 나는 앤다나 쪽으로 얼굴을 돌리며 속삭였다. 앤다나의 모든 것을, 비늘 패턴과 코의 기울기, 눈의 각도, 레오단과 똑같은 뿔의 소용돌이 무늬까지 샅샅이 눈에 담았다. "너는 비행장에서 네 이름을 알려줄 때까지 나에게 말을 하지 않았어."

앤다나가 눈을 껌벅였다.

"알겠니?" 레오단은 앤다나에게 주의를 돌렸다. "인간은 한 번에 한 드래곤하고만 계약할 수 있는데, 네가 존재하지 말아야 할 두 번째 연결을 구축한 거야. 오직 이리드만이 그럴 수 있지. 네 본능은 훌륭하다만, 네겐 지도가 필요해. 연결을 끊고 나와 같이 가자."

심장이 귓가에서 말발굽 소리처럼 요란하게 뛰었다.

"하지만 바이올렛은…." 앤다나의 말투가 부정에서… 아마리시여. 제발, 저건 걱정하는 목소리인가요?

사실을 깨닫자 얼굴에서 핏기가 빠져나갔다.

앤다나는 따라가고 싶어 한다. 당연히 가고 싶겠지. 레오단은 앤다나의 가족이다. 기꺼이 그녀를 받아들이려고 하는 유일한 동종 드래곤이다. 내가 방해인 거다.

"저 인간의 목숨은 다른 계약이 지탱해줄 거다." 레오단은 앤다나와 나 사이에 그게 전부라는 듯이 말했다. "네가 돌아오기를 택한다면 언제든 계약을 복구할 수 있어."

앤다나가 대답하지 않자 레오단은 내 눈높이까지 머리를 내렸다. "저 아이는 나이가 어리다 보니 감정적으로 매여 있다. 넌 어떻게 하라고 말하겠느냐?"

앤다나가 고개를 숙였다.

"전…." 얼굴이 창백해진 나는 앤다나를 바라보며 구석구석 기억해두려고 애썼다. 이게 마지막으로 보는 모습일지도 모른다니, 가능성만으로도 힘들었다. 오로지 앤다나와 소통하고 싶어서 고유 능력을 발전시켰는데…. 그런데도 우린 벼랑에 던져진 셈이었다.

"난 널 사랑하고, 네가 완전하다고 느꼈으면 좋겠어." 내가 말을 시작하자 앤다나가 서서히 눈을 마주쳤다. "네가 행복하고 안전하고 잘 지냈으면 좋겠어. 네가 살았으면 좋겠어." 목소리가 갈라졌다. "나와 함께가 아니라 해도."

"훌륭하구나." 레오단이 말했다. "네 선택을 이해한다."

간절한 감정이 밀려 들어왔다. 가슴이 아플 정도로 깊은 감정이었고, 너무 아파서 숨을 쉴 수가 없을 지경이었다. 나는 앤다나가 말하지 못하는 모든 감정을 느끼며 힘겹게 고개를 끄덕였다.

"난 방법을 모르는데…." 앤다나가 입을 열었다.

머릿속에 찢어질 듯한 호각 소리가 울리더니, 침묵만 남았다. 마음을 뻗어보았지만, 벽만 느껴지다가… 아무것도 없어졌다.

앤다나가 레오단 쪽으로 고개를 홱 돌렸다.

그는 경고도 없이 이륙해서 내 위로 높이 날아올랐다. 레오단이 날개를 치며 고도를 높이자 바람이 불어왔다. 그의 비늘이 일렁이며 흐린 밤하늘 빛깔을 띠더니 점차 모습이 사라지기 시작했다.

앤다나가 그를 향해 포효하더니 시선을 마구 움직이며 내 뒤를 보았다가, 오른쪽을 보았다가, 다시 나를 보았다. 앤다나는 뭔가 말하고 싶은 듯이 눈을 크게 떴고, 나는 우리의 연결을 막은 차단벽에 마음을 던졌다.

하지만 이제 연결은 없었다.

잠시 후에는, 앤다나도 없어졌다.

앤다나의 비늘이 하늘에 녹아들 듯이 변하고, 남은 것이라곤 돌풍뿐이었다.

포효가 내 뼛속을 흔들었고, 귀가 먹먹해지며 시야 가장자리가 어두워지기 시작했다. 심장이 덜컹거리고, 폐가 숨을 들이마시려는 노력을 그만뒀다. 공기도 없고, 공기를 찾을 이유도 없었다. 이전에는 무한하면서도 정박해 있었다면, 이제는 텅 빈 채로 이해할 수 없을 만큼 광대한 바다 위에 떠 있었다.

무릎이 풀려 땅바닥에 부딪쳤다.

"바이올렛!" 누군가가 외치고, 달리는 부츠 소리가 들리더니 내 앞에 몸을 웅크리고는 갈색 눈으로 마주보며 내가 갖지 못한 대답을 찾으려 했다. "괜찮아?"

난 아무것도 아니야.

하늘이 어두워지고 땅이 흔들렸다. 검은 허공을 올려다보자 시야가 좁아지며 점점 줄어드는 원만 남았다. 하늘이 아니다. 날개다.

엄격하고 요구가 많은 금빛 눈이 나타났다.

"*숨을 쉬어라!*" 그의 깊고 걸걸한 목소리가 내 머릿속을 채우더니, 우리 사이를 잇는 통로로 고집스러운 힘이 쏟아져 들어왔다.

테른이다.

테른이 존재하니, 나도 존재해야 한다. 우리는 묶여 있으니까. 결코 혼자가 아니다. 언제나 연결되어 있다.

숨을 들이켜자 공기가 밀려들었다. 심장이 불규칙하고 고통스러운 박자로 뛰었지만, 시야 가장자리는 또렷해졌다. "*앤다나가 우릴 떠났어요. 우릴 떠났어요. 우릴 떠났어요.*" 생각할 수 있는 말은 그것뿐이었다.

"*우린 남는다.*" 테른이 명령했다. 나에게 그러지 않을 선택권이라도 있던가?

"무슨 일이야?" 또 다른 누군가가 내 옆에 무릎을 꿇기에 시선을 돌렸더니 호박색 반점이 박힌 오닉스 눈동자가 보였다. 누군가가 아니라 제이든이었다. "바이올렛?" 우리 사이의 연결 통로로 걱정과 두려움이 흘러들었고, 그 연결이 내 심장박동을 붙들었다.

나는 테른을 위해 존재하지만, 제이든을 위해서 산다.

"모르겠어요." 리애넌이 대답했다. 리애넌이 가슴이 찢어질 듯 걱정하는 눈으로 나를 보는 모습에 달래주고 싶어졌다.

리가 아직 여기 있다. 미라도 있고, 브레넌도 있고, 리독도, 소여도, 데인도, 제시니아도, 이모젠도, 아릭도 있… 앤다나만 빼고 모두가 여기에 있다.

"어떻게 그 애가 이럴 수 있지?" 격분한 스게일이 칼날처럼 날카롭게 말했다.

"가버렸어." 나는 리에게 속삭이고는 견딜 수 없는 진실의 무게 아래

구겨졌다. 제이든이 나를 붙들어 가슴팍에 끌어안았고, 나와 시선이 마주치자 이마를 찌푸렸다. "앤다나가 가버렸어."

# 54

드래곤을 잃고 살아남은 라이더는 없다.
살고 싶어 하는 라이더를 상상할 수도 없다.

— 케이오리 대령, 《드래곤 도감》


앤다나가 가버렸다.

나는 이후 3일 동안 방에서 나가지 않았다. 침대에서도 거의 나가지 않았다.

앤다나가 가버렸어.

하지만 나 혼자일 때는 없었다.

브레넌은 아침마다 내가 조는 동안 침대 옆에 의자를 놓고 앉아서 서류를 읽었다. 오후에는 그 자리를 대대원들이 이어받았는데, 그들의 목소리는 지쳐서 멍한 내 머리를 뚫고 들어오지 못했다. 다들 무슨 말을 해야 할지 모르면서 차례차례 함께 있을 뿐이었는데, 그것도 나에겐 괜찮았다. 나도 대답할 말이 없었으니까. 밤에는 제이든이 나를 지키며, 팔만이 아니라 마음으로도 나를 안아줬다.

앤다나가 가버렸어.

테른은 우리의 연결을 활짝 열어둔 채, 이전에는 한 번도 얻지 못했던 무제한 접속 상태를 유지했다. 테른은 이전에도 언제나 나와 함께 있었지만, 이제는 나도 늘 테른과 함께였다. 앤다나가 떠난 일에 대해 원로들에게 말하는 테른의 목소리도 들렸다. 스게일의 '지나친 간섭'을 두고 벌이는 언쟁도 들렸고, 제이든에게 내 식사를 확실히 챙기라고 잔소리하는 것도 알 수 있었다.

그것만 들리는 게 아니었다. 처음 이틀 동안은 문이 열릴 때마다 축하하는 분위기가 흘러들고, 행복한 목소리와 웃음소리들이 들리다가 누군가가 들어오고 나서야 사라졌다.

당연히 행복하겠지. 아레티아는 안전했다. 우리가 몇 달 전에 간절히 원하던 일이 이뤄졌다. 축하하는 사람들을 탓할 수는 없다. 단지 나는 함께 축하할 수 없을 뿐이었다. 축하를 하려면 뭔가를, 뭐라도 느껴야 했다.

잠을 잤지만, 꿈은 꾸지 않았다.

앤다나가 가버렸어.

사흘째에 공기가 달라졌지만, 침묵하는 대대원들에게 이 긴장감의 정체를 묻지는 않았다. 신경이 쓰이지 않아서가 아니라, 자연스러운 호흡을 유지하는 데 모든 에너지를 끌어다 써야 했기 때문이다.

앤다나는 돌아올 거야. 그렇지? 돌아와야 해. 죽은 게 아니야. 레오단이 바다를 무사히 건너게 해줄 거야. 그리고 돌아왔을 때 내가 이렇게 혼자 웅크린 모습만 보인다면 앤다나의 인장을 받을 가치가 없겠지. 이게 감정의 건틀릿이라고 치면, 떨어지고 있는데 추락을 막아줄 밧줄이 없는 셈이었다.

나흘째 아침, 등 뒤로 매트리스가 가라앉는 느낌에 깨어났다.

"너 자는 걸 보려고 밤새 날아온 게 아니거든. 일어나."

다른 누구도 그 목소리처럼 나를 흔들지는 못한다. 몸을 돌려보니 미라 언니가 제이든 자리에 앉아서, 담요 위로 양말을 신은 두 다리의 발목을 교차한 자세로 나를 보고 있었다. 관찰하는 언니의 눈 밑이 시커멓게 그늘졌지만, 다행히도 새로운 상처는 보이지 않았다.

"일어나기 싫어." 한동안 말을 하지 않아서 긁힌 목소리가 났다.

"그래." 언니는 이마에 주름을 잡고 내 눈을 들여다보며 이마에 흘러내린 머리카락을 넘겨줬다. "하지만 일어나야 해. 울어도 좋고, 소리를 질러도 좋고, 원한다면 뭔가 부숴도 괜찮지만, 이 침대 안에서 살 수는 없어."

"난 완전했는데 지금은 아니야." 눈이 따끔거렸지만 울지는 않았다. 울음은 며칠 전에 그쳤다. "앤다나가 정말로 가버렸어."

"정말 안타깝다." 미라 언니의 얼굴에 연민이 가득했다. "하지만 네가 슬픔에 익사하게 놔둘 정도로 안타깝진 않아. 넌 일단 몸을 일으키는 것부터 시작해야 해." 미라가 코에 주름을 잡았다. "그 다음에는 목욕을 할 수 있겠지."

누군가가 문을 두드렸기에, 닫혀 있는 침실 문으로 주의를 돌렸다. "그런데 언니가 어떻게 들어온 거야?"

"라이오슨이 들여보냈어." 문이 열리자 언니가 내 머리에서 손을 뗐다. 물론 제이든이 그랬겠지. "깨어났어." 미라가 어깨 너머로 소리쳤다.

제이든이 안을 들여다보는데, 걱정으로 이마에 주름이 가득하더니 나를 보고서야 얼굴을 폈다. "일어났네." 그의 입꼬리가 올라갔다.

"마지못해." 나는 인정했다.

그가 눈을 크게 뜨는 모습을 보고서야 나는 제이든에게도 며칠 만에 처음 말했다는 사실을 깨달았다.

젠장. 정신 차리긴 해야겠다.

"잃은 마력은 어떻게 대체했어?" 미라가 얼른 물었다.

나는 억지로 시선을 돌렸다. "그런 거 안 했는데. 무슨 소릴 하는 거야?"

"깨어났으면 나 좀 들여보내줘." 브레넌이 제이든 뒤 복도에서 말하는 소리가 들렸다. "내 동생들이거든!"

"브레넌이 없는 게 좋다면 내가 죽여줄 수 있어." 제이든이 흉터 진 눈썹을 들어 올리며 제안했다.

"그래서 자기 죽음을 꾸며낼 기회를 또 주라고?" 미라가 코웃음을 쳤다.

"오빠는 들어와도 돼." 나는 두 손을 대고 몸을 일으켜 앉았다. 제이든의 대련복 셔츠와 말아 올린 잠옷 바지를 어찌나 오래 입고 있었는지, 피부와 하나가 된 느낌이었다.

제이든이 브레넌을 안으로 당겨 넣었고, 오빠는 들어오자마자 미라 언니를 보고 얼굴을 찌푸렸다.

"넌 뭘 하는 거야?" 브레넌이 등 뒤로 문을 닫으면서 물었다.

제이든은 책장에 등을 기대고 서서 금방이라도 달아날 사람 보듯이 나를 쳐다보았다. 그보다 더 나쁜 건 다시 이불 속으로 사라지는 거겠지. "안녕."

"안녕." 웃음을 불러낼 기운은 없었지만, 나는 제이든의 모습을 탐닉했다.

미라 언니는 경고하듯 브레넌을 보고 눈을 가늘게 떴다. "나한테 우리 동생이 긴장증 일보 직전이라는 편지를 보냈잖아. 그래서 왔는데, 내가 뭘 하는 것 같아?"

"네가 바이를 침대에서 끌어내길 바랐지." 브레넌이 나를 가리켰다. "같이 누우라는 게 아니었거든."

"내가 도착한 지 30분도 안 됐는데 벌써 애가 말하고 있는 걸 보면, 내 방법이 꽤 용하다 싶은데." 미라는 엄마가 생각나는 눈빛으로 오빠를 노려보았다. "그러는 너는 정확히 뭘 했는데?"

엄마라면 확실히 내가 제 기능을 하지 못하는 모습에 몸서리를 쳤겠지. "저 의자에 앉아서…." 브레넌은 침대 옆을 가리켰다. "현재 메다로 패스를 오르고 있는 수천 명을 수용하고 먹일 궁리를 하면서 동시에 엄청나게 증가한 제련소 생산량을 감독하고, 더해서 저녁마다 전선에서 여기까지 날아올 능력이 있는 부상자들을 복원하며 보냈지."

"전선 이야기는 나한테 할 필요 없어." 미라가 가슴을 두드렸다. "보호막을 올린 것 때문에 놈들이 열받았는지 전선에서 우리를 두들겨대고 있고, 우리는 후퇴밖에 할 수 없었어. 전선에서 드레이터스가 보일 지경이야."

"정말로 국경을 열었구나." 나는 언니와 오빠가 계속 다투는 소리를 배경으로 제이든을 보고 눈을 크게 떴다.

그는 고개를 한 번 끄덕였다. *"아버지도 그러고 싶었을 거야."*

하지만 펜 라이오슨은 실제로 국경을 열지 않았다. 제이든이 열었다. 그런데 나는 내 불행에만 빠져서, 그런 노골적인 반역 행위를 저지른 제이든을 지원하지는 못할망정, 상황을 알지도 못하고 있었다. 기분이 가라앉았다.

"무슨 생각을 하는지 몰라도, 그만해." 제이든이 고개를 기울이며 말했다.

"당신 혼자 처리하게 내버려뒀잖아." 르웰른이 나에게 끔찍하게 실망했겠지. 나도 나에게 끔찍하게 실망했다.

*"넌 숨을 쉬고 있었어. 그거면 충분해."* 제이든의 눈에 담긴 안도감이 손에 잡힐 듯했고, 그래서 기분이 더 나빠졌다.

난 이보다 강한 사람이어야 했다. 내가 뭘 또 놓쳤을까?

"앤 드래곤을 잃었어." 미라가 소리쳤다. "애인을 잃은 게 아니라고.

실연이 아니야." 언니는 제이든에게 시선을 돌렸다. "너 기분 나쁘란 말은 아니다."

다시 공허가 나를 압도하려고 했지만, 테른이 분개와 저항감을 쏟아부었다. "지금에 집중해라. 필요하다면 그 녀석에게 집중하고."

나에겐 아직 테른도, 제이든도 있었다.

"기분 나쁘지 않습니다." 제이든은 팔짱을 꼈지만, 시선은 돌리지 않았다. "저희는 이별할 단계를 지났어요."

미라는 브레넌에게 잔소리를 계속했다. "핵심은, 계약이 끊어진 감정적인 충격만 문제가 아니라 마력 부족으로 휘청거릴 게 분명하다는 거야."

"내가 여기 없는 것처럼 말하지 좀 마." 내가 속삭였다.

"나도 바이가 오뚝이처럼 일어서야 한다고는 안 했어." 브레넌이 쏘아붙였다.

"그만해!" 내가 외치자 방 안이 조용해졌다. 두 사람의 말다툼에서 벗어나기 위해서라도 이 침대에서 나가야 할 판이었다.

브레넌이 온몸을 축 늘어뜨렸다. "신들이시여, 고맙습니다. 말을 하는구나."

"내가 말한다고 했잖아!" 미라가 두 손을 치켜들었다.

"아빠가 아카이브에서 그렇게 시간을 많이 보낸 것도 놀랍지 않아." 나는 중얼거리고 나서 이불을 젖혔다. 1단계, 침대에서 나가기. 2단계, 나흘간의 불행을 씻어내기.

"이젠 농담도 하는 거야?" 브레넌이 입을 쩍 벌렸다.

"쟨 너보다 나를 좋아하거든." 미라가 제복에 붙은 풀잎을 떼어냈다.

"이건 하나도 안 웃겨." 나는 바닥에 두 발을 내디뎠다. "그리고 두 사람, 그만 싸우고 잘 좀 해봐. 이젠 니아라 말고는 우리밖에 안 남았잖아." 나는 천천히 일어섰다.

제이든이 책장에서 몸을 떼어내는 모습을 보고 고개를 저었다.

"*잠시 시간이 필요해.*" 나는 계속 숨을 쉬라고 일깨우면서 욕실까지 가는 데 성공했다. 문을 닫자 둘이 다투는 소리가 희미해지더니, 볼일을 보고 욕조에 물을 틀자 아예 소리가 사라졌다. "*이제 됐어.*"

제이든이 잽싸게 들어오더니 얼른 문을 닫아서 브레넌과 미라의 커진 목소리를 차단했다.

"둘이 아직도 싸우고 있어?" 나는 욕조 가장자리에 앉아서 물 온도를 시험하려 손을 뻗었다.

"네 형제들이잖아." 그는 대꾸하면서 제복 소매를 말아 올리고 다가왔다. "내가 할게." 그는 목욕물에 손을 담그더니, 송수로에서 물을 끌어오는 레버를 조정했다. "내가 도와도 될까?"

나는 고개를 끄덕였다.

제이든의 도움으로 옷을 벗고 욕조에 들어갔다. 등을 기대자 따뜻한 물이 밀려왔다. 나는 땋은 머리를 당겨 풀었다. 제이든은 내 옆에 무릎을 꿇고 작은 천에 비누를 묻히더니 내 발부터 닦기 시작했다.

"할 일이 많을 텐데." 조용히 말하며 그의 눈을 들여다보았다. 제이든은 나만 빼면 누구라도 놀랄 만큼 부드럽게 손을 움직였다.

"나중에 해도 돼." 그는 내 무릎으로 손을 옮겼다.

하지만 그럴 순 없었다. 세나리움의 포고령에 맞서서 국경을 열었다면 그럴 수가 없는데, 제이든이 그렇게 말해줘서 더 사랑스럽기는 했다. 모든 게 아무리 불가능하게 느껴진대도 상관없었다. 세상은 여전히 저 문 너머에서 돌아가고 있었고, 나도 얼른 따라잡아야 했다.

나는 고통의 전문가였지만, 앤다나를 잃은 고통은 내가 지금까지 살아남기 위해 감춰야 했던 그 어떤 통증보다 깊었다. 그래도 제이든에게는 괜찮은 척할 필요가 없었다.

"룬 수업을 사흘이나 빼먹었네." 인생에서 부족한 것들을 벌충하려면 작은 데서부터 시작하는 게 좋다. 더해서, 수업은 드물게 내 인생에서 제이든의 도움을 한 번도 받은 적 없는 영역이었다.

"이런 말 하긴 싫지만, 사흘 가지고는 너에게 별로 도움이 되지도 않았을 거야." 제이든이 입술을 씰룩이고는 내 팔로 천을 옮겼다.

"당신이 도와줄래?" 생각보다 말이 쉽게 나왔다.

그의 시선이 퍼뜩 내게 향했다. "착하게 부탁해봐."

지난번에 같은 요구를 했다가 벽에 대고 나에게 키스하는 결과로 끝맺었던 기억을 떠올리자 입꼬리가 꿈틀거렸다. "제발 도와주실래요?"

"언제나." 이번에는 내 손을 닦았다. "네 머리를 감겨줘도 될까?"

"해줘." 제이든은 내 뒤로 이동했고, 나는 물속에 머리를 담갔다. 그러고는 다시 일어나서 딱 맞는 말을 찾으려 했다. 그의 손이 내 머리카락에 비누 거품을 문지르는 단순한 쾌감 덕분에 다시 긍정적인 감정을 느낄 수도 있다는 희망이 스쳤다. "왜 드래곤이 죽으면 라이더들도 죽는지 알 것 같아."

제이든은 멈칫했다가 계속 손가락을 움직였다. "왜?"

"마력 부족 때문만은 아니야." 나는 손에 물을 퍼올렸다가 손가락 사이로 흘리며 말했다. "그 순간에 내가 누구인지, 어디에 속해 있는지, 왜 굳이 숨을 쉬어야 하는지 알 수 없었어. 테른이 나를 붙들지 않았다면 기꺼이 떠내려갔을 거야. 아직도 앤다나가 없다는 엄청난 일을 이해하지 못하겠어. 앞으로도 이해할 것 같지 않아. 그걸 넘어설 수가 없어."

"아직은 넘어서지 않아도 돼." 그는 내 옆으로 와서 욕조 가장자리에 앉았다.

"아니, 극복해야 해. 방금 내 형제들에게 서부 전선이 무너지고 있고, 당신 땅으로 수천 명이 도망쳐 왔다는 말을 들었거든." 나는 고개를 기울였다. "더 있어?"

"응." 그는 주저 없이 대답했다. "하지만 네가 겪은 일에서 살아남은 라이더는 아무도 없고…."

"잭 발로우만 빼고 말이지." 내가 말을 끊었다.

"네 유머 감각이 멀쩡해져서 기쁘다." 그는 흉터 진 눈썹을 들어 올렸다. "네가 온전히 기능하길 기대하는 사람은 없어."

"내가 기대해." 계속 바쁘게 움직여야 저 침대에 다시 드러눕지 않을 것이다. 나는 테른에게 기대면서 앤다나가 있어야 할 자리에 남은 진공을 무시하려 했다.

"그렇다면 물어볼게." 그는 욕조 옆면을 잡고 내 눈을 들여다보았다. "내가 널 돌봐주면 좋겠어, 아니면 혼을 내면 좋겠어? 둘 다 가능하고, 둘 다 해줄 용의가 있는데."

"나도 알아." 입술을 꾹 다물었다. 제이든이 나를 돌봐주면 좋겠지만, 그가 나를 혼낼 필요가 있었고, 필요한 일이 원하는 것보다 우선이었다. 나는 물속에 잠겨서 머리와 몸을 헹구는 데 필요한 시간보다 조금 더 오래 침묵했다. 욕조 밖으로 다시 머리를 내밀고 보니 제이든이 나를 따라 들어오기 직전이었던 것처럼 몸을 기울이고 있었다. 내 몸은 알아서 숨 쉬는 법을 기억했다. "옷장에서 제복 한 벌 갖다줄래? 제대로 입어야겠어."

그는 고개를 끄덕이고는 내 젖은 이마에 입 맞췄다. "금방 돌아올게."

제이든이 돌아왔을 쯤엔 물을 빼면서 머리카락과 몸을 말리고 있었다.

제이든은 망설이는 표정으로 내 옷을 건넸다. "두 사람이 서로를 죽이지 않게 다시 가봐야겠다. 그런데 니아라가 누구야?"

나는 눈썹을 치켜올렸다. "우리 할머니."

"그분이 아픈 주제인가 봐." 그는 얼굴을 찌푸리다가 욕실을 나갔다.

나는 재빨리 옷을 입고, 젖은 머리카락을 풀어헤친 채로 욕실 문을 박차고 침실로 들어갔다.

미라와 브레넌은 무기를 뽑기 직전 같은 모양새였고, 내가 나타난 것도 눈치채지 못했다. 책상에 기대서 팔짱을 끼고 눈매를 좁힌 채로 내 형제들을 지켜보는 제이든의 발치에 그림자가 감겨 있었다.

"그 사람은 우리 어머니를 미워했어." 브레넌이 고개를 저었다. "거길 찾아가다니 믿을 수가 없다."

"바이올렛에겐 아빠의 책이 있고, 너에겐 아레티아가 있어." 미라가 비난조로 말했다. "내가 살아 있는 유일한 가족을 찾아간 건, 나에게 남은 게 엄마의 일기장 몇 권뿐이고 그나마도 몇 달 치가 빠져 있기 때문이었어, 브레넌."

"브레넌이 네 할머니의 팔찌를 알아보고는 이야기가 여기까지 이어졌어." 제이든이 상황을 설명했다.

"엄마가 몇 달 동안 일기를 안 쓴 게 뭐 어쨌다고." 브레넌이 어깨를 으쓱였다. "바이올렛에게 물어…."

"일기장 한가운데 몇 달이 빠졌다니까." 미라가 받아쳤다. "그것도 엄마와 아빠가 우리를 니아라 할머니 댁에 남겨두었던 그 여름 몇 달이야. 엄마가 일부러 안 쓴 거라고."

잠깐만. 나도 그 일기장은 읽었는데.

"그렇다고 그게…."

"난 여덟 살이었어." 미라가 브레넌의 말을 끊었다. "그리고 너랑 나만 이었어, 기억해? 바이올렛은 거기 머물기엔 너무 어리다고 데려갔지. 그리고 부모님이 돌아왔을 때부터 할머니가 두 사람과 말을 안 했어."

"내가 알아볼까…?" 제이든이 한쪽 눈썹을 올리며 내 쪽을 보았.

"아니야." 나는 경고하는 눈빛을 쏘았다.

"그게 두 분이 바이를 던 신전으로 데려가서 봉헌했다는 의미가 되진 않아." 브레넌이 넌더리를 내며 고개를 저었다. "그건 통합 200년 이후부터 불법이었어."

봉헌. 중력이 기울고, 나는 발밑의 돌이 갑자기 모래로 변한 것처럼 균형을 잃었다.

'우리가 네 봉헌식을 완료하지 않아 다행이구나.'

언브리얼의 고위 사제가 했던 말이 머릿속에 울려 퍼졌다. 티오파니와도 비슷하고 나와도 비슷했던 그녀의 은빛 머리카락도.

"바이올렛?" 그림자 띠가 내 허리를 휘감아 지탱하는 사이에 제이든이 손을 뻗어 직접 허리를 감쌌다.

"그러니까 포로미엘에 가서 한 거지!" 미라가 외쳤다. "내 말 믿어, 브레넌. 실제로 일어난 일이니까! 그래서 할머니가 두 사람과 말하지 않기로 한 거야. 거기 여사제가 봉헌식을 시작했다가, 엄마와 아빠에게 자기들은 미래가 확정적인 아이들만 받는다고. 그래서 바이올렛에겐 아직 선택할 길이 있다고 했고…."

"언제부터 신탁 사제가 약물을 먹고 내뱉는 망상을 믿게 됐어?" 브레넌이 두 손을 쳐들어 손바닥에 남은 룬 모양의 흉터를 드러냈다. "할머니의 헛소리는 또 어떻고?"

'말해 보아라. 이 길을 네가 직접 선택했느냐?' 그 사제가 나에게 그렇게 물었지.

"…그리고 그 길 중에 하나는…." 미라가 고개를 저으며 브레넌의 말을 가로챘다. "그 사람들은 바이를 받아들이길 거부했어. 그리고 내가 몇 달 치 신전 기록을 요구했지만, 당연히 거기에 어린아이 이름은 없었지. 소른게일은 당연히 없고."

머리가 핑핑 돌면서 전혀 보고 싶지 않지만 내가 들어가 있는 그림 하나를 짜 맞췄다.

브레넌이 내 쪽을 보더니 창백해졌다. "미라…."

"그 사제가 알쏭달쏭하게 말하긴 했지만, 요약하자면 바이올렛이 자기 미래를 형편없이 선택했고, 아직 신전의 조언을 얻을 순 있지만, 변할…." 미라가 말을 이었다.

"미라!" 브레넌이 내 쪽을 가리켰다.

화들짝 놀라서 나를 본 미라가 움찔했다. "바이올렛." 언니는 고개를 저으며 속삭였다. "네가 듣게 할 생각은… 미안하다."

"뭘로 변한다는 거야?" 변한다는 말에서 떠오르는 건 하나뿐이었다.

미라가 제이든을 보았다. "잠시 우리끼리 얘기할 수 있을까?"

"*남아 있어.*" 나는 미친 듯이 생각하면서 그에게 몸을 기댔다.

"아니요." 제이든이 미라에게 대답했다.

"베닌으로 변한대?" 내 추측이었다.

미라가 입술을 앙다물었다.

"우리 신전들에서는 어떤 기록도 찾을 수 없을 거야." 나는 무거워지는 마음으로 천천히 말했다.

"두 분이 널 봉헌하려고 한 일이 없으니 그렇겠지." 브레넌이 미라를 노려보면서 나를 두둔했다.

"아니, 하려고 했어." 나는 느릿느릿 고개를 끄덕였다. "단지 여기가 아니었어. 날 언브리얼까지 데려갔던 게 분명해. 그래서 언니는 내 머리가 이런 식으로 자랐다고 생각한 거고, 그 사제가 내 팔을 베기 전에 했던 미친 소리들도 설명이 돼."

"아니야." 브레넌이 허리에 두 손을 얹었다. "아빠는 네가 완벽하다고 생각했고, 부모는 신의 손길이 아이에게 도움이 된다고 생각했을 때만 특정 신에게 아이를 봉헌했었다고 했는데…." 오빠는 급히 입을 다물었다.

속이 텅 빈 기분이었다. "나를 던에게 바쳐서 고치려고 한 거야?"

"말도 안 돼. 엄마는 신전에 신경 쓴 적이 없어." 브레넌이 주장했다. "그리고 넌 고칠 필요가 있었던 적이 없어."

'그이가 아이에게 한 짓을 평생 용서할 수 있을지 모르겠다.'

신들이시여. 그들은 우리 대대가 도착하기 전까지 드래곤을 본 적이 없었다.

"엄마가 데려간 게 아니야." 예기치 못한 배신에 눈이 따가웠다. "아빠가 데려갔지." 목에서 소름 끼치는 웃음소리가 터져 나왔다. "그래서 아빠가 오빠에게 그런 역사를 말해준 거야. 오빠가 일어난 일을 짜 맞춰야 할 때에 대비해서. 그 책들을 찾으라고 날 보낸 거였고." 나는 미라 언니를 바라보았다. "우리는 부모님을 제대로 알지 못했나 봐."

나는 눈을 깜박였다가 말을 이었다. "그래서 언니가 최근에 그렇게 서먹해진 거였어? 계속 내 머리에 뿔이라도 날 것처럼 본 게 그래서야? 언제든 내가 변할 거라고 생각해서?"

"아니야. 맞아. 어쩌면. 나도 모르겠다." 미라가 내 쪽으로 오려고 했지만 브레넌이 길을 막았다.

"그 여자가 뭐라고 했어?" 브레넌이 미라에게 물었다. "그 사제가 너한테 정확히 뭐라고 했냐고."

미라는 팔찌를 비틀더니 내 눈을 똑바로 보았다. "너를 위해서 뛰는 심장, 아니면 네 안에서 뛰는 심장이 올바른 이유에서 그릇된 짓을 저지르고 입에 담을 수 없는 힘에 손을 뻗어 어둠으로 변할 거라고 했어."

입술이 벌어졌다.

"안에서 뛰는 심장이야, 위해서 뛰는 심장이야?" 브레넌이 재차 물었다.

"같은 거 아니야?" 미라가 맞섰다. "바이올렛이 변할 위기인데, 저런 힘을 갖고…."

"그만." 나는 제이든의 목소리에 고개를 홱 돌렸다. "바이올렛이 아닙니다. 나예요."

"안 돼!" 나는 우리 연결을 통해 고함을 질렀다. 공포가 숨통을 틀어쥐어 머리가 띵할 정도였다.

"내 심장은 바이를 위해서 뛰니까." 제이든은 움찔하지도 않고 미라에게 말했다. "내가 입에 담을 수 없는 힘에 손을 뻗었습니다. 변했고요. 그 사제가 아버님께 경고한 베닌은 바이올렛이 아니라 나예요. 바이를 골칫거리처럼 대하는 건 이제 그만해요. 내가 문제니까."

아, 망할.

미라가 날카롭게 제이든을 노려보더니 나를 보았다. "농담이겠지."

"진짜야." 나는 들릴락 말락 한 목소리로 털어놓았다. "우리가 바스지아스에서 살아남은 게 제이든 덕분이었어."

"12월부터라고?" 미라가 눈을 부릅뜨며 허벅지에 꽂힌 합금 단검을 뽑았다.

"안 돼!" 나는 제이든 앞에 섰다. "상태는 안정적이야."

"저놈은 베닌이야!" 미라가 단검을 들어올렸다.

"바이올렛에게 칼을 드는 건 기분 좋게 받아주지 못하겠는데요." 제이든이 나를 옆으로 잡아끌었다.

"지금 위험한 사람이 나라는 거야?" 미라가 단검을 던질 태세를 하자 내 안에 마력이 쏟아져 들어왔다. "브레넌, 너는…."

"하지 마." 오빠가 조용히 말했다.

그 목소리에 미라가 멈칫하더니, 무슨 뜻인지 이해한 기색이 번지는 얼굴로 고개를 돌렸다. "알고 있었어?" 미라의 시선이 브레넌에게서 제이든에게로, 마지막으로 나에게로 옮겨왔다. 상처와 충격이 치명적인 배합으로 섞인 눈빛이었다. 언니는 마침내 나에게 말했다. "그놈이 널 죽일 거야. 베닌은 그래."

"제이든은 안 그럴 거야." 나는 모든 확신과 믿음을 쏟아부어 말했다.

"안 그럴 겁니다." 제이든이 다짐했다. "그리고 맞아요. 안정적이긴 합니다. 하지만 기껏해야 진행을 늦출 뿐이죠."

미라의 호흡이 가라앉더니 나를 보는 눈이 엄해졌다. "이런 일을 또다시 나에게 숨기다니."

"언니도 나에게 숨겼잖아." 손톱이 손바닥을 파고들었다. "나에 대한 일들. 내가 알 자격이 있는 일들을."

"미라는 누구에게도 나에 대해 말할 의도가 없어." 제이든이 말했다.

언니의 차단벽을 뚫었어?

"애를 참 잘 가르쳤다." 미라는 오빠를 노려보고 단검을 칼집에 넣으며 걸어 나갔다. "살려두기도 잘해봐." 언니가 나가고 문이 쾅 닫혔다.

# 55

> 티렌더는 가장 큰 지방인 만큼, 우리 군의 징집병 대부분을 제공한다. 그러나 나바르의 힘은 티렌더 병사들에게서만 나오는 것이 아니라, 이 지방의 가장 귀한 자원에서도 나온다. 탤라듐. 탤라듐을 잃으면 나바르는 파멸이다.
>
> — 피츠기븐스 대위, 《티렌더의 역사, 완전판》(제3판)

 

미라 언니가 아무에게도 사실을 말하지 않고 이틀이 지나자, 나는 제이든 말대로 언니가 누구에게도 발설하지 않으리라 믿게 되었다. 나에게는 말을 걸지 않는다 해도 말이다.

나바르는 세나리움을 무시했다는 이유로 티렌더에 전쟁을 선포하기 직전이었다. 홀든은 칼디르 국경에 부대를 배치해놓고 아버지의 명령만 기다리고 있었고, 이에 제이든은 타우리 왕이 지방 서약 없이도 동맹은 공고하며 바스지아스에 남은 아레티아 라이더들이 안전하다는 사실을 확언할 때까지 탤라듐 수송을 끊는 것으로 맞대응했다. 실질적으로 바스지아스 대장간을 정지시키는 조치였다.

그나마 긍정적인 면이라고는 낮에는 대대와 함께하고, 밤에는 제이든의 침대에서 함께 자게 되었다는 점뿐이었다.

알고 보니 팬첵은 누가 어디에서 자든 신경 쓰지 않았다. 퀸도 매일 밤 여자친구와 같이 잤는데, 잭스도 여기에 배치받은 덕이었다.

트리사 교수의 룬 수업에서 제일 좋은 부분은 계곡에 나가서 훈련한 다는 점이었다. 테른에게 가까이 있을수록 내 가슴에 뚫린 구멍이 조금은 작아지는 느낌이었다. 짜증 나는 부분은? 내 룬 실력은 전보다 더 나빠졌다. 대대원들과 함께 원을 그리고 앉은 내 앞에는 버려진 연습용 원반이 열 개도 넘게 쌓였는데, 고작 점심시간 이후에 저지른 실수만 그 정도였다.

몇 달 전에는 앤다나의 마력에서 좀 더 섬세한 가닥을 뽑아 쓸 수 있었지만, 테른의 마력은 다루기 어렵고 분리하기도 힘들었다. 내 고유 능력이 전부 아니면 전무의 방식인 것도 당연했다. 테른은 뭐든 적당히 하는 법이 없었고, 그의 마력도 마찬가지였다.

"휴식 시간 전에 이륙하던 드래곤이 테인이었어?" 리가 지저분하긴 하지만 효력이 있는 잠금 해제 룬을 앞에 놓으며 물었다. 트리사 교수는 원 반대편으로 걸어가서 네브와 브레이건의 과제를 검사하고 있었다.

나는 고개를 끄덕이고 네 개의 꼭지점이 비뚤비뚤하게 매듭지어진 비대칭의 사다리꼴과 그 위로 겹친 타원형을(꼭 달걀처럼 보이게 만들었다) 연습 원반에 눌러 룬을 담금질했다. 나무에서 칙 소리가 나고 원반에 새겨진 모양이 드러났다.

"사령부에선 미라 언니에게 휴가를 72시간밖에 주지 않았어. 그것만 해도 무리였던 모양이야." 나는 룬을 살펴보며 이마를 찌푸렸다. 전선은 매일 드레이터스 가까이로 후퇴했고, 여기 분위기에도 폭풍 전야처럼 피할 수 없는 전쟁의 기운이 가득했다.

"둘이 시간을 더 보내지 못해서 안타깝다." 리가 말하면서 미소 지었다. 내가 '조심스러운 웃음'이라고 이름 붙인 표정이었다. 반은 연민, 반은 격려, 그리고 백 퍼센트 '제발 다시 긴장증에 걸리지는 마' 같은 표정이랄까.

내가 어제 수업에 나타난 이후 우리 대대원들의 특징이 된 표정이기도 했다.

"그래도 넌 언니를 보긴 했잖아." 원 동쪽 끝에 메런과 나란히 앉은 캣이 두 손으로 허공에 아직 보이지 않는 룬을 그리면서 말했다. "난 시레나 언니를 못 본 지 몇 달은 됐어." 굳이 조심스러운 웃음을 짓지 않는 게 이상하게 고마웠다.

"유감이야." 진심이었다. 코딘은 봉쇄 상태나 다름없었다. 베닌 영역을 피해서 코딘에 가려면 바다로 가는 수밖에 없었다.

"괜찮다고 말하고 싶지만, 내가 괜찮지 않다는 건 우리 둘 다 알지." 캣은 완벽하게 빚어낸 잠금 해제 룬을 앞에 내려놓았다. "네가 방금 시도한 뭔지 모를 물건도 마찬가지야. 그걸로는 아무것도 해제되지 않을걸."

"못되게 굴지 마." 메런이 캣을 곁눈질했다.

"내가 다른 영역에 뛰어나길 다행이네." 나는 꺼지라는 뜻이 담긴 미소를 날렸다.

리 왼쪽에서 리독이 낄낄거렸고, 내가 그런 뜻은 아니었다고 말할 틈도 주지 않고 소여가 리독의 옆구리를 찔렀다.

트리사 교수는 1학년들 앞으로 이동했고, 나는 그녀가 내 앞까지 오면 필연적으로 내뱉을 실망의 한숨 소리에 대비했다. 그녀는 어제 오후 대부분의 시간을 미라와 보내면서 우리의 실패한 탐험에서 어떤 룬이 작동하고 어떤 룬은 작동하지 않았는지 살핀 후부터 기분이 좋지 않았다. 현재까지 의견이 일치한 바는 어떤 물질은 대륙 바깥까지도 마법을 담아갈 수 있고 어떤 물질은 그러지 못한다는 것뿐이었다.

"그래도 지난번 것보다는 나아." 리가 내 룬을 보고 고개를 끄덕이더니 조심스러운 미소를 지었다.

"아니거든." 계곡 남쪽 면에 날개 그림자가 드리우는 것을 보고 심장이 펄쩍 뛰어올랐다가, 비늘에 볕을 쬐며 엎드린 테른 근처에 내려앉는 드래곤이 오렌지 클럽테일인 것을 보자 툭 떨어졌다. "언젠가는 계속 앤다나를 찾는 짓도 그만하겠죠?"

"그럴지도." 테른의 대답이었다.

참 위안이 되네.

"내가 좀 도와줄게." 퀸이 내 오른쪽으로 좁혀 앉았다.

"나도 시도해봤는데, 이 녀석은 도움을 원치 않아." 이모젠이 완벽한 룬을 또 하나 끝내면서 말했다.

"네 도움을 원치 않았겠지." 퀸이 과도하게 상냥한 투로 말했다.

사실이다.

"그거 이상하네. 내가 가장 뛰어난 축인데." 이모젠도 상냥한 말투로 대답했다. 이모젠과 캣, 퀸, 슬론이 룬에 가장 뛰어났고 베일러와 메런이 바싹 뒤따랐다. 보디는 캣과 맞먹었지만 지난 이틀 동안 오후 수업을 빼먹었다. 내가 이러쿵저러쿵할 처지는 아니지만 말이다. 그리고 인정해야겠는데, 데인조차 선두에 서지 못하는 분야가 있다는 건 재미있었다.

"그게 문제일 수도 있어." 퀸이 나에게 시선을 돌렸다. "어떤 일을 제2의 천성이 될 정도로 오래 한 사람에게 충고를 받는 건 힘들거든."

"맞아." 같은 생각이었다. 낙인자들은 몇 년이나 룬을 공부했다. 분과에 들어왔을 때는 이미 룬 패턴들을 알았고, 마력이 필요했을 뿐이다. "선배 생각은 듣고 싶네."

퀸은 금빛 곱슬머리를 귀 뒤로 넘기더니 내 원반에 손을 뻗었다. "예전에는 이렇게까지 힘겨워하지 않았잖아. 무슨 차이야?"

"예전엔 언제나 앤다나의 마력을 썼어." 나는 조용히 인정했다. "테른의 마력은 섬세한 가닥을 뜯어내기엔 너무 강해."

"맞는 말이야. 멜그렌도 코다흐의 마력으로 룬을 담금질하고 다닐 것 같진 않아." 퀸은 원반을 내려놓았다. "어쩌면 거칠게 다뤄야 할지도 모르겠다. 구부리는 게 아니라 팍팍 꺾는 거야. 네가 원하는 형태를 위해 마력을 구슬리지 말고, 좀 더 단호하게 접근해봐. 공격적이어도 좋고. 가장자리를 깰 때는 거칠게 하고, 매듭을 묶을 때는 세게 당겨." 퀸은 동작까지 흉내 내며 말했다.

"더 세게. 더 거칠게. 그건 할 수 있지." 나는 고개를 끄덕이고 아카이브에 마음을 뻗어 테른의 마력 한 가닥을 끌어당겼다.

"누구랑 자는지 생각하면 당연히 잘할 수 있겠지." 리독이 놀렸다.

나는 눈알을 굴리고는 퀸의 제안대로 마력을 억지로 빚어내고 난폭할 정도로 잡아당겨서 매듭을 지었다. 그리고 나서 룬을 원반에 담금질했더니, 완벽하진 않아도 최악은 벗어났다. "고마워."

"천만에." 퀸은 씩 웃더니 다시 이모젠에게 돌아갔다. "우리가 7월에 떠나면 이 녀석들은 대책 없이 길을 잃을 거야."

"과연 그게 미래의 일일까?" 이모젠이 코웃음쳤다.

트리사 교수는 우리 쪽으로 오더니 이모젠을 보고 잘했다는 듯 고개를 끄덕이고, 퀸에게도 똑같이 한 다음에 내 원반을 보고 멈춰 섰다. "유사시엔 통하겠군."

이번 수업 기간에 나에게 해준 최고의 칭찬이었다.

한 시간 후, 펠릭스가 팔에 비행 재킷을 걸친 채로 들판을 가로질러 올라왔다. 속이 내려앉았다. 테른의 마력을 가닥으로 뽑아 쓰는 것과 고유 능력을 쓰는 것은 전혀 달랐다.

"가자." 펠릭스가 들판 저편을 가리키며 말했다. "트리사, 남은 오후 시간은 내가 맡겠네."

즐겁기도 해라. 나는 일어서서 다리 뒤쪽에 묻은 풀잎을 털었다.

"펠릭스, 지금이 이 녀석을 몰아붙일 때라고 생각해요?" 트리샤가 모두가 생각하지만 차마 묻지 못하던 바로 그 질문을 던졌다.

"전장에서보다는 지금이 낫다고 생각하네." 펠릭스가 이미 걸어가면서 맞받아치더니 덧붙여서 말했다. "어서 와라, 소른게일. 작은 이리드는 잃었을지 몰라도 네겐 아직 테른이 있어."

"네 원반들은 내가 챙길게." 리가 말했다.

"고마워." 나는 비행 재킷과 가방을 챙겨서 펠릭스를 따라잡았다. "전 앤다나를 잃지 않았어요. 앤다나가 떠난 거죠." 이유는 잘 모르겠지만, 표현에 차이가 있었다.

"그렇다면 더더욱 연습을 해야겠구나." 펠릭스는 자기의 레드 소드테일을 향해 걸어갔다. "이리드들이 우리를 구하러 오지 않는다면 자네가 준비되어 있는 게 좋겠지. 잭 발로우가 한 놈만 더 나와도 놈들은 드레이터스에만 접근하는 정도가 아니라… 우리 정문 앞에 베닌을 두게 된다."

맞다. 보호막이 우리를 지켜주기는 하지만, 절대적인 건 아니다. 그리고 난 기적을 그만 바라야 한다. 레오단이 보호석에 불을 뿜은 게 어딘가. 지금 내가 통제할 수 있는 건 나뿐이다.

"난 전쟁이 우리 문간을 두드릴 때 다른 사람들처럼 자네를 애지중지하지 않을 거다. 자네가 명령에 따르지 못한다면 이 모든 훈련이 다 무슨 소용일까." 그는 계속 잔소리했다. "지난 습격 때 자네가 명령을 수행하지 못한 덕분에, 그 와이번 시체들이 성벽을 뚫고 민간인들이 목숨을 잃을 뻔했다." 그는 이마를 찌푸려 실망을 표현했다. "자네의 대대장과는 이미 이야기해봤어. 성벽에서 멀리 떨어져서 교전한 건 옳았지만, 그 신전에서 자네 목숨을 두고 도박하는 대신 즉시 맡은 위치로 돌아가서 그 와이번들을 막았어야 해."

"위험에 처한 민간인들이 있었습니다." 등이 뻣뻣해졌다.

그는 걸음을 멈췄다. "자네가 없었다면 그 사람들도 위험하지 않았을 거란 생각은 안 해봤나?"

목이 꽉 막혀서 눈을 깜박였다. "그 여자가 절 쫓고 있었으니까요?"

펠릭스는 고개를 끄덕이더니 계속해서 드래곤들에게 걸어갔다. 나는 종종걸음으로 따라갈 수밖에 없었다. "자네의 비행대대는 한계선을 숙지할 필요가 있다. 자네는 그냥 여느 생도가 아니고, 대대원들은 여기에 서든 섬에서든 자네가 실수할 때마다 쫓아다닐 수 없다는 사실을 깨달아야 해. 자네는 불필요한 위험을 감수했고, 라이오슨은 자네 때문에 위치에서 벗어났으며, 그 이리드가 보호석에 불을 뿜어주지 않았다면 우린 졌을 거다."

죄책감에 속이 뒤틀렸다. "알아들었습니다."

"좋아. 성벽 너머에서의 충돌에서 새로 보고할 내용은 없나?" 펠릭스가 물었다.

"제가 번개 한 줄기를 두 줄기로 쪼갰습니다." 턱을 들어 올리고 보니 테른이 우리 앞에 서 있었다. 허벅지 상처에는 딱지가 앉았고 질투 날 정도로 빠르게 낫고 있었다. "구름 속이 아니라, 하늘에서요."

펠릭스가 은빛 눈썹을 올렸다. "그런데 목표를 맞췄나?"

고개를 끄덕였다. "둘 다요."

"좋아." 그는 만족스러운 미소를 지었다. "이제 보여다오."

그날 저녁, 라이오슨 저택으로 돌아갔을 때쯤에는 두 팔이 무거운 짐처럼 느껴졌고, 제복은 땀투성이였으며 오른손은 물집투성이였다.

하지만 고유 능력은 쓸 수 있었다.

다음 날도, 그 다음 날도 그랬다.

"침대에만 누워 있다가 곧바로 소진될 때까지 달리는구나." 브레넌이 사흘 동안 세 번째로 내 팔근육을 복원해주고 나서 중얼거렸다. "적당한 중간 지점을 찾을 순 없는 거야?" 그 목소리가 텅 빈 의회 회의실에 울려 퍼졌다.

아레티아 출신 장교는 거의 전부가 전초기지에 배치되었고, 의회 구성원들도 마찬가지였다. 브레넌도 제이든이 없을 때 이곳을 운영해야 하는 입장만 아니었다면 출전했을 것이다.

"그게 무리인가 봐." 나는 긴 테이블 끝에서 손을 들어 손가락을 구부려 보았다. "고마워."

"힐러들이 돌보게 놔두고 얼마나 빨리 다시 그 짓을 하러 나가는지 봐야 하는 건데." 오빠는 콧잔등을 문지르면서 의자에 등을 기댔다.

"그럴 수도 있겠지." 나는 걷었던 제복 소매를 내리며 대꾸했다. "하지만 그래도 난 내일 다시 나갈 거야. 이미 너무 많은 시간을 허비했어." 티오파니는 아레티아 보호막이 제대로 펼쳐졌다는 이유만으로 포기하지 않을 것이다.

"네가 고통받는 모습을 참을 수만 있다면 진지하게 고려해봤을 텐데." 오빠가 손을 내렸다. "바스지아스에 돌아가면 어떻게 하게? 네가 이렇게 훈련할 때마다 내가 복원하러 18시간씩 날아갈 순 없어."

"아직 생각할 시간이 일주일 가까이 남았어." 나는 이마를 구겼다. "타우리 왕이 이곳을 6년 전처럼 싹 태워버리지 않겠다고 확언하지 않았다면, 과연 우리가 떠날까?" 남는 것도 괜찮겠다는 생각이 점점 강해지고 있었다.

밤에 제이든 옆에서 자는 것도 좋고, 아침에 그의 입술을 느끼며 깨는 것도 좋았다. 여기에서는 우리 관계가 단순해지는 것이 좋았고, 에이토스 장군이 온갖 구석에 숨어서 우리 인생을 비참하게 만들 이유를 찾아

대지 않는 건 정말 좋았다.

하지만 대체로는 지난 며칠 동안 제이든이 좀 더 본인다워 보여서 좋았다. 여전히 얼음장 같아질 때는 있었지만, 평온하고 목적의식을 풍기기도 했다. 나는 처음으로 여기에서의 우리 미래를 꿈꾸기만 하는 게 아니라 제대로 그려볼 수 있었다.

"바스지아스 생도를 여기 두면 문제가 복잡…." 브레넌이 대답하려는데, 익숙한 목소리가 들렸다.

"넌 개자식이야." 보디가 비행 재킷을 잡아 뜯으며 성큼성큼 걸어 의회 회의실 안으로 들어왔다.

"새로운 정보는 아니군." 바로 뒤따라온 제이든이 대꾸하는데, 비행 고글을 벗으면서 사촌 동생을 노려보는 그 눈빛은 내 최악의 적이 받았어도 안타까울 정도로 무서웠다. 머리가 바람에 헝클어지고, 장검은 등에 매고 있었지만 핏자국은 보이지 않았다. 다만 회의실 반대편에 서 있는 데다 내 쪽으로 온전히 몸을 돌리진 않았다. "답은 안 된다야. 그만 요청해."

브레넌이 나를 보며 눈썹을 치켜들었고, 나는 어깨만 으쓱였다. 둘이 뭣 때문에 다투는지 내가 알 리가.

"구할 수 있는 라이더란 라이더는 다 필요하잖아." 보디가 맞섰다. "나도 전초기지에서 방어하거나…."

"안 돼." 제이든의 턱에 힘이 들어갔다.

"…드레이터스를 순찰할 수 있어. 우리 둘 다 드레이터스가 곧 함락될 거라는 건 알고 있잖아…." 보디가 두 손을 움켜쥐었다.

"절대로 안 돼." 제이든의 부츠 주위로 그림자가 모여들었다. "너 혼자 교육을 다 받았다고 결정하고, 멋대로 퀴르를 데리고 떠날 순 없어. 졸업을 해야지."

잠깐만. 보디가 중퇴하고 싶어 한다고?

"누가 그래?" 보디가 항의했다.

"엠피리언과 기록된 모든 규정 외에?" 그림자가 퍼졌다. "내가!"

보디가 고개를 저었다. "내가 졸업하는 게 그렇게 중요하다면 매일같이 수업에서 끌어내지 않았겠지."

"그거야 네가 인계받을 줄 알아야 하니 그렇지." 제이든이 쏘아붙였다.

"내가 1순위 계승자라서?" 보디의 답변은 이만저만 비아냥거리는 투가 아니었다.

"그래!" 그림자가 달아나서 벽으로 질주했다.

"*제이든?*" 속이 답답해졌다.

그는 내 쪽을 흘긋 보더니 심호흡을 하고 어깨의 힘을 뺐다. "안 된다고 했어, 보디."

"난 형의 대비책이 아니야." 보디가 두 걸음 물러서더니, 테이블 끝에 있는 브레넌과 나를 보고 나서 제이든을 노려보았다. "공작은 형이고, 난 라이더야. 우리 부모님들이 처형당하기 전까지는 언제나 그렇게 될 예정이었어. 난 형 옆에 서서, 남은 평생 형의 빌어먹을 오른팔로 살 거야. 우리 가족 구성원이 저 자리를 지키길 바란다면…." 그는 옥좌를 가리켰다. "형 꼴이나 알아서 챙기는 게 좋을 거야." 그는 그 말을 끝으로 걸어 나갔다.

하지만 방금 그건 모조리 나 들으라고 한 말이었다.

가슴 안쪽에 아픔이 퍼졌다. 제이든이 그토록 평온하고 의욕적이었던 이유가 그거였구나. 자기를 대신할 사람을 훈련시키면서 대책을 마련하는 거였어. 내가 이 저택 복도를 걸으면서 계속 치료법을 찾을 방법을 강구하는 동안에도, 그는 내가 그리는 것과 다른 미래를 받아들인 거야.

제이든이 다가오자 브레넌이 의자를 밀어내고 일어섰는데, 의자 다리가 연단 바닥을 긁으며 요란한 소리가 났다.

"서재 책상에 네 서명을 받아야 할 서류가 쌓여 있다." 브레넌이 제이든을 가로막으며 말했다. "그리고 이건 너에게 온 거야." 그는 앞주머니에서 편지 두 통을 꺼내 건넸다. "아, 그리고 왜 드베렐리의 왕이 지난번 제안에서 내 동생을 네 배우자라고 칭했는지 정말 알고 싶다만."

"긴 이야기라고 하고 싶지만, 사실 그렇지도 않아." 제이든이 한쪽 입꼬리를 올리며 편지를 받았다.

신들이시여. 저 오만하고 사악하면서 섹시한 웃음을 정말 사랑해. 어떻게 저 자식은 내가 매일 저 웃음을 보지 않고 살 수 있으리라 생각하는 거지?

"그래." 브레넌은 고개를 내젓더니 밖으로 나갔다.

"오늘 하루는 어땠어, 내 사랑?" 제이든이 편지의 밀랍 인장을 부수며 물었다.

"지금 하고 있는 게 그거야?" 나는 테이블 위로 몸을 내밀고 물었다. "당신의 죽음에 대비하고 있어?"

"난 재미있는 하루였어." 그는 내 질문을 무시하고 첫 번째 편지를 훑어보더니, 찌푸린 얼굴로 두 번째 편지를 보았다. "대피 상황을 확인하러 벼랑까지 날아갔지. 우리 예상보단 느리게 진행되고 있어." 그는 편지 두 통을 주머니에 밀어 넣고 나와 눈을 마주치며 계단을 올라왔다. "그리고 이젠 멜그렌이 나보고 전투에 나서지 말라고, 안 그러면 질 거라고 경고하는군. 그런 경고를 하기엔 며칠 늦었지만 말이야. 게다가 던 신전의 대사제는 편지에서 던 여신이 너와 리애넌을 높이 평가한다고 하고, 나에게도 빚을 졌으니 뭐든 적당한 소원을 들어주겠다고 하네." 그는 브레넌이 앉아 있던 의자를 옆으로 밀고 테이블 가장자리에 기대며 나를 마주했다. "그래서, 넌 오늘 어땠어?"

이 상황에 안부를 주고받자고? 좋아.

"난 베닌의 출현에 대한 책을 한 권 읽었어. 그리고 번개 한 줄기를 거의 세 줄기로 찢는 데 성공했는데, 정확도는 아직 미심쩍어. 두 줄기는 꽤 믿을 만해. 또 표면을 단단하게 만드는 룬과 부드럽게 만드는 룬을 둘 다 해냈어." 나는 이 대목에서 한쪽 눈썹을 구부렸다. "당신은 죽음에 대비하고 있는 거야?"

"맞아." 그는 두 손을 주머니에 밀어 넣었다. "하지만 네 걱정과 달리 몰락을 받아들인 건 아니야. 너와 함께하는 단 하루도 포기하지 않을 거야. 싸울 거고."

몇 주도, 몇 달도, 몇 년도 아니고 하루 단위로 센다고? 갑자기 다시는 잠들지 않고 그와 함께하는 모든 순간을 활용하고 싶은 충동이 치받쳤다. "지붕에 가서 앉을까?"

"다른 생각을 하고 있었는데." 그는 옥좌에 슬쩍 시선을 던졌다.

"*부디 그래 주세요.*" 나는 손목을 털어 단순 마법으로 문을 닫아걸었다. 그 순간 그의 미소는 결코 잊을 수 없는 기억으로 새겨졌다.

# 56

티렌더가 즉시 탤라듐 공급을 재개하지 않으면, 티렌더만이 아니라 대륙 전체에 끔찍한 결과를 초래할 걸세.
이건 요청이 아니야. 그대의 왕이 보내는 명령이지.

― 현명왕 타우리가 티렌더 16대 공작 제이든 라이오슨 소위에게 보낸 공식 서한

나는 눈 쌓인 산봉우리에 둘러싸인 드레이터스 앞 들판에 서 있다. 그러지 말아야 하는데도 도시를 향해 첫발을 떼고 만다. 너무 멀다. 결코 테른에게까지 가지 못할 것이다. 그녀를 찾을 방법은 테른뿐인데도.

나선으로 솟아오른 탑 위 하늘에서는 전투가 벌어지고, 남쪽 계곡 위에 머물던 불길한 구름을 뚫고 번뜩 날개들이 윤곽을 드러냈다가 다시 한 번 어둠 속으로 가라앉는다. 폭풍이 내가 정말로 가질 여유가 없는 한 가지, 희망을 선사한다. 비 때문에 비행이 곤혹스러워질지는 몰라도, 폭풍은 그녀에게 꼭 필요한 우위를 선사할 것이다.

높은 성벽을 따라 화염이 터지더니, 파란색과 초록색의 불길이 솟구치며 담쟁이처럼 수비탑을 타고 오른다. 젠장. 지금 내가 저기 가야 하는데. 난 불을 끌 수 있어. 그림자는 언제나 불을 이겨.

발걸음이 흔들리고, 나는 멈칫한다.

그림자?

난 그림자를 지배하지 않아. 제이든이 하지.

내 몸은 도시로 달려가려고 튀어 나가지만, 이 들판을 계속 가로질러선 안 된다. 그 길은 언제나 하나의 결말로 끝난다. 세이지가 나를 허공에 들어 올리는 결말로….

이건 제이든의 꿈이다. 자각하자 목덜미 털이 곤두선다.

내가 제이든의 꿈속에 있어.

그 깨달음은 뒤통수를 얻어맞는 충격으로 다가온다. 갑자기 내가 떨어져 나오고, 그는 전투 복장으로 내 앞을 달리고 있다.

"제이든!" 그가 여섯 걸음도 걷기 전에 외친다.

제이든이 멈춰 서더니, 천천히 몸을 돌려 풀밭에 선 나를 마주한다. 나를 발견하자 그는 눈을 크게 떴다가 가늘게 눈매를 좁히며 이쪽저쪽을 본다. "넌 여기 있으면 안 돼."

"아주 완곡한 표현이네." 잽싸게 주위를 둘러본다. 아무것도 없지만, 이 꿈이 이전의 다른 꿈들과 비슷하다면 이 상태가 오래가진 않을 것이다.

"네가 안전하지 않아." 그는 고개를 저으며 내 쪽으로 걸어온다. "내가 널 지킬 수가 없어."

"이건 진짜가 아니야." 나는 얼음처럼 차가운 그의 손을 잡았다가 소스라친다. 감촉을 느낄 수가 있다. "왜 여기에서 벗어나지 못하는 거야? 무엇이 당신을 여기에 붙들고 있어?"

"내가." 제이든 뒤에서 세이지가 대답한다.

제이든은 몸을 홱 돌리며 없어져버린 등의 장검에 손을 뻗고, 나는 그 옆으로 붙는다.

세이지가 갈색 후드를 젖히자 나의… 아니 제이든의 꿈에 계속 찾아오던 기이하게 젊은 얼굴이 드러나고, 그자가 미소를 짓자 건조한 입술이 갈라진다. 관자놀이의 핏줄이 새빨갛게 맥동하는 가운데, 그자는 정중한 만남이라도 갖는 것처럼 마디가 붉어진 두 손을 포갠다.

"이 자리에 함께해주다니 정말 반갑군, 번개 능력자." 그자가 고개를 옆으로 기울인다. "아니면 꿈 여행자라고 불러야 할까?"

입이 저절로 벌어진다. 제이든의 악몽은 소름 끼치게 완벽하다. "우린 가야 해." 내가 속삭였다.

"그놈은 못 가." 세이지는 더 활짝 웃으면서 앙상한 손을 들어 올린다.

제이든이 떠오르며 목을 움켜쥔다.

"깨어나!" 제이든에게 외친다.

"말했을 텐데, 못 간다고. 너는 빨리 배울 줄 알았는데, 참으로 실망스럽군." 세이지가 잔소리하더니 뱀처럼 가늘게 뜬 눈으로 제이든을 본다. "네놈이 내가 원하는 것을 놓치기는 했다만, 그 여자를 데려오기는 할 것이다." 그자가 명령한다.

"절대 안 해." 제이든이 힘겹게 말하며 허공을 마구 걷어찬다.

"걱정 말거라." 세이지가 비틀린 미소를 지으며 말했다. "난 티오파니보다 자비로운 스승이 될 테니."

두려움이 등골을 흐르면서 마력을 끌어오려다….

멈춰. 이건 꿈이야. 진짜가 아니야. 제이든은 숨이 막혀가는 상태가 아니야. 우리 침대에서 멀쩡하게 숨 쉬고 있지. 깨어나야 해. 하지만 세이지가 공격한 다음에만 깨어나던데.

그놈의 검이 나를 향해 내려오고….

통증. 통증이 필요해. 허벅지에 손을 뻗어보지만 매끄러운 가죽밖에 만져지지 않는다.

"기다리기도 질렸다." 세이지가 으르렁거린다. "이 하찮은 게임도 질렸어. 보호막을 올렸다고 한들 그게 너희를 구해주진 못할 거다. 우리가 유리해. 네가 내놓지 않는다면 그 여자가 직접 오겠지." 세이지가 주먹을 쥐자 제이든이 씨근거린다. "간단하다, 꿈 여행자. 네가 오지 않으면 그녀는 죽는다."

그녀라니, 누구?

이건 꿈이야. 나는 스스로를 일깨운다. 이게 꿈이라면, 나는 무장하고 있을 거야.

엉덩이 옆으로 손을 내리자 단검 자루가 잡힌다. 나는 계획을 재고할 시간도 없이 단검을 뽑는다.

반질반질한 나무 칼자루를 본 세이지가 눈을 크게 뜨지만, 나는 이미 그 칼을 내 팔에 휘두르고 있다. 칼날이 살갗을 파고들고….

나는 침대에 튕기듯 일어나서 숨을 몰아쉬고, 맹렬히 눈을 깜박이며 뿌연 악몽의 잔재를 몰아내려 했다. 침실 창밖에는 동이 트고 있었다.

제이든.

제이든은 내 옆에서 고개를 젖히고 등을 휜 채 고통스럽게 공기를 찾고 있었다. 멀쩡히 숨을 쉬고 있으면서도 그랬다.

"일어나!" 나는 두 손을 그의 가슴팍에 대고 몸과 마음으로 밀었다. "제이든! 일어나!"

제이든이 눈을 번쩍 뜨더니 매트리스에 떨어지듯이 누웠다. 내 손에도 그의 심장이 마구 뛰는 것이 느껴졌다.

"꿈이었을 뿐이야." 나는 몸을 움직여 그의 곁에 무릎을 꿇은 후, 축축한 이마에 붙은 머리카락을 넘겨줬다. "우린 아레티아에 있어. 당신 방이야. 당신과 나뿐이고."

그는 나를 보고 눈을 몇 번 깜박이더니 작게 숨을 내쉬었다. "훨씬 좋은 꿈 같군." 내 허리를 안고 나를 올려다보는 그의 심장박동이 느려졌다. "네가 거기 있었어."

"맞아." 나는 그의 심장 위에 있는 흉터를 덧그리면서 고개를 끄덕였다.

"네가 단검을 뽑는 모습을 봤어. 네가 거기 있다는 걸 알았어. 전에는 없었던 일이야." 그는 일어나 앉아서 얼굴을 가까이 댔다.

"내가…." 어떻게 설명하지? "이전에도 꿈이라고 인식한 적은 있지만, 이게 내 꿈이 아니라 당신 꿈이라고 인식한 건 처음이야. 그걸 깨닫자마자 당신에게서 떨어져나와서 내가 됐어." 나는 눈썹을 찌푸렸다. "다만 어떻게 한 건지는 모르겠어."

"네가 꽤 빨리 알아낸 것처럼 들리는데." 제이든이 내 얼굴을 살폈다.

"어떻게 이런 일이 가능하지?" 목소리가 작아지며 속삭임으로 변했다. "앤다나가 가버렸는데."

그의 엄지손가락이 내 허리를 쓸었다. "마력은 사라져도 고유 능력은 남는지도 모르지."

"*테른?*" 나는 머릿속으로 물었다.

"*나도 딱 너만큼 안다.*" 잠에 취해 걸걸한 목소리였다.

도움은 안 되고.

생각에 더 잠길 겨를도 없이 누군가가 우리 방문을 두드렸다.

긍정적인 이유라기엔 너무 이른 시간이다. "좋은 소식일 리 없어."

"같은 생각이야." 제이든은 담요를 젖히고 잠옷 바지만 입은 채로 문가에 다가갔고, 나는 얼른 옷장으로 향했다. "개릭? 몰골이 말이 아닌데."

이 시간에 개릭이 뭘 하는 거지? 나는 면 잠옷 위에 로브를 걸치고 서둘러 제이든 옆으로 다가갔다.

농담이 아니라, 개릭의 꼴이 말이 아니었다. 이마에서 핏방울이 떨어졌고, 왼쪽 눈이 빠르게 부어오르는 모습을 보니 다친 지 얼마 안 된 모습이었다. 등에는 평소의 장검이 아니라 거대한 방패를 짊어졌는데, 그런 크기와 무게를 내가 진다면 짜부라질 게 확실했다.

"그 여자가 순찰 중인 우리를 발견했어." 개릭의 시선이 언뜻 내 쪽으로 날아오는데, 성한 눈에 가득 담긴 동정심을 보자 속이 뒤집힐 것 같았다. "내 힘으론 역부족이었어. 아니 충분히 빠르지 않았다고 해야 하나. 그 여자는 하늘에서 곧장 우리를 끌어내렸어. 폭풍에 휩쓸린 비둘기 꼴이었지."

"누구?" 제이든이 비틀거리는 친구의 팔을 잡으면서 물었다.

"저쪽 번개 능력자." 개릭이 대답했다. "메시지를 전하라고 날 놓아준 거야."

티오파니.

"나에게?" 제이든이 눈썹을 구기며 물었다.

"둘 다에게." 개릭이 한 걸음 물러서더니 등에 진 방패를 벗었다. "놈들이 드레이터스 성벽에 이르렀어. 그 여자가 그러는데, 그걸로도 충분한 위협이 되지 않는다면 다섯 시간 안에 보디와 바이올렛을 데려오라는군. 안 그러면 죽일 거라고." 개릭이 나를 흘긋 보았다.

'네가 오지 않으면 그녀는 죽는다.' 세이지가 그렇게 말하지 않았나? 하지만 보디는 왜지? 그리고 대체 그녀라는 게 누구….

아니야. 고개를 내젓는데 뱃속이 뒤틀렸다. 앤다나가 아직까지 대륙에 있다고 해도, 이리드들이 티오파니가 앤다나에게 손대게 뒀을 리가 없어.

"누구…." 제이든이 말하다 말고 개릭이 든 방패를 노려보았다. "망할."

그 방패에 시선을 옮겼더니 심장이 떨어져나오는 것 같았다.

그건 방패가 아니었다. 내 갑옷과 똑같은 녹색빛의 비늘이었다.

앤다나가 아니라… 테인이다.

티오파니가 미라 언니를 잡았다.

# 57

하지만 누군가의 목숨을 빼앗기보다 더 힘든 건, 네 옆에서 누군가가 죽어가는데 손 놓고 있어야 할 때야. 앞만 봐, 미라.

— 브레넌의 일기, 71쪽

"우린 드레이터스로 날아간다. 놈들은 원하는 것을 얻자마자 공격할 거야."

"소른게일은 죽게 두고?"

"아직 살아 있다는 보장이 어디 있지?"

옥신각신하는 소리가 들리고, 무장한 라이더들이 흐릿하게 보였다. 나는 연단 가운데쯤 제이든과 브레넌 사이에 서서 회의실 벽에 붙은 최신 지도를 보고 있었다.

"도시 바깥 고갯길을 오르는 사람이 수천 명이야. 드레이터스가 함락되면 그 사람들은 다 죽어."

"거기엔 드래곤 여섯으로 이뤄진 부대가 배치되어 있고…."

"전선이 후퇴해서 이젠 열로 늘어났다."

"나이트윙 그리폰 부대도 잊지 말아요."

"와이번 수백 마리를 상대로?"

"그리고 베닌이 열 놈이 넘지."

"누가 가도 살아 돌아오지 못할 거다."

"그렇다면 저희를 보내세요."

"우린 생도들을 전투에 내보내지 않아!"

"저희를 깨운 건 드래곤들입니다. 논쟁 끝이죠. 저희는 갑니다!"

나는 거의 듣지 않고 있었다. 중요한 건 하나뿐이다. 티오파니가 나를 기다리는 데 질렸고, 미라를 잡았다.

우리 언니를 데리고 있다.

마지막으로 봤을 때 서로 화만 냈는데.

핏속에 들끓는 분노를 뚫고 두려움이 기어들어 왔지만, 공포를 용납하지 않으려 애썼다. 공포에 질릴 시간이 없었다. 드레이터스까지는 4시간 비행거리고, 앞으로 한 시간 안에 떠나지 않으면 너무 늦을 것이다. 미라 언니만이 아니라 수천 명의 민간인에게도.

어떻게 이런 일이 일어났지? 동쪽 전선이었던 곳에서 불쾌한 빨간 선이 곧장 지도를 가로질러 드레이터스로 향했다. 놈들은 지난 24시간 동안 경로에 있는 모든 걸 무시하고 이 도시에만 밀려들었다. 비슷한 규모에 더 점령하기 쉬운 도시들은 건드리지도 않고, 오직 드레이터스에만 집중했다.

"모든 고유 능력이 대등하진 않아. 그 여자가 메이븐일 가능성이 높은데, 너보다 강한가?" 다른 사람들이 언쟁하는 동안 브레넌이 내 오른쪽에서 팔짱을 꼈다.

"강해." 나는 대답했다. 거짓말을 할 때가 아니었다.

"우린 함정으로 걸어 들어가게 될 거야." 브레넌의 시선이 드레이터스를 나타내는 깃발에 꽂혔다.

"걷지 않고 날아들겠지. 그런데 누가 오빠가 간대?" 내가 반박했다. 그 깃발과 드랄로 절벽 사이 공간은 그렇게 많은 사람이 도망치기엔 말도 안 되게 작아 보였고, 고갯길은 혹독했다. 피난민들이 다 오르지 못할 것이다.

"미라는 내 동생이기도 해." 브레넌이 말했다.

일리 있는 말이었다.

제이든은 옥좌 앞에 말없이 서서 팔짱을 낀 채로 드레이터스 북쪽 들판을 살폈다. 티오파니가 만나자고 한 곳이었다. "우리에겐 미라를 되찾고, 드레이터스를 방어하며, 고갯길을 지킬 만큼의 라이더가 없어."

"없지." 브레넌이 한숨을 내쉬면서 지도를 좀 더 자세히 살폈다. "목표의 우선순위를 매겨야 해. 아마도 둘만 골라서."

제이든이 고개를 끄덕였다.

"사람들을 죽게 둘 순 없어." 나는 항의했다.

생도들과 장교들 사이의 말다툼이 격해졌고, 내 속은 점점 가라앉았다. 마땅히 나도 우리 대대와 함께해야 할 테지만, 이렇게 꾹 참으며 다른 이들이 우리 언니의 운명을 결정하기만을 기다릴 수는 없다.

"국경 반대편에 있는 게 당신네 시민이면 어쩔 건데?" 방 저편, 우리 대대가 느슨하게 열을 맞춰 서 있는 자리에서 캣이 소리쳤다. "아니면 당신들도 보호막 아래에 안전하게 처박혀 있는 나바르인들과 생각이 비슷해진 거야?"

재수 없는 대위 하나가 캣에게 마주 소리치는데, 시끄러워서 내용은 들리지 않고 슬론이 덤벼드는 것만 보였다. 하마터면 테이블을 넘어서 달려갈 뻔했지만 데인이 먼저 도착해서 상대방에게 주먹을 휘두르던 슬론의 허리를 잡아 옮겼다. 슬론은 데인이 내려놓기가 무섭게 그에게 주먹을 휘둘렀고, 나는 데인이 두 번이나 맞아주는 모습을 보고 얼굴을 찡

그랬다. 데인은 그런 다음에야 슬론의 손목을 잡고 몸을 가까이 기울였는데, 뭐라고 했는지는 몰라도 먹힌 게 분명했다. 슬론은 퉁명스럽게 고개를 한 번 끄덕이고 데인을 노려보더니, 리애넌이 제대로 한 소리 해주려고 기다리는 대열로 돌아갔다.

데인이 나를 보고 눈썹을 치켜들었다가, 내가 사과하는 뜻에서 얼굴을 일그러뜨리자 보디 옆으로 이동했다.

"언제까지 저렇게 싸우게 놓아둘 거야?" 브레넌이 제이든을 보며 물었다.

"내 전술 담당이 목표를 고를 필요가 없는 작전을 내놓을 때까지." 제이든이 대답했다. "목소리 크게 주장한다고 해서 타당성이 줄어드는 건 아니야."

"세 가지는커녕 두 가지 목표도 장담할 수 없어." 브레넌이 입술을 오므렸다.

"명성에 걸맞은 작전을 짜봐." 제이든이 명령했다.

브레넌이 욕을 하더니 방 저편을 보았다. "태비스와 케이오리 교수가 필요하다!" 브레넌이 외치자 두 사람이 무리에서 떨어져나와서 브레넌에게 다가왔다. "드레이터스에 가봤습니까?" 브레넌이 케이오리 교수에게 물었다.

"한 번." 케이오리가 고개를 끄덕였다.

"그 지역의 대략적인 축소 모형을 투사해줄 수 있을까요?"

케이오리가 두 손을 들어올리자 테이블 위에 드레이터스와 주변 지역의 3차원 투사도가 나타났다. 브레넌이 테이블에 두 손을 짚고 몸을 기울여 투사도를 보는 동안 개릭이 우리의 현재 방어군 위치를 가리켰고, 방 안은 조용해졌다. 개릭의 머리 상처와 부은 눈은 브레넌 덕분에 멀쩡해져 있었다.

드레이터스라는 도시는 몇십 킬로미터 너비의 산간 고원 남서쪽 가장자리에 있었다. 사방이 산봉우리에 둘러싸였고, 접근 가능한 경로는 구불구불 이어지는 계곡들, 아니면 남쪽으로 아크타일 대양을 향해 흐르는 서쪽 강, 아니면 하늘을 통과하는 것뿐이었다. 그리고 그 하늘은 티오파니가 고유 능력으로 지배하고 있다. 개릭의 보고가 정확하다면 동쪽 들판도 베닌이 장악했다.

"어떤 계산을 하든 간에, 내가 바이올렛과 같이 간다는 사실은 알아둬." 제이든이 말했다.

"그럴 줄 알았어." 브레넌이 대꾸했다.

마치 드래곤이 짓밟는 것처럼 가슴이 압력에 눌리는 기분이었다. "당신 목숨을 위험에 빠뜨리는 짓이야."

"그 목숨은 네가 보호막을 넘어가는 순간 위험해지는데, 우리 둘 다 네가 미라를 찾으러 갈 거라는 걸 알지. 네가 몰래 빠져나간 후에 뒤쫓느니 네 옆에 있겠어." 제이든의 턱에 힘이 들어갔다.

"티오파니는 날 죽이고 싶어 하지 않아. 죽일 거면 이미 죽였겠지." 나는 테른에게 정보를 전하면서 들판의 지형을 외웠다. 뾰족한 산봉우리들과 숲, 서쪽 가장자리를 따라 수직으로 솟은 바위들을 보면 자연이 직접 빚은 투기장이나 다름없었다.

"내가 두려워하는 것도 바로 그 점이야. 죽기보다 나쁜 일들도 있어." 제이든이 대꾸하는 사이에 펠릭스와 트리사 교수가 회의실로 들어왔다.

"지금이 티렌더는 자살 행각으로 공작을 잃을 여유가 없다는 점을 지적할 적기인가?" 펠릭스가 트리사 교수와 함께 연단 앞으로 다가오며 물었다.

"죽을 생각은 없어요." 제이든이 대꾸했다. "팬첵이 이미 증원 병력을 요청하러 떠났습니다."

"멜그렌이 지원군을 보내지 않을 걸 알잖아. 늦었다고 생각한 지난번 경고가 사실은 이번 일을 경고한 것이었나 본데." 침착한 목소리로 맞받아친 트리사가 나를 한 번 보고, 브레넌을 보았다. "자네 동생 일은 안타깝지만, 멜그렌은 이미 이번 전투에 패배한다고 선언했어. 멜그렌은 지금까지 틀린 적이 없지."

도관만큼 커다란 응어리가 목을 틀어막는 느낌이었다. 난 미라를 포기하지 않는다. 아니, 누구도 포기하지 않는다. "우리의 미래를 결정하는 건 선택입니다. 멜그렌은 한 경로의 결과만 본 거예요." 나는 제이든을 흘긋 보았다. "낙인자가 셋 이상은 없는 길이었겠죠."

"생도들은 작전에 끼어들 게 아니라 저쪽에 열 맞춰 서 있어야지." 트리사가 날카롭게 말했다.

등이 뻣뻣해진 나는 두 손으로 테이블 가장자리를 붙잡았다.

"이 사람은 내 옆에 섭니다." 제이든이 음성을 낮추며 치명적으로 차분한 비행단장 투로 말하더니 따뜻한 손을 내게 겹쳤다. "기억하세요."

그 말과 손길 모두 내게는 효과가 있었다.

"배우자 어쩌고 하던 편지가 이해되려고 하는군." 브레넌이 작게 중얼거리더니 투사도를 다른 각도에서 보았다. "장교들만 보내면 됩니다."

"생도들은 절대 안 되네." 펠릭스가 고개를 저었다. "지난번에 그런 일이 있었는데 안 될 말이야. 저 둘이 엇나간 일 때문에 아직도 성벽을 보수하는 중이잖나." 그가 내 쪽을 보았다.

제이든이 우리 비행대대 쪽을 보더니 이모젠, 슬론, 보디에게 길게 시선을 두었다.

"다른 선택을 내리고 다른 결과를 얻죠." 개릭이 제안했다. "저 친구들도 스스로를 감당하고 살아야 할 테니, 직접 선택하게 해줍시다. 우리는 그랬잖아요."

"자원자들만이다. 1학년들은 보호막 안에 남는다." 제이든이 지시했다.

"필요한 곳에 배치하십시오." 보디가 외치더니 데인을 보았다. "물론 저희 비행단장의 허락하에 말입니다."

"허락한다." 데인이 맞장구쳤다.

리가 허공에 올라간 손을 헤아리는데, 전원이었다. "제2비행대대 준비됐습니다."

"이럴 순 없어." 트리사는 계속 반대했다.

"그렇게 됐습니다." 제이든의 말투엔 반론의 여지가 없었다. "의회가 날 저 의자에 앉히고 싶어 했으니, 앉아 있는 동안 내가 내리는 결정도 감당해야죠."

"자넨 준비가 안 됐어." 펠릭스가 내 쪽으로 모욕적인 말을 뱉었다.

"드레이터스와 피난민들이 직접적인 위협을 받고 있기도 하지만, 미라는 제 형제예요. 언니를 구하기 위해 제가 할 수 있는 일은 뭐든 할 겁니다." 나는 턱을 치켜들었다.

"우리의 형제지." 브레넌이 고개를 살짝 기울이고 나를 보며 말했다. "그렇다는 건 그 베닌이 우리에 대해 아는 것이 우리가 그 여자에 대해 아는 것보다 훨씬 많다는 뜻이야."

제이든이 우리 대대 뒤쪽을 보았다. 보디가 데인과 함께 서 있었다. "개릭, 그 여자의 요구를 정확하게 말해봐. 그 여자가 왜 보디를 원하지?"

"나도 몰라." 개릭은 턱에 남은 수염 자국을 긁적였다. "그 여자는 바이올렛과 네 형제를 데려오면 드레이터스를 남겨두겠다고 했어."

남겨두겠다는 걸까, 살려둔다는 걸까? 앵카도 놈들이 떠났을 때 도시 형태가 남아 있기는 했다.

제이든이 몸을 굳혔다. "그 여자가 형제라고 했다고?"

개릭이 고개를 끄덕였다. "너희 둘이 같이 자란 건 모두가 알잖아."

"확실히 그게 티렌더의 지배 혈통을 없애버리는 가장 빠른 방법이긴 하지." 트리사가 말했다.

"그래." 제이든은 미간에 주름을 잡으면서 입매를 굳혔다.

"무슨 생각을 하는 건데?" 내가 물었다.

"베닌은 승계 따윈 신경 쓰지 않아."

"너를 형제라고 부르는 놈이 하나 더 있긴 하지." 스게일이 끼어들었는데, 이빨보다 더 날카로운 말이었다.

"하나 더라면…." 나는 얼굴을 구겼다. 제이든의 형제라는 이름에 걸맞은 다른 사람은 리암뿐이었다. 잠깐만. 티오파니와 처음 마주쳤을 때, 그 여자는 나를 죽이지 않았지만 구하러 온 대상도 데려가지 못했지. 가슴이 철렁했다. "잭을 원하는 거야."

"내 추측도 그래." 제이든의 시선이 투사도에만 집중하고 있는 케이오리를 보았다가, 개릭에게 날아갔다. "잠깐 걸을까?" 그는 조용히 물었다.

개릭이 케이오리를 보더니 고개를 끄덕였다.

"날 써먹어." 나는 제이든이 듣지 못하게 브레넌에게 소곤거렸다. "일단 미라 언니를 구하고 나서 내가 고갯길과 드레이터스 사이에 가 있을게. 와이번이 내 옆을 지나가면 양쪽으로 번개를 칠 수 있어."

"바로 그거야." 브레넌이 눈을 감았다. "우리 일곱만 빼고 다 나가. 당장." 브레넌의 명령이 방 안에 울려 퍼졌다. "빠르게 소환할 수 있도록 복도에 있어라."

"이럴 시간이 없네." 다들 복도로 나가는 동안 펠릭스가 항의했다.

"내가 빠뜨린 변수가 너야. 더 나쁜 건, 네가 라이오슨까지 변수로 만든다는 거야." 회의실이 비어가는 동안 브레넌은 시선을 돌려 나와 눈을 마주쳤다.

나는 주춤했다. "뭐라고?"

"말조심해." 제이든이 경고했다.

"우선 그것부터 그래." 브레넌은 제이든을 손가락질하면서 나를 보았는데, 지금 논의만 두고 하는 말 같지 않았다. 그는 투사도를 가리켰다. "바이올렛, 쟁취해야 할 목표 하나를 골라."

"하나만 고르면 사람들이 죽을 거야." 심장이 마구 뛰었다.

"맞아." 그는 고개를 끄덕였다. "지휘부에 합류한 것을 환영한다."

"왜 나야?" 나는 투사도를 노려보았다. 미라 언니가 먼저여야 하지만, 민간인들이 바짝 말라서 죽게 내버려둔다거나, 우리의 라이더와 플라이어들이 계약한 날개들과 함께 죽는다고 생각하면? 감당하기 벅찼다. 리암을 잃은 건 전투였다. 엄마는 직접 희생했다. 트레이거는… 운이었다. 그런데 수천 명의 죽음을 책임진다는 건?

"네가 할 수 있다고 생각하지 않으니까." 브레넌이 부드럽게 대답했다. "티오파니는 네가 모두를 구하려고 할 거란 걸 알아. 넌 레손에서도 그랬고, 던 신전에서도 그랬고, 엄마가 뛰어들기 전에 바스지아스에서도 그랬지…." 오빠는 침을 삼켰다. "그래서 우리가 지는 거야. 네가 너보다 모두를 우선할 테고, 저 녀석은 모두보다 너를 우선할 거라서."

속이 내려앉았다.

"이건 불공평해." 제이든의 목소리가 더 낮아졌다.

"이렇게 오래 알고 지내는 동안 네가 '공평'이란 말로 반박하는 걸 들어본 적이 없는데." 브레넌이 손가락을 하나 세웠다. "우리 형제를 구하러 갈 수 있게, 내 말이 틀렸다는 걸 증명해봐, 바이올렛. 우리가 그 베닌이 너를 노리고 쳐놓은 함정에서 벗어날 유일한 방법은 네가 그 함정에 빠지지 않는 것뿐이야. 목표물 하나만 골라. 하나의 길을." 오빠가 눈썹을 치켜올리는데, 그 말이 내 명치를 때리는 것 같았.

테른이라면 1초 만에 고르겠지.

앤다나라면 모두 골랐을 거야.

하지만 앤다나는 가버렸어. 가장 효과가 큰 목표가 뭐지? 제이든을 제쳐놓고… 드레이터스는 우리가 방어할 수 있는 동안만 버틸 것이다. 고갯길도 마찬가지. 그리고 내가 미라 언니를 구한다면 티오파니가….

문제는 미라가 아니야. 티오파니가 쫓는 건 나다.

"티오파니." 나는 호흡을 골랐다. "내가 티오파니를 죽이겠어."

"이거 대단한데. 그건 내 목록에 없었어." 브레넌이 걸터앉자 테이블이 삐걱거렸다. "그리고 만약 소른게일 생도가 목표를 확보하다가 납치된다면?"

제이든의 발치에 그림자가 번졌다. "보디는 훌륭한 공작이 될 거야."

"둘 중에 하나라도 가르칠 수 있어 다행이군." 브레넌은 손바닥의 흉터를 문지르더니 내게 물었다. "마지막으로, 네 대대장은 명령받은 자기 위치를 고수하리라 믿어?"

"목숨 걸고 믿어." 나는 바로 대답했다.

"좋아." 브레넌이 고개를 끄덕였다. "나에게 한 가지 생각이 있어." 그는 우리 모두를 차례로 보았다. "내가 무기고를 열겠어. 트리사, 꿍쳐놓은 룬과 메오사이트 화살촉 저장고를 열어줘야겠어요. 제이든, 너는 바이올렛이 죽음을 향해 뛰어들지 않을 거라고 믿어야 해." 그는 제이든의 답을 기다리지 않고 나를 노려보았다. "그리고 무엇보다도 너는 네가 모두를 구할 수 없고, 명령에서 벗어나선 안 된다는 사실을 이해해야만 해."

미라 언니를 구하기 위해서라면 뭐든 하겠어. "알았어."

# 58

> 생도 대부분은 명인의 길에 들어서려면 역사적인 사실을 암송하는 능력이 중요하다고 믿지만, 서기와 평범한 사서를 가르는 것은 관찰하고 묘사하는 능력이다.
>
> — 댁스턴 대령, 《서기 분과 정복 안내서》

테른은 두 시간 만에 가장 가까운 드랄로 절벽 가장자리로 날아갈 수 있지만, 스게일과 퀴르, 마브를 따돌리고 간다고 좋을 게 없었다. 그래서 3천 미터의 벼랑 앞에 도착했을 때쯤에는 티오파니가 제시한 시한이 코앞이었다.

신들이시여, 우리가 그 시한을 놓친다면, 너무 늦게 도착해서 티오파니가 미라 언니를 죽인다면….

숨이 막히는 것 같았다.

"우린 제때 갈 거다." 테른이 피난민들로 빼곡한 메다로 패스와 절벽 사이로 급강하하면서 약속했다. 가을에 이곳을 올랐을 때도 위험하고 불안정한 등산로였는데, 그래도 우리는 생도들이었다. 민간인과 어린아이들이 어떻게 올라가고 있을지 상상도 가지 않았다.

"테른도 함정이라고 생각해요?" 무심코 말이 튀어나왔다.

"당연하지." 테른이 대꾸했다. "너도 이미 알지 않느냐. 네가 몰랐다면 우리가 지난 세 시간 반 동안 그 문제를 논의했겠지."

두껍게 깔린 솜털 같은 흰 구름층을 뚫고 내려가는데 죄책감이 갈비뼈 사이를 파고드는 기분이었다.

"그런 감정으로 나를 모욕하지 말거라." 테른이 잔소리했다.

"스게일은 제가 제이든을 위험에 빠뜨리는 걸 어떻게 생각해요?" 와 이번의 윤곽을 찾아 구름을 최대한 살폈지만, 두터운 구름 속을 너무 빨리 날고 있었다.

"스게일이 동의하지 않았다면 아직 아레티아에 있을 테고, 네 어둠 녀석은 걷고 있겠지."

훌륭한 지적이었다. "티오파니가 미라 언니를 잡은 건 저 때문이에요. 저 때문에 언니가 이런 일을 겪고 있는 거라고요."

"너는 우리의 번개 능력자고, 네 목숨이 다른 라이더들보다 중요하진 않을지라도 네 고유 능력은 중요하다. 너는 무기고, 이 전쟁에서 이기고 싶다면 네 이름으로 벌어지는 다른 이들의 희생을 받아들이는 방법을 배워야 할 거다."

구역질이 나고 속이 뒤틀렸다.

"내가 미라 언니의 죽음도 희생으로 받아들여야 한다고 생각하는 거죠?" 구름층을 뚫고 나가자 들판이 놀랍도록 선명하게 보였다.

"그렇게 생각했다면 난 아직 아레티아에 있을 테고 넌 걷고 있겠지."

풍경을 살펴보려니 마음이 무거워졌다. 드레이터스로 접근하는 동쪽 들판은 전부 회색 와이번 떼에 뒤덮여 있고, 성벽에 선 위병들 사이사이에 드래곤과 그리폰들이 버티고 서서 포위군과 대치한 상태였다. 놈들이 우리보다 얼마나 많은지 가늠하기도 싫었다. 처음으로 앤다나가 떠났다는 사실에 마음이 놓였다. 브레넌이 뛰어난 전략가이긴 해도 이 싸움은 이길 수 없을 것 같았다. "우리 예상에서 벗어났어요."

"그래 보이는구나."

하지만 우리가 하강하는 동안 공격하러 날아오르는 와이번은 한 마리도 없었고, 도시 서쪽 문으로 빠져나오는 피난민들의 흐름을 방해하지도 않았다.

"벼랑 쪽에 몰빅이 보인다." 테른이 날개를 확 펼치고 속도를 늦추면서 경고했다.

망할 놈의 아릭. "그 녀석이 죽음에 뛰어든다면⋯."

"전투 지역에서 벗어나서 남쪽으로 날아가고 있었다." 테른은 경멸조로 말을 뱉었다.

아마리의 이름으로, 대체 아릭이 뭘 하는 거지? "도망치는 건 아릭답지 않은데요."

"몰빅도 그렇다." 테른은 북쪽 들판에 접근하면서 수평비행으로 전환했다. 마침내 테인 주위를 둥글게 에워싸고 기다리는 십여 마리의 와이번 무리가 보였다.

들이마시고, 내쉬어. 나는 숨을 쉬라고 스스로를 다그쳤다. 드래곤을⋯ 포로로 잡아두는 건 부자연스러운 일이었다.

무거운 사슬로 테인의 꼬리를 휘감고 다리와 주둥이를 한데 묶은 다음 두 날개를 요동치는 몸에 고정시켜놓았는데, 그 위를 와이번이 밟고 앉아 있었다. 양쪽 사슬에 테인의 피가 묻었고, 비늘 몇 개가 바닥에 흩어져 있었다.

티오파니는 그 앞에 서서 은발을 반짝이며 칼 하나는 미라의 목에, 또 하나는 갈비뼈에 대고 있었다.

안장 폼멜을 잡은 손에 힘이 들어갔고, 혈관에 밀려드는 것이 테른의 분노인지 내 분노인지는 몰라도 마지막 남은 두려움과 의심, 죄책감까지 짓밟힌 덕에 격분밖에 남지 않았다.

감히 이런 짓을 하다니.

"저것은 이 일로 죽는다." 테른이 그렇게 선언하며 티오파니에게서 6미터 앞에 내려앉자 그 충격으로 풀밭이 술렁였다. 티오파니는 미소 지으며 우리를 맞이했다.

그 여자는 아직 들판을 고갈시키지 않았지만, 우리 언니는 흠씬 두들겨 패놓았다. 미라의 오른쪽 얼굴이 자주색으로 부어올랐고, 목에는 목걸이처럼 멍 자국이 보였으며, 왼손에도 피가 떨어지는데 가죽 재킷에 가려 상처가 보이지 않았다. 티오파니의 새빨간 긴소매 튜닉과 바지도 상처를 확인하는 데는 도움이 되지 않았다.

"같은 생각이에요. 혹시 테인이 날지 못한다면 들어 나를 수 있겠어요?" 나는 다른 두 드래곤이 테른 양옆에 착륙하는 동안 안장 띠를 풀었다.

"테인에게 발톱을 박아넣어야 가능하다." 테른은 목 안쪽으로 그르렁거렸다. "땅에 필요 이상 머물지 말아라."

"계획대로 할게요." 나는 가방을 테른의 안장에 묶어둔 채로 등에 맨 가죽 덮개 화살통과 활집에 넣어둔 노궁을 바로잡고, 도관이 주머니에 안전하게 있는지 확인한 다음에 내려갔다.

티오파니가 땅바닥에 손을 붙이기만 하면 우리 모두 죽은 목숨이었다.

"원하신 대로 여기 대령했어." 두 팔을 뻗자 마력이 솟구치면서 비행으로 차게 식은 피부를 달궜다. 시야 구석으로 왼쪽에서 접근하는 브레넌이 보였다. 제이든과 보디는 내 오른쪽으로 걸어왔다.

"그렇네." 티오파니는 길게 땋은 은발을 바람에 흔들면서 갈라진 입술이 터지도록 웃었고, 내 시선은 그녀의 관자놀이에서 맥동하는 핏줄과 이마에 흐릿하게 남은 문신의 잔재에 이끌렸다. "그렇지만 넌 이리드를 잃은 것 같구나. 곤란하게 됐어."

"안 돼…." 미라가 신음하자 티오파니가 칼을 쥔 손마디에 힘을 주며 목에 더 바싹 갖다 댔다. 조금만 더 힘을 주면 칼날이 피부를 가를 터였다.

"쉬잇. 또 입을 열면 네 드래곤의 피를 이 들판 사방에 뿌려주마." 티오파니가 미라의 귀에 대고 말하는 동안 라이더들이 내 옆에 도착했다.

그 사이에 언니는 잠잠해졌다.

"그 둘은 보내줘." 저 베닌을 선 자리에서 도륙을 내고 말겠어. 혈관에 에너지가 웅웅거리며 때릴 기회만 노렸다.

"침착해." 셋이 같이 걸어가는데, 제이든의 부츠 앞코에 그림자가 동그랗게 말리더니 남쪽으로 흘러갔다. "통제력을 유지해." 그는 파멸을 맞은 도시 쪽을 보았다.

브레넌과의 약속을 지키려면 보지 말아야 했기에, 나는 고개를 돌리지 않았다.

"그건 보통 내 대사인데." 나는 미라 언니를 보지 않고 고집스럽게 베닌만 보았다.

"아직은 안 되지. 그리고 4대 1은 공평하지 않은 것 같은데." 티오파니가 브레넌을 보다가 보디를 보았다. "너희 둘은 참석하라고 하지 않았어."

"형제를 데려오라고 하지 않았나? 다음에는 누굴 초대하는지 좀 더 구체적으로 말해." 내가 말했다.

"정작 그놈이 원하는 형제는 데려오지 않았네." 티오파니가 한숨을 쉬었다. "버윈이 실망하겠어." 칼날을 따라 가늘게 피가 배어났다.

"오는 중이야." 내가 얼른 말했다.

"버윈이라고." 제이든이 몸을 굳히더니 다시 남쪽에 있는 도시로 시선을 돌렸다. 그가 있어야 할 곳이었다. 최대한 많은 사람을 구할 위치. 그러나 그는 내 옆을 떠나고 싶지 않다고 고집했다.

"그래. 그래서 '형제'라는 말을 쓴 거야." 티오파니가 내 쪽을 보았다. "난 너에게 버원이 잭에게 한 실수를 저지르지 않을 거야. 버원은 세이지의 비밀을 너무 일찍 발설했어."

"난 너희처럼 변하지 않아." 나는 주먹을 부르쥐었다.

"변할걸." 그녀는 확실하다는 듯이 말했다. "사실 몇 분만 있으면 변할 거야. 촉매가 뭐가 될지 아주 궁금하네." 그녀는 눈동자를 반짝였다. "네 언니를 구하려고? 네 연인을 지키려고? 아니면 진부하지만 늘 인기 있는 복수 때문일까? 난 셋 모두의 조합에 걸겠어." 티오파니는 고개를 기울여 미라의 정수리에 뺨을 댔다. "말이 나와서 말인데, 시간이 다 됐…."

심장이 요동치는데 북쪽에서 돌풍이 불어왔다.

"왔어!" 개릭이 외쳤다.

왼쪽을 보자 조금 전까지만 해도 비어 있던 곳에 크라드가 서 있었고, 그 앞발에는 익숙한 룬 문양의 궤짝이 잡혀 있었다. 그들이 해냈다. 하지만 칼날이 여전히 미라의 목에 닿아 있으니 안도감을 느끼기가 힘들었다.

"나에게 보여줘." 티오파니가 명령했다.

제이든이 목을 돌리자 발치에 모여 있던 그림자가 보디를 지나쳐서 흘러갔다.

크라드에서 내려온 개릭이 평소보다 느린 걸음으로 립스태드 궤짝으로 걸어가서 주머니에 있던 열쇠를 꺼냈다. 궤짝 문을 여는 데는 몇 초도 걸리지 않았다.

"제대로 왔군." 티오파니가 미소 지었지만, 나는 감히 그녀에게서 눈을 돌려 잭이 어떤 상태인지 확인하지 못했다. 특히나 미라 언니가 금방이라도 기절할 것 같아 보이는데 그럴 순 없었다. "사소하게 처리할 일이 하나 있어. 그 다음에 시작하자."

"잭은 쇠약하고 창백하다." 테른이 말했다. "저 궤짝의 용도대로 허공에 떠 있는데… 진정제를 먹인 것 같구나. 원한다면 내 눈을 통해서 보게 해줄 수도…."

"완벽한 설명이에요. 고마워요." 나는 턱을 들어 올렸다. "잭과 나 둘 다 왔어. 우리 쪽 조건은 충족했으니 미라와 테인을 놓아줘."

브레넌이 늘어뜨린 두 손을 쥐었다 폈다.

"그런 거래가 아니었는데." 티오파니가 혀를 찼다. "난 드레이터스를 남겨두겠다고 했지, 네 언니가 살 거라곤 안 했어." 그녀는 입술을 구부려 가학적인 미소를 지었다. "우리에 대해 가장 먼저 배워야 할 것은 말을 조심해서 한다는 거야. 두 번째로 배울 것은? 우리가 거짓말을 한다는 거지."

그녀는 미라 언니의 목에 칼을 그었다.

# 59

최초의 드래곤들이 인간과 계약한 데는 위험도 따랐다. 분명히 그들은 강력한 힘을 가지고 있지만, 계약한 라이더들 때문에 취약해졌다. 드래곤으로서는 참을 수 없는 상태다. 많은 드래곤들이 자기 보호라는 명목으로 계약 라이더를 상실하는 괴로움을 겪었다.

— 딘드라 나빈 소령, 《드래곤의 희생》

"미라!" 언니의 목에서 새빨간 피가 흘러내리자, 나는 드래곤의 포효보다 더 큰 비명을 질렀다.

마치 공연을 시작하라는 신호를 받은 악단처럼, 모든 일이 동시에 벌어지는 것 같았다.

"놀아볼 시간이야, 바이올렛." 티오파니가 그 단검을 던졌다… 잭에게.

남쪽에서 회색 날개로 이뤄진 바다가 솟아올랐고, 내 부츠는 들판을 마구 밟고 있었다.

제이든이 티오파니를 향해 그림자 줄기를 던졌지만, 그림자 띠들은 남쪽으로 날아갔다.

대체 뭐야! 생각할 시간이 없었다. 내가 이미 합금 손잡이 단검을 뽑아 들고 베닌에게 달려가고 있는데, 제일 가까이 있던 와이번이 날아오라 우리 머리 위를 지나치면서 티오파니를 잡아챘다.

미라는 치명적인 상처를 두 손으로 붙잡고 풀밭에 무릎을 꿇었다. 다른 건 아무것도 중요하지 않아졌다. 복수도, 드레이터스도 상관없다. 언니에게는 몇 초의 시간도 남아 있지 않았다.

말렉이시여, 제발. 안 됩니다.

"괜찮아." 목소리가 갈라졌다. 나는 단검을 버리고 땅바닥에 무릎 꿇으면서 쓰러지는 언니를 붙잡았다. 피가 꿀럭꿀럭 새어 나오는 목의 상처를 누르자 손가락 사이로 피가 흘렀다. 압박. 압박을 해줘야 해.

미라 언니는 안 돼요. 제발요….

어떤 신이든 듣기를 빌며 내 힘으로 미라 언니의 피를 몸에 다시 집어넣을 수 있다는 듯이 세게 압박했다. 두려움 때문에 산소가 원활하게 들어가지 않아 숨이 밭아졌다.

미라는 쇼크로 갈색 눈을 크게 뜬 채 나를 올려다보았다. 나는 언니가 두려움 속에서 말렉과 만나지 않도록 빌며 애써 미소 지었다. "괜찮을 거야." 앞이 흐려지는 가운데 고개를 마구 끄덕였다.

"비켜!" 브레넌이 내 옆에 무릎을 꿇었고, 내가 손을 뗄 시간도 거의 없었다. "넌 살 거야. 내 말 들려?" 브레넌이 눈을 감으며 미라 언니 위로 몸을 기울이자 바로 이마에 땀방울이 맺혔다.

이게 정말 가능할까? 브레넌은 강력하지만, 전장에서 이렇게 심한 상처를 입고서 살아난 라이더는 단 한 명도 떠오르지 않았다. 언니의 몸이 축 늘어지는 모습에 심장이 멎을 것 같았다. 그러나 피가 흘러내리기는 해도 아직 숨은 쉬고 있었다.

흐릿한 형체들이 움직이고 사방에서 으르렁거리는 소리가 들렸다. 눈을 들어보니 드래곤들이 하늘 가득 앞발을 내밀고서 와이번의 원 위로 내려앉고 있었다. 회색 와이번 네 마리가 드래곤의 맹공 앞에서 날카로운 소리를 지르며 하늘로 날아올랐다. 스게일의 꼬리에 달린 단검들이 1미터쯤 위에서 흔들거리는데, 남색 칼날이 바람의 압력이 느껴질 정도로 가까운 곳을 가르는 바람에 나는 몸을 던져 미라와 브레넌을 감싸야 했다.

제이든은 그림자 벽을 쳐서 우리를 싸움에서 차단했고, 오른쪽에서 개릭은 립스태드 궤짝 문에 박힌 베닌의 단검을 뽑고, 보디는 다른 쪽 문을 억지로 닫고 있었다.

날카로운 비명에 몸을 굳히며 어깨 너머를 돌아보니 뚫을 수 없는 어둠뿐이었다. *"테른!"* 테른을 볼 수가 없다.

*"놈들이 죽는 소리다."* 테른과의 연결로 격한 분노가 전해졌다.

이 전장에서 유일하게 좋은 신호였기에, 나는 몸을 뒤로 물려 브레넌에게 숨 쉴 틈을 내주었다.

"제발, 제발." 브레넌이 예전의 아빠처럼 이마를 찌푸리고 집중하며 중얼거렸지만, 살짝 휘청거렸고 얼굴에서 혈색이 사라지고 있었다.

*통해야 해. 그래야만 해.*

미라의 목으로 흘러내린 피가 흉터를 가로질렀고, 파르르 떨리는 눈꺼풀이 감겼다.

"언니를 데려갈 순 없어요." 하늘을 보며 말렉에게 속삭이는데, 알아들었다는 듯이 구름이 살짝 어두워졌다. 아니면 우리를 놀리는 걸까. 남쪽에서 레드 드래곤 둘이 무시무시한 속도로 접근해왔다.

*잠깐만. 왜 도시 반대편으로 날고 있지?*

두 드래곤을 식별하려고 애썼다. 소트인가? 소트의 오른쪽 날개에 있는 찢어진 자국은 혼동하기 힘든데, 그렇다면….

*신들이시여.* 슬론이었다.

*리암, 정말 미안해.* 목이 메어 고개를 뒤로 젖히고 하늘을 훑는데, 보이

는 것은 소트와… 재차 눈을 깜박였다. 소트를 따라오는 드래곤은 캐스였다.

브레넌의 목에서는 미라 언니의 상처에서 피가 떨어지는 것과 똑같이 무서운 속도로 땀이 흘러내렸고, 호흡이 거칠어졌다. "피해가 너무 커." 브레넌이 속삭였다.

"그렇지 않아." 나는 언니의 힘 풀린 얼굴과 오빠의 긴장한 얼굴을 번갈아 보면서 간청했다. "브레넌 오빠는 뭐든 복원할 수 있어. 기억하지?"

마브가 포효했다.

"네 오빠의 마력이 한계에 다다르고 있다." 테른이 경고했다.

그리고 난 오빠에게 마력을 줄 수 없다. 심장이 미친 듯이 뛰었다.

"저 궤짝을 여기에서 가지고 나가." 제이든이 개릭에게 외쳤다. "그 여자가 잭을 죽이고 싶어 했다면, 놈들이 우리에게 알리기 싫은 뭔가를 아는 게 분명해."

"크라드!" 개릭이 외치자 브라운 스콜피언테일이 그림자를 뛰어넘어 개릭 옆에 내려앉았다. 그들은 잠시 후에 궤짝과 함께 사라졌다.

둘이 사라진 곳에 몰려드는 바람을 느끼면서 두 레드 드래곤이 다가오는 하늘을 보았다.

"우리가 요새 에이토스를 얼마나 믿더라?" 보디가 우리 쪽으로 달려오며 물었다.

"방금 본 장면을 두고 믿을 정도는 아니지." 제이든이 대답했다. 그의 그림자는 와이번 꼬리 끝이 나를 때리지 않게 막고 있었다.

날갯짓이 일으킨 바람에 브레넌의 머리카락이 날리고, 두 레드는 발톱으로 덤불을 끌면서 미끄러지다가 우리 바로 위에 머리를 두고 멈춰 섰다.

"바이올렛, 미안해." 브레넌이 속삭였다.

"그런 말 하지 마." 나는 고개를 저었다. "피가 흐르는 속도가 느려지잖아. 통하는 거야." 하지만 피가 멎지는 않았다.

"네가 여기서 대체 뭘 하는 거지?" 제이든이 드래곤에서 내리는 데인을 향해 외쳤지만, 내 관심은 브레넌의 어깨 너머에 붙박여 있었다.

"저 녀석을 따라왔지." 데인이 대꾸하더니, 제이든이 두 손으로 붙잡고 있는 그림자 벽 뒤에서 울리는 뼈 부러지는 소리에 얼굴을 찡그렸다. "저 녀석은 내 지휘하에 있고, 녀석이 명령을 거역하고 보호막을 가로지르는 순간 캐스에게 경고를 받았거든." 그는 말끝에 슬론 쪽을 가리켰다.

슬론. 내 심장을 휘감은 두려움을 꿰뚫고 희망 한 조각이 들어왔다.

슬론이 내 쪽으로 달려오면서 비행 재킷 안에 손을 넣더니 손바닥 길이의 원통형 꾸러미를 꺼냈다. "아릭이 네게 이게 필요할 거라고…." 그녀는 미라의 모습을 보고 비틀거렸다.

슬론이 왜 왔는지는 아무래도 좋았다. 왔다는 게 중요했다.

눈이 따끔거렸다. "부탁이야."

슬론이 두려움에 찬 눈으로 나를 보았다.

"미라?" 데인이 달려오더니 내 옆에 한쪽 무릎을 꿇었다. "이런 젠장."

"부탁이야." 나는 부끄러움도 없이, 대놓고 슬론에게 빌었다. "브레넌에게 마력이 더 필요해. 안 그러면 미라를 잃을 거야."

슬론이 머뭇머뭇 다가오는 동안에도 브레넌은 미라의 목에 두 손을 댄 채로 덜덜 떨고 있었다. "난 방법을 몰라. 네 어머…." 그녀는 말을 멈췄다. "마력을 옮기는 건 흡수하는 것과 달라. 나도 그 정도는 안다고."

"뭘 하든 간에 빨리하는 게 좋겠다." 보디가 장검을 뽑아 들고 경호를 서면서 경고했다. 눈은 하늘을 보고 있었다.

"시도해봐." 데인이 제복 소매를 걷어 올리면서 권했다. "그동안 훈련하지 않았다면 네 마력을 쓰는 게 위험할 테니, 내 마력을 가져가. 여기에서 오늘 고유 능력을 쓸 필요가 없는 사람은 나뿐이야. 그러니 시도만이라도 해봐."

내 뒤에서 와이번 한 마리가 으르렁거리더니, 곧바로 또렷한 뚝 소리가 뒤따랐다.

슬론이 데인과 브레넌 사이에 앉는 동안에도 미라의 피는 내 옷을 적시고 있었다.

"한 손을 내 손목에 대." 데인이 겁많은 말을 달래듯이 부드럽게 말했다.

슬론은 데인의 팔뚝에 남은 회색 손자국을 보았다. "난 그러기 싫어. 그렇게 되기 싫어."

"그렇게 될 일 없어." 데인이 눈썹을 치켜들었다. "나중에 날 미워해도 좋지만, 지금은 날 믿어라. 안 그러면 미라가 죽어."

슬론은 데인의 손목을 잡고, 눈동자를 크게 뜨며 침을 꿀꺽 삼켰다. "너 같은 게 이렇게 마력이 많으면 안 되지."

"미라에겐 다행한 일이지. 반대쪽 손을 어디든 브레넌의 피부가 드러난 곳에 대." 데인이 명령했다.

슬론이 작은 꾸러미를 떨구더니 브레넌의 목 뒤에 손을 댔다.

미라의 이마에 붙은 머리카락을 쓸어 넘기자 내 손에 피가 묻었다. 언니의 얼굴이 너무나 창백했다. 언니에게 진작 제이든에 대해 말했어야 했다. 그리고 언니는 내 봉헌식에 대해 말해줬어야 했다. 아빠가 나에게 믿을 사람은 언니뿐이라고 그렇게 경고했는데도, 우린 서로에게 비밀을 두느라 너무 많은 시간을 허비했다. 내가 미라 언니를 믿었어도 이런 일이 일어났을까?

"*네가 내지도 않은 상처를 가지고 스스로를 탓하지 말아라.*" 테른이 잔소리했다.

"여길 봐." 데인의 말에 슬론이 고개를 돌렸다. "내 안에서 느껴지는 초과량을 끌어당겨서 브레넌에게 느껴지는 부족한 부분에 밀어 넣어. 넌 파괴 무기가 아니야. 넌 베넌이 아니야. 넌 흐르기를 선택하는 동맥 같은 존재야. 넌 생명이야."

슬론이 눈썹을 모으자 데인이 움찔했다. "내가 당신을 아프게 할 거야."

"세상에, 내가 그걸 모를까." 데인은 고개를 끄덕였다. "하지만 날 죽이진 못할 거야. 아무리 그러고 싶어도 못 해. 그러니까 실행해."

슬론의 입매가 굳었고, 데인은 이를 악물었다.

길고 소중한 몇 초가 지나가더니 브레넌이 깊은 숨을 들이쉬었고, 뺨에 혈색이 돌아왔다. 최악을 각오하고 미라 언니를 다시 보았지만, 언니도 가슴팍이 오르내리고 있었다. 피는 멎었고, 뺨에도 핏기가 돌아왔다.

"오빠?" 나는 희망을 품기도 무서워서 속삭였다.

"엉망이지만, 미라는 살았어." 오빠는 편하게 앉더니 몸을 축 늘어뜨리며 땀에 젖은 이마를 손등으로 훔쳤다. "고맙다, 메이리."

슬론은 두 남자를 놓으며 나를 보았다. "미라는 괜찮을까?"

"네 덕분에." 나는 슬론에게 대답했다.

슬론이 빠르게 안도의 숨을 내쉬는 사이, 브레넌은 허리춤에 차고 있던 물주머니에 손을 뻗었다. 잽싸게 마개를 열고 미라의 목에 물을 붓자 목에 두껍게 남은 분홍색 흉터가 도드라져 보였다.

나는 다시 한 번 언니의 이마에 흘러내린 머리카락을 걷어내면서, 스스로에게 감정을 느낄 시간을 딱 3초간 허용했다. 이대로 가슴이 터져버릴 것 같았다.

1초. 언니는 살았다.

2초. 난 언니가 존재하지 않는 세상을 헤맬 필요가 없다.

3초. 브레넌은 기적을 일으키는 사람이다.

"언니를 여기에서 데리고 나가야 해." 등 뒤에서 으르렁거리는 소리와 살을 찢는 소리가 잦아드는 사이에 재빠르게 오빠에게 말했다. 뭔가가 머리 위로 날아왔다가 그림자 밧줄에 붙들려 다시 돌아갔다. 분명히 발톱이었다.

"같은 생각이야." 브레넌은 전면전이 시작된 드레이터스 방향을 보았다. 드래곤과 그리폰 들이 도시 성벽 위를 맴도는 가운데, 거대한 크로스볼트들이 구름 떼처럼 몰려드는 와이번을 향해 발사되고 있었다. "넌 괜찮나, 에이토스?"

데인이 손목을 돌려보았다. "멀쩡합니다."

속이 답답했다. 이 작전에서 제일 힘든 부분은 모두가 맡은 바를 해내리라 믿는 것이고, 도시 방어는 내 몫이 아니다. 나는 제이든을 보고, 다시 데인을 보았다. "둘 다 가야지. 곧 크로스볼트가 떨어질 거야."

데인이 일어서서 슬론에게 손을 내밀었다.

"꺼져, 에이토스." 슬론이 혼자 몸을 흔들며 일어섰다.

데인은 셋을 세는 것처럼 사이를 두고 말했다. "보호막 안으로 돌아가 있어라, 메이리."

슬론은 발뒤꿈치를 축으로 휙 돌며 가운뎃손가락을 들어 올리고는 소트에게 걸어갔다.

보디가 코웃음을 쳤다.

"망할 1학년들." 데인은 슬론이 드래곤에 오르자 중얼거렸다. "라이오슨, 저쪽에서 보자." 그러면서 캐스의 앞다리로 향했다.

"데인!" 내가 외치자 데인이 어깨 너머를 보았다. "고마워."

"나한테 고마워하지 마. 나중에 개릭과 크라드가 어떻게 허공으로 사라진 건지나 말해줘." 그는 달리기 시작했고, 순식간에 소트와 캐스 둘 다 서로 다른 방향으로 날아올랐다.

보디가 브레넌을 부축해 일으켰다.

"네 곁을 떠나고 싶지 않아." 제이든이 그림자 벽을 걷었다. 어깨 너머를 보니 들판에 죽은 와이번이 널렸고, 스게일과 테른, 마브는 테인을 묶은 사슬을 풀 방법을 찾고 있었다.

"알아. 그래도 가야 해."

"미라는 내가 데려갈게." 브레넌이 허리를 굽히더니 내 무릎을 베고 있던 미라 언니의 의식 잃은 몸을 안아 들었다.

"오빠는 괜찮아?" 나는 일어나면서 풀밭에 버려진 단검을 찾아 꽂고, 슬론이 남기고 간 꾸러미도 집어 들었다. 보낸 사람 이름은 아릭이었고, 던의 밀랍 인장이 찍힌 상태였다.

대체 왜 아릭이 우편물을 나에게 전하라면서 슬론을 전장으로 보낸 걸까? 그 녀석이 지금 뭘 하고 있는지 알아내기만 하면 목을 졸라줘야지.

"메이리가 마력을 조금 여유 있게 줬어. 난 멀쩡해." 오빠는 언니를 품에 고쳐 안았다.

"원래는 남을 예정이었던 걸 알지만, 미라를 데려가." 보디가 말했다. "테인을 풀어줄 방법은 우리가 알아낼게."

"같은 생각이야." 브레넌이 입매를 굳히더니 나를 보았다. "남겨두고 갈 수 있는 룬이 열 개가 넘는데…."

"오빠, 고맙지만 괜찮아." 내가 말을 끊었다. "내가 잘하는 일을 계속하는 게 나아."

오빠는 고개를 끄덕였다. "작전대로 해라, 바이올렛. 뭐가 잘못되더라도 그래야 해. 우린 너에게 의지하고 있어." 브레넌의 시선이 제이든에게 날아갔다. "너에게도 적용되는 말이야." 오빠는 답을 기다리는 데 시간을 허비하지 않고 곧장 마브에게 걸어갔다.

나는 아릭이 보낸 꾸러미를 열어보지도 않은 채 그대로 비행 재킷 주머니에 밀어 넣고 브레넌의 뒷모습을 지켜보았다. 이상했다. 오빠의 목덜미엔 손바닥에 남은 것과 같은 흉터가 없었다. 데인의 손목에도 자국이 남지 않았다.

"형도 가봐야지." 보디가 제이든을 재촉했다. "와이번들이 도시 북쪽으로 돌아가려고 하는데, 그 너머가 바로 고갯길이야. 겨우 몇 킬로미터 떨어진 곳에서 전투가 벌어지고 있는 거 기억하지?"

"간다." 제이든이 브레넌이 버리고 간 물주머니를 집더니 내 오른손에 남은 물을 부어서 미라의 핏자국을 씻어냈다. 손가락을 따라 흐르는 물이 서서히 진홍빛에서 분홍빛으로 변하더니, 제이든이 물주머니를 떨궜다. "집중해."

제이든이 내 뺨을 감싸며 눈을 마주쳤다. "테른의 마력만 사용해. 변하지 마. 죽지도 말고. 네 임무를 달성하면, 나중에 내가 찾아갈게."

그러고는 내게 숨 가쁘게 키스했다. 심장이 미친 듯이 뛰었고, 나는 그의 목을 감싸 안고 그에 대한 내 모든 감정을 쏟아붓는 것으로 응답을 대신했다. 혼란스럽고 절박한 키스였다.

"나에게 돌아와." 나는 멀어지는 그에게 요구했다.

"오직 너만이야." 그는 내 눈을 보면서 몇 걸음 더 걸어가다가 보디를 돌아보았다. "바이올렛 옆에 머물되, 약속을 기억해라."

보디가 고개를 끄덕였다. "난 망할 놈의 티렌더를 원치 않아."

"알았어." 제이든이 보디의 어깨를 두드리더니 스게일을 향해 뛰기 시작했다. 스게일이 금빛 눈동자를 내 쪽으로 돌렸다.

"땅을 멀리하고 그와 함께 있어라." 스게일의 명령이었다. '그'라는 게 보디가 아닌 건 우리 둘 다 알았다.

"스게일도요."

그들은 순식간에 허공에 떠올라 드레이터스 남쪽으로 날아갔다. 나는 두려움에 사로잡히기 전에 시선을 돌렸다. 제이든은 이 전장에서 가장 강력한 라이더고, 스게일은 무자비한 드래곤이다. 둘은 살아남을 것이 분명하다.

보디와 나는 둘에게 도시를 구할 만한 시간을 벌어줄 것이다.

"이제 고뇌의 공작님이 갔으니 말인데." 보디가 목소리를 높였다. "우리에게 문제가 하나 있어."

당연히 그렇겠지.

# 60

드래곤보다 더 고집스러운 존재는 단 하나, 드래곤 라이더뿐이다.

― 케이오리 대령, 《드래곤 도감》

"무슨 일이야?" 나는 우리 드래곤들 주위에 널린 학살 현장으로 걸어갔다.

"테인이 깨어나지 않는다." 테른이 알렸고, 퀴르가 녹색 주둥이를 테인 가까이 내렸다.

이런 젠장. 두려움이 빠른 속도로 돌아왔다.

"티오파니가 돌아오기 전에 테인을 이 전장에서 데리고 나가야 해." 보디가 구름을 살폈다.

"개릭이 테인을 벼랑 위로 올릴 수 있을까?" 내가 물었다.

"평범한 상황에서라면? 할 수 있지." 보디가 얼굴을 찌푸렸다. "하지만 지난 몇 시간 동안 대륙 전체를 가로질러 다니느라 이미 지쳤어. 지금은 어림도 없어."

"작전이 빠르게 망가지네." 그리고 우리를 죽이고 싶어 하는 위험한 베닌을 빼면 모두가 멀리 떨어져 있었다. 그렇다면 선택지는 하나뿐이다. 나는 테른에게 고개를 돌렸다. "테인을 옮길 수 있을 만큼 강한 드래곤은 테른뿐이에요. 저 사슬을 이용하면 들 수 있을 거예요."

"너를 이 전장에 두고 가는 건…." 테른이 우르릉거렸다.

"제가 떠나면 모든 게 무너져요. 드래곤은 드래곤을 지켜요. 계약한 라이더보다 우선이죠." 내가 그를 일깨웠다.

테른은 눈을 가늘게 뜨더니 콧구멍으로 수증기를 뿜었다. "우리 종족의 법을 두고 나한테 설교하지 말아라. 내가 얼마나 편하게 법을 어기는지 알고 싶지 않다면."

퀴르가 얼른 몸을 피했다.

"부탁이에요." 나는 테른에게 사정했다. "테인 때문만이 아니라, 미라를 위해서도요. 이미 앤다나를 잃었어요. 언니까지 잃을 순 없어요. 저한테 그럴 힘을 찾아내라고 하지 말아요. 그랬다간 테른을 실망시킬 테니까. 우리 둘 다 실망시키겠죠."

테른이 으르렁거리다가 몸을 기울여 테인의 상체에 감긴 쇠사슬의 네 끄트머리를 잡자 금속성이 울렸다. "이 들판을 떠나지 말아라." 테른의 명령이었다.

"고마워요." 테른이 지금까지 본 적 없을 만큼 세게 날개를 치자 내 얼굴로 거센 바람이 불어왔고, 테인의 축 늘어진 몸뚱이가 천천히 들판 위로 떠올랐다. 잠시 테른의 그림자가 나를 집어삼키더니, 하늘 높이 떠올라 테인을 안전한 벼랑 쪽으로 싣고 갔다.

"대담한 계획이야." 보디가 테른이 날아가는 모습을 보며 평했다. "우리의 가장 큰 드래곤을 떠나보내면 우리 엉덩이를 물릴 일이 없겠지."

"테른은 돌아올 거야." 천천히 몸을 돌리면서 하늘을 올려다봤지만, 티오파니와 그 여자가 좋아하는 와이번의 흔적은 보이지 않았다. 심장이 쿵쾅거리려고 했다. 사냥감이 되는 건 달갑지 않다.

천천히 호흡을 내뱉으면서, 도시 상공에 제이든이 있는지 확인하고 싶은 충동을 억눌렀다. 내가 지금 여기에 집중하지 못하면 이 작전은 성공하지 못한다. 나는 다른 이들에 대한 생각을 모두 끊어내고 누구의 동생도, 친구도, 연인도 아닌 의식 속으로 발을 디뎠다.

나는 지금 오직 라이더로만, 하나의 무기로만 존재한다.

"우리의 은발 친구 사냥은 좀 더 기다렸다가 하게?" 보디가 말하는데, 퀴르가 장검 같은 꼬리 끝에서 와이번 피를 뚝뚝 흘리면서 우리 쪽으로 걸어왔다.

"우리가 사냥할 필요 없어." 나는 손목에 도관을 묶은 다음, 어깨 너머로 손을 뻗어 화살통을 열었다. "내가 여기 있으면 그 여자가 올 거야."

그리고 내가 사랑하는 다른 누군가를 공격하기 전에 내가 그 여자를 죽일 기회가 오겠지.

"기다림은… 김이 빠진단 말이지." 보디가 나에게 등을 돌렸다.

"늘 그렇지." 동시에 고통스럽기도 했다. 비행 중에 테른의 근육 움직임으로 곧 급강하해서 속이 뒤틀릴 것을 알게 된 순간처럼, 아니면 바스지아스를 굽어보는 능선에서 와이번 떼가 도착하기를 기다리던 기나긴 시간처럼. "이 작전이 성공할까?"

"그래야지. 마법은 균형을 요구한다, 맞지?"

"세상에서 제일 오래된 규칙이지." 티오파니가 와이번의 사체 뒤에서 걸어 나왔다. "하지만 1세기쯤에 한 번 정도는 그 저울을 우리 쪽으로 기울일 기회가 와. 이번에는 내가 그분에게 나를 증명할 거다."

우리는 어깨를 나란히 하고 그녀를 향해 몸을 돌렸다. 테른의 마력을 끌어오려고 했지만, 그 부름에 돌아오는 힘은 실개천에 불과했다.

젠장. 테른이 너무 멀리 있었다. 테인을 데리고 보호막까지 몇 킬로미터를 날아갔다가 또 같은 거리만큼 돌아오는 게 간단한 일은 아니겠지. 하지만 미라가 안전하다는 게 중요하다. 보디와 나는 죽지 않고 버틸 수 있을 것이다.

"도대체 어디에서 온 거야?" 보디가 장검을 뽑으면서 속삭였다.

"저 여잔 빨라." 나는 바스지아스의 구금실에서 티오파니가 사라졌던 일을 떠올리며 똑같이 작은 소리로 대답했다.

"우리 중에 남보다 빠른 자는 몇 명 안 돼." 티오파니는 와이번 사체 옆을 걸으면서 대답했다. 우리 쪽으로 여유롭게 다가오면서 와이번의 등에 파인 이랑을 손으로 훑기도 했다. "나이가 많은 자도."

입이 딱 벌어졌다. 6미터나 떨어져 있는데도 우리 말을 듣다니.

"너희가 그들을 죽여야 했다는 게 안타깝지." 그녀는 혀를 찼다. "만들어내려면 엄청나게 오래 걸리는데 말이야. 그래서 균형을 기울일 준비는 됐니, 바이올렛?"

한쪽 편에 두 명의 번개 능력자가 있다면, 균형이 기우는 정도가 아니라 균형을 파괴할 것이다.

그림자도 마찬가지지.

보디 오른쪽에서 퀴르가 고개를 낮추고 으르렁거렸다.

"널 죽일 준비는 됐어." 나는 반사적으로 단검을 뽑아서 어깨가 빠질 만큼 세게 던졌다. 다행히도 탈구되지는 않았다.

티오파니가 마디가 불거진 손가락을 휘젓자 단검은 반도 날아가기 전에 툭 떨어졌다. "실망스럽구나. 지난번에 시도한 이후로 배운 게 없는 거니? 하지만 부끄러워할 필요는 없어. 고치면 되지. 내가 기꺼이 네 스승이 되어줄게."

눈동자가 커졌다. 혹시 그 사제가 내다본 내 미래의 길이 이것이었을까? 그들이 아니라 티오파니에게 배우는 길?

"망할." 보디가 중얼거렸다. "저건 또 다른 문제군."

아마 내 등에 진 화살도 무용지물이 되겠지. 끝내주네. 티오파니를 죽이려면 가까이 다가가서 직접 손을 써야 한다.

"희한한 동행이네. 그놈의 핏줄 같은 악취가 풍기는데." 티오파니는 눈 옆의 핏줄을 맥동시키면서 보디를 살펴보더니, 조금도 서두르지 않는 걸음걸이로 죽은 와이번의 머리 쪽으로 다가왔다. "말해보렴, 네 사촌의 모자란 닮은 꼴로 사는 건 질리지 않니?"

"여기 나와서 스스로를 증명하려는 사람은 내가 아니야." 보디는 제이든이 적수를 가늠할 때와 똑같은 자세로 고개를 기울이며 맞받아쳤다.

장검도 없고, 지팡이도 없었다. 티오파니는 허리에 찬 단검 여러 개를 제외하면 비무장 상태였다. 걸음걸이에서 약점을 찾아보려 했지만, 전혀 없었다. 나보다 더 빠르기까지 하니 칼에 맞을 사람은 나겠지.

"영리하구나." 티오파니가 미소 짓자 입술이 또 한 군데 터졌다. "네 기다림은 거의 끝났어. 그놈은 곧 사라질 거야. 왕관은 네 것이 되겠지."

제발, 더 가까이 와.

"우리에겐 왕관이 없어." 보디가 장검을 왼손에 바꿔 쥐고 오른손을 비웠다. "넌 내 머릿속을 헤집어놓을 만큼 날 알지 못해. 난 늘 원했던 일을 하고 있거든. 내 사촌을 지키고, 우리 땅을 지키는 거지."

"그리고 쟤를?" 그녀는 와이번의 피 묻은 주둥이 앞에 딱 멈춰서더니 나에게 시선을 돌렸다. "너 같은 무기는 언제나 더 강한 누군가에게 복종할 뿐이야. 그러니 자, 네 진짜 여행을 시작할 수 있게 이런 웃기는 짓거리는 끝내자. 그분이 기다려." 그러면서 기쁘게 웃었다.

"버윈?" 추측해봤다.

"내가 그 멍청이 밑에 있을까 봐? 그럴 리가." 그녀는 하늘을 흘긋 보았다. "네 드래곤을 보내버린 건 안 됐지만, 걱정하지 마. 네 발밑에 엄청난 마력이 있거든. 자, 내가 인내심을 발휘한 대가가 뭔지 보여주렴." 우리 등 뒤에서 불어오는 바람이 거세지자 티오파니가 두 팔을 들어 올렸다.

그렇다면 더 시간을 끌 수도 없겠군. 가자. 보디가 이 여자의 고유 능력을 무효화할 수 있다면 테른이 돌아오기도 전에 그녀를 끝낼 수 있다.

보디가 오른손을 들더니 아무에게도 보이지 않는 문고리를 잡는 것처럼 돌렸다. 하늘이 어두워지고 돌풍이 심해지더니, 번개가 치지는 않아도 온도와 습도가 특정한 방식으로 올라갔다. 지금까지 이런 느낌을 준 사람은 단 한 명뿐이었다.

티오파니의 미소가 날카로워졌다.

중력이 변하는 것 같았다. 모든 것에 대한 인식이 달라졌다.

"통한다." 보디가 입가를 당겨 웃었다.

"아니야." 나는 속삭였다. 욕조 배수구를 빠져나가는 물처럼 모든 희망이 달아나는 기분이었다. "선배는 저 여자를 무효화하지 못해. 선배는 가야 해. 지금." 나는 다음 단검을 잡았다. 단검을 던질 순 없다 해도, 무방비로 쓰러지진 않겠다. 테른이 돌아올 때까지 버틸 수 있다.

"번개는 없잖아." 보디가 손마디가 하얗게 되도록 장검 폼멜을 쥔 채 항의했다.

"내가 틀렸어. 저 여잔 번개 능력자가 아니야." 두 번의 전투에서 번개가 쳤기에 그걸 그 여자의 능력과 합쳐서 생각해버렸다. 번개는 단지 그 여자의 진짜 능력이 낳은 부산물일 뿐이었다. 티오파니는 수니바 공격에서 번개를 통제하지 않았다. 번개의 이유를 통제했다.

"물론 아니지." 티오파니가 한 손가락을 튕기자 우리 머리 위의 구름이 회전하기 시작했다. "규칙의 예외는 오직 하나뿐이란다, 바이올렛 소른게일. 그게 너라는 사실을 알았을 때 내가 얼마나 놀랐겠니. 그 여자의 딸 중에 하나라면 네 언니 쪽일 거라고 생각했는데."

"아마리여, 우리를 도우소서." 보디가 천천히 손을 내리고 하늘을 보았다. "저 여자는 너의 베닌 버전이 아니구나."

"아니었어." 고개를 내저으면서도 다음에 불어온 돌풍에 내동댕이쳐질 뻔했다. 내가 엉뚱한 싸움을 준비했다. 나는 번개가 충전되는 느낌을 알고, 번개가 치기 직전에 일어나는 전류를 안다. 번개의 한계를 이해하고, 그 능력의 경계선도 안다. 번개는 때릴 때마다 폭발하는 에너지를 요구하고, 그 에너지가 다하면 번개도 끝난다. 하지만 티오파니의 마법은 스스로 생명을 갖고, 그녀가 마력을 다 주고 나서도 오랫동안 이어질 것이다.

이건 나 자신과의 싸움보다 훨씬 나빴다.

"저 여자는 우리 어머니에 대한 응답이야." 소리 내어 말하자 충격에 빠져 있던 머리가 깨어나서 마구 질주하기 시작했다. 어머니가 약해질 때는 몸이 병들 때나 에임시르가 기진맥진했을 때뿐이었다. 가장 강력한 바람 능력자라 해도 엄마의 폭풍을 약화시키지는 못했다.

"네 엄마가 나에 대한 응답이었지." 티오파니가 야유하자 구름이 소용돌이치기 시작했다.

회오리바람이다. 가슴이 답답해졌다. 어머니는 저런 묘기는 부린 적이 없었다. 내가 티오파니의 정체를 알아보지 못한 것도 당연했다. 어머니보다 더 강력한 폭풍 능력자는 만나본 적이 없었으니까. 지금까지는.

"선배는 여길 벗어나야 해." 나는 보디의 팔을 밀었다. "바람 때문에 퀴르가 날아오르지 못하게 되기 전에 가!"

"내 고유 능력은 언제나 균형이야." 보디는 우리 등 뒤에서 바람이 끊임없이 포효하며 점점 강해지는 와중에도 손을 들어 올리며 맞섰다. "내가 막을 수 있어!"

"못 해!" 다시 밀었더니 이번에는 보디가 옆으로 비틀거렸다. "선배의 고유 능력은 저들이 아니라 우리 마법에만 통하는 게 분명해. 지금 가! 제이든에게 약속했잖아!"

"너도 같이 가!" 보디가 외쳤다.

'티오파니는 네가 모두를 구하려고 할 거란 걸 알아…' 브레넌의 말이 머릿속에 울렸다.

"난 못 가." 내가 가면 티오파니가 따라올 테고, 우린 질 것이다. 내가 남으면, 다른 이들에게 필요한 양동작전을 수행할 수 있다.

"그럼 내가 옆에서 싸우…." 말이 끝나기도 전에 퀴르가 발톱 두 개로 보디의 몸통을 붙잡고 날아올랐다. 퀴르는 녹색 날개를 크게 치면서 큰 소리로 항의하는 보디를 붙들고 들판을 떠나 남쪽으로 날아갔다. 회오리바람을 피해서 절벽을 오를 수 있을 것이다.

티렌더의 계승자는 안전했지만, 작은 안도감조차 느낄 시간이 없었다.

울부짖는 돌풍에 떠밀린 나는 풀밭에 네 발로 엎어졌다. 손목에 달랑거리던 도관도 박살이 날 뻔했다. 뒤에서 신음소리 같은 것이 들려서 어깨 너머를 보니 테른보다 더 큰 나무 한 그루가 들판 가장자리에서 내 쪽으로 기울고 있었다. 터무니없는 각도로 멈춰선 모양을 보니 뿌리가 뽑히기 직전이었다.

젠장. 힘겹게 일어난 나는 무게중심을 왼쪽에 두면서 그 현장을 벗어나려고 달렸다. 열 걸음도 가기 전에 바람 때문에 다시 쓰러졌고, 나무가 내 쪽으로 곤두박질치는 모습을 보자 속이 뒤집히려 했다. 굴러다니는 돌멩이들을 밟고 발이 미끄러졌는데, 부츠가 발목을 버텨준 덕분에 1미터라도 더 거리를 두려고 버둥거릴 수 있었다.

뿌리가 뽑히며 쓰러진 나무가 드래곤에 맞먹는 힘으로 땅을 후려쳤다. 나는 쿵쾅대는 심장으로 바로 근처에 떨어진 나뭇가지를 보았다.

"채널링해! 그러면 우리는 함께 걸어 나갈 거야!" 나무에 가려져 모습은 보이지 않았지만, 티오파니의 약속은 바람 소리보다도 더 크게 울려 퍼졌다.

생각해보니 그 나무는 내 모습도 가려줬다. 티오파니가 자세를 바꾸기 전까지는 그럴 것이다.

빠르게 움직여야 한다.

바람이 너무 강해서 똑바로 단검을 날리기는 불가능하다. 무게를 더하지 않는다면 단검이 그 여자를 지나쳐서 날아갈 것이다. 나는 단검을 움켜쥐고, 비행 재킷을 들어 올려 제복 아래쪽에서 천을 한 조각 잘라냈다. 바람이 손에 쥔 천을 앗아가려 했기에, 천을 잇새에 꽉 물고서 단검을 칼집에 넣었다. 더 빨리. 더 빨리 움직여야 한다. 등으로 손을 뻗어 메오사이트 촉이 달린 화살대를 최대한 꽉 잡은 다음, 메오사이트를 안정적으로 고정해주던 화살통에서 뽑아내어 내 앞으로 가져왔다.

그 화살을 들판에서 주운 도관 크기의 돌멩이에 묶는 사이 바람이 살짝 잦아들었다.

"마력에 손을 뻗고 휘둘러!" 티오파니가 거의 6미터쯤 앞에 나타났다.

무릎을 세우고 몸을 일으키면서 힘껏 돌멩이를 던졌다.

강풍이 돌멩이를 실어 날랐지만, 티오파니는 4분의 3쯤 날아간 돌을 쳐냈다. "아직도 배운 게 없니?" 돌멩이는 그녀의 오른쪽 1미터쯤에 떨어졌다.

그리고 폭발했다.

흙과 풀과 돌조각이 치솟았고, 충격으로 티오파니가 허공에 드래곤의 날개 절반 길이쯤 내던져졌다. 그 여자가 땅바닥에 부딪치기 전에 바람이 먼저 죽었다.

폭풍이 티오파니 없이도 유지될 만큼 강해지지 않아서 다행이었다. 일어서서 마지막 남은 합금 단검을 뽑아 들고 돌진했다. 마지막이라 던지다가 단검을 잃을 위험을 감수할 수가 없었다.

티오파니가 머리채에 풀이 달라붙은 채로 몸을 일으켰고, 나는 그녀의 눈이 초점을 맞추려 애쓰는 사이에 단검을 뒤집어 수평으로 잡고 몸을 던졌다. 칼을 휘두르기 직전, 내 무릎이 먼저 땅에 닿았다.

그녀는 내 팔뚝을 잡더니 뼈를 으스러뜨릴 법한 힘을 행사했다. "그만!"

통증이 덮쳐들면서 힘이 다 빠져나가려 했지만, 나는 친구들의 목숨이 달린 것처럼 단검을 쥔 채 다른 손으로 검은색 손잡이의 룬 단검을 뽑아 그녀의 허벅지에 내리찍었다.

그녀는 입술이 다시 터지도록 비명을 질렀지만, 내 팔을 놓거나 허벅지에 찔린 칼을 빼는 대신 내 목을 움켜잡고 뒤로 밀었다. 등이 땅바닥에 세게 부딪친 나는 눈을 크게 뜨고 화살통 안의 폭발물이 우리를 함께 죽이는 순간을 기다렸지만, 화살통 안의 쿠션이 용케 충격을 버텨냈다.

"멍청한 것." 그녀의 무릎에 배를 찍히자 숨이 턱 막혔다.

다음 호흡을 들이마시려고 몸부림을 쳤지만, 그녀가 내 반대쪽 손까지 바닥에 고정시켰다.

"네 어머니는 네 나이 때도 내 상대가 안 된다는 걸 알았어. 그래서 그 보호막 안에 숨었지. 너도 어머니를 본받지 그랬니." 티오파니의 깔쭉깔쭉한 손톱이 내 피부를 파고들었고, 그녀가 남쪽을 보자 눈 옆의 핏줄이 툭 불거져 나왔다. "몇 놈이 용케 빠져나간 것 같구나. 이제 어떻게 할래?"

티오파니의 시선을 따라갔다가, 온몸의 근육이 몸부림도 치지 못할 만큼 굳었다. 와이번 한 무리가 북쪽으로 날아갔다. 도시를 건너뛰고 곧장 메다로 패스로 이어지는 계곡으로 날아든 것이다. 내가 그곳에 있어야 했는데…. 하지만 그랬다면 이 여자를 여기에 잡아두지 못했겠지.

던이시여, 저들과 함께 하소서. 시선을 돌리자 티오파니가 내 목에 단검을 댄 채로 빤히 보고 있었다. 소름 끼치는 붉은 눈이 어찌나 가까이 있는지, 내 시야를 다 차지할 정도였다.

"저 와이번 떼는 굶주렸단다. 무고한 민간인 몇 명이 저 고갯길을 오르지? 천 명? 2천 명? 넌 아직 저들을 구할 수 있어. 마력에 손을 뻗어. 네 손끝에 닿는 그 힘을 차지해." 그녀는 내 손을 뒤집어 손바닥을 풀밭에 눌렀다. 나는 의식적으로 감각을 차단했다. "고집도 참 세구나. 네가 모든 해답을 알지 못하고, 모든 문제의 해결책도 아니라는 걸 깨달으면 죽을 맛이겠지. 넌 그저 또 한 명의 번개 능력자에 불과하고, 모든 곳에 동시에 있을 수는 없어." 내 목을 누르던 금속이 살짝 물러났다. "계속해봐. 네가 애쓰는 걸 구경하는 것도 재미있네."

나는 와이번 떼가 계곡 안으로 사라지는 모습을 볼 때까지만 남쪽에 시선을 두었다. "당신 말이 맞아. 내가 모든 곳에 있을 순 없어." 내가 칼날 앞에서 목을 뒤로 젖히자 티오파니가 눈을 크게 떴다. "그럴 필요도 없고."

최악의 순간이 닥쳤을 때, 우리 중에서 가장 뛰어난 건 내가 아니다.

리애넌이지.

# 61

지휘는 경외심, 규칙, 복종에 기반한다.

비행대대는 신뢰에 기반한다.

― 피파 도난스 소령, 《2학년 리더십 지침서》

## 리애넌

이모젠. 퀸. 바이올렛. 심장이 마구 뛴다. 가장 강력하고 전투 경험 많은 대대원이 셋이나 빠진 상황에서 고갯길을 어떻게 지킬지 모르겠지만, 실패는 용납되지 않는다.

지날 신에게 감사하게도 지옥 같은 바람이 멈췄다. 우리 모두가 코딘까지 날려갈 것만 같은 바람이었다. 입구에서 메다로 패스를 최대한 살펴보고, 돌풍에 떨어진 민간인이 없다는 사실에 안도감이 가득 담긴 한숨을 내쉬었다.

"벼랑이 저들에게 부는 바람을 막아줬다. 우리에게도 마찬가지고." 안전한 기단부에서 물러난 페이그가 몸을 홱 돌려 드레이터스로 이어지는 구불구불한 계곡을 마주했다.

"다들 횡대로 서라고 전해줘요. 우리가 날 수 있다면, 놈들도 날 수 있어요." 회색 와이번 떼가 계곡 마지막 굽이를 돌다가 폭풍 때문에 전부 내려앉은 상황이었다.

캐스가 전달한 바로는 드레이터스에서도 모든 드래곤이 몸을 낮춰야 했다.

"전했다." 대답하는 페이그의 목에 떨어진 빗방울이 사방으로 튀었다.

멋지기도 하지. 이 저주받을 벼랑에서 비가 오는 걸 누가 바란다고.

나는 레이건이 늘 하는 말을 떠올렸다. '지날은 합당하다고 여기는 선물만 주셔.' 당장 축복을 받으면 신에게 감사하고 그 다음 순간에는 저주해봐야 무슨 소용이람. 이런 상황에도 레이건이 그런 말을 할까 싶지만, 아마 걔는 지금도 그럴 거다. 걘 언제나 우리 둘 중에 더 품위 있는 쌍둥이니까.

반면에 타라라면 운은 내가 만드는 거라고 하겠지.

오른쪽을 보고 그 미친 폭풍에 다친 사람이 없는지 확인했다. 메런과 캣이 대열에 서는데, 그 둘과 그리폰들도 멀쩡해 보인다. 그 너머에서는 슬리시그가 바짝 붙어서느라 날개를 접은 채로 꼬리를 흔들고, 소여가 내 쪽으로 고개를 까딱인다. 왼쪽을 보자 네브와 브레이건 둘 다 제자리에 서 있고, 에오트롬이 조바심을 내며 자세를 바꾸고 있다.

리독은 계곡을 통과하는 길이 아니라 북쪽 봉우리를 보고 있다. 열심히 노려본다고 그 산 너머를 꿰뚫어 볼 수 있을 리도 없건만.

내 마음속에도 우린 저 봉우리 반대편에 있어야 한다는 비명이 울린다. 하지만 우리에겐 따라야 할 명령이 있다. 대대원 절반도 이곳에 있고.

목청을 가다듬으며 감정을 추스렸다. 이건 대대 대항전이 아니다. 여기에서 내가 실수하면 무고한 사람들이 죽는다. 내가 방어선에 남겨둔 구멍으로 와이번이 뚫고 들어왔을 때 성벽만 무너지고 우리 부모님 집은 멀쩡했던 게 행운이다. 바이올렛이 나에게 아무리 중요한 사람이라 해도, 한 사람일 뿐이다. 우리는 내 가족처럼 도망치고 있는 수천 명을 지키고 있고, 그 사람들도 내 가족처럼 지켜야 할 의무가 있다.

"갬린!" 나는 그리폰들 너머로 외쳤다. "여기 집중해."

리독은 잠시 나에게 가운뎃손가락을 들어 보일 것 같은 표정을 지었다가, 고개를 끄덕였다.

"번개 능력자가 걱정된다는 사실을 인정한다고 해서 네가 위태로워지진 않아." 페이그가 언제나처럼 커다랗게 말한다. "그 감정을 무시하는 게 위험하지. 감정을 받아들이고 넘어가렴."

폼멜 역할을 하는 솟아오른 녹색 비늘 이랑을 잡은 손에 힘이 들어간다. "당연히 바이올렛이 걱정되죠." 우리 중에 누구도 그런 상황에 놓이지 말아야 하건만, 바이올렛이 저 바깥에 홀로 남아 있다. 폭풍이 몰아치기 조금 전에 테른이 구름 속으로 날아왔는데, 사슬에 묶인 테인을 들고 있었고 마브도 옆에 있었다. 캐스가 보낸 마지막 상황 보고에 따르면 라이오슨과 듀란은 둘 다 성벽 근처에 있다. 그나마 다행히도 지금까지 번개는 보지 못했다. "하지만 우리에겐 할 일이 있고…."

몇백 미터 앞에서 십여 마리, 아니 어쩌면 더 많은 와이번이 계곡 바닥을 따라 올라오고 있었다. 심장이 방망이질 친다. "베일러 눈에 몇이나 보이는지 버트에게 물어봐요."

피난민 사이에서 한꺼번에 비명이 터져나왔다. 산을 오르려고 대기하고 있던 사람들도, 이미 벼랑을 오르던 사람들도 마찬가지였다. 비. 와이번. 공황 상태에 빠진 민간인들. 정말 개판 나기 딱 좋은 상황이군.

신들이시여. 1학년들이 지시받은 대로 고갯길 꼭대기에서 민간인들을 안전하게 끌어 올리고 있어야 할 텐데. 그레이캐슬과 메이리는 이미 내 설교 대상으로 찍혔다. 둘 다 무슨 생각을 하는지 알 수가 있어야지.

규율이 안 잡혔어. 어서 모두의 고삐를 잡아야 한다.

"베일러에게 보이는 수는 열일곱이다." 페이그가 1초 후에 대답했다.

열일곱 마리. 드래곤 셋과 그리폰 넷을 상대로 말이지. 젠장. "조금 위협적이네요." 나는 페이그에게 내 마음을 인정했다.

"그렇다면 우리가 위협해줘야지." 페이그가 기대감에 머리를 꼬며 으르렁거렸다. "네 명령을 전달할 준비됐다."

내 명령이라, 압박감은 없다. 그저 놈들을 가로막아야 할 뿐이다.

"드래곤들, 쐐기 대형으로 이륙." 나는 페이그에게 말했다.

아레티아에서 배운 바가 있다. 우린 벼랑에서 멀리 떨어져서 교전해야 한다. "그리폰들, 브레이건의 지휘하에 피난민들을 지킨다."

페이그가 세 걸음을 내디뎠고, 나는 구름에 젖은 하늘로 날아오르는 드래곤의 등에 앉아 허벅지를 조였다. "키라레가 그 결정에 불만스러워하는구나."

그게 뭐 새로울까. 나는 눈 깜박할 시간에 선택지를 고민했다. "키라레에게 그리폰들이 우리보다 벼랑에서의 기동성이 더 좋고, 룬 무기도 넉넉하다고 말해줘요. 드래곤 셋으로는 와이번 열일곱 마리를 막을 수 없어요. 그리폰들이 준비하고 있어야 해요."

이번만은 캣이 언쟁하려고 하지 않는 명령을 내리고 싶다.

와이번 떼에게 정면으로 뛰어들면서 나는 비행 고글을 내려썼다. 페이그, 에오트롬, 슬리시그가 삼각형을 이뤘다. 우린 최대한 벼랑에서 먼 곳에서 교전해야 한다. 전진할 공간은 많고, 깎아지른 바위 쪽으로 물러날 공간은 많지 않다.

적은 대략 3열 2행 배치.

"쐐기 대형 유지…" 잠깐만. "아니, 수직으로. 수직 대형으로 변형." 그편이 최대한 많은 수를 떨어뜨릴 수 있을 것이다.

"네가 결정을 번복하는 모습을 보니 나도 탈곡에 대해 다시 생각하게 되는구나." 페이그가 고도를 올리면서 잔소리했다. 우리는 깎아지른 계곡 벽으로 접근했다.

"아주 재밌네요." 이 바로 밑을 볼 수 있다면 좋겠는데.

"다들 제 위치에 있다." 페이그가 내가 묻지 않은 질문에 답했지만, 아무래도 에오트롬은 기회만 오면 벗어날 것 같단 말이지.

"슬리시그를 확인해봐요." 30초도 남지 않았는데, 이건 슬리시그가 바스지아스에서 소여를 잃을 뻔했던 사건 이후로 겨우 두 번째 교전이었다.

"네가 물어보니 모욕으로 받아들이는구나." 페이그가 대꾸했다.

"당연히 그렇겠죠." 놈들의 이빨이 보이자 나는 페이그의 비늘 사이에 발가락 앞코를 고정하고 충격에 대비했다. "맨 앞 중앙 먼저요."

"난 또 왼쪽 뒤 녀석부터 잡을 줄 알았지." 페이그가 순진한 척하면서 대꾸했다.

"비꼴 때가 아니에요."

우리의 표적이 듣기 싫은 소리를 지르더니 대형에서 벗어나며 고도를 올렸다. 페이그가 뒤쫓으려고 움직이는데, 우리 쪽으로 푸른 화염이 솟구치면서 내 온몸에 힘이 들어갔다.

"꽉 잡아라!" 페이그가 외쳤고, 나는 정확히 그 명령대로 했다. 페이그가 오른쪽으로 몸을 기울이는 동안 온몸의 근육에 힘을 주고 있었다. 페이그가 수직에 가깝게 상승하자 무게중심이 기울었고, 나는 오른쪽 다리를 밀면서 균형을 잡았다.

"그거 하려고 그러죠?" 나는 페이그가 정점에 멈춰선 순간에 폼멜을 생명줄처럼 잡았다.

"아마도." 페이그는 왼쪽으로 몸을 홱 젖혔다가 가파르게 급강하했다.

내 위장이 발밑을 뚫고 나가려고 할 지경이었다.

"*경고는 해줘야죠!*" 와이번을 향해 쏜살같이 날아 내려가는 동안, 나는 손을 고쳐잡고 폼멜을 밀면서 피할 수 없는 결과에 대비했다.

"*왜? 넌 대비하고 있었는걸.*" 페이그가 날개를 부드럽게 꺾고 하강 속도를 늦추기가 무섭게 우리는 충돌했다. 딱 내가 날려가지 않을 만큼의 타격이었다.

충돌 때문에 잡은 손이 흔들렸고, 빗물도 도움이 되진 않았다. 페이그는 그 와이번의 등에 발톱을 박아넣고 두개골 아래로 목이 가늘고 약해지는 지점을 물었다. 와이번의 비명에 내 고막이 흔들렸다.

다음 순간에 우리는 떨어지고 있었다. 페이그가 미친 듯이 날개를 치는데도 그랬다. 공포가 못생긴 머리통을 들이밀었고, 나는 그 감정을 삼키려 애썼다. 페이그에겐 와이번의 이빨과 발톱이 닿지 않는다는 장점이 있었지만, 언제나 힘보다는 민첩성이 페이그의 강점이었다. 페이그가 회색 가죽 날개를 갈가리 찢고 뼈를 부러뜨리는 동안에도 내 오른쪽에서는 산이 높아지고 있었다.

"*바닥에 가까워져요!*" 내가 경고했다.

"*네 상황 인식 능력은 언제나 경탄스럽구나.*" 페이그는 무게를 앞으로 실어 넣은 다음, 와이번의 머리통을 비틀어 목을 부러뜨렸다. 내 시야에서는 흐릿하게 회색 움직임이 스쳤다.

"*그렇다면 우리 위에 있는 놈에 대해서도 알고 싶지 않아요?*" 내가 물었다.

페이그가 와이번을 산비탈에 던지고 나서 우리 둘 다 위를 보았다.

에오트롬이 와이번을 쫓아 날아가는데, 그 꼬리를 향해 녹색 화염 한 줄기가 따라 올라갔다. 나는 숨을 참고 있다가 에오트롬이 불길을 따돌려서 리독을 고통스러운 죽음에서 구한 후에야 화염을 뿜은 놈을 보았다.

"꽉 잡아라." 페이그는 와이번과 충돌하기 직전에 경고했다. 그리고 그 와이번의 목을 노려서 살덩이를 한 움큼 물어뜯었다. 놈은 급강하하면서 산비탈에 피를 뿌렸다.

페이그는 또 한 놈에게 발톱을 박아넣고 목을 찢어발겼다.

나머지 대대원들은 어디 있지? 얼른 고개를 돌려 찾아보니 에오트롬은 우리 위에 있는 다른 와이번과 나란히 수직으로 날고 있었다. 에오트롬이 방향을 돌려 자기 등을, 그리고 리독을 그놈에게 노출시키는 모습에 입이 쩍 벌어졌다.

"말렉의 이름으로, 에오트롬이 뭘 하는 거죠?" 내가 소리치는 동안에도 리독은 한 손으로 폼멜을 꽉 잡고 반대쪽 손을 회색 비늘에 내밀고 있었다. 으깨지고 싶어서 환장했나? 설마 진심으로….

진심이네.

와이번이 째지는 비명을 지르더니, 리독의 손이 닿은 곳에서부터 와이번 비늘을 따라 연한 회색빛이 번져나갔다. 와이번은 몸을 굳혔다가 날갯짓을 멈추더니 곧장 우리 쪽으로 떨어졌다.

페이그는 그 즉시 앞으로 튀어 나가면서 왼쪽으로 몸을 기울여 능선을 피했고, 나는 앉은 자리에서 몸을 돌려 문제의 와이번이 돌투성이 땅에 충돌하는 모습을 보았다. 맙소사. 반으로 쪼개진 것 같은데.

"저거 봤어요?" 나는 산모퉁이를 도는 페이그에게 물었다. 소여는 몇 백 미터 아래에서 한 마리를 죽이고 있었다. 이제 우린 다시 뭉쳐야 한다. 여기도 이렇게 바쁘다면, 계곡 너머 드레이터스에서는 얼마나 열세일까?

잠시 마음이 약해진 나는 하늘을 올려다보며 테른을 찾았다. 바이가 얼마나 오랫동안 혼자 버틸 수 있을까?

"집중해라." 페이그가 고갯길 쪽으로 고개를 돌렸고, 나도 그쪽으로 시선을 돌렸다.

젠장. 와이번 일곱 마리가 통과했다. 캣이 한 마리의 목을 맞혔고, 키라레의 발톱이 움직임 없이 깔린 와이번의 비늘 사이를 파고들었다. 메런은 노궁으로 다른 와이번을 겨냥했고, 얼마 지나지 않아 그놈의 날개에 불이 붙었다. 대단한 룬이었다.

브레이건과 네브는 각각 절벽면 위로 와이번을 하나씩 추격하고 있었고, 남은 와이번 네 마리가 비명 지르는 민간인들을 하나씩 찍어내는 중이었다.

"*재편성.*" 나는 그들을 최대한 많이 구해내기로 마음먹고 명령했다. "*방패 대형.*"

"*정말 괜찮겠어?*" 페이그가 다정하게 놀리는 목소리로 물었다.

우리가 셋만 남았을지는 몰라도, 비행대대의 힘은 개별 구성원이 아니라 전체에 있다. 저주받을 빗속이라 해도 우린 이 고갯길을 지킬 것이다.

"*그럼요. 가죠.*"

# 62

세상에 던보다 더 노여움이 강한 여신은 없다. 던의 은총을 외면한 자가 그분의 신전에 들어가면 영혼이 찢길 것이다.

— 로릴리 소령, 《신들을 달래는 방법》(제2판)

티오파니가 단검으로 내 목을 찌를 듯 위협하는 가운데 이마에 빗방울이 떨어졌지만, 나는 꼼짝도 하지 않고 그 여자만 보았다. 살아서 빠져나갈 온갖 방법을 순식간에 검토한 나는 제일 단순한 방법으로 결정했다. 하지만 위험 부담은 있었다. "내 친구들은 내가 말렉을 만난 후로도 오랫동안 계속 싸울 것이고, 난 멀쩡한 영혼으로 신을 만날 거야. 얼마든지 해봐."

티오파니의 얼굴에 놀라움이 번지며 눈동자의 붉은빛이 맥동하더니, 칼날이 지금 내게 딱 필요한 만큼 물러났다.

이건 아플 거야.

나는 이마로 그녀의 코를 들이받았다. 뼈가 부러지는 소리가 나면서 그녀의 머리통이 뒤로 젖혀지고, 몸도 따라 움직였다. 나는 그녀의 무게가 이동하기가 무섭게 오른쪽 무릎을 가슴으로 당겨 최대한 세게 그녀의 팔꿈치 안쪽을 걷어차면서 내 손목을 잡은 손을 풀었다.

"젠장!" 빽 소리를 지른 티오파니는 빠른 속도를 이용해서 왼쪽으로 7미터쯤 떨어진 곳에 나타나서는 코를 부여잡았다. "이렇게 부러지면 절대로 안 펴진단 말이야!"

나는 비틀거리며 일어섰다.

"내가 널 죽이지 않을 거라고 생각하는구나." 그녀는 이전에 없던 적의 어린 눈빛으로 나를 뜯어보더니 벨트에서 끝이 녹색인 단검을 뽑았다.

속이 울렁거렸다. 그 독에 당하는 건 인생에 한 번으로도 충분했다. "네가 한 세기에 한 번이라는 말로 간절함을 드러낸 것 같은데." 나는 그 여자에게서 눈을 떼지 않은 채 비에 젖어 미끄러운 풀밭에서 룬 단검을 찾아 들어 올렸다. "내가 필요하잖아."

"또 다른 녀석이 나타날 거야." 티오파니가 경고했다. "넌 특별하지 않아."

"하지만 지금 네가 스스로를 증명해야 하는 번개 능력자는 나뿐이지." 티오파니를 인내심의 한계까지 밀어붙인 건 확실했으니, 곧 거지 같은 상황이 실제로 일어날 터였다. 나는 습관적으로 도관을 쥐고 테른에게 마음을 뻗었다. 마력이 조금씩 늘어나고 연결 통로가 종잇장처럼 얇게나마 느껴진다는 점에서 가까워지고 있는 건 확실하지만, 아직 범위 밖이었다.

"너에게 이리드가 있었다면 훨씬 의미가 컸겠지." 그녀는 웅크려 앉더니 풀밭을 손으로 쓸었다. 그녀가 손가락을 한 번 두드리자 그 지점이 회색으로 변했다.

아, 빌어먹을. 티오파니가 땅에 손바닥을 내리기만 하면 끝이다. 그러면 나는 먼지가 된다. 공포가 심장을 뚫고 들어와서 손톱을 박아넣었지만, 나는 그 음흉한 손이 나를 제대로 잡기 전에 밀어냈다.

"바이올런스?" 제이든. 연결을 통해서 약간의 고통과 뒤섞인 피로와 긴박감이 밀려왔다. 그는 전투 중이었다.

"난 괜찮아. 당신 전투에 집중해." 나는 티오파니에게서 잠시 눈을 떼고 점점 짙어지는 폭풍우 너머로 보이는 도시에 시선을 돌렸다. 나선탑 위의 하늘에는 드래곤과 와이번, 그리폰들이 가득했지만, 나는 그 혼돈의 바닷속에서 블루 드래곤을 찾을 만큼 오래 시선을 두진 않았다.

제이든은 저기에서 제일 강해. 그는 괜찮을 거야. 그들에게 드레이터스를 구할 기회라도 주려면 나와 티오파니는 여기에 집중해야 해. 그들에겐 시간이 필요할 뿐이야. 나는 도시를 등지고 티오파니를 마주했다. 비가 거세지면서 굵은 빗방울이 땅을 두드렸다.

"아, 그림자 능력자를 걱정하는구나." 티오파니가 잔인한 미소를 지으며 손으로 풀의 끄트머리를 어루만졌다. "그놈과 함께 영원을 누리고 싶지 않니?"

"그건 이미 얻었어." 뭐든 이용할 만한 게 없는지 주위를 살폈지만 하나도 없었다.

"네가 원하는 방식으로는 아니지." 티오파니가 고개를 비딱하게 기울였다. "우리가 끝내주는 배우들이긴 하지만, 우리 종족은 너희가 '사랑'이라고 부르는 감정을 느끼지 않아."

그 말에 관심이 확 쏠렸다.

"거짓말." 그랬다면 내가 알았을 거야.

"아, 그것 봐." 비딱한 웃음이 잔인했다. "우리는 제일 약한 전사 때문에 전투에 지기 마련인데, 그놈이 널 그렇게 만들지. 약하게 말이야. 이제 네 취약한 부분을 알았으니 시작할 수 있겠군."

"꺼져." 나는 던이 아끼는 섬에서 내가 제일 약한 고리가 아니라는 사실을 증명한 반면, 티오파니는 이제 던의 은총을 받지 못하는 몸이다.

"첫 번째 가르침이야. 우리 세상에서 살아남으려면 너를 지탱하는 마법을 지켜야 해. 네 마력이 이 방법으로 빨려 나가지 않게 막는 방법을 아니?" 티오파니가 땅바닥에 손바닥을 대자 흙이 천천히 말라붙었고, 풀은 회색으로 변해서 부스러졌다. 그러다가 바닥에 금이 가면서 빗물을 삼켰다. 그 여자의 손에서부터 퍼져나가는 오염은 천천히 몇 센티미터씩 먹어들어가다가 몇십 센티미터씩으로 늘어났다.

나는 한 걸음 물러섰다가, 그게 얼마나 잘못된 본능인지 깨달았다. 그 여자는 언제든 속도를 올릴 수 있고, 지금은 그저 날 가지고 노는 것뿐이다.

"사실은 간단해. 이미 마법의 목적이 변경된 땅을 차지하면 그게 방어막 역할을 하지." 티오파니가 은빛 눈썹을 치켜들었다. "제일 쉬운 해결책은 네가 직접 마력을 흡수하는 거야. 내 마력이 도착하기 전에 그렇게 한다면 넌 살겠지. 네 사랑인지, 사랑처럼 보이는 감정인지도. 네 마력도 유지할 것이고, 원한다면 드래곤도 그대로 유지할 수 있어."

"그러지 않겠다면?" 땅이 점점 회색으로 변해갔고, 날갯짓 소리가 들리기는 했지만 테른은 여전히 범위 밖이라 티오파니의 와이번부터 만나게 될 듯했다.

"죽는 거지." 티오파니가 손바닥 쪽으로 몸을 기울이자 땅이 네 배는 더 빠르게 시들었고, 마력이 빨려나간 회색 원이 파도처럼 내 쪽으로 다가왔다. "난 또 다른 번개 능력자를 기다릴 수 있지만, 넌 살려두기엔 너무 위험해. 그러니 빨리 결정하렴."

망할. 시간이 얼마 없는데….

'이미 마법의 목적이 변경된 땅.' 나에겐 방어막이 필요하다.

나는 도관을 떨구고 오른쪽으로 죽어라 달렸다. 발을 내디딜 때마다 도관이 팔뚝을 때렸고, 빗물에 젖은 풀에 발이 미끄러지는 바람에 보폭이 흔들렸다. 왼쪽 무릎이 비명을 질렀고, 나는 그 통증을 차단하고서 내 발치로 질주해오는 죽음의 원과 제일 가까운 와이번 사체를 동시에 찾았다.

3미터만 더. 갈 수 있어. 가야만 해.

이 들판에서 죽진 않겠어.

심장이 쿵쾅대고 폐가 타는 느낌 속에서 펄쩍 뛰어올라 회색 벽처럼 보이는 와이번까지 마지막 1미터를 날았다. 와이번에 몸을 부딪치면서 발톱 사이에 합금 단검을 깊이 찔렀다가 즉시 빼면서 왼손의 룬 단검을 최대한 높은 곳에 찔러넣었다. 미끄러운 가죽에 발을 디디려고 버둥거려야 했지만, 겨우 발을 버티는 데 성공하고 단검 두 자루를 이용해 올라갔다.

와이번 앞발을 다 올라간 다음에는 비늘투성이 다리를 질주해 올라갔다. 발목을 넘어 쪼그라든 허벅지까지.

땅이 마력을 빼앗기며 퍼져나가던 죽음의 파도가 내 아래까지 오더니 와이번 사체를 바로 건너뛰고 반대편으로 지나갔다. 나는 두 손을 가슴에 얹고 쿵쾅대는 심장박동을 느꼈다.

지금 죽은 거라면 내가 모르진 않겠지? 아직까지 날갯짓 소리가 들리지도 않을 테고.

"저런, 영리하기도 하…." 티오파니가 내 등 뒤를 보며 소리쳤다. "안 돼!"

시야 가장자리에 구부러진 발톱이 보이자 나는 두 팔을 던졌다. 앞발 하나가 나를 감싸 쥐더니 몸을 훌쩍 하늘로 들어올렸다. "테른."

"아니다."

빗발이 푸른색 비늘을 요란하게 때렸다. "스게일?"

"넌 적절히 가늠할 척도가 없을 만큼 귀찮은 존재다." 스게일이 으르렁거리며 서쪽으로 날아가는 동안에도 우리 위에서는 구름이 소용돌이치며 끔찍한 속도로 어두워졌다. "하지만 저 메이븐을 붙잡아둔 일은 아주 잘했다."

제이든이 남쪽에 있는데 서쪽으로 가다니.

"제이든을 버리면 안 돼요!" 내가 외쳤다.

"그래서 널 버리는 거다." 스게일이 앞다리를 앞쪽으로 빙 돌리더니 발톱을 풀었다. "이제 당신이 책임져."

물리 법칙에 붙들린 나는 허우적거리는 술주정뱅이만큼이나 우아하게 폭풍 속으로 날아가며 이를 악물고 목구멍으로 솟구치는 비명을 삼켰다. 공포가 폐를 움켜쥐자 바로 혈관에 아드레날린의 백 배는 될 법한 강력한 마력이 쏟아져 들어왔다.

테른이다.

마력을 소환했던 공포는 폭풍 속으로 증발해 사라지고, 나는 허공에서 두 팔을 펼쳤다. 거대한 암흑이 내 위로 떨어지는 빗발을 가로막더니, 날아가는 경로가 바뀌면서 나를 땅 쪽으로 끌어당기는 중력이 돌아왔다.

"여기 좀 도와줄래요?" 나는 쏟아지는 빗줄기보다 더 빠른 속도로 떨어지기 시작했다.

"들판에 가만히 있으라고 했지." 발톱 두 개가 내 어깨에 걸리더니, 들려 올라가면서 온몸의 뼈가 서로 갈리는 느낌이 들었다. "하지만 이 경우엔 네가 내 말을 듣지 않아 다행이다."

"그 결정을 내린 건 스게일이지만, 나도 그렇게 생각해요." 스게일이 들어 올리지 않았다면 난 그대로 죽었을 것이다. "테인은요?"

"메다로 패스 꼭대기에서 브레넌의 보살핌을 받아 빠르게 회복하고 있다." 테른은 주둥이 쪽으로 나를 잡은 앞발을 옮기더니 등으로 휙 던져 올렸다.

나는 무사히 테른의 목 아래쪽에 떨어지며 쭉 미끄러졌다. 왼쪽 무릎이 비틀렸지만, 균형을 잡기 위해 두 팔을 벌리고 재빨리 바람과 비를 거슬러 스파이크 사이를 요리조리 걸어갔다. *"미라 언니는요?"* 안장에 자리 잡고 버클을 채운 다음, 고글을 쓰자 그제야 숨쉬기가 좀 편해졌다.

우리는 이렇게 전투에 직면해야 마땅하다. 둘이 함께.

*"죽진 않아."* 그는 하강하면서 대꾸했다. *"우린 아까의 들판으로 접근 중이다."*

머리 위의 구름이 반시계 방향으로 돌기 시작했다.

환상적이군.

"날씨 조심해요. 티오파니는 폭풍의 지배자였어요. 테른을 하늘에서 떨어뜨리려고 할 거예요." 나는 왼손에 도관을 쥐고 마음속의 아카이브 문을 열어 마력의 흐름을 폭우 수준으로 바꿨다. 들판이 시야에 들어왔다.

*"시도는 하겠지."* 테른이 그르렁거렸다.

들판에는 티오파니가 마법을 빨아들인 죽음의 원이 남아 있었지만, 정작 그 여자는 보이지 않았다. *"사라졌네요."*

*"이점을 잃은 걸 알아본 게지. 남쪽을 봐라."* 테른의 말에 그쪽으로 고개를 돌렸다.

*"난 그렇게 멀리 보지 못…"* 말하는데 탈곡 직후처럼 시야가 달라지더니, 전장이 놀랄 만큼 명료하게 보였다. 다만 지금 내가 보는 건 앤다나의 시각이 아니라, 테른의 시각이었다.

이륙만 기다리던 와이번 떼가 도시 성문에서 1.5킬로미터쯤 떨어진 하늘로 날아오른 후였고, 그 뒤에는 베닌을 태운 와이번 열두 마리…. 아니, 열한 마리만 땅에 남아 있었다. 베닌들의 생김새까지 알아볼 순 없어도, 티오파니의 은발이나 그녀가 타고 있는 거대한 와이번을 알아보기는 어렵지 않았다.

심장이 요동쳤다. 중앙에 선 그 와이번은 코다흐보다 더 커 보였다.

"실제로 그렇다." 테른이 입맛을 다셨다. "지금까지 내가 죽인 적수 중에 가장 크겠군."

눈을 깜박이자 원래 시야가 돌아왔다. 테른을 저 무시무시한 와이번 근처에도 가게 하고 싶지 않지만, 도시가 다가오는 공격을 버텨낼 길이 없었다. 케이오리와 다른 사람들이 명령을 수행하지 못한다면, 시민들을 버리고 후퇴하지 않는 한 우리는 단 한 명도 살아남지 못할 것이다.

"우리가 받은 명령은 티오파니를 붙잡아두거나 죽이라는 거예요." 나는 마력을 더 끌어들여 피부가 화끈거리는 게 보일 정도로 몸을 달궜다. "우리와 티오파니 사이에 백 마리도 넘는 와이번이 있는데 그게 또 마침 도시를 위협하고 있으니까…."

"동의한다." 테른이 내 말을 끊고 오른쪽으로 몸을 기울여 드레이터스로 날아갔다.

"그런데 드래곤들이 그렇게 멀리 선명하게 볼 수 있다면 라이더들이 굳이 왜 멀리 보는 능력을 발전시키죠?" 내가 물었다.

"우리의 시야를 공유하는 특권을 누릴 수 있는 라이더는 몇 없다." 테른이 대답했다.

이상하기도 해라.

빗물이 얼굴을 때리자 지글거리는 소리가 났다. 북쪽 성벽 위에 줄지어 선 그리폰들 위로 높이 떠 있는 글레인과 캐스, 그 바로 아래 퀴르가 보였고, 셋에서 계곡으로 가려고 도시 옆을 빠져나가려는 와이번들을 찍어내는 중이었다. 빠져나간 놈들은 고갯길에 도착하기도 전에 리와 나머지 대대원들이 막을 것이다. 잠깐만… 퀴르라고? "보디는 뒤에 남아 있기로…."

"모두가 각자 결정을 내리는 법이지."

제이든이 열받겠네.

제이든을 찾아서 지평선을 훑었다. 장교들은 드래곤 열둘을 하늘에 띄운 상황이었는데, 블루 드래곤은 도시 남쪽 끝에 하나뿐이었고 그건 스게일이 아니었다. *"그 둘은 어디 있어요?"*

*"스게일이 나와 연결을 끊었다."* 테른은 머릿속으로 그르렁거리며 인정했다.

머릿속에 욕이 줄줄이 흐르는 가운데 우리는 도시로 접근했고, 나는 마력을 더 끌어모았다. 내 안 깊숙이까지 마력이 절절 끓었다. *"테른을 걱정시키고 싶지 않은 거겠죠."*

*"효과는 정반대다."* 테른이 응수하는 사이에도 적들은 와이번 사체를 쌓아둔 동쪽 경계선을 통과했다. 성문에 도달하는 데 1분도 걸리지 않을 텐데, 목표물이 지나치게 많았다.

그나마 겨냥은 안 해도 되겠군.

"드래곤들을 도시 상공으로 후퇴시켜요." 쥐고 있던 도관을 팔뚝으로 떨구고 두 손을 빗발 속에 들어 올렸다. 폐를 지지는 에너지가 오래 버틸 수 없는 수준까지 쌓였다.

*"됐다."* 테른은 도시가 아니라 와이번 떼를 향하도록 왼쪽으로 살짝 몸을 기울였고, 하늘에 뜬 다채로운 색깔의 드래곤들은 드레이터스 상공을 중심으로 이동했다.

목숨 걸고 장담하는데, 하늘에 있는 어떤 드래곤도 테른이 상공을 장악하는 데 의문을 품지 않았을 것이다.

*"카의 가르침이 실제로 도움이 될지도 모르겠네요."* 나는 와이번 떼를 겨냥한 다음, 두 손을 넓게 펼치며 그동안 쌓은 에너지를 풀었다. 하얗게 달아오른 번득임과 함께 마력이 폭발하고, 등뼈가 덜컹거리는 느낌 속에서 두 손을 아래로 끌어내리자 헤아리기 힘들 만큼 많은 번개 기둥이

하늘을 쪼갰다.

"열 줄기였다." 천둥이 울려 퍼지고 와이번이 떨어지는 가운데 테른이 뿌듯하게 선언했다. "일곱이 맞았고."

나는 결의에 가슴을 폈다. 그래, 할 수 있어.

두 손을 들어 올리고, 게걸스럽게 마력을 빨아올렸다가 똑같이 휘둘렀다. 번개가 줄줄이 떨어졌지만 처음처럼 강력하지는 않았고, 테른에 의하면 이번에 떨군 와이번은 다섯 마리였다.

"넷." 그 다음 공격 이후에는 테른이 그렇게 선언했다.

나는 무분별하게 거듭 에너지를 빨아들였고, 정확도보다는 양에 의존했다. 온몸이 화형대에 묶인 것처럼 타들어 갔지만 계속해서 밀어붙였다.

"여섯. 셋. 여덟!" 테른은 매번 헤아리기를 계속했다.

성벽 북동쪽 가장자리에 다가가면서 한 번 더 공격할 시간이 있었고, 나는 숨 쉬듯이 테른의 뜨거운 마력을 빨아들였다가 휘둘렀다.

"여섯!" 테른이 외쳤고, 나는 머리가 빙빙 도는 느낌에 엎어졌다. 그 사이에 내가 죽이지 못한 와이번들이 떼로 날아오면서 도시 상공을 침범했다. "꽉 잡아라!"

"우린…." 내가 폼멜을 움켜잡자 테른은 시야 가장자리가 흐릿해질 정도로 가파르게 급상승했다. 얼굴을 때리는 바람이 욕 나오게 시원했지만, 그 바람도 내 폐를 태우는 불은 건드리지 못했다. 가슴을 짓누르는 힘에 맞서서 숨을 쉬려 애쓰던 나는 테른이 구름 같은 와이번 떼를 벗어나서 수평비행으로 전환한 틈에 겨우 한 번 숨을 들이마실 수 있었다.

"소진되면 싸울 수 없다. 물!" 테른이 지시했고, 나는 안장 뒤에 묶어둔 물주머니를 낚아채서 물을 벌컥벌컥 들이켰다. 프라이팬에 버터를 떨군 것처럼 위장이 바로 반항하려 했다. "토하지 말고 삼켜라."

*그게 쉬우면 말이죠.*

나는 코로 숨을 들이쉬고 입으로 내쉬면서 구역질을 가라앉힌 다음에 물주머니를 제자리에 돌려놓았다. 몸이 물을 쭉쭉 흡수했다. 눈 안쪽이 뜨겁다는 건 아직 체온이 높다는 뜻이지만, 그래도 타는 듯한 통증은 없어졌다. 이런 짓도 능숙해지는군. *"저것들의 창조자를 죽이러 가요."*

*"그러자."* 테른이 동의했고, 우리는 와이번에 올라탄 베닌들을 향해 급강하했다. 귓가에서 바람이 울부짖었고, 놈들은 우리를 보고 이륙했다. 여섯은 도시로 향했고, 둘은 우리 쪽으로 날아왔고, 셋은 산맥 안으로 후퇴했다. 티오파니와 그녀의 괴물도 후퇴조였다.

망할.

*"우리 쪽으로 오는 것들을 죽이고 놈들의 폭풍 지배자를 뒤쫓는다."* 테른이 명령했다.

*"합금 단검이 하나밖에 안 남았어요."* 나는 베닌들 쪽으로 질주하는 테른 위에서 도관을 움켜쥐었다. 그리고 마력을 더 모으는 대신, 이미 혈관 속을 달리던 마력을 조심스럽게 끌어당겨서 필요한 만큼만 정밀하게 잘라냈다.

*"그렇다면 던지지 말아야겠구나."*

왼쪽 베닌이 손목을 털자 얼음 창이 날아왔다. 테른이 빠르게 오른쪽으로 몸을 기울였고, 얼음 창은 날개에서 1미터도 떨어지지 않은 곳을 지나갔다. 불안하게 가까웠다. 저놈 먼저 죽여야겠네.

마력이 내 안을 관통하며 쏟아져 나갔고, 나는 손가락 끝으로 그 힘을 아래로 잡아끌어 겨냥했다. 피부가 타는 느낌이었다. 번개가 펄럭이는 자주색 로브의 후드를 관통하고, 그놈과 그놈의 와이번은 즉사해서 그대로 하늘에서 떨어졌다.

다른 베닌에게 초점을 옮기는데, 테른이 달아나는 그들을 향해 이빨을 딱 부딪치는 소리가 들렸다.

그때 포효하는 바람이 댐을 터뜨리는 강물처럼 거세졌고, 돌풍이 테른의 날개를 붙잡으면서 철렁하게도 한순간 우리를 옆으로 내던졌다. 테른은 수평비행을 회복하면서 바람 속으로 방향을 틀었다.

아, 망할.

내가 티오파니를 마주했던 들판 북쪽 가장자리에서 회오리바람이 생성되어, 구름에서부터 가느다란 원뿔 모양으로 떨어져 내리고 있었다. 회전할 때마다 조금씩 드레이터스 쪽으로 향하는 모습이 자연적이라고 보기엔 너무나 경로가 정확했다. 그대로 들이닥치면 도시를 찢어놓을 터였다.

"드래곤들을 지상으로!" 테른이 내 시야가 다 흔들릴 정도로 크게 외치는데, 우리만이 아니라 모든 연결 통로로 메시지를 보낸 것 같았다.

저건 티오파니 짓이다.

"우리의 사냥감은 들판 너머 산 위에서 기다린다." 테른이 도시 북동쪽 모서리를 향해 경로를 틀면서 말했다.

뒤에서 날갯짓 소리가 들리기에 안장에서 몸을 돌렸다. 푸른 날개를 볼 거라는 희망이 밀려오다가…. "쟤가 대체 뭘 하는 거죠?"

남쪽 계곡 어딘가에 몰빅이 나타나는 모습을 보자 눈썹이 절로 올라갔다.

"여분용 왕자가 제힐나 선봉대를 데려왔구나." 테른이 머리를 회전시키면서 정보를 전달했다. "말을 탄 병사 천 명이다. 사고로 코딘이 아니라 수드라 항구에 상륙했는데, 30분 안에는 도착할 거다."

그때까지 버틸 수만 있다면 도시에 증원 병력이 온다는 뜻이지만, 회오리바람을 피해 내려가는 라이더와 플라이어들보다 와이번 수가 훨씬 많았다. 도움이 되려면 보병들이 죽일 수 있게 우리 병력이 와이번을 땅으로 몰아야 할 텐데. 속이 철렁했다. 제이든과 스게일은 어디 있지?

마음을 뻗어봤지만, 검은 얼음벽만 마주쳤다.

퀴르가 도시 상공의 싸움 속으로 사라지는 모습을 보자 숨이 가빠졌다. "우리가…."

"*목표는 하나만이다.*" 테른이 전장에 가까워지며 으르렁거렸다. "*우리의 운명을 정해라.*"

대피하라는 명령을 무릅쓰고 글레인이 퀴르 쪽으로 날아올랐다.

나는 혼자 고개를 끄덕이고 억지로 북쪽에 시선을 돌려 회오리바람과 그 창조자에게 집중했다.

이모젠이 몇 달 전에 제안한 대로, 다른 사람들에게 일을 맡겨야 할 때였다. 이모젠과 글레인은 하늘을 찢어놓기 전에는 패배를 받아들이지 않을 것이다.

목표는 하나. "*티오파니에게 날아가요.*"

# 63

집어치워. 나와 내 딸은 떳떳한 양심으로 말렉을 만날 거다. 너와 네 딸도 놈들이 왔을 때 같은 말을 할 수 있을까?

— 트레실라 카돌로의 유언(검열 수정)

## 이모젠

혼돈을 장소로 표현한다면 드레이터스겠군.

글레인이 퀴르를 찢어놓으려고 난리인 세 마리 와이번을 향해 상승하자 빗방울이 고글을 두들겼다. 글레인이 선택한 접근 경로가 워낙 가파른 각도라 좌석에 버티고 앉아 있기가 쉽지 않지만, 속도를 늦추라고 말할 마음은 없다. 말한들 들어줄 것도 아니고 보디가 곤경에 빠졌잖아.

이를 악물었다. 보디는 이해를 못 한다. 우리가 보디와 라이오슨을 둘다 잃는다면 티렌더는 왕이 지명하는 '아무나'의 손에 떨어진다. 엄마와 캐트리나 언니가 지키다가 죽은 그 불탄 옥좌에 나바르 귀족 놈이 앉는 꼴을 보느니 내가 죽고 말지. 가슴속에 꺼지지 않고 불타오르는 분노가 더 뜨겁게 치솟는다. 젠장! 와이번이든 거기에 탄 베닌이든, 아무래도 좋다. 북쪽 들판에 나타난 저주받을 회오리바람도 알 바 아니고, 바람에 휘말리지 않게 땅에 붙으라는 명령도 꺼지라고 해. 우린 보디를 잃을 수 없어.

소른게일의 인간 같지 않은 번개 공격에도 아직 남은 와이번이 많다. 망할 라이오슨 새끼는 어디 있는 거야? 지난 20분 동안 그림자의 흔적도 못 봤으니, 북동쪽 탑에서 돕고 있는 게 좋을 거다.

"크루스의 보고에 따르면 우리가 보급을 넉넉하게 가져오지 못한 모양이야." 글레인이 아래 망루의 무기고에 있던 퀸의 말을 전달했다.

얼어 죽을. "두 상자 가져왔잖아요!" 라이오슨이 우리 대장간에서 내놓는 무기를 타우리 왕이 받지 못하게 묶었다는 점을 고려하면, 두 상자는 우리 왕국 안에서 전쟁이라도 일으킬 수 있는 양이다.

"뉘라크 말로는 지원을 요청하러 보냈다는구나." 별로 희망찬 목소리는 아니다.

"4시간 거리에서요? 어떻게…." 아, 젠장. 펠릭스는 개릭에 대해 알고 있다. 맙소사, 지금쯤이면 개릭이 소진되기 직전이겠군. "그렇다면 버티면서 소른게일이 저 망할 폭풍을 멈출 수 있기만 기도해야겠군요."

"크루스가 또 전달하기를, 네가 물을 더 마셔야 한단다. 전투가 희망했던 것보다 길어졌으니 말이야."

나는 코웃음을 쳤다. "퀸에게 난 아주 멀쩡하다고 전해줘요." 퀸이야말로 온갖 일을 다 하면서 내 걱정이나 하고 있다니.

글레인이 고개를 위로 꺾었다. "퀴르가 고통을 겪고 있다." 저렇게 으르렁거리며 경고하는 말투는 보통 자극적인 일을 벌이기 직전이라는 뜻인데, 과연 글레인이 날개를 비스듬히 접더니 거의 90도 각도로 더 높이 올라갔다.

젠장. 부츠를 다음 비늘 이랑으로 미끄러뜨려서 발디딤을 조정했다.

글레인의 등에 엎드려 폼멜 아래에 머리를 집어넣고 뺨을 비늘에 대니 올라가는 동안 상체를 두들기는 바람의 저항이 조금 덜해졌다.

불타는 도시를 내려다본 건 실수지만, 아래쪽으로 우리 영공을 가로지르는 와이번 두 마리는 시선으로 따라갈 수밖에 없었다. 캐스가 날아오르는 것을 본 나는 놀라서 눈을 깜박였다. 에이토스 녀석이 이젠 규칙 깨기 명수가 된 모양이군.

"*대비해라.*" 글레인이 경고했다.

평소보다 심한데.

아찔한 순간, 글레인의 추진력이 느려지고… 나는 모든 근육에 힘을 주며 그녀의 등뼈에 달라붙어서 라이더와 드래곤이 아니라 하나의 몸체처럼 형태를 바꿨다. 글레인이 이런 기동을 실행한 게 워낙 여러 번이라, 앞으로 얼마나 거지 같은 일이 벌어질지 모를 수가 없다.

글레인은 이빨과 발톱 그 자체가 되어 아래쪽에서 공격해 들어갔다. 날개는 보호하기 위해 접고, 꼬리를 위로 휘둘렀다.

내가 거꾸로 매달린 상태로 중력과 싸우며 오직 글레인과 같이 움직이는 데만 집중하는 사이, 그녀의 단검 꼬리가 다음 와이번을 갈랐다. 피가 튀며 빗물을 붉게 물들였다. 방수 가공을 한 장갑을 꼈는데도 손이 미끄러지려고 했다. 나는 인상을 쓰면서 손가락을 그녀의 비늘 사이에 더 깊이 밀어 넣었다. "*곧 떨어져요!*"

"*알았다.*" 글레인이 한숨을 내쉬더니, 곤두박질쳤다.

글레인이 하늘에서 와이번을 끌고 내려가는 동안, 나는 추락의 반동으로 비늘에 짓눌린 덕분에 효과적으로 붙어 있을 수 있었다. 뼈가 부러지고, 살이 찢어지고, 글레인이 아무렇지도 않게 사체를 집어던졌다. 오른쪽으로 회색 몸뚱이가 돌덩이처럼 떨어지고, 글레인이 몸을 기울여 나를 똑바로 앉혔다.

"열일곱 마리." 글레인이 숫자를 말했다.

"분명히 열여섯이었을 텐데요." 글레인의 비늘을 사다리처럼 이용해서 몸을 끌어올린 나는 엉덩이를 좌석에 붙이고, 고글에 묻은 빗물을 닦아냈다. 어딘가에 이 망할 놈의 고글을 깨끗하게 유지해주는 룬이 있을 텐데.

"첫 번째도 세야지!" 글레인은 퀴르와 남은 와이번을 향해 날아가면서 반박했다.

"그 첫 번째 놈은 캐스가 잡았죠."

"내가 부상을 입힌 후였어!" 글레인이 쏘아붙였다.

"그래도 죽인 건 아니에요." 상대를 처음으로 제대로 보자 위가 팽팽하게 긴장했다. 퀴르가 장검 모양의 꼬리를 반복해서 휘두르며 등 쪽의 와이번을 막고 있었지만, 가슴팍에는 대각선으로 깊은 고랑이 파여 피가 흘렀다. 보나 마나 앞에 있는 와이번의 발톱이 남긴 선물이었다.

"저것들을 다 죽여야겠다." 글레인이 이쪽저쪽으로 머리를 회전시켰다.

"등에 있는 녀석부터 가요." 제안하면서 글레인이 내 말을 들을 기분이기를 빌었다. 그녀의 기분은 도통 짐작하기가 힘들다.

"훌륭한 선택이다." 그녀는 섬뜩하게도 즐거운 투로 동의했다.

보디는 장검을 쥐고 있었지만, 드래곤과 와이번이 엉켜서 셋이 함께 나선을 그리며 내려가고 있다 보니 모습이 제대로 보이지 않았다. 이 각도라면 우리가 정면으로 그들과 부딪칠 판이었다.

나는 장검을 뽑고 한 손으로 글레인의 폼멜 비늘을 잡았다. 허벅지만으로도 버틸 만은 하지만, 글레인은 도무지 예측 불허고 난 죽을 기분이 아니다.

푸른 화염이 퀴르의 주둥이부터 뿔까지 뒤덮었고, 보디는 화염의 잔재가 퀴르의 목을 따라 내려가자 고개를 숙였다. 불길은 보디에게 닿기 전에 꺼져서 연기를 올렸다. 나는 꽉 조여든 가슴을 풀어주기 위해 급히 숨을 들이마셨다. 방금은 정말 아슬아슬했다.

그리고 내가 위쪽 와이번의 약점을 찾으려고 하는데….

글레인이 방향을 바꿨다. 왼쪽으로 선회해서 퀴르의 나선 경로를 따라가다가, 퀴르의 배를 할퀴는 와이번에게 달려들었다. *"마음이 변했어."*

"그러시겠죠."

글레인이 공성 망치처럼 와이번을 때렸고, 나는 반동으로 몸이 홱 앞으로 튀어 나갔다가 뒤로 넘어가려는 것을 단단히 버텼다. 비늘이 찢어지는 소리가 울릴 정도로 밀어붙였더니 심장이 마구 두근거렸지만, 글레인과의 정신 연결로 쏟아져 들어오는 감정은 고통이 아니라 오직 결의와 분노뿐이었다.

글레인의 어깨 위로 거대한 머리통이 하나 나타났고, 아주 잠깐이지만 보이는 것이라고는 나를 향해 악취를 풍기며 침을 뚝뚝 흘리는 이빨뿐이었다.

가짜 주제에.

*"수평 유지해요."* 좌석을 밟고 서면서 글레인에게 말한 다음, 미끄러운 목의 비늘을 밟고 달리며 으르렁대는 이빨 앞을 지나쳤다. 내가 지나치기가 무섭게 놈이 입을 벌리더니 파란 화염을 글레인의 등에 뿜어냈다.

빨리 움직이길 잘했군.

그놈에게 글레인의 목을 물어뜯을 틈을 주지 않고 눈알에 장검을 찌른 다음, 온 힘을 다해 밀어 넣었다. 역겨운 소리가 나면서 칼날이 부드러운 살을 뚫고 들어갔다. 놈이 내지른 찢어지는 비명이 종소리처럼 내 머리를 두드렸고, 놈이 머리를 뒤로 젖히면서 나까지 딸려갈 뻔했을 때는 목숨 건 선택을 두고 고민해야 했다. 내 주먹이 장검 손잡이 끝에 달린 강철구를 붙잡았고, 손아귀에 힘을 주는 사이에 와이번이 떨어져 나갔다.

글레인이 떨어져 내려가는 비늘과 날개 더미를 따라 급강하했고, 그 반동으로 나는 뒤로 넘어지면서 글레인의 목에 있는 이랑이란 이랑에 다 엉덩이를 부딪치다가 폼멜 비늘과 충돌했다.

"장난해요?" 나는 장검을 아직 쥔 채로 좌석에 몸을 끌어 올린 다음, 근육들이 아주 잘 아는 자세로 몸을 고정했다. 오른쪽에 붉은빛이 언뜻 스쳤다. 캐스였다.

"네가 떨어졌나? 아니지. 난 징징이와 계약하지 않았거든." 글레인은 빗발 속에서 와이번을 추격하다가 그놈의 목에 달라붙어서 목구멍을 뜯어냈다.

나는 급히 몸을 왼쪽으로 기울여서 가까스로 쏟아지는 피 보라를 피했다.

"열여덟이야!" 글레인이 선언하더니, 날개를 쫙 펴서 급강하에 제동을 걸고 북쪽 성벽으로 돌아가는 경로를 탔다.

"글레인의 계산법대로라면 열일곱이죠. 내가 먼저 부상을 입혔잖아요." 앞쪽에 떨어지는 회색 형체가 또 보이기에 고개를 들어보니 캐스와 퀴르가 우리 쪽으로 내려오고 있었다. 퀴르의 오른쪽 날개에 구멍이 났고, 가슴에는 흉터가 남겠지만, 이 각도에서는 보디가 다쳤는지 알 수 없었다.

파란 화염의 와이번 한 마리가 도시 남쪽으로 돌아가면서 나무들에 불을 붙이자 글레인이 고개를 돌렸다. "저놈."

"우리 영공이 아니에요." 동쪽, 남쪽, 서쪽은 케이오리와 다른 장교들이 맡았는데, 바람 때문에 빠르게 전투의 중심이 되어가고 있었다. 하지만 그들에겐 가장 강력한 바람 능력자인 개릭이 없었고, 크라드도 눈에 띄지 않았다.

"그렇게 결단력 있는 것 치고는 아직도 그 녀석에게 행동을…." 글레인이 잔소리하려고 했다.

"거기서 그만하면 열여덟 마리 죽인 걸로 해줄게요." 도시를 향해 내려가는데 갈비뼈가 조이는 느낌이었다. 베닌이 난장을 쳐놨다. 놈들이 직접 온 거다. 나선탑 옆을 오르는 와이번 두 마리 때문에 파란 화염이 탑을 따라 소용돌이쳤고, 촌스러운 진홍색 로브를 입은 베닌 하나가 탑 꼭대기에서 지팡이로 원을 그리자 화염이 바깥쪽으로도 날름거렸다. 플라이어를 태운 그리폰들이 그쪽의 위협을 막기 위해 날아올랐다.

속이 내려앉는 기분이었다. 놈들은 너무 많고, 우리는 이미 기진맥진했다. 쓰러진 드래곤 셋 말고도 드래곤 넷이 서쪽 성벽 근처에서 다친 채 엎드려 있었고, 부상을 입은 그리폰은 헤아릴 수조차 없었다. 피 흘리는 라이더들이 드래곤을 보살피려 최선을 다하고 있었고, 나는 커다란 브라운 드래곤의 잘린 꼬리를 외면했다. 치명적인 부상 같았다.

"명령은요?" 나는 언제나 전투 중에 죽을 거란 걸 알고 있었다. 단지 오늘은 아니길 바랄 뿐이다.

"탑이다!" 글레인이 외쳤다.

퀸.

왼쪽으로 고개를 돌리자 심장이 공중제비를 돌았다. 자주색 로브를 입은 베닌 하나가 동쪽 성벽을 자기 집처럼 활보하고, 진홍색 로브를 입은 또 한 놈은 북쪽에서 접근하는 가죽옷들과 싸우고 있었다. 둘 다 내가 이 전장에서 정말로 사랑하는 유일한 사람이 작업 중인 망루로 가고 있는데, 퀸은 놈들이 가는 줄도 모르고 있을 터였다. "크루스에게 전달해요!"

"이미 했다." 글레인이 내 심장박동만큼이나 빠르게 날개를 치며 성벽으로 다가갔다. 공중에서 우리가 할 수 있는 일은 없다. 내가 내려가야 한다.

글레인이 으르렁거렸다.

"사실인 거 알잖아요. 퀸이 죽게 내버려둘 순 없어요." 나는 장검을 칼집에 꽂고, 울부짖으며 등을 떠미는 바람을 무릅쓰고 글레인의 어깨로 이동했다. 명령이 늦게 올 수도 있다. 나는 지금 가야 한다.

베닌을 막으려던 보병들이 헝겊 인형처럼 성벽에서 내던져지고 있었다. 병사들이 15미터 아래로 떨어져 죽으면서 베닌의 앞길이 비워졌.

공포가 폐를 흠뻑 적시고, 심장이 쿵쾅거렸다.

"*너는 비행단장과 함께 성벽에서 탑을 지키라고 한다.*" 글레인이 불만스럽게 으르렁거리며 명령을 전달하고, 평행으로 접근하기 위해 왼쪽으로 선회했다.

"잘됐네요. 이제 성벽에 데려다줘요." 두 베닌은 망루 문에서 100미터도 떨어져 있지 않았고, 그 위의 크로스볼트 설치대에 남은 위병 둘은 달아나기 직전 같았다.

저주받을. 그들은 안전해야 했는데. 아무도 몰라야 했는데, 저 베닌들의 확신에 찬 걸음걸이를 보면 탑 안에서 뭘 하는지 아는 게 분명하다.

"*네가 죽으면 짜증 날 거야.*" 글레인이 딱 내가 살아남을 만큼만 속도를 늦추더니 북쪽 벽을 따라 날면서 앞다리를 뻗었다.

"마찬가지예요." 글레인의 다친 다리 비늘을 밟고 질주했다. 퀸이 사냥당할 판이니 두려워할 시간도, 실수할 여력도 없었다. 글레인의 앞발톱에 도달한 나는 주저 없이 빗속으로 뛰어올랐다.

공중에 뜨자 쿵쾅거리는 심장 소리만 귓가에 울려 퍼지는 가운데, 북쪽 벽이 맹렬한 속도로 가까워졌다. 무릎을 굽혀서 충격을 흡수하고, 반동 때문에 죽지 않게 부츠가 돌에 닿자마자 뛰었다. 돌진하면서 젖은 포장길에 얼굴을 처박는 사태를 간신히 면하고는 진홍색 옷을 입은 베닌의 등을 향해 질주했다.

우리는 12미터쯤 떨어져 있었다.

9미터. 탑 기단부에서 소란이 일었지만, 나는 베닌과 그놈이 오른손에 쥔 지팡이에만 집중했다.

"무기를 도보로 옮기는 중이다." 글레인이 위쪽 어딘가에서 말했다.

다행이네. 폐가 불타는 것 같지만, 숨은 조금 편해졌다. 퀸은 안전할 거다.

발소리가 하나 더 들리더니, 시야 가장자리에 금속 불똥이 튀었다. 에이토스가 내 오른쪽으로 따라붙었는데, 얼굴 절반은 피투성이였고 단검과 자기 몸집의 절반만 한 방패를 들고 있었다.

젠장. 저건 안 좋은데.

6미터. 어떤 두려움도 거부하고 분노를 쏟으며 팔에 있는 칼집에서 합금 단검을 뽑아 들고 공격할 준비를 했다. 거의 다 됐다….

베닌이 나도 상대가 안 될 만큼 부자연스러운 빠르기로 몸을 돌려 우리를 마주하더니, 그대로 지팡이를 휘둘렀다. 치솟은 불이 치명적인 흐름이 되어 우리를 향해 날아왔고, 나는 미끄러지듯 멈춰서면서 100만 분의 1초 동안 모든 선택지를 저울질했다.

저 불길이 닿으면? 우린 죽는다. 뛰어내리면? 우린 죽는다.

"넌 타지 않을 거다!" 글레인이 명령했다.

망할, 이런 사태는 오지 않길 바랐는데. 나는 머릿속으로 어린 시절 집의 문을 열고 글레인의 마력을 온몸에 쏟아부었다.

"어서…." 에이토스가 외치려고 했다.

"내 뒤로 붙어!" 나는 그놈의 손에서 방패를 빼앗으며 고함쳤다. 에이토스는 눈을 동그랗게 뜨고 손을 놓았다. 시간이 없기에 나는 방패를 뒤집어서 평평한 윗부분을 발치의 돌 사이에 박아넣고, 가죽끈을 붙잡은 채 그 뒤로 몸을 숙였다.

에이토스가 내 뒤로 뛰어드는데, 마력이 손가락 끝까지 어찌나 빨리 쏠리는지 비명을 참기 위해 이를 악물어야 했다. 열기가 우리를 둘러쌌고, 방패가 돌로 변하면서 내 손에 잡힌 가죽끈도 단단해졌다. 불길이 포효하며 활활 타올라 우리 주위로 흘러 다녔다. 우린 강 한가운데에 박혀서 강물에게 갈라지기를 요구하는 바위였다.

곧 열기가 사라졌고, 에이토스가 왼쪽으로 몸을 굴리며 손을 털었다. 합금 단검 하나가 날아갔고, 나도 단검을 쥐고 일어섰다.

베닌은 충격받은 표정을 영원히 간직한 채로 1미터쯤 앞에서 말라붙어 벽 아래로 떨어졌다.

하나는 잡았지만, 망루 꼭대기에 있던 위병들이 보이지 않고, 탑 안으로 사라지는 자주색이 언뜻 보였다. 더 나쁜 건, 진홍색 옷차림의 또 다른 베닌 하나가 나타나 동쪽 성벽을 걸어오고 있다는 점이었다.

에이토스가 뛰어 일어나더니 남은 단검을 뽑았다. "저놈은 내가 처리할게. 넌 탑에 들어간 놈을 잡아." 그는 돌로 변한 방패를 흘긋 보더니 뛰기 시작했고, 나도 재빨리 따라갔다. "방금 그게 대체 뭐였는지는 나중에 얘기하자." 에이토스가 어깨 너머로 외쳤지만, 나는 단순 마법으로 속도를 키워서 녀석을 지나친 다음이었다.

크루스가 포효하며 하늘에서 도시로 내려왔지만, 드레이터스는 다른 포로미엘 도시들과 똑같이 좁은 도로에 드래곤이 착륙하지 못하도록 설계되어 있었다.

우는 아이를 하나씩 안은 여자 두 명이 망루 문을 비틀거리며 빠져나오는데, 공포가 새겨진 얼굴이었다. 키 큰 쪽이 막 도착한 나에게 시선을 돌렸다. "그분을 도와주세요! 우리가 길을 잃고 엉뚱한 탑에 들어갔는데 그분이…."

"서쪽으로 가!" 내가 온 방향을 가리키며 고함쳤다. 에이토스가 또 다른 베닌을 막으려고 내 앞을 달려 지나갔다. "그리고 뛰어."

두 여자는 고개를 끄덕이고 내 말대로 했다.

탑 안으로 몸을 던진 나는 눈을 깜박이며 어둑해진 불빛에 적응하려고 애쓰면서 나선 계단을 내려가고, 내려가고, 또 내려갔다. 누구든 남은 사람을 찾으려고 했다.

"어디 있느냐!" 좌절감 가득한 쉰 목소리가 탑 안에 울려 퍼졌고, 지하 3층 복도를 돌자 내 심장은 목구멍까지 뛰어올랐다.

자주색 로브가 빙글 돌았다. 베닌이 층계참에서 몸을 돌리며 끝이 녹색으로 물든 단검을 퀸에게 휘두르는데, 퀸은 획획 번쩍이면서 그놈 앞에서 사라졌다가 다른 곳에 나타나기를 반복했다. 퀸이 둘, 아니 셋이 되어 베닌 주위를 돌고 있었다.

퀸은 여기 없어. 투사하고 있는 거야. 안도감에 무릎이 풀릴 뻔했다.

아슬아슬하게 보이지 않을 만한 곳에 멈춰서 몸을 내밀고 난간 아래 계단을 훑어보았지만, 퀸은 보이지 않았다. 아마 펠릭스와 함께 다른 건물에서 새로운 무기고를 준비하고 있겠지. 단검을 고쳐 쥐고, 던질 만한 위치로 살금살금 내려갔다.

잠깐만. 몇 계단 아래에 보이는 퀸은 등에 애용하는 양날 도끼를 맨 데다가, 격분해서 단검을 마구 휘두르는 베닌에게 조금 더 가까이 다가가고 있었다. 다른 퀸들은 그놈 주위를 돌면서 주의를 돌리고 있을 뿐이었다.

단검을 홱 뒤집은 나는 머리색 옅은 베닌이 몸을 빙글 돌리는 순간에 맞춰서 칼을 던졌다. 놈의 눈이 번쩍이다가 빛을 잃고, 회색으로 변해서 쪼그라들더니 가슴에 단검이 두 개 꽂힌 채로 퀸의 발치에 무너져 내렸다.

"잡았어!" 승리감에 두 손을 들어 올리며 나머지 계단을 뛰어 내려가는데, 퀸이 내 쪽으로 몸을 돌렸다. 그런데 짙은 녹색 눈동자가 말도 안 되게 커져서 제 가슴팍을 보고 있었다.

안 돼. 베닌의 칼이 퀸의 갈비뼈 사이에, 심장 근처에 박혀 있었다.

퀸이 벽 쪽으로 휘청이면서 겁에 질린 눈으로 나를 보자 주위 세상이 느려졌다.

"안 돼!" 나는 소리를 지르며 몸을 던졌다. 퀸이 벽이 아니라 나에게 쓰러지도록. 같이 나선 계단 바닥에 쓰러지자 내 등이 돌을 긁었다. 나는 최대한 조심히 퀸을 보듬어 안으며 무너지지 않게 오른팔로 등을 받쳤다. "퀸, 안 돼."

"그 사람들은 도망쳤어?" 나를 올려다보는 퀸의 목소리가 갈라지고, 비행 재킷을 뚫은 칼날 주위로 제복에 피가 번져나갔다.

"이까짓 상처는 고칠 수 있어." 다짐하는데, 갑자기 숨쉬기가 미치도록 힘들어졌다. "널 복원 능력자에게 데려가기만 하면…."

"그 사람들은 도망쳤어?" 퀸이 내 팔 위쪽에 머리를 대며 다시 물었다.

그 여자들. 아이들. 그 사람들은 누군가를 뒤에 남겨뒀다고 말 안 했어. 그분이 자기들을 구했다고만 했지. "그래." 나는 눈시울이 뜨거워지고 목이 메는 가운데 고개를 끄덕였다. "도망쳤어. 네가 구해준 거야."

"다행이다." 그녀는 부드러운 미소를 지었다.

"버텨. 알았지? 도움을 구해올게." 계단 위아래를 보았지만, 우리뿐이었다. 누군가 근처에 있을 텐데. 에이토스라거나? "도움을 요청해줘요!" 나는 글레인을 향해 소리쳤다.

"*미안하다.*" 글레인은 한 번도 들어본 적 없는 부드러운 목소리로 말했다. 듣고 싶었던 적 없는 목소리였다.

"날 도울 방법은 없어." 퀸이 속삭였다.

"그렇지 않아." 고개를 젓는데, 시야가 흐려졌다. 퀸은 괜찮을 거야. 퀸이 괜찮지 않은 세상은… 잭스와 같이 웃어대는 퀸이 없는 세상은… 피가 머리로 쏠리게 내 침대에 누워서 곱슬머리를 바닥까지 늘어뜨린 채로 나에게 감정에 대해 강의하는 퀸이 없는 세상은 존재하지 않아.

등에 닿은 돌이 진동할 정도의 포효가 울려 퍼졌다. 크루스였다.

"여기엔 복원 능력자가 없고, 이걸 치료할 룬은 없어." 빌어먹게도 퀸은 특유의 안심하라는 미소를 지으며 말했다. "이건 네가 고칠 수 없는 문제야, 젠." 퀸이 고통에 얼굴을 일그러뜨리자 내 가슴에도 아픔이 느껴졌다. 근육이 찢기고 혈관이 뜯겨나가는 것 같았다. 그 아픔이 지나가고 나자 퀸의 호흡이 얕아졌다. "잭스에게 사랑한다고 전해줘야 해."

"싫어." 나는 눈에서 흘러내린 물이 퀸의 머리카락에 닿기 전에 닦아냈다. "네가 직접 말해. 넌 몇 달 후면 졸업할 테고, 그러면 네가 고른 그 예쁜 까만 드레스를 입고 잭스와 결혼해서 행복하게 살 거야."

"잭스에게, 그녀가 내 인생에서 제일 좋은 부분이었다고 전해줘…." 퀸이 입술을 구부리더니 내 너머를 보았다. "크루스는 해당이 안 돼죠. 크루스는 내 인생이 됐잖아요." 다시 나에게 시선을 옮긴 퀸의 얼굴에서 핏기가 빠져나갔다. "부탁이야, 젠. 잭스는 남쪽에 장교들과 같이 있는데, 나는…."

나는 고개를 끄덕였다. "내가 말할게." 이게 실제로 벌어지는 일일 리 없어. 안 그래? 어떻게 이게 진짜일 수가 있지?

"고마워." 퀸이 속삭이더니 나에게 기댄 채 힘을 뺐다. 눈이 깜박이는 속도도 느려졌다. "부모님에게는 그럴 가치가 있었다고 해줘. 지금 같이 있는 게 너라서 기뻐. 말렉의 문 앞으로 가는 난간다리야. 이번엔 내가 먼저 가게 되어 정말 미안해." 숨소리가 점점 가빠졌다. "그리고 넌 개릭에게 고백해야 해, 젠. 네 마음을 말하고, 행복을 찾아."

"퀸…." 목소리가 갈라졌다. "가지 마. 날 떠나지 마." 다시 시야를 가리는 눈물을 닦아내며 애원했다. "넌 내 최고의 친구고, 난 널 사랑해. 제발 여기 있어줘." 퀸이 이렇게 끝날 순 없다. 드레이터스의 어느 어두운 계단 구석에서 끝날 수는… 그럴 수는 없다. 쓰러져야 할 사람은 나였다. 퀸은 영원히 살아야 마땅했다.

"너도 내 최고의 친구고, 나도 널 사랑해." 퀸의 미소가 흐려지고 다시 눈물이 떨어졌다. "겁난다. 겁내고 싶지 않은데."

얼굴이 일그러졌지만, 나는 표정을 감췄다. "겁내지 마." 나는 고개를 내젓고 억지로 미소 지었다. "우리 엄마가 널 돌봐줄 거야. 캐트리나도." 입술이 떨렸다. "캐트리나가 좀 윗사람 행세를 하긴 하지만, 동생이 하나 더 생기면 아주 신이 날 거야. 내가 언제나 너에 대해 떠들었거든. 둘 다 네가 누군지 알아. 겁먹지 마."

퀸의 다음 호흡은 힘겹고 질척했다. "둘이 날 알겠지."

나는 고개를 끄덕였다. "널 알고 널 사랑할 거야. 널 사랑하지 않기란 불가능하지."

"이모젠." 퀸이 속삭이더니 눈꺼풀이 파르르 떨리다가 감겼다.

"나 여기 있어." 다짐했지만, 목이 메어 더 크게 말할 수가 없었다.

"우린 그 시간을 멋지게 보냈어." 결국 퀸은 축 늘어졌고, 떨리는 손가락을 목에 갖다 대자 맥박이 잡히지 않았다. 퀸이 가버렸다.

그녀의 손이 머리 옆으로 미끄러졌고, 나는 퀸을 꽉 끌어안았다.

꽉 막힌 목구멍을 비집고 나온 오열은 내 영혼을 갈기갈기 찢어놓으며 돌벽에 울려 퍼졌고, 내 세계의 토대를 뒤흔들었다. 세상이 그저 느려지는 게 아니라 멈췄다. 나는 멈췄다.

'안녕! 난 퀸 홀리스라고 해. 내가 결정했는데, 우린 친구가 되어야겠어.' 징집일에 망루를 오르면서 그녀가 나에게 했던 말이다.

'너 우리가 죽음의 다리를 건너기 직전인 건 아는 거지.'

'흠, 그렇다면 짧은 우정이 될 수도 있겠지만, 우린 그 시간을 멋지게 보낼 거야.'

기억에 갇힌 나는 계단 아래쪽을 멍하니 바라보며, 돌이 하나씩 색을 잃고 흐릿해지는 것을 지켜본다. 점점 높은 계단의 색이 사라진다. 심장은 어떻게든 계속 뛰면서 예전에는 시간이라고 생각했던 것을 표시하는데, 우리 아래쪽 굽이의 계단에서 천천히 색이 사라지는 모습을 보니 퀸이 색깔을 가져간 걸까, 하는 생각밖에 들지 않는다.

"퀸!" 위에서 누군가가 소리치더니 천둥 같은 발소리가 울린다. "너 어디 있어? 어서 가야…." 내 왼쪽에서 숨을 훅 들이키는 소리가 들린다. "이모젠? 이런 젠장."

목소리가 들리는 쪽으로 천천히 고개를 돌리자 개릭이 우리 위쪽 계단에 웅크리고 앉아 있다. 그의 헤이즐색 눈동자가 나와 마주치는데, 그 눈에 어찌나 고통과 연민이 가득한지 내 눈까지 흘러넘친다. 뺨에 축축한 것이 흘러내린다. "죽었어."

말을 해도 더 현실감이 생기진 않는다.

그의 표정이 무너진다. "정말 안타깝다." 그의 시선이 계단 아래로 향한다. "하지만 가야 해. 여섯 놈이 도시 성벽에 손을 대고 돌에서 생명력을 흡수하고 있어. 떠날 때야."

나는 움직인다는 개념을 이해하지 못하고 퀸을 더 꽉 끌어안는다. 내가 여기에서 오래 기다리기만 하면 퀸이 돌아올 가능성이 조금이라도 있을지 모른다. "난 못 가. 그냥 떠나."

"내가 너와 같이 있다. 넌 죽지 않아." 글레인이 으르렁거린다.

개릭이 각진 턱을 악문다. "넌 가야 해. 우린 가야 해. 안 그러면 놈들이 우리의 생명력도 흡수할 거야."

"난 퀸을 두고 떠나지 않아!"

"난 널 두고 떠나지 않아!" 개릭이 몸을 기울이더니 내 뒤통수를 잡는다. "난 널 두고 가지 않아, 이모젠." 이번에는 더 부드러운 목소리다. "퀸을 데리고 가자. 그렇지만 당장 가야 해. 퀸은 내가 안을게."

그의 아름다운 눈 아래에 그늘이 보인다. 안색도 평소답지 않게 창백하다. 개릭은 기진맥진한 상태고, 처음으로 그가 나의 제일 약한 모습을 보고 있다는 사실에 신경이 쓰이지 않는다. 그 역시 같은 상태니까.

나는 턱을 살짝 움직여 고개를 끄덕였다.

"좋아." 그는 재빨리 우리 아래쪽 계단으로 이동하면서 길에 걸리는 뭔가를 걷어차더니, 우리를 품에 안았다. 일어나면서 퀸이 미끄러져 떨어지지 않게 단단히 팔을 두르는데, 우리 아래층이 색깔을 잃었다. "여기서 빠져나가자."

개릭이 한 걸음을 내디뎠다.

속이 뒤집히면서 쏟아지는 열기와 빛에 눈을 감을 수밖에 없었다.

그리고 눈을 뜨자, 우리는 다른 곳에 와 있었다. 열린 문으로 비가 쏟아져 들어왔고, 연기와 유황 냄새가 폐부를 찔렀다.

"이런 맙소사!" 트리시 교수가 숨을 들이켜고, 개릭은 특징 없는 건물의 따뜻한 돌바닥에 퀸과 나를 내려놓았다. 상점 같은 곳일까? 퀸의 몸이 미끄러지자 개릭이 그녀를 내 옆에 눕히고, 손으로 머리를 받쳐줬다.

"베닌입니다." 개릭이 한 마디로 퀸의 상실을 설명하고는 트리사에게 물었다. "엮고 있는 건가요?"

"시작은 했어." 트리사의 시선이 나에게 날아왔다. "마력을 더 강화하지 못하면 출력이 약하겠지만, 이게 가장 큰 희망이야."

"아직 부족해요." 개릭은 고개를 늘어뜨리고 일어섰다. "저도 더는…." 그는 한숨을 내쉬더니 문밖으로 나갔다.

나는 따라가자는 단순한 본능에 순응하며 일어서서 몸을 움직였다. 전투가 있다. 우린 전쟁 중이다. 말렉이 목숨을 더 요구할지도 모른다. 나는 그를 따라 작은 방을 지나쳤다. 그 방에서는 펠릭스가 마력으로 진동하는 합금 단검들이 담긴 상자 옆에서 무언가 작업을 하고 있었다.

나는 비가 내리는 바깥으로 나가서 그저 멍하니 바라보았다. 집들이 불탔다. 와이번과 그리폰 시체들이 허물어진 지붕들 한가운데 누워 있었다. 민간인들이 비명을 질렀다. 크루스가 하늘을 가로지르며 와이번 한 마리를 곧장 땅으로 몰았다. 보디는 마을 광장 건너편에서 구역질을 하고 있었다.

베닌들이 도시 성벽을 흡수하고 있다면, 우리가 다음이다.

"어디로 가게?" 나는 개릭의 등에 대고 외쳤다.

"난 더 '걸을' 수가 없어. 아레티아까지 간다 해도 돌아올 만큼 회복하진 못할 거야." 그는 어깨 너머로 외쳤다. "그러니까 뭐든 해볼 방법을 찾아야겠지."

나는 마지막 남은 합금 단검을 뽑아 들고 와이번이 가득한 하늘을 올려다보았다. 그리고 안으로 돌아가서 퀸의 허벅지 칼집에 남아 있던 마지막 단검을 뽑고, 글레인에게 마음을 뻗었다. *"성벽 안에 있는 모든 라이더에게 이리 와서 무기를 풀라고 해요. 우리가 살아남을 방법은 이것뿐이에요."*

바깥 하늘은 점점 어두워졌다. 소른게일이 저들의 대장을 박살 내야 한다. 안 그러면 이 모든 게 헛수고다.

# 64

던의 종복이 다른 종복에게 보내는 선물입니다. 경고합니다. 오직 신의 손길이 닿은 사람만이 신의 진노를 휘두를 수 있습니다. 그 사람이 이 힘을 쓰지 않고도 여신의 은총을 구하는 다른 존재와 다시 마주치지 않기를 여신께 기도하겠습니다. 그 사람의 길은 아직 정해지지 않았습니다.

— 대사제 자격자가 나바르의 캠 왕자 전하, 또는
아릭 그레이캐슬 생도에게 보낸 서한

들판 동쪽 끝에서 테른이 바람과 맞서 싸우며 산비탈을 향해 날아가는데, 단언컨대 회오리바람이 느려졌다.

"느려지고 있다." 테른이 동의했다.

"그 여자가 우릴 여기로 데려오려고 바람을 이용했군요." 티오파니는 회오리바람을 시위에 메긴 화살처럼 쥐고서 우리의 도착을 기다리고 있었다.

왼쪽으로 1킬로미터 넘게 떨어진 곳에서 뿌리 뽑힌 나무들이 저공비행 무기로 변하며 크로스볼트처럼 들판 위를 날아다녔다. 회오리바람이 느려지긴 했어도, 그 과정에서 생긴 피해가 훨씬 더 컸다.

앞에서 날아오른 와이번이 우리 쪽으로 향하는데, 아주 잠깐이지만 내가 방금 말렉을 현관으로 불러 들인 건지 생각할 수밖에 없었다.

그 여자는 메이븐이고, 나는 생도에 불과하다.

그 여자는 전문가답게 정확히 폭풍을 지배하는데, 나는 도관이 있어야 정확히 번개를 내리친다.

그 여자는 전에도 테른을 떨어뜨린 적이 있다.

가장 영리한 선택은 보호막으로 날아가서 우리 둘의 목숨을 구하는 것이리라. 제이든과 스게일까지 고려하면 둘이 아니라 넷의 목숨이지. 하지만 이 사람들이 죽게 놓아두고 떠날 순 없다. 설령 그들과 함께 말라죽는 한이 있어도.

라이더는 도망치지 않는다. 우리는 싸운다.

"기왕이면 지금이 좋겠구나." 테른이 논평했다. "우리의 죽음을 받아들이는 시간이 끝났다면 말이다."

"받아들인 거 아니에요. 계산한 것뿐이에요." 적과의 거리가 점점 줄어드는 동안, 나는 타버린 혈관으로 마력을 빨아들이며 왼손에는 도관을 쥐고 오른손을 들어 올렸다.

내 안을 휩쓰는 에너지를 풀고 번개 줄기를 아래로 잡아끈 다음, 손가락에 물집이 잡히기 전에 놓았다. 번개가 치자 티오파니의 와이번이 오른쪽으로 몸을 기울였다.

빗나갔다. 속이 답답했다.

"다시!" 테른이 티오파니를 따라 오른쪽으로 선회하며 요구하는데, 빗물이 얼음으로 변했다.

콩알만 했다가 체리만큼 커진 우박이 뭉툭한 화살처럼 우수수 쏟아지는 느낌으로 몸을 두들기고, 바람이 얼굴을 찢었지만, 그래도 나는 손을 들어…

도관이 부서졌다.

유리 조각이 손바닥을 베어 피가 솟자 나는 숨을 들이켜야 했다.

안 돼, 안 돼, 안 돼! 도관이 없으면 겨냥할 수가 없어.

*"해야 한다!"* 테른이 아래쪽으로 나선을 그리며 명령했다.

그래. 이 위에서 죽을 생각은 전혀 없고, 저 여자가 내 친구들과 제이든을 죽이게 둘 마음도 없다. 나는 재빠르게 손목에 고정하고 있던 끈을 풀어내고, 도관의 잔해와 그것을 파괴한 주먹만 한 얼음덩어리가 떨어져 나가도록 내버려 두었다. 내 희망도 같이 떨어졌다.

티오파니도 와이번들을 잡았을 때처럼 죽여야 할 것이다. 양으로 밀어붙여서. 나는 어떤 상황에든 대비할 수 있게 마지막 남은 합금 단검을 뽑아서 피 흐르는 손에 움켜쥐고, 오른손을 들어 다시 번개를 쳤다.

티오파니가 반대쪽으로 기울었다가 상승하는 바람에 또 놓쳤다. 그 뒤를 따라가면서 마력을 끌어다 쓰고, 또 썼지만 점점 번개를 치기가 힘들어졌다. 지형에 바싹 붙어서 산등성이를 나는 동안 티오파니는 내가 치는 모든 번개를 피했다. 테른이 날개를 크게 쳐서 그녀를 따라잡았다.

폐가 그을리는 것 같다가, 타는 것 같다가, 튀겨지는 것 같다가, 결국에는 불과 분노 외에는 아무것도 느껴지지 않았다.

3미터 차이로 티오파니를 빗나가서 오른쪽 능선을 때리자 돌조각들이 날렸고, 우리는 태양 속으로 날았다.

태양이라니.

고개를 왼쪽으로 홱 꺾었다. 회오리바람은 도시로 가다 만 상태였고, 우리 위의 하늘은 동쪽까지 쭉 맑게 개었다.

*"내가 번개를 치기 힘들게 하려고 폭풍을 죽이고 있어요!"* 왜 전보다 더 몸이 뜨거운지 설명이 됐다. 내가 구하려고 절박하게 싸우고 있는 도시 쪽으로 시선이 돌아가기 전에 급히 사냥감에게 초점을 돌렸다.

"네가 감당할 수 있는 마력 이상은 가져가지 말아라." 테른이 경고하면서 앞으로 돌진했다. 그의 이빨은 와이번의 꼬리에서 1미터도 떨어지지 않은 허공을 물었다.

그들은 분통 터지게 빨랐다.

와이번이 급강하하면서 능선을 따라 오른쪽으로 곡선을 그렸고, 테른도 뒤따랐다.

족쇄 풀린 고통의 포효가 내 머릿속을 가득 채웠다. 뼈가 다 흔들릴 정도로 크고, 귀가 터질 것 같이 날카로운 소리였다.

"*스게일!*" 테른이 날개를 멈칫하며 울부짖었고, 내 심장박동은 몇 박자를 건너뛰었다.

말렉이시여, 안 돼요.

마음을 던졌지만, 얼음벽은 단단히 서 있는 정도가 아니라 맹렬히 나를 밀어냈다. 두려움이 내 속을 바닥에 처박는 사이에 우리는 속력을 잃었다.

철컥 소리가 나더니 우리 위로 그림자가 떨어졌다. 아니, 그림자가 아니었다. 가장자리에 책상만 한 무게추를 주렁주렁 단 거대한 그물이었다.

테른이 포효하며 왼쪽으로 선회했지만 소용없었다.

"*테른!*" 비명을 지르는데 그물이 떨어지면서 내 몸을 폼멜 위로 짓누르고 눈에 보이는 모든 비늘을 가렸다. 테른이 그 무게까지는 쉽게 감당할 수 있겠지만, 날개가 다 그물에 덮일 테고 무게추가…. 아, 신들이시여. "*날개를 접어요! 안 그러면 부러질 거예요!*"

분노한 테른의 포효에 산비탈에서 바위가 굴러떨어졌고, 그는 그물에 얽혀서 날개를 접었다.

그리고 우리는 떨어졌다.

"*대비해라!*" 산이 휙휙 지나가는 가운데 테른이 경고했다.

앤다나. 제이든. 스게일. 미라. 브레넌. 내 친구들. 모두가 붙잡을 수 없는 그림처럼 소용돌이치며 머릿속을 스쳐 지나갔다. 너무 빨리 지나가서 온전히 느낄 틈도 없었다. 내가 할 수 있는 일이라고는 폼멜에서 몸을 떼어내고, 그물의 굵은 밧줄이 등을 파고들더라도 배에 다시 가해질 충격을 덜어내기 위해 오른쪽으로 몸을 기울이는 것뿐이었다.

"*테른은 내 인생의 선물이었어요.*"

"*끝나지 않았다!*"

우리는 요란한 충돌음과 함께 부딪쳤다. 바위에 뼈가 으스러지는 소리가 들리고, 내 왼팔은 부러졌으며, 단검도 손에서 떨어졌다.

입술 사이로 비명이 터져 나오는 가운데 우리는 산 아래로 미끄러져 내려갔다. 티오파니를 처음 만났을 때와 똑같았다. 내가 통증을 차단하려 애쓰는 사이에도 발톱이 바위를 긁는 소리가 모든 감각을 집어삼켰고, 테른은 몸을 틀어 머리부터 숲속을 뚫고 미끄러져 내려갔다. 끝없이 이어지는 무시무시한 낙하의 시간이었다.

뭔가가 아프게 갈비뼈를 파고드는 사이에도 낮게 늘어진 나뭇가지를 피하려고 고개를 숙이고 있는데, 마침내 속도가 줄어들었다.

젠장, 우리가 방금 그 추락에서 살아남았을지도 모르겠다.

"*물론 우린 살아남을 거다!*" 테른이 으르렁거렸다.

"*다쳤어요?*" 숲 가장자리 같은 곳에 멈춰서는 테른에게 물었다.

"*이 그물을 풀고 그 여자의 힘줄을 뼈에서 분리한 다음이면 너끈히 나을 거다.*" 테른이 그물 사이로 불을 뿜자 유황 냄새가 가득해졌다.

나무가 갈라지고 그물이 탕 소리를 냈다. 테른이 앞으로 몸을 내밀자 딱 내가 뚫린 구멍으로 일어나 앉을 만큼 그물이 움직였다. 라이더가 아니라 드래곤을 잡아두기 위해 설계한 그물이 분명했다.

"*우린 스게일에게 가야 해요.*" 그러려면 테른을 풀어줘야 하는데, 룬 단검으로 이 밧줄을 끊기에는 너무 오래 걸릴 터였다. 그리고 밧줄을 다 끊는다고 해도 합금 단검 없이 고유 능력만으로 그 여자를 죽여야 할 텐데, 나는 이미 소진 직전이었다. 팔의 통증은 무자비했고, 숨을 쉴 때마다 폐를 지지는 기분이었다.

"스케일은 알아서 할 수 있다." 테른이 이를 갈며 말했지만, 다시 불을 뿜어 그물을 풀어내려고 애쓰는 그에게서 팽팽한 긴장감과 걱정이 전해졌다. "그리고 베닌이 앞에 내려온다."

과연 그랬다. 티오파니의 와이번이 세상의 모든 시간이 자기에게 있다는 듯 느긋하게 들판으로 활강해 내려왔다. 우리를 정확히 자기가 원하는 위치에 박아놓았다는 듯이 말이다.

정말 무자비한 여자였다. 내 팔이 맹렬히 욱신거린다는 사실은 중요하지 않았다. 우린 지금 당장 여기에서 벗어나야 한다. 유사시를 대비해서 가져온 룬을 써야 할 때였다. 내가 제대로 담금질했어야 하는데. 이건 확실히 위기다.

"이 그물에서 빠져나가야 해요." 왼팔을 가슴에 받쳐 안고 가방 쪽으로 몸을 틀었는데, 한 손으로 가방 속을 뒤지려니 뭔가가 갈비뼈를 찔렀다. 가방에서 필요 없는 룬들을 치우고 표면을 부드럽게 만드는 룬을 낚아채 밧줄에 대고 눌렀다. 제발, 맞는 룬이길 빌자.

마법이 물결치더니 밧줄 섬유가 늘어지며 약해졌다.

나는 눈썹을 치켜올렸다. 룬이 통했다.

"찢을 수 있는 밧줄을 찢어요!" 테른에게 외쳤다.

"날아갈 수 있게 자리에 앉아 있어라." 테른이 명령하더니 스파이크를 활용해서 그물을 갈가리 찢었다. 나는 그 틈을 이용해서 얼른 주머니에서 옆구리를 찌르는 물건을 꺼냈다. 아릭이 준 꾸러미였다. 슬론에게 넘겨받았을 때는 미처 보지 못했는데, 꾸러미 가장자리에 급하게 휘갈겨 쓴 글씨가 있었다.

네 것을 잃었을 때에 대비해서. 어둠 속을 때려, 바이올렛.

뭔 소리야? 추락 때문에 밀랍 인장이 깨졌고, 손을 놓자 양피지가 도르르 풀리면서 무릎에 회색 대리석 조각 하나가 떨어졌다. 손잡이에 익숙한 불꽃 문양이 새겨진, 의식용처럼 보이는 단검이었다. 같이 들어 있던 쪽지는 아레티아의 던 신전 대사제가 쓴 편지였는데, 팔의 아픔이 심해지고 테른이 그물을 풀려고 발버둥 치는 통에 글자가 또렷하게 보이지 않았다.

던의 종복이 다른 종복에게 보내는 선물입니다. 경고합니다. 오직 신의 손길이 닿은 사람만이 신의 진노를 휘두를 수 있습니다. 그 사람이 이 힘을 쓰지 않고도 여신의 은총을 구하는 다른 존재와 다시 마주치지 않기를 여신께 기도하겠습니다. 그 사람의 길은 아직 정해지지 않았습니다.

속이 뒤틀렸다. 아릭이 어떻게 내가 단검을 잃어버릴 줄 알았지? 게다가 이 돌덩이가 합금 단검을 대신할 수 있다고 생각하다니….
"앞에!" 테른의 날카로운 외침에 퍼뜩 앞을 보고는 무심코 대리석 단검을 칼집에 꽂았다.
티오파니가 숲에서 우리 쪽으로 천천히 걸어오는데, 땋은 머리는 마구 흐트러졌고 인내심도 즐거움도 흔적 없이 사라진 얼굴이었다.
그나마 보이는 하늘을 미친 듯이 살폈다. 티오파니의 와이번은 숲 너머 들판에서 기다리고 있었고, 눈에 보이는 다른 날개들은 모두 멀리 드레이터스 상공의 전투에 묶여 있었다. 그나마 티오파니 혼자라는 뜻이면 좋겠군.

"그물을 푸는 데 시간이 얼마나 필요해요?" 나는 안장 버클을 비틀어 풀고 그물 구멍으로 비집고 나가면서 물었다. 왼팔에 통증이 내달렸지만, 나는 그 아픔이 다른 사람 것인 양 치부하고 계속 움직였다. 죽으면 고통이고 뭐고 중요하지 않다.

"몇 분이면 된다." 테른이 외쳤다. "섣불리…."

"저 여자가 테른을 묶어놓은 돼지처럼 죽이게 둘 순 없어요!" 나는 테른에게 쏘아붙이며 공포와 분노를 연료 삼아서 그의 어깨로 재빨리 움직였다. 테른이 잠잠해질 때까지 팔을 안정시키기가 쉽진 않았다. 그물이 떨어지기 전에 앞발을 내밀었는지, 앞다리 두 개가 이미 아래턱 양쪽으로 뻗어 있었다.

룬이 새겨진 단검을 뽑아 들고 칼날을 끌면서 테른의 다리를 미끄러져 내려갔다. 칼날이 비늘을 자르지는 못해도 그물은 잘 잘려서 떨어졌다.

"그물에 걸려 떨어지다니?" 티오파니가 우리 쪽으로 걸어오면서 조롱했다. "한 쌍을 참 쉽게 잡았어."

한 쌍이라고? 그 비명 소리!

"놈들이 스게일도 잡았구나." 테른의 격노가 산성 용액처럼 밀려왔다.

나는 테른 앞에 서서 그의 마력으로 통하는 수문을 열어젖히고, 물집 잡힌 혈관을 태우는 열기와 불길을 환영했다.

"*은빛 아이야.*" 테른이 밧줄 끊는 소리와 함께 경고성으로 으르렁거렸다.

"소진된다면 소진되는 거죠. 그래도 저 여자가 테른을 건드리는 꼴은 못 봐요." 티오파니에게 내가 진심이라는 사실을 알리려고 일부러 큰 소리로 말했다.

"그럼 마음을 결정한 거니?" 티오파니가 한 걸음씩 다가오며 물었다.

"그래." 오른손을 하늘로 뒤집어 에너지를 내 안으로 관통시킨 다음 손끝으로 잡아 내렸다.

티오파니가 오른쪽으로 10미터쯤 달려갔다. 그렇게 빠른 움직임은 본 적도 없었다. "그러려면 네가…."

나는 그녀가 말을 끝맺기 전에 다시 마력을 휘둘러 그녀가 선 자리를 때렸다. 곧바로 천둥소리가 따라왔다.

하지만 그녀는 이미 내 왼쪽 6미터까지 와 있었다.

"더 빨라야 할걸." 그녀가 말을 끝맺자마자 나는 다시 번개를 때렸다. 하지만 같은 상황만 반복이었다.

다시, 다시, 또다시.

나와 일체가 된 열기와 마력과 분노를 들이마시자 폐가 비명을 질렀지만, 그녀는 여전히 내가 잡기엔 너무 빨랐고 공격이 실패할 때마다 테른에게 더 가까이 다가오고 있었다.

"*거의 다 됐다.*" 뒤에서 밧줄이 끊어지는 소리가 들리고, 테른이 장담했다.

지금 저 여자의 평정을 깨야 한다.

그녀가 6미터쯤 앞에 나타났을 때 나는 다음 공격을 참았다. "말해봐, 언브리얼이 보고 싶어?"

티오파니는 화들짝 놀라서 눈을 크게 떴다.

나의 승리다. 나는 마력을 더 많이 모아서 녹인 실처럼 감았다. "신전이 그립지는 않고?" 언브리얼의 고위 사제가 나에게 한 말을 따라 했다.

그녀의 얼굴이 갈망처럼 보이는 감정으로 뒤틀렸다가, 금세 분노에 가려졌다. "너는 아니고?" 티오파니가 맞받아쳤다. "아니면 너는, 봉헌을 못 끝내고 손길만 닿은 입장이라 면역이 있나?" 그러더니 그대로 돌진해왔다. "다시는 돌아갈 수 없는 고통을 알아? 돌아갔다간 이 모든 세월 동안 나를 건드릴 수 없는 존재로 만들어준 그 힘이 끊어진다는 걸 아는 기분이 어떤지?"

나는 마력의 일부만 풀어서 티오파니 앞에 내려쳤고, 그녀는 미끄러지듯이 멈춰 섰다. 손길이 닿았다고. 젠장, 언브리얼의 사제도 그런 말을 했었지. 아릭의 선물에 든 쪽지에도 그런 말이 있었고. "고위 사제였다면 그 섬에서 무한한 힘을 가진 사람이었을 텐데. 어떻게 그걸로도 부족했어?"

"신이 될 수 있는데 뭐하러 신을 섬겨?" 티오파니가 으르렁거렸다.

구역질 나는 공포가 연결을 통해 밀려들더니 뒤이어 울려 퍼지는 포효에 무릎이 풀릴 뻔했다.

스케일. 고개를 홱 드는데 심장이 갈비뼈 사이로 튀어 나갈 것 같았다. 테른이 으르렁거리며 발톱으로 숲 바닥을 긁어댔다. *"하지 마!"* 끔찍한 공포에 목이 꽉 막히는 심정으로 제이든에게 외쳤지만, 그는 내 말을 들을 수 없었다.

드레이터스가 어둠에 뒤덮였고, 곧 뒤따른 와이번의 날카로운 비명이 들판을 가로지르고 바위산에 메아리쳤다.

"무슨…." 티오파니가 소리가 들린 쪽으로 몸을 돌렸다.

그림자가 호수의 잔물결처럼 퍼져나가면서 오닉스빛 폭풍이 들판을 집어삼키고 우리를 향해 휘몰아쳤다. 내 희망을 쥐어짜 내고, 심장을 산산이 부수는 속도였다. 가슴 정중앙을 실제로 때리는 듯한 고통이었다.

스케일과 함께할 때의 제이든이 무섭도록 강하기는 하지만, 이 정도는 아니다.

이건 세상을 끝낼 정도의 힘이다.

그리고 여기에 거의 다 왔다.

*"사랑해."* 그에게 속삭이자 얼음에 금이 가긴 했지만, 밀려오는 어둠

의 파도를 멈출 정도는 아니었다.

그림자는 티오파니를 땅에 팽개치고 나에게 밀려왔다. 두 뺨에 속삭이듯 부드럽게 와닿더니 우리를 빛이라곤 없는 밤에 던져넣었다.

"때려라!" 테른의 외침과 함께 그물이 떨어지는 소리가 들렸다.

갑자기 밀려오는 피로를 무시할 수가 없었다. 너무 피곤했다. 산 채로 타버리기 직전이었다. 티오파니를 잡을 수 없다면 무슨 소용이지.

"어둠을 이용해!" 테른이 명령했다.

심장이 덜컹거렸다. 제이든을 나에게서 빼앗아 간 그 어둠을 이용하라고? 그를 치료하기 위해 내가 한 모든 생각과 일이 그를 이런 선택으로 이끌 줄은 꿈에도 몰랐다. 안에서부터 나를 삼키는 불이 뼛속까지 태우려 들었고, 잠깐이지만 그대로 두고 싶어졌다. 나는 어머니도 막지 못했고, 제이든도 막지 못했다. 제이든을 구할 수 없다.

잠깐. '어둠 속을 때려.' 아릭이 쪽지에서 그랬어….

마치 이런 일이 일어날 줄 안 것처럼.

순간 모든 일이 맞물리는 압도적인 감각에 숨을 들이켰다. 증원 병력. 나보고 던 신전을 지키라던 말. 대연회장 문이 열리기도 전에 링크스를 끌어냈던 일. 아릭은 알았던 거다. 이미 고유 능력을 발현한 상태였던 거야.

"망할 놈의 예지 능력자였어." 나는 경외심에 속삭였다. 진짜 예지자였다. 멜그렌처럼 전투만 내다볼 수 있는 게 아니었다. 아릭이 진짜 예지 능력자라면 지금 이 장면을 봤다는 뜻인데, 나에게 부서진 신전 조각으로 만든 무기를 줬다. 티오파니가 들어갈 수 없는 신전. 나는 신탁을 믿지 않지만, 고유 능력은 믿는다.

오른손으로 대리석 단검을 뽑으며, 아직 뛰는 심장을 지져대는 마력과 내 아픔을 한데 섞고, 부러진 팔을 들어 올려 그 고통스럽도록 뜨거운 에너지를 하늘로 풀었다.

그리고 계속 유지했다.

연이은 번개가 주위를 밝히고 그림자 속에 가지를 뻗으면서 티오파니의 등이 드러났다. 그녀는 비틀거리며 일어서더니 내 쪽으로 빙그르르 돌았다가, 눈을 크게 뜨고는 왼쪽으로 뛰어들었다. 그리고 보이지 않는 벽에 부딪혀 나동그라졌다.

으르렁대는 벽이었다.

비늘이 일렁이더니 내 번개와 같은 은청색으로 변했고, 작은 드래곤이 고개를 낮게 내리고 이빨을 드러낸 채 티오파니에게 걸어갔다.

그 순간, 멈칫거리던 내 심장박동이 안정됐다.

앤다나였다.

티오파니가 붉은 눈에 감탄을 떠올리며 손을 뻗었다.

그 여자의 의도가 무엇이든 상관없다. 하지만 감히 앤다나에게 손대게 둘 순 없다. 통증이 달아오른 바이스처럼 나를 옥죄는 것 같고 폐가 타들어갔지만, 나는 번개를 유지한 채로 뛰었다. 앤다나가 떠난 건 힘든 일이었지만, 앤다나를 베닌의 손에 잃는 건 있을 수 없는 일이었다.

"이리드." 티오파니가 앤다나 쪽으로 애써 몸을 뻗으며 숭배하는 듯 속삭였다. 나는 그대로 돌진해서 대리석 단검을 그녀의 심장에 박아넣었다. 번개가 나를 통해 호흡했고, 나는 숯과 재와 고통 그 자체가 되었다.

티오파니는 비틀거리며 물러서더니 웃기 시작했다.

그러다 제 피를 보고는 웃음을 멈췄다. "어떻게?" 그녀는 눈을 크게 뜨더니 무릎을 꿇었다. "돌은 베닌을 죽이지 못하는데."

"넌 그냥 베닌이었던 적이 없지." 내가 대꾸했다. "던은 그분을 등진 고위 사제들을 벌하는 여신이야."

티오파니가 비명을 지르려고 입을 벌렸다가, 순식간에 말라붙었다.

나는 번개를 놓고 어둠 속에 잠기면서 산 채로 나를 태우는 불에 몸을 맡겼다.

"*바이올렛.*" 앤다나가 속삭였다.

그 후에는 아무것도 들리지 않았다.

# 65

티렌더라는 불안정한 지방보다 더 예측할 수 없는 게 있다면 바로 티렌더의 공작이다. 통치 귀족이 결코 검은 옷을 입어선 안 되는 이유가 있다.

― 어거스틴 멜그렌 장군의 일기

### 제이든

내 의지에 반하여 이 햇살 가득한 숨겨진 계곡으로 나를 유인하고 호출하고 소환한 것, 우리가 방어하는 성벽에서 나를 끌어내어, 친구들과 민간인 가득한 도시를 버리고 여기로 오도록 강제한 것까지는 그렇다 치자. 스게일을 상처 입히고 덫에 가둔 건 완전히 다른 문제다.

스게일의 비늘 사이로 피가 떨어지고 어깨로 흘러내리는 모습, 그 피가 스게일을 묶은 팔뚝 굵기의 밧줄을 적시는 모습이 가슴을 후비고, 나는 유례없는 방식으로 마력을 쏟아붓는다. 전부 다 끌어오고도 더 끌어당기지만, 스게일은 이미 드레이터스 성벽에서 수많은 와이번을 막느라 힘이 많이 빠진 상태다.

내가 기꺼이 올라선 얼음판 아래로 분노가 세차게 흐르고, 나는 스게일에게 필요한 무기가 될 수 있도록 감정을 불필요한 짐처럼 잘라낸다. 스게일은 나를 선택하고, 나를 다른 모두의 위에 올렸으며, 처음으로 내 추한 면을 모두 보고도 전부를 받아들인 존재다. 스게일의 비늘 하나라도 떨어졌다간 이 망할 계곡에 있는 모든 인간이 죽을 줄 알아.

바이올렛이 테른을 풀어주겠지. 내가 용납할 수 있는 결과는 그것뿐이다.

내 앞, 우스꽝스러운 로브 차림으로 계곡 입구를 지키고 선 두 베닌은 문젯거리도 아니다. 스게일이 충분한 마력을 되찾기만 하면 순식간에 놈들을 가루로 만들겠어. 하지만 비겁한 배신자 팬첵 놈을 향해 걸어가서 스게일과 나 사이에 서는 놈은… 버윈은 문제다.

더 치명적이어서도 아니다.

그놈이 죽었어야 할 존재여서도 아니다.

내가, 그놈을, 죽일 수가, 없기 때문이다. 나는 바이올렛을 죽일 수 없는 만큼이나 그놈의 목에도 칼을 댈 수가 없다. 바이올런스와 나 사이의 결속은 설명할 길이 없는 마법이다.

버윈과 나 사이의 속박은 절대 존재해서는 안 될 것이고, 이제는 내 세이지에게 나를 상대로 써먹을 수 있는 다른 '형제'가 있으니… 제대로 망했다.

"잘 보려무나, 나의 입문자야." 버윈이 어깨 너머로 말하며, 바스지아스에서 내가 놈을 협곡으로 떨어뜨렸을 때 남긴 얼굴 한가운데의 상처를 드러낸다.

나는 버윈 너머, 스게일과 베닌 너머로 나에게 생긴 새로운 '형제'와 일곱 와이번에게 둘러싸여 골짜기에서 의식을 잃고 쓰러져 있는 드래곤을 본다. 어떻게 그가 이럴 수 있지? 내가 지난 5개월 동안 비틀거리며 기를 쓰는 모습을 봐놓고서 이 길을 택했다고? 어떻게 내가 죽어라 떠나려 했던 길을 기꺼이 걸을 수 있지? 그가 돌아서리라고는 생각도 하지 못했는데, 이런 꼴이라니.

스게일이 죽게 둘 수는 없다. 그가 내가 걸었던 길을 비틀거리며 따라가게 놓아둘 수도 없다. 내가 이기적으로 바이올렛을 곁에 두고 싶어 했다는 이유만으로 친구들이 죽게 둘 수도 없다. 강렬하고 소란스러운 감정 하나가 얼음판을 두드리지만, 나는 그 감정을 마음에 들이지 않는다. 그녀에겐 자기만의 길이 있다.

내가 어떤 길을 선택하더라도, 틀린 길이다.

하지만 딱 하나의 길은 스게일을 살릴 수 있다.

"이건 우리가 합의한 대로가 아니잖아!" 팬첵이 그물에 걸려 비명을 지르는 자기 드래곤 쪽으로 비틀비틀 뒷걸음질 치며 소리친다.

나는 굳이 그들을 보지도 않는다. 저주받을 놈. 우리를 팔아넘긴 대가로 고통받아도 싸다. 세이지가, 버윈이 뭘 하든 나에겐 상관없다. 그가 적에게 얼마나 많은 정보를 팔아넘겼을까? 우리 모두를 드레이터스로 유인할 만큼이었던 건 확실하지. 얼마나 여러 번 바이올렛의 위치를 놈들에게 넘겼을까?

그놈은 죽는다. 생각할 필요도 없는 결정이다.

"너 자신을 잃지 말아라." 6미터쯤 앞에서 스게일이 그물 속에서 몸부림치며 경고한다. "넌 오늘 오후에 저놈의 술책에도 흔들리지 않았어. 이번에도 굴복하지 말아라!"

하지만 그때는 스게일이 잡혀 있지 않았고, 지금은 잡혔다.

"다른 방법이 없어요." 대꾸하면서 허벅지에 꽂아두었던 합금 단검 두 자루를 천천히 빼 들자 스게일의 꼬리 끝에 서 있던 베닌이 노려보며 위협적으로 손바닥을 편다.

"힘을 달라고 하지 않았나?" 버윈이 이를 드러내고, 합금 단검 두 자루를 쥔 채로 팬첵에게 다가갔다. "내가 힘을 주지 않았나?"

"그거 치워. 우리 둘 다 당신이 날 해치지 않을 거라는 건 알아." 팬첵이 자기 드래곤을 누르는 그물에 손을 뻗는다. "당신 아들에게 접근하게 해줄 수 있는 건 나뿐이거든."

"아들은 또 있다." 버원이 단검으로 드래곤 비늘 사이를 깊이 찌르자, 드래곤이 말라 비틀어진다. 비늘에서 녹색이 빠져나가더니 순식간에 쪼그라들어 껍데기만 남는다.

끔찍한 공포가 얼음판을 부수고 들어온다.

버원이 방금 단검 한 자루로 드래곤을 죽였다.

대체 어떻게 그런 일이 가능하지?

"잘 보고 있느냐? 네 드래곤에게도 똑같은 일이 벌어질 거다." 버원은 내게 돌아서더니 그물 속에서 맹렬히 몸부림치는 스게일 쪽으로 걸어간다. "잃어버린 이 드래곤의 마력을 대체하려면 채널링을 깊이 해야겠군." 그가 칼을 들어 올리고, 나는 얼음판 위를 지치는 상태에서 벗어난다.

얼음 그 자체가 된다.

"멈춰!" 스게일의 포효에 버원의 로브 자락이 날린다. "*날 구하기 위해 이러지 말아라!*"

하지 말라고? 이미 저질렀다.

감히 어떻게 내 드래곤을 하늘에서 끌어 내리고, 감히 내 존재 기반을 덫에 가두고 상처를 입혀.

나는 단검 두 자루를 허공에 날리고, 한쪽 무릎을 꿇고 계곡 바닥에 손바닥을 편다. 결국 꺾이고 만다.

마지막 저항 행동으로, 내가 혐오하는 바로 그 존재가 되는 것이다. 내가 아무것도 느낄 수 없어서 다행인지도 모르겠다.

나는 손 아래에서 살아 숨 쉬는 생물처럼 맥동하는 마력을 들이마셨다가, 어둠을 뱉어낸다. 타르처럼 찐득하고 잉크처럼 검은 그림자가 계곡 전체를 누비면서 오후 햇빛을 꺼뜨리고 공간 전체를 암흑으로 바꾼다. 그림자가 보초를 서고 있던 두 베닌의 가슴팍에 내 단검을 꽂아 넣는다. 그림자가 버원을 스게일에게서 끌어내고, 그놈과 나의 새로운 형제를 때려눕힌다. 그림자가 고요함을 가져온다.

내 영혼은 장작불에서 튀어 오르는 잿가루처럼 벗겨져 너울너울 날아가고, 한때 영혼이 있던 자리에 마력이 파고든다. 이제 나는 얼음 위에 있지 않다. 내가 곧 얼음이다.

그래도 계속해서 먹어 치운다. 마법의 원천에 깊이 파고들면서 동시에 바깥으로 끓어올라, 와이번을 의미하는 동일한 심장박동들을 찾아내 그림자로 비늘을 자르고 룬스톤을 뜯어낸다. 감히 스게일의 어깨에 이빨을 박은 와이번부터 시작해서, 이제는 자칭 내 형제라는 놈을 스치듯 지나쳐서 이 계곡 입구를 막고 있던 여섯 와이번을 파괴한다.

그들을 구해. 마지막으로 남은 내 일부가 뜯겨나가지 않으려고 악착같이 매달려서 애원한다.

나의 그림자들이 계곡에서 솟구쳐 도시로 날아가면서 하늘과 땅에 있는 모든 와이번을 차례차례 죽인다. 나는 동시에 모든 곳에 존재한다. 스게일을 옭아맨 그물을 찢어버리고, 데인과 캐스를 구석에 몰아붙인 와이번의 심장을 뜯어내고, 하늘을 올려다보는 이모젠 위로 쇄도한다. 메다로 패스 앞에도 내가 있다. 와이번을 하나씩 뽑아내고는, 그것들의 시체가 그녀가 사랑하는 사람들 앞에 떨어지는 소리를 만족스럽게 듣는다. 벼랑 위로 올라간 나는 건드리면 아픈 마법 앞에서 물러나서 북쪽으로 밀려간다.

"*사랑해.*" 바이올렛의 목소리가 한기를 깨고, 매끄러운 온기 한 가닥이 그 틈으로 비집고 들어왔다가 얼음이 닫히면서 그 자리에 고정된다.

안 돼. 기다려. 절박하게 두 손으로 그 가닥을 붙잡고, 내 영혼 조각들이 공허 속으로 날아가 사라지는 가운데에도 그녀를 간직하려 안간힘을 쓴다. 그녀는 내 온기고, 빛이고, 공기고, 사랑이다.

내 그림자들이 그녀가 선 계곡을 집어삼킨다. 그녀는 단검을 뽑아 들고 스케일을 옭아맨 것과 같은 그물에 걸린 테른을 지키고 있다. 나는 계급에 아랑곳하지 않고 메이븐을 땅으로 쓰러뜨린 다음 내 모든 집중력을 쏟아부어야 가능한 부드러움을 담아 바이올렛을 감싼다.

그녀를 사랑한다. 그것만이 내가 고수하는 감정이고, 감정의 끝자락을 태우는 순수한 불 같은 힘이다. 더 밀어붙였다간 그 마음마저 마지막 조각이 되어 떠내려가고 말 것을 안다. 나는 이를 악물고 땅에서 손바닥을 떼고는, 심장이 천둥을 치는 가운데 깊이 숨을 들이마신다.

이렇게 강해진 느낌도, 동시에 이렇게 패배한 느낌도 처음이었다. 이게 유일한 방법이었다. 일어서서 그림자를 놓아버리자 계곡이 보였다.

스케일이 내 앞에서 일어서려고 애쓰는데, 어깨의 물린 상처에서 피가 뚝뚝 떨어졌다. 그물은 갈기갈기 떨어져 나갔고, 스케일이 날개를 활짝 펼치자 계곡이 꽉 찼다. 그녀는 파괴 현장과 널린 시체들을 보고 금빛 눈동자를 가늘게 뜨며 조용히 나를 꾸짖었다.

"이제 날 버릴 거예요?" 나는 의식을 잃은 버윈의 몸뚱이 쪽으로 걸어가며 물었다. 할 수만 있다면 이놈을 죽일 텐데. 젠장. 죽였다고 생각했는데. 얼마나 많은 입문자가 자기 세이지에 대해 똑같이 느낄까 궁금하다. 적어도 하나는 알지. 하지만 물리적으로 불가능해서만이 아니라, 이자에겐 내가 필요로 하는 것이 있다.

그리고 이제 나는 입문자가 아니다.

"네게 버릴 부분이 남아 있기는 하고?" 스케일이 고개를 낮추자 수증기 섞인 돌풍이 계곡을 휩쓸었다. 탈곡 때 숲속에서 스케일이 나를 찾았던 순간이 떠올랐다.

"스케일이 말해봐요." 나는 얼음벽을 내리고 스케일을 들여보냈다.

스케일이 뱉은 다음 호흡에는 유황이 섞여 있었고, 눈은 커다래졌다. "너 설마 진심으로…."

"무슨 일이 일어났는지 봤잖아요. 유일한 방법이에요."

그녀는 어깨 너머를 돌아보았다. "그 애가 도와줄 거라고 생각해?"

"날 사랑하니까요."

"테른은 널 사랑하지 않지. 그리고 아직 거울을 보지 않았구나. 네 눈가에서 붉은 핏줄이 그 애의 번개처럼 뻗어나가 있다."

"바이올렛은 도와줄 거예요." 내 생각보다 훨씬 더 확신을 담은 말이 튀어나왔다. "돕겠다고 약속했어요."

"그 애가 동의한다 해도, 아무도…."

"제게 빚진 누군가가 있죠."

"그는 결코 네가 그 애에게 다가가게 두지 않을 거야." 스케일이 꼬리를 튕겼다. "특히나 그 애가 취약한 상태로 누워 있는 동안에는."

"다쳤나요?" 갈비뼈 안에서 뛰는 장기가 덜컹거렸고, 그녀와 나의 정신 통로로 마음을 뻗어 보았지만, 무의식 상태라서 혼탁했다.

"그래." 스케일은 뱀처럼 고개를 움직이면서 천천히 말했다. "하지만 살긴 할 거다." 그녀는 잠시 말을 멈췄다. "보호막이 완성되긴 했지만, 드레이터스보다 멀리 확장되지는 않았구나."

그거 잘됐군. 아니 잘되지 않았어. 망할, 나도 모르겠다. 대체 난 뭘까?

그녀의 것이지.

"테른을 설득해줘요." 나는 애원했다.

모든 것이 달린 일이었다.

"물어보기는 하지." 스케일이 마침내 돌투성이 흙에 앞발을 박아넣으며 말했다. "그리고 그 애의 결정이 우리의 운명을 결정하는 거다."

그런 조건이라면 동의할 수 있지.

우리는 1분도 지나지 않아서 하늘로 날아올랐다.

# 66

…생도들은 분과에서 공부하는 동안 강력한 애착 관계를 발전시키지 말 것을 강력하게 권장한다. 그러나 졸업해서 소위가 되면 누구나 원하는 상대와 결혼할 수 있다.

— 《드래곤 라이더 코덱스》 5조 7항

"바이올렛!" 브레넌이 내 이름을 외치며 라이오슨의 저택 계단을 미친 듯이 달려 내려와서 달빛 비치는 안뜰에 뛰어들었다.

열린 문 너머로 축하하는 소리가 흘러나왔다.

이모젠 옆에서 비틀비틀 일어나는데, 오른쪽 어둠 속에서 뭔가가 움직였다.

"사람들이 널 불태우게 두진 않을 거야." 앤다나가 맹세했다.

"뭐라고?" 나는 앤다나 쪽으로 고개를 홱 돌렸다. "우리 오빠가 날 왜 불태워?" 그리고 던의 이름으로 나는 대체 왜 안뜰에 앉아 있는 거지? 생각이… 둔했다. 뭔가가 빠졌는데.

뭔가가 잘못됐어.

"오빠는 괜찮아?" 나는 다가오는 브레넌에게 물었다.

"나보고 괜찮냐고?" 브레넌은 눈이 튀어나올 듯한 표정으로 내게 부상이 없는지 살폈다. "지금 새벽 3시야! 대체 어디 있었어?" 오빠의 목소리가 커지자 왼쪽 문에서 내가 모르는 라이더 한 무리가 쏟아져 나왔다. "윌슨?" 브레넌이 묻자, 키가 큰 라이더 하나가 우리 쪽으로 걸어왔다. "보고해." 브레넌은 어깨 너머를 흘긋 보고 덧붙였다. "조용히."

나는 입을 뻐끔거렸다. 내가 어디 있었냐고?

"저희는…." 장교의 시선이 나에게 날아왔다.

"괜찮아." 브레넌이 그 남자를 안심시켰다.

"저희가 추정하기로는 지난 몇 시간 동안에 공식적으로 라이더 네 명과 그들의 드래곤, 그리고 원로 셋이 계곡에서 살해당했습니다." 윌슨이 말했다. "그리고 아직 라이더 다섯이 실종 상태입니다. 이젠 넷이군요." 그는 나를 보며 덧붙이고는 입매를 굳혔다. "하지만 그런 과시 행동을 한 후이니, 우리 모두가 라이오슨이 한 짓이라는 걸 압니다. 아마 다른 라이더들은 죽었겠죠."

나는 속이 뒤틀렸는데, 이모젠은 돌이 되어버린 것처럼 굳었다.

잠깐만. 이거 꿈인가? 오른손을 꽉 쥐고 통증이 느껴질 만큼 세게 손톱으로 손바닥을 찔렀는데도 꿈에서 깨지 않았다.

"마지막 보고에선 드레이터스의 보호막이 버티고 있다고 했지만, 말라 죽은 이들 중 몇 명이나 라이오슨 짓이었는지 알 수 없습니다." 윌슨이 말을 이었다. "그리고 지금까지 부화지에서 사라진 알은 여섯 개지만, 재확인하는 중입니다."

알이 사라져? 테른에게 마음을 뻗었지만, 자고 있는지 연결이 뿌옇게 느껴졌다.

"*테른이 회복하려면 한동안 쉬어야 해.*" 앤다나가 내 짐작을 확인해 줬다.

"*뭐에서 회복해?*" 마지막으로 봤을 때 테른은 멀쩡했고, 그건 5분쯤 전에 들판 가장자리 숲속이었는데….

내가 티오파니를 죽인 곳.

제이든.

그 그림자 벽… 심장이 내려앉았다. 대체 무슨 일이 벌어지는 거야? 난 어떻게 여기에 왔지? 머리는 왜 이렇게 흐릿하고? 뇌진탕인가?

"가봐도 좋아." 브레넌이 윌슨이라는 라이더에게 말했다. "완전한 보고가 갖춰지기 전까지는 기밀로 유지해."

"동생이라는 이유만으로 제일 빠른 수단을…."

"가보라고!" 브레넌이 날카롭게 말하자 윌슨이 물러섰다.

"넌 그놈이 어디 있는지 알아?" 브레넌은 다른 라이더가 듣지 못할 거리까지 멀어지자 부드럽게 물었다. "라이오슨 말이야. 너도 윌슨의 말을 들었지. 죽은 드래곤과 라이더들, 사라진 알들이 있어. 네가 라이오슨을 봤다면 나도 알아야 해, 바이올렛."

"난…." 말이 제대로 나오지 않았다. 왜 생각을 할 수가 없지? "모르겠어." 두 손으로 입을 막으려다가 앞주머니에 꽂혀 있던 양피지 하나가 팔에 걸려서 떨어졌다.

브레넌이 종이를 받았다. "카둘로?" 그는 이모젠을 보고 눈썹을 들어 올렸다.

"어제 이후로 보지 못했습니다." 이모젠의 목소리는 낮고, 단조롭기까지 했다. "태비스 소위는요?"

"실종자 중에 있어." 브레넌이 부드럽게 대답하더니 내 쪽을 흘긋 보았다가 눈을 부릅떴다. "이런 맙소사, 바이올렛."

"뭔데?" 팔을 내렸다. 개릭도 실종이라고? 윌슨이 언급한 라이더 네 명은 또 누구누구지?

"네 손가락." 이모젠이 말하고 바닥을 응시했다.

내 손가락? 뚝 소리가 났지, 참. "팔이 부러진 것 같은데." 시선을 내렸다가 빤히 볼 수밖에 없었다.

왼팔은 부목으로 고정되어 있고, 손가락에는 손톱만 한 에메랄드가 박힌 아름다운 금반지가 있었다. 맙소사, 저 보석이 뭔지 알아. 제이든의 협탁에 있던 아레티아의 검에 박힌 에메랄드들과 맞춤이잖아. 이게 빠진 보석이었나? "지금 뭐가 어떻게 된 거지?" 나는 천천히 물었다.

"네가 몰라?" 브레넌이 목소리를 낮췄고, 나는 고개를 저었다.

브레넌은 내 주머니에서 떨어진 종이로 관심을 돌렸다. "던의 인장이 찍혀 있군. 내가 열어봐도 될까?"

나는 반지만 빤히 보면서 고개를 끄덕였다. 그건 아무 손가락에나 끼우는 아무 반지가 아니었다. '그' 손가락에 끼워져 있었다. 하지만 어떻게? 나는 오후에 티오파니와의 전장에 있었는데, 티오파니가 말라 죽고 나는 소진 직전 상태로 곧장 의식을 잃었다. 지금은 새벽 3시이고 나는 아레티아에 있으며, 살해당한 드래곤과 라이더들, 실종된 라이더들과 알들이 있다고? 제이든이 그럴 리가 없어.

아닌가?

그 그림자 폭풍. 떠올리자 피가 식었다. 제이든이 얼마나 밀리 간 기지? 정신 연결로 마음을 던져봤지만, 아무것도 없었다. 사라졌다.

아니면 그가 우리의 연결을 느낄 수 없을 만큼 멀리 있거나.

나는 공황에 빠지지 않으려고 스스로를 일깨웠다. 제이든이 언제 이 반지를 내 손에 끼운 걸까?

"너희의 합법적인 결혼을 공식적으로 축복하는 글이야." 브레넌이 어리둥절한 표정으로 속삭이더니 재빨리 양피지를 말았다. "던 신전의 대사제가 쓴."

"제이든과?" 중력이 변하면서 내가 이 현실에 대해 안다고 생각한 모든 것이 일그러졌다.

브레넌이 고개를 끄덕였다.

눈동자가 커졌다. 우리가 결혼했다고? 뒤죽박죽된 머릿속으로 수많은 감정이 쏟아져 들어오려고 했지만, 즉각적으로 밀려온 경외심은 '어떻게'라는 논리에 바로 걸려 넘어졌다. 내가 그런 일을 잊을 리가 없어.

왜 제이든은 여기에 없지? 어디로 갔지? 그리고 왜 떠났지?

"바깥에 쓴 말은 너에게 보내는 편지 같은데." 브레넌이 양피지를 돌려줬다.

편지를 뒤집자 제이든의 필체로 쓴 두 문장이 보였다.

나를 찾지 마. 이젠 네 거야.

제이든이 떠났다.

압도적인 충격 속에서 안개 낀 머릿속을 뒤져보려 했지만, 생각을 똑바로 할 수가 없었다. 마치 누군가가 내 머리를⋯.

안 돼.

가슴이 꽉 조여들었다. "내가 얼마나 오래 실종 상태였어?"

"열두 시간." 브레넌이 대답했다.

"무슨 짓을 한 거야?" 이모젠에게 고개가 홱 돌아갔고, 강렬한 예감이 가슴속에 뿌리를 내렸다.

이모젠은 천천히 나에게 시선을 내렸다. "네가 부탁한 일."

## 오닉스 스톰 2

초판 1쇄 인쇄 2025년 8월 13일 | 초판 1쇄 발행 2025년 8월 28일

지은이 레베카 야로스 | 옮긴이 이수현

펴낸이 신광수
출판사업본부장 강윤구 | 출판개발실장 위귀영
단행본팀 오유미, 김혜연, 조기준, 조문채, 정혜리
출판디자인팀 최진아, 당승근 | 출판기획팀 정승재, 김마이, 박재영, 이아람, 전지현
출판사업팀 이용복, 민현기, 우광일, 김선영, 이강원, 정유, 정슬기, 허성배, 정재욱,
　　　　　박세화, 김종민, 정영묵
출판지원파트 이형배, 이주연, 전효정, 이우성, 장현우

펴낸곳 ㈜미래엔 | 등록 1950년 11월 1일(제16-67호)
주소 06532 서울시 서초구 신반포로 321
미래엔 고객센터 1800-8890
팩스 (02)541-8249 | 이메일 bookfolio@mirae-n.com
홈페이지 www.mirae-n.com

ISBN　979-11-7347-614-3 (04840)
ISBN　979-11-7347-612-9 (set)

* 북폴리오는 ㈜미래엔의 성인단행본 브랜드입니다.
* 책값은 뒤표지에 있습니다.
* 파본은 구입처에서 교환해 드리며, 관련 법령에 따라 환불해 드립니다.
　다만, 제품 훼손 시 환불이 불가능합니다.

북폴리오는 참신한 시각, 독창적인 아이디어를 환영합니다.
기획 취지와 개요, 연락처를 bookfolio@mirae-n.com으로 보내주십시오
북폴리오와 함께 새로운 문화를 창조할 여러분의 많은 투고를 기다립니다.

# 대륙 지도

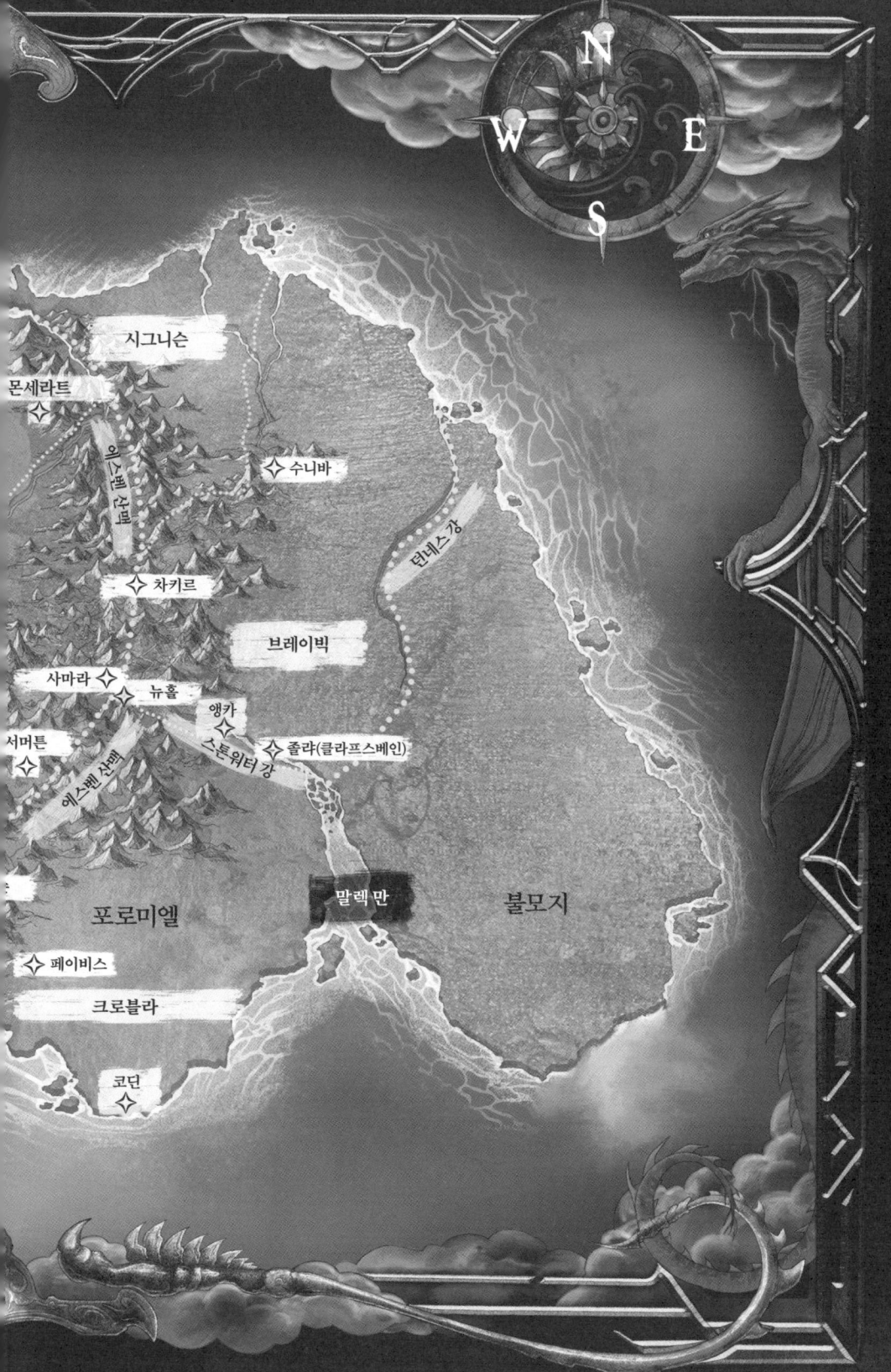

제이든 외전

www.mirae-n.com 값 **19,000원**
ISBN 979-11-7347-614-3 04840
979-11-7347-612-9 set

용감하고 능력 있는 바이올렛,
아름답지만 위험한 제이든을 창조한
레베카 야로스의 두 번째 깜짝 선물!

바이올렛 입덕 부정기를 지나,
마침내 자기 마음을 인정한 제이든의 이야기를 담은
보너스 챕터로, 《포스 윙》과 비교해서 읽으면
더욱 흥미진진한 시간이 될 겁니다.

# 27

'신들이시여. 저 입술, 저 입술을 꿈에서도 본다.'

데인 에이토스가 아주 내 신경을 박박 긁는군. 오후 내내 형편없는 지적질에다 자기 딴에는 위협이랍시고 노려보는 눈길까지. 저놈의 면상을 몬세라트의 브리핑 테이블에 처박아줄까.

하지만 바이올런스가 좋아하지 않을 테지. 반질반질한 나무에 녀석의 코가 으스러지는 소리야 만족스럽겠지만, 내 행동 때문에 이 사소한 훈련 시간이 빨리 끝나버리기라도 했다간 이모젠의 임무가 위태로워진다. 지금 이모젠이 병동에서 토하고 있는 게 아니라는 사실을 대대원들이 알게 되면 곤란하지.

이모젠의 편리한 고유 능력 덕분에 힐러는 이모젠이 내내 거기에 있었다고 기억할 테지만 말이다. 예정대로라면 이모젠은 지금 내가 가져온 물량을 배달하고 돌아오는 중일 것이다. 그러고 보니 차단벽을 강화해야겠군. 에이토스가 지금 눈빛에 담은 위협대로 행동할 경우에 대비해야지. 물론 저 재수 없는 놈의 손이 내 근처에도 닿게 둘 생각은 없지만.

"그래서 우리가 할 일이라고는 뭔가 벌어지길 기다리는 것뿐인가요?" 리독 갬린이 물었다. 던의 이름에 걸고, 저 녀석이 지금 지저분한 부츠를 브리핑 테이블에 올린 건가?

"그렇다." 내 왼쪽, 테이블 상석에 앉은 언니 쪽 소른게일이 대꾸하더니 오른손을 휘저어 단순 마법으로 갬린을 엉덩방아 찧게 했다. "그리고 테이블에서는 발을 떼도록."

기지에 주둔한 키 큰 라이더 한 명이 낄낄거리더니 바이올렛의 언니 뒤에 걸린 전투 지도를 업데이트했다. 그러다 내가 지켜보는 걸 눈치채더니 재빨리 안면을 바꾸고 의심하듯 눈을 가늘게 떴다. 나는 목의 낙인이 보이는 위치를 긁으면서 놈이 먼저 눈을 내리깔 때까지 노려봤다.

바로 저래서 내가 바이올렛에 대한 곤란한 감정을 혼자 간직하는 거다. 바이올렛이 아무리 예뻐도, 내 옆에서 얼마나 좋은 냄새를 풍겨도… 감귤 향기 같군. 저 목에 얼굴을 묻으면 얼마나 분홍빛으로 달아오를지 보고 싶어지는데. 아니, 그랬다간 이 방 안의 모든 라이더가 그녀를 다른 눈으로 볼 테고, 그게 좋은 방향은 아니겠지. 대륙 전체에서 절대 내가 가질 수 없는 한 여자한테 빠진다? 아주 잘하는 짓이다.

그럼에도 여전히 나는 바이올렛과 리암 사이에 앉았고, 내가 바이올렛에게 제일 가까운 자리를 차지하자 의미심장하게 웃어대는 리암은 무시했다. 아무 일 없긴 하지만, 내가 있을 때는 리암이 물러나도 괜찮다.

"이걸 너희의 전투 브리핑 시간이라고 생각해라." 리독 갬린이 허둥지둥 테이블 끝자리로 돌아오는 사이, 미라 소른게일이 설교했다. "오늘 오전은 원래 우리가 정기적으로 비행하는 순찰의 4분의 1 정도였으니까, 평소라면 지금쯤 막 돌아와서 지휘관에게 발견 사항을 보고하고 있었을 것이다. 하지만 오후의 대응 비행 때문에 기왕 이 방에 앉았으니, 시간을 유용하게 활용하겠다. 자, 적이 우리 국경을 넘어와서 새로 쌓은 기지를 발견했다고 가정해보자." 미라는 몸을 빙글 돌려 지도상의 가까운 위치에 빨간 깃발을 꽂았다. "여기에서."

에이토스가 나를 노려보느라 지도는 쳐다보지도 않기에, 나도 의자에 등을 기대고 내 장기를 발휘했다. 마주 노려보기.

"그냥 하룻밤 사이에 솟아난 걸로 치자고요?" 에머리 바네스의 말투에 살짝 비판 조가 섞였지만, 나는 에이토스를 최대한 불편하게 만들어주는 일에만 집중했다. 그냥 재미 삼아서.

"어디까지나 토론을 위해서다, 3학년." 미라가 쏘아붙였다.

에이토스가 테이블 위로 주먹을 쥐는 모습을 보자 입꼬리가 올라갔다. 불쌍할 정도로 자극하기 쉬운 놈이라니까.

"이 게임 좋은데." 여기에 주둔한 소위 중에서 키 작은 쪽이 미라 옆에서 중얼거렸다.

"우리의 목적은 무엇일까?" 미라가 물었다. "에이토스?"

에이토스가 흠칫 놀라서 지도로 관심을 돌렸다. 내가 이겼군. "어떤 유형의 방어 시설입니까? 되는 대로 지은 나무 구조물입니까? 아니면 더 튼튼한 건물인가요?"

그래도 괜찮은 질문은 할 줄 아네.

"하룻밤 사이에 요새를 지을 시간이 있었다면…." 리독이 빈정댄다. "나무여야 하지 않나?"

"하나같이 진절머리 나게 상상력이 부족하군." 미라는 우리가 걷어치울 수 없는 두통거리라는 듯이 이마를 문질렀다. "좋다, 적이 이미 세워져 있던 성채를 차지했다고 치자. 돌로 만든 걸로."

그렇다면 민간인이 있거나 내부에 포로가 있을 가능성이 있군. 광범위

한 드래곤 화염 공격은 제외. 좋아. 리암이 놈들의 방어 시설을 정찰한 다음, 내가 그림자로 흠뻑 적셔놓고 공격하면 되겠어. 절반은 드래곤에서 내리고 나머지 절반은 공중에서 그리폰들을 제거. 퀸을 정찰로 쓰고 에머리가 바람을 조종하면서 통제된 화염 공격을 넣는 동안 내가 어둠을 타고 들어가서 포로들을 풀어준다.

머릿속으로 연이어 세 가지 전술을 검토하다가 바이올렛 쪽을 흘긋 보는 바람에 네 번째 전술이 막혔다. 바이올렛이 집중하느라 입술을 오므리고 있었다.

신들이시여. 저 입술, 저 입술을 꿈에서도 본다. 아무 때나 저 입술을 떠올린다. 그때의 키스는 낙인처럼 내 기억에 새겨져, 다시는 일어나지 않을 일이자 애초에 맛보지 말았어야 할 시간을 끊임없이 상기시키며 나를 조롱한다.

미라와 퀸이 시나리오 조건에 대해 논쟁을 벌이기 시작했고, 나는 애써 브리핑으로 관심을 돌렸다.

"너희 3학년 중에서 호출받은 경험이 있는 사람은 몇 명이지?" 미라가 팔짱을 꼈다.

에머리가 손을 들고, 나는 손가락 몇 개만 들어 올렸다.

바이올렛이 눈썹을 들어 올렸지만, 오후 내내 그랬듯이 말은 하지 않았다. 나는 차단벽을 살짝 내렸다. 우리 둘 사이에서 꾸준히 자라나고 있는 가느다란 은빛 연결 통로를 감지할 만큼만. 바이올렛은 아직 그 연결선을 눈치채지 못했다.

"내가 말했지. 반려 드래곤의 라이더끼리도 결속이 일어난다는 건 알려진 사실이야." 스게일이 짜증 섞인 투로 나를 일깨웠다.

"테른도 쟤한테 말해줬대요?"

스게일은 내 질문에 굳이 대답하지 않았다.

에이토스의 얼굴이 토마토처럼 붉어졌다. "그럴 리 없습니다. 우리는 졸업할 때까지 투입되지 않습니다."

나는 웃음을 누르고 비아냥을 담아 녀석에게 엄지손가락을 들어 보였다.

"그래, 알겠다." 에머리가 비웃음을 흘렸다. "내년까지만 기다려봐. 우리가 중부지방 요새의 바로 이런 방에 앉아 있던 적이 얼마나 많은지 셀 수도 없어. 라이더들이 긴급 상황 때문에 전방으로 호출받은 요새들이었지."

에이토스 얼굴이 창백해졌다.

저놈은 국경선 너머에서 실제로 무슨 일이 일어나는지 절반만 알아도 기절하겠지.

"이제 정리됐나." 미라가 테이블 가운데에 18센티미터짜리 성채 모형을 내려놓았다. "잡아라." 그러고는 우리에게 나무로 만든 드래곤 모형도 하나씩 던졌다.

"네 드래곤이 더 낫네." 리암에게 속삭였다.

"그러게." 리암이 드래곤 모형의 두툼한 날개 부분을 엄지손가락으로 쓸면서 씩 웃었다.

"저 뒤에 앉아 있는 메시나와 엑설은 없는 걸로 치고, 저 성채를 되찾을 수 있는 가용 비행대대는 우리뿐이라고 치자. 이 방 안에 있는 능력을 생각해라. 각 라이더가 무엇을 제공할 수 있는지 생각하고, 어떻게 각자의 힘을 조화롭게 사용해서 목적을 달성할지 생각해라."

"하지만 1학년에게 그런 건 안 가르치는데요." 어렸을 때부터 전술을 배운 리암이 모른 척하며 말했다. 처형 이후에 우리를 맡은 르웰른은 그 부분의 교육을 확실하게 했다.

미라의 시선이 리암의 손목에 보이는 반역의 낙인으로 향했고, 나는 턱을 치켜들었다. 이런 방에 우리가 존재하는 데 익숙해지는 게 좋을 거다. 우린 계속 있을 테니까. 적어도 아레티아의 대장간을 정비해서 활동을 시작하기 전까지는.

바이올렛이 목청을 가다듬자 미라가 동생에게 시선을 옮겼고, 눈동자가 조금 커진 채로 다시 리암에게 시선을 돌렸다.

짜증스럽게 가슴이 답답해진다. 바이올렛이 제 언니에게 어떤 표정을 지었는지는 몰라도 우리를 감싼 건 분명했고, 그 사실은 내 심장을 직격했다.

"학교에서 1학년인 너희들에게 이 전술을 가르치지 않았다면, 아마 너희 모두가 드래곤 등에 앉아 있기만도 바빠서였을 거다. 너희가 처음으로 전술 맛을 본 건 대항전 중이었을 텐데, 이제 거의 5월이니 최종 모의전투 훈련을 시작할 때겠지, 맞나?"

"2주 남았습니다." 에디토스가 대답하는 꼬락서니라니, 모두에게 자기가 아직 테이블에 있다는 사실을 알려야 직성이 풀리나.

"딱 좋은 시기로군. 준비하지 않는다면 너희 모두가 모의전투에서 살아남지는 못할 거다." 미라의 시선이 바이올렛에게 오래 머무는 것을 보자 성질이 난다. 이 방 안에서 누구보다 더 바이올렛의 능력을 알아야 할 사람 아닌가. "이런 식으로 생각하면 너희 대대, 나아가서는 너희 비행단 전체에 이득이 될 거다. 장담하는데 너희 비행단장은 이미 모든 라이더의 개별 능력을 평가하고 있을 테니까 말이다."

나는 여기에 없어야 할 몸이기에, 드래곤 모형을 손마디 위로 굴리면서 입을 다물고 있었다.

"그러니 이렇게 해보자." 미라가 물러나고, 나는 테이블을 훑어보다가 호기심 때문에 에이토스에게 시선을 두었다. "누가 지휘관이지? 그리고 내가 너희 중에 제일 높은 직급보다도 3년 선배라는 사실은 잠시 잊어라."

"그럼 제가 지휘관입니다." 에이토스는 누가 점호라도 외친 것처럼 뻣뻣하게 고쳐 앉았다.

말해두는데, 난 안 웃었다.

"우리 비행단장이 여기 있는데요." 리암이 내 쪽을 가리켰다. "그러면 단장이 지휘관 아닌가요."

가느다란 은빛 연결 통로가 단단해지더니 갑자기 어떤 감정이, 정확히는 자부심이 춤추듯 전해져 왔다. 바이올렛은 근육 하나 움직이지 않는데 말이다. 젠장, 우리가 정말로 연결됐군. 이건 어쩌면….

"위험하다? 무모하다? 감당 못하게 주의를 흐트러뜨릴 수도 있다?" 스게일이 끼어드는데, 낄낄거리는 소리가 들리는 것만 같았다.

"재미있을 수 있겠다고요." 저기 연결 통로가 마법 불빛처럼 찬란하게 반짝이고 있는데 우리 사이의 결속을 부정할 수야 없다. "연습을 위해서 나는 여기 없는 걸로 칠 수 있지." 드래곤 모형을 테이블에 내려놓고 의자에 등을 기댄 나는 바이올렛의 의자 등받이에 팔을 두르며 에이토스가 이를 가는 모습을 즐겼다. "여기 에이토스가 그렇게나 갈구하는 직위를 주자고."

에이토스의 턱에 근육이 불거지고, 나는 전투 기념비처럼 결연하게 팔을 고정시켰다. 지휘권이야 가지든 말든. 녀석이 그걸 가지고 뭘 할지 궁금한 마음도 조금은 있다. 하지만 내가 저 어리광쟁이에게 양도할 위치는 그것뿐이다.

"재수 없게 굴지 마." 옆에서 바이올렛이 소곤거렸다.

"넌 내가 진짜 재수 없게 구는 모습을 아직 보지도 못했는데."

내가 우리의 정신 연결로 말하자, 바이올렛이 고개를 홱 돌리더니 대놓고 나를 쳐다보면서 입을 딱 벌렸다.

통했군. 심장이 덜컹했지만 나는 애써 웃음을 눌렀다. 내 생각이 틀렸다. 이건 그저 나의 유희가 아니라 생존 필수품이 되어버렸다. 나는 한쪽 입꼬리를 슬그머니 올리면서 몸을 틀어 빨려 들어갈 듯한 그녀의 헤이즐색 눈동자와 마주했다. *"빤히 쳐다보긴. 그만 쳐다보지 않으면 30초쯤 있다가 어색해질걸."*

"어떻게?" 그녀가 비난하듯 속삭임을 내뱉었다.

*"네가 스게일에게 말하는 요령과 똑같아. 우리는 모두 멋지고도 짜증 나게 연결되어 있거든. 이건 그 특전 중 하나에 불과해. 그 재미있는 표정을 보니 더 빨리 시도해볼걸 그랬다 싶긴 하지만 말이야."* 눈을 찡긋한 뒤, 테이블 건너편에서 부글부글 끓고 있는 질투의 화신에게 관심을 돌렸다.

"비행, 단장은, 그쪽, 이야." 에이토스가 꾹꾹 눌러 말하는데, 내 직위에 복종한다는 뜻인지 아니면 하급자에 대한 부적절한 처신을 비난하는 것인지 궁금했다.

어느 쪽이든 내 알 바는 아니지만 말이다. 바이올렛이 안전하기만 하다면야 부적절한 처신을 화끈하게 저질러주지. 끝내주게 부적절할 거야. 내 침대에서. 그녀의 침대에서. 아카이브 테이블 위에서. 욕실에서. 그리고 다른 누구도 내 여자를 보지 못하게 잠가둘 문만 달려 있다면 모든 방에서. 매일같이 내 이름을 부르짖다가 목소리가 쉬어버릴 정도로 퇴폐적인 부적절을 보여줄 수 있지.

하지만 바이올렛이 내게 일어난 최고의 일인 반면에, 나는 그녀에게 일어난 최악의 일일 테지. 뱃속에 돌이 떨어지는 듯한 진실이었다.

"난 여기 있지 않아야 하잖아." 나는 어깨를 으쓱하며 말을 이었다. "하지만 혹시 이걸로 기분이 나아진다면, 모의전투를 위해서 너는 전대장인 개릭 태비스에게 명령을 받고, 태비스는 나에게 명령을 받는 입장인 거야. 너는 비행단의 이익을 위해 대대장으로서 작전을 수행하게 될 거야. 그냥 나를 네 대대원으로 취급하고 원하는 대로 이용해, 에이토스." 나는 바이올렛의 의자 등받이에서 팔을 거두고 팔짱을 꼈다.

"애초에 여긴 왜 있는 겁니까?" 에이토스가 징징거렸다. "공격하려는 건 아니지만, 이번 견학에 선임지휘관이 올 거라고는 예상하지 않았는데요, 단장님."

"그러게. 네가 왜 여기 있지?" 스게일은 놀리는 투를 감추지도 않는다.

"너도 스게일과 테른이 반려라는 건 아주 잘 알겠지." 나는 침착함을 유지했다. "단검을 가져오자는 건 스게일 생각이었어요." 스게일과의 연결로만 말하도록 조심해야지.

"그게 분별 있는 행동 노선 같았지. 네가 장군의 딸과 떨어져 있는 걸 못 견디고 안달복달하니까 말이야." 스게일이 씩씩거렸다.

"3일 만에?" 에이토스가 몸을 내밀면서 반격했다. "고작 3일도 못 참아?"

"안달복달? 그건 좀 심한데요."

"바이올렛은 지금 어디 있지?" 스게일이 내 흉내를 냈다. "지금은 뭘 하고 있지? 내 생각을 하나? 날 보고 싶어 하나? 에이토스에게 가까이 다가가나? 바이올렛도 그 키스에 대해 꿈을 꿀까? 바이올렛이 올 때까지 며칠이나…"

"확실히 알아들었어요." 집에 돌아가는 길에도 못살게 굴겠군.

"그건 단장과는 아무 상관도 없어." 바이올렛이 테이블에 드래곤 모형을 쾅 내리쳤다. "테른과 스게일에게 달렸지."

또 나를 변호하는군. 망할, 난 이 여자가 정말 좋다니까.

"내가 도저히 너와 떨어져 있는 시간을 견디지 못했다는 생각은 전혀 안 하고?"

내 말이 끝나자마자 그녀가 팔꿈치로 찔렀고, 입꼬리가 올라가는 것을 애써 참아야 했다. 나는 바이올렛이 나를 무서워하지 않는다는 사실, 스게일 말고는 다른 누구도 하지 않는 방식으로 싸움을 건다는 사실을 사랑한다. 그녀가 하는 모든 행동이, 심지어는 대대원들 앞에서 대놓고 나를 팔꿈치로 찌르는 행위까지도 자극적이다.

바이올렛 소른게일에 관해서라면 모든 수준에서 난 망한 셈이다.

"저런, 저런. 계속 그렇게… 폭력적으로 굴다간 우리 사이의 비밀스러운 통신 수단이 드러나 버리겠어."

"당연하다는 듯이 얼른 감싸는구나." 에이토스가 다시 징징댄다. "6개월 전만 해도 저 사람이 널 죽이고 싶어 했다는 사실을 어떻게 잊을 수 있는지 이해가 안 가."

그 말이 거짓은 아니지만, 그건 내가 바이올렛 소른게일이라는 개념을 증오하던 때의 이야기다. 그녀를 알기 전, 그녀를 사랑하기 전에.

바이올렛이 몸을 굳혔다. "네가 그런 말을 하다니 믿을 수가 없다."

그 상처받은 말투에 내가 다 성질이 났다. "공적인 태도를 아주 잘 유지하는군, 에이토스." 녀석에게 내가 누구인지 정확히 상기시키려고 일부러 목의 낙인을 긁었다. "정말이지 지휘관 자질을 최대한 발휘하는군."

주둔 중인 라이더 한 명이 휘파람을 불었다. "너희들 그냥 바지 벗고 그걸 재보지 그래? 그러면 진행이 더 빠르겠다."

리암이 웃음을 터뜨리려다 참는 게 뻔히 보여서 곁눈질로 노려봤다.

"거기까지!" 미라가 두 손으로 내리치자 테이블이 흔들렸다.

"아, 그러지 말고, 소른게일." 미라 왼쪽에 앉은 키 작은 라이더가 농담

조로 징징거리자 소른게일 두 명이 동시에 그쪽을 쳐다봤다.

"아니 내 말은… 큰 소른게일 말이야. 이렇게 재미있는 오락거리를 본 게 얼마 만인데."

바이올렛이 질렸다는 듯 고개를 내저었다. "미라에겐 보호막이 내려가 있을 경우에 개인 차단막을 확장하는 능력이 있으니까, 나라면 제일 먼저 미라와 테인을 보내서 그 지역을 정찰하겠어. 우리가 보병을 상대하는지, 그리폰 라이더를 상대하는지 알아야 해…."

훌륭한 지적이야. 나도 미라는 계산에 넣지 않았군.

"좋아." 미라가 자기 드래곤을 성 근처에 놓았다. "이제 그리폰이 있다고 가정하자."

"그리폰 하니 말인데…." 스게일에게 물었다. "글레인에게서는 아직 소식이 없어요?"

"범위 밖이다." 스게일이 대꾸했다.

이모젠을 남쪽으로 한 시간 거리인 브레이빅 국경 쪽으로 보낸 건 시레나의 부대에게 전언을 보낼 시간이 부족했다는 점을 고려해 감수하기로 한 위험 부담이었다. 그래도 시그니슨 플라이어들에게 잡힐 위험보다는 브레이빅 경계선에서 만나는 게 훨씬 나은 선택이었다. 시그니슨 플라이어들이라면 단검만 받고 이모젠을 죽여서 자기네 주장을 피력할 것이다. 고집스러운 개자식들.

"맡은 일을 할래 말래?" 바이올렛은 그야말로 독이 든 설탕물이 뚝뚝 떨어지는 듯한 살벌한 미소를 에이토스에게 돌렸다. "난 네가 어떻게 대대장이라는 사실을 잊을 수 있는지 이해가 안 가거든."

정말이지, 욕 나오게 사랑한다니까.

드래곤 모형을 잡은 에이토스의 손마디가 하얗게 질렸다. "퀸, 네 드래곤에 앉은 채로 영체를 투사할 수 있어?"

"응." 퀸이 대답했다.

"그러면 난 너에게 영체를 요새 안으로 투사해서 약점이 있는지 확인해 보라고 하겠어." 에이토스가 말했다. "그리고 네 보고를 받겠어. 리암도 마찬가지야. 우린 너의 천리안을 이용해서 그리폰 라이더들의 위치를 찾을 수 있는지, 혹시 함정이 있는지 볼 거야."

"좋아. 약점은 목조 정문이다." 두 생도가 드래곤 모형을 움직이자 미라가 덧붙였다. "그리고 현재 나바르 국민들은 적이 지하 감옥에 포로로 잡아놓았다."

"통째로 터뜨리긴 글렀네." 리독이 중얼거렸다.

"선배는 공기를 조종하지?" 에이토스가 에머리에게 물었다. "그러면 드래곤이 내뿜는 화염을 잘 조종해서 시민들을 죽이지 않으면서 성 안에 점거된 곳을 훑도록 할 수 있겠지."

"그래." 에머리가 고개를 끄덕였다. "하지만 그러려면 내가 성 안에 있어야 해."

"그러려면 성 안에 들어가야겠지." 미라가 어깨를 으쓱였다.

에머리가 눈을 크게 떴다. "내 드래곤을 두고 걸어서 이동하라고요?"

"우리가 왜 격투 훈련을 그렇게 받는다고 생각해? 아니면 그 무고한 사람들을 다 죽게 둘 건가?" 미라가 손목을 털자 에머리의 드래곤이 그의 손에서 날아갔다. 미라는 그 드래곤을 잡아서 성 한가운데에 놓았다. "진짜 문제는 이거지. 어떻게 하면 안 죽고 충분히 가까이 접근할 수 있을까? 일단 불꽃놀이가 시작되면 다른 라이더들은 날아오른 그리폰들과 싸우느라 바쁠 테니까 말이지."

"네 고유 능력이 뭐지, 에이토스?" 퀸이 물었다.

"네 등급으로는 알 수 없어." 에이토스가 대꾸했다.

저 녀석, 정말로 그렇게 생각하는 건가? 아니면 아빠에게 하도 세뇌당해서 놈들이 자기를 다른 라이더들에 대한 무기로 쓸 거라는 사실도 알아차리지 못하는 건가?

놈은 나만 빼고 모든 생도를 돌아보다가 한숨을 내쉬었다. "아이디어 있어?"

바이올렛이 고개를 절레절레 내젓더니 말했다. "물론 있지." 그녀는 내 드래곤을 집어서 성 앞으로 밀더니, 손을 펼쳐서 드래곤을 성 위에 띄웠다. 단순 마법에 불과하니 감명받을 것도 없지만, 지도자 자질을 보일 때의 그녀는 미치도록 섹시하다. "놀랍도록 강력한 그림자 지배 능력이 네 지휘하에 있다는 사실을 무시하지 말고, 아무도 네가 착륙하는 걸 보지 못하게 일대를 깜깜하게 만들라고 해."

정답.

"틀리지 않은 말이야." 미라가 씹어뱉듯이 말했다.

"그럴 수 있나?" 에이토스가 천천히 내 쪽을 보았다.

"진지하게 묻는 거냐?" 스게일의 마력에 마음을 뻗자, 혈관으로 힘이 쏟아져 들어왔다.

"저렇게 넓은 영역을 덮을 수 있는지 확신이 없어서…."

손바닥을 테이블 위로 살짝 들어 올려 서늘하고 어두운 그림자를 소환했다. 테이블 밑에서 흘러나온 그림자들이 순식간에 모든 빛의 흔적을 집어삼키고 방 안을 뒤덮었다.

은빛 연결선으로 파드득거리며 당황하는 감정이 느껴졌다.

"*진정해. 그냥 나야.*" 손가락 하나를 구부려서 단단해진 그림자 한 가닥으로 바이올렛의 뺨을 쓸었다.

"어우 깜짝이야." 왼쪽에서 누군가가 말했다.

"이 기지 전체를 감쌀 수도 있지만, 그랬다간 화들짝 놀랄 사람도 있겠지." 내가 두 손을 쥐자 그림자가 화르륵 자연 상태로 돌아가면서 창문으로 빛이 쏟아져 들어왔다. 젠장, 재미있었어. 내 위험도를 평가하는 미라의 눈길마저 감수할 가치가 있었다. 바이올렛도 그 시선을 알아차린 것처럼 긴장했다. "우리가 어둠 속에 있는 동안 무슨 엉뚱한 생각이라도 한 건 아니겠지."

바이올렛이 내 쪽을 보지도 않고 가운뎃손가락을 들어 올렸지만, 미라가 나머지 훈련 시간을 이끄는 내내 내 입에선 자꾸 웃음이 새어 나왔다.

"잘했다." 미라가 마침내 시간을 확인하며 말했다. "에이토스, 라이오슨, 그리고 소른게일. 너희는 복도에서 보자. 나머지는 해산."

이거 재미있겠는데.

앞장서서 나간 미라는 모두가 계단에 서자 등 뒤로 문을 닫고 파란 에너지파를 던졌다. 흥미로운 마력 사용법이었다. 나야 사생활을 지키기 위해 투명한 방음막을 칠 수 있지만.

"방음막이라니." 에이토스가 미소 지었다. "멋진데."

별 아첨을 다하는군.

"닥쳐." 미라가 나에게서 몇 계단 위, 바이올렛에게서는 한 계단 위에서 몸을 홱 돌리더니 에이토스의 얼굴에 삿대질을 했다. "대체 어떤 벌레가 네 엉덩이로 기어 들어갔는지 모르겠는데, 대대장이라는 걸 잊었냐, 데인 에이토스? 내년에 비행단장이 될 가능성이 크다는 것도?"

그런 사태가 일어나면 생도들을 애도할 수밖에.

바이올렛이 내 쪽으로 한 계단 물러서는 모습에 이마가 구겨졌다. 친형제 관계란 내가 영영 이해할 수 없는 면이 있다.

"미라….” 에이토스가 입을 뗐다.

"소른게일 중위님이다.” 미라가 말을 끊었다. "넌 얼빠진 짓을 하고 있어, 데인. 난 네가 내년에 저 녀석 자리를 얼마나 원하는지 알아." 그녀는 그 손가락을 내 쪽으로 돌렸다. "우리가 3미터도 떨어지지 않은 거리에서 성장했다는 거 잊지 마. 그런데 네가 기회를 날려먹고 있는 이유가 뭐지? 바이올렛이 저 녀석 드래곤의 반려와 계약해서 화가 났다고?”

가혹하지만, 저런 솔직함은 존중하겠어.

"저놈은 바이올렛에게 일어날 수 있는 최악의 사태야!” 에이토스가 목소리를 높였다.

허. 우리가 같은 의견일 때가 다 있군.

"아, 나도 그 의견에 반대하진 않아." 미라가 에이토스에게 위협적으로 몸을 기울였다. "하지만 드래곤들의 선택에 대해서는 아무도 어떻게 할 수 없어. 드래곤들은 한낱 인간의 견해 따위에 신경도 안 쓰거든. 하지만 너희 둘 사이에 벌어지는 일은….” 그녀의 손가락이 에이토스와 나를 번갈아 가리켰다. "너희 대대를 개판으로 만들고 있어. 내가 겨우 나흘을 보고도 알 정도라면 학교에서 절대 모를 수가 없지. 그리고 네가 바이올렛이 통제할 수도 없는 일들에 대해 융통성이라고는 손톱만큼도 없이 구는 놈일 줄 알았더라면, 난간다리를 건넌 후에 널 찾으라고 말하지 않았을 거야. 너희 둘은 다섯 살 때부터 제일 친한 친구 사이였잖아. 알아서 해결해.” 마지막은 두 사람 모두에게 하는 말이었다.

에이토스는 뻣뻣하게 굳더니 바이올렛 쪽을 보고 고개를 끄덕였고, 바이올렛도 마주 고개를 끄덕였다.

비합리적이고 추한 감정이 내 속을 갉아먹었다. 그 둘 사이에는 쉽게 사라질 수 없는 역사 있다. 그건 내가 '질투'라는 단어를 떠올리게 하는 관계였다.

"글레인이 남쪽에서 오고 있다." 스게일이 말했다. "*임무는 성공했어.*"

"*고마워요.*" 이제 병동에만 데려다주면 아무도 이모젠이 여기에 없었다는 사실조차 알지 못할 것이다.

"좋아. 이제 안으로 돌아가." 미라가 고갯짓으로 문을 가리키자 에이토스가 방음막을 뚫고 들어갔다. "그리고 너 말인데." 미라가 두 계단을 내려오더니 나를 보고 눈을 가늘게 떴다. "이게 바이올렛이 내년에 겪을 일인가?"

"에이토스가 재수 없게 구는 거 말입니까?" 나는 손을 무기에서 멀리 두었다. 미라를 죽이면 내 안에 도사린 복수욕이 덜어질지도 모르지만, 바이올렛을 상심하게 만들거나 소른게일 남매의 맏이를 상대할 가치까지는 없다. "아마도요."

미라가 나를 노려보는 모습이 모친을 너무 닮아서 소름이 끼쳤다. "반려 드래곤들이 보통 같은 학년 라이더들과 계약하는 데엔 이유가 있어. 네가 배치된 비행단에서나 교수들이나 너희 둘이 3일에 한 번씩 날아가게 해 주길 기대할 순 없어."

"내 선택은 아니었습니다." 나는 어깨를 으쓱였다.

거짓말은 쉬운데, 바이올렛에 관한 문제만은 예외다. 그 부분은 아직 잘 모르겠다.

"우리가 어떻게 해야 해? 불꽃을 내뿜는 거대한 드래곤들에게 이래라저래라 해야 해?" 바이올렛이 물었다.

"그래!" 미라가 동생을 보면서 외쳤다. "넌 이런 식으로 살 수 없어, 바이올렛. 지금 당장은 둘 중에서 저놈이 더 강하니까 네가 자꾸만 필요한 훈련을 빼먹게 될 거야. 하지만 네가 훈련에 집중하지 못한다면 항상 저놈

17

이 강한 상태로 남겠지. 넌 영영 테른이 너를 밀어붙일 수 있는 한계까지 성장하지 못할 거야. 그게 네가 원하는 건가, 라이오슨?"

분노에 속이 뒤틀리면서 마력이 몸속을 달렸다. 망할, 바이올렛도 결국에는 언니의 죽음을 극복하겠지.

"언니." 바이올렛이 고개를 저으며 속삭였다. "언니가 잘못 생각하는 거야."

다 잘못 본 건 아니야.

심장이 분노를 누그러뜨리고, 마력이 물러났다.

"내 말 잘 들어." 미라가 바이올렛의 어깨를 움켜잡았다. "저놈이 그림자를 지배할진 모르지만, 바이올렛, 저놈 뜻대로 하게 놔뒀다간 네가 그림자가 될 거야."

그 말에 마력이 다시 솟구쳐오르고, 계단 가장자리에서 그림자가 맥동했다. 나는 바이올렛을 애처럼 다루는 쪽이 아니라 밀어붙이는 쪽이다. 에이토스 뜻대로 됐다면 바이올렛은 크림색 로브에 싸여 질식했을 것이다.

"그렇게 되진 않을 거야." 바이올렛이 장담했다.

"저놈 뜻대로 하게 두면 그렇게 될 거야." 미라는 나에게 못마땅한 시선을 던졌다. "죽이는 것만이 누굴 파괴하는 방법은 아니야. 네가 네 잠재력을 다 발휘하지 못하게 만드는 것도 저놈이 우리 어머니를 상대로 맹세한 응징을 실현하는 좋은 방법 같은데. 길게, 제대로 생각해봐. 넌 정말로 저놈에 대해서 얼마나 알아?"

바이올렛이 훅 들이키는 숨소리가 내 옆구리를 칼날처럼 베었다.

"그럴 줄 알았어." 미라의 표정이 누그러들었고, 나는 그 여자가 에이토스의 전철을 밟을지 기다려봤다. "왜 저놈이 우리 어머니를 그렇게 미워하는지 알긴 해? 왜 저런 애들이 난간다리에 서게 됐는지…."

아니, 그건 아니지. 바이올렛은 자기 어머니가 나에게 한 짓에 대해 절반도 들을 준비가 안 됐어.

"혹시 못 봤나 해서 말하는데…." 나는 바이올렛 옆으로 올라섰다. "난 여기 있습니다."

"너 같은 놈을 못 보긴 힘들지." 미라가 대꾸했다.

"제대로 안 듣고 있군요." 비난이 담긴 미라의 시선을 받아내면서 목소리를 깔았다. "내가, 여기, 있다고요. 테른은 이 녀석을 바스지아스로 끌고 오지 않았습니다. 테른은 이 녀석이 쳐놓은 차단막을 부수고 자기 감정을 쏟아 넣지도 않았습니다. 빌어먹을 왕국을 가로질러 날아가라고 하지도 않았습니다. 당신 동생은 여전히 여기 있어요. 내 자리와 직위를 떠나서, 내 비행단을 부단장에게 맡겨놓고 날아와 버린 사람은 납니다. 이 녀석은 뭐 하나도 놓친 게 없습니다."

그 말에는 쓰라린 진실이 담겨 있었다. 이번에는 그 위험한 배달에 성공했을지 몰라도, 스게일 말이 맞다. 우리가 여기에 있는 건 내가 바이올렛이 국경에 가깝게 와 있다는 사실 때문에 다른 일에 집중할 수 없었기 때문이다. 결국 비행단이 아닌 바이올렛을 선택한 것이다.

"그러면 내년에는? 네가 갓 임관한 소위가 됐을 때는? 그때 바이올렛은 대체 뭘 놓치게 될까?" 미라가 물었다.

내가 그걸 알면 좋게. 이런 식으로 가다간 날 바스지아스에 배치해야 할 거다. 이토록 내가 마음을 통제하지 못하고, 극복하지 못하면….

"사랑은 극복할 게 아니란다." 스게일이 나를 일깨웠다. "내가 왜 널 태우고 여기까지 날아왔다고 생각하느냐?"

"반려와 희희낙락할 겸 날 놀리려고요?"

"나름의 즐거움이 없었다곤 안 하겠다만."

"우리가 방법을 알아낼 거야." 바이올렛이 미라의 손을 잡았다. "언니, 제이든은 남는 시간을 다 투자해서 매트 위에서 내 격투 훈련을 시켜주고, 테른이 붙잡아주지 않아도 내가 그 망할 자리에 붙어 있을 방법을 찾으려고 비행 연습에도 데려가고 있어. 제이든은…."

미라가 움찔했다. "자리에 붙어 있을 수가 없어?"

이런 젠장.

"응." 바이올렛의 목소리가 확 작아졌다.

"어떻게 그걸 못할 수가 있어?" 미라가 입을 딱 벌렸다.

망할. 자매 사이에 끼어들 때는 규칙이 어떻게 되지? 내가 개입해야 하나? 바이올렛이 해결하게 둬야 하나? 르웰른은 리암과 내가 싸우면 서로를 죽도록 두들겨 패게 놔뒀는데, 지금은 그게 올바른 접근법 같지는 않다. 게다가 미라가 바이올렛을 제대로 어린애 취급하고 있는데, 나까지 그럴 생각도 없고.

"난 언니가 아니니까!" 바이올렛이 소리쳤다.

미라가 흠칫하며 물러섰다. "하지만… 하지만 지금 넌 전보다 훨씬 튼튼해 보이는데."

"이모젠이 무시무시한 중량 운동을 시킨 덕분에 관절과 근육이 전보다 튼튼해지긴 했지만, 그런 걸로 날… 고치진 못해." 바이올렛이 어깨를 늘어뜨리는 모습을 보자 계단 가장자리의 그림자들이 맥동한다.

미라의 얼굴에서 핏기가 빠져나갔다. "아니. 그런 뜻은 아니었어, 바이. 넌 고쳐야 할 존재가 아니야. 난 그저 네가 자리에 붙어 있지 못한다는 걸 몰랐을 뿐이야. 왜 그 얘긴 안 했어?"

"말해도 언니가 어떻게 할 수 있는 게 없으니까." 바이올렛의 미소는 좋게 말해도 행복한 웃음은 아니었다. "내가 이렇게 생겨먹은 건 아무도 어떻게 할 수 없는 일이야."

바이올렛이 어떻게 생겨먹었길래? 완벽 그 자체지. 그녀의 모든 면이 그녀를… 바이올렛으로 만든다.

침묵이 어색해지자 내 마력도 사그라들었다. "점점 나아지고 있긴 해." 나는 어디까지나 미라의 주의를 바이올렛에게서 돌리려고 말했다. "처음 몇 주는… 재난이었지."

"이봐, 테른이 내가 바다에 떨어지기 전에 잡았잖아." 바이올렛이 전혀 도움이 안 된다는 눈빛으로 나를 쏘아보았다.

"가까스로 잡았지." 바이올렛에게서 시선을 떼고 미라를 마주했다. "날 믿을 필요는 없지만…."

"잘됐군. 안 믿거든." 미라가 말했다. "너 같은 과거사가 있는 사람 손에 그런 엄청난 힘이 있는 것만 해도 나쁜데, 둘의 드래곤이 얽혀 있는 바람에 네가 바이올렛과 사흘 이상 떨어져 있지 못한다는 건 내가 생각할 수 있는 모든 면에서 용납할 수 없는…." 미라의 눈동자가 초점을 잃고 얼어붙었다.

부자연스러운 정적이 내려앉고, 불안감이 등골을 타고 흘렀다. 마력 저장고 근처에 있을 때마다 조용한 배경 소음처럼 꾸준히 느껴지던 진동이 없었다. 뱃속이 뒤틀렸다. 보호막이 내려갔다는 뜻이다.

"*동쪽에서 그리폰 떼 접근!*" 스케일이 으르렁거렸다.

"어디 맞혀볼까요. 우호적이진 않겠죠?" 나는 계단 위쪽으로 시선을 올렸다. 30초 안팎이면 바이올렛을 성벽 위에 올릴 수 있다.

"*전혀 아니다.*"

"제기랄! 보호막이 내려갔어." 미라가 바이올렛을 끌어안았다. "넌 가야겠다."

"우리가 도울 수 있어!" 바이올렛의 목소리가 공포를 담고 높아졌다.

"*이거 우리 짓인가요?*" 보호막이 이렇게 빠르게 내려가는 건 마력 공급이 교란되었거나… 도난당했을 경우뿐이다.

"*아니다.*"

그렇다면 요새 안에 적이 있었다는 뜻이군.

"안 돼." 미라의 목소리는 강철 같았다. "그리고 널 자리에 붙들어두는 데 힘을 쓰고 있다면 테른도 힘이 줄어든 상태야. 넌 가야 해. 여기에서 벗어나. 바이올렛, 날 사랑한다면 떠나. 그래야 내가 네 걱정까지 안 하지."

"*서쪽 성벽으로 와요.*" 바이올렛을 당장 하늘로 띄워야 한다.

"*우리가 진작 움직이지 않았을까 봐?*" 스게일이 쏘아붙였다. "*너도 같이 있는 게 좋을 거다.*"

브리핑실에서 뛰쳐나온 비행대대가 서둘러 계단을 달려 내려가는 사이, 미라는 바이올렛을 풀어주더니 명령과 자포자기가 반씩 담긴 눈빛으로 나를 쏘아보았다. "얠 여기서 데리고 나가."

"가자!" 에이토스가 외쳤다. "당장!"

"날 믿지는 않는다 해도, 난 당신이 가진 최고의 무기입니다." 나는 상냥하지 않은 말투로 미라를 일깨웠다.

"네 말이 사실이라면 넌 쟤가 가진 최고의 무기지. 너희 대대의 나머지 절반이 곧 올 거야. 테인 생각에 그리폰들이 도착할 때까지는 20분 정도가 있어." 미라가 나를 보고 잠시 노골적으로 간청하는 표정을 지었다가 동생에게 시선을 돌렸다. "넌 안전한 곳으로 가야 해, 바이올렛. 사랑한다. 죽지 마라. 난 하나 남은 자식이 되기 싫어."

"바이올렛을 내보내야 누가 보호막을 무너뜨렸는지 추적할 수 있어요."

"네가 남으면 그 애도 남을 거다." 스게일이 그르렁거렸다. "그리고 네가 수완을 뽐내는 사이에 그 애가 죽기라도 하면 우리 모두가 어떻게 될지 다시 일깨워줘야 할까?"

망할. 딱 하나만 빼고 모든 본능이 나에게 싸우라고 외쳤지만, 바로 그 하나, 무슨 일이 있어도 바이올렛을 지켜야 한다는 엄청나게 고집스러운 직감 하나가 다른 모든 충동을 짓밟았다. 나는 숨을 훅 들이켰다가 순수한 좌절을 담아 내뱉고 새로운 계획으로 마음을 돌리며 바이올렛의 허리를 잡아 내 옆으로 끌어당겼다.

미라가 지붕을 향해 달려 올라가는 모습을 본 바이올렛이 죽어라 발버둥을 쳤다.

"싫어!" 바이올렛이 내 손에서 벗어나려고 했지만, 나는 단단히 잡고 버텼다. "언니! 언니가 다치면 어떻게 해? 그때는 테른의 속도가 있어야만 언니를 구할 수 있을지도 몰라. 우리가 여기 남게라도 해줘."

미라가 문 앞에서 몸을 돌려 우리를 마주했다. "내가 널 믿었으면 하나, 라이오슨? 걜 여기서 데리고 나가서, 자리에 붙어 있게 할 방법을 찾아. 그러지 못하면 죽은 목숨인 걸 우리 둘 다 알잖아."

고개를 끄덕인 나는 바이올렛의 섬세한 허리 곡선에 팔꿈치를 붙이고 들어 올리다시피 해서 계단 아래로 내려갔다.

"언니!" 바이올렛이 내 팔뚝을 할퀴었다. "사랑해, 미라!" 그러면서 어깨 너머로 비명처럼 외쳤다.

그 울음소리가 내 영혼을 찢는 기분이었지만, 바이올렛의 목숨을 위험하게 할 마음은 없다. 아무리 친자매를 위해서라 해도 안 된다. 그림자가 우리를 앞서 달리며 계단 아래로 쏟아져 내려갔다. 누구든 이쪽으로 올라온다면 그자가 우리를 보기 전에 내가 먼저 알 것이다.

"아직 멀었어요?" 병영층으로 접어드는 계단 굽이를 돌면서 스게일에게 물었다.

"*아직이다. 글레인도 경로를 바꿨다.*"

잘됐군. 가방을 챙겨올 시간이 있겠다. 누군가가 가방에 든 합금 손잡이 단검들을 발견하면 난 끝장이다.

"네가 배낭을 가지러 갈 거라고 믿어도 되나?" 바이올렛을 내려놓고 물었다. "아니면 네가 가져온 물건은 버려두고 너만 짊어지고 나가야 할까?"

"내가 가져올게." 바이올렛이 나를 밀어내기에 손을 풀었다.

그녀는 2초 뒤 리애넌 마티아스와 함께 쓰는 방에 들어가면서 내 면전에 대고 방문을 쾅 닫았고, 같은 복도에 있는 내 방으로 가보니 리암이 배낭을 등에 지고 방 한가운데에 팔짱을 끼고 서 있었다.

"그거 우리였어?" 리암의 말은 질문이라기보다 비난에 가까웠다.

"아니." 나는 몇 안 되는 소지품을 배낭에 밀어 넣었다.

"우리였어?" 이번에는 리암이 소리를 치면서 문으로 돌아서는 내 앞을 막았다. 그래봤자 내가 나가는 것을 막을 수도 없을 텐데.

"아니야." 나는 리암의 눈을 똑바로 보고 다시 말했다. "내가 이미 스게일에게 물어봤어. 우린 이 지역에서 벌이는 작전이 없고…."

"이모젠이 오늘 빼낸 게 있잖아." 리암이 주먹을 꽉 쥐고 응수했다.

턱에 힘이 들어갔다. "이번 일은 우리가 한 게 아니야, 리암. 너도 내가 기지 전체를 무너뜨려서 민간인 사상자를 무릅쓸 리 없다는 걸 알 텐데. 이모젠이 단검 24자루를 국경 너머로 가져가긴 했지만, 그 정도의 마력 저하로는 이런 사고를 일으킬 수 없어." 나는 장검 두 자루를 배낭에 붙은 칼집에 꽂아 넣고 등에 짊어졌다.

리암의 어깨가 축 처졌다. "우리가 한 일이 아니구나."

"아니라니까." 나는 고개를 내젓고 나서 리암의 어깨를 두드렸다. "지붕으로 올라가. 드래곤에 타야 해."

그는 고개를 끄덕였다. "바이올렛은 내가…."

"내가 데려갈게." 나는 손을 내리고 리암 옆을 지나쳐서 복도로 통하는 문을 열었다. "떠나기 싫어하거든. 먼저 가라."

우리는 복도에서 헤어졌고, 바이올렛은 1분도 채 지나지 않아서 배낭 두 개를 짊어지고 문밖으로 튀어나오더니 내 시선을 피하면서 안뜰로 이어지는 문을 향해 걸어갔다.

그녀의 팔꿈치를 잡고 올바른 방향으로 돌려세웠다. "안 돼. 요새 벽에서 떠나는 건 너무 위험해. 우린 위로 간다." 바이올렛에게 맞서 싸울 틈도 주지 않고 허리에 팔을 감은 후, 북적이는 계단으로 들고 가서 내려놓았다. "올라가."

"이건 개짓거리야!" 대대원들이 밀고 지나가는 와중에도 바이올렛은 나를 노려보며 뺨을 붉혔다. "테른이 도울 수 있다고!"

그리고 그 과정에서 네가 죽을 수도 있지. 내 결심은 돌처럼 단단해졌다. "네 언니 말이 맞아. 넌 살아남아야 하고, 그러니 우린 떠난다. 이제 계단이나 올라가."

아니면 내가 모두가 보는 앞에서 그녀를 어깨에 짊어질 수밖에.

"데인." 그녀의 시선이 우리 바로 앞에 있던 대대장에게로 향했다. 지금 그놈이 무슨 쓸모가 있을 것 같나.

그는 바이올렛이 들고 있던 마티아스의 배낭을 받아들었다. "이번만은 라이오슨과 의견이 같아. 우리가 떠나야 하는 건 너 때문만이 아니야, 바이올렛. 다른 1학년 모두를 생각해." 에이토스가 계단을 오르기 시작했고, 다행히 바이올렛도 따라 움직였다. "훈련도 못 끝낸 대대원 전원에게 사형 선고를 내릴 작정이야? 나는 살아남을 거야. 시애나, 에머리, 히튼도 그렇겠지. 그리고 라이오슨이 살 거라는 건 우리 모두가 알아. 하지만 리애넌은? 리독은? 소여는? 넌 그 친구들의 죽음에 책임을 지고 싶어?"

내 기분 탓인가, 아니면 저 녀석이 벌써 숨이 차나? 우리는 3층을 통과하여 지붕 밖으로 나갔다.

드래곤들이 짜증스럽게 좁은 성벽에 앉아 있었다. 그리폰 플라이어들의 착륙을 막기엔 좋은 설계지만, 지금은 우리에게 좋을 게 없었다.

"리독과 퀸은 이미 이륙했어." 리암이 브라운 클럽테일을 타고 날아오르는 에머리를 지켜보면서 말했다.

캐스 옆에서 얕게 날갯짓하고 있는 데이가 보였다.

"네가 다음이야!" 나는 리독에게 명령했고, 다행히 에이토스도 동의했다. 저놈을 죽일 필요가 없다면 시간을 아낄 수 있지.

데이가 내려앉자 석벽 한 덩어리가 아래로 떨어졌고, 리암은 시간을 낭비하지 않고 르웰른에서 수백 번 연습한 대로 빠르게 달려가서 성벽을 떠났다.

"네가 다음이다, 에이토스." 나는 테른의 흔적을 찾아 하늘을 뒤졌다.

"*네 뒤로 가고 있다.*" 이런, 성질 나쁜 괴물이 나에게 친히 말씀을 거시고. "*그 애는 그 방법을 좋아하지 않을 거다.*"

"바이가…." 의외로 에이토스에겐 반대할 배짱도 있었다.

"명령이다." 명청하게 웃어대는 저 어리광쟁이가 싫긴 해도, 후배 생도의 죽음을 초래하고 싶은 마음은 없다. 더해서, 내 인생을 지옥으로 만들 아빠 쪽 에이토스를 감당할 여력도 없다. "이 녀석은 내가 챙겼다. 가라."

"가." 바이올렛이 애원조로 말했다.

에이토스가 내 쪽으로 몸을 돌리더니 최선을 다해서 위협적인 눈을 했다. "당신이 바이올렛을 데리고 나가리라 믿겠어."

이런 헛짓거리할 시간이 없다. "오늘은 그 소리를 많이도 듣는군." 나는 매섭게 대꾸했다. "이제 네 드래곤에 올라라. 그래야 이 녀석도 드래곤에 태우지."

에이토스가 캐스를 향해 성벽을 달려갔지만, 리암의 속도에는 비교도 되지 않았다.

"어떤 방법을 바이올렛이 싫어할 거라고요?" 나는 테른과 마찬가지로 바이올렛을 빼놓고 물었다.

"내가 그 애를…." 테른이 멈칫했고, 바이올렛은 하늘을 살피고 있었다. "잡아 들여야 할 거다. 별로 품위 있는 순간이 되진 않겠지."

아, 바이올렛이 정말 좋아하겠군.

"난 이렇게는 못 해." 내 팔에 안긴 바이올렛이 몸을 돌려 헤이즐빛 눈동자로 나를 보며 말했다. "다른 사람들은 갔으니까 말할게. 나에게 빚진 걸 이번에 갚는다 쳐. 우린 남아도 되잖아. 난 언니를 여기 두고 그냥은 못 가. 잘못된 일이고 언니라면 절대로 날 두고 가지 않았을 거야. 난 언니를 위해 남아야 해. 그래야 해."

망할. 이해한다. 정말로 이해한다. 나에겐 리암과 보디가 친형제에 제일 가까운 존재인데, 나 같아도 그 녀석들을 위태로운 상황에 두고 가진 않을 거다. 하지만 이건 리암이 아니다. 보디도 아니다. 바이올렛이다. 그리고 여긴 바스지아스가 아니다. 다가오는 그리폰 떼는, 그리고 보호막의 마력 공급을 교란한 누군가는 기회만 있다면 바이올렛을 죽일 텐데, 결코 그런 일이 일어나게 할 수는 없다.

하지만 젠장, 바이올렛을 마주하니 마음이 흔들린다.

"*접근 중이다.*" 스게일이 알렸다.

"*충분히 빠르지 않아요.*"

바이올렛이 자진해서 떠날 리는 없다. 눈을 보면 알 수 있고, 단단히 긴장한 등에서도 느낄 수 있다. 차단벽을 내리자 그녀의 감정이 쏟아져 들어온다. 결의와 두려움과….

도망칠 생각이군.

그녀를 막을 방법은 하나뿐이다. 나는 허리를 잡고 있던 두 손을 벨벳처럼 부드러운 그녀의 두 뺨으로 올리고, 그녀의 눈동자에 깃든 모든 빛깔을 기억에 새기면서 목덜미를 잡아, 그녀가 용서할 수 없는 죄악이라고 여길 짓을 저지르려고 준비한다.

그녀에게 키스한다. 열렬하고도 노골적이며, 격렬하고 절박한 키스. 그녀가 입술을 열고 거리낌 없이 화답하자 무릎이 풀릴 것 같다. 신들이시여. 난 이 여자에게 도무지 질리지 않을 거다. 그녀의 지성에도, 끈기에도, 이 입술에도.

나는 지금이 바이올렛이 나를 받아줄 마지막 순간일지 모른다는 기분으로 키스했다. 이것이 현실이고, 그녀도 나를 사랑할 가능성이 있다는 듯이….

그녀가 내 여자라는 듯이….

이건 잠시 훔친 시간일 뿐 결코 그 이상이 될 순 없겠지만, 그래도 우리의 시간이었다.

다가오는 날갯짓 소리를 무시하고 그녀의 입속을 몇 번이고 휘저었다. 그녀의 탄탄한 몸 구석구석을 탐험하고 싶은 충동을 무시하고 목덜미만 잡고 있으려니 의지력을 총동원해야 했다. 어떤 여자도 이런 식으로 원했던 적이 없었다. 어떤 여자의 웃음도 그녀의 손길 한번만큼 갈망한 적이 없고, 상대방의 신뢰가 산소처럼 간절했던 적도 없었다.

오직 바이올렛뿐이었다.

겨우 입술을 떼어냈을 때는 테른과 스게일이 접근하면서 들리는 꾸준한 날갯짓 소리를 못 들을 수가 없었다. 돌풍이 흘러내린 바이올렛의 머리카락을 흔들고, 나는 그녀의 이마에 내 이마를 맞댔다. "날 위해서 가줘, 바이올렛."

바이올렛이 뻣뻣하게 굳더니 순식간에 비난하는 눈빛으로 돌변했다. 내가 방금 우리 사이의 끌림을 이용해서 정신을 흐트러뜨렸다는 사실을 이해했다는 뜻이다. "당신을 미워할 거야."

아프군.

"그래." 내 행동의 결과는 받아들여야지. 나는 고개를 끄덕였다. "그건 감당할 수 있어." 그녀가 숨 쉬고 있기만 하다면야 뭐든 감당하며 살 수 있다. 나는 두 손을 내려서 그녀의 두 팔을 벌렸다. "두 팔을 들고. 단단히 붙잡아."

"꺼져." 바이올렛이 잇새로 말을 뱉고, 거대한 그림자가 우리 위로 떨어지는 순간에 나는 바닥으로 몸을 날려 두 손을 짚었다. 검은 발톱이 조금 전까지 내가 있던 공간을 차지하며 바이올렛의 두 팔을 잡아 하늘로 낚아 올렸다.

"바이올렛은 절대로 날 용서하지 않을 거예요." 나는 앞쪽의 좁은 벽에 내려앉는 스게일에게 말했다. "자기 언니에게 무슨 일이라도 생기면 더 그렇겠죠."

내가 일어서서 성벽을 달려가는 동안, 스게일은 고개를 비딱하게 기울이며 특유의 짜증스러운 태도로 나를 보았다. 우리는 순식간에 하늘로 날아올랐고, 스게일은 내가 앉을 자리까지 가기도 전에 허공을 가르고 있었다. *"네가 저지른 가장 사소한 죄도 용서하지 못한다면, 널 얻을 자격이 없는 거지."*

"바이올렛이 그런 식으로 생각할 것 같진 않네요." 나는 스케일의 비늘을 단단히 붙들고 비행 자세를 잡았다.

"그렇다면 그 애의 언니가 살아남게 해달라고 네 신들에게 기도나 하려무나."

내 침대에서. 그녀의 침대에서.
아카이브 테이블 위에서. 욕실에서.

B 북폴리오